NITCHEVO

Mariée, mère de trois enfants, Isabelle Hausser a vécu plusieurs années en Russie. Son premier roman, Célubée, *paru en 1986, a connu un grand succès.* Nitchevo *a obtenu le Prix des Libraires 1994.*

« *Nitchevo!* Qu'importe! C'est sans importance! Tant pis! » disent couramment les Russes face à un malheur qui les dépasse et qui, peut-être, leur procure un immense plaisir secret. Ce petit mot, qui correspond normalement au « rien » français, renferme dans ses trois syllabes toute la puissance de résignation russe. Celle qu'il a fallu pour survivre aux trois générations dont ce roman évoque le sort, au milieu des tourmentes qui ébranlèrent leur pays, des premiers jours de la révolution de 1917 jusqu'au putsch du 19 août 1991.

Leur histoire n'est pas présentée de manière linéaire. En quatre coups de projecteur, sans ordre chronologique, se dessine la vie d'une famille russe, à l'image de celles de millions d'autres, déchirées par soixante-dix ans de peurs et d'erreurs politiques. Les trois générations de femmes du roman (Marina, Nadia et Natalia) ont, vaille que vaille, à travers ces années terribles, assuré la survie matérielle de la famille et transmis leur force morale à leur lignée. Leurs portraits et ceux des hommes qui les entourent (Sergueï, Kolia et Sacha) – plus complexes et trop souvent absents – permettent d'approcher l'âme russe confrontée au communisme triomphant puis déclinant. Leur destin éclaire la faillite intérieure d'un système qui a fait peser son étreinte sur le monde durant presque un siècle.

W0206976

DU MÊME AUTEUR

CÉLUBÉE, roman, Julliard.
UNE NUIT, roman, Julliard.

ISABELLE HAUSSER

Nitchevo

ROMAN

DE FALLOIS

© Éditions de Fallois, 1993.

« Une longue étude sur le paradis, sur son aménagement intérieur et sur l'endroit où il se trouvait, s'achevait sur cette remarque mélancolique : "On ne connaît rien de certain sur l'emplacement du paradis." Je me répétais cette phrase en dînant, en prenant le thé et en promenade : on ne connaît rien de sûr au sujet de la latitude géographique des béatitudes célestes. »

TROTSKY, *Ma vie.*

LES FLACONS DE NEIGE

1

Du sommet de la colline, on voyait la maison que Viktor Mikhaïlovitch Zaïtsev construisait jour après jour sur les eaux du lac.

Décoiffée par le vent, Marina enroula sa jupe autour de ses jambes. Il ne manquerait plus que le courant d'air la trousse, sur la hauteur, avec tous les hommes en bas, affairés autour de la maison.

Surgit le paysage. Le vallon, son lac et les arbres grêles éparpillés autour de la berge ; l'église aux coupoles bleues piquées d'étoiles d'or, le village ramassé derrière les bosquets ; par-dessus, le grand ciel trouble qui surmonte les plaines, parcouru de nuages et de déchirures bleues.

Le vallon avait jailli d'une crise poétique du Seigneur. Viktor Mikhaïlovitch n'avait fait que compléter l'œuvre de Dieu grâce aux dons qu'il en avait reçus. Il lui devait encore ses doigts habiles à panser les blessures et son regard malicieux qui détournait les mourants du désespoir.

Marina sait qu'un homme comme lui, on n'en rencontre jamais dans ce monde. Quand il vous arrive, voilà, il est trop tard : déjà la vie vous l'a enlevé. Mais elle ne pleure pas sur son sort. Dieu est miséricordieux. Y a-t-il plus grande grâce que de travailler auprès du docteur Zaïtsev ?

D'une main forte, elle retenait ses jupes noires gonflées par le vent et regardait à ses pieds la fantasmagorie de Viktor Mikhaïlovitch Zaïtsev, la maison sur le lac.

Avec les blessés les plus valides et deux infirmiers, il l'avait construite, comme ça, entre deux consultations, avant une opération, pour se donner du courage, ou après, pour oublier les plaies mal fermées qu'il avait dû rouvrir. Aux premiers signes du dégel, ils jetèrent des pilotis dans le lac et assirent l'arrière de la maison sur la rive déneigée. Elle monta très vite. Normal, pendant l'hiver, ils avaient coupé les planches aux justes mesures, taillé les poutres et sculpté les moulures des fenêtres. Viktor Mikhaïlovitch était chirurgien : un homme précis et méticuleux. Ses plans lui ressemblaient. Il suffisait de les suivre exactement. Pour Marina, il rédigeait des ordonnances détaillées : « 2 cuillerées de laudanum, mélangées à 10 grammes de tilleul, préalablement infusés dans 1/4 de litre d'eau. (Laisser bouillir longuement.) » Une jolie écriture, lisible, penchée, avec des fantaisies dans la calligraphie de certaines lettres.

La maison (ou était-ce un bateau ?) se balançait sur les eaux du lac. On avait posé le toit et on la peignait à présent d'un rose intense, entre le rose et l'ocre. Rien de mièvre. La couleur du couchant sur le vallon.

« Du rose, docteur ? Vous plaisantez. C'est une couleur de femme. » Mais il l'avait remis à sa place, cet impertinent. Il avait mélangé les pots de peinture : une pointe de pourpre dans le rose timide apporté du village. Une goutte de noir. Non, rien de plus. Davantage ? Ce serait trop. La peinture, troublante comme une crème épaisse, prit une teinte profonde. Ce rose sombre sur lequel se découpait la dentelle blanche des fenêtres et des bordures du toit.

La double nature de la maison — aquatique et terrestre —, ses proportions harmonieuses et ses couleurs tendres la fondaient dans le paysage. Marina ne pouvait la regarder sans que lui revienne le souvenir d'un rêve d'autrefois. Lointain, il s'évanouissait peu à peu avec le temps, comme la douceur du monde d'avant la guerre.

À l'hôpital, on en débattait gravement. Était-ce vraiment une maison ? D'aucuns penchaient pour un navire amarré à la berge. Aux premières tempêtes, il s'en irait à la dérive. Marina, elle, voyait un fruit. La couleur, sans doute. Entre la fraise et la framboise, dans lesquelles on aurait écrasé quelques grains de cassis. Quand elle contemplait la maison, remontaient en sa bouche des saveurs de l'enfance : entre le fruit acidulé et le velours du chocolat.

Oui, c'était une friandise délicate offerte aux délires des orages, livrée à la corruption des eaux du lac. Son existence et sa perfection tenaient du miracle. Elle prierait Dieu de la protéger. Deux cierges à l'église et elle demanderait au père Alexandre de bénir la maison sur les eaux.

2

« A.I.A. », souffla le vent. En bas, Viktor Mikhaïlovitch gesticulait dans sa direction. « A.I.A. », répéta le vent, d'une voix sifflante en lui arrachant sa jupe des mains. Elle se gonfla comme une grosse fleur noire sur le point d'éclater.

Marina courait pour dissimuler sa honte. Le vent l'aidait à présent. Il la soulevait et la portait vers le lac, vers la maison fabuleuse, vers le docteur et ses hommes aux regards graves.

Le visage enflammé, les cheveux décoiffés, la jupe curieusement nouée autour de ses jambes, avec sa foulée rythmée, elle ressemblait à une petite campagnarde.

Dans les yeux des hommes qui la regardaient venir, aucune convoitise. Marina croit que la présence de la maison chasse leurs méchantes idées. Auprès d'un miracle, on ne peut pas longtemps demeurer dans le péché. Aucun d'entre eux n'est un homme pur. Sauf le docteur Zaïtsev. Lui, c'est un saint, pas de doute là-dessus. Un saint, de la réserve divine.

« Ah docteur, Viktor Mikhaïlovitch...

— Marina, mon infirmière préférée. »

À cette taquinerie coutumière, tout le monde éclatait de rire. Les hommes ne riaient pas de la lourde plaisanterie (en dehors d'elle, l'hôpital ne comptait que des infirmiers). Ils riaient de plaisir : une fois encore le docteur Zaïtsev avait respecté le rite. Ils craignaient qu'il l'oublie, semant un peu plus de désordre dans un monde qu'ils ne comprenaient plus.

« Regarde, Marinotchka, comme la maison est réussie. Nous poserons les vitres de la véranda lorsque le toit sera fini.

— Viktor Mikhaïlovitch, c'est superbe. Seulement, il faut revenir à l'hôpital. Tout de suite. Nous avons reçu un télégramme.

— Un télégramme. » Il articula le mot comme s'il le prononçait pour la première fois. Tous les hommes s'esclaffèrent. Le docteur cligna de l'œil à leur intention. Voyez comme c'est drôle, un télégramme ! Ils rirent tous de plus belle.

« Tu te moques du docteur, Marina Alexandrovna », remarqua l'infirmier qui n'aimait pas le rose. « Des télégrammes ? Nous n'en recevons jamais. Je crois bien que nous ne savons pas ce que c'est. »

Ce n'était pas amusant, il en faisait trop. Les autres pensèrent qu'il les prenait pour des crétins, des rustauds de la campagne. Il venait de la ville, ce petit infirmier. Étudiant en médecine, à ce qu'il disait. Comment savoir ?

Viktor Mikhaïlovitch sauva le jeune homme. Il suffisait d'un geste, d'un mouvement des lèvres, d'un éclair de ses yeux pour se sentir réconforté.

« Dis-nous la vérité, Marina ? Ça y est. Ils savent que la maison est presque terminée. Ils viennent la visiter. » Le rire secoua les épaules des hommes. Qui viendrait admirer leur œuvre à présent ? Avant la guerre, peut-être que les autorités se seraient dérangées. Il ne se passait jamais rien dans ce gouvernement-ci. Trop près de Moscou et trop loin de Petrograd.

« Mais non, Viktor Mikhaïlovitch, pas du tout. D'abord votre maison n'est pas finie, attendez un peu.

« Ce sont des blessés qu'on nous envoie.

— Un télégramme, pour nous signaler qu'on nous envoie des blessés !

« D'habitude on ne prend pas tant de peine. On nous réveille la nuit : "Voilà une nouvelle charretée de blessés, c'est pour vous. Retapez-les-nous vite."

— Ah mais cette fois, on nous envoie des officiers. Un colonel, docteur. »

3

Un colonel ! C'est pour cela qu'il fallait rentrer. Laisser tout en plan. On ne finirait pas le toit ce soir. Zaïtsev se sentait soudain de mauvaise humeur. Il monta la colline en silence avec Marina. Ce satané vent, qui vous courbe en deux, est-ce qu'il ne lui prendra pas envie d'aller soulever le toit ?

Du haut de la colline, il regarda sa maison entre la terre et l'eau. Comment tenir le coup sans elle ? Marina marchait en avant. À cet endroit, le vent l'épargnait. Il se contentait de lui lécher les chevilles en soulevant l'ourlet. Elle ne s'en rendait pas compte. Ces agaceries-là ne la troublent pas. Quand elle s'active dans la salle commune de l'hôpital, entre les lits, sa jupe remonte doucement au-dessus de ses chevilles blanches. Si Zaïtsev ausculte un blessé, à l'autre bout de la pièce, l'éclat blanc détourne son regard des blessures.

Marina l'observait. Elle avait pris un air entêté et maussade. Elle ne dirait rien, bien sûr — ce n'est pas une femme à vous gourmander, perle rare ! — mais elle ne pouvait retenir son regard.

« Tu trouves que je traîne, Marina ?

— Vous faites comme vous voulez. J'ai seulement peur que la voiture soit déjà arrivée. »

Et alors, ils ne s'enfuiront pas, s'ils sont blessés ! Ou plutôt si, qu'ils s'enfuient donc tous ceux qu'on lui amène. Ce n'est pas un véritable hôpital ici. Plutôt une maison de convalescence. Les grands blessés, ce n'est pas pour lui. On les soigne là-bas, sur le front. Ou à Moscou et à Petrograd. Dans ces villes, il y a de vrais médecins, en blouse blanche et à lorgnons. Ils font les sentencieux en contemplant des blessures qu'ils ne soigneront pas. Dans les couloirs, ils marchent bruyamment — clic ! clac ! —, que l'on sache bien que c'est eux, les professeurs de l'Université. Ils risquent un petit tour condescendant, avant de rejoindre leurs beaux appartements où, avec leurs épouses opulentes, ils gémissent sur les malheurs de la guerre.

Mais à part un jeune homme mélancolique, qu'une erreur de diagnostic avait dirigé sur eux, il avait remis sur pied tous les hommes qu'on lui avait envoyés.

« Tu te souviens, Marina, de ce petit soldat si triste ? Oui voilà. Dis-moi quand il est mort. Non ? Si longtemps ? Il me semble que c'était hier. »

La gangrène s'était mise dans sa blessure. La septicémie l'avait emporté en quelques heures. Mauvais souvenir.

Un jeune garçon au visage doux. Mais, si nous étions sur le front, ils seraient tous jeunes, comme s'ils venaient à peine de naître. Voilà pourquoi on avait expédié Zaïtsev à l'arrière. Il ne supportait plus de voir ces visages angéliques immobilisés par la mort.

Ils arrivaient à l'hôpital. Une jolie maison à colonnades, tombée en déshérence quelques années avant la guerre. Le Zemstvo l'avait récupérée et convertie en dispensaire et en hôpital.

Construite sur une butte, elle dominait un parc bien mal entretenu. Zaïtsev aimait son charme sauvage. Mais depuis la fonte des neiges, Marina s'acharnait à soigner les parterres devant le perron. Inlassablement, elle grattait la terre à ses moments perdus. De son bureau, il la regardait. Accroupie ou agenouillée, les mains nues, elle arrachait les mauvaises herbes et ratissait de ses doigts. Loi inflexible de l'atavisme. Marina ne résistait pas au parfum de la terre fertile.

Elle aurait voulu qu'on soigne le parc, qu'on émonde les arbres, qu'on râtelle les allées. Elle levait un regard sombre sur les bois noirs qui étouffaient la maison. Rien de plus. On obéissait au docteur. S'il ne voulait pas d'un joli parc civilisé, elle passait son dépit sur les pissenlits qui fleurissaient, poudre d'étoiles dans les pelouses.

4

« Je me présente : colonel Volski. Arkadi Vassilievitch Volski. Et voici le capitaine Oleg Fiodorovitch Dynkine. Tous deux officiers de carrière. Nous avons aussi avec nous un sous-lieutenant et quelques hommes que vous inscrirez sur vos registres.

— Naturellement, naturellement, monsieur le colonel. Bienvenue chez nous. Mais dites-moi d'abord ce qui vous amène ici ?

— Curieuse question, docteur ! Nous sommes tous blessés ou malades.

— C'est évidemment une bonne raison. Mais on ne nous envoie jamais de militaires aussi gradés que vous et rarement des hommes du même régiment.

— Voilà, voilà. C'est une idée que j'ai eue. Nous avons tous été assez esquintés. À Moscou, nous n'étions pas très bien soignés. (Chuchotant :) Certains de mes hommes sont un peu (il regarda de côté), comment vous dire ?

— Sonnés ?

— C'est cela même, sonnés. L'un d'eux me paraît même carrément dérangé. Je voulais qu'ils soient un peu au calme. Je vous ai choisis entre plusieurs hôpitaux. Et nous voilà. »

Le colonel boitait fortement. Dès le premier pas, désarticulé, il perdit son allure hautaine. Marina courut auprès de lui et prit son bras. Il s'en empara avec émotion. « Ne me parlez jamais de canne, ma petite fille. » Elle haussa les épaules. À qui viendraient de pareilles pensées ?

Il ouvrit la marche au bras de Marina. Zaïtsev calqua son pas sur le sien. Derrière, suivaient le capitaine et le sous-lieutenant, un bras en écharpe. Un bandage entourait le crâne du capitaine. Les hommes venaient ensuite, plus ou moins éclopés, se soutenant mutuellement. Dix au total, avançant les uns derrière les autres. Les deux soldats qui paraissaient indemnes étaient sans doute ceux que les obus avaient rendus fous.

« Faisons le tour du propriétaire », demanda le colonel. Marina emprunta l'allée qui sinuait autour de la maison. Inutile de le contrarier le premier jour. Il serait toujours temps de prendre le pouvoir. Les hommes suivirent leur chef d'un pas mécanique mais irrégulier. Certains claudiquaient autant que leur colonel.

« Vous faites du jardinage », remarqua celui-ci devant les parterres de Marina. « Joli travail, croyez-moi. » Marina sourit et baissa les yeux pour qu'il comprenne que les compliments devaient lui revenir. « Très bien, ajouta-t-il, lorsqu'il eut saisi. Mademoiselle est très douée », lança-t-il pour la troupe derrière lui.

« Oh, mais voilà qui est étrange », s'exclama-t-il à la hauteur des huit tumulus parallèles, cicatrices noires au milieu de la pelouse. Qu'est-ce donc que cela ? »

Zaïtsev devança Marina.

« Cela, monsieur le colonel. Ah ! Nous perdons beaucoup de monde en ce moment. Comment dire ? C'est une épidémie de morts. »

Le colonel ne broncha pas. À peine si sa main se crispa, une fraction de seconde, sur le bras de Marina. « Tant de décès ! Ce sont des tombes toutes fraîches. » Il se retourna vers ses hommes et les examina. Leurs épaules, qu'ils prenaient soin jusque-là de redresser, malgré leurs blessures, s'étaient voûtées. Marina vit leurs regards inquiets. Aux deux qui semblaient encore gaillards, des tics déformaient le visage. Pourtant, elle ne contredit pas le docteur.

« Hélas, dit-elle de sa voix mélodieuse. Nous n'arrivons pas à les garder en vie. Heureusement, il en arrive toujours de nouveaux. »

Zaïtsev la regarda, étonné. Marina, coquine. Est-ce l'esprit qui te donne le courage de mentir ainsi ? Ou simplement l'amour ?

Elle ne s'attarda pas sur le regard chagriné du colonel. Déjà il regrettait son choix. Ce docteur est-il un bon médecin, finalement ? Et cette infirmière ? Elle est bien trop jolie pour songer à ses malades.

« Je vous ai préparé une chambre, dit-elle au colonel. Mais voilà, on ne nous avait pas prévenus qu'il y aurait aussi un capitaine.

— Cela ne fait rien. Je serai heureux de partager ma chambre avec lui. »

L'impertinent infirmier conduisit les hommes et le sous-lieutenant à l'un des dortoirs du premier étage. La chambre du colonel se trouvait au rez-de-chaussée.

« Si vous permettez, monsieur le colonel, je vais vous faire les honneurs de la maison, proposa le docteur, et d'abord mon bureau. »

Marina le regarda du coin de l'œil. Il avait son air malicieux de tout à l'heure. Il méditait quelque chose. C'était certain, ce colonel l'avait énervé avec ses grands airs stoïques et son autoritarisme. Il leur offrit un siège. « Prenez place, allons, prenez place. »

Le capitaine se serait bien assis. Il était tout pâle et ses yeux bleus innocents avaient perdu leur éclat. Sa bouche mince se serrait. Mais le colonel s'impatienta. « Un siège, tout de même, quelle insulte ! C'est une visite ou une conférence ? » Le sourire du docteur Zaïtsev se fit tendre.

Quatre larges fenêtres éclaircissaient la pièce profonde qui aurait été sinistre et froide sans leur lumière. Les rideaux verts et délavés dataient du propriétaire précédent. De même que la bibliothèque en noyer, imposante et bien fournie.

« Vous avez de la lecture, observa le colonel. Nous autoriserez-vous à en profiter ? Regardez cela, Dynkine ! Quels trésors ! Vous aimez lire au lit, j'espère. Ah, nous allons passer nos nuits à lire.

— Peut-être le docteur ne le permettra-t-il pas, risqua le capitaine au visage doux.

— Nous verrons, nous verrons. Rien ne presse. Vous venez d'arriver. Regardez plutôt cela. »

Viktor Mikhaïlovitch montra des instruments astronomiques qu'une servante astiquait chaque mois. « Bah, dit le colonel, l'astronomie ne m'intéresse pas. Les étoiles, vous savez. » Mais le regard du capitaine Dynkine s'alluma brièvement.

« Et ça qu'est-ce que c'est ? Et à quoi cela sert-il ? » demanda le colonel Volski.

Il montrait trois flacons de cristal transparents. De très jolies petites bouteilles taillées de manière octogonale. Leurs angles réfractaient la lumière des fenêtres. De simples bouchons de liège remplaçaient les cabochons d'autrefois. Ils transformaient les flacons luxueux en éprouvettes de laboratoire.

« C'est, répondit Viktor Mikhaïlovitch, ce à quoi je tiens le plus dans toute cette pièce. Ce sont des flacons de neige.

— Des flacons de neige ! Vous rêvez. Regardez de plus près. C'est de l'eau. Rien que de l'eau que contiennent ces fioles.

— Non, de la neige. Il y en a autant que d'hivers que j'ai passés ici. À la première neige, je remplis un flacon et je regarde les cristaux scintiller dans la lumière de ma lampe.

« Je le pose entre ces deux vitres. Je défends qu'on calfeutre cette fenêtre. Les autres, tant qu'on veut. Mais celle-ci, jamais. La neige s'y conserve presque tout l'hiver. Mais voyez-vous, elle finit par fondre. Il fait toujours moins froid ici que dehors et le printemps arrive, il le faut bien.

« Regardez bien, messieurs, ces flacons. Ils contiennent exactement ce qu'il reste d'une année de nos vies. Rien qu'un petit peu d'eau. Nous nous sommes mis en colère durant cette année, nous avons éprouvé de l'amour ou de la haine, nous avons consacré douze mois à des futilités : à quelques gouttes d'eau. Nous avons cru à la permanence de la beauté. Mais le temps la dissout aussi sûrement que cette poignée de neige.

« Voilà, messieurs, ce qu'il reste de trois ans de ma vie. Si vous étiez honnêtes, vous penseriez comme moi.

— Je ne suis pas d'accord avec vous, bougonna le colonel, pas du tout. Je déteste ces discours d'anarchiste. Voilà trois ans que je me bats pour mon pays, docteur. Je sais ce que j'ai fait de chacune des années qui ont suivi la déclaration de guerre.

— Oh ! oui », dit le capitaine Dynkine. Il s'était assis sans la permission de son colonel et se sentait visiblement mieux. « Nous savons bien ce que nous avons fait de ces années-là. Des défaites et des morts, rien que des morts. Notre pays qui s'en va à la dérive. Le docteur a raison, monsieur le colonel, de l'eau rien que de l'eau. Voilà ce qui reste de ces trois années. »

Le colonel se dirigea vers la porte. « Assez d'inepties pour aujourd'hui. Dynkine, vous êtes fatigué, je le sais bien. Mais je ne vous ai autorisé ni à vous asseoir, ni à me contredire. Maintenant allez vous coucher.

« Ce soir, mademoiselle, vous seriez gentille de nous faire porter quelque chose à manger. Ensuite, je suppose que nous dînerons à votre table, docteur.

— Telle était bien mon intention, monsieur le colonel », dit Zaïtsev en s'inclinant.

5

On était au milieu du mois de juin. La nuit tardait à venir.

Dans la chambre du rez-de-chaussée, le colonel, encore tout habillé, était à demi allongé. Dans le second lit, proche de la fenêtre dont personne n'avait tiré les rideaux, dormait le capitaine Dynkine.

Il avait enlevé sa vareuse et son pantalon, correctement pliés sur une chaise. En caleçon long et en chemise, il s'était glissé dans les draps. Il agissait toujours avec une lenteur qui avait le don d'agacer le colonel. Mais cette fois, il se jeta dans son lit. Dans sa précipitation il oublia de ranger ses chaussures de soldat, posées au pied du lit, comme une paire de pantoufles. Il s'endormit aussitôt, le visage tourné vers la fenêtre. Le soleil couchant dora sa figure d'adolescent.

Volski n'a pas envie de dormir. Sous le coup de la colère, il avait avalé son repas sans jeter un seul regard à son jeune capitaine. À présent, il regrette sa mauvaise humeur. Oleg Fiodorovitch était fatigué, épuisé peut-être. Il a presque envie d'aller fermer les rideaux pour améliorer le sommeil du capitaine. Mais après tout, n'est-ce pas, s'il arrive à s'endormir avec les reflets du soleil sur le visage, c'est que cela ne le gêne pas. Et moi, je ne verrais plus rien. Fichu hôpital, pas même une bougie pour la nuit. Et quelle désorganisation. Personne n'est venu relever leurs noms, demander les papiers préparés par le médecin de Moscou. Et leur température ? Personne n'a pris leur température.

Il s'en voulait d'avoir refusé d'écouter le chirurgien de Moscou qui déconseillait cet hôpital.

Toc. Toc. Marina se glissa dans la pièce. Il y restait des traces de lumière orangée, mais la pénombre envahissait la chambre. Elle tenait un chandelier d'une main et de l'autre un dossier et un crayon.

« Oh ! Il dort déjà, murmura-t-elle. Je le savais qu'il n'en pouvait plus. Tout à l'heure dans le bureau du docteur, je croyais qu'il allait s'évanouir. » Elle le recouvrit et ferma les rideaux.

« Et vous colonel. Il faudrait vous coucher également. Dormir vous fera du bien. Attendez, non, montrez-moi votre jambe d'abord. »

Il ne pouvait pas se déshabiller sans aide. Elle dégrafa le pantalon et roula les caleçons. La blessure suppurait encore. « Je ne comprends pas qu'on vous ait laissé partir dans cet état Il faudrait que le docteur vous examine. » Elle leva les yeux sur lui. Difficile de décider si l'expression de souffrance qui voilait son regard venait de la blessure infectée ou de la pensée qu'il doive encore faire appel au docteur aujourd'hui.

En quelques instants, apparut de quoi nettoyer et panser la plaie. Volski s'assit sur le lit, jambes pendantes. Marina s'agenouilla, sa jupe noire disposée en corolle. De sa chevelure retenue sous un bonnet blanc, on ne voyait que les racines blondes.

Elle lava la plaie, à petits gestes méticuleux et prudents. « Il ne faut pas penser du mal du docteur. C'est un homme bon. » Elle réfléchit un instant, en rassemblant les compresses souillées. « Le meilleur de tous les hommes que j'ai connus. »

Volski sourit malgré lui. Quelle diablesse de savoir dire ce qu'il faut au bon moment, sans redouter le jugement des autres

« Il est un peu fatigué aujourd'hui. Il s'est laissé aller.

— Tout de même, quelle idée ridicule que ces flacons de neige !

— Il y tient beaucoup. Il ne vous a pas menti : l'hiver, il remplit un flacon de neige et le maintient au frais. Aussi longtemps que les cristaux se conservent, il est heureux. Alors, chaque matin, je renouvelle la neige. Sinon, voyez-vous, même entre les deux fenêtres, jamais elle ne tiendrait tout l'hiver. »

De nouveau le colonel sourit. Marina bandait la jambe à présent. « C'est un homme bon, répéta-t-elle, et un excellent docteur. Il ne faut pas lui en vouloir de ses accès de mélancolie. Il s'ennuie un peu ici.

— Eh bien, pourquoi ne demande-t-il pas un hôpital de campagne ? Sur le front, nous manquons de médecins.

— Il en vient. Au début de la guerre, il s'est porté volontaire malgré son âge. C'était un brillant médecin de Moscou qui avait déjà une grande carrière derrière lui. Mais, voyez-vous, il ne s'est pas résigné à voir mourir tant de jeunes hommes. Il a très vite donné des signes de surmenage. Enfin le soir de la bataille des lacs Mazures, alors qu'ils pataugeaient dans la boue et que même la tente sous laquelle il opérait les blessés se maculait de terre, on lui a amené un soldat mourant. Un obus l'avait éventré. Ses entrailles pendaient. Personne n'osait le toucher. À demi conscient, il ne cessait de gémir. D'un coup d'œil sur la blessure, le docteur sut qu'il n'y avait plus rien à faire. Il regarda le visage crispé et reconnut son frère. Cela paraît incroyable, mais c'est ainsi. Son frère est mort dans la nuit sans qu'on ait pu le soulager. Ils manquaient de calmants. Le lendemain, Viktor Mikhaïlovitch a demandé une affectation à l'arrière et, compte tenu du délabrement de sa santé, l'a obtenue sans difficulté. »

La jambe était bandée. Marina se redressa. Volski baissait la tête d'un air triste.

« Tout de même, reprit-il, ce n'est pas un très bon médecin. Ces huit soldats par exemple, qu'il n'a pas réussi à sauver. »

Elle rit. « C'était une plaisanterie. On ne nous envoie pas de cas désespérés. Chez nous les hommes guérissent et repartent au front se faire tuer. À une exception près, nous n'avons jamais perdu personne. Ce sont les tombes de huit chiens enragés que Viktor Mikhaïlovitch a tués. Ils avaient mordu un enfant et une femme au village. Mais nous n'avions rien pour les soigner. Pas de vaccin anti-rabique. Ils sont morts tous les deux. Alors le docteur Zaïtsev a abattu la meute de chiens. »

Elle s'en alla, laissant sur la table de nuit le chandelier qui faisait vaciller les ombres. Volski entendait la respiration régulière du capitaine Dynkine. Son rythme apaisait la douleur qui brûlait sa jambe.

Cette petite infirmière est vraiment bien. Peut-être pas plus infirmière qu'il n'est pope. Mais douce et généreuse. Quel âge ? Plus toute jeune. Pas loin de trente ans sans doute, malgré une peau lumineuse, transparente et des yeux bleus frais comme les pervenches de son jardin. Des mains surprenantes : solides, un peu trop larges. Mais ses doigts, épais, jouent adroitement avec les bandages. Il en émane une chaleur qui rayonnait dans ses chairs blessées. Rien à voir avec ceux des infirmières de Moscou. Il les regardait, sans se lasser, voleter autour des plaies, comme des papillons. Ces jolies infirmières n'éprouvaient pour leurs blessés qu'une compassion mondaine et sentimentale ; elles les oubliaient dès qu'elles rangeaient leurs doigts effilés de pianiste dans leurs gants de chevreau. Après les soins, vite, elles plongeaient leurs mains dans l'eau tiède et savonneuse. Elles se séchaient avec tant de soin, glissant l'essuie-main entre chacun des doigts, un sourire rêveur sur les lèvres, qu'il devinait qu'elles songeaient à leurs jolies mains aristocratiques couvertes de bagues précieuses.

Il peut compter sur Marina pour réconforter ses hommes. Plus une gamine. Mais elle n'a jamais été mariée, il en mettrait sa main de colonel à couper.

Malgré son assurance et ses manières maternelles, son allure reste virginale.

Le docteur, quand même, quel drôle de type ! Impossible de savoir ce qu'il pensait. Il s'était fichu d'eux. Mais peut-être Marina a-t-elle raison. Il n'avait pas de mauvaises intentions. Quant à ces ridicules flacons de neige, simple faiblesse, voilà tout.

Manie professionnelle, il repérait tout de suite les faiblesses des autres. Dynkine, par exemple, à la respiration d'enfant, bien que brave, était influençable. Par un mécanisme étrange, incompréhensible du moins à Volski, le capitaine était ouvert aux autres et même attentif à leurs réactions. Il cherchait à deviner leurs espoirs et leurs craintes et y adaptait son action. Dès le premier jour le colonel l'avait pressenti : dans le visage d'enfant de Dynkine, une sorte de mollesse des traits révélait une incurable inaptitude à commander.

Le docteur, pas le même cas. Nulle indolence dans le visage bien dessiné. Sans doute était-il assez beau dans sa jeunesse. Car nous ne sommes plus tout jeune, Viktor Mikhaïlovitch, n'est-ce pas ? La cinquantaine. Il y a des cheveux blancs dans la crinière épaisse et batailleuse ainsi que dans la moustache. La bouche aimable, souriante, un rien d'amertume aux commissures des lèvres. Il doit plaire aux femmes. La petite Marina, par exemple, a l'air sensible à son charme. Les yeux pers n'apprennent rien sur sa personnalité. Ils sourient constamment. Aucune tristesse ne les a éteints lorsqu'il a fait cette sortie ridicule. Mais Volski, comme les collègues de Zaïtsev qui s'étaient prononcés sur sa demande d'affectation à l'arrière, ne doute pas que le désespoir puisse y jeter de grandes ombres mélancoliques.

6

Leur première journée à l'hôpital s'achevait. Après le dîner qu'ils avaient pris au réfectoire en compagnie des autres convalescents de l'hôpital, Marina envoya au lit le sous-lieutenant — un grand noiraud, maigre et peu souriant — et ses hommes.

Ils ne s'endormiraient pas tout de suite. Les blessés du dortoir voisin leur rendraient une petite visite. Au réfectoire on ne pouvait parler qu'à ses compagnons de table. Difficile de lier connaissance dans ces conditions. Les nouveaux venus faisaient toujours l'objet d'attentions particulières. Auprès d'eux, on glanait des renseignements sur la guerre. Le hasard faisait parfois que deux soldats venaient du même district et aux nouvelles qu'ils échangeaient sur leur contrée, tout le monde prenait intérêt.

Les nouveaux étaient passés par Moscou, disait-on. Depuis février, il s'y déroulait, comme dans la capitale, des événements incompréhensibles dont la rumeur arrivait à l'hôpital si déformée que personne n'y croyait.

Jusqu'à la tombée de la nuit, jusqu'à l'arrivée brutale de l'un des infirmiers, ils discuteraient et s'énerveraient un peu. Leur température monterait. Dans la nuit, des cauchemars les éveilleraient. Demain, le désagréable infirmier, de garde ce soir, reprocherait à Marina de n'avoir pas veillé à ce qu'ils dorment aussitôt couchés. Mais que voulez-vous ? Il faudrait des calmants à assommer un bœuf pour les endormir. Elle avait administré quelques gouttes de valériane aux deux soldats dont le regard vague l'inquiétait un peu. Les autres trouveraient d'eux-mêmes le point de la nuit où le sommeil les submergerait.

Marina rangeait la pharmacie. Par la fenêtre ouverte, elle entendait la conversation du colonel et du docteur.

Ils avaient dîné ensemble dans la salle à manger. Personne n'y prenait jamais ses repas. Ou bien le docteur mangeait au réfectoire parmi ses malades et les infirmiers, ou bien il se contentait d'une pomme et d'un morceau de pain qu'il grignotait dans son bureau. Marina lui apportait du thé et des confitures plus tard dans la soirée.

Pour le colonel, on dressa une table. Zaïtsev convia Marina et le capitaine à dîner avec eux. Les assiettes en porcelaine, les verres de cristal et l'argenterie, découverts au fond d'une armoire, donnaient à la table un aspect luxueux. Pourtant on servit l'ordinaire ; une soupe au lard, du pain, du fromage et un pot de confiture au cassis. D'alcool, ils n'en avaient pas. On but du thé dans les beaux verres à pied, pour la plus grande joie du docteur.

« Demain, je vous en prie, demanda le colonel embarrassé, donnez-nous des tasses ou des verres ordinaires. Ce serait un crime d'abîmer, en y buvant du thé, d'aussi jolis objets. »

Pendant tout le dîner, l'atmosphère resta contrainte. La disproportion entre la splendeur du couvert et la modestie du repas contribuait à la gêne des deux officiers. Volski pensa que le docteur voulait l'humilier. Plus encore, la proposition du colonel de parler en français jeta un froid.

« Je le parle, répondit Zaïtsev, mais Marina ne le comprend pas. » Dynkine rougit. Les lèvres du colonel Volski se pincèrent. Il se tourna vers elle : « Pardonnez-moi, mademoiselle. Le russe est une belle langue et nous sommes des snobs de ne pas vouloir la parler. »

En réalité, personne ne dit plus un mot. On acheva très vite le repas.

« Allez dehors, sur les fauteuils en rotin. Il fait si beau et la nuit est encore loin, proposa Marina. Vous pourrez fumer un peu, si ça vous fait plaisir. » (Elle avait confisqué le matin même au colonel son tabac, qu'elle lui rendait à présent, d'un air mi-ingénu, mi-contrit.)

Ils s'installèrent sur la pelouse, face aux parterres de fleurs. Au-delà de la frondaison des arbres, le sommet de la colline, qui cachait le lac et la maison du docteur, resplendissait dans la lumière diffuse du couchant. Par comparaison, les bois semblaient plus noirs et impénétrables que jamais.

Habilement, le colonel orienta la conversation vers un sujet peu dangereux. Quelle était l'histoire de cette maison ? Le docteur répondit avec bonne humeur. Bien qu'il s'y ennuyât un peu, il aimait la grande bâtisse et son charme délabré. « Cela sent les grandes demeures », expliqua-t-il en riant. Le colonel partageait cette opinion, même si pour lui l'odeur persistante de médicaments l'emportait sur celle, secrète, de vieilles pierres et de bois anciens.

Marina n'écoutait plus, absorbée par ses rangements. On manquait de presque tout à présent. Les commandes toujours plus comminatoires, que Zaïtsev télégraphiait au ministère de la Guerre, n'étaient pas honorées. Ou plutôt, on recevait une dizaine de bouteilles d'éther et d'iode, quelques potions contre les maux de ventre (l'été, l'eau provoquait des troubles digestifs), mais de morphine point, non plus que les traitements anti-rabiques exigés depuis plusieurs mois. Curieusement, ils disposaient de stocks de quinine — destinés sans doute aux hôpitaux de Crimée ou d'Asie centrale et qui avaient dû s'égarer ici.

Elle aurait pu se dispenser de tenir la comptabilité de ces stocks dépareillés, d'autant que la mémoire du docteur était infaillible. Mais on lui avait enseigné au couvent cet exercice fastidieux. Elle s'y soumettait scrupuleusement, de peur qu'on ne lui enlève le titre d'infirmière. Elle y tenait d'autant plus qu'elle savait n'y avoir pas complètement droit.

7

« Tout de même, disait la voix impérieuse du colonel, vous devriez prendre davantage soin du parc.

Bientôt il ressemblera à une jungle. Et ces tombes — on peut dire que vous nous avez bien eus ! — pourquoi les avoir creusées à cet endroit ? Vous pouviez enterrer ces bêtes sous les arbres.

— Bah ! Elles serviront d'engrais. Excellent pour les fleurs de Marina. »

Soudain résonna la voix du capitaine Dynkine. Il avait gardé le silence pendant tout le dîner et n'avait pas non plus ouvert la bouche depuis qu'il s'était installé avec les deux autres sur la pelouse. Il parlait d'une voix posée, au timbre neutre, ni grave, ni aigu. De sa fenêtre, Marina remarqua le soin qu'il mettait à articuler et à s'exprimer sans précipitation. Il veille à être compris. Sans doute ne croit-il pas à la supériorité de son intelligence.

« Comme c'est curieux, dit-il, nous avons eu très peur à l'idée de tous ces hommes que vous veniez d'enterrer et nous avons éprouvé un grand soulagement en apprenant qu'il s'agissait de chiens enragés.

« Je me demande pourtant si nous ne devrions pas éprouver davantage encore de crainte.

— Pourquoi, demanda Zaïtsev, craignez-vous davantage les chiens enragés que les effets de la guerre ?

— Bien sûr, répondit Dynkine, ce que je dis peut vous sembler stupide. »

Ses yeux bleus légèrement écarquillés fixèrent le docteur avec concentration, comme s'il redoutait que sa démonstration ne suffise pas à le convaincre. Seul, son regard trahit cette tension intérieure. Son visage, pâle, conserva sa douceur enfantine et sa voix ne perdit rien de son calme.

« Je veux dire que cette rage, ce poison qui se répand parmi les chiens et le peuple, n'avons-nous pas tort de la croire moins dangereuse que la guerre ?

— Vous vous exprimez de manière elliptique, remarqua Zaïtsev. Je suppose qu'il s'agit d'un symbole ?

— Quel symbole ? » demanda Volski d'un ton

rageur. Il n'y comprenait plus rien. Voilà deux fois qu'en vingt-quatre heures Dynkine lui donnait le sentiment de dire n'importe quoi. Se pourrait-il que son esprit aussi ait été ébranlé par le bombardement ?

Viktor Mikhaïlovitch expliqua. « Le capitaine a, je suppose, l'habitude de la censure des armées. Il craint que le peuple ne soit devenu enragé depuis les derniers événements

— Chut », coupa le colonel. Il se retourna pour vérifier qu'ils étaient bien seuls. « Surtout ne parlez pas de cela. Pas ici en tout cas. Il faut laisser les hommes à l'abri de ces idées, de ces influences, comment dit-on ? délétères.

« Vous ne recevez pas de journaux, n'est-ce pas ? Il faut aux nouvelles beaucoup de temps pour vous arriver ?

— Nous avons le télégraphe pas loin d'ici », observa Zaïtsev. Il comprenait enfin pourquoi le colonel, entre tous les hôpitaux, avait préféré le sien.

« Rien à craindre, le télégraphe est aux mains de l'armée.

— Mais ne redoutez-vous pas que l'armée ne soit elle aussi atteinte ?

— À Dieu ne plaise », répondit Volski en roulant des yeux furieux en direction de Dynkine, comme s'il découvrait tout à coup auprès de lui un agent d'infection potentiel. « L'armée est tout ce qui reste à notre pauvre pays. Croyez-moi, nous veillerons à empêcher que cette rage, comme l'appelle justement le capitaine, ne se répande plus avant.

— Je ne suis pas sûr que nous puissions l'empêcher, remarqua Dynkine de sa voix appliquée.

— Certainement pas, si vous continuez à dire de telles stupidités, capitaine. Votre blessure ne vous autorise en aucun cas à tenir les propos subversifs auxquels vous vous complaisez depuis hier. Veillez, je vous prie, à vous abstenir d'exprimer de pareilles pensées et si vous le pouvez, de les concevoir. »

Plus pâle que jamais, Dynkine présenta ses excuses et demanda l'autorisation de se retirer.

Au moment où il prenait congé, apparut Marina. Son petit bonnet blanc avait disparu. Ses cheveux blonds épais pendaient en natte sur son dos. En la voyant tellement rajeunie Volski se demanda si ses évaluations de la veille n'étaient pas exagérées.

« Oleg Fiodorovitch, dit-elle au joli capitaine, il fait encore si doux dehors. Ne voulez-vous pas faire le tour de la maison avec moi avant de vous coucher ? »

Ils s'éloignèrent, Marina, au bras valide du capitaine, le guidait plutôt qu'elle ne s'appuyait sur lui. Du fond de leurs fauteuils en rotin, les deux hommes regardèrent silencieusement le mouvement de la natte blonde sur le chemisier clair et les ondulations de la jupe noire. À la démarche raide du capitaine, ils offraient un contrepoint harmonieux. De l'amertume qu'ils éprouvaient, le docteur et le colonel se consolaient intérieurement — sans imaginer que l'autre en fît autant — à l'idée que la décomposition du monde n'y empêchait pas la persistance de la beauté.

8

En une semaine la maison se remit de l'arrivée des nouveaux venus. On oublia la routine qui avait jusque-là rythmé la vie de l'hôpital Ils avaient toujours été là.

« Souviens-toi, disait-on dans les couloirs, cela remonte à plusieurs mois. C'était avant les hommes de Volski.

— Tu es fou, entendait-on. Ils ne sont là que depuis quelques jours. »

On consultait Marina Alexandrovna qui, dans sa rigueur d'infirmière, distinguait encore clairement la mémoire professionnelle de la sentimentale.

Les hommes de Volski, on s'en aperçut vite, ne savaient rien. Rien, mais rien du tout. L'un d'eux croyait même que le tsar était encore au pouvoir.

Mais enfin, il était plutôt dérangé, à cause de l'obus qui l'avait envoyé dinguer sur une souche. On lui avait expliqué vingt fois déjà ce qui s'était passé. Il oubliait aussitôt. Le temps pour lui s'était arrêté le jour où il avait rejoint son régiment. (Il avait même oublié que sa mère était morte entre-temps et ça, personne n'osait le lui rappeler.)

Il y en avait encore un autre qui ne semblait pas très normal. Son sourire au coin des lèvres lui donnait un air bizarre. Il ne cessait jamais de sourire, même si on lui disait des choses désagréables, même s'il recevait une dégelée. De temps en temps, l'amnésique prenait des crises et lui tapait dessus. Marina Alexandrovna appelait : « Docteur ! Dooc-teueur ! Vite — Vii-tee. » Elle poussait de côté le type au sourire étrange pour qu'il ne se fasse pas trop amocher. Mais il revenait se mettre juste sous les poings, comme s'il espérait qu'un coup bien placé mettrait fin à son amusement perpétuel. L'un des infirmiers montait et maîtrisait le dément. Malgré les protestations de Marina Alexandrovna, il giflait violemment le forcené pour le calmer. Personne ne disait rien ? Un fou comme ça, c'est dangereux. Lui cogner dessus pour le ramener à la raison, enfin à ce qu'il en reste, c'est un réflexe normal. Rien à critiquer.

Faute de nouvelles fraîches, on éprouva d'abord un peu de déception. D'autant que la seule information qu'on tenait des arrivants — la guerre continuait — était plutôt désespérante. Surtout pour ceux qui allaient bientôt quitter l'hôpital.

Mais finalement qui s'intéressait aux rumeurs avant leur venue ? Même ceux auxquels le docteur Zaïtsev annonçait leur départ prochain ne les écoutaient pas. Ils vivaient loin de tout. En passant le portail de la maison, ils avaient franchi la frontière d'un autre monde.

L'hôpital, le parc et plus encore le vallon avec son lac et la maison magique du docteur, où allaient bricoler ceux qui se sentaient alertes, n'appartenaient pas à l'univers qu'ils avaient quitté quelques mois ou quelques semaines plus tôt. Ils ne savaient pas l'exprimer clairement et s'ils s'y étaient risqués, le son de leur voix, à la recherche des mots pour définir des sensations si peu ordinaires, les aurait fait rire de gêne. Mais tout de même, est-ce que le temps ne s'était pas arrêté dans ces marches du gouvernement de Iaroslav ?

Les plus pauvres d'entre eux, qui n'avaient connu avant la guerre que la misère et la faim, entrevoyaient le reflet de la vie qui leur avait toujours échappé.

D'une certaine manière, la présence des nouveaux venus avait gâché leur plaisir. C'était la faute du sous-lieutenant de Volski, Sergueï Sergueïevitch Ossipov ! Un noiraud au long nez, sec comme une trique. Quelle idée de mélanger un sous-lieutenant avec de simples soldats ! Lui ne s'en offusquait pas. Il n'était pas fier et sans ses idées, on l'aurait même trouvé plutôt sympathique.

Mais ses discours ! Non qu'ils ne les aient jamais entendus. Ils avaient lu — ou on leur avait lu — les tracts qui circulaient dans le pays. Au front, à la moindre occasion, il y avait toujours un ou deux types pour faire de la propagande. Mais c'était la première fois qu'ils entendaient un officier défendre les idées bolcheviques.

Incroyables ses critiques ! « Regardez, disait-il, votre docteur. Cet exploiteur du peuple. Il a un bureau rien que pour lui avec plus de livres qu'il n'en lira jamais, alors que la moitié d'entre vous êtes analphabètes. » (Justement : à quoi ça pourrait leur servir à eux d'avoir des livres ? Valait mieux que quelqu'un en profite.)

« Et il mange dans de la porcelaine, avec de l'argenterie et des cristaux. Il passe son temps avec le colonel. Il ne veut pas de vous. Il vous méprise. »

Ça, c'était faux ! Il le savait aussi bien qu'eux. On avait depuis longtemps rangé la vaisselle fine. Le soir, « ces messieurs » (une invention du sous-lieutenant) prenaient le thé dans la vaisselle du réfectoire.

Les mêmes assiettes ébréchées, de mauvais couverts et pour le thé, de gros verres qui tenaient le liquide chaud. La preuve qu'il ne les méprise pas, le docteur Zaïtsev, c'est qu'à midi, il vient déjeuner avec eux. Tiens, comme ça. Il s'assoit parmi eux pour manger la kacha et quand il y a du lard dedans, pas tous les jours, il rigole, le docteur, tout comme eux. « Dites donc, les gars, c'est drôlement bon. » On croirait un des leurs, parole, même s'il mange bien proprement, sans bruit, ni saleté.

Le colonel, bon, c'est vrai, il ne prend jamais aucun repas avec eux. Il déjeune seul dans sa chambre parce que le capitaine préfère aller au réfectoire. Dynkine ne s'assied pas parmi ses hommes. Il s'installe avec les infirmiers, à un bout de table. Mais personne n'irait le lui reprocher. On sait bien que ce qui lui plaît c'est d'être à côté de Marina Alexandrovna.

Encore une que le sous-lieutenant a essayé de critiquer ! Mais ça, ils ne l'ont pas admis. Parole, il a failli y avoir une bagarre. C'est lui qui a cédé le premier. L'esprit tactique, comme il dit. « Ce docteur, il vit sous votre nez avec sa putain », a-t-il lancé un soir.

« Où t'as vu une putain, Sergueï ? a demandé le doyen des blessés. Si c'est de Marina Alexandrovna que tu parles, tu arrêtes tout de suite, sinon on te fait avaler tes injures. »

Bien sûr qu'il a arrêté ! Mais il jette de mauvais regards à Marina dès qu'il se croit seul. Un jour quelqu'un a demandé pourquoi il lui en voulait. Et la réponse les a estomaqués : elle trahit le peuple ! Peut-être qu'il est seulement jaloux !

Mais finalement on écoute ce qu'il dit, cet enfant de salaud. Il est attentif à leurs plaintes. Il parle bien et il sait beaucoup de choses qu'eux, simples soldats, ignoreront toujours. Ils ont parfois envie de croire toutes ces sornettes. Est-ce possible qu'un jour le monde soit à eux aussi ? Ils ne le pensent pas vraiment. Mais cela fait chaud dans le ventre que certains le pensent et y consacrent leur vie.

9

Le rituel se reproduisait chaque soir. Vers sept heures, le colonel Volski passait dans la salle à manger. Dynkine s'y trouvait déjà et quelquefois Marina. Zaïtsev arrivait toujours le dernier. Certaines fois, il surgissait cinq petites minutes plus tard. Mais à d'autres, il avait un quart d'heure ou une demi-heure de retard.

Les cheveux ébouriffés, le teint rougi, il manifestait quotidiennement une profonde surprise : « Ah ! Mais vous êtes déjà là ! » Loin de gagner sa place au plus vite, il se lavait les mains. Pas question de se tremper le bout des doigts vite fait, bien fait. Non, nous ne sommes pas médecin pour rien. On ne plaisante pas avec l'hygiène. Et que je te savonne et que je te récure les ongles. « Marina, l'eau n'est pas assez chaude, comment veux-tu que cela mousse ? »

Ah oui ! Mais pendant ce temps-là les autres doivent attendre encore. Si l'on a servi de la soupe, elle est complètement froide quand ce satané Zaïtsev passe enfin à table. Heureusement, le samovar ronronne paisiblement. On buvait au moins le thé chaud.

C'était par pure vanité que le colonel attendait pour dîner l'arrivée de son hôte. Intransigeant sur les bonnes manières, il avalait, piteusement, sa soupe froide. Ce repas où personne ne parlait était une corvée que chacun tâchait d'expédier au plus vite. Il eût été facile de servir au colonel un plateau dans sa chambre, comme au déjeuner. Mais Volski tenait à cette cérémonie, d'autant plus qu'il savait qu'elle exaspérait Zaïtsev.

Marina tenta vainement d'y échapper. Zaïtsev et Dynkine la prièrent tous deux, quoique séparément, de n'en rien faire. Aussi chaque soir s'asseyait-elle entre le colonel et le docteur, face au sympathique capitaine. On avait enlevé le bandage de son crâne depuis quelques jours. Ses cheveux noirs bouclaient autour de son front blême.

Depuis le premier soir, plus personne ne proposait après le dîner de prendre le frais tous ensemble, dans les fauteuils de rotin, en attendant la nuit.

Le colonel s'en allait faire un petit tour. Son pas s'affermissait, mais il s'entêtait à refuser la canne que recommandait le docteur. Dynkine, parfois, l'accompagnait un air de bonté sur le visage. Mais le plus souvent, il restait dans le sillage de Marina, la regardant desservir et ranger. Il lui offrait une dernière promenade avant l'heure du coucher.

Quant à Zaïtsev, après un regard ennuyé sur Dynkine, il s'éclipsait. Marina ne le revoyait plus avant le lendemain. Elle s'inventait des prétextes pour rester à portée de voix, si le docteur s'était enfermé dans son bureau. Mais le moment où elle n'avait plus rien à faire surgissait. Son bon cœur ne résistait pas davantage au regard patient du capitaine.

Marina aimait ces courtes promenades en compagnie du séduisant capitaine. Mais la discorde entre le colonel et Zaïtsev lui gâchait son plaisir.

En juillet, il se mit soudain à pleuvoir. Toute une journée, le ciel se traîna bas et sombre, à rouler ses nuages d'ouest en est. Le vent balayait le parc, arrachant les branches mortes et les premières feuilles jaunies.

L'orage empêcha Zaïtsev d'aller inspecter les travaux de sa maison. Il passa l'après-midi dans son bureau à mettre de l'ordre dans les dossiers médicaux des soldats.

Il monta plusieurs fois aux dortoirs interroger un blessé. Malgré la contrariété, il ne manifestait pas de mauvaise humeur. Il s'asseyait sur un lit, suivait une partie d'échecs entamée, le sourire aux lèvres, comme s'il avait, d'un coup d'œil, percé le secret de l'échiquier. Enfin, comme à regret, il examinait le soldat qui l'intéressait et redescendait en sifflotant vers son bureau.

Il serait bien obligé cette fois d'être à l'heure pour

le dîner. D'avance, Marina s'inquiétait, certaine qu'il en serait fâché et que le thé serait plus que jamais fastidieux.

« Si nous dînions dans la véranda ? » proposa-t-elle quand, décontenancés par l'inhabituelle ponctualité de Zaïtsev, ils se retrouvèrent tous quatre à sept heures dans la salle à manger.

« Quelle charmante idée », répondit Dynkine. « Mais oui, quelle bonne idée », renchérit Zaïtsev. Volski ne dit rien. Il voyait que, même s'il s'avisait de s'y opposer, personne, ce soir, n'y prendrait garde.

10

Les précédents propriétaires avaient aménagé une véranda à l'arrière de la maison, à l'exact opposé des colonnades de la façade. On pouvait y tendre des rideaux de chintz, fleuris mais défraîchis, pour la transformer, les nuits d'hiver, en un jardin de tissu. Mais la nuit était trop loin encore pour qu'on se privât de la triste lumière de cette fin de journée. La pluie ruisselait sur les feuilles des arbres. Elle s'éparpillait, dans la fureur de l'orage, contre les vitres de la véranda.

Il faisait un peu froid, mais le samovar fumant réchauffait l'air, comme le remarqua joyeusement Marina en se mettant à table.

« Oui, approuva le colonel. Il fait bon à côté du samovar. » Marina lui sourit. Peut-être cette soirée se passerait-elle agréablement.

Dynkine, de sa voix lente, se mit de la partie. Mais ce n'était pas un mondain. De ce que doit être une conversation, il n'avait pas une idée très précise. Il parlait parce qu'il avait quelque chose à dire et non pour briser un malaise.

« Cette pièce me rappelle la maison de mes parents.

— Vos parents ? Vous avez des parents, Oleg Fiodorovitch ? » demanda le colonel d'une voix très étonnée.

Dynkine le dévisagea de ses grands yeux bleus avec quelque chose d'ahuri dans le regard. Zaïtsev et Marina le regardèrent de la même manière, mais le colonel ne se laissa pas démonter.

« Ne me regardez pas avec cet air abruti, dit-il. Je ne m'imagine pas une seconde que vous soyez né dans un chou, cher ami. Je vous demande si vos parents sont encore en vie.

— Mes parents, répéta Dynkine, comme pour s'assurer que le colonel ne divaguait pas. Mes parents ? Non, ils sont morts.

— Vous voyez bien », répliqua Volski, et un sourire d'extrême contentement dérida son visage habituellement renfrogné.

Le docteur Zaïtsev partit d'un grand éclat de rire devant l'humour (volontaire ?) du colonel. Mais c'est que l'on peut plaisanter !

De crainte que Dynkine qui, bouche ouverte, contemplait avec effarement son colonel et le rire du docteur, ne se sentît vexé, Marina lui demanda où habitaient ses parents de leur vivant. À Moscou. Mais la véranda appartenait à une autre maison, qu'ils possédaient à la campagne. Malgré son insistance, Marina n'en tira pas davantage. Le capitaine demeurait sous le coup, non de l'humiliation, mais de la surprise. Il n'avait pas assez d'esprit pour ne pas le perdre sitôt qu'il se trouvait décontenancé.

Zaïtsev vint au secours de Marina.

« Et vous, colonel, demanda-t-il, je suppose que vous avez une famille. Une femme et des enfants, j'en suis sûr. » Le colonel ne résista pas à la question du docteur.

« Cinq », dit-il, sans qu'on sût d'abord s'il parlait de femmes ou d'enfants. Il avala une lampée de thé, avant de préciser qu'il s'agissait, évidemment, de ses enfants (trois garçons et deux filles. L'aîné avait douze ans). On aurait du mal, craignaient-ils tous, à l'arrêter maintenant qu'il avait entrepris la description de sa famille. Mais il n'indiqua même pas leurs prénoms, se bornant à remarquer qu'ils lui manquaient et sa femme aussi, la pauvre petite, si jeune encore.

Zaïtsev demanda, d'une voix pleine de sympathie, où ils étaient installés. Il s'étonna de la réponse de Volski.

« Petrograd ! Ne souffrent-ils pas trop des difficultés de l'approvisionnement ?

— Oh ! Ils ne sont plus à Petrograd. Dès l'an passé, je les ai envoyés à la campagne, chez mes beaux-parents. Ils y mangent à leur faim. »

De nouveau le regard concentré de Dynkine se posa sur le colonel. Il considérait toute conversation comme un exercice sérieux. Le capitaine n'appartenait pas au nombre des irréfléchis qui se lancent à brûle-pourpoint dans une conversation et s'étonnent eux-mêmes du son de leur voix et des mots qui leur ont échappé. Sur son visage et dans ses yeux bleus vaporeux, se lisaient, longtemps avant qu'il n'ait commencé à parler, les préparatifs du discours qu'il composait mentalement. Son propos se réduisit finalement à une simple question, mais si brève qu'ils n'en saisirent pas immédiatement le sens. Les paroles de Dynkine les surprenaient toujours. Ils se demandaient parfois si le mécanisme qui régissait le fonctionnement de son cerveau n'avait pas été sournoisement déréglé.

« Est-ce que vous n'avez pas peur de les laisser à la campagne ? demanda-t-il.

— Peur ? répliqua Volski. Mais de quoi aurais-je peur ? »

Dynkine hésitait visiblement à répondre. Le docteur vint à sa rescousse, un sourire aux lèvres.

« Il veut dire, n'avez-vous pas peur de la rage, colonel ? » Il fallut quelques instants à Volski pour se rappeler la métaphore.

« La rage, dit-il l'air rêveur. Mais que faire ? Il faut bien que les enfants mangent. »

Son visage s'attrista soudain. Avec réticence, il avoua : « Je suis inquiet. Je n'ai aucune nouvelle d'eux depuis longtemps. »

Marina servit à tout le monde un nouveau verre de thé pour y dissoudre ces cruelles idées. Dynkine conservait son regard un peu vague. Comment aider Volski, au visage soudain méconnaissable ? Le colonel, abrupt et ronchonnant, livrait ce soir ses réserves d'humour et d'angoisse. Mais il se ressaisit et interrogea à son tour.

« Et vous, docteur, vous avez une petite famille n'est-ce pas ? »

Coup de poignard. La brume surgit de toutes parts et voile la scène. Faut-il payer ce prix pour réconcilier les deux hommes ? Faut-il ressusciter ces êtres humains inconsistants ? Ils sont si loin, si loin de Marina, qu'il suffit de supposer qu'ils sont morts.

Zaïtsev prit son temps pour répondre. Mais le colonel, certain de tenir un bon sujet de conversation, le piqua de ses questions. « Ah, laissez-moi deviner. Vous n'êtes pas homme à avoir une grande famille. Et les médecins, n'est-ce pas, savent l'éviter à leurs femmes Alors, je dirais : deux.

— Juste. Deux enfants. Ma femme et eux habitent Moscou. »

On vit le colonel mettre en place ses lèvres pour s'étonner : « À Moscou ! » dirait-il. Suivraient des descriptions de la famille, de l'appartement, de l'épouse attentive et soigneuse. Peut-être saurait-on la forme de son visage, la couleur de ses cheveux et celle de ses yeux. Marina redoutait moins ces descriptions, jusque-là évitées, que le ton de la voix de Zaïtsev. Verrait-elle dans ses yeux l'expression affligée du père de famille, qui avait traversé les petits yeux perçants de Volski ? Si cet homme aigre pouvait se transformer au souvenir de sa famille, que deviendrait le visage sensible du docteur ?

Pour le moment, Zaïtsev attendait que le colonel s'exclame. Sa bouche se plissait d'ennui plus que de contentement.

Jamais, pourtant, Volski ne put exprimer sa surprise et son effroi. Comme si Dynkine avait saisi la douleur de Marina, il bouscula, en prenant la parole, les mots que retenait encore le colonel. Il ne développa nullement le thème choisi par Volski. Comme toujours, le lien avec les phrases précédentes était des plus ténus.

« Je me rappelle, dit-il, que mes parents prenaient chaque soir le thé dans la véranda. »

Les joues gonflées de Volski s'affaissèrent. Mais il les remplit d'air aussitôt et déclara : « Ma foi, ils avaient sacrément raison !

— Comme vos parents devaient être sympathiques, renchérit Zaïtsev.

— Oh, dit Marina, parlez-nous encore de vos parents. »

11

Vite, la nouvelle courut dans les couloirs de l'hôpital : le colonel et le docteur s'étaient réconciliés. Personne n'avait ignoré leur mésentente mais personne n'y avait prêté attention. Aujourd'hui la nouvelle remuait les dortoirs.

De manière générale, les soldats la prirent avec bonne humeur. Quelques-uns cependant, moins sentimentaux ou plus politisés, l'accueillirent avec davantage de réserve.

Le sous-lieutenant désapprouva catégoriquement : « Quand les chefs s'entendent, c'est toujours sur le dos des hommes. » On demeura pantois devant son opiniâtreté. Tout de même le docteur, ce n'était pas un chef. Le colonel, d'accord, il ressemblait à une peau de vache. Mais notre Zaïtsev, impossible de le ranger dans la catégorie des supérieurs. S'il éprouve du plaisir à discuter le soir devant un verre de thé avec ce vieux bougon, eh bien tant mieux ! S'il tire de nouveau les fauteuils de rotin sur la pelouse, le soir, en attendant la nuit, qui va le critiquer ? Ah non, le docteur, il faut aussi qu'il ait sa petite part de joie dans cette vie.

« Attends, dirent les plus rebelles, pour le moment, il le tient encore à distance. C'est pas de l'amitié, seulement de la politesse. Le jour où il l'emmène voir sa maison, là, nous risquons de souffrir. »

Souffrir, pourquoi ? Est-ce que Viktor Mikhaïlovitch ne continuera pas à les rejoindre à la maison aux premières minutes de liberté ? Est-ce qu'il ne fumera pas avec eux leur horrible tabac qui coupe le souffle de Marina Alexandrovna ? C'est sûr qu'il partagera leur repas, dans l'herbe, devant la maison, en montrant une corniche mal clouée ou une planche dont la peinture s'écaille déjà. Il dira : « Les gars, c'est la guerre, faut pas l'oublier. Pas question de laisser cette baraque comme ça. Imaginez ce que dira l'ennemi, si elle lui tombe entre les mains. »

Bien sûr, depuis la réconciliation — foutue pluie ! Il aurait fait beau ce soir-là qu'il ne serait pas arrivé à l'heure pour le thé — il se relevait d'un bond. « Les gars, je file. Sinon je serai en retard. Rentrez, vous aussi. Les infirmiers vont vous chercher. » La petite troupe s'ébranlait à la queue leu leu dans le chemin qui gravissait la colline. Zaïtsev, en avant, courait à demi. Au sommet, le vent le happait. Sa veste se gonflait soudain, il battait des bras pour retrouver son équilibre et, emporté par son élan, disparaissait sur l'autre versant. Une seconde d'inattention et on aurait cru qu'il s'était envolé, arraché à la terre par le grand vent.

C'est comme ça qu'il disparaîtra de leur vie, en un clin d'œil. Ils le savent tous. Chaque soir, lorsque le docteur se volatilise, ils ressentent un pincement au cœur. Ils pressent le pas, malgré eux, pour vérifier, du sommet de la colline, que sa silhouette noire dévale l'autre versant en direction de l'hôpital.

12

Un jour cuisant de juillet, le déjeuner fut interrompu par l'arrivée d'une vieille charrette dans un grand vacarme de grincements et de hennissements que répercutèrent longuement les murs du réfectoire.

Les plus valides et les plus nerveux bondirent de leur banc et coururent aux fenêtres. On ne voyait rien. La carriole avait tourné et se dirigeait vers le perron.

« Restez assis, commanda le docteur, qui n'avait pas bougé. Les mauvaises nouvelles, on les apprend toujours trop tôt. »

Aux premiers bruits, Marina Alexandrovna avait couru vers la porte. Il suffirait d'attendre son retour. Mais elle ne revint pas. Quelques minutes plus tard, le colonel qu'annonçaient son pas clopinant et le rythme régulier de sa canne vint chercher le docteur et le capitaine.

Sur le moment, on ne sut rien de plus. La carriole et son conducteur étaient repartis presque aussitôt. Quelques-uns, aux fenêtres, les avaient vus foncer dans la grande allée. On se perdit en conjectures.

Peut-être que la guerre est finie, supposèrent les plus optimistes. Mais pourquoi le leur cacher ? Zaïtsev avait raison, ce ne pouvait être qu'une mauvaise nouvelle.

Certains jugeaient inadmissible, quel que soit le contenu du message, qu'on le leur cachât. À leur tête, l'inévitable sous-lieutenant Sergueï Ossipov.

Personne ne voulait remonter aux dortoirs. Avec la chaleur, les odeurs de désinfectant et de médicaments infusaient. On pouvait presque les voir se transformer en vapeurs blanchâtres flottant au-dessus des lits. Aucun frisson d'air ne venait les chasser.

Il y aurait de l'orage dans la nuit. Tout le monde en était convaincu. Le temps était trop lourd et trop chaud. Bientôt surgiraient des nuages noirs au ras de l'horizon. Il faisait bon, en attendant, s'asseoir dans l'herbe à l'ombre des vieux tilleuls, la tête renversée, à guetter dans le ciel si bleu les premiers flocons de nuage.

On était allongé au frais. On dormait ou on rêvassait. Quelques-uns (le sous-lieutenant par exemple) avaient encore la force de discuter des événements du déjeuner. Tout à coup, un roulement lointain, rapide mais irrégulier. L'orage déjà ? Allons, impossible ! D'ailleurs le roulement ne cessa pas, s'amplifia et se rapprocha.

Au détour de l'allée, poussant une brouette chargée de bidons de lait, apparurent Trofime et sa barbe. Trofime Trofimovitch, l'homme à tout faire de l'hôpital. Il roulait des yeux effrayés, lâcha les brancards, sans se soucier de ses bidons, et se précipita vers eux en gesticulant.

Il a croisé l'attelage mystérieux. Un homme du télégraphe qui s'est arrêté en le voyant. Ce qu'il dit ? Seigneur ! (Trofime se signe plusieurs fois.) Il paraît qu'à Petrograd, c'est la révolution de nouveau. J'ai demandé s'il croyait que notre petit père le tsar allait revenir. Comment, qu'il a dit, tout le contraire que c'est ! Seigneur ! Les Bolcheviks et le peuple essaient de renverser le gouvernement.

Le sous-lieutenant noiraud exulta. Mais les autres voulaient savoir si la guerre était finie. Trofime avait posé la question. Mais non, rien de nouveau, elle continuait toujours. L'émotion retomba un peu. Est-ce que le reste avait de l'importance ?

Mais oui ! Le sous-lieutenant passa une heure à le leur expliquer. Que gagnent les révolutionnaires, les vrais, et la guerre cesserait. Bon, il n'y avait qu'à attendre. La plupart se rallongèrent dans l'herbe râpeuse qui sentait comme la peau de leurs femmes, les nuits d'été. Mais ce noiraud, quel activiste ! Pas question de se coucher et de laisser les révolutionnaires de Petrograd se saisir seuls du pouvoir et arrêter seuls la guerre. Eux aussi devaient prendre leur part du travail. Demander des comptes à Volski et à Zaïtsev, pour commencer.

Il s'échauffait à dresser des plans et à élaborer des pétitions, quand le docteur sortit de la maison, un chapeau sur la tête sifflotant. Qui m'accompagne ? Tous ceux qui pouvaient marcher jusqu'au lac furent debout en un clin d'œil. Il ne resta plus au sous-lieutenant que les éclopés et les deux dingues.

13

La journée s'achevait. Finalement, l'orage avait tourné. Avec la fin du jour, s'était levée une petite brise légère et parfumée qui avait détendu l'atmosphère.

Au fond de leurs fauteuils de rotin, le colonel et le docteur discutaient des événements. Dynkine les écoutait en silence. Sur le moment, l'annonce de la manifestation bolchevique de la veille avait énervé Volski. Il faut dire qu'à écouter le télégraphiste, on aurait cru Petrograd aux mains des extrémistes.

Zaïtsev et Dynkine avaient cependant persuadé le colonel de ne pas s'emballer. La situation paraissait confuse. Le docteur se chargea de calmer les hommes qu'il trouvait surexcités, tandis que Volski, conduit par Trofime, allait chercher les dernières nouvelles télégraphiques.

Fausse alerte ! Tout était rentré dans l'ordre. Le gouvernement provisoire arrêtait même cette racaille de Bolcheviks. Mais ne faudrait-il pas se débarrasser aussi de cette tête brûlée de télégraphiste ? Les bonnes nouvelles enfiévraient le colonel autant que les catastrophes. De nouveau, Zaïtsev dut le calmer.

Dans les dortoirs, Marina ouvrait les fenêtres que les infirmiers avaient barricadées en prévision de l'orage. Les blessés l'accueillirent avec plaisir. Ils gisaient, à demi nus dans la moiteur épaisse, les draps rabattus, grattant leurs bandages. Ouvrez tout grand. Laissez entrer la nuit. À demain. Dormez bien.

Chemin faisant, elle se glissa dans sa chambre pour en ouvrir aussi la fenêtre. En se penchant, elle voyait les crânes des trois hommes. Celui, un peu chauve du colonel, les cheveux grisonnants du docteur et la chevelure noire et bouclée du capitaine.

Leurs voix montaient. Le docteur avait trouvé un nouveau sujet de conversation.

« Je vous assure, disait Zaïtsev, je l'ai constaté à plusieurs reprises ces derniers temps.

— Je ne le crois pas, déclara la voix du colonel.

— Comment est-ce possible ? demanda celle, intéressée, du capitaine.

— L'âge, mon cher. Vous le vérifierez vous-même dans quelques années. Il vous vient une espèce de lourdeur dans les membres qui ralentit tous les mouvements.

« Tenez, j'ai beaucoup joué du piano quand j'étais jeune. J'étais même assez doué. Maintenant, je joue mes doubles croches comme des croches. Inutile de parler des triples ou des quadruples croches.

— C'est que vous ne vous entraînez pas assez, répliqua le colonel. Je n'ai rien remarqué de tel chez moi. Je suis pourtant sûrement plus âgé que vous. »

C'était trop triste. Marina quitta la fenêtre et poursuivit sa tournée des dortoirs. Plusieurs fois, ces dernières semaines, elle avait entendu le docteur jurer d'énervement. Il ne dépliait plus les pansements aussi vite qu'autrefois. Ses doigts s'embrouillaient à casser une ampoule ou préparer une seringue. Dans son bureau, elle l'avait surpris, l'air affligé, la plume à la main. « Regarde, même écrire me prend deux fois plus de temps qu'autrefois. Je deviens lent et maladroit comme un vieillard. »

Marina poussa la porte de la chambre des hommes de Volski. L'odeur épouvantable — chairs mal lavées, blessures suppurantes, éther et phénol — la fit reculer. La pièce donnait à l'est. Il y faisait déjà sombre. Seule brillait une lumière au chevet du sous-lieutenant. Elle remarqua son sourire acide. « Entrez donc, mademoiselle l'infirmière. Est-ce que nous vous dégoûtons tellement ? »

« Arrête, arrête », chuchota-t-on de plusieurs endroits. Elle marcha vers la première fenêtre et l'ouvrit brutalement. Le souffle du parc lui rendit courage.

Est-ce que personne ne mouchera jamais ce sous-lieutenant ? Le capitaine Dynkine le craint un peu. Le colonel ne sait pas lui parler. Ce n'est pas de l'humilier qui lui enlèvera sa méchanceté. Pourtant il ne manquerait pas de charme s'il était moins désagréable. Comment faut-il lui répondre ?

Marina approchait de la fenêtre sous laquelle il couchait, quand elle s'arrêta, stupéfaite. À la lueur de la bougie, elle découvrait deux lits vides.

Où étaient leurs camarades ? L'inquiétude lui donnait une voix désagréable, un peu haute et sifflante. Un coup de fouet, comme jadis la voix de la nonne qui lui faisait laver et relaver les bandages jaunis de pus. Elle se reprit et posa la question de sa voix ordinaire : douce, chaude et mélodieuse.

Dans les escaliers, son cœur battait très fort. Quelle journée, quelle horrible journée ! Les nouvelles préoccupantes de la capitale. Ne rien dire aux hommes (« Nous sommes entre leurs mains. Faisons comme s'il ne se passait rien »). L'annonce, dans la soirée, que Marina trouvait tout aussi inquiétante, qu'à Petrograd, l'agitation s'était subitement calmée.

Comment faire comme s'il ne se passait rien ? La guerre, là-bas à l'ouest. Les troubles dans la capitale. Et ici la disparition des deux déséquilibrés. L'angoisse submergea Marina. Elle avait le sentiment d'un drame imminent. Elle sentait vibrer autour d'elle l'onde irrésistible qui se propageait dans le pays et déréglait sur son passage la mécanique de leurs vies.

« Docteur, Viktor Mikhaïlovitch, s'il vous plaît. Ils ont disparu. Les deux malades, ils ont disparu. »

Les trois hommes bondirent de leurs fauteuils. Volski, un pli sur le front, semblait désapprobateur (elle lui a coupé la parole, c'est sûr). Dynkine prit l'air effaré qui lui venait au moindre incident. Zaïtsev parla de sa voix de médecin, rassurante et posée. De quels malades parlait-elle ? Que se passait-il ?

Malades ? Fous, oui pour être exacte. Mais voilà, on ne peut pas le dire, n'est-ce pas ? Elle cherchait, sans le trouver, un mot qui ne soit ni désobligeant, ni imprécis. Dans son émoi, elle avait oublié leurs noms.

« Tu as peur, Marina ? » demanda le docteur, inquiet de sa confusion.

Voilà, c'est cela. Elle a peur. De l'entendre dire, elle se calme et la mémoire lui revient. Les noms des deux hommes et même leurs prénoms et leurs patronymes, jusqu'à leur lieu de naissance et leur situation de famille qu'elle pourrait donner à présent, comme si l'on avait posé devant ses yeux leurs fiches et qu'elle n'eût plus qu'à les lire.

Le colonel eut un sursaut et Dynkine aussi. Deux déséquilibrés. Il fallait les retrouver. Et comment s'étaient-ils enfuis ? Qui devait les surveiller ? Zaïtsev rassembla les infirmiers et les hommes valides.

Ils s'éparpillèrent dans l'obscurité. Il ne faisait pas tout à fait nuit. Ici ou là, une clarté bleutée baignait encore le paysage. Des étoiles montaient dans le ciel. La lune, à l'approche de son dernier quartier, n'apparaîtrait que plus tard, au déclin de la nuit.

Zaïtsev leur avait distribué des lampes à pétrole. Ils marchaient par groupes de deux ou de trois. Au colonel, le docteur avait confié l'hôpital. Marina était avec Dynkine. Elle portait la lampe parce que le bras blessé du capitaine ne le lui aurait pas permis. Mais de son autre bras, il repoussait les branches d'arbres et soutenait sa compagne, lorsqu'elle glissait ou s'écartait du chemin.

Non loin d'eux, grinçait la voix éraillée du sous-lieutenant. Lorsque Zaïtsev avait convoqué l'hôpital dans le jardin et composé les groupes chargés de la battue, il s'était tout de suite porté volontaire. Il n'avait rien perdu de son air crâne et insolent, mais suppliait qu'on ne l'écarte pas des recherches. Marina l'entendait guider l'infirmier dont on l'avait flanqué.

Dans ses rêves, elle chemine souvent dans les ténèbres sous la voûte du ciel constellée d'étoiles, dans l'odeur de bois et de feuilles, au côté d'un homme dont elle ne voit jamais le visage, mais qui lui est destiné.

Est-ce que Dynkine lui est destiné ? Non, certainement pas. Son visage d'ange étonné est pour une autre. Elle, n'est qu'une créature terrestre.

Pourtant Marina tressaille à chaque pression des mains du capitaine sur son bras nu ou contre sa taille. À la lumière de la lampe, elle saisit par moments son profil dur et tendu. Il scrute les bois devant eux, cherchant ses deux hommes. Il ne regarde même pas les étoiles, qu'il lui nomme d'ordinaire, lorsqu'ils se promènent ensemble au début de la nuit. Rien ne le détournerait de sa mission, de son devoir. Ses yeux, si sombres dans les ténèbres, ont perdu leur innocence. Mais de ses doigts émane une tiédeur tendre. Ils s'attardent une seconde de trop sur la chair de Marina. Tous les sentiments du capitaine se sont portés au bout de ses doigts. Elle en perçait le rayonnement qui s'infiltre dans son corps et remonte, comme une drogue enivrante, jusqu'aux régions interdites de son cerveau.

« Croyez-vous que nous les retrouverons ? » demanda-t-elle pour briser l'enchantement. Il ne répondit pas immédiatement. Mais jamais le capitaine ne répondait du tac au tac. Elle sentit son souffle chaud sur sa nuque. Sa voix, douce et posée, prit des intonations de surprise.

« Bien sûr. Comment pourrions-nous ne pas les retrouver ? » « Nous le devons, n'est-ce pas ? » ajouta-t-il. Le devoir avant tout, bien entendu. La force des officiers : ne pas se poser d'inutiles questions. Mais Dynkine ne s'en était jamais totalement convaincu. Le doute d'autrui le faisait aisément vaciller. Marina vit ses yeux se troubler.

Au cœur de la forêt, dans les profondeurs de la nuit, un homme et une femme peuvent-ils sans risque se regarder dans la clarté d'une lampe-tempête ? Elle détourna les yeux. La main chaude du capitaine se posa sur son épaule.

À quelques pas en avant, la forêt s'ouvrait sur une clairière. Le sous-lieutenant et son compagnon l'atteignaient. Le hurlement qu'ils poussèrent tous deux, coupant la nuit, comme un couteau, arracha la main de Dynkine à l'épaule ronde de Marina.

« Vite, vite ! Venez. Du secours ! » clamait la voix éraillée et puissante d'Ossipov. Dans la clairière, la lampe de l'infirmier découpait un cercle lumineux. En son centre gisaient les deux soldats disparus. L'un baigné de sang, le visage défoncé. L'autre prostré, claquant des dents, les yeux exorbités et luisants.

14

« Viktor Mikhaïlovitch, appela Marina, dites-moi ce que vous pensez de tout cela ? »

Elle se regarda dans la vitre. La nuit tendait un écran sur lequel se projetait la chambre. On ne voyait pas le blessé endormi, les bras posés à plat sur le drap blanc. Non plus que son visage, couvert de pansements. Celui de Marina, éclairé de côté par la lampe, s'y découpait de profil. Elle tenait sa tête inclinée et la soutenait d'une main. Apparut la silhouette du docteur. Il se planta face à la nuit. La lumière de la lampe, lointaine, ne saisissait que les angles de son visage. Les yeux, comme enfoncés et absorbés par les ténèbres, ressemblaient à deux puits noirs.

« Que veux-tu dire ? » demanda-t-il. Marina est

épuisée. Il faudrait l'envoyer se coucher. Elle a refusé qu'un infirmier la remplace, avec tant de force qu'on l'aurait crue coupable de ce qui s'est passé.

Comme le sous-lieutenant. De sa main valide, il a porté un brancard de la civière. Son visage insolent s'était décomposé. Ses yeux charbonneux avaient pris une couleur de cendre. Jusqu'à sa voix, d'un ton plus basse, que la douleur assombrissait.

« Docteur, laissez-moi rester auprès de lui », demanda-t-il quand on monta le pauvre garçon au visage brisé. Jamais on ne lui reverrait son bizarre sourire. La mâchoire avait éclaté sous les coups de son camarade.

Avant que Zaïtsev ne réponde, Volski refusa sèchement. Qui n'est pas capable de veiller sur ses hommes, n'est bon qu'à se taire. Et l'autre, le forcené, qu'il le prenne avec lui et le garde nuit et jour. Qu'ils disparaissent de sa vue.

Dans l'entrée de l'hôpital, carrelée de marbre blanc, que ponctuent çà et là des dalles noires, tout l'hôpital se trouvait réuni. Par grappes, les hommes s'accrochaient à la rampe de l'escalier. Les dos de ceux qui rentraient de la battue cachaient la porte, grande ouverte sur la nuit où, laiteuse, s'annonçait enfin la lune. Au centre, comme les acteurs d'un drame, autour de la civière, le docteur, Marina, le colonel, Dynkine, le sous-lieutenant et le fou aux yeux hallucinés.

Le sous-lieutenant baissa la tête. Il empoigna le dément et, avec une surprenante douceur, le guida parmi les soldats en direction de l'escalier.

« Monsieur le colonel, vous n'auriez pas dû vous mettre en colère », déclara Dynkine lorsqu'ils se retrouvèrent seuls tous les quatre, immobiles toujours, auprès de la civière. « Il est désespéré de ce qui s'est passé.

— Voilà ce qui arrive quand on veut jouer les révolutionnaires. Qui lui confiera le destin du pays, s'il n'est même pas capable de s'occuper de ses hommes ?

— Il vient de le comprendre, monsieur le colonel. C'est pourquoi il est si malheureux. »

Dynkine parlait avec une assurance inhabituelle. Il s'exprimait avec hâte, sans la moindre hésitation. Son visage livide et ses yeux brillants reflétaient une grande colère.

« Je me fiche qu'il soit heureux ou malheureux. Il a manqué à sa tâche, voilà ce qui compte.

— Vous avez perdu l'occasion de le détacher de la révolution. Jamais il ne vous pardonnera de l'avoir humilié publiquement.

— Et qu'est-ce que cela peut me faire, capitaine ? Vous êtes enragé ! Voulez-vous dire que je dois avoir peur de cet irresponsable ? À vous entendre, on croirait que les gens de son espèce sont déjà au pouvoir.

— En ce cas, répliqua Dynkine, les yeux étincelants, ce serait au-dessous de vous, monsieur le colonel, d'en avoir peur. Je veux dire que ce n'est pas en agissant ainsi que vous empêcherez les humiliés de prendre le pouvoir et de détruire par esprit de vengeance notre pays et notre société.

— Les humiliés, pfft ! Capitaine, vous êtes fatigué. Cela suffit pour ce soir. Allez vous coucher. Je ne veux plus vous voir à présent.

« Les humiliés ? ajouta-t-il en se tournant vers Zaïtsev, je me demande si ce garçon n'est pas complètement cinglé. » Ses yeux tombèrent sur le visage en bouillie de l'homme geignant sur la civière.

« Ah Seigneur, souffla-t-il. Moi non plus, je ne sais plus ce que je dis. »

15

Et Marina, aux yeux fatigués, des ombres sur les paupières et les cheveux en désordre, sait-elle encore ce qu'elle dit ?

Elle prit la main du docteur d'un mouvement tendre qu'elle n'avait jamais eu auparavant. Il la dévisagea, étonné de son audace. « Asseyez-vous là », dit-elle, en le poussant gentiment sur le bord du lit. « Vous êtes fatigué. » Il obéit. Elle enleva sa main aussitôt.

« Je ne comprends plus rien, Viktor Mikhaïlovitch. »

Zaïtsev se frotta les yeux. Il se sentait un peu agacé — les femmes veulent toujours philosopher dans les moments d'épuisement où la philosophie ne conduit nulle part —, et un peu ému. Il se souvint du regard affolé de Marina lorsqu'elle avait annoncé la disparition des deux hommes et lui sourit affectueusement. Il fut tenté de lui prendre la main, à son tour. Mais il ignorait la signification qu'elle avait donnée à son geste. Quels sont après tout les sentiments de Marina pour lui ? Est-elle vraiment amoureuse de lui comme il se le figurait ? Elle n'a d'yeux que pour son joli capitaine.

« Qu'est-ce que tu ne comprends pas ? »

Elle ne comprenait pas pourquoi le monde, soudain, ne ressemblait plus à ce qu'on lui avait enseigné. Pourquoi un homme défigurait son ami ? Pourquoi le sous-lieutenant qu'on croyait méchant révélait des sentiments humains ? Comment le capitaine, un militaire, un officier, pouvait s'opposer à son colonel ?

Zaïtsev aurait aimé répliquer : la vraie question, Marina, c'est pourquoi le colonel s'entête-t-il alors qu'il sait parfaitement qu'il commet une erreur. Pourquoi, sciemment, déclenchons-nous des catastrophes que nous pourrions arrêter ? Pourquoi ? Dieu connaît la réponse. Mais je la sais aussi. Parce que nous sommes imparfaits. Ni vraiment bons, ni vraiment méchants. Ni tout à fait intelligents, ni tout à fait stupides.

Il pourrait objecter : il n'y a pas de vérité. Il faut être indulgent. Mais n'est-il pas plus facile de croire que le blanc est le contraire du noir, le mal celui du bien et qu'à la nuit s'oppose le jour ?

Il répondit : « Tu es fatiguée. Va te coucher, à présent. Il n'a besoin de rien. Il dormira jusqu'au lever du jour. Demain tout redeviendra clair. »

Elle jeta sur lui, en se levant, un regard qui le terrifia. Les humiliés prendront le pouvoir, c'est sûr. Jamais ils ne pardonneront à ceux qui ont douté de leur esprit et de leur cœur.

16

Dès le matin, l'orage, qu'on croyait détourné, éclata en plusieurs coups de tonnerre. La pluie tomba, drue, bruyante, crépitant sur les vitres de l'hôpital. On dut fermer à la hâte les fenêtres que, la veille, Marina avait ouvertes. À partir de ce jour les chambres ne baignèrent plus dans la clarté de l'aube, comme si, d'un coup, les matins d'été avaient laissé place à ceux de l'hiver.

C'était comme une fatalité. Aussi tous espéraient que le jour se lève encore plus triste que la veille, pour que rien ne change, que ne s'arrête pas, au bout du couloir, le souffle de vie qui palpitait encore.

Deux fois par jour, le matin, avant que l'hôpital ne se réveille et au crépuscule, pendant que le colonel discutait de la situation politique avec le docteur, Marina venait en cachette chercher le sous-lieutenant pour le conduire dans la chambre de l'homme au visage fracassé.

Ses sentiments à l'égard de Sergueï Ossipov avaient évolué depuis la nuit terrible. Elle s'habituait à son physique acéré qui l'avait d'abord rebutée. Elle essayait de le comprendre. À sa manière, il était moins intimidant pour elle que le docteur ou le capitaine.

Sergueï ne disait plus le moindre mot contre elle. Tôt le matin, il guettait sa venue. Le soir, si elle tardait à venir, il arpentait le dortoir. Ses apparitions tenaient du miracle. Il savait leur fragilité et s'en inquiétait.

On ne le reconnaissait plus, le sous-lieutenant noiraud. Il avait perdu son calme et son assurance. Il ne tenait plus de discours sur la révolution. Il économisait ses mots. Plus sombre que jamais, avec en guise d'yeux, deux charbons brûlants qui donnaient à son visage une gravité maladive. Il consacrait toute son attention au blessé agonisant et au fou criminel.

Il traitait ce dernier comme un enfant un peu agité. Il le tranquillisait de quelques paroles et vérifiait sans cesse que rien ne manquait à son bien-être. Il le protégeait de l'animosité des soldats. L'amnésique ne le quittait plus.

Les hommes de Volski n'éprouvaient pour le fou ni compassion, ni haine. Il avait à moitié tué l'un d'entre eux, c'est vrai. Mais il n'avait pas sa raison et, après tout, lui aussi était des leurs. En revanche, ceux des autres dortoirs se détournaient ou lui lançaient des regards noirs. À croire que la pitié ne leur venait pas naturellement au cœur.

Le capitaine Dynkine venait tous les jours aux nouvelles. Il montait le matin, après les soins. « Toc, toc, c'est Dynkine, est-ce que je peux entrer ? » — Incroyable ! Dans une chambrée, il aurait à demi arraché la porte et aurait déboulé dans la pièce sans se soucier d'y être attendu. Mais l'hôpital, n'est-ce pas, invite à la modération. Plus la peur de déranger l'homme de la chambre du fond. Au premier étage tout marchait au ralenti et en silence.

Aussi pâle qu'à leur arrivée, Dynkine répondait au salut des hommes aimablement, mais avec une pointe de gêne. Normal, on ne mélange pas une inspection des troupes et une visite mondaine. Il chuchotait avec le sous-lieutenant. Les murs épais répercutaient leurs murmures jusqu'à l'autre bout de la pièce. On n'entendait pas tout. Mais les quelques mots qu'on saisissait permettaient de reconstruire leur conversation : « moral », « stationnaire », « inquiet », « surveillance », « crise », « contrariétés ». Ensuite, il s'approchait du lit du dément et échangeait quelques mots avec lui.

ieux fou ! Il semblait par instants vivre au-delà du monde, dans un espace inaccessible. À d'autres, il se conduisait normalement et même amicalement avec ses camarades. De grands trous noirs criblaient sa mémoire. Il avait oublié, bien sûr, qu'il avait défiguré l'un de ses camarades. On ne put lui faire raconter les circonstances de l'accident. À partir de ce jour cependant, comme si un tiroir s'était ouvert dans sa mémoire vermoulue, il se souvint des événements les plus récents, ceux qui dataient de la veille ou de l'avant-veille. Il ne remontait pas au-delà. Ou alors très loin, en des périodes reculées que les autres confondaient parfois avec un rêve.

Depuis l'accident, il se montrait calme, mais sans l'apathie qui suit les accès de fureur. Pour tout dire, sans la chambre du fond et le geignement sourd qu'on y entendait parfois, personne ne se serait avisé qu'il n'avait plus sa raison.

17

Marina ne quittait pas la chambre du fond. Jamais les infirmiers n'y entraient. Si elle devait prendre du repos, le docteur la relevait. Le colonel et le capitaine passaient régulièrement voir le blessé.

Le colonel ne s'attardait jamais. Il se sentait mal à l'aise auprès d'un homme que par deux fois il n'avait pas su protéger. Quand le blessé geignait un peu trop fort, Volski l'invitait au stoïcisme de la voix bourrue qu'il se donnait pour avoir l'air amical. Ses exhortations produisaient généralement l'effet contraire et si le docteur entrait à ce moment-là, le colonel se hâtait de filer.

Le pouvoir de compassion de Dynkine faisait de lui un honnête garde-malade. Mais la douleur des autres l'affolait. Au moindre gémissement, il courait chez Zaïtsev, ou tambourinait à la porte de Marina et implorait qu'on ne laisse pas le blessé souffrir ainsi.

Il assista un jour aux soins. Rencogné contre une fenêtre, il ne cilla pas tant que le docteur et Marina déroulèrent les gazes salies qui, en tombant, s'entortillaient dans la cuvette. Son regard se détourna quand apparut le visage — ou ce qui en restait. Ses yeux ne quittèrent plus le parc en contrebas. Il fixait, dans la vitre entrouverte, le reflet déformé des mouvements du médecin et de son infirmière.

Zaïtsev l'épiait du coin de l'œil. Le capitaine serait-il une mauviette ? Sur les champs de bataille, se cachait-il pour ne pas voir ses hommes déchiquetés par les obus ?

Comme s'il avait entendu ces pensées secrètes, Dynkine se tourna vers eux, les yeux pleins de larmes. « C'est différent, expliqua-t-il d'une voix enrouée. C'est si différent du front. Quelle horrible responsabilité. »

Le docteur se renfrogna. Homme sensible ! Le malheur du monde l'accable, mais cela ne l'empêche pas de faire des ronds de jambe auprès de Marina !

La nuit, Zaïtsev injectait au blessé de la morphine ; il en restait trop peu pour lui en donner aussi dans la journée. De crainte qu'il ne se réveille avant le lever du jour, Marina restait à son chevet.

Au plus profond d'une nuit, dans l'heure sombre qui précède l'aube, Zaïtsev, qui ne dormait plus, découvrit Marina tassée de fatigue dans son fauteuil. Elle observait le blessé endormi. Comme le premier soir, elle prit la main du docteur. De surprise, il tressaillit. Il sentit qu'elle se rétractait devant son étonnement.

« Je suis inquiète, Viktor Mikhaïlovitch. Tout à l'heure, il y a quelques minutes à peine, il a cessé de respirer. Tout s'est arrêté brusquement. Son corps s'est figé. J'ai eu très peur. Il semblait qu'autour de moi, le monde entier s'était arrêté. Plus de bruit, nulle part. Je n'entendais même plus mon cœur.

« Puis tout a vacillé Mon cœur s'est mis à cogner, très vite et très fort. J'ai entendu de nouveau le souffle du garçon. Sa main a eu un soubresaut sur le drap.

— Apnée, commenta Zaïtsev en s'approchant du blessé.

— Viktor Mikhaïlovitch, demanda-t-elle, en retirant sa main, croyez-vous qu'il va mourir ?

— C'est ce qu'il aurait de mieux à faire.

— Seigneur ! Comment pouvez-vous dire des choses pareilles, vous, un médecin ?

— Ma chère, je ne les dis pas devant tout le monde. Vous pouvez comprendre ce que je veux dire. »

Elle leva sur lui un regard effrayé. Est-ce parce qu'il l'a vouvoyée ou bien lui fait-il vraiment peur ? Comment déchiffrer son regard lourd ? Cette femme demeure une énigme. Peut-être après tout, n'éprouve-t-elle pour lui que du respect pour son titre et ses fonctions, comme une paysanne devant son barine.

« S'il ne meurt pas, reprit Marina, il restera défiguré, n'est-ce pas ? Il n'y a aucun espoir ? » Il hocha la tête. Il suivait le pouls du malade. Il n'avait pas envie de parler. « Alors le sous-lieutenant et le capitaine Dynkine ne s'en consoleront jamais. »

Est-ce si important ? Et lui, se consolera-t-il d'en voir encore un mourir de cette manière pitoyable ?

« Tu te préoccupes beaucoup du capitaine Dynkine, n'est-ce pas ? » Zaïtsev parlait d'une voix détachée et amusée. Elle ne prêta pas attention à sa remarque. Dehors, l'aube grise d'un nouveau jour de pluie striait l'horizon. S'il pleut encore aujourd'hui, le garçon ne mourra pas. Marina avait les mêmes réflexes et tremblait devant les mêmes superstitions que les hommes des dortoirs.

18

Il mourut le jour où le soleil revint.

On l'enterra au cimetière du village. Quatre hommes valides portèrent le cercueil ouvert, suivis par le colonel, le docteur, le capitaine, Marina, deux infirmiers et tous ceux qui pouvaient parcourir le trajet.

On passa devant la maison, dont la véranda clapotait sur les eaux du lac. Marina la contempla du haut de la colline, lorsque le vent lui fit lever le visage. Depuis l'arrivée du colonel et de ses hommes, elle n'y était pas retournée. À présent la maison était achevée. Ses couleurs fraîches, lavées par la lumière du matin, s'accordaient à la douceur du paysage.

Au retour, le cortège se disloqua. Quelques-uns restèrent au cimetière pour parler au pope. D'autres partirent en avant, pressés de fuir un lieu où poussaient les fleurs noires de l'angoisse. Par petits groupes, sans ordre, le gros de la troupe regagna lentement l'hôpital.

Volski marchait, avec le capitaine, au côté du docteur. Marina, les yeux tristes, les accompagnait.

« Tiens, dit le colonel, comme ils approchaient du lac, revoilà cette étrange maison. Je l'avais remarquée tout à l'heure. Savez-vous à qui elle appartient ? »

« Ma foi, reprit Volski quand Zaïtsev eut répondu, c'est une belle maison. Très imaginative. Mes enfants adoreraient y vivre. »

Le capitaine ajouta quelques hochements de tête expressifs pour marquer son approbation. « Vous voyez, Dynkine, remarqua le colonel dans un clin d'œil, il y a même une véranda. » Nouveaux hochements de tête et sourire pour marquer qu'il a compris la plaisanterie du colonel.

Ils ont l'air un peu gênés. Est-ce bien décent de parler aussi gaiement après un enterrement ? Ou bien attendent-ils que Zaïtsev leur propose de visiter son œuvre ? Il n'en a pas envie. Cette maison est son ultime territoire. Si l'on y pénètre, il sera dépossédé de tout. Quelle mauvaise idée d'avoir enterré le garçon au cimetière. Si on l'avait mis dans le jardin ? Comme les chiens ? Oui, comme les chiens. Est-ce déshonorant ? Jamais le colonel n'aurait connu l'existence de sa maison.

« Eh bien, dit Marina, il est temps de rentrer. » Ils abandonnèrent la maison rutilante dans la grande lumière de midi. Ils ne se parlaient plus. Au sommet de la colline, d'un seul mouvement, ils se retournèrent. Le vent arracha le fichu mal noué de Marina. Elle le rattrapa, par réflexe, avant qu'il ne lui échappât complètement. Volski se mit à rire. « Bravo ! Vous feriez un excellent soldat. » Puis regardant le vallon en contrebas, ajouta gravement : « Quelle merveilleuse maison ! » La voix nette de Dynkine lui fit écho.

Sans comprendre quel démon s'emparait de lui, Zaïtsev déclara : « Faisons une fête pour célébrer la fin de l'ouvrage. Je vous invite tous après-demain. » En dégringolant l'autre versant, il se maudissait déjà de n'avoir su retenir sa générosité.

19

On prépara la fête dès le retour à l'hôpital. Tout le monde était invité. Volski, pensant que cela remonterait le moral des hommes, les encouragea à participer aux préparatifs.

Dès le matin, on transporta tous les accessoires. Quelques meubles parce que la maison était vide. Mais aussi deux samovars, des théières, des miches de pain, des pots de confiture, les gâteaux qu'on avait réussi à confectionner. Les villageois, conviés par Zaïtsev, apporteraient du jambon et du fromage. On leur avait aussi demandé quelques bonnes petites bouteilles. Ah ! mais oui, on ferait des toasts. Est-ce qu'on peut en porter avec des verres de thé ou de limonade ? Bien sûr que non. De toute manière, la maison du docteur, ce n'est pas un hôpital. On peut y boire et y danser, n'est-ce pas ?

En fin d'après-midi, les hommes se mirent en branle, le colonel en tête. Le capitaine fermait la marche. C'était une fête, bien sûr, mais pas question d'y aller en désordre. Ils n'avançaient pas bien vite parce que le colonel, que personne n'aurait osé dépasser, clopinait en dépit de ses efforts.

Marina, les infirmiers et les femmes de service suivaient de loin le défilé martial. Ils portaient tous de grands paniers chargés de victuailles. Quant au docteur, comme il se devait, il les attendait sur son perron.

Les villageois étaient déjà là, quand l'hôpital apparut au sommet de la colline, ligne noire qui tressautait, au rythme de ses infirmités. Sur la rive, tout le monde hurla de joie et applaudit.

On se demanda comment tout ce monde tiendrait dans la maison. Mais, une fois tassée l'émotion qui portait les convives vers la véranda, c'est-à-dire sur le lac, on se répartit entre les pièces et à l'étage, en fonction de ses affinités.

On allait et venait d'un groupe à l'autre, d'une pièce à l'autre. On se bousculait dans l'escalier étroit. Zaïtsev cria que ceux qui se trouvaient en haut ne devaient pas trop boire, sinon ils passeraient par-dessus la rampe de l'escalier. Tout le monde fut secoué de rires. On pourrait aussi tomber dans le lac, lança une voix rauque déjà travaillée par l'alcool. Et de nouveau, la maison sur le lac s'ébroua de rire.

Le colonel, le capitaine et la plupart de leurs hommes prirent leurs quartiers dans la véranda. Ils ouvrirent les fenêtres. L'air poisseux du lac chatouillait les narines. Intrigués par le remue-ménage dont la vibration ridait le lac, des canards s'approchaient de temps à autre. On entendait le claquement de leurs ailes lorsqu'ils se dressaient sur les flots pour observer le spectacle. Des colonnes de moustiques oscillaient au-dessus de l'eau.

Tous les convives de la véranda s'émerveillèrent qu'elle ne tangue pas, bien qu'elle fût posée sur la surface du lac. Après la guerre, que le docteur arrête de soigner les malades et qu'il mette au bénéfice de tous son savoir et son imagination !

Bientôt le soir tomba. C'était la fin du mois d'août, les jours ne duraient plus aussi longtemps. La surface du lac perdit son éclat d'argent. Les eaux s'alourdirent et prirent une couleur mate. La colline s'assombrit. Les étoiles d'or de la coupole voisine se ternirent. Le calme se fit dans la maison. Le crépuscule incitait à la mélancolie.

L'un des soldats pinça les cordes de sa guitare et entonna d'une voix mal assurée l'un des couplets d'une chanson triste. Depuis le début de la fête, le sous-lieutenant noiraud se tenait immobile dans un coin, avec le soldat fou. Aux premières mesures, il sortit de la pénombre, s'approcha du guitariste et reprit la chanson triste. Sa voix désagréable, éraillée, se transforma soudain. Il possédait deux voix. Une, pour la politique, métallique et critique, une autre pour la musique, ardente et profonde. Sa voix s'éleva dans la maison et les souffles se suspendirent. Les larmes montèrent aux yeux parce que la beauté de son timbre amplifiait le chant triste de la guitare. La nuit tombait vite. On ne distinguait plus les traits du sous-lieutenant. Sa voix semblait arrachée à l'ombre. Derrière lui, par la fenêtre, le lac, sur lequel courait la complainte, s'obscurcissait. Bientôt, on ne verrait plus rien du paysage. La maison, les invités, le chanteur sombreraient dans la nuit. Et si c'était pour toujours, cela ne ferait rien, parce que le chant qui résonnait était d'un ange descendu du ciel. Jamais on ne se lasserait de l'entendre.

Tout à coup un grondement retentit. Le chant s'interrompit soudain. La béatitude laissa place à l'inquiétude. On se retrouvait dans la nuit et ce bruit insolite faisait battre les cœurs à toute volée.

Avec son briquet, Zaïtsev alluma une chandelle. Pas de panique, cria-t-il à la cantonade. Sur toutes les tables brûlent des bougies. Et ce vacarme, rien d'autre qu'une carriole mal graissée qui dévale à toute allure la colline. Déjà, par la fenêtre, on voyait tressauter son lumignon.

Le docteur sortit de la maison. Partout on allumait des flambeaux. La frayeur s'atténuait. On se pressa aux fenêtres. Tout de même, on avait peur. Que pouvait-il se passer ?

Sur le perron, brûlait une lampe à pétrole. Très vite, Zaïtsev devina la carriole du télégraphe. Apporte-t-on de bonnes nouvelles à la nuit tombée ? Il faudrait qu'elles soient excellentes. Que la guerre soit finie. Pourquoi finirait-elle ?

Tout le monde quittait la maison. Ceux qui étaient au rez-de-chaussée envahissaient le perron et les marches. Ceux d'en haut se pressaient dans l'entrée pour sortir à leur tour. Beaucoup tenaient une chandelle qui tremblotait dans la nuit.

La carriole s'arrêta. Les chevaux hennissaient de frayeur. La foule, surmontée de pointes de lumière, les troublait davantage que les lucioles qui tournoyaient au-dessus du lac.

« Qu'est-ce qui vous prend ? cria en sautant de son siège l'adjoint du télégraphiste. Je vais à l'hôpital. Personne ! Pas un chat ! J'ai cru que vous étiez tous morts. Heureusement, une vieille a fini par me dire que vous étiez ici. Voilà, moi je cavale dans la nuit pour vous porter les nouvelles. Et vous, au lieu de vous soigner, qu'est-ce que vous faites ? Vous bambochez dans la datcha. »

Son air mécontent, sa voix un peu vulgaire et ses expressions firent rire tout le monde. Mais il le prit très mal. « Riez tant que vous voulez. Vous allez vite cesser de vous amuser, quand vous saurez ce qui se passe. » L'inquiétude se répandit de nouveau. Mais à présent le télégraphiste irrité ne voulait plus parler. C'est comme ça. Il était vexé. Il attendait qu'on l'encourage et serait bien reparti sans rien leur dire, pour leur apprendre les manières.

« Alors, déclara Zaïtsev aimablement, dis-nous

donc ce qui se passe, Ilia Petrovitch. Après tu viendras boire et manger avec nous.

— Ma foi, ce ne serait pas de refus, mais je crains qu'après les nouvelles, vous n'ayez plus le cœur à boire et à manger.

« Les troupes du général Kornilov marchent sur Petrograd. »

Personne, sauf le colonel, le capitaine et sans doute le sous-lieutenant, ne savait qui était ce général. Mais on comprit qu'il se passait quelque chose de grave et que le pays tout entier risquait d'en souffrir. Un silence accablé tomba. On entendit le hululement d'une chouette. Les femmes sursautèrent et se signèrent. Ce cri était plus terrifiant que ces incompréhensibles nouvelles. Dieu n'était plus dans leur camp.

20

« Savez-vous qui est Kornilov ? demanda Volski au docteur. Le nouveau commandant en chef. Un soldat valeureux. Un démocrate. Un partisan de l'ordre. Un ennemi des idées que propagent ces Bolcheviks. »

Ils rentraient. Leurs jambes s'enfonçaient dans l'herbe humide de la colline. Au-dessus d'eux, le ciel déployait ses étoiles lumineuses. Loin devant eux, comme des fanaux tremblants, flottaient les torches et les lampes à pétrole. Ils fermaient la marche, d'un pas traînant, à cause de la jambe du colonel et par regret de la soirée qu'un coup de tonnerre leur avait arrachée.

La nouvelle avait animé Volski. Kornilov était selon lui la dernière chance de sauver le pays de l'anarchie et de la défaite. Tout irait mieux dès qu'il serait entré dans Petrograd.

Zaïtsev, qui partageait ordinairement ces vues libérales, aurait dû approuver les propos de Volski. Mais il se sentait découragé. Ayant perdu tout entrain, il n'avait pas la force de suivre les raisonnements du colonel. Il aurait voulu respirer l'odeur fraîche de Marina et entendre le frou-frou de sa jupe. Elle marchait devant auprès de Dynkine. Lui parlait-il de Kornilov ou de ses projets d'avenir ? Mais peut-être était-ce la même chose ?

À la flamme des bougies, il avait vu aux yeux des soldats qu'ils perdaient l'espoir de voir la guerre s'achever rapidement. Est-ce qu'un général, s'il prend la tête du gouvernement, peut offrir la paix à l'ennemi ?

Volski ne se pressait pas et le docteur, peu pressé de se coucher, accordait son pas au sien, rêvassant sombrement au rythme des discours du colonel. Devant, les ombres de Dynkine et de Marina se rapprochaient. Sitôt que le docteur en prenait conscience, elles se détachaient d'un bond, comme si le fluide de sa pensée avait pu atteindre les leurs. De quoi pouvaient-ils parler pour que leurs ombres se croisent avec tant de régularité ?

À l'approche de l'hôpital les premiers cris retentirent. Si perçants qu'ils atteignaient les bois et se répercutaient d'arbre en arbre.

Ils pressèrent le pas. La maison apparut, éclairée de toutes parts. Des ombres passaient et repassaient devant les vitres de l'escalier. Volski et Dynkine s'immobilisèrent l'un derrière l'autre, tandis que Marina et le docteur accouraient à grandes enjambées.

Ils gravirent les marches quatre à quatre. Leurs silhouettes se projetèrent sur la fenêtre que, d'en bas, du jardin où ils avançaient péniblement, observaient le colonel et le capitaine.

Dans le dortoir des hommes de Volski, au milieu, entre les lits, sur le soldat fou cognait le sous-lieutenant noiraud. De sa voix éraillée, il hurlait : « Pourriture ! Charogne ! Tu as tué l'un des nôtres ! Cela ne te suffit pas ! Salopard ! Ordure ! Je t'arracherai le visage, moi aussi ! Je te saignerai comme un porc !

Chien enragé ! Si ton cerveau ne fonctionne plus, tu ne mérites plus de vivre. » À chaque mot, il frappait le visage ou le torse du soldat. Sa tête ballottait, mais Ossipov le rattrapait par le col et le ramenait à portée de ses poings, sans cesser de l'injurier.

À chaque extrémité se massaient les hommes du colonel et les autres pensionnaires de l'hôpital. Personne n'intervenait. Pas même les infirmiers. Zaïtsev et Marina, stupéfaits, fendirent la foule et atteignirent le premier rang.

Ils se vengent enfin de la mort de l'autre. Ils n'ont rien dit sur le moment. Maintenant ils explosent. Ils le tueront. Si la fureur du sous-lieutenant retombe, un autre prendra sa place et frappera. Mais Zaïtsev ne comprenait pas pourquoi Sergueï Ossipov avait soudain perdu son calme.

« Seigneur, souffla Marina contre lui (son odeur d'herbe fraîche apaisa ses nerfs), il faut faire quelque chose. On ne peut pas le laisser tuer cet homme. Sûrement, il ne se rend pas compte de ce qu'il fait. »

Avant qu'il ne bouge, Volski et Dynkine se trouvaient à leur côté. Aucune crainte, aucun énervement dans leur allure. Au combat, ils devaient adopter cet air résolu et ces postures ramassées.

La voix sèche de Volski claqua. Elle s'élevait à une puissance inimaginable. Qui aurait cru qu'elle pourrait dominer les vociférations du sous-lieutenant ? La voix ancestrale du commandement perfectionnée par plusieurs générations d'officiers. Elle sortit les spectateurs de leur torpeur. Subjugué par l'ordre cassant, Sergueï Ossipov garda une demi-seconde le poing en l'air sans lâcher le col du soldat à demi assommé. Une longue mèche de cheveux noirs tombait sur ses yeux. Son visage ruisselait de sueur. Ses jambes tremblaient.

Le capitaine Dynkine s'avança, mit une main sur l'épaule du sous-lieutenant et lui chuchota quelque chose à l'oreille. Ossipov baissa la tête, ses cheveux noirs se déversèrent sur son front. Dynkine murmurait toujours. Inouï comme sa voix pouvait se faire indistincte. Les officiers apprennent-ils, eux aussi, l'art du fortissimo et du pianissimo ?

Zaïtsev s'empara du blessé et l'entraîna vers l'un des lits. Le sous-lieutenant releva la tête. Marina surprit ses yeux pleins de larmes lorsque son regard croisa celui du docteur.

Volski dispersa l'assemblée. À son tour, il parla à Sergueï d'un ton tranquille. Un coup d'œil rapide au soldat qu'examinait Zaïtsev : il y attachait moins d'importance qu'à l'état du sous-lieutenant.

Quand on ramena enfin les hommes dans leur lit, c'était déjà le matin. Une lumière orange dessinait, par contre-jour, la silhouette noire des sapins du parc.

21

Dès le lendemain, le colonel manifesta une grande agitation. Deux fois par jour il envoyait l'un de ses hommes au bureau du télégraphe chercher les dernières dépêches. Lorsque l'adjoint du télégraphiste consentait à se déplacer dans sa carriole au bruit d'enfer, le colonel lui reprochait avec véhémence de ne pas leur communiquer tout ce qu'il savait. L'adjoint haussait les épaules dès que le colonel avait tourné le dos. Cause toujours, l'information c'est moi qui la détiens. Tu ne peux rien contre moi. Il détestait les officiers.

Il réservait aux soldats les nouvelles les plus intéressantes. Sa carriole garée derrière un buisson (pas question que le colonel se doute de ce qu'il faisait), il se faufilait à la cuisine où se trouvaient toujours deux ou trois soldats. (En outre, pourquoi le cacher ? on pouvait s'enfiler un petit goûter. Par ces temps de disette, c'était toujours ça de pris.) Le sous-lieutenant Sergueï Ossipov apparaissait presque aussitôt (à croire qu'il l'épiait !). L'adjoint du télégraphiste le craignait un peu. (On lui avait raconté ce qui s'était passé la nuit de la fête, celle où il avait failli verser dans les ténèbres, sur la colline.) Mais le sous-lieutenant partageait ses idées ; il posait des questions intéressantes (avec lui on se sentait intelligent) ; il était très aimable (pas comme ce vieux colonel qui le traitait comme un moujik).

La fièvre du colonel retomba brutalement. Un soir, il se mit à table, le visage décomposé. Inquiète, Marina demanda si sa jambe le tirait : l'air était humide et froid. Mais il la repoussa d'un geste peu civil. « Ma jambe ? Quel intérêt présente ma jambe ? Tout est foutu. La marche de Kornilov a été stoppée. Savez-vous le pire ? Le Premier ministre, cet irresponsable, a libéré les extrémistes bolcheviques. Maintenant le pays est perdu. Dans deux mois, ce sont eux qui nous gouverneront. — Allons, rien n'est perdu », répondit Zaïtsev par politesse et par un réflexe d'optimisme auquel il se contraignait en public.

Mais le docteur ne s'intéressait plus à ce qui se passait dans la capitale. Il était préoccupé par le soldat fou. Des coups du sous-lieutenant, il se remettait vite. Il ne lui en voulait même pas. Mais sa dégradation mentale tracassait le docteur.

L'autre soir, le soldat n'avait pas supporté l'excitation de la fête et la manière effrayante dont elle s'était achevée. En arrivant à l'hôpital, un accès de fureur l'avait saisi. Il s'était rué sur le sous-lieutenant et l'avait martelé de coups. À son tour, celui-ci avait perdu tout contrôle et l'avait corrigé.

À cette crise violente s'ajoutaient d'autres symptômes inquiétants, notamment la fréquence de ses remarques inappropriées et l'étrange luisance de son regard. Zaïtsev était convaincu que la folie gagnait les derniers replis du cerveau et rendait l'homme irrémédiablement dangereux. Le colonel, qui pour un rien soupçonnait l'esprit du capitaine d'avoir été profondément ébranlé par leur dernière bataille, ne prenait pas au sérieux l'état du soldat. Quand on revenait de la guerre, à moins qu'on ne soit du métier, rien de plus normal que d'avoir quelques fêlures dans la tête. Les hommes du colonel présentaient tous des troubles mentaux, comme si quelque chose de terrible et d'inoubliable avait impressionné leurs cerveaux.

Le colonel se dressa d'un coup. « Je ne peux pas rester ici, s'écria-t-il. C'est tout à fait impossible. Dès demain, nous partons. Oleg Fiodorovitch, dites aux hommes de se préparer.

— Où allez-vous ? demanda le docteur.

— Là où on a besoin de moi. L'armée va s'organiser, cela ne fait pas de doute, pour se débarrasser de ce crétin de Premier ministre et rétablir l'ordre.

— Simplement, rétorqua Zaïtsev, avec une jambe comme la vôtre, vous pouvez difficilement vous déplacer et personne ne voudra de vous. »

Dynkine intervint à son tour, plaidant pour la sagesse. Aucun des hommes n'était encore en état de se battre. Le colonel moins que tout autre. De fureur, Volski tapa du poing sur la table. Du thé gicla sur la nappe. Son visage blêmit, sa paupière gauche clignota nerveusement. Il les fixait intensément d'un regard un peu perdu.

Zaïtsev se passa la main dans les cheveux. La folie s'est installée chez ces hommes. Atteints, ils le sont tous, sous des formes différentes. Que ferons-nous d'hommes comme cela ? Le pays tout entier est-il perverti à ce point ?

Il suggéra d'aller se reposer. Un peu de valériane pour dormir. Le plus urgent était de guérir Demain, promenades dans le parc avec et sans canne. Pas d'agitation. Il fallait souhaiter que le télégraphe s'arrête. Oui, que le télégraphe s'arrête et avec lui, l'incessant bourdonnement qui monte du pays.

22

L'automne arriva très vite. Ou quelque chose qui lui ressemblait. La pluie les retenait tous à la maison. L'odeur de moisissure l'y emportait maintenant sur celle des médicaments. Les chemins s'emplissaient de boue. Il eût fallu une nouvelle extraordinaire pour que l'adjoint du télégraphiste sorte sa carriole. Le docteur profitait des éclaircies pour faire marcher le colonel. Leurs chaussures dérapaient sur les feuilles mortes ou s'enfonçaient dans la boue.

La terre nous retient, elle nous emprisonne et l'hiver nous tuera de ses poignards de glace. Il faut un cœur solide pour résister à la tristesse des champs rasés, au ciel bas et sombre. Pourtant l'été n'était pas encore fini. Dans le soleil fugitif, les arbres roussis flamboyaient. Le parc s'embrasait du matin au soir. Il déclinait, dans la lumière vacillante, toutes les nuances des fauves, diluées sous la pluie. Les perfides flèches de l'automne déposaient des couleurs étourdissantes sur les arbres et les buissons. Peut-être, l'hiver, cette fois, ne viendrait-il pas. Pourtant c'était le dernier souffle de l'été qui caressait la forêt.

Les promenades ne dépassaient pas l'enceinte du parc. Le colonel se fatiguait vite. Zaïtsev se demandait pourquoi il prenait tant soin de lui. Leurs relations étaient compliquées et instables. Ils s'irritaient l'un l'autre de leurs manies et de leurs exigences. Le docteur s'énervait d'admettre que, somme toute, le colonel et lui appartenaient au même camp. Mêmes origines, même éducation, mêmes références, ils attendaient des événements le même résultat : un peu de libéralisme, un peu de bonhomie, et le retour de l'ordre. Sur un point seulement, leurs opinions divergeaient. Zaïtsev, comme les soldats, ne souhaitait pas la poursuite de la guerre. Mais ce désaccord, sur lequel s'achevaient toutes leurs conversations, empêchait toute véritable entente entre les deux hommes.

Malgré la tentation de se disputer — tous deux y trouvaient du plaisir, bien que les réconciliations fussent toujours plus laborieuses — ils recherchaient des sujets neutres. Ils évitaient l'explosion, mais non les démangeaisons.

Au cours d'une promenade, Volski interrogea le docteur sur Marina. Il trouvait insolite sa présence dans cet hôpital d'hommes, où les autres femmes ne s'occupaient que de la cuisine et du ménage. D'où venait-elle ? Elle avait quelque chose de chic et une grande noblesse de sentiment. Mais ces doigts épais, cette stature un peu lourde, comment les expliquer ? Elle était bien élevée, cela se sentait. Pourtant il l'avait vue à l'aise l'autre soir avec les paysans.

Que répondre, sans risquer d'enlever à Marina l'admiration du colonel ?

« C'est une infirmière, voyez-vous. Tout ce que vous dites correspond aux caractéristiques d'une infirmière. »

Dans le chemin, des marrons, tombés de l'arbre, s'étaient fendus. Le fruit sombre, lisse et luisant n'avait rien perdu de l'attirance qu'il exerçait sur eux jadis, lorsqu'ils étaient enfants. Volski, d'un geste raide, se baissa et en ramassa une poignée. Il la tendit à Zaïtsev. « Dans les poches, souffla-t-il, vous les serrez dans vos mains plusieurs fois dans la journée et les rhumatismes s'en vont. » Zaïtsev éclata de rire. Les remèdes de bonne femme avaient la vie dure.

Ils reprirent leur promenade. Le docteur donna d'abord des renseignements sommaires. La famille de Marina habitait un village, non loin d'ici. Oui, ce n'étaient que des paysans. Le père se louait pour nourrir sa famille. Les religieuses d'un monastère voisin, qui cherchaient de l'aide pour leur hôpital, avaient remarqué Marina, plus douce et plus soignée que ses sœurs. Elles l'occupèrent d'abord à de basses besognes : lessive, ménage. Tout ce qu'elle faisait déjà chez elle.

Une jeune nonne lui avait cependant appris à lire, à écrire et le métier d'infirmière. À ce point de son récit, Zaïtsev parla d'abondance, ne négligeant aucun détail. Volski n'écoutait plus qu'à demi, s'ennuyant de ces histoires de piqûres, de pansements, de tisanes, de veillées nocturnes, de maladies et de morts. Il retint du flot d'informations que les religieuses avaient expédié Marina à l'hôpital du Zemstvo, lors de sa création. On l'avait gardée quand il devint un hôpital militaire.

La pluie de nouveau, en averse crépitante, arrache les feuilles aux bouleaux, les fruits aux marronniers et les hommes aux promenades. Ils courent, comme ils peuvent, dérapant sur la boue. La pluie, la nuit, le vent sifflent dans le parc, l'hôpital s'abandonne aux intempéries.

23

La nuit vient toute seule. Pas besoin de l'appeler. Il en va ainsi, suppose Volski, de la maladie et de la mort. La morosité, l'ennui et l'impuissance le rongent jour après jour. Sa blessure n'en finit pas de cicatriser. La jambe se remet mal. Boitera-t-il jusqu'à son dernier jour ?

Les hommes guérissent les uns après les autres. Dynkine et le sous-lieutenant ne portent plus depuis longtemps leur bras en écharpe.

Dans les premiers jours d'octobre, la marche de l'automne se ralentit. Les nuages s'éparpillèrent. Un ciel bleu, léger et pur s'installa. Au milieu de la journée, il faisait si bon au soleil que les soldats se promenaient en vareuse. Pas besoin de capote. Vers le soir, un petit vent frais soufflait, ébouriffant le parc au passage. Chaque matin, de nouvelles feuilles recouvraient le sol. C'était le temps illusoire et charmant de l'été des grands-mères. Comme les vieilles femmes, emmitouflées dans leurs châles, il sombrerait bientôt dans les ténèbres. Mais personne, même Volski, ne voulait y songer.

Marcher du matin au soir — dans les couloirs de l'hôpital ou sur les tapis de feuilles mortes — pour hâter sa guérison et retourner au front gagner cette guerre. Vérifier le moral des troupes, directement (mais peu fréquemment) ou par le truchement de Dynkine. Le soir, au lit, le capitaine fait son rapport en chuchotant (le crétin, de quoi a-t-il peur ? Ou bien faut-il déjà avoir peur ?). Volski connaît l'anxiété qui précède les batailles. Ce n'est rien. Il sait les moyens de résister à son emprise. Mais contre l'angoisse sournoise, dont on ignore les raisons, qui affole le cœur et égare le jugement, il ne peut rien. Son ombre terrifiante barre l'horizon.

Son humeur s'altère malgré lui au moindre incident. Mais Zaïtsev y met du sien Quel besoin de faire du zèle ?

L'autre soir, par exemple, voilà que s'amène un villageois dans une télègue branlante avec sa grosse femme, énorme comme une tour. On se retrouve à prendre le thé avec ce paysan aux joues rouges, rustaud et gêné d'être là. Au moins sait-il se tenir à sa place. La grosse femme est encore imposante sous ses châles. Elle ne dit rien, Dieu soit loué ! Et qu'est-ce qui arrive ?

Tout à coup elle se met à hurler d'une voix perçante, à vous glacer le sang. Dynkine devient pâle et son œil s'égare. Mais lui, n'est-ce pas, il tient à préserver son autorité. Il cache son émotion et fusille la femme du regard. Elle hurle toujours, se tord et manque renverser la table. Il remarque soudain son visage jeune et frais. Il comprend. Mais ce nigaud de Zaïtsev, planté là sans bouger, on croirait qu'il n'a jamais assisté à un accouchement. Un coup monté, c'est évident. S'infiltrer dans l'hôpital juste avant le moment pour profiter des soins du médecin. Des paysans enrichis. La sage-femme du village n'est plus assez bonne pour eux.

Voilà, on se retrouve avec une femme qui braille

dans la chambre voisine. Les hommes en haut paniqués — les hurlements rappellent les batailles, ils vous grenaillent les entrailles. Seigneur ! Est-ce qu'elle ne se taira pas ? Le mari s'est enfui, pas fou. Après la mère, c'est le fils qu'on entend crier. Un affamé de plus ! Les hommes errent dans le couloir. Ils voudraient qu'on leur montre le nourrisson. Pas question ! Après cela comment les ramener au front ? Ils ne penseront plus qu'à rentrer chez eux.

24

Volski avait peut-être raison de croire que le sort s'acharnait contre eux. Dans l'éblouissement de ces journées limpides, on vint quérir Zaïtsev de toute urgence.

Au village, un enfant avait été mordu par un chien. Il se mourait. La rage, de nouveau.

Cette nouvelle accabla le docteur. Les tombes, dans le jardin, n'avaient pas retenu la maladie. Comme une vapeur, comme un spectre échappé, le poison infectait les campagnes, les bois et les villages.

Au découragement succéda la fureur. Dans son bureau, Zaïtsev décrocha un fusil et s'enfonça dans le parc. Le temps de s'armer, Volski et ses hommes le suivirent. La maison ressemblait à un dépôt d'armes. Dans les caves, Marina montra au colonel des armoires étanches où l'on avait rangé fusils graissés, cartouches et cartouchières. L'ancien propriétaire aimait la chasse, sans doute.

Malgré sa jambe, Volski galopait. Le frottement de la crosse contre son flanc lui rendait son énergie. L'odeur métallique du fût le grisait. Il avait refusé ce bonheur à Dynkine et à Ossipov. Il se méfiait de leur bras à peine rafistolé. Dans une battue, pas d'imprudences ! Que le capitaine et le sous-lieutenant fissent la grimace ajoutait à son enchantement.

L'excitation lui fit prendre une mauvaise direction. Il erra dans les bois, à la tête de ses hommes. Quand cette transe le quitta — humidité de l'air et douleurs dans la jambe — il trouva enfin son chemin. Ils dévalèrent le bois pour rejoindre la colline, le vallon, le lac et le village. Les hommes haletaient et lui, sentait sa jambe se disloquer dans cette course furieuse.

C'était trop tard, des lamentations, des cris et des injures montaient du village. Encerclé par les habitants, Zaïtsev se débattait mollement. Le colonel prit position à l'entrée du village et ordonna aux soldats de mettre en joue. Sa voix autoritaire, comme l'autre soir, domina les clameurs. « Dispersez-vous, cria-t-il, ou nous tirons. » Les paysans s'écartèrent du docteur et refluèrent vers leurs maisons. Les soldats aperçurent alors ce que le dos des villageois leur cachait, les cadavres d'une douzaine de chiens.

Leur mort n'avait pas apaisé Zaïtsev. Une fièvre le dévorait. Ses yeux luisaient, ses lèvres se retroussaient. Il ordonna aux soldats de préparer un bûcher rudimentaire sur lequel il traîna par la queue les corps sanguinolents.

Une fois le brasier allumé, il remercia enfin le colonel. Visage rasséréné, bouche détendue, regard moqueur. Il s'était retrouvé. Mais les yeux de Volski, irrités par la fumée et l'odeur nauséabonde, le voyaient à travers une brume.

« Ils sont pires que ces bêtes. Il y a cinq mois, je leur ai dit d'abattre leurs chiens. » Zaïtsev parlait avec mépris, le menton un peu relevé. Bien qu'il partageât son opinion, Volski se sentit mal à l'aise.

Des maisons, montait de la fumée. L'après-midi touchait à sa fin. La transparence de l'air se voilait de brume. Tout devenait flou dans le regard de Volski. Les villageois plantés sur le seuil de leur porte les observaient. Mais, de loin, dans l'imprécision de sa vue, comme une mauvaise photographie, au grain épais, leurs silhouettes se découpaient en pointillé sur le paysage du soir. Une femme s'approcha de leur groupe. Un châle noir sur la tête estompait son visage. Elle marchait très droite, mais son pas, un peu mécanique, manquait de naturel.

Elle s'avança vers eux. Dans l'air frais, ses paroles se transformèrent aussitôt en vapeur : « L'enfant est mort. »

25

Par la fenêtre étroite, découpée sous le toit, la vue portait sur la pelouse en bas, jaunie déjà par les premiers gels, et sur les arbres du parc, noirs et immenses.

Il ne faisait plus aussi beau. Le ciel bas, couleur de lait sale, retenait la lumière. Au rez-de-chaussée, il fallait allumer de bonne heure. Mais parfois, survenait une journée radieuse. Sa clarté allégeait le poids de mélancolie qui accablait Marina.

Souvent, comme aujourd'hui, elle se réfugiait dans la lingerie. Le dos calé contre le dossier de la chaise, l'étoffe tenue très haut, sous le nez, elle cousait à petits gestes délicats et précis, les sourcils froncés pour concentrer son regard.

Difficile de réfléchir si l'on n'est pas seule. On ne peut même pas se risquer à prononcer une phrase, ou seulement un mot, à voix basse, pour l'essayer ou entendre, dans le silence, résonner le timbre de sa voix. Le capitaine l'a suivie dans les escaliers et s'est installé en face d'elle. Il contemple son visage ou le paysage par la fenêtre. Il ne parle pas. Mais comment oublier sa présence ?

Dynkine saisissait toutes les occasions de se trouver en sa compagnie. Cela faisait rire les soldats, elle le voyait bien, et sourciller le colonel.

Le capitaine se conduisait dignement. L'équipée dans la forêt, la nuit d'été qui avait si mal fini, n'eut pas de lendemain. Bien au contraire. Le capitaine, que Marina avait cru audacieux cette nuit-là, se révéla timide et sage. Ses yeux bleus innocents et profonds, comme des yeux d'archange, ne dissimulaient aucune des pensées troubles et coupables qui remuent les hommes. La nuit l'avait trompée en altérant la couleur pure de ses yeux.

On ne saurait dire qu'il lui fait la cour. Jamais il ne lui susurre de douceurs, jamais un clin d'œil ou un sourire complice. Pas de geste furtif. Mais il est toujours là, son regard ingénu levé sur elle. Si elle sort prendre l'air, il surgit à ses côtés et l'accompagne, les mains dans les poches. S'il rompt le silence, c'est à sa manière, d'une remarque inattendue, qui laisse Marina interloquée.

S'il ne ressemblait pas à un archange, elle le soupçonnerait de ruses compliquées. Une ou deux fois, le colonel lui a conseillé de se défier de Dynkine. Il s'est toqué la tempe de l'index, avec un regard de connivence. Fou, le capitaine ? Mais ils sont tous un peu fous, les hommes du colonel.

Qu'est-ce qui la tourmente ? Voudrait-elle qu'il se déclare et l'oblige à décider celui qu'elle préfère ? Ce ne serait pas simple.

Viktor Mikhaïlovitch, auquel allait toute sa tendresse avant l'arrivée du capitaine, est un homme marié, un père de famille d'un certain âge. Mais surtout il n'est plus exactement celui qu'elle aimait, comme si quelque chose de mauvais, qu'il retenait jusque-là, s'était soudain libéré. Elle avait toujours cru qu'il dominait ses accès de mélancolie. Mais aujourd'hui l'humeur assombrissait sa bonté et sa mansuétude, pis encore, il se révélait parfois capable de cruauté. Elle devinait soudain en lui quelque chose qu'elle ne comprenait pas et qui ne lui plaisait pas : un fond de lâcheté, une ombre de facilité qui pourrait l'entraîner, malgré lui, sur de mauvais chemins. Ce qu'elle avait admis sans se poser de questions et avec même beaucoup de compréhension — son abandon du front, la construction un peu folle de sa maison sur l'eau, les sentiments troubles qu'il lui portait, ses alternances subites d'enjouement et de tristesse — ne lui paraissait plus cacher, à coup sûr, une âme innocente.

Mais le capitaine, sans la guerre l'aurait-il jamais regardée ? Le comprend-elle mieux ? Pas du tout. Jamais elle ne s'habituera à ses silences, à ses observations déconcertantes. Et quel secret voile parfois son regard limpide ?

Celui qu'elle préfère, elle ne le sait pas. Par admiration, elle choisirait le docteur, par tendresse le capitaine, mais le bon sens lui souffle qu'aucun des deux n'est pour elle. Levant les yeux, elle regarda Dynkine à la dérobée. Le visage tourné vers la fenêtre, il était pâle, comme au premier jour.

Il regardait Marina dans la vitre, son reflet attentivement attaché sur lui. Au-delà les arbres noirs, embrouillés sur fond de grisaille et, au milieu de la pelouse, les deux silhouettes du docteur et du colonel, appliquées à se promener avant la fin du jour. Sans détacher ses yeux de la vitre, Dynkine interrogea :

« Marina Alexandrovna ? »

Elle baissa les yeux sur son ouvrage et poussa quelques aiguillées avant de répondre.

« Non, reprit-il, ne m'appelez pas capitaine. Je ne suis pas votre capitaine. Appelez-moi par mon prénom. Vous en souvenez-vous ? »

Il la regarda fixement. Marina prononça le prénom et le patronyme, solennellement.

« Bientôt, nous rejoindrons le front. Il peut se passer beaucoup de choses avant que nous ne nous revoyions. Dans cette période, mieux vaut ne pas prendre d'engagement. Mais si la guerre finissait, si j'en revenais, m'autoriseriez-vous à vous revoir ? »

Elle sourit, par réflexe, pour dissimuler sa déception. Qu'est-ce que cela voulait dire ? Dans sa famille, sur la véranda, à l'heure du thé, peut-être parlait-on de cette manière énigmatique. Tout le monde comprenait à demi-mot, ou le feignait, ou encore comprenait ce qui l'arrangeait. Elle répondit un peu brusquement : « Pas besoin d'autorisation. » Il prit un air effarouché et se retourna vers la fenêtre.

Les humiliés ne se comprennent jamais. De chagrin, elle planta son aiguille de travers et se perça le pouce. Un petit cri lui échappa. Les yeux bleus se posèrent de nouveau sur elle. Il attrapa la main blessée, se pencha et la baisa. Sans un mot, les yeux clos. Quand il la libéra, le sang avait disparu du pouce. Le capitaine se leva, s'inclina raidement et sortit. Elle entendit ses pas dans l'escalier.

26

Parfois, les nuages se déchiraient. À travers leurs lambeaux, on apercevait fugitivement le bleu délavé du ciel. Si clair, si pâle, impalpable, il s'évanouissait aussitôt.

Des buissons et des arbustes, dépouillés de feuilles, sourdait un brouillard subtil. Comme si une araignée avait tissé un voile entre leurs branches nues. L'hiver austère ne dégageait les contours du paysage que pour les estomper. Jamais on ne saisissait l'essence du monde. Aucune saison ne livrait son secret.

Déjà, vers la nuit, des flocons de neige mouchetaient la forêt. Ils piquaient les joues en s'y posant. Mais ils se dissolvaient aussitôt.

À l'hôpital, on emplissait les poêles nuit et jour. Qu'on ait chaud, du moins, puisqu'on n'arrivait plus ni à se ravitailler, ni à se soigner.

Plus aucun médicament ne leur parvenait. Zaïtsev, en personne, se rendit au bureau du télégraphe pour y expédier ses récriminations et ses désirs. Mais à l'autre bout, là-bas à Moscou, dont ils dépendaient, personne ne répondit.

« Sans doute, votre machine est détraquée ? » supposa le docteur. Mais le télégraphiste en chef et son adjoint, l'homme à la carriole bruyante, haussèrent les épaules. Détraquée ? Pour qui les prenait-on ? C'est qu'ils l'entretenaient cet appareil. Jamais une panne, ils y veillaient. L'affaire était simple : à Moscou, tout le monde s'en fichait de l'hôpital de Zaïtsev. Du reste, des médicaments, il n'y en avait plus nulle part.

S'approvisionner devenait chaque jour plus difficile. Depuis l'épisode des chiens, impossible d'obtenir des villageois des œufs, de la volaille ou même des pommes de terre. Seul, celui dont la femme avait accouché à l'hôpital les fournissait encore. Mais en cachette, la nuit et à des prix toujours plus élevés. Un filou, selon le colonel. Qu'on le dénonce aux autres et il reviendrait à la raison. Mais à le dénoncer, on risquait de se retrouver pour longtemps le ventre vide.

Marina partit en expédition avec l'un des soldats et revint avec toute une charrette de farine, de pommes, de viande salée, de pommes de terre et de raves. Comment s'était-elle débrouillée ? Elle avait petite mine, les larmes aux yeux et le corps transi de froid. Le soldat qui l'avait escortée confia seulement qu'il ne fallait pas espérer davantage de vivres.

« Voilà, déclara le colonel un soir. De deux choses l'une, ou bien vous fermez l'hôpital, ou bien vous vous rapprochez des villageois. » Marina penchait pour la réconciliation. Le colonel et le capitaine pressaient le docteur de signer leur feuille de route pour le front. Mais Zaïtsev refusa obstinément chacune de ces solutions.

Là-dessus, il se mit à neiger. Un matin, l'hôpital se réveilla sous la neige. En une nuit, le monde s'était transformé. À peine si l'on reconnaissait le parc, poudré de blanc. La pelouse avait disparu. Dans le soleil blême, le toit scintillait ; les glaçons qui y étaient suspendus tintaient au moindre souffle.

Comme chez les enfants, la neige avait sur le colonel un effet euphorique. Il décida qu'après le déjeuner, tout le monde irait en promenade au vallon, contempler la maison du docteur dans son habit de neige.

Ils se mirent en route de bonne heure, équipés de luges découvertes dans les caves de l'hôpital. La neige crissait. Ils s'y enfonçaient parfois jusqu'aux genoux en s'exclamant de joie. Avant d'arriver au vallon, ils seraient trempés. Mais personne ne s'en souciait. L'air sentait le cristal. Un petit vent irrégulier soulevait de la poussière de neige et la jetait à la figure des promeneurs. Leur peau, brûlée de froid, rosissait ; les barbes des hommes scintillaient au soleil.

En haut de la colline, pas un souffle : l'air pur, immobile. La vapeur s'échappait de leurs bouches et montait, droit, vers le ciel pâle. En bas, le vallon sous une croûte de neige. Une pellicule blanche encerclait les eaux du lac noires et lisses. Vu d'en haut, il ressemblait à un miroir antique, bordé de nacre. Le toit gonflé de neige, les vitres de la véranda barbouillées de givre, des glaçons grelottants aux corniches, la maison paraissait plus petite, comme recroquevillée sous le froid.

Les hommes se jetèrent sur leurs luges et glissèrent jusqu'à la rive. L'un des équipages offrit une place à Marina. Elle s'assit joyeusement et, sous les regards critiques du colonel et du capitaine, enserra la taille du conducteur. Derrière monta le sous-lieutenant qui l'enlaça de la même manière, désinvolte et heureuse. Zaïtsev opinait du chef, comme s'il donnait son approbation. Il restait encore une luge : il la proposa au colonel. Ses valenki étaient déjà raides d'humidité. Volski détourna la tête dédaigneusement. La luge de Marina s'échappa à ce moment. Le déplacement d'air leur râpa les joues. Le capitaine prit une mine malheureuse. Marina était en bas et les deux hommes l'aidaient à se remettre debout. On entendait jusqu'au sommet de la colline son rire de petite fille.

Quand ils se retrouvèrent tous sur les bords du lac,

Marina rajusta son châle de laine noire sur sa tête et annonça qu'elle allait à l'église.

Ils s'affairaient dans la maison, auprès du poêle et ne l'entendirent pas revenir. Le premier à la voir fut le sous-lieutenant qui apportait des bûches pour garnir le poêle. Le nez luisant, les cheveux décoiffés, elle frappait ses bottes de feutre sur le seuil pour en ôter la neige. Ossipov tressaillit en la découvrant.

Marina le voyait à contre-jour et ne remarqua pas son sursaut. Elle réclama le docteur.

Dans le village, un petit garçon souffrait d'une forte fièvre. L'enfant présentait de nombreux symptômes du croup. Si Viktor Mikhaïlovitch était d'accord, mieux valait le transporter à l'hôpital, avant qu'il ne soit trop mal. Elle s'énerva du manque de réaction de Zaïtsev. Un médecin, tout de même ! Il devrait déjà être au chevet de l'enfant. Elle le houspilla.

« Tu te fais une idée fausse des médecins, Marina. Qu'est-ce que je ferai à cet enfant ? S'il a le croup ou, je ne sais pas, la diphtérie, il mourra. Je n'ai rien pour le soigner. Que diront les gens du village ?

— Mais si vous ne faites rien, ils vous en voudront. Vous êtes condamné à agir. »

Condamné à agir, voilà, ils le sont tous. Même s'il faut se contenter de gesticuler inutilement dans les ténèbres. Zaïtsev enfila son manteau et ses bottes. Alors d'une toute petite voix, méconnaissable, Marina déclara : « Si vous le soignez, les villageois nous nourriront, le pope me l'a promis. » Zaïtsev haussa les épaules de gêne et de dépit. Qu'est-ce qui l'emportait chez Marina ? Le désir de sauver un enfant malade ou celui d'éviter la famine à l'hôpital ? Il haussa les épaules une seconde fois. Quelle importance ? Dans les deux cas son éclatante bonté soulignait sa propre mesquinerie

27

On aurait pu se dispenser ce soir-là d'éclairer la véranda. Par les verrières, la lumière spectrale de la lune se reflétait sur la neige. Elle déposait des éclats bleus sur la nappe blanche. Toute la pièce baignait dans une lueur mystique. Mais le colonel, mal à l'aise, pria qu'on allume une lampe ou, au moins, une chandelle.

Ils prenaient le thé tous les quatre, comme d'habitude. Les hommes étaient en haut dans les dortoirs, fatigués de leur journée au grand air. On avait couché l'enfant dans la chambre du fond. Zaïtsev ne croyait pas au croup.

Ils mangeaient en silence. L'excitation provoquée par la neige retombait, une grande lassitude les envahissait. Les vitres, grattées le matin, se couvraient à nouveau de filets de givre.

Tout à coup — Zim ! Ziom ! Zim ! — un bruit étrange résonna dans la nuit ! Un rythme saccadé mais régulier, entraînant et cassé, qui s'égrenait comme une mesure à 6/8. Le premier, le colonel retrouva la mémoire. Il se dressa, la serviette à la main : « Écoutez, on dirait une troïka. » Seigneur, c'était vrai. Cela ressemblait à une troïka. On entendait les clochettes et le martèlement des sabots, comme une basse soutenant les aigus.

« Une troïka ? Ici ? Impossible », décréta Zaïtsev. Il était assis contre la plus grande verrière. Le froid qui s'y infiltrait lui donnait le sentiment d'être adossé à un mur de glace. « Mais, non, regardez. Regardez donc ! » s'écria le colonel tendant le doigt en direction de la nuit.

Dans la clarté lunaire, glissait un traîneau tiré par trois chevaux couronnés de clochettes. Zim ! Ziom ! Zim ! Le conducteur, debout, leva son fouet très haut, dans un geste de salut ou de victoire. Il disparut, aspiré par la nuit. Les clochettes grelottèrent encore un moment.

« Seigneur, souffla Marina, une apparition ! » Elle se signa plusieurs fois. Ils se tenaient tous debout autour de la table à présent. La lampe éclairait leurs visages par-dessous. La lumière de la lune se reflétait sur leurs yeux, leurs fronts et leurs cheveux. Ce double éclairage leur donnait une expression grave et pensive.

Zim ! Ziom ! Zim ! Au loin, de nouveau, on entendait les clochettes, puis la vibration des sabots. Le traîneau passa une seconde fois devant la véranda. Le fouet s'agita au-dessus du visage du conducteur. Marina, la première, le reconnut. L'adjoint du télégraphiste.

Ils coururent à l'avant de la maison, vers le perron. Dans l'escalier, les soldats se pressaient autour de la rampe. Sur leurs visages effroi, surprise ou excitation.

Lorsque Zaïtsev ouvrit la porte, le froid s'engouffra dans la maison. Il écarta la seconde porte et se trouva sur le seuil au moment même où le traîneau s'arrêtait. L'adjoint du télégraphiste, affublé d'une pelisse courte, un bonnet de loup sur le visage, en bondit, le fouet à la main. Le colonel, le capitaine et Marina surgirent à leur tour sur le perron.

L'homme du télégraphe fit claquer son fouet par terre soulevant une colonne de neige qui s'émietta sur la crinière des chevaux.

« Regardez ce que j'ai déniché, s'exclama-t-il. Inouï, non ? Avec une pareille couche de neige pas question de prendre la carriole.

— C'est pour cela que tu nous déranges ? demanda Zaïtsev. Simplement pour nous faire admirer ton traîneau et tes chevaux ?

— Je vous dérange ? hurla l'adjoint du télégraphiste furieux. C'est renversant ! Je viens porter les nouvelles. Des nouvelles INCROYABLES. Et tout ce qu'on me dit, c'est que je dérange. » Il donna un nouveau coup de fouet sur le sol. « Eh bien, bonsoir, je rentre tout de suite.

— Ne fais pas la mauvaise tête, dit Zaïtsev. Il fallait le dire plus tôt que tu avais des nouvelles.

— Vous les saurez bien assez tôt. Allez salut. C'est qu'il fait froid et nuit. Autant rentrer tout de suite. » Il se rassit dans le traîneau. La voix douce de Marina le rappela. « Arrête. Ne t'en va pas comme ca. Viens boire quelque chose de chaud avant de repartir. Allez, ne te fais pas prier. » Il se laissa faire, en grommelant que c'était pour faire plaisir à Marina Alexandrovna.

On se hâta vers l'entrée. Quand il découvrit les soldats, accrochés en grappes superposées à la rampe de l'escalier, l'adjoint du télégraphiste éclata de rire.

« Eh bien les gars, vous en tirez des têtes ? Est-ce que je vous ai fait peur ? » Pan, Pan, il martelait le sol de ses bottes pour en enlever la neige. Des filets boueux couraient sur le marbre. « Pourtant c'est un grand jour aujourd'hui. C'est la fin de toutes les oppressions ! » Tout le monde le regarda, effaré. Il avait perdu la tête en chemin, le pauvre garçon. Le froid lui avait brisé l'esprit.

Il tapa de nouveau du pied, de colère cette fois. « Mais personne ne veut de moi ce soir et personne ne me prend au sérieux. C'est la révolution, je vous dis.

— La révolution, persifla l'un des hommes au premier rang. Tu as le cerveau dérangé, petit frère. La révolution a déjà eu lieu. En février.

— Quelle révolution ? tonna l'adjoint du télégraphiste en regardant le sous-lieutenant. Une parodie de révolution. Des beaux messieurs avec de beaux habits. Pas pressés d'arrêter la guerre, ni de nourrir le peuple. Ce que je vous dis, moi, c'est qu'à Petrograd, les Bolcheviks ont pris le pouvoir. Depuis hier. Palais d'hiver tombé. Kerenski en fuite. (Il lisait mentalement le télégramme, enlevant les " stop " avec application.)

— Les Bolcheviks, siffla le colonel. (Son visage était couleur de cendre.) À Petrograd, ajouta-t-il. Mais que se passe-t-il à Moscou ?

— Télégrammes confus. Situation peu claire. Les Bolcheviks et les hommes du gouvernement se tirent dessus. Mais c'est sans importance. De Petrograd, nous avons reçu un message annonçant que la Russie tout entière est aux mains des Soviets. Finie la guerre, finie la faim, finis les malheurs, camarades ! »

28

Marina releva la tête. La lune nimbait de reflets bleuâtres l'icône sur le rebord de la fenêtre. Lorsque le calme était revenu, une fois l'aide-télégraphiste parti et les hommes couchés, elle s'était enfermée dans sa chambre pour prier.

Les nouvelles effrayantes assommèrent le colonel. Interdit, debout dans l'entrée, il vacillait comme un homme pris de vertiges. Le capitaine le conduisit à leur chambre. Dynkine lui-même ne semblait pas très assuré de ce qu'il fallait faire. Son visage blanc comme la craie, il ordonna aux soldats de remonter se coucher. Le timbre de sa voix s'était imperceptiblement modifié. Il commandait avec autorité, mais les ordres vibraient dans l'air, comme des cordes désaccordées. Personne ne désobéit. Le silence revint peu à peu. Des portes claquèrent à l'étage, des pas firent grincer le parquet. Tout s'éteignit.

En bas, Zaïtsev versa un doigt d'alcool à l'homme du télégraphe et le raccompagna à son traîneau. Suivant les instructions du colonel qu'on appliquait depuis l'échec de la marche de Kornilov, il ferma la porte à clé et fourra celle-ci dans sa poche. Devant la véranda, cristalline et bleutée, semblable à une grotte, Marina et les femmes pleuraient doucement ; Trofime Trofimovitch bougonnait en tirant sur sa barbe. Le docteur leur conseilla d'aller, eux aussi, se coucher.

Comme si l'on pouvait dormir avec un poids pareil

sur le cœur ? Pourtant, ils s'étaient tous endormis. Plus un bruit dans la grande maison sous la neige. Marina baisa trois fois l'icône, se signa, se releva. Elle se sentait plus calme à présent.

Elle baigna son visage, arrangea ses cheveux. Le miroir ne reflétait que son ombre. Pas d'autre clarté que la réverbération de la lune sur la neige. Dans son émotion, tout à l'heure, elle avait oublié de monter une bougie. Elle posa le front sur la vitre et sursauta en la sentant si froide. Quel monde glacé, quelle lumière sépulcrale. Tout est illusion.

Elle décida d'attendre le matin auprès de l'enfant malade, dans la chambre du fond. Son icône à la main, elle se glissa dans le couloir à la lueur du clair de lune. Elle n'avait pas peur de la nuit.

Pourtant, elle sursauta en découvrant une ombre devant elle à la hauteur de l'escalier. Son cœur cogna fébrilement. Son front, ses mains et ses pieds se glacèrent. La chaleur de son corps s'échappa dans un ruissellement de sueur.

Au bruissement de sa jupe, l'homme se retourna vivement. La lumière glacée de la lune éclaira les yeux sombres du sous-lieutenant Ossipov. Il porta un doigt à sa bouche et sourit.

Où allait-il à cette heure-là ? Quel nouveau drame se préparait ? Marina ne posa pas de question. Elle s'appuya au mur, l'icône serrée sur sa poitrine. D'où il se trouvait, deux marches plus bas, Sergueï l'examinait. Pas un mot. Pas même un chuchotement. Ils s'observaient. Le sous-lieutenant esquissa un mouvement dans sa direction. Brièvement, Marina eut l'impression que Sergueï allait bondir sur elle. À la lumière trompeuse de la lune, elle lisait dans ses yeux un désir violent.

Mais de nouveau, il posa son doigt sur ses lèvres et commença à descendre les escaliers à reculons. Elle ne bougea pas. Même lorsqu'il disparut de sa vue et qu'elle devina, au léger bruit dans l'escalier, qu'il se hâtait.

Que ferait-il en bas devant la porte fermée ? Sauterait-il par une fenêtre ? Marina se tourna vers celle du couloir qui surplombait la véranda. Le reflet de la lune sur la neige se réfléchissait à son tour sur les vitrages.

Au même moment, au-dessous d'elle, grinça une fenêtre. Quelle folie de s'enfuir par là ! Avec ses trois murs en verre qui s'arrondissaient comme une coupole de cristal pour former le plafond, la véranda offrait peu de prises. N'importe quelle autre fenêtre du rez-de-chaussée eût été préférable. Lorsqu'elle vit sa tête surgir et regarder vers la vitre contre laquelle elle écrasait son visage, Marina devina que Sergueï n'avait choisi ce chemin mal commode que pour s'assurer qu'elle le suivait des yeux.

Il demeura en équilibre, assis sur le châssis de la fenêtre, le visage et la poitrine à l'extérieur, les jambes encore à l'intérieur. Il regardait dans la direction de Marina. De nouveau, il porta un doigt à sa bouche. Mais ce geste le déséquilibra : il tomba en arrière dans la neige. Dans leur élan, ses jambes brisèrent la vitre. On entendit le carreau éclater et une pluie de verre crépiter sur le parquet de la véranda.

Sergueï roula dans la neige et se redressa d'un bond, souplement. Un doigt sur les lèvres, il agita l'autre main et s'enfuit en courant vers les bois à l'instant où s'allumaient aux fenêtres les premières lumières. Ses traces de pas se mêlèrent à celles laissées l'après-midi par les soldats.

Sans réfléchir, Marina ouvrit la fenêtre du couloir qu'on n'avait pas encore calfeutrée, et jeta son icône dehors. Elle heurta le vitrage brisé et tomba dans la neige. Quel bon soldat, elle ferait, n'est-ce pas colonel ?

Les portes s'ouvrirent à la volée. Des questions fusèrent. La chandelle de Zaïtsev, tremblotante dans l'air glacé, éclaira Marina penchée à la fenêtre. Dans l'escalier, le capitaine Dynkine gravissait les marches quatre à quatre, projetant une ombre gigantesque sur le mur laiteux.

« Que fais-tu, Marina ? » demanda le docteur. Sa

voix fit taire d'un coup toutes les autres et cloua sur place Dynkine, que Marina ne voyait pas.

Calmement, elle répondit : « Je suis désolée, Viktor Mikhaïlovitch, pardonnez-moi de vous avoir tous réveillés. J'allais rejoindre notre petit malade quand j'ai eu un malaise. J'ai ouvert pour respirer, mon icône m'a échappé des mains et a cassé l'une des vitres de la véranda. Recouchez-vous à présent. Je descends la chercher. Je vois où elle est. »

Elle s'engagea dans l'escalier, ne regarda même pas Dynkine éberlué. De la fenêtre, ils la virent se pencher par la vitre brisée et récupérer son icône, tombée face contre la neige. Elle agissait avec calme et lenteur. Comme dans un rêve. Elle remonta dignement, l'icône humide contre son cœur. « Pardonnez-moi encore », dit-elle avant d'ouvrir la porte de la chambre du fond. Bientôt par l'interstice, une lumière brilla. Les hommes dans le couloir demeurèrent le cœur battant. Qu'arriverait-il encore avant la fin de cette nuit terrible ?

Mais il ne se passa rien. On entendit le grattement du fauteuil qu'elle poussait auprès du lit. La lumière baissa un peu. Zaïtsev, d'un geste de la main, exprima sa perplexité et son impuissance. La nuit était avancée. Il fallait dormir. Dynkine redescendit l'escalier. Les portes se fermèrent les unes après les autres.

29

De nouveau, tombait la neige. Silencieusement, inexorablement. Hachurant le paysage, voilant les arbres et les collines à l'horizon, enveloppant l'hôpital d'ouate glacée.

À l'aube, Marina descendit dans la véranda. Elle y trouva le fou et Trofime Trofimovitch, qui, sous la direction du sous-lieutenant Ossipov, assis à table à la place habituelle de Volski, réparaient la vitre cassée. Ils la dévisagèrent tous les trois.

« Tout de même, Marina Alexandrovna, remarqua Trofime, la piété a des limites ! » Le fou lui jeta un regard indifférent. Aucune expression non plus dans les yeux de Sergueï. Sans les débris de verre qu'on n'avait pas encore ramassés, Marina aurait pu croire qu'elle avait rêvé la scène de la veille.

Dans la matinée, le colonel convoqua une réunion générale. Pas un mot sur l'incident de la nuit. (L'avait-il seulement entendu ?) Il résuma la situation en quelques mots : patrie, danger, devoir, guerre, révolution, partir. Le discours courait, incompréhensible, ne s'en détachaient que ces mots. Et le dernier surtout, sinistre. On avait cru ne jamais l'entendre, tant le docteur s'ingéniait à les retenir. Partir, oui. Mais il aurait fallu qu'il y ait du soleil et que l'on retourne chez soi.

« Alors, voilà, conclut-il, nous nous en allons, merci pour tout.

— Comment merci pour tout ? demanda Zaïtsev. Il n'est pas question que vous partiez comme ça. Et pour aller où ? Je dois examiner ces hommes avant de décider si leur état leur permet de se battre ou s'il exige des soins supplémentaires. »

On respira. On avait gagné du temps. Avec un peu de chance le docteur le ferait encore patienter. Ou mieux, on serait de ceux qui resteraient. Pensez un peu — l'hôpital sans le colonel !

Zaïtsev se mit à sa besogne le matin même. Mais le colonel ne perdit pas son temps. On prépara les sacs, on astiqua les ceinturons, on rafraîchit les uniformes. Volski envoya Trofime Trofimovitch à la gare se renseigner sur le prochain train. Il n'y en avait pas avant une semaine et encore, personne ne garantissait qu'ils pourraient le prendre. De quoi mettre le colonel de bonne humeur.

De son côté le docteur dut reconnaître que la plupart des hommes se portaient bien. Les plus mal en point étaient le colonel dont la claudication ne s'atténuait pas, le capitaine, toujours blafard et, bien sûr, le soldat fou.

Mais celui-là, pas question de le garder ! Ce n'était pas un asile d'aliénés ici. Il pouvait commettre de nouveaux méfaits. Zaïtsev rédigea une lettre d'introduction à l'un de ses anciens confrères de Moscou. Un éminent psychiatre. Il expliqua à Dynkine et à Ossipov ce qu'il fallait faire (quelques gouttes de valériane le matin et le double le soir) pour qu'il se tienne tranquille et leur remit la lettre. Surtout ne pas oublier de le conduire là-bas. C'était un fou. Un fou dangereux.

Tous les hommes du colonel s'en allaient avec lui et la plupart des soldats qui se trouvaient à l'hôpital avant son arrivée. Finalement ne restaient que quatre hommes encore mal remis de leurs blessures. Les infirmiers décidèrent de se joindre au groupe de Volski. Ils avaient hâte de se battre contre les nouveaux maîtres de la Russie.

Malgré la résistance des deux télégraphistes — déjà bolchevisés ces deux-là ! — Volski avait appris que le général Alexeïev levait une armée de volontaires pour combattre les Rouges. Il décida de s'y agréger avec les trente-quatre hommes dont il disposait.

Curieusement, le sous-lieutenant, dont tout le monde connaissait les idées bolcheviques, ne tenta pas de s'y opposer ni de soulever les soldats contre le colonel. Il boucla son sac comme les autres.

Le mal du petit garçon s'aggravait. La fièvre montait toujours, le cœur battait de plus en plus vite. L'enfant était à bout de forces et déglutissait difficilement. Faute de mieux, le docteur le soignait à coups de tisanes au miel. Mais le malade n'en avalait que quelques gouttes. Il vomissait immédiatement si on l'obligeait à boire davantage.

Marina ne le quittait pas. L'avant-dernier soir, Sergueï Ossipov lui rendit visite dans la chambre du fond. Il ne fit pas la moindre allusion aux événements de la nuit où il s'était enfui. Depuis, comme le savait Marina, il sortait chaque soir en cachette. Il rentrait au petit matin, fatigué, les yeux toujours plus charbonneux.

Il s'assit au chevet de l'enfant, posa une main sur le front bouillant et s'enquit de son état. Avec son camarade à la mâchoire brisée, déjà, il manifestait cette sollicitude et cette douceur inattendues.

« Trop d'enfants malades. Trop d'enfants qui meurent, dit-il sans quitter le petit garçon des yeux. Tout cela va changer. Le nouveau pouvoir aidera les enfants à grandir paisiblement. »

Elle le regarda en face. Elle ignorait qu'il s'intéressait aux enfants. Il sourit. Sans doute avait-elle beaucoup d'idées fausses sur lui. Il aimait les enfants. Peut-être simplement parce qu'on l'avait privé de son enfance. Très vite orphelin, il avait grandi dans une affreuse institution tenue par des moines.

« Et moi, remarqua Marina, ce sont des nonnes qui m'ont formée. »

Alors elle pouvait comprendre qu'il ait été malheureux là-bas, sans affection, avec pour seule consolation la musique qu'on lui avait apprise. Ces moines — quels inconscients ! — croyaient faire de lui un pope. Il avait si bien dissimulé ses sentiments qu'ils ne s'imaginèrent jamais qu'ils formaient un apprenti révolutionnaire.

Marina n'éprouvait pas de rancœur contre les religieuses. Elle avait pardonné à celles qui la maltraitaient. Au reste, elles lui avaient appris à pardonner le mal, à mériter le paradis.

« Le paradis, soupira Sergueï, ne me dis pas que tu crois au paradis ! »

Mais si, elle y croyait, le paradis céleste, l'endroit des béatitudes. Quel sens aurait la vie, sinon ?

« On nous a amusés pendant des siècles avec ce paradis de pacotille, Marina Alexandrovna. Le paradis, nous allons le construire maintenant, dans ce pays. Tu y habiteras de ton vivant. Les hommes y seront enfin égaux et les enfants cesseront d'y mourir. Est-ce que tu me crois ? »

Elle observa Sergueï, son visage acéré, tendu par

la foi, ses yeux violents. Cet homme connaissait le poids de la souffrance. Il était plus proche d'elle qu'aucun autre. Et bien qu'elle ne crût pas à son paradis terrestre, elle lui sourit pour le réconforter.

La veille du départ des soldats, la fièvre de l'enfant diminua. La gorge se dégagea. Il but un verre de tisane sucrée.

Pas question de prendre le thé dans la véranda ce soir-là. Tout le monde dîna au réfectoire. On installa une table pour le colonel, d'où il harangua sa troupe. Comme il n'y avait plus d'alcool, il portait des toasts avec des verres de thé bouillant. On but à la victoire (laquelle ?), on but au pays (lequel ?), on but à l'hôpital (qu'en restait-il ?), à l'enfant en voie de guérison. Seul ce toast fut repris par les hommes. Superstitieusement, ils avaient lié leur destin au sien. Rien de mal ne pouvait plus leur arriver.

À l'écart, Sergueï Ossipov buvait son thé l'air farouche. Ses yeux noirs étincelaient, mais il ne dit pas un mot. Le capitaine Dynkine, toujours aussi pâle, ne leva pas les yeux ou bien, furtivement, pour observer Marina. Le docteur écoutait les discours du colonel d'un air moqueur. Marina, les larmes aux yeux, promenait sur les hommes son regard tendre.

Demain, ce serait fini. À cette heure-là, serrés les uns contre les autres dans le train, ils fendraient la nuit, où papillonnait la neige. Il suffirait d'un instant pour que s'effacent l'hôpital et son parc, les visages du docteur et de Marina. Ce serait comme s'ils n'avaient jamais existé.

Le matin, les hommes s'entassèrent dans le traîneau. Trofime Trofimovitch y avait attelé les deux mauvais chevaux de l'hôpital. La neige avait cessé, mais l'air était glacé, balayé par le vent du nord, le ciel bas menaçait : les flocons ne tarderaient pas à voltiger de nouveau devant la maison.

Zaïtsev et Marina saluèrent les soldats. Derrière eux, l'air misérable, se tenaient les blessés que le docteur ne voulait pas laisser repartir. « Adieu, Adieu », disaient les soldats. « Bon courage », lançait Zaïtsev en leur serrant la main. « Dieu vous protège », ajoutait Marina en les bénissant.

Les derniers à prendre congé furent, bien sûr, par ordre hiérarchique croissant, le sous-lieutenant, le capitaine et le colonel. Le sous-lieutenant s'avança, l'air dégagé. Il se raidit devant eux et les salua d'une inclinaison de tête. Sans un mot. Ses yeux noirs parcoururent, ironiques, les traits du docteur. Sur Marina, il attarda son regard sombre. Sergueï pirouetta et, d'un saut, se jeta dans le traîneau.

Vint alors le capitaine. La veille il avait rappelé à Marina son souhait de la revoir le plus vite possible. « Alors, revenez vite », répondit-elle. Ce matin, il lui prit la main, la serra entre ses deux paumes et la baisa tendrement. Elle lui sourit. « Au revoir, Oleg Fiodorovitch. » Le docteur montra moins d'affection. « N'oubliez pas, dit-il, de laisser l'homme à Moscou. Il est dangereux. » Son regard fouilla le traîneau, à la recherche du visage malmené par la folie. Mais déjà le capitaine s'éloignait, laissant la place au colonel.

Toujours claudiquant, il se dirigea vers eux, remercia pour tout. « Nous ne vous oublierons jamais, assura-t-il. Nous partons parce que c'est notre devoir. Mais nous souhaiterions ne jamais vous quitter. Dieu vous bénisse et sauve notre pays. » Il leur serra la main à tous les deux, affectant un baisemain devant Marina.

Trofime Trofimovitch leva son fouet pour donner le signal du départ. On pelait de froid dans le traîneau. Au moment où il s'ébranlait, les hommes levèrent les bras en signe d'adieu. Zaïtsev cria : « Envoyez-nous un télégramme. » Dominant le crissement de la neige, la voix impérieuse du colonel répondit qu'on pouvait compter sur lui. À la première boucle de l'allée, ils se retournèrent tous pour un dernier adieu. Au bas du perron, la poignée des occupants de l'hôpital, lointains déjà, des silhouettes tremblantes, agitait la main dans leur direction.

Zaïtsev ressortit après le départ des soldats. Il rentra, l'air mystérieux et triomphant — dire qu'il avait failli oublier ! Tous ces incidents lui avaient enlevé la mémoire ! — avec dans sa poche un flacon de cristal. Mieux ouvragé encore que les précédents, couronné d'un bouchon d'argent ciselé. Dans la lumière de la lampe, les cristaux de neige s'animèrent de reflets multicolores. On aurait cru de la poussière de pierres précieuses. Marina suivit le docteur dans son bureau et le regarda ranger précautionneusement le flacon à côté des trois autres. Demain, dès l'aube, avant le lever de Zaïtsev, elle le remplirait de neige fraîche.

Trofime Trofimovitch rentra dans la soirée après avoir déposé les soldats. Le train était en retard, annonça-t-il. Le colonel l'avait renvoyé. À présent les trains n'étaient jamais à l'heure. On pouvait les attendre une semaine durant, selon le chef de gare.

Zaïtsev déclara que Trofime y retournerait le lendemain. Si le train ne venait pas, les hommes seraient mieux à l'hôpital.

Mais Trofime ne retourna pas à la gare le lendemain. Dans la nuit, l'état du petit garçon s'aggrava. Il ne pouvait plus avaler. Tous les autres symptômes du mal s'accentuèrent. Le docteur examina la gorge du petit garçon et soupira. Marina ne s'était pas trompée. C'est elle qui devrait être médecin. La diphtérie. Une forme maligne se cachait derrière l'angine des premiers jours.

À l'aube, on envoya Trofime quérir les parents. Il revint avec la mère et le pope. Impassible, la femme s'assit au chevet de son fils. Elle avait déjà perdu plusieurs de ses neuf enfants. Sa présence immobile troublait ce qui restait de l'hôpital : les quatre hommes invalides, Trofime et les trois femmes de charge qui se succédaient, les larmes aux yeux, dans la chambre du malade.

Il agonisa tout l'après-midi. Zaïtsev grattait, grattait la gorge. Le pope priait. La mère regardait son enfant. Marina lui baignait le front, le redressait pour l'aider à respirer.

À la tombée de la nuit, on chuchota la nouvelle dans les couloirs. Il était mort, le petit agneau. Seigneur, c'était son destin.

Après la mort de l'enfant, la mère sortit de sa torpeur. Elle s'entendit avec le pope pour l'enterrement. À la maison, son mari avait préparé le cercueil. À présent, elle devait rentrer pour s'occuper de sa famille. Elle parlait d'un ton las. Que faire d'autre qu'avaler son chagrin ? Dans son enfance, Marina avait assisté à des scènes identiques.

Elle s'occupa toute seule de la toilette funèbre. Alors seulement, elle songea aux soldats, sur le quai de la gare peut-être ou dans leur train, sans doute. Le malheur était sur eux désormais : c'est à la mort que les conduisait le colonel. Elle ne les reverrait plus. Plus jamais le visage de Dynkine, ses yeux bleus, son regard d'enfant.

Elle habilla le petit garçon et se souvint que le sous-lieutenant s'était assis à son chevet. Comment réagirait-il en apprenant sa mort ? Il n'y verrait aucun mauvais présage. Ses yeux s'embraseraient contre l'injustice. Il ne céderait pas au chagrin, et à cette pensée, Marina trouva le courage d'achever sa tâche.

31

Le lendemain ils se rendirent à l'enterrement. Zaïtsev avait mauvaise mine : il n'avait pas dormi de la nuit.

À l'église et au cimetière, les villageois fermèrent leurs regards. Ils leur en voulaient d'être là. Mais qu'auraient-ils dit s'ils n'étaient pas venus ? Situation inextricable. L'enfant serait mort même si le docteur ne s'était pas trompé dans son diagnostic. On n'avait rien pour le sauver.

Les chants du pope étaient plaintifs. De nouveau, Marina songea à Sergueï. Qu'aurait-il chanté pour cet office ? Sa seconde voix aurait versé sur eux les flots de la consolation.

La jeune femme crut presque l'entendre, soufflée par le vent qui traversait les bois pendant l'enterrement. Mais ce n'était qu'un rêve. Le sous-lieutenant était dans le train avec le reste de sa troupe. Sûrement, ils avaient dû partir à présent, sinon ils seraient revenus.

On avait trop de chagrin pour penser aux soldats. Marina et les femmes de charge entreprirent de nettoyer l'hôpital, tandis que Zaïtsev tournait comme un malheureux dans son bureau.

À Marina, il finit par ouvrir son cœur. La vie qu'ils menaient n'avait aucun sens. À quoi bon astiquer les armoires, laver les parquets, repriser les draps ou même remettre de l'ordre dans sa maisonnette si les Bolcheviks tenaient Petrograd et Moscou ? Bientôt, ils seraient là aussi. À feu et à sang, l'hôpital ! Fracassées les armoires étincelantes, arrachés et brisés les parquets pour faire du feu ! Ah Marina, que faisons-nous ici ? Pourquoi ne partons-nous pas nous aussi ?

« Partir, demanda-t-elle, mais où ? Où voulez-vous aller, Viktor Mikhaïlovitch ? Notre devoir, c'est de garder cet hôpital. »

Il rit. Pardon, pardon. Il ne savait plus où il avait la tête. Toutes ces histoires le rendaient fou. Elle avait raison, bien sûr. Elle ajouta : « De toute façon les Bolcheviks aussi ont besoin de médecin, d'infirmière et d'hôpital. » Il rit encore. Pactisons, c'est cela. Que faire d'autre, du reste ?

Zaïtsev et les hommes passèrent la journée suivante dans la maison du lac. L'occupation le ragaillardit. Il rentra de meilleure humeur.

Marina en revanche, n'avait pas réussi à distraire ses pensées de la mort de l'enfant et des pressentiments qui l'oppressaient. Cette mort ressemblait à un avertissement. Dans la journée, des corbeaux tournaient au-dessus de l'hôpital. Ils agitaient l'âme superstitieuse de Trofime Trofimovitch qui, un balai à la main, courait les déloger des corniches où, parfois, ils se posaient.

Après le thé, Marina s'installa dans la pharmacie. Elle inspecta les vitrines vides et les étagères dégarnies, feuilleta le registre. Son écriture, épaisse et mal déliée, l'étonna pour la première fois. De temps en temps, au milieu d'une colonne, un griffonnage du docteur, acéré, élégant. Elle ferma d'un coup le gros livre et regarda la nuit. Elle se sentait malheureuse et inquiète.

Zaïtsev s'amusa de la trouver dans une posture mélancolique : « Marina, est-ce que mon infirmière préférée compterait les médicaments qui nous manquent ? Je parie que tu dresses des listes imaginaires ? » Elle tourna vers lui — il était resté sur le seuil, l'épaule appuyée au montant de la porte — un visage en larmes.

Il se précipita vers elle, sa colombe, son petit ange. Pourquoi ces larmes ? L'enfant, bien sûr. Non ? Était-ce de sa faute à lui ? Je suis maladroit, Marina mon petit oiseau. Il ne faut plus pleurer. Ou me dire pourquoi. Il prit sa main entre les siennes et lui caressa le bout des doigts tout en parlant. Voilà, il savait tout. Elle pleurait son beau, son vaillant capitaine. Il ne se trompait pas ? Elle était amoureuse de ce Dynkine. Cette cour insensée qu'il lui avait faite. Mais oui, Marina, tu ne te rendais pas compte. Ses yeux de veau posés sur toi dans une adoration muette. Ridicule. Tu ne vas tout de même pas faire attention à un homme comme lui et le regretter par-dessus le marché !

Elle sourit à travers ses larmes : « Viktor Mikhaïlovitch ! Je ne sais pas pourquoi je pleure ! Vous êtes fou de dire des choses pareilles. »

Était-ce possible ? Elle ne l'aimait pas ? Ce capitaine si sympathique ? Sa beauté et sa douceur — plutôt inhabituelles chez un militaire — doivent pourtant plaire aux femmes. Ah, Marina, ma petite perle, c'est tellement merveilleux ! Il lui baisa le bout des doigts. Je ne le croyais plus.

Marina riait à présent, le dos à la nuit.

32

Quatre jours que les soldats s'en étaient allés. Il faisait froid, mais la journée avait été superbe. Ciel bleu à vous saigner le cœur. À présent la nuit s'approchait, jetant des ombres pourpres sur le sol.

La neige craquait sous le traîneau. Zaïtsev et Trofime revenaient de la gare. Ils y étaient partis de bonne heure le matin pour prendre des nouvelles des hommes de Volski et se distraire de la mélancolie. À l'aller, dans la lumière glacée, leurs cœurs bondissaient d'ivresse comme le traîneau. Tous les sujets qui leur venaient à l'esprit, ils en parlaient avec animation.

Mais à présent, ils se taisaient. Trofime conduisait les dents serrées et Zaïtsev, recroquevillé sous sa pelisse, regardait dans le vide comme un homme anéanti.

Personne à la gare. Même pas le chef de gare. On avait cloué des planches aux fenêtres. La maison attenante abritait la famille du cheminot et les deux télégraphistes. La famille avait abandonné son logis. Mais les télégraphistes étaient à leur poste. Tous deux portaient un ceinturon garni d'un revolver. Dans l'obscurité du réduit où se trouvait leur machine, ils ressemblaient à des bandits.

Malgré l'étrange impression que produisait leur vue, Zaïtsev avait conservé assez d'enjouement pour ne pas se laisser effrayer. Il les apostropha. Serait-ce qu'ils avaient pris complètement le pouvoir dans la gare ? Comment avaient-ils réussi à expulser leurs voisins ?

Les deux télégraphistes lancèrent au docteur un regard inquiétant. Expulsé ? Certainement pas. La famille avait fui après la mort du chef de gare et de son fils. À quoi s'intéressaient-ils au fond de leur hôpital ? Bien entendu, ils ignoraient les derniers décrets adoptés par le gouvernement bolchevique et qu'en certains endroits, on massacrait les propriétaires terriens.

Impossible de les arrêter. Leurs voix crépitaient comme leur appareil au rythme des nouvelles qu'ils assenaient. Trofime s'appuyait au mur : il craignait de ne plus résister à l'avalanche infernale. Zaïtsev s'assit sur la première chaise, blême.

Tout ceci était important, bien sûr. Mais que s'était-il passé au juste à la gare ? Comment étaient morts le chef de gare et son fils ?

Le chef de gare et son fils, deux morts parmi les autres. Il y avait trente-cinq cadavres sur le quai. Vous vous souvenez, docteur, des soldats et des deux officiers que vous soigniez à votre hôpital ?

Ils attendaient leur train depuis vingt-quatre heures. Ils bivouaquaient dans la gare, au milieu des courants d'air. Pas drôle, hein ? Mais leur colonel ne voulait rien entendre. Ils resteraient jusqu'à l'arrivée du train. Des wagons passaient parfois, mais sans jamais s'arrêter.

Enfin les télégraphistes reçurent un message annonçant pour l'heure suivante l'entrée en gare du convoi qu'ils attendaient. Assez de temps pour se préparer, refermer les sacs et ranger ses affaires avant de s'aligner sur le quai, le colonel en tête, évidemment. Le chef de gare guettait la locomotive. Par curiosité, l'aîné de ses fils l'avait accompagné.

Aux abords de la gare, le train ralentit. La locomotive passa, éructant une fumée grisâtre. La portière du premier wagon s'ouvrit sans que le train se fût immobilisé. Deux mitrailleuses pointées sur le quai. Dans chacun des trois autres wagons, d'autres mitrailleuses. On ne distinguait pas les hommes qui les servaient, les wagons étaient trop obscurs, mais seulement le reflet métallique des armes. Elles arrosèrent le quai, fauchant d'un trait tous ceux qui s'y trouvaient. Les officiers, les soldats, le chef de gare et son fils. Trente-cinq cadavres ! Le convoi s'éloigna : il ne s'était même pas arrêté.

Sur le quai, la neige était parcourue de rigoles rouges, fumantes. Les soldats étaient tombés dans des positions étranges. Certains, faces dans la neige, avaient le dos troué de balles. Ceux-là avaient dû comprendre ce qui les attendait, mais les mitrailleuses les avaient devancés. D'autres, comme des enfants, les bras au-dessus de la tête, le visage et la poitrine déchiquetés. Quelques-uns avaient serré, en mourant, leur paquetage sur leur cœur. Le colonel et le capitaine s'étaient raidis en tombant, comme si la mort les avait surpris au garde-à-vous. Dans leurs yeux horrifiés, de la poussière de neige soulevée par leur chute. Un véritable abattoir, que les télégraphistes avaient dû nettoyer seuls. La famille du chef de gare, hurlante et gémissante, courant d'un cadavre à l'autre, rougissant ses bottes en piétinant le quai, n'était vraiment bonne à rien.

Aucun des deux télégraphistes ne semblait ému. Zaïtsev, la tête enfoncée dans les épaules, ballotté dans le traîneau, pensait qu'ils savaient ce qui se préparait quand ils avaient apporté au colonel son dernier télégramme. Pourquoi étaient-ils restés dans la gare à regarder le carnage par les fenêtres ? Il aurait fallu poser beaucoup de questions, mais ni au docteur, ni à Trofime elles n'étaient venues à l'esprit sur le moment.

Maintenant, dans le crépuscule et dans le froid, elles les assaillaient. Trofime soupira. Qu'allait-on dire à Marina Alexandrovna ? Mon Dieu, quel malheur !

« Rien, nous ne lui dirons rien. Pas un mot, Trofime. As-tu compris ? Et il faudrait s'en aller au plus vite. »

Pour aller où ? se demanda Trofime. Sans doute était-ce pareil ailleurs.

Ils distinguaient les grilles de l'hôpital alourdies de neige, lorsque Trofime demanda au docteur s'il avait remarqué le nombre des victimes. Zaïtsev n'avait pas entendu sans doute. Il ne répondit pas, mais d'un doigt sur la bouche, lui rappela qu'ils ne devaient rien dire à Marina.

33

Ne rien dire, certes, mais il fallait aussi la presser de partir. Zaïtsev choisit de ne raconter qu'une partie de la vérité.

Dès qu'il la vit dans le couloir, il s'écria qu'il se passait des choses terribles dans le pays.

« Les soldats ? demanda-t-elle.

— Quoi, les soldats ? Eh bien, ils font leur métier, n'est-ce pas ? Non autre chose. Mais attends. Pas ce soir. Je suis encore tout retourné. C'est vraiment la révolution. Tout est sens dessus dessous. C'en est fini de notre pays. Finie notre époque. C'est comme si nous étions déjà morts et que nous assistions à la fin du monde.

« Voilà, ma petite fille. Nous ne pouvons pas rester ici. C'est trop dangereux. Il faut partir.

— Partir. Oh ! gémit-elle. Vous voulez vous en aller. Vous repartez à Moscou.

— À Moscou ? Pourquoi à Moscou ? C'est encore pire là-bas.

— Mais votre famille ? Votre femme ? Vos enfants ? » Les questions lui échappèrent. Mon Dieu, que feront-ils là-bas sans lui si c'est la fin du monde ? Il la regarda et éclata de rire. Mais Marina, en quoi pourrait-il aider sa femme et ses enfants ? Qui sait s'ils sont encore à Moscou ? S'ils n'ont pas fui dès les premiers jours ? De toute manière, ils n'ont pas besoin de lui. Ils n'ont jamais eu vraiment besoin de lui. Il la serra contre lui.

Partir pour Moscou, quelle idée ? Non, il faut s'en aller au sud. Vers la mer. Voilà, Marina, quittons ce pays, tous les deux. Allons-nous-en. Traversons la mer, imprégnons-nous de son odeur. Je chercherai dans tes cheveux, sur ton nez, tes joues, et ton cou, le goût éternel du sel. Cherchons de nouvelles terres. Des champs d'orangers ou de citronniers. Construisons une maison.

Il s'arrêta, brisé dans son élan. Elle le regarda dans les yeux et y découvrit la maison au bord du lac. En bras de chemise, il regardait les eaux bleues par les fenêtres ouvertes de la véranda. La maison. Sa maison. Impossible de partir, le sait-il ?

Il la lâcha et détourna le visage, honteux. Elle n'osait pas le regarder non plus. Finalement il s'écarta. Demain, Marina, demain, nous déciderons.

Le lendemain, en remplissant le flacon, elle remarqua deux rangées de pas dans la neige.

Marina trouva le docteur à la cuisine. Il y buvait un verre de thé en grignotant une vieille croûte. Il l'observa, les yeux au ras du verre, ce qui lui embrumait un peu le regard.

« Viktor Mikhaïlovitch, quelles sont ces choses terribles que vous ne vouliez pas me dire hier au soir ? » Il la regarda, l'air soupçonneux et posa le verre qui lui brûlait les doigts. Doit-elle lui parler des traces dans la neige ? Ne pensera-t-il pas qu'elle cherche à précipiter un départ avec lui ? Elle le dévisagea avec entêtement.

Il se servit des autres informations données par les télégraphistes. Des bandes de pillards dans la région. Des déserteurs probablement. Ils avaient mis à sac une propriété non loin de là et sévèrement malmené les propriétaires. Elle ouvrit de grands yeux. Pour elle, « sévèrement malmenés » ne signifiait pas grand-chose. C'était une expression trop faible et contournée. Zaïtsev avala une gorgée de thé bouillant. Malmenés, oui. Ils les avaient tués, quoi. Sans pitié ni pour les femmes ni les enfants. Maintenant qu'il avait pris son élan, il débitait une liste d'horreurs que Marina entendait pour la première fois.

Le vertige et l'excitation submergeaient Zaïtsev. Parler enfin. Livrer ce qu'il gardait sur son cœur. Sa haine pour ce nouveau régime et l'angoisse qui le tourmentait. Mais également troubler Marina, la frapper aussi sûrement que s'il lui plantait un poignard dans la poitrine.

Il se reprit, sourit tendrement. Pas de quoi s'effrayer, somme toute. Les pillards, ces pseudo-révolutionnaires, ces enragés n'en ont qu'après les riches, les propriétaires. Mais nous, que sommes-nous, Marina ? Je ne suis qu'un simple médecin. Et toi, ma colombe, c'est du peuple que tu viens, de la terre. Qu'est-ce qu'ils pourraient te reprocher ? Allons calme-toi, Marina. J'étais fou, hier. Il n'y a rien à craindre. Elle l'avait dit : ils devaient faire leur devoir et soigner ceux qu'on leur enverrait.

Elle le regarda bravement, mais il la sentit effarouchée.

« Je n'ai pas peur, dit-elle finalement. Le Seigneur pardonne à ces hommes leur méchanceté. C'est lui qui juge.

« Mais voilà, Viktor Mikhaïlovitch, permettez-moi une question. Hier quand vous parliez de vous en aller et de m'emmener avec vous, est-ce que c'était aussi la folie qui vous faisait délirer ?

— Ma petite âme, si je m'en vais ce sera avec toi. Et je te tiendrai par la main pour ne pas te perdre. Je ne sais pas, au cas où tu voudrais t'échapper.

« Comment peux-tu douter de moi ? Je ne t'ai pas donné assez de preuves, Marina, je le sais bien. Mais je suis un vieil homme. Pardonne à ma timidité. Attends que ce tumulte se calme. Je suis perdu en ce moment, je te l'avoue. La seule chose dont je sois sûr, c'est que je ne peux plus me passer de toi. »

Il saisit son cou entre ses mains, l'étreignit et lui baisa les lèvres, doucement, religieusement.

Elle ne lui dirait rien des traces de pas sur la neige.

34

Le docteur partit peu après pour la maison du lac avec Trofime et deux hommes.

Ils rentrèrent dans l'après-midi. L'obscurité tombait déjà.

Zaïtsev, Trofime Trofimovitch et leurs compagnons étaient blancs de neige. Des glaçons pendillaient de leur moustache ou de leur barbe.

Lorsqu'ils s'ébrouèrent, la neige se répandit en poudre cristalline autour d'eux. Mais dépouillés de leur déguisement blanc, ils ressemblaient à des cadavres. Malgré le froid aucune couleur aux joues ni sur le nez. La peau terreuse, la bouche et le nez pincés, le regard éteint, les joues creuses, ils étaient si effrayants que Marina et l'une des femmes de charge venue aux nouvelles se prirent le visage entre les mains, roulant la peau sous leurs doigts jusqu'aux yeux et poussèrent de petits cris.

Seigneur Dieu ! Ils avaient rencontré la mort sur leur chemin. Non, plutôt le Diable ! Les deux autres femmes surgirent, ainsi que les deux soldats laissés à la maison. Les femmes gémirent aussitôt.

Zaïtsev leur cria de se taire. Il aurait bien aimé rencontrer le Diable : il ne le craignait pas. Avec lui on pouvait discuter.

Il haussa les épaules. Ils avaient rencontré l'incarnation humaine du mal. Inutile de lui parler ou de lui résister. Il n'y avait qu'une seule chose à faire s'il croisait votre route : fuir, à toutes jambes, en espérant le distancer.

« Mon Dieu, s'écria Marina, vous avez rencontré les pillards !

— Non, Marina Alexandrovna, répondit Trofime Trofimovitch qui tordait sa barbe pour mieux exprimer l'humidité dont elle était imprégnée. Nous ne les avons pas rencontrés. Nous avons seulement vu ce qu'ils ont fait. Ils ont brûlé la maison du docteur. Brûlé ! De fond en comble. Et crois-moi ils ont dû insister parce qu'une maison comme cela, construite au bord de l'eau, ça ne flambe pas facilement.

« Et au milieu des cendres, devine quoi ? Un épieu fiché dans le sol. Et empalé sur l'épieu ? Le cadavre de l'un des chiens abattus par le docteur. »

Zaïtsev, livide, les yeux exorbités, soupira. Les villageois avaient révélé leur vraie nature. Sournois, vindicatifs, ignorants, ingrats, ils avaient laissé la maison brûler sans rien tenter. Qui sait si l'un d'eux n'avait pas déterré la bête pour couronner le méfait des pillards ? Ils avaient vu les deux incendiaires. Les reconnaître ? Sûrement, ils le pourraient, mais ils s'en garderaient bien. Ils étaient enchantés de voir la maison en cendres. Et puis à quoi bon ? Qui dans ce pays se souciait encore de punir les criminels et de protéger les honnêtes gens ? Je te le dis, Marina, si c'est cela le peuple, cette mesquinerie, cette violence, cette méchanceté, eh bien je n'aime pas le peuple. Je me proclame contre le peuple !

Il criait, tempêtait. Jamais on ne l'avait vu dans cet état.

Ce matin encore il riait : je n'ai rien, on ne peut rien me prendre. Mais le peu qu'il avait, un rêve, une apparence de maison, une trace de son passage dans cet hôpital, ils le lui avaient arraché. Marina, quel crime a-t-il commis pour qu'on veuille briser ce qui reste de sa vie ? Aux autres, que feront-ils alors ? Préservons-nous de ce poison. Ils vont tout corrompre. Regarde, les paysans, déjà, sont pervertis.

Elle le gifla. Vlan ! À la volée. Enfin le visage reprit ses couleurs. Il porta la main à sa joue et siffla d'admiration. Quelle force ! Aux autres, médusés par la scène, il cria qu'il s'était trompé. Voilà une preuve ! Il faut avoir confiance. Marina, ma bienfaitrice ! Le peuple, c'est toi. Toi que je vénère. Que nous vénérons tous. Il éclata d'un rire en cascade. Difficile de dire si c'était un rire mauvais ou s'il s'amusait vraiment. Mais dans le doute, chacun rit avec lui. Sauf Marina.

Quand ils furent seuls dans le bureau, elle l'examina avec perplexité. Si elle était médecin, sûrement, elle saurait s'il devient fou. Il tourne comme un animal dans son bureau. Ses gestes sont saccadés, sa respiration accélérée.

« Tu me crois fou », dit-il en la regardant. La crispation de son visage s'apaisa. Il se laissa tomber sur un fauteuil à côté d'elle, lui prit la main. Fou ? Non. Je me suis laissé emporter par la colère tout à l'heure. C'est vrai. Quelles sottises j'ai dites ! Des choses dangereuses. Promets-moi, Marina, de ne jamais tenir des propos aussi stupides. Bientôt, crois-moi, ils nous vaudront la mort. Le peuple ! Mais quelle bêtise, bien sûr qu'il aime le peuple. Il ne vit que pour le soigner et l'aider. Qu'est-ce que le peuple d'abord ? Les villageois et les incendiaires ? Non, non ! C'est nous le peuple. Nous aussi. Toi et moi, Marina.

Il lâcha sa main, soudain désespéré

« Peut-être as-tu raison. Je deviens fou. »

Marina posa sa main sur son front, dans un geste apaisant. Le front était glacé Elle crut toucher un mort et tressaillit.

Il bondit de son fauteuil et se mit à fouiller dans les tiroirs de son bureau. « Marina, cela suffit. Tu as raison, je perds l'esprit. Il faut s'en aller. Nous ne pouvons pas rester ici. Partons. Sauvons-nous pendant qu'il est encore temps.

— Tout de suite ? » demanda-t-elle.

Il regarda la nuit, les vitres enguirlandées de givre. « Demain. Demain matin. »

35

Avant l'aube, Marina se leva, apprêta ses affaires et les roula dans deux châles. Elle rassembla des provisions dans la cuisine. Au cours de ses préparatifs, elle se rappela soudain qu'elle avait oublié de renouveler la neige du flacon. Elle résista quelques instants à la force qui la poussait à ne rien changer au rituel quoi qu'il arrive. Mais la superstition l'emporta. Elle courut dans la nuit, descendit le perron gelé, et ramassa hâtivement des poignées de neige au bord de la dernière marche.

En rangeant le flacon, entre les deux fenêtres, elle se rendit compte que personne ne bougeait dans la maison. Trofime Trofimovitch avait promis que, dès le petit matin, il attellerait le traîneau. Ni lui ni les femmes de charge ne voulaient quitter l'hôpital. Que risquaient-ils ? Au pire, ils se cacheraient dans la cave. Les quatre soldats, en revanche, accompagneraient le docteur et Marina. En route, ils choisiraient leur destination : ils n'avaient pas encore les idées très claires.

Elle eut beau pousser toutes les portes, appeler dans toute la maison, aucun d'entre eux ne répondit. Seul Zaïtsev apparut, ensommeillé. Il se frottait les yeux, comme un petit enfant et protestait qu'il faisait encore nuit.

« Dieu ait pitié de nous, dit Marina. Nous sommes seuls. Ils se sont tous enfuis. »

Il se réveilla d'un coup. D'abord il ne voulut pas la croire. Elle dut lui montrer les chambres et les dortoirs vides. Les lits n'avaient pas été défaits. Mais les armoires restaient encombrées d'effets. À croire qu'à l'heure de se coucher, la panique, tout à coup, les avait pris et qu'ils s'étaient précipités dans la nuit, vers des abris connus d'eux seuls.

Depuis qu'elle avait découvert leur fuite, Marina avait perdu son élan. Elle sentait dans sa tête le martèlement de ses veines et sur ses mains et ses pieds le fourmillement de la terreur. Entre elle et le monde extérieur, la nuit. Elle ne voyait plus qu'à travers une membrane grisâtre. Mais Zaïtsev semblait à présent de bonne humeur. Il tourna la chose en plaisanterie et se moqua de la couardise de leurs compagnons.

Que Marina se remue un peu ! Voilà ce qu'ils allaient faire. Qu'elle prépare du thé bien fort et bien chaud et quelque chose à manger. Pendant ce temps, il s'occupera du traîneau. Avant de se coucher, il a rangé ses affaires, trois fois rien, dans un sac. Le sac, sa trousse de médecin, les paquets de Marina, hop, tout cela dans le traîneau. Une fois le repas avalé, ils pourront s'en aller. Dans une heure, ils seront partis.

Il lui planta un petit baiser sur la bouche et se moqua d'elle. Chacun son tour, n'est-ce pas, de perdre la raison !

36

À peine installés dans le traîneau, les rênes dans la main — Zaïtsev n'avait plus qu'à claquer la langue et à donner un petit coup, le cheval partirait — il se releva brusquement.

Une minute, Marina, ma petite âme, rien qu'une minute. J'ai oublié l'essentiel. Les voyages, c'est toujours la même chose ! Au dernier moment, on s'aperçoit qu'on n'a pas emporté le principal. Que c'est merveilleux ! Un voyage avec toi, Marina, avec toi, quel bonheur !

Il courut vers la maison, manqua glisser sur les marches. Une fois sur le perron, il se retourna vers elle, assise sagement dans le traîneau.

« Tu te rends compte ? J'allais oublier mes quatre flacons de neige. Une minute. Je n'en ai que pour une minute. Surtout ne bouge pas. » Il lui envoya un baiser du bout des lèvres. Elle leva vers lui un sourire indulgent. Il fit un petit signe du doigt. Ne bouge pas !

Il lui fallut un peu plus d'une minute. De son bureau, il se précipita vers l'entrée et sursauta en y trouvant Marina, figée, le visage décomposé.

Il avança, les flacons serrés sur sa poitrine, et lui reprocha de n'avoir pas attendu dans le traîneau. Elle ne répondait pas. Dans son regard, sur son visage, une douleur intense. Il était proche à la toucher. Il s'apprêtait à l'interroger.

Alors, surgirent deux hommes des recoins sombres de l'entrée. Armés, pauvrement vêtus, pantalon, tunique et bottes. Pas de manteau, malgré le froid. La porte ouverte derrière eux, sur le jour d'hiver gris, leur soufflait de l'air glacé dans le dos. Mais ils n'en paraissaient pas incommodés.

Deux hommes connus, qui à présent encadraient Marina et contraignaient Zaïtsev à reculer. Le sous-lieutenant noiraud et le soldat fou.

« Alors docteur, dit la voix éraillée d'Ossipov, tu ne nous attendais pas, n'est-ce pas ? C'est une surprise, hein ? »

Zaïtsev cessa de reculer. Son étonnement et sa frayeur se dissipaient. Tout était perdu. Il hocha la tête sans répondre.

« On est revenu. Mon ami t'en veut beaucoup. Rien à faire. J'ai beau lui expliquer les choses avec calme. Il t'en veut toujours. Personne n'aime être pris pour un fou ni l'idée d'être envoyé dans un asile d'aliénés. Déjà ici, il n'aimait pas beaucoup tes façons. Mais ta lettre, tu sais, ta lettre à ton cher confrère, l'a mis en rage. Il l'a trouvée et il l'a lue. Enfin, je la lui ai lue. Il me l'avait demandé. C'est mon ami, je ne pouvais pas lui refuser. »

Il était planté de toute sa hauteur au milieu de l'entrée. D'une main, il tenait un revolver, pointé sur le sol. De l'autre, il avait pris la taille de Marina. Elle se laissait faire, immobile.

Embarrassé par ses flacons, Zaïtsev demanda à Sergueï s'il avait expliqué à Marina comment son ami avait découvert la lettre. Les yeux sombres du sous-lieutenant fulgurèrent. Il toisa le docteur. Nonchalamment, il se tourna vers la jeune femme et l'examina. Revenant à Zaïtsev, il observa qu'ils venaient juste de se retrouver. Pas encore eu le temps de se raconter tout ce qui s'était passé depuis leur séparation. « Mais toi, docteur, qu'est-ce que tu préparais ? Tu voulais t'en aller, c'est ça ? Et avec elle ! »

Le regard noir, méprisant, se porta sur lui. Une fois encore, Zaïtsev ignora la question. Il fourra les flacons dans les poches de son manteau et se sentit en meilleure position. Il s'adressa à Marina.

« La lettre, Marina, sais-tu où se trouvait cette lettre ? Certainement, tu te souviens que je l'ai confiée à Dynkine. Demande-lui comment ils ont pu s'en emparer. Oui, demande-lui. » Il parlait distinctement. Ne craignait-il rien d'autre qu'une méprise de Marina ?

Elle sortit enfin de sa léthargie. Ses yeux se rallumèrent. Elle regarda alternativement le docteur et le sous-lieutenant qui, subitement, l'avait lâchée. Des yeux calmes, interrogateurs.

Sergueï redressa la tête. D'un geste inquiet, il se tourna vers la porte, comme s'il redoutait d'y voir surgir un danger. Il mit sa main libre dans sa poche. Son visage se crispa sous le regard scrutateur de Marina.

Du fond de la pièce, Zaïtsev poussa son avantage et cria au sous-lieutenant de dire la vérité. « Avoue-le. Avoue ce que tu as fait. Sinon, cela pèsera toujours entre vous. » Mais le noiraud ne parlait toujours pas.

« Le capitaine Dynkine est mort, n'est-ce pas ? » demanda Marina d'une voix étrangement douce et tranquille. Rassuré, Sergueï approuva d'une inclinaison de tête.

Tous morts, Marina, ils sont tous morts. Et le colonel et le capitaine et les soldats que tu avais soignés. Même le chef de gare et son fils. Trente-cinq cadavres sur le quai ! Il ne reste que ces deux là. Raconte un peu ce qui s'est passé, Sergueï Sergueïevitch. Pourquoi ne dis-tu rien ?

Marina continuait à le dévisager. Pas une ombre de colère, ni de reproche sur son front ou dans son regard. Pourquoi parler ? Elle avait compris. De lui-même, son esprit mettait de l'ordre dans les informations éparses dont elle disposait. Elle se serait passée d'explications, mais le docteur ne lâchait plus le sous-lieutenant. C'est lui qui racontait. De cette manière décousue, éraflée de balles, éclaboussée de sang, cela aurait pu être un horrible cauchemar. Mais voilà, ils se trouvaient du côté réel de la vie, où jamais le matin n'emporte les cauchemars.

Zaïtsev voulait que Sergueï avoue qu'il avait personnellement organisé cette tuerie. C'étaient ses camarades, ces Bolcheviks ! Il les avait rejoints en douce, d'une manière ou d'une autre, pour les convaincre de descendre le colonel et sa troupe. Et qui sait s'il ne se trouvait pas derrière l'une des mitrailleuses, les yeux brillants de haine. Il avait massacré ses compagnons et les deux officiers.

« Marina, ne le crois pas ! Il veut me perdre ! c'est une calomnie ! Ils sont morts, mais je ne les ai pas tués. »

Marina n'écoutait plus. Le poids de sa propre faute l'accablait. Elle était responsable de tout ce sang versé. Elle savait que Sergueï sortait chaque nuit. Elle n'avait rien dit. Elle était complice.

Mais Zaïtsev, de plus en plus en colère, poursuivait. Et la maison, c'est une calomnie aussi ? La maison brûlée et le cadavre du chien, au milieu des ruines.

Le sous-lieutenant s'emporta à son tour : « Cette maison, nous l'avons brûlée, mon ami et moi. Je te l'ai dit, depuis qu'il a trouvé ta lettre, il t'en veut mortellement. Le train, c'est une autre histoire. J'étais sur le quai avec nos camarades. Tu ne peux rien prouver. Mais quand bien même je serais responsable, est-ce que tu ne vois pas, docteur, que c'était une bonne chose ? On vous récompense aujourd'hui de la mort des traîtres et des séditieux. Nos ennemis, nous les exécutons, comme tu abattais les chiens, toi, lorsque tu les croyais enragés. Tous nos ennemis. Sans pitié. Sinon, c'est eux qui décimeront le peuple.

« Voilà. Tu es un ennemi de la Révolution, je l'ai toujours su. Tu n'as pas le droit d'enlever une femme du peuple. Marina est des nôtres. Elle n'a rien à voir avec un homme comme toi. »

Il fit un geste hautain de la tête. Ça suffit. Assez d'explications. À quoi bon discuter avec toi ! Il leva la main qui tenait le revolver, visa rapidement et tira. À peine Marina eut-elle le temps de se rendre compte de ce qui se passait et de pousser un petit cri d'oiseau étranglé.

37

Elle traversa l'entrée en courant et se jeta à genoux auprès du docteur. Il était tombé à la renverse, les yeux fermés, la main sur le cœur, là sans doute où il avait été touché. Elle effleura son visage, ses paupières, sa bouche. « Quoi ? » répétait-elle et l'on ne savait pas si elle posait une question ou si elle sanglotait. Elle furetait autour de Zaïtsev dans l'espoir de déceler un dernier signe de vie. Finalement, comme s'il n'y avait rien d'autre à faire, elle se débarrassa de son bonnet et de son manteau et posa la main sur celle qu'il avait pressée, en tombant, sur sa poitrine.

Sergueï marcha vers elle. Il ne s'agenouilla pas, mais demeura campé au-dessus d'elle et du corps.

« Vous l'avez tué, murmura Marina. Comme le capitaine Dynkine.

— Ce n'était pas un homme pour toi. Même pas un homme d'ailleurs, comme le capitaine. Regarde : il ne saigne pas. Il pisse de l'eau. »

Marina suivit le regard du sous-lieutenant. Il avait raison. Du corps filtrait de l'eau qui s'échappait en ruisseaux sur le marbre de l'entrée. Les flacons de neige. Ils s'étaient brisés lorsque le docteur était tombé. Des éclats de cristal scintillaient au milieu de l'eau. Elle en ramassa quelques-uns. Lumineux comme des diamants, ils chatoyèrent un instant entre ses doigts. Elle les enfouit dans l'une de ses poches.

Sergueï l'observait sans dire un mot.

« Il est mort pour des flacons de neige, soupira-t-elle.

— On peut mourir pour moins que cela. »

Elle leva les yeux sur son regard fiévreux. Il la dévisageait âprement.

Jamais plus elle n'entendrait Viktor Mikhaïlovitch. Elle pourrait passer des années dans l'infirmerie à guetter son pas dans le couloir. Jamais il n'apparaîtrait sur le seuil de la porte, avec son sourire et ses yeux pétillants. Tout s'était englouti en quelques instants. Par sa faute.

Ils avaient tous creusé leur tombe. Volski par arrogance, Dynkine par prudence, Zaïtsev par ironie. Le monde ancien s'était refermé sur eux.

Mais elle qui se croyait innocente, elle qui avait cru à l'avenir que lui promettaient Dynkine, puis Zaïtsev, qui les avait aimés, elle les avait tués par son silence. Sa tombe à elle était profonde et plus noire que la nuit.

De nouveau, elle regarda le sous-lieutenant, dont l'image brouillée dansait devant elle.

Il s'accroupit de l'autre côté du corps de Zaïtsev et posa une main sur l'épaule de Marina. Il avait pitié. De la pitié, mais pas de remords.

« Tu t'habitueras, Marina. Tu les oublieras. On te trouvera un mari, si tu ne veux pas de moi. » La main pressait l'épaule fermement, du geste timide d'un homme qui se refuse à la tendresse. Il parlait bas, pour que le soldat n'entende pas. Lorsqu'elle s'approchait du registre dans lequel il chantait, sa voix perdait ses accents nasillards.

Il chanterait pour elle. Des chansons, Marina. Des chants sérieux où rôde la mort, des chansons d'amour les soirs d'été et des marches révolutionnaires à pleins poumons dans les défilés ou, doucement, le matin, en se rasant. Sa voix trompeuse et envoûtante. La voix des humiliés.

Jusqu'au dernier jour, Marina le savait, elle l'écouterait au fond du gouffre où elle s'était jetée. Rien ne ressemblerait à ce qu'elle imaginait. Ni le monde. Ni sa vie. Tout avait changé pour toujours.

NATALIA PETROVNA

1

Au dernier moment, elle fut convoquée dans l'immeuble rouge de la mairie de Moscou, au bas de la vieille rue de Tver qui, de la mort de Gorki jusqu'à une date très récente, avait porté le nom de l'écrivain révolutionnaire. Seule femme présente à cette réunion, elle y siégeait non loin du président, en face de Carl, le traducteur amené par la délégation occidentale.

Il connaissait Natalia Petrovna depuis plusieurs années. Bien qu'il fût étranger, elle parlait volontiers avec lui. Impossible de savoir jusqu'où elle descendait dans la confidence et si parfois elle ne fabulait pas un peu.

Il remarqua son trouble pendant la séance de travail. Elle dévisageait les trois Occidentaux avec avidité, comme pour percer le secret de leur santé et de leur aplomb. Jamais le président ne lui donna la parole, se bornant par deux fois à lui poser des questions auxquelles elle répondit à voix basse, sans hésitation.

Ce qu'elle leur aurait dit, si on l'avait laissée parler, Carl le savait. Elle lui avait expliqué le profond sentiment d'incompréhension qu'elle éprouvait devant les Occidentaux. Natalia ne ressentait ni malveillance, ni xénophobie. Elle s'effrayait que des individus choisissent de venir travailler dans son pays. Elle avait peur pour eux. Jamais ils ne conserveraient leur allure élégante, leurs manières décontractées, leur teint frais et leur énergie.

« Notre pays, Carl, tu ne sais pas ce que c'est. Même nous, ne le savons pas très bien. Ce n'est pas la réalité, c'est une espèce de cauchemar. Ou alors, la vie est un cauchemar et vous, de l'autre côté de nos frontières, vous rêvez encore alors que nous, sommes déjà réveillés.

« Notre pays est une vieille terre, à l'écart des chemins du temps. Nous tous, ses habitants, naissons, vivons et mourons au sein de ses entrailles. Il y fait trop noir pour débusquer les forces obscures qu'elles abritent et les exterminer avant qu'elles ne débordent vers la lumière.

« Tapis, le mal et la douleur y guettent les faiblesses des hommes. À la moindre inattention, ces beaux jeunes gens seront entraînés à leur tour dans le magma dont nous sommes pétris. Le mal altérera leurs visages, leurs corps et leurs âmes. Pourquoi ne s'enfuient-ils pas à toutes jambes ? Mais non, ils reviennent, ils s'attardent, ils s'installent parfois et, victimes de l'ensorcellement, ils se mettent à nous ressembler. »

Natalia Petrovna voulait être poète. Au sommet de ses chantiers, elle compose des hymnes intérieurs. Leur musique résonne dans sa tête. Elle croit que l'on peut investir le monde et le comprendre par la force de la poésie. Mais les Occidentaux ignorent ce concept. C'est une race de fer tant que le démon qui règne sur son pays ne s'est pas emparé d'eux.

Au cours de cette réunion, elle écarquillait ses grands yeux gris. Son front blanc, pur, malgré les intempéries qu'il supporte depuis des années, se plissait. Sa peau est douce, crémeuse, parfumée. Jamais Carl ne l'a touchée, mais il imagine très bien ce qu'on ressent au bout de ses doigts lorsqu'on les pose sur le visage si blanc, si grave, de Natalia Petrovna.

Son cœur de poète, tourné vers l'intérieur du monde, vers sa doublure de velours, douce, chaude et rassurante ou son envers sauvage, dépourvu de capiton, rêche, âpre et douloureux, ne se préoccupe pas des apparences. Le maquillage violent, aguicheur et repoussant, ce n'est pas pour elle. Ni les permanentes voluptueuses, les robes ajustées et décolletées ou les talons aiguilles sur lesquels on vacille à la conquête des hommes.

Par souci des convenances, effet de l'éducation conservatrice qu'on dispensait dans les écoles de ce pays, elle portait un tailleur marron. Elle avait serré en queue de cheval ses cheveux, habituellement cachés dans l'un de ces foulards qui ont été multicolores avant que la peinture ou le ciment ne les criblent de taches et en affadissent les teintes. Elle ressemblait à une petite fille mal attifée, incapable de dissimuler la rigueur de son âme.

La délégation occidentale ne la remarqua même pas. Ces hommes n'avaient d'yeux que pour la secrétaire, en pull écarlate et aux seins épanouis, qui servait le thé et les petits gâteaux, avec un sourire carmin.

Son front blanc tournait au gris au fur et à mesure des paroles mielleuses de la délégation. Sa bouche se déformait, comme si elle allait pleurer.

Si Carl l'avait pu, il aurait altéré pour Natalia le discours du chef de la délégation. Il aurait aimé prononcer des mots de consolation, et avouer la tendresse qui l'avait empêché de quitter ce pays pour rejoindre le sien. Mais elle devait écouter chacune des insultes de cet étranger blond et riche. Il avait traversé les mers pour conclure des accords avec le pays de Natalia. Ses yeux bleus larmoyaient pour parler de la misère et de la famine. Ses bras étaient chargés de cadeaux. Même pas de la verroterie, comme on en comblait les sauvages des îles, jadis. Des tonnes de farine, du lait, du beurre, des médicaments devenus introuvables, des seringues jetables. S'il avait dû entasser sur cette table les richesses qu'il évoquait, le beau front blanc aurait disparu derrière les sacs grisâtres et les cartons pansés de papier collant sombre.

La confusion submergeait Natalia. Elle tourna vers le président un visage plein d'espoir. Il allait refuser n'est-ce pas ? Il jetterait toutes ces victuailles et ces médicaments au visage de l'autre. S'il voulait pleurer, la terre comptait d'autres pays plus endeuillés que celui-ci. Jamais le président n'accepterait une telle humiliation. Jamais surtout il ne conditionnerait la signature de ce contrat (tout un quartier de la ville serait concédé à ces goujats bien nourris) à l'envoi de cette aide, presque gratuite. Totalement gratuite, elle le savait : ils n'avaient plus d'argent pour payer les Occidentaux.

Le président tenait la capitale depuis le printemps. Il sourit au chef de la délégation étrangère. Il faudrait négocier, bien entendu, mais les propositions semblaient intéressantes. À la table, du côté de Natalia, tout le monde hocha la tête en souriant. Tout le monde, le jeune et sévère adjoint du président comme l'espèce de petite frappe au visage de fouine au bout de la longue table.

Natalia baissa les yeux et griffonna des nuages floconneux sur le papier posé devant elle.

2

Il ne s'agit pas de donner de Natalia Petrovna une image mièvre et sentimentale. L'énergie et la gaieté habitent cette femme.

Elle s'enfuit à la fin de la réunion. Pas question de serrer la main de ce voyeur d'Occidental. Elle bafouilla des excuses à l'oreille du président et s'éclipsa.

Avant de partir, elle roula en direction de Carl un chalumeau de papier. Une invitation pour le lendemain soir. L'adresse écrite soigneusement, le téléphone souligné. Entre parenthèses, l'explication : c'était son anniversaire.

3

Impossible de deviner l'heure, les matins d'hiver. La nuit enveloppe la ville. Il faut tendre l'oreille, mesurer l'écart entre le passage des voitures. Mais lorsque s'élève la plainte des matins de neige, le raclement des pelles sur les trottoirs, on sait qu'il est temps de sortir du lit.

Chaque jour, la mère de Natalia la réveille. Debout, debout, ma petite Natacha. Encore une journée de travail qui commence. Elle ne crie pas, elle chuchote, pour ne pas réveiller Lisa, encore endormie. Mais on sent dans sa voix le souffle des trompettes. Lève-toi, ma chérie, vite ou tu seras en retard.

Autrefois, il y a très longtemps de cela, elle l'éveillait avec les mêmes mots, le même plaisir, comme si chacune des horribles journées qu'elles devaient vivre, malgré tout, parce qu'il n'y avait rien d'autre à faire, eût été une fête. Natalia soupirait. Certains se frottent les yeux longuement, d'autres s'étirent langoureusement. Natalia soupirait profondément, pour débarrasser, dès le matin, son âme de tous les regrets qui y pesaient et affronter ensuite, le cœur léger, les tourments de son existence. Elle ne sait plus d'où lui vient cette habitude. Sa mère sans doute, ou sa petite grand-mère Marina, la lui avaient enseignée.

Ce matin encore, elle soupire. Certains jours, il y a plus à soupirer que d'autres. Elle s'y attarde, élève les épaules pour mieux gonfler sa poitrine, puis exhale lentement l'air aspiré. Pas question de se lever tant qu'elle n'a pas soupiré son content : si jamais un soupir, même un tout petit, un minuscule, lui échappait dans la journée, elle ne se le pardonnerait pas.

Ces pudeurs ne tourmentent pas les femmes de sa brigade. À la moindre émotion, elles soupirent et geignent. Bruyamment. À quoi bon soupirer discrètement ! Ce qui les réconforte, c'est que les autres y prennent part. Qu'une seule s'y laisse aller (A-A-A-a-a-a) et les autres abandonnent l'ouvrage pour reprendre en chœur, chacune à sa manière, la litanie des soupirs. Les poitrines les plus puissantes servent de basse. Les plus chétives, de peur qu'on ne les entende pas, les ponctuent de gémissements (Oï, Oï, oï, oï). Natalia sourit en écoutant l'écho de ses plaintes matinales. Elle lève les yeux au ciel, si gris, si bas, et le prend à témoin. Comment ne pas soupirer dans cet enfer ?

Ce matin, elle soupire de déception. Maman n'est pas venue la réveiller. Il faut entrer toute seule dans ce matin d'hiver. Seule, toute seule. À côté du sien, le petit lit est vide. Lisa reviendra-telle un jour vivre avec elles ?

Sur la table de la cuisine : le thé, encore chaud, un reste de beurre, deux rondelles de saucisson, un bâton de pain, un bout de papier. La lumière tombe, drue, du plafonnier. Sur le mur, un cafard se sauve. La nuit paraît encore plus noire, malgré la neige sur l'arrière-cour et les lumières surgies dans l'immeuble voisin.

L'accablement immobilise Natalia. Elle soupirerait bien encore un peu. Voilà ce que sera sa vie, un jour. Demain peut-être. Une cuisine vide, où les odeurs de graisse ne se dissipent jamais et se superposent les unes aux autres. Elle s'interdit d'imaginer l'avenir. Aujourd'hui, du reste, y a-t-il un avenir pour son pays et tous ceux qui y vivent, avec elle ? Un abîme profond s'est ouvert devant leurs pas. Ils ont parcouru le temps depuis soixante-dix ans, à foulées gymnastiques, celles des marches concentrées vers l'avenir. Oh oui, qu'on regarde les affiches ! Tous ces profils tendus vers le futur, droits, rectilignes. Pas un qui, d'un mouvement de regret, esquisse le geste de regarder par-dessus son épaule. Leurs bras, leurs jambes, harmonieux, indiquent, sans l'ombre d'un doute, qu'ils vont de l'avant, l'âme en paix. Peut-être coupait-on les affiches au ras de leurs pieds pour qu'on ne voie pas qu'ils piétinaient des hommes, des femmes et des enfants. Ils marchaient sur des tapis humains, déroulés devant eux. Impossible de les remarquer, n'est-ce pas, puisqu'ils gardaient les yeux tournés vers l'horizon. Comme cet homme et cette femme, blonds et bien nourris, profilés sur les cheminées d'une usine rouge, qui ornent depuis toujours la cuisine de sa mère. Elle les vénère comme une icône ces deux robots qui les ont conduits au bord du gouffre.

Dans ses moments de désolation, des bouffées de ressentiment empoisonnent Natalia. Entre elle et sa mère tant aimée, pèse cette incompréhension profonde. Que l'affection de Nadejda Sergueïevna vienne à lui manquer, comme en ce matin de son anniversaire, et elle succomberait volontiers à la rancœur. Il faut des matins comme celui-ci pour que Natalia laisse dériver ses pensées vers les rivages lugubres.

4

Somme toute, Natalia n'est pas à plaindre. Surtout en ce moment : on lui a confié un chantier proche de l'appartement de sa mère. Pas besoin de se serrer matin et soir dans le métro, le tramway ou un trolley. Elle descend dans l'obscurité, se hâte dans les rues faiblement éclairées. (Pourquoi depuis toujours économise-t-on sur l'éclairage public, alors que le pays est le plus grand producteur mondial d'électricité ?) Natalia aime l'odeur vive, fraîche, des matins d'hiver. Il faudrait ne respirer qu'au grand air. Par quel miracle Natalia a-t-elle reçu le don de reconnaître les odeurs ? Dans ce pays, elle n'a jamais rencontré que des gens privés de nez. Quelle chance pour eux !

Bien sûr, elle n'a pas voyagé au-delà des frontières, mais elle sait que les nations n'ont pas les mêmes odeurs. Sa patrie, qu'elle ne changerait pas pour une autre (émigrer ? Pas question), pue, tout simplement. Mais personne ne s'en préoccupe et personne ne le remarque. Les mauvaises odeurs adhèrent au décor. Il faudrait tout reconstruire, aérer le pays tout entier.

Prenez les administrations, par exemple. Autrefois elle travaillait pour le Gosstroï. De temps en temps, le bureaucrate dont elle dépendait, la convoquait. Elle s'arrachait aux odeurs humides du chantier (bouquets des moisissures et des vapeurs du ciment ou de la détrempe après le passage des pluies) pour un bureau empestant le renfermé, la graisse et le tabac refroidis. Aucune des administrations n'est épargnée par cette puanteur. À croire que toutes les portes de toutes les cantines ferment mal (c'est sûr ! Elle en a ajusté un certain nombre avec les menuisiers) ou que ces odeurs tenaces et écœurantes sont celles du communisme. Elle ne se risquerait pas, pour autant, à parier que l'économie de marché dissipera ce remugle.

Quand elle était petite fille, autrefois, dans les années cinquante, les rues gardaient le parfum de la neige, l'hiver, et la senteur des lilas, au printemps. Selon la direction du vent, le matin, en allant à l'école, elle respirait les effluves de chocolat de la biscuiterie voisine ou les relents naphtés des centrales thermiques.

De ses expériences enfantines, elle a gardé le pouvoir de distiller la puanteur générale. Aussi perçoit-elle encore, dans l'aube ténébreuse, l'arôme cristallin de la neige fraîche.

5

Dans la roulotte qui fait office de vestiaire pour les femmes, trois d'entre elles ont déjà enfilé leur tenue ouatinée. Veste et pantalon beiges, kaki ou grisâtres.

Les mêmes qu'on trouve sur le dos de tous les travailleurs du bâtiment dans tout le pays.

Elles n'ont pas encore bouclé leur veste. Assises sur des caisses, poussées comme des fauteuils contre les murs de la roulotte, elles sirotent du thé chaud, apporté dans de grands Thermos.

Elles sont un peu affalées, comme si ce n'était pas le matin, mais le soir déjà, avec ses grandes fatigues. Bonjour, bonjour, Natalia Petrovna ! Ce matin, comment ça va ? On lui parle avec respect, bien qu'elle soit une femme comme elles, avec les mêmes soucis, bien qu'elle soit un peu plus jeune que certaines. Voilà, c'est leur chef, tout de même.

Cependant quand Natalia arrive le matin et les découvre, négligées, papotant avant l'heure réglementaire, où elles prennent leur travail, jamais elles ne rectifient leur position, comme elles le feraient si le chef de chantier était un homme. (Mais bien sûr, jamais il ne viendrait dans leur roulotte, ou alors avec des idées derrière la tête. De ce type-là, inquiétant et pot-de-colle, elles en ont toutes connu.) Natalia Petrovna est des leurs. Pas besoin de se gêner avec elle.

En se changeant, elle demanda si tout allait bien. Elle accrochait soigneusement sa tenue de ville — le vilain tailleur de la veille. Les femmes la regardaient en buvant leur verre de thé, la mine sombre.

Eh bien, les filles, qu'est-ce qui ne va pas ? Chaque jour, il faut ranimer leur courage. Elles ressemblent à des automates. Tous les matins, on les remonte : deux tours de clé — crr ! crr ! — et les voilà qui se remuent. De plus en plus lentement, à mesure que le mécanisme se détend. Le samedi et le dimanche, on n'y touche pas. Pourtant, elles doivent courir aussi de cette manière désarticulée et inexpressive. Pas besoin d'une Natalia Petrovna pour tourner la clé. Leurs maris et leurs enfants s'en chargent. Et eux ne doivent pas hésiter à remonter, plusieurs fois dans la journée, l'horlogerie usagée.

Mais aujourd'hui, leurs visages portent les marques d'un accablement particulier.

Natalia a déjà ajusté son pantalon. Sur son torse, une chemisette jaunâtre moule ses épaules musclées et ses bras solides.

Une ampoule nue éclaire la roulotte. Sous la lumière crue, tout devient encore plus sinistre. Par un carreau, on aperçoit la nuit, déjà moins sombre. Nous avons toutes des mines épouvantables. Et quel accoutrement ! Des femmes cela ? À cette heure, elles devraient encore s'étirer dans la tiédeur de leurs lits.

Natalia insista d'un mouvement du menton. Parlez, parlez. Elle enfila son vieux pull chaussette noir et s'approcha de la table à thé improvisée.

Maria, une femme au visage boudeur et un peu bouffi, secoua ses boucles blondes.

« On est allé voir la voyante, hier.

— Eh bien, qu'a-t-elle prédit ? »

Maria plissa son visage et soupira : la voyante avait annoncé que son mari la trompait. Natalia rit. Elle ne riait pas d'un rire de femme, mais pouffait à la manière d'une petite fille. Un rire discret, évanescent. Difficile à dire si elle riait de plaisir ou se forçait à rire, comme souvent les enfants.

Maria, ne fais pas cette tête voyons ! Ris, toi aussi. Ton bonhomme, tu te doutais bien qu'il te trompait ?

La blonde plissa de nouveau son visage et tripota ses boucles. Elle s'en doutait, bien sûr, mais c'est autre chose que d'en être sûre.

Sûre, mais qu'est-ce que tu dis ? Qu'en sait-elle cette voyante ? Sûre, non. On n'est jamais sûre. De nouveau, Natalia pouffa. Maria, nigaude, ne va pas pleurnicher sur ton Apollon de Tcheromouchinsky. Profites-en. La vie doit être vécue. Elle regorge d'hommes qui raffoleraient de toi.

Maria leva un sourcil étonné. Bien sûr qu'elle n'avait pas attendu les révélations de la voyante pour prendre du bon temps ! Natalia, avec sa queue de cheval, son teint blanc, ses airs sages, aurait-elle déjà oublié que seul l'amour aide à digérer l'horrible potion qu'est leur vie amère ?

« Voilà, voilà, reprit Maria. C'est une bonne voyante. On me l'avait recommandée. Ce qu'elle a dit m'a convaincue. » Les autres filles hochèrent la tête. Une bonne voyante, c'est ça qui est bien. Un peu plus et Natalia en soupirerait.

Maria poursuivit, impassible malgré le regard critique de son chef de chantier. Elle avait emmené Louba avec elle, chez la voyante. Maria baissa les yeux, soudain gênée : « Est-ce que tu sais ? Sa fille a de nouveau disparu. »

Natalia posa son gobelet de thé sur la table. Droite, raide, les yeux brillants, plus pâle que jamais. Elle ne savait pas. Louba, sa préférée, n'avait rien dit.

Elles se connaissaient depuis douze ans. Louba travaillait sur le premier chantier de Natalia. Petite, menue, jolie, de grands yeux qui remontent très haut sur les tempes, ce qui lui donne un air à la fois coquin et animal. Louba, la petite électricienne. Jamais très ardente au travail. Elle traîne chaque fois qu'elle le peut, bavarde, tourne ses boucles sur un index. Mais dès qu'elle s'y met, plus rien à dire. Elle travaille bien. Jamais rien qui cloche, rien à redire. Mais voilà, Louba c'est une artiste. Difficile de la faire boulonner, si elle ne se sent pas en train.

Personne ne lui résistait sur les chantiers. Des amies, elle en avait tant qu'elle voulait et les amants tournaient, comme des mouches, autour de sa tête couronnée de cheveux blonds. Pourtant, elle n'eut pas de chance ou se montra maladroite, elle eut une petite fille, Sveta, d'un triste sire, qui l'abandonna sitôt engrossée.

Sveta avait trois ans lorsque Natalia fit la connaissance de Louba : une douce petite boule de chair et de cheveux blonds qui vous donnait envie d'une petite fille. Sans doute Louba l'avait-elle mal élevée. Elle avait son travail, plus de mère pour élever la petite. Louba se maria une première fois. Une erreur. Le mari buvait. Il battait Louba et sa fille quand l'alcool manquait. Énergique comme peuvent l'être les femmes paresseuses, Louba s'en débarrassa. Embarquée avec un second qui ne valait guère mieux, elle le plaqua peu après. On lui connut ensuite plusieurs maris alternatifs ou successifs, selon les périodes. Finalement, elle avait épousé le gentil Volodia. Une bonne place, un sourire un peu bêta, toujours prêt à s'amuser, mais amoureux de Louba, sobre (ou presque) et aimant la gamine.

Mais précisément, Sveta dans tout cela ? Elle avait grandi, bousculée dans le petit appartement par les hommes de sa mère. Ils l'écartaient d'une taloche, lui parlaient peu aimablement. Louba ne vit rien venir. L'an dernier, huit mois à peine après le mariage de sa mère avec Volodia, Sveta s'était enfuie de chez elle.

Impossible d'oublier ce jour-là. Louba, le visage décomposé. « Ma petite fille. Ma Sveta. » Impossible de lui tirer autre chose. Volodia et des amis cherchèrent l'enfant. Prévenir la milice ? Jamais de la vie. Elle mettra son nez dans nos histoires. Après, impossible de lui échapper. Mettez-vous à leur place ! Après soixante-dix ans de terreur, au moment où vous commencez à respirer un peu — enfin un petit peu, parce que sous le crâne, enroulée au-dessus de la nuque, dans le cerveau reptilien, la peur demeure intacte, prête à palpiter, au moindre signe — à ce moment, vous n'allez tout de même pas vous jeter dans les bras de la milice ?

« Ma petite fille a disparu.

— Très intéressant. Notez, camarade, le nom de votre mari, prénom et patronyme, celui des parents et des grands-parents. Où travaillez-vous ? Ah bon, et le syndicat peut le certifier ? »

Tout ça, c'est de la matière à dossier. Un jour, ça peut ressortir. Et puis, plus simplement, si vous leur dites, à ces flics en bottes, que votre fille a fugué, ils n'ont pas fini de vous surveiller et de vous créer des ennuis. De plus vous n'ignorez pas ce qu'ils feraient de Sveta : les maisons pour enfants n'ont pas été supprimées.

Un ami de Volodia avait ramené la petite. Jamais on ne fera dire à Louba dans quel état elle a récupéré sa fille ni où on l'a trouvée.

6

Personne, cependant, n'ignorait ce qui était arrivé à Sveta. D'autant que trois mois plus tard, elle s'enfuit de nouveau. Une fois encore, Louba pleura tandis que Volodia et ses amis battaient le quartier des hôtels et ramenaient Sveta chez sa mère.

Un soir, Natalia croisa la jeune fille. Elle attendait Louba, adossée au parapet sur le bord du canal. Un soir d'été. La lumière éclaboussait les maisons du quai, face à la place Répine. Un vent léger apportait l'odeur des tilleuls arrachée sur l'autre rive de la Moskova, aux arbres des jardins d'Alexandre.

Les beaux cheveux blonds, hérités de Louba, étaient coiffés d'une manière excentrique, retenus par des peignes et des pinces multicolores. Le visage minuscule était lourdement fardé. Natalia ne l'avait pas revue depuis plusieurs années. Elle chercha, sur le visage figé par la poudre, les traits et les expressions de la petite Sveta.

« Svetotchka, comment vas-tu ? »

L'adolescente l'observa, butée. « Je ne suis pas Svetotchka. C'est ridicule. Il faut m'appeler Svetlana ou alors Svet. » Natalia ne répondit pas. Inutile de demander ce qui lui plaisait dans cette syllabe claquante : elle évoquait des sonorités anglo-saxonnes.

Natalia s'appuya au parapet. C'était gentil de venir attendre sa maman. Sveta n'attendait sa mère que parce qu'elle l'avait exigé. C'était ridicule, à son âge, d'attendre sa mère.

Aucune conversation possible. Sveta faisait la tête et prenait des airs offensés. Elle s'était entièrement vêtue de jean, pantalon et blouson. Un beau tissu, correctement délavé. Rien à voir avec les jeans qu'on trouvait, parfois, dans les magasins. Le secret de fabrication de ces purs produits occidentaux n'avait pas été percé par les ingénieurs du ministère de l'Industrie légère. Pour satisfaire la population, les usines textiles produisaient des tissus étranges, trop sombres avec des traces bleuâtres évoquant des nuages ou des fleurs aux consommateurs plus résignés.

Tout ce que portait Sveta venait d'Occident. Tout ce qu'elle portait coûtait cher. Jamais Louba n'aurait pu le lui offrir. Où aurait-elle trouvé les devises nécessaires ?

« C'est joli tout ça, remarqua Natalia, conciliante, où l'as-tu trouvé ?

— On me l'a donné. » Elle sourit pour la première fois. « Ça te plaît ?

— Beaucoup. Qu'en pense Louba ?

— Elle est furieuse. C'est une idiote ! Elle s'est fait avoir toute sa vie par ses mecs. Ils l'ont tous fait trimer comme une bête. Jamais elle n'aurait osé réclamer quelque chose.

« Moi, je les ferai tous cracher, les hommes. Ils paieront tout. »

Mal à l'aise, Natalia changea plusieurs fois de position. Elle regarda le ciel bleu, pur, au-dessus du Kremlin. Enfin, désespérant de trouver une réponse définitive, elle remarqua que ce n'était pas très moral.

« Moral, éclata la petite, qu'est-ce qui est moral dans notre vie, Natalia Petrovna ? Est-ce que tu peux me l'expliquer ?

« On nous a fait vivre dans la misère depuis soixante-dix ans en nous expliquant qu'ailleurs c'était pire. On nous a privés de tout plaisir, on nous a enlevé nos parents, on a fait vieillir nos mères à toute vitesse. Tout ça pour des bobards !

« Pendant ce temps, à l'Ouest, ils s'empiffraient de bonnes choses. Ils avaient des maisons confortables avec des tas de trucs chouettes, des appareils qui font tout, des magnétoscopes. Les femmes portaient de beaux vêtements, des chaussures qui ne leur abîmaient pas les pieds, des bottes seyantes et pas des pataugas.

« J'en ai marre. Je veux vivre. Est-ce qu'il va falloir attendre encore soixante-dix ans pour profiter de l'existence ?

— Mais enfin, personne ne dit plus le contraire. Notre objectif c'est de rattraper l'Occident. Voilà, nous avons des élections, plus personne ne conteste l'échec du communisme et de l'économie de commande administrée.

— Tu parles ! Arrête tes conneries ! Tout ça ce sont de nouveaux mensonges. Des discours sans fin. Rien n'a changé. Je ne crois qu'à une chose : les magasins pleins. On ne peut pas être heureux avec des boutiques vides.

« Toi et ta bande de démocrates, vous n'êtes pas meilleurs que les communistes. Vous utilisez la même langue qu'eux. Vous ne comprenez rien. Tu ne vois pas que nous sommes fichus. Maintenant c'est chacun pour soi. »

Sur l'autre trottoir, la porte de la roulotte s'ouvrit et Louba en sortit.

Elle portait une robe d'été, coupée dans un tissu un peu criard, et une jaquette bleu marine. La laideur de la robe n'enlevait rien à sa grâce et à son charme. Elle avançait sur ses hauts talons, à petits pas. La circulation ininterrompue la séparait encore de sa fille et de Natalia. Elle leur faisait de petits signes impatients.

Natalia eut le temps de poser une dernière question.

« Alors, c'est vers les étrangers que tu te tournes ?

— Parfaitement. Ils sont pleins de fric. Ils sont assez propres et à peu près polis. »

Tandis que Louba traversait enfin, de sa démarche dansante, Sveta, très vite, ajouta, entre ses dents. « Mais je les déteste. Je les hais. Ils possèdent tout ce que je n'ai pas. Jamais, ils ne donneront assez pour compenser le tort que nous avons subi. »

7

La fille de Louba avait disparu depuis deux semaines. D'ordinaire, ses fugues ne duraient pas plus de trois ou quatre jours. Très vite, Volodia et ses amis la retrouvaient. En graissant la patte des portiers des hôtels pour étrangers, on apprenait où se trouvait la petite.

Pour les collègues de Louba, aucun doute que Sveta, au bout de quelques jours, un peu lasse et les poches pleines, se laissait découvrir par les amis de son beau-père. Si on veut vraiment disparaître, ma foi c'est facile. Surtout lorsqu'on sait que, silence, pas un mot à la milice ni au K.G.B.

Louba ne lui avait rien dit. Natalia étendit ses bras devant elle, noua les mains et s'étira jusqu'à ce que cela fasse mal. Elle fixait d'un air absent son gobelet de thé. Maria n'osait pas continuer son récit.

Mais alors qu'a dit la voyante ? Natalia avait envie de secouer Maria. Pourquoi ne parle-t-elle plus à présent ? Une voyante, quelle idée !

Elle venait pourtant de Louba, qui était morte d'inquiétude. Elle avait proposé à Maria de l'accompagner pour tester les dons divinatoires. Les révélations sur l'infidélité de l'époux de Maria avaient convaincu Louba.

La voyante ressemblait un peu à une sorcière, Baba-Yaga, ou une autre. Mal peignée, pas très propre. Son antre, un vrai capharnaüm graisseux et malodorant. Elle se moqua de Maria. Non de son infortune, mais de son émotion en l'apprenant. (Finalement, elle avait peut-être du bon sens, cette Baba-Yaga des faubourgs.)

Quand Louba, tendue, a demandé si elle pouvait poser une question à son tour, la sorcière a blêmi.

« Je sais ce que tu vas me demander. » Oh, cela ressemblait vraiment à un conte ! Qui aurait pensé que des choses pareilles pouvaient se passer aujourd'hui, presque au XXIe siècle, dans la capitale ? Maria tenait son auditoire. Tout à l'heure, avant l'arrivée de Natalia Petrovna, elle n'avait pas si bien raconté.

Voilà ce qu'elle a dit. Sa voix a tremblé. Ses yeux sont devenus jaunes. Louba s'est racornie sur sa chaise et a poussé un petit cri.

« Tu cherches ta fille. Tu la cherches depuis longtemps maintenant. Tu ne sais pas que tu l'as perdue depuis des années ? »

Ah, toujours des leçons de morale ! La sorcière a dû faire ses classes au Parti avant de se reconvertir dans la libre entreprise. Pauvre Louba !

Baba-Yaga éteignit les lampes les unes après les autres, ne laissant qu'une veilleuse allumée. Elle ne trouverait Sveta que dans la pénombre. Impossible de croire à ces sornettes.

Pourtant Louba et Maria crurent tout ce que la sorcière lut dans les ténèbres.

« Je la vois, maintenant, ta petite fille. Elle est allongée, immobile. Il fait froid et humide autour d'elle, très humide. Ah ! Ne la cherche plus. Elle est morte. Je la vois, si bien, elle est morte. »

Maria et les autres filles se mirent à pleurer. Baba-Yaga, comme toujours, a le sens du théâtre. Louba a pleuré aussi. Elle a hoché la tête et murmuré qu'elle le savait. Sa Sveta, sa petite fille, elle le sentait depuis plusieurs jours.

Natalia était glacée. Elle donna un grand coup sur la caisse qui servait de table. « Quelle stupidité ! Il faut aller à la milice, maintenant, tout de suite. Elle ne peut pas continuer avec ces charlatans. »

C'est ce qu'a crié Volodia, quand Maria a ramené Louba. Il faut commencer des démarches officielles ! Qui sait ce qui est arrivé à cette gamine ? Pas un mot contre Sveta. Pourtant il devait en avoir marre, Volodia, de cette belle-fille qui l'obligeait périodiquement à des battues dans les rues de la capitale et qui lui retirait l'amour de Louba.

Ce matin, ils vont à la milice, acheva Maria. Les filles reniflèrent un bon coup, l'une d'elles soupira, aussitôt soutenue par les autres. Natalia, pâle et rigide, garda les yeux fixes. Les femmes la regardèrent, perplexes. Tout ce qu'elle disait, elles le considéraient comme parole d'évangile. Elle en savait plus long qu'elles sur bien des choses. Elle était ingénieur et pas simplement maçon, peintre ou électricienne comme elles. Elle connaissait beaucoup de monde, grâce à son mari. (Comment, se demandaient les filles, avait-elle pu épouser un homme si important ?) Elle ne cachait pas ses rapports avec les libéraux et les démocrates. Sa réaction les frappa beaucoup. Elles se levèrent spontanément lorsque, enfin, Natalia remarqua que le jour se levait et qu'elles n'avaient même pas commencé leur travail.

8

Comme elles boutonnaient leurs vestes et nouaient leurs fichus, la porte de la roulotte s'ouvrit à la volée. Apparut le visage tourmenté d'une jeune fille. Elle travaillait dans l'équipe depuis quinze jours environ mais n'avait pas la tête à son métier. Constamment, les autres devaient repasser derrière elle pour réparer ses erreurs ou nettoyer l'endroit où elle avait travaillé. (Sans la surveillance de Natalia, ouvrières et ouvriers se bornaient à l'essentiel et ne fignolaient jamais leur tâche. Elle les houspillait. « Remuez-vous un peu, si vous voulez sortir un jour de l'esclavage. Ce n'est pas comme ça qu'on travaille ! Enfin est-ce que vous avez oublié que vous ne travaillez plus pour une entreprise d'État ? Vous êtes dans le secteur privé, mes agneaux ! Des saloperies comme ça vous mènent au chômage. »)

La municipalité avait imposé la jeune fille à Natalia. Sans doute était-elle, ou avait-elle été, la petite amie d'un responsable qui avait soigneusement gardé l'anonymat. Natalia se plaignit au directeur de la coopérative de construction. Elle voulait établir elle-même la composition de ses brigades. Impossible, sinon, de garantir qu'on tiendrait les délais et qu'on livrerait un immeuble en bon état. Le directeur leva les bras d'un geste désabusé. Non, les temps n'avaient pas vraiment changé. Mais enfin, Natalia, dans les entreprises occidentales, cela se produit aussi. Il faut savoir faire des fleurs à ses clients.

La jeune fille ne conquit pas la sympathie de Natalia. Elle ne travaillait pas bien, arrivait souvent en retard le matin (comment se réveiller si tôt, l'hiver surtout quand la nuit est si profonde et si froide ?) et cherchait, par des méthodes maladroites, à gagner son estime.

Ce matin, elle s'excusa de son retard et se déshabilla très vite. Il fallait lui reconnaître cette qualité : elle était très rapide. Parfois trop. Elle jetait des regards misérables du côté de Natalia.

« Natalia Petrovna, demanda-t-elle enfin, c'est bien votre anniversaire aujourd'hui ?

— Mais oui, mais oui, gazouillèrent les autres filles. Bien sûr, nous l'avions oublié avec toutes ces histoires affreuses.

— Des histoires affreuses. Quelles histoires affreuses ? interrogea la jeune fille.

— Sans importance, coupa Natalia. Nous avons assez traîné.

— Ah, mais permettez, réclama la jeune fille, j'ai un gâteau pour vous, Natalia Petrovna. »

Elle tendit un paquet, en forme de cake, emballé dans un sac de mauvais papier, gris et rêche dont on enveloppait les gâteaux dans les boulangeries. Mais ce gâteau-là, voyez-vous, ne venait pas d'une boulangerie. Eh non ! C'était un gâteau occidental. Un gâteau allemand, s'il vous plaît.

La jeune fille appartenait à une famille nombreuse. Ce fait et peut-être, songèrent les autres filles, ses anciennes relations au Mossoviet, avaient permis à sa mère de bénéficier de l'aide allemande. La veille, elle avait récupéré un grand colis auprès des services de la municipalité.

Sans attendre le retour du père, on avait ouvert le carton. Grande déception : quelques bocaux de petits pois pas plus engageants que ceux qu'on trouvait de temps à autre sur les étagères du Gastronom du quartier, des biscuits et un énorme gâteau. Celui qu'elle offrait à présent à Natalia.

« Comment, pas de riz, de cacao, de macaronis ? » demandèrent les filles, intéressées par la nouvelle et satisfaites que la famille de la jeune fille ait été aussi peu gâtée. Manque de chance, la jeune fille leur cloua le bec aussitôt. C'était clair, quelqu'un avait ouvert le paquet et prélevé les marchandises les plus monnayables (dans le carton, un espace inoccupé réservé au riz ou à la semoule). Elle parlait avec tant d'assurance, multipliant les détails et les preuves, qu'on devinait que la question avait été longuement débattue par le conseil de famille.

De toute façon, cela n'avait pas d'importance. Le père, une fois rentré, se mit en colère. Jamais il n'avalerait une bouchée offerte par ces arrogants d'Allemands. À Stalingrad, où il s'était battu dans sa jeunesse, on aurait jeté le carton aux ordures, même aux pires moments. Pas question de garder cette vermine chez lui. La mère donna tout aux voisins (« Tout ? — Oui, tout »), excepté le gâteau que la jeune fille avait sauvé en l'honneur de l'anniversaire de Natalia Petrovna.

On ne savait pas trop, après avoir entendu le récit, s'il fallait ou non accepter ce cadeau. Les filles examinèrent le gâteau, de loin (de toute manière, emballé comme il était, on ne voyait rien) oscillant entre la gourmandise et le mépris. Mais Natalia, préoccupée par d'autres soucis, mit le paquet, sans y penser, dans le fourre-tout qui, dans la journée, lui servait de sac à main. Elle balbutia quelques remerciements, à peine compréhensibles

9

À cause de sa mère, Natalia n'est pas devenue poète. Nadejda Sergueïevna aurait pleuré. « Es-tu une ennemie du peuple, Natachenka ? » aurait-elle demandé.

Alors elle est devenue ingénieur en bâtiment.

Ce n'est pas une profession dépourvue de poésie. Le béton et le ciment, matières grises et froides, ressemblent au ciel de Moscou. Elles s'accordent à l'âme de son peuple, humide, glacée, décolorée par les décennies de la Révolution. Elle était le poète du malheur : elle construisait des édifices plus désespérés que son cœur.

Les chantiers : des carcasses sinistres, jamais achevées. Un coup de peinture, vite écaillée, pour remonter le moral des travailleurs qui s'installeraient dans les nouveaux immeubles de banlieue. À peine plus au large que dans leurs appartements communautaires du centre, abrutis par la longueur des transports quotidiens, gênés par le bruit des voisins trépidant derrière le feuilletage dérisoire des cloisons

Pour Natalia, c'est une époque révolue. Il y a quatre ans, elle a abandonné ses poèmes gris sur gris. Elle savait décliner toutes les nuances de cette couleur fade. Elle n'avait plus rien à apprendre.

À elle les opérations de rénovation dans le centre de Moscou. Ses notions d'architecture, acquises sur les conseils d'Alexeï, convainquirent ses supérieurs de lui confier la restauration de vieilles maisons de Moscou.

Les nombreux bâtiments évidés de Moscou, c'est elle. Natalia aime le moment où on retire le toit, celui où on démonte les parquets. Le ciel traverse la maison de part en part. Les fenêtres béantes s'ouvrent sur l'aurore et le crépuscule. Aucun mur pour effacer la douceur de leurs teintes.

Sa tête émerge du sommet des échafaudages et se perd dans l'immensité du ciel. Elle compose les poèmes de l'éternité. Elle réapprend le sens de la beauté et le registre des couleurs.

Aux murs de ces maisons déshabillées, pendent encore des lambeaux de papier peint ; sur le vieux carrelage crasseux et fendu, des dessins parfois, comme sur la paroi des grottes.

Jamais elle ne pénètre sur l'un de ses chantiers sans que batte son cœur, comme si elle allait à un rendez-vous d'amour. Plantée au milieu du ciel — celui des jours d'hiver, bas et dur, ou celui, rayonnant, des soirs de printemps quand la lumière bascule vers les teintes épaisses et moelleuses — au milieu du ciel, elle domine le monde. Les vies perdues dont l'immeuble conserve les dernières reliques, les vies assoiffées qui s'agitent au-dessous d'elle, les toits de tôle grise ou de métal vert de la capitale, ses coupoles de verre et d'or, la frondaison de ses arbres parfumés au début du printemps. Chaque matin, elle entre dans le sanctuaire de la poésie. Le seul endroit où elle ait trouvé à se nicher dans ce pays des ténèbres.

10

Natalia affecte de croire que ce goût des poèmes, de la parole et de l'emphase, lui est venu miraculeusement. Dans sa famille, on parlait une langue simple, dont les fioritures venaient tout droit de la lecture de la *Pravda* ou des *Izvestia*. Mais Natalia au beau front pâle appartient à un peuple qui se gorge de poésie pour oublier que l'univers tourne sans lui.

Ce matin-là, elle n'eut pas le temps de sentir battre son cœur, au sommet de l'édifice qu'elle rénovait.

À peine descendait-elle les marches de la roulotte, les pas claquants de Louba retentirent dans la demi-pénombre du petit matin. Tout le monde réintégra la roulotte. On envoya la jeune fille prévenir les hommes de commencer sans elles. On pouvait lui faire confiance : elle en rajouterait dans le mystère et les sous-entendus. Elle n'aimait pas ses camarades de travail de l'autre sexe. Son ambition affichée : épouser un petit fonctionnaire sachant améliorer l'ordinaire à force de combines qui la dispenseraient de travailler dans le froid et la nuit.

Louba n'avait pas le courage d'aller à la milice. Volodia s'en chargeait. Toutes les filles donnèrent leur avis en même temps. Leurs voix roucoulaient dans la roulotte. Dehors le jour se levait dans la grisaille.

Ma Loubka, mon petit pigeon. Quel malheur, ma petite chérie. Nous parlions de toi, mon petit cœur. Comme tu as raison, Loubiochka, il ne faut pas aller au commissariat. Oï, oï, quelle misère que cette vie !

Louba se laissait entourer et caresser comme une reine retrouvant ses suivantes. Elle était si petite qu'elle disparaissait au centre du cercle formé par les filles. Natalia, adossée à la porte de la roulotte, observait la scène. À ses heures, elle savait roucouler comme les autres femmes. Cependant ses habitudes étaient plutôt austères et réservées.

Finalement, Louba demanda avec inquiétude où était Natalia Petrovna. Les filles cherchèrent autour d'elles, stupéfaites de découvrir que Natalia ne s'était pas jointe à leur chœur. Elles avaient beau savoir qu'elle ne leur ressemblait pas, elles ne s'y faisaient pas. Comment deviner ce qu'elle pensait ? Un moment, elle discutait avec elles ; on entendait ses pouffements de petite fille. Un autre, elle s'éloignait, mystérieuse, incompréhensible, comme si, soudain, elle s'était dépouillée de sa nature féminine.

Toutes se tournèrent vers Natalia, immobile contre la porte. Au contraire des autres femmes, elle ne faisait jamais la morale et ne se mêlait pas de la conduite des autres. Toutes, y compris Louba, aimaient décider de ce qui était bon et mauvais pour les autres.

D'ici quelques années, elles agiraient comme les

vieilles femmes dans la rue : elles apostropheraient gentiment, mais fermement, les imprudents qui sortaient sans se couvrir la tête ou sans boutonner leurs manteaux. Chacune avait une claire conscience de ses responsabilités dans le cadre de la morale sociale. Elles l'avaient sucée avec le lait maternel et rabâchée à l'école.

Natalia respectait la vie privée d'autrui et ne jugeait pas les comportements dont, le plus souvent, on ignorait les raisons. Malgré la résistance qu'on leur opposait — les femmes surtout —, ces idées nouvelles, inadmissibles autrefois, commençaient à se répandre.

11

Louba ne croyait pas à la bonne volonté de la milice. Elle ne ferait rien. Elle attendrait le retour de Sveta ou qu'on découvre son corps. Volodia et Louba étaient des gens de trop peu d'importance pour qu'elle perde du temps avec eux. On lit dans la presse que la criminalité augmente, surtout le crime organisé, la mafia, l'économie de l'ombre (d'où avaient-ils soudain surgi puisque, jusque-là, le pays était à l'abri du banditisme, sous-produit du capitalisme ? Personne n'osait se poser la question parce que la réponse était trop évidente et douloureuse). Pour que la milice se remue un peu, il faut qu'elle reçoive des ordres, des instructions, quoi. Seuls les gens haut placés ont prise sur la milice. Tout en prononçant ce petit discours, Louba ne quitta pas Natalia du regard.

Natalia haussa les épaules. Elle ne connaissait personne au M.V.D.

« Oh, s'exclama Louba, la bouche en cœur, mais je ne te demande pas d'aller au M.V.D. Non, mais tu connais plein de gens qui pourraient, eux, passer un coup de fil au M.V.D. Peut-être pas à Pougo, je n'en demande pas tant. Mais au chef de la police criminelle, quelque chose comme ça. »

Natalia de nouveau haussa les épaules : elle ne connaissait personne qui connût de flics, à quelque niveau que ce soit.

« Ne fais pas la mauvaise tête, Natalia », supplia Louba. Elle se mit à pleurer. Jusque-là, elle avait offert à Natalia ses formules habituelles, sourires et regards, de coquette consommée. Mais elle pleurait vraiment. Comme chez les enfants, les larmes jaillissaient de ses yeux et ruisselaient sur ses joues, défaisant en quelques secondes son joli visage Elle ressemblait soudain à une vieille femme au visage d'enfant chiffonné.

Natalia s'approcha enfin et l'embrassa pour la calmer. Louba hoquetait, sanglotait, abandonnée dans les bras de Natalia. Les filles stupéfaites — y compris la jeune fille qui revenait sa mission accomplie — se poussèrent silencieusement contre les parois de la roulotte.

Dis-moi, répétait Natalia, dis-moi ce que tu veux que je fasse, petite Louba. Arrête de pleurer. Qu'est-ce que je peux bien faire ? Si je le pouvais, je l'aurais déjà fait.

Entre deux hoquets, Louba prononça quelques mots sur le mari de Natalia, les gens importants et l'Académie des Sciences. Il fallait aller voir le président de l'Académie des Sciences. Natalia protesta qu'elle ne le connaissait pas. Même du vivant de son mari, elle ne rencontrait pas les dirigeants de l'Académie. Mais à toutes cela parut tellement inconcevable, qu'elles se mirent elles aussi à supplier Natalia. Quand ? Comment, quand ? Tout de suite. Il n'y avait pas de temps à perdre.

Il ne servit à rien d'expliquer qu'il était beaucoup trop tôt, à peine plus de huit heures et demie, que le président ne serait pas à son bureau. Justement, clamaient-elles, tu t'installeras dans l'antichambre et tu l'attendras. Tu ne pourras pas le manquer.

Natalia entreprit de se rhabiller. « Filez, vous autres, commanda-t-elle, allez travailler et que tout soit en ordre quand je reviendrai. » Louba demeura dans son coin, apathique. Elle avait déclaré qu'elle accompagnerait Natalia Petrovna et tout le monde lui donna raison.

En remettant sa veste de tailleur, Natalia plongea la main dans la poche droite pour y prendre un mouchoir. Au lieu de quoi, elle sortit un bout de papier plié qu'elle considéra avec attention. Elle avait oublié qu'elle l'y avait fourré, tout à l'heure, en quittant sa maison. Elle le déplia et le relut. La calligraphie appliquée de sa mère, qui tenait autrefois les registres de pharmacie de l'hôpital.

« Ma Natachenka, avait-elle écrit, je pars de bonne heure sans te réveiller Tu ne t'en souviens sûrement pas, mais c'est aujourd'hui que je suis convoquée. Comme j'ai très peur, j'ai demandé à Valentina Fiodorovna de m'accompagner. Je passe la prendre chez elle et ensuite nous irons au rendez-vous. »

Natalia haussa les épaules pour la troisième fois, sa manière à elle de compenser l'absence de soupirs. Dès le premier jour elle s'était opposée à cette lubie de sa mère. Elle allait aujourd'hui vers une terrible désillusion. Aujourd'hui, jour de son anniversaire que sa mère, la parfaite Nadia, avait oublié pour la première fois de sa vie.

12

Dehors, il faisait jour. L'air était humide, mais pas très froid. Le canal dégelait de nouveau et la neige tombée les derniers jours fondait en rigoles grises et jaunes.

Louba n'avait pas le courage d'attendre le tramway. Elles trouvèrent un taxi au coin du quai. Le chauffeur avait envie de parler. Dans le rétroviseur, on lui voyait un air douloureux. Il conduisait de manière inattentive, déboîtant brutalement sans faire signe et sans le moindre regard vers l'endroit où aurait dû se trouver son rétroviseur latéral. Il avait transporté des passagers toute la nuit : le plancher de sa Volga, revêtu de caoutchouc noir, baignait dans une eau boueuse.

Il maugréa un peu en apprenant que la course ne lui rapporterait que quelques roubles. « Je me suis spécialisé dans les étrangers. Ils paient mieux », expliqua-t-il. Natalia ne répondit pas, mais Louba remarqua sèchement que maintenant tous les taxis soviétiques semblaient avoir choisi cette spécialisation. Ce n'était pas normal de refuser de transporter d'honnêtes citoyens qui ne pouvaient payer qu'en roubles durement gagnés.

Il était d'accord. Elle avait raison. S'il n'y avait que lui, on ne laisserait pas entrer autant d'étrangers dans le pays. Ils vous sapaient le moral avec leurs dollars et leurs paquets de Marlboro. L'autre jour une Américaine voulait le payer avec du dentifrice. Elle savait quelques mots de russe et insistait. « Mais si, je sais bien que vous en manquez. Pour les enfants, c'est indispensable. » Quelle grippe-sou ! Elle ne voulait surtout pas lui donner un seul de ses précieux dollars. Du dentifrice, tout de même, on n'était pas à Cuba !

Louba, cependant, affirma que deux ans plus tôt, elle avait changé des roubles à un Italien contre du dentifrice. Souvenez-vous, c'était l'époque où on n'en trouvait plus. Il rit : cela ne lui avait jamais manqué le dentifrice, lui, il se rinçait les dents à la vodka. D'ailleurs maintenant, on racontait que les entrepôts débordaient de dentifrice, de savon et de lessive.

Ils restèrent bloqués devant la statue menaçante de Dimitrov. On attendait un cortège officiel. Menant au Kremlin, cette rue était souvent paralysée par la prudence des *gaï* : ils préféraient interdire la circulation aux automobilistes ordinaires pendant un quart d'heure plutôt que de faire attendre les Tchaïkas officielles. Natalia regardait derrière la statue de Dimitrov, le minuscule jardin de l'hôpital Timiriazev. Elle aurait dû y aller ce matin de bonne heure. Qui l'obligeait à travailler dès huit heures comme les ouvrières ?

Le chauffeur se retourna pour converser plus agréablement. À l'allure nonchalante des deux miliciens chargés de la circulation, on devinait que l'attente serait longue.

« Et les prix, demanda-t-il à Louba, la seule qui lui répondait, vous croyez qu'ils vont vraiment les augmenter le 1er janvier ? » Louba discutait sans se faire prier. La conversation la détendait et la détournait de son chagrin. Si l'on avait demandé au chauffeur de deviner laquelle de ces deux femmes était à la recherche de sa fille, il aurait désigné sans hésiter la pâle Natalia qui regardait fixement devant elle.

Ils arrivèrent finalement à la hauteur des bâtiments administratifs de l'Académie des Sciences — un hôtel particulier au fond d'un jardin. Le chauffeur prétendit les déposer sur le trottoir. Qu'elles continuent à pied !

« Tourne et prends l'allée, exigea Natalia. Dix roubles, c'est bien payé pour une course si peu importante. » Soufflé des manières catégoriques de la passagère silencieuse, il s'engagea dans l'allée couverte de boue. « Incroyable, incroyable, s'exclama-t-il. Tout fout le camp dans ce pays. Autrefois jamais on ne m'aurait laissé entrer. » Il prononça chacun de ces mots avec délectation, comme si, finalement, il éprouvait un profond contentement à remarquer que tout allait de mal en pis.

13

Les filles n'auraient pas cru Natalia, si elle leur avait avoué qu'elle n'avait jamais mis les pieds dans ce bâtiment.

Dans l'entrée, un vieil homme derrière un petit bureau. Tout était silencieux. Quand il les vit apparaître, il regarda sa montre. Inconcevable qu'on puisse se présenter d'aussi bonne heure.

« Qui cherchez-vous camarades ? » demanda-t-il. Il ne se leva pas de sa chaise, mais leur parla poliment. Natalia lui donna son prénom, son patronyme et son nom. Le concierge ne réagit pas, il attendait qu'on réponde à sa question. Aussi Natalia ajouta qu'elle était la veuve de l'académicien. L'homme prit un air intéressé et demanda depuis combien de temps son mari était mort. Quatre ans et demi, bien sûr, c'est pour cela qu'il ne le connaissait pas. À cette époque-là, il travaillait ailleurs.

« Ah, voilà ! Et qui venez-vous voir, camarade, s'il vous plaît ? » insista-t-il. Quand il apprit qu'elle voulait parler à la secrétaire du président il observa que, bien entendu, il y avait toujours des problèmes de pension. Mais inutile de déranger le président et même sa secrétaire, mieux valait s'adresser au service compétent.

Depuis leur arrivée, Louba semblait sur le point de défaillir. Elle avait perdu la vivacité et l'enjouement avec lesquels elle parlait au conducteur du taxi. Elle suivait le dialogue de Natalia et du *déjournii*, avec des yeux absents, comme si elle n'en comprenait pas un mot ou comme si, bien au contraire, les propos du vieil homme achevaient de la désespérer.

« À quelle heure avez-vous rendez-vous ? demanda-t-il finalement. Je ne vois pas votre nom sur la liste des visiteurs de la journée. » Il exhiba la feuille où chacun indiquait l'heure de ses rendez-vous et le nom de ses visiteurs.

« Je n'ai pas de rendez-vous, admit Natalia.

— Hum, pas de rendez-vous. » Des yeux, il chercha quelqu'un pour l'aider. Mais il était trop tôt. Le garde était parti, les autres pas encore arrivés. Sottement, il avait fait du zèle en venant de bonne heure ce matin-là.

« Eh bien, reprit-il après quelques instants, voyez-vous, le camarade président n'est pas là et sa secrétaire n'est pas encore arrivée. »

Sans importance, elles allaient attendre. Généreux, il leur montra des chaises alignées dans le couloir. Louba s'affala presque aussitôt sur la sienne. Son teint avait pris une couleur terreuse. Est-ce qu'elle allait s'évanouir ou vomir, là dans le couloir ? Le *déjournii* demanda ce qui se passait. Il s'approcha d'elles. Debout, il ressemblait à un gentil grand-père un peu maladroit.

Natalia lui expliqua rapidement l'objet de leur démarche. Il hocha la tête avec compassion en regardant Louba, mais gronda doucement Natalia. « Mon petit, dit-il presque affectueusement, cela ne sert à rien d'attendre. » Le camarade président ne viendra pas aujourd'hui, ou alors ce soir peut-être, très tard. En période de Congrès, difficile de le voir. Alors, vous pensez, sa secrétaire en prenait à son aise. Elle venait quand ça lui chantait. À midi peut-être. Et de toute façon ce n'était pas elle qui pourrait les aider. « Mais enfin, tout de même, une veuve d'académicien, vous devez en connaître du monde. Mais peut-être que c'est un mensonge, mon petit, vous vouliez forcer la porte du camarade président ? »

14

Ce n'était pas un mensonge, même si cela semblait farfelu aux gens simples, au concierge ou aux filles de la brigade de Natalia. Leur mariage ressemblait à une intrigue de roman parce qu'ils n'auraient jamais dû se rencontrer.

D'abord, ils n'appartenaient pas à la même génération. Natalia avait l'âge des enfants du premier lit d'Alexeï Grigorievitch. Ensuite ils n'exerçaient pas la même profession. Quel rapport entre le bâtiment et un réacteur nucléaire ? Enfin, et c'était le plus important, ils ne venaient pas du même monde.

On vous farcit la tête depuis soixante-dix ans de stéréotypes sur la société égalitaire, la dictature du prolétariat. Mais tout ça c'est du baratin. La vérité c'est que dans ce pays, comme dans tous les autres, l'univers des ouvriers n'a rien à voir avec celui d'un physicien renommé. Ils n'habitent pas au même endroit et, généralement, pas dans le même quartier. Ils fréquentent d'autres magasins. Natalia prétendait qu'autrefois — pour elle, cela signifie avant Boris Nikolaïevitch Eltsine — les nomenklaturistes ne mettaient même jamais les pieds dans un magasin où l'on fait la queue, avec les autres, pendant des heures, même quand il gèle.

La famille de Natalia n'appartient pas, c'est vrai, au prolétariat. Ou plutôt, elle en aurait fait partie sans la Révolution. Son grand-père obtint un petit galon dans les rangs des révolutionnaires. C'était l'un de ces hommes sur lesquels on comptait pour faire régner la terreur et que, fatalement, la terreur a emportés. Aussi leur place dans la société n'avait pas progressé, ou à peine. Sa mère était infirmière, profession de fort peu d'importance. Elle avait jugé très brillante l'accession de sa fille au poste d'ingénieur.

Rien à voir avec le milieu d'Alexeï Grigorievitch, celui de l'intelligentsia. Si encore Natalia avait exercé la profession de laborantine, voire de fille de salle, peut-être l'eût-il croisée dans un couloir de son institut et l'eût-il remarquée. Mais elle travaillait sur ses chantiers de banlieue et ils ne fréquentaient pas les mêmes cercles. Pourtant, non seulement ils se rencontrèrent, mais Alexeï Grigorievitch sut reconnaître, dès la première minute, les qualités inhabituelles de cette jeune femme mal habillée et mal coiffée.

Mais oubliez tout ce que vous venez de lire. Le monde est vaste. Il y a mille occasions de rencontres pour ceux qui ne sont pas enchaînés par leurs préjugés sociaux. Tenez, par exemple, Natalia et Alexeï se sont rencontrés dans une gare. Il est vrai que dans ce pays, tant de gens fréquentent les gares, soit qu'ils viennent y prendre un train, soit qu'ils y habitent en attendant un autre train ou une chambre, qu'on finirait, à force d'en faire le tour, par y croiser une part importante de l'immense population de ce gigantesque territoire

15

Un soir, Natalia accompagna sa mère à la gare de Kazan. Elle resta sur le quai jusqu'au départ du train.

Natalia n'apprécie pas la poésie des gares. Elle évite ces endroits bruyants et inconfortables. Elle déteste particulièrement la gare de Kazan, trop faussement russe, jusque dans le plafond de la salle de restaurant, au ciel digne du XVIIe français, dont les médaillons s'ornent des réussites de l'industrie soviétique.

L'architecte a accumulé les clichés d'un bout à l'autre des deux bâtiments perpendiculaires de la gare. Il a joué sur les formes des voûtes dans la salle des pas perdus comme dans les salles d'attente, longues enfilades de pièces empestant une odeur aigre et entêtante d'urine

Pour le reste cette gare ressemble à toutes celles de Moscou. Elle grouille de monde le jour comme la nuit. Dans les salles d'attente, toutes les rangées de sièges sont occupées par de futurs passagers profondément endormis. On ne cesse d'aller et venir dans un joyeux tohu-bohu. Les enfants des dormeurs courent dans les couloirs ou jouent avec les indicateurs mécaniques des trains, savourant leur liberté provisoire. Dans la salle des pas perdus on vend des beignets, des glaces et des œillets.

De la gare de Kazan les trains partent vers l'Oural. C'était la destination de la mère de Natalia qui, périodiquement, rendait visite à des amis d'enfance.

Le train venait de partir. Natalia se frayait un chemin dans la cohue. Pour s'assurer les meilleures places, une foule de gens se hâtaient de prendre position avant la mise à quai du convoi suivant. Ils trimbalaient avec eux un barda inimaginable : vieilles valises en carton bouilli, ficelées et ventrues ; ballots multicolores qui, selon la taille, devaient contenir des vêtements ou des édredons (on était en été, le bon moment pour acheter ce genre de produit qui aurait disparu aux premiers froids) ou encore des traversins, mous et encombrants ; d'autres portaient des cartons de transistors, magnétophones ou téléviseurs.

Au milieu de cette foule encombrée, fatiguée et de mauvaise humeur — c'était la fin de l'après-midi ; beaucoup étaient arrivés le matin même à Moscou et y avaient passé une journée harassante à faire des courses pour eux, leurs voisins et leurs amis — courait un homme d'une cinquantaine d'années, bien habillé, les cheveux gris fraîchement coupés. Il tenait à la main un sac de voyage en toile, quelque chose de pratique et d'élégant, introuvable dans le pays. On peut se tromper sur un homme — par exemple s'il porte son unique chemise occidentale de bonne façon, sa seule cravate qui ne soit pas criarde et un pantalon exceptionnellement bien taillé — mais il ne peut cacher ses chaussures. Or celui-ci portait des mocassins d'un beau cuir souple. Rien de luxueux selon les normes occidentales, mais ici, des chaussures qui ne soient pas raides à vous blesser les pieds, ou si ramollies qu'elles ressemblent à des pantoufles, cela ne se trouve pas.

Il essayait de rattraper le train, qui filait, déjà loin, au bout des quais. Il dépassa Natalia. Elle se retourna pour le regarder. Il courait bien, d'une foulée régulière, malgré l'encombrement. Mais presque aussitôt, convaincu qu'il avait manqué son train, il renonça, regarda le dernier wagon disparaître et revint sur ses pas, à contre-courant de la foule.

Toujours arrêtée, Natalia, elle aussi débordée par

le flot des voyageurs, ne l'avait pas quitté des yeux et souriait. Comme s'il avait remarqué son regard depuis le début — et plus tard Natalia se demanda s'il n'avait pas cessé de courir parce qu'il l'avait senti posé sur lui —, il marcha vers elle. Il dit en arrivant à sa hauteur : « Eh bien, j'ai manqué mon train et je suppose que vous allez observer que je n'avais qu'à arriver à l'heure. »

Mais pourquoi aurait-elle fait pareille remarque ? Parce que tout le monde le penserait et le dirait, il le savait bien. Elle lui accorda un regard pensif. Peut-être qu'il ne savait pas tout.

Comment poursuivre la conversation ? Sa mère l'aurait interrogé, « vous alliez dans l'Oural, camarade ? », mais elle, trouvait la question indiscrète. De lui-même, il précisa qu'il se rendait dans l'Oural. Natalia sourit. Il l'examina et demanda si elle avait, elle aussi, manqué son train. Quand il apprit qu'elle venait de dire au revoir à sa mère — elle était précisément dans le train qu'il avait manqué — il remarqua qu'il avait de la chance : « Une fille sans mère, c'est délicieux. »

Il ne la quitta pas de la soirée.

En sortant de la gare, il décréta que ç'aurait été trop bête de quitter Moscou par ce merveilleux soir de printemps pour s'enfermer dans un train sans air. Les jours s'allongeaient, on voyait clair jusqu'à huit heures passées, il ne faisait pas trop froid et l'air sentait déjà le parfum des feuilles.

Ils marchèrent dans les rues autour de la place des trois gares. Il balançait son sac de voyage devant, derrière, comme pour mieux assurer son équilibre. Ils se présentèrent l'un à l'autre et s'appelèrent, cérémonieusement, par leurs prénoms et patronymes.

Il l'invita à dîner au *National*. Pas très original, mais à cette époque, pas si lointaine, on n'avait pas le choix entre un restaurant d'État et un coopératif et le *National* passait pour l'un des plus convenables avec vue, si le garçon était complaisant, sur la Place Rouge

En fait on les installa dans un coin à l'opposé des fenêtres. Alexeï Grigorievitch se moquait de l'emplacement de la table. Pendant le dîner, il la mitrailla de questions. Quel était son métier ? Où avait-elle fait ses études ? Que lisait-elle ? À quoi s'intéressait-elle ? Était-elle mariée ? Et ses parents, d'où venaient-ils ?

Il fulmina en apprenant qu'elle était ingénieur en bâtiment (« Je me doutais de quelque chose en voyant vos mains ! » Elle les écarta devant elle, avec étonnement. C'était la première fois qu'on s'intéressait à ses mains aux ongles courts, dévorés de cuticules, à ses doigts rugueux et abîmés par le froid). Et pourquoi n'était-elle pas devenue architecte ? Une profession socialement utile où on ne perdait ni sa santé, ni sa jeunesse en quelques années. Les femmes n'ont rien à faire sur les chantiers. C'est un crime de les traiter comme ça.

Quand Natalia expliqua que sa mère souhaitait qu'elle devînt ingénieur, ce qu'elle considérait comme le sommet de la réussite, Alexeï demanda si Natalia partageait cette idée. Elle haussa les épaules. Était-il possible d'agir autrement ? Bien entendu, elle aurait préféré exercer une autre profession, mais elle ne souhaitait pas se brouiller avec sa mère. On devait respecter ses parents quoi qu'il advînt. Alors, observa-t-il, elle désapprouvait le comportement de Pavlik Morozov qui avait dénoncé ses parents.

Elle l'examina. Un beau visage, fin, des yeux clairs, intelligents et doux, des cheveux gris et blancs, très courts, une bouche aimable. Avec ses vêtements élégants, son sac de voyage à ses pieds, il constituait une énigme

« Êtes-vous chargé de me surveiller et de faire un rapport sur moi ? demanda-t-elle. Je suis sans parti et même, les idées communistes ne me sont pas sympathiques. Je déteste les réunions de mon collectif de travail et je les saute chaque fois que possible. Ajoutez, si vous voulez, que je ne suis pas activiste, hooligan ni dissidente. Je vis dans cette société parce que je ne peux pas faire autrement, mais en échange, j'entends penser ce que je veux. J'aime que mon travail soit bien fait et, même si je ne suis pas d'accord avec elle sur bien des points, j'aime ma mère. Ce sont ces trois principes qui déterminent ma conduite dans la vie. »

Pour toute réponse, il prit l'une de ses mains abîmées et déclara :

« Ça me va parfaitement. Natalia Petrovna, voulez-vous m'épouser ? »

Elle éclata de rire — son rire de petite fille. Alexeï Grigorievitch se hâta d'ajouter qu'il avait l'honneur de présenter une seconde fois sa demande : son rire était particulièrement séduisant.

Natalia ne marqua pas le moindre trouble bien que ce fût sa première demande en mariage et qu'elle supposât qu'on attendait d'ordinaire de mieux se connaître. Alexeï tenait toujours sa main et la regardait, attendant sa réponse. S'écrierait-elle qu'elle ne le connaissait pas ? Qu'elle devait réfléchir ou même demander son avis à sa mère ? Il ne le croyait pas. Il avait pesé l'âme forte et délicate de la jeune femme.

« Dites-moi seulement, demanda-t-elle, ce n'est pas la première fois que vous vous mariez ? »

Il avait eu une précédente épouse et même deux enfants, de l'âge de Natalia. Ils avaient divorcé plusieurs années auparavant. C'était une ambitieuse. Elle réclamait pour lui des tas de choses inutiles, un grand appartement, des meubles, une voiture, des augmentations de salaire. Et finalement elle lui préféra un de ses collègues. Un homme à poigne qui savait obtenir que la société le rémunère selon sa valeur

Natalia se contenta de ces informations et promit de l'épouser lorsqu'il le lui demanderait pour la troisième fois. « Alors c'est une affaire entendue, déclara-t-il, je vous le demande une troisième fois, Natalia Petrovna, voulez-vous m'épouser ? »

16

Malgré son indépendance d'esprit et sa rectitude morale, Natalia, comme les autres habitants de ce pays, mélange inconsciemment le vrai et le faux. Il lui arrive de se contredire, mais ça ne la choque pas. Elle hausse les épaules. Quelle importance ? Un jour c'est vrai. Un autre c'est faux. Après tout, il fait jour et nuit alternativement n'est-ce pas ? L'univers aime les contraires.

On savait peu de choses sur son mariage avec Alexeï Grigorievitch. Les filles de sa brigade ne se gênent pas pour raconter leurs histoires de fesses. C'est même mal vu de ne pas se tenir un peu au courant les unes les autres. Mais la pudeur retenait Natalia de parler de sujets intimes.

Elle épousa Alexeï avant le retour de sa mère. Elle lui envoya un télégramme. « Suis mariée — stop. Coup de foudre — stop. Alexeï te plaira beaucoup — stop. » Nadia réagit avec circonspection. Son gendre avait son âge, il était trop bien élevé, il avait déjà toute une famille. Mais, quand même, on ne peut pas se plaindre trop longtemps que son gendre soit académicien et dispose d'un appartement confortable sur la Leninsky prospekt.

Elle refusa cependant d'aller vivre chez eux et de quitter son appartement du bas de la Bolchaïa Ordinka. Pas question de perdre ce deux-pièces qu'elle occupait depuis la disparition de son père, il y a cinquante ans. Le déroulement des événements révéla sa clairvoyance. Où Natalia aurait-elle trouvé refuge sinon ? Fidèle à ses idées, Nadia n'approuva pas les études d'architecture que sa fille entreprit sur les conseils de son mari. Ingénieur, c'était un métier respectable. Architecte, cela faisait petit-bourgeois.

Selon sa propre expression, Natalia vécut une petite année de bonheur. L'appartement, la voiture, tout cela ne l'impressionnait guère. Mais Alexeï lui confirma surtout la justesse des idées qu'elle défendait depuis toujours. C'était un homme généreux, tolérant et responsable.

Il aimait sa jeune femme avec une passion d'adolescent et s'occupait d'elle autant qu'il le pouvait. Il aurait pu lui consacrer l'essentiel de son existence : ses travaux sur les réacteurs nucléaires ayant été maintes fois couronnés, il pouvait se borner à jouir de la situation qu'il avait acquise. Mais ce n'était pas son genre d'abandonner son travail.

Alexeï était depuis longtemps secrètement hostile au communisme, doctrine conservatrice qui rejetait, malgré les discours, le principe même du progrès. C'était un arrêt sur l'image et l'image datait de la fin du siècle dernier. D'ailleurs comment progresser lorsque l'on est persuadé de détenir la vérité ? Pour Alexeï, le communisme servait d'idéologie aux personnes frileuses qui redoutent par-dessus tout le froid de la vérité et les courants d'air du changement.

Bien sûr, il n'exprimait jamais en public ces idées dangereuses. Mais il s'y tenait scrupuleusement. Il aima en Natalia son courage et son intelligence. Elle avait toujours pensé librement malgré le milieu conventionnel dans lequel elle avait grandi. Son explication : « J'ai été privée de père. Et à ma mère aussi le système a enlevé son père. Un régime qui retire leurs parents aux enfants ne peut pas être bon. Et si ma mère est communiste, c'est uniquement par fidélité à la mémoire de son père. » Avec elle, les choses se dépouillaient de leurs travestissements. Elle les réduisait tout de suite à l'essentiel.

Alexeï pouvait travailler jour et nuit. Il s'en allait souvent en mission à travers le pays. Parfois, des phénomènes étranges survenaient aux réacteurs nucléaires, que même les ingénieurs les plus expérimentés ne comprenaient ni ne savaient empêcher. On lui téléphonait. Il prenait son élégant sac de voyage (dans lequel il n'y avait guère que des objets de toilette, les paperasses sur lesquelles il travaillait en occupaient tout l'espace). Il inspectait le cœur de la centrale, sans s'inquiéter des radiations. Dans son laboratoire non plus, il ne prenait pas beaucoup de précautions. Comment faire autrement ? Ces foutus engins, quoi qu'on fît, laissaient passer des rayons. Il en absorbait une quantité importante parce qu'il ne permettait pas à ses collaborateurs de procéder aux manipulations et aux réglages les plus dangereux.

Et finalement, tout se détruisit en même temps.

17

Un soir Natalia rentra chez elle, triomphante. On approchait de la fin de l'hiver. Les jours s'allongeaient. Le ciel, aux dernières heures de la journée, prenait des teintes si douces qu'on se sentait l'envie de bondir de joie. Rien n'avait plus d'importance que cette certitude : l'hiver s'achevait, la nuit se dissipait, l'esprit se libérait.

Depuis un an, on commençait à penser que, peut-être, les choses changeraient. Alexeï et ses amis intimes croyaient une évolution désormais inévitable. Le nouveau responsable du pays était pour le progrès, ils n'en doutaient pas. Il ne pensait pas tout à fait comme ses prédécesseurs. Natalia se montrait plus sceptique. Les réactions de sa mère à l'installation du jeune Secrétaire général étaient contradictoires (mélange d'enthousiasme et de critiques) et la dissuadaient de trop miser sur le nouveau dirigeant.

L'inquiétude de son mari troublait la vie de Natalia. Il avait écrit plusieurs rapports demeurés sans suite sur l'état des installations nucléaires. Il dormait de moins en moins, multipliait les missions et semblait rongé par un profond souci. Nadia mit plusieurs fois sa fille en garde contre le délabrement de la santé d'Alexeï. « L'œil de l'infirmière », disait-elle avec chagrin. Elle avait pris sa retraite et ne s'y habituait pas.

Ce soir-là, Natalia lui annonça la bonne nouvelle

avant d'en informer son mari. Il faut rendre cette justice à Nadia qu'elle a toujours été une excellente mère. Dès le premier jour, elle a aimé sa Natalia de toutes ses forces et de toute son indulgence. (Il ne fait pas de doute, malgré ce que dit Natalia, qu'elle l'aurait laissée choisir le métier qu'elle souhaitait. Sûrement, Natalia Petrovna voulait devenir ingénieur : sa maman n'a pas eu beaucoup à la pousser. Mais n'est-ce pas, chacun se raconte des histoires sur soi-même, sinon les plaisirs de cette vie seraient limités.) Aussi dès que Natalia lui apprit qu'elle attendait un enfant, Nadia se mit à roucouler, comme seules savent le faire les mères russes.

Rien de comparable avec l'attitude d'Alexeï. Il réagit de manière inattendue, sèche et irritée. Il la gronda de son imprudence. Natalia n'a pas l'habitude de se mettre en colère. Elle tient de sa grand-mère maternelle sa douceur et sa générosité. Mais de son grand-père son entêtement. Elle déclara que cet enfant naîtrait quoi qu'il arrive. Et après, bien sûr, il ne lui était plus possible de changer d'avis.

Le lendemain cependant, Alexeï se radoucit et pria Natalia de lui pardonner. Les jours suivants, il se montra toujours plus soucieux, taciturne et fatigué. Plusieurs fois, elle demanda s'il lui en voulait encore et il fit signe que non. Natalia ne comprenait pas ce qui avait si profondément transformé son mari. Il ne ressemblait plus à l'homme doux, intelligent et compréhensif rencontré sur les quais de la gare de Kazan.

Ses conversations quotidiennes avec sa mère sur l'enfant à naître aidaient Natalia à supporter les soirées où son mari écrivait sans dire un mot et celles, les pires, où il se plantait devant la fenêtre de la cuisine et regardait la nuit descendre. (De plus en plus tard : on s'approchait de la fin du mois de mars.)

Un soir d'avril, elle ouvrit toute grande la fenêtre de la cuisine pour respirer l'odeur des arbres qui repoussaient dans l'arrière-cour. Elle préparait le thé. Alexeï arriva sans qu'elle l'ait entendu. Elle ne le remarqua qu'au bout de quelques instants en découvrant son reflet dans la vitre.

Il lui parla du ton d'autrefois, enthousiaste, chaleureux, amoureux. Pourtant il ne disait que des choses effroyables. Il était atteint d'une maladie du sang incurable. Il allait mourir dans quelques mois. Dans des conditions très déplaisantes et pour moi et pour toi, Natalia. Il ne verrait jamais le bébé qu'elle portait. Inéluctablement, le système arrachait les pères à leurs enfants, comme elle l'avait remarqué. C'était la fatalité.

Natalia écoutait en silence. C'était pire que tout ce qu'elle avait imaginé. Si elle avait parlé, tout le désespoir accumulé dans son cœur se serait déversé en sanglots et en larmes. Alexeï l'encouragea à poursuivre seule le chemin qu'elle avait choisi. Un jour, peut-être proche, le pays s'arracherait à l'obscurité. Elle devait y contribuer.

« Pourquoi, demanda-t-elle enfin, me dis-tu tout cela maintenant ? Nous pourrons encore parler des tas de fois. Et on ne sait jamais, tu guériras peut-être.

— Mon petit ange, répondit-il d'une voix consternée. Tu n'as pas compris ce que je t'ai dit. Il n'y a aucun espoir que je guérisse et maintenant la maladie est entrée dans le stade fatal. Je ne veux pas mourir de cette manière. Mais je ne voudrais pas non plus que tu te trompes sur les raisons de ma disparition. On écrira et on dira beaucoup de sottises, mais tu sauras que tout cela est faux. »

Et voilà, il a pris son thé dans la cuisine en regardant la nuit s'emparer de la cour intérieure. Il a embrassé Natalia sur le front, sur les joues et la bouche et il est sorti, sans emporter les clés de la maison. Il s'est tué dans son laboratoire, au milieu de la nuit, après avoir relu plusieurs rapports sur le fonctionnement défectueux des réacteurs RBMK.

Selon Natalia, s'il avait vécu deux jours de plus, il serait mort d'horreur en apprenant ce qui s'était passé à Tchernobyl. Il avait annoncé une catastrophe, mais personne n'y croyait. Quand son collègue

Legossov se suicida deux ans plus tard, en laissant un témoignage contre l'incurie des responsables de Tchernobyl, quelques-uns évoquèrent la mémoire d'Alexeï Grigorievitch. Il savait ce qui se passerait et s'était suicidé pour dégager sa responsabilité. (À dire vrai, quelques personnes bienveillantes soutinrent aussi que son deuxième mariage était un échec et qu'il ne l'avait pas supporté.) Pour presque tout le monde, sa disparition demeura un mystère.

18

Natalia et Louba remontèrent en silence l'allée boueuse qui les ramenait sur la Leninsky prospekt. Des voitures les éclaboussaient au passage. Il était plus de neuf heures du matin : l'Académie reprenait son activité.

Elles marchèrent, désemparées, sur le trottoir. Elles ne savaient plus où elles allaient. Natalia se reprit la première et proposa de manger quelque chose dans un établissement voisin.

La *stalovaïa* la plus proche n'avait pas encore ouvert. Dans cette ville, avaler un verre de thé (du café, on n'en trouve plus, inutile d'en demander) et manger un petit quelque chose, en dehors des heures où il est communément admis qu'on ait faim et soif, tient du miracle. Bien sûr, on peut toujours glisser quelques kopecks dans la fente d'un distributeur métallique et avaler son gobelet d'eau minérale ou de Pepsi sur le trottoir. Mais l'hiver, quand il fait froid et qu'on se sent malheureux, est-ce un endroit où s'installer ?

Elles échouèrent, comme beaucoup, sur un banc dans un square minuscule. On époussette la neige, comme ça, avec de petites tapes précises et on s'installe, les pieds dans la boue et le derrière sur des planches gelées. Aussitôt assise, Louba se mit à pleurer.

Que faire à présent ? Natalia suggéra d'appeler Volodia à son travail. Peut-être serait-il revenu de la milice et aurait-il des informations à leur communiquer. Mais Volodia n'était pas à son poste de travail.

Louba aurait dû l'accompagner à la milice. Voilà, argumenta Natalia, au moins elle se serait occupé l'esprit. Tourner en rond comme ça, c'était très mauvais. Mais Louba avait une nouvelle idée. Natalia Petrovna avait des tas d'amis au gouvernement russe. Inutile de déranger les autorités soviétiques : elles ne remueraient pas le petit doigt pour les aider. Mais Natalia, tes amis, c'est différent. Eux, ne pourront pas nous renvoyer comme des malpropres.

« Et alors, demanda Natalia, la milice dépend du M.V.D. et le M.V.D. dépend du gouvernement central. Tu t'imagines qu'un ministre russe peut appeler le ministre de l'Intérieur d'U.R.S.S. et lui demander de s'occuper de ton affaire ? Autrefois peut-être, mais ce nouveau-là, ce Letton guébiste, je ne connais personne qui acceptera de lui demander une faveur.

— Oh, dit Louba, tu disais déjà ça pour le président de l'Académie des Sciences.

— Oui. Et j'avais raison. On n'a même pas pu l'approcher.

— À cause du Congrès, sinon on l'aurait vu et il aurait téléphoné.

— Justement, aujourd'hui ils seront tous au Congrès. Tous les gens que je connais sont au Congrès ces jours-ci.

— Essayons, Natalia, supplia Louba. S'il te plaît, essayons seulement. »

Il était clair que Louba voulait s'étourdir en faisant quelque chose, même d'inutile. Ou peut-être cherchait-elle à fuir sa mauvaise conscience. Quand elle aurait tout essayé, elle aurait l'âme plus tranquille.

Natalia juge cette réaction typiquement russe. Ce qui compte ce n'est pas d'obtenir des résultats. Ça, tout le monde s'en fiche. Mais il est inconcevable de ne pas tenter, fût-ce par la corruption, de convaincre une personne bien placée, même étrangère à la bureaucratie, d'intervenir pour vous. Pire, on vous prend pour un crétin. L'autoritarisme a survécu au travers de ces réseaux de relations personnelles constitués à tous les niveaux.

Mais comment s'en sortir ? Louba avait raison, sitôt installés, tous les nouveaux dirigeants, ceux de Russie, de Moscou et de Leningrad, ne purent faire autrement que soutenir les demandes de leurs amis, ou téléphoner pour plaider le dossier d'inconnus qu'on leur recommandait. Impossible de rester à l'écart du système. Voilà pour les naïfs, ceux qui sortaient de leurs instituts de recherche et se sont retrouvés du jour au lendemain à la tête de grandes organisations administratives. Mais les autres, ceux qui avaient quitté avec fracas le Parti et feint de rejeter le système, savaient comment il marchait.

Natalia n'est jamais entrée dans ce jeu. Elle ne demande rien à personne et refuse d'intervenir sauf dans le cadre de son travail. Faire pression pour avoir des crédits, du matériel, de bons ouvriers, ça, bien sûr. Comment vivrait-on sinon ? Impossible de compter sur les rouages de planification : ils oublient tous ceux qui restent silencieux. Ou alors, tiens, une misère qu'on vous donne à chaque budget et c'est à ce moment-là qu'il faut tricher, détourner le matériel destiné aux autres. À présent qu'elle travaille dans le secteur privé, quoique pour le compte du Mossoviet, chaque kopeck est une lutte au couteau. Personne n'a plus d'argent. D'ailleurs il serait plus utile de mendier quelques dollars, que de pleurnicher pour des centaines de milliers de roubles.

Les réticences de Natalia cédèrent à une nouvelle crise de larmes de Louba. Elles se mirent en route pour la Maison-Blanche de Russie, au bord de l'une des boucles de la Moskova. Louba, de nouveau, s'était métamorphosée. Une petite injection d'espoir, s'il vous plaît, et elle se détendait.

19

En sortant du métro, elles gagnèrent l'esplanade qui domine le fleuve. Elles contournèrent la Maison-Blanche, qu'on appelait ainsi depuis que Boris Eltsine s'y était installé. Édifiée en marbre blanc et en verre, elle tranche sur la grisaille des bâtiments construits après la dernière guerre. Natalia ne se souvenait plus où se trouvait l'entrée qu'elle cherchait : il y en avait tellement !

Il fallut négocier une nouvelle fois. Elles n'avaient pas de rendez-vous. Impossible de les laisser entrer. Le milicien accepta cependant que Natalia se serve de son téléphone et appelle la secrétaire de Mikhaïl Alexandrovitch. Mais bien sûr, dit celle-ci d'une voix sucrée au garde, laissez-les passer. Notre président connaît très bien Natalia Petrovna.

Qu'on ne se méprenne pas. Ce « président » n'était ni celui du Soviet suprême de la République de Russie, Boris Nikolaïevitch Eltsine, ni celui du Conseil des ministres, Ivan Stepanovitch Silaev, mais seulement le président du Conseil suprême de l'économie.

Ce mystérieux président, ami de Natalia, avait failli devenir Premier ministre de Russie. Un homme étrange. Physiquement d'abord, impossible de décider s'il est séduisant ou repoussant. Un visage inhabituel dans ce pays, long, acéré, mobile. Tant qu'il ne chausse pas ses énormes lunettes d'écaille, ma foi, vous voteriez pour lui, bien qu'il lui arrive de réduire ses grands yeux à une fente étroite d'où sourd un regard coupant. Mais regardez-le avec ses lunettes, faites-les-lui enlever et vous verrez peut-être la vérité (qui sait ?) : il a une tête de traître ou, du moins, de méchant. Voilà, on peut s'y tromper.

Natalia s'y était trompée, il y a quelques années, avant de rencontrer Alexeï. À cette époque-là, moins bouleversée, le temps du Zastoï, Mikhaïl Alexandrovitch devait avoir l'air moins fatigué, la peau plus fraîche et peut-être ses yeux étaient-ils plus limpides.

Il dirigeait une grande entreprise de matériaux de construction de la région de Moscou.

Les entreprises de ce type ne disposaient alors d'aucune autonomie. Personne ne parlait d'autofinancement avant que le nouveau Secrétaire général ne décide de réformer l'économie. Jusque-là, malgré quelques tentatives de réforme, vite avortées, on avait, en gros, marché de la même manière. Un ministère, depuis Moscou, dirigeait les entreprises de son secteur, de Brest à Vladivostock. Il y avait un plan à remplir, mais personne ne l'exécutait convenablement ; des salaires à payer, mais Moscou fournissait l'argent nécessaire ; des investissements à réaliser, dont personne ne se préoccupait : quand ça se déglinguait trop, on réclamait de nouvelles lignes de fabrication, occidentales si possible. Bref, pas besoin d'un directeur qui sache gérer. On nommait un ingénieur, on le surveillait de loin. Impossible de faire faillite, l'État était là pour renflouer l'entreprise. Inutile de s'occuper de ces choses qui absorbent tant d'énergie et d'argent : les études de marché et la publicité. À quoi bon ? Le consommateur achetait tout ce qu'on lui proposait, détérioré ou non. Il n'avait pas le choix.

La belle vie, quoi ! Les ulcères à l'estomac, les crises cardiaques, il y en avait bien sûr, mais à cause de la nourriture et de l'alcool et non de la vie trépidante et des soucis. Aussi quand on trouvait, au hasard d'une visite, un directeur qui ne ménageait pas sa peine pour que son entreprise marche et qui s'acharnait à faire des bénéfices, on se sentait un peu ému. Ce qui arriva à la toute jeune Natalia Petrovna.

Elle travaillait depuis deux ans lorsqu'on l'emmena visiter l'usine de B*. L'adjoint de Mikhaïl Alexandrovitch les promena d'atelier en atelier et finalement, le directeur lui-même les reçut dans son bureau. On s'assit à la table de conférence, on but du thé en grignotant des chocolats enrobés, comme des papillotes, de papiers multicolores, mais d'une teinte fade avec des dessins un peu vieillots (de ces papiers qui vous donnent le sentiment que le chocolat, à l'intérieur, est lui aussi un peu passé et aura un vague goût de rance). Le directeur fit un exposé auquel on ne prêta pas beaucoup d'attention.

Seule Natalia, fascinée par les ateliers bien tenus, où les ouvriers travaillaient pour de bon et avec entrain, prit des notes sur son calepin. Déjà en ce temps-là — elle n'avait pas plus de vingt-cinq ans — les hommes ne la remarquaient pas du premier coup. Elle ressemblait à une écolière, mais sans l'effronterie des jeunes filles. Cependant elle était la seule femme du groupe, la seule aussi à poser des questions en rafale sur tout ce qu'elle avait vu et entendu. On ne pouvait pas ne pas s'apercevoir de sa présence et, au fil des minutes, de la beauté de son teint blanc et de son front haut, du calme de sa voix dépourvue de coquetterie, de son intelligence. Laissez-lui quelques minutes. Respectez sa réserve. Elle ne tardera pas à crever l'écran et à s'imposer.

Elle plut à Mikhaïl Alexandrovitch. Il mit tout en œuvre pour la séduire. « Camarade, laissez-moi votre numéro de téléphone, nous pourrions rediscuter ensemble de ces questions qui vous passionnent. » Elle était un peu gourde à cette époque ou, ce qu'elle nie sans grande conviction aujourd'hui, l'énigmatique directeur de l'usine de B* l'attirait. Elle se laissa faire (ou à peu près, comment savoir ?) et le revit assez souvent.

Natalia comprit qu'elle faisait fausse route. Mais elle ne put empêcher Mikhaïl Alexandrovitch de la rencontrer de temps en temps. Elle garda avec lui des relations lointaines mais aimables. Au fur et à mesure qu'on s'avançait dans la perestroïka (encore une histoire de construction qui ne tournait pas très bien), elle s'amusa de découvrir son nom et sa photo dans les journaux. Il avait été l'un des premiers à transformer son combinat en entreprise indépendante, en *konzern*, comme on disait dans l'espoir que cela fasse plus sérieux. Les journalistes étrangers le présentaient comme le nouveau manager soviétique.

Un magazine publié à l'étranger et vendu dans le pays fit même sa couverture de sa photo en imperméable, qui passait presque pour un Burberry.

Pourtant, plus montait son étoile dans le ciel, soviétique d'abord, puis russe lorsqu'il se rangea du côté d'Eltsine, plus Natalia pressentait que sa véritable nature se révélerait au grand jour. Il défendait des idées nouvelles, et sans doute y adhérait-il, mais avec esprit de dogme, intolérance et hystérie. Difficile d'agir autrement dans ce pays, à cette époque. Mais après avoir vécu avec Alexeï, Natalia savait qu'il était aussi important de se débarrasser des anciennes méthodes que des idées qu'elles avaient servi.

Cependant elle ne pouvait se défendre d'une certaine tendresse pour Mikhaïl Alexandrovitch. Elle suivait sa course au firmament avec un mélange d'angoisse et de ravissement. Il présenta un superbe programme de gouvernement, comme on n'en entendait jamais dans ce pays. (D'abord on ne vous dit jamais ce qui vous attend, ou alors c'est pour y renoncer immédiatement. Ensuite cela tient généralement dans un charabia incompréhensible ou dans quelques clichés de la langue de bois.) Natalia ne crut pas une minute qu'il avait pu le concevoir lui-même : 500 jours de remise en ordre de l'économie. Tous les jeunes gens empressés, qu'elle avait rencontrés auprès de lui, quand elle allait le voir rue Kalinine, au moment de sa campagne, étaient sans doute plus doués qu'il ne semblait.

Finalement, non seulement Mikhaïl Alexandrovitch ne fut pas choisi comme Premier ministre, mais le bruit courut qu'il aurait emprunté son programme à un jeune économiste sans l'en prévenir. De mauvaises rumeurs entourèrent l'ami de Natalia. Elle ne doutait pas qu'elles ne soient justes ou inspirées de la vérité. Cependant, elle téléphona plusieurs fois pour lui remonter le moral. Finalement, Boris Nikolaïevitch le chargea du Conseil supérieur de l'économie. Elle venait le voir de temps en temps dans son grand bureau du bâtiment de Russie.

C'était l'une des rares personnes à s'intéresser vraiment à ses problèmes. Il avait gardé pour elle des sentiments de bienveillance et d'amitié (par exemple il était venu à l'enterrement d'Alexeï) et se préoccupait régulièrement de son existence. Homme intelligent et dynamique, pile électrique qui ne se vidait jamais, son entrain et ses convictions réconfortaient Natalia comme au jour de leur rencontre.

20

« Ah, Natalia Petrovna, s'exclama la secrétaire, entrez, entrez. » Elle était installée devant son bureau bien net et, les coudes posés sur sa table, regardait la télévision. De temps en temps, le téléphone sonnait. Elle répondait d'un ton distrait sans quitter des yeux le poste. Elle n'avait pas mis le programme qui retransmettait les débats au Congrès, mais suivait — peut-être sur la récente chaîne commerciale, entre un clip de rock et une publicité pour une entreprise coopérative — un film, ou un feuilleton historique. L'intrigue, politique et sentimentale, se déroulait à Saint-Pétersbourg du temps de la tsarine Élisabeth. Sans doute était-ce captivant puisque la secrétaire leur fit signe de s'asseoir en face du poste.

Immédiatement, Louba s'absorba dans l'histoire. Elle eut bientôt le même air, un peu absent, que la secrétaire. Natalia regarda un moment, mais assez vite demanda quand Mikhaïl Alexandrovitch les recevrait.

« Oh ! Il n'est pas là pour le moment, expliqua la secrétaire. Il est au Congrès ce matin. » Comme Natalia se levait et risquait de lui gâcher davantage encore cette passionnante émission, elle ajouta qu'il téléphonerait bientôt. C'était convenu. Que Natalia

Petrovna lui parle directement : elle saurait tout de suite quand ils pourraient se voir.

Natalia se rassit, légèrement irritée, mais Louba posa la main sur son bras et murmura : « Laisse. Nous allons attendre. On est très bien ici. »

Il fallut attendre plus d'une heure avant que le téléphone ne sonne. Le film était terminé depuis plusieurs minutes. Louba et la secrétaire en discutaient en préparant du thé. Louba se faisait raconter le début de l'histoire pour être certaine d'avoir bien tout compris.

La secrétaire répondit d'une voix dolente, comme si regarder la télévision l'avait épuisée. Ah ! C'est vous Mikhaïl Alexandrovitch, comme vous appelez tard et quand allez-vous revenir, il y a des papiers à signer sur votre bureau et quelqu'un qui vous attend. Oh, non, je ne peux pas lui dire ça. Tout de même, c'est Natalia Petrovna qui demande à vous voir. Ah, je vous la passe tout de suite.

« Natalia, chuchota la voix, je suis désolé. Je ne peux pas venir maintenant. Il se passe des choses terribles ici. » Sa voix enfla soudain, selon son habitude — elle passait d'une tonalité presque éteinte à un registre très élevé. « Des choses terribles. Chevardnadzé a donné sa démission.

— Sa démission ? » demanda Natalia. Son cœur battit plus vite. Depuis le début de la matinée elle avait oublié toutes ses préoccupations habituelles. « Mais pourquoi a-t-il démissionné ? »

Qui avait démissionné ? demandèrent Louba et la secrétaire. Est-ce que Gorbatchev avait démissionné ? (Natalia était tellement émue !) Mais elle fit non de la tête et les deux autres retournèrent à leur thé. Natalia manqua le début de la réponse de Mikhaïl Alexandrovitch. Elle saisit seulement les derniers mots : « le pays va à la dictature ».

Est-ce que c'est vrai ? demanda-t-elle. Mais lui, ne comprenant pas, confirma : « Mais oui, c'est ce qu'il a dit. Il démissionne parce qu'il est contre la dictature. Je ne peux pas partir, Natalia. Je suis sorti un moment pour téléphoner. Je n'aurais jamais pensé voir cela. Il était livide. Et son discours ! Nous sommes tous très retournés. »

Elle raccrocha. Il la rappellerait plus tard. Pas avant demain sans doute, ou après-demain. Louba, de nouveau, avait les larmes aux yeux. Pourquoi, Natalia, n'as-tu pas demandé qui voir, à qui demander conseil, à qui téléphoner ? Il te l'aurait dit. Demain ou après-demain, jamais elle ne tiendra jusque-là. Jamais.

Natalia ouvrit les paumes dans un geste de désarroi. Elle avait, elle aussi, envie de pleurer. Comment as-tu pu oublier, sanglotait Louba, comment oublier ?

Allons. Buvons une tasse de thé. Tout ira bien, suggéra la secrétaire. C'était une gentille femme. Elle consola Louba en l'interrogeant. Pour elle, pas de problème : elle laisserait un mot sur le bureau de Mikhaïl Alexandrovitch. Sûrement il repassera ce soir, même dans la nuit. Et il appellera la milice, c'est sûr. À n'importe quelle heure. Après tout ils travaillent nuit et jour n'est-ce pas ? Quelle importance, appeler maintenant ou plus tard ? Pour eux, c'est pareil. Et même, sûrement, la nuit, il y a moins de passage. C'est plus calme. Ils écouteront mieux. Tout ira bien.

Natalia suivait les roucoulades. La secrétaire avait changé de voix. Son timbre s'était adouci, les inflexions perdaient de l'amplitude. Une berceuse, tendre et apaisante.

21

En sortant du bâtiment, elles descendirent vers la Moskova. Natalia suivait Louba qui ignorait où elle allait. Elles traversèrent la rue et se retrouvèrent sur le quai, en face de l'hôtel *Ukraine*.

Il ne faisait pas très froid. C'était un jour de redoux. La neige fondait et se tachait de boue. Sur le fleuve, la mince couche de glace qui s'était formée le long des berges se fissurait. Comme si souvent l'hiver, la lumière était presque inexistante. À quel miracle tenait la clarté du jour ? Dans cette ambiance terne, l'eau prenait une couleur métallique peu engageante.

Louba regarda par-dessus le parapet. Crois-tu qu'elle pourrait se trouver ici ? La voyante avait parlé d'un endroit humide. Y a-t-il quelque chose de plus humide ? Elle examinait la surface de l'eau comme si elle s'attendait à y voir surgir tout à coup le visage de sa petite fille. Natalia regarda aussi. En insistant un peu, on voyait effectivement dériver le corps de l'adolescente, dans son jean et son blouson occidentaux.

Arrête, cria Natalia. Il ne faut pas éveiller ces pensées. C'est dangereux. Au fond d'elle-même, Natalia ne peut se défendre d'une certaine superstition. Elle est comme tout le monde : jamais elle ne mène une conversation sur le seuil d'une porte. Jamais non plus, elle ne part en voyage sans s'asseoir quelques instants, le temps d'une prière (autrefois Marina, sa petite grand-mère la disait véritablement). Arrête, arrête. Elle secoua Louba pour l'arracher à l'envoûtement. Mais elle aussi voyait encore flotter le visage enfantin de Sveta devant ses yeux. L'image en était si précise qu'elle s'inquiéta de la pâleur inhabituelle de la jeune fille. Elle frissonna, étourdie par la vision.

Marchons, marchons. Mais où aller dans ce quartier sinistre ? Elles longeaient la Moskova, mais aucune n'osait plus y jeter le moindre coup d'œil. Devant elles s'élevaient les bâtiments de béton gris sombre de l'*International*. La société américaine chargée de sa construction avait respecté les normes du pays. Rien dans ces trois immeubles n'était attirant. La couleur, triste et sale. Les abords, peu soignés ou d'un mauvais goût criard (la statue de Mercure, ridicule, érigée devant la partie de l'édifice dévolue aux salles de conférences et aux bureaux de représentation des sociétés occidentales).

Natalia ne comprenait pas que les touristes ou les hommes d'affaires de l'Ouest préfèrent cet endroit rébarbatif, d'un luxe clinquant, mais en réalité inexistant, aux vieux hôtels de Moscou : le *National*, le *Sovietskaïa ou* encore l'*Ukraine*, dont la cathédrale stalinienne, couronnée à présent d'une antenne parabolique, s'élevait sur la rive d'en face.

Dès le premier coup d'œil, l'*International* se révélait un repaire de crapules, d'escrocs et de leur cortège habituel. Natalia y était entrée une ou deux fois. À chaque reprise, elle avait battu en retraite, écœurée. Ce monde ténébreux, artificiel et corrompu, produit direct du régime, n'était pas le sien. Elle ne supportait pas non plus le spectacle des hommes d'affaires occidentaux en chaleur, à la recherche des faciles jeunes filles qui ravivaient le décor de leurs cheveux blonds, leurs pulls bleu électrique et les couleurs pourpres de leur maquillage.

Pourtant Louba s'y dirigeait. Pataugeant dans la boue, se tordant les chevilles dans les trous qui crevaient le trottoir.

Allons-nous-en de là, suggéra Natalia, quand elles se trouvèrent à la hauteur de l'hôtel. Remontons la rue jusqu'à la station de l'Année 1905. Mais fendant les files de taxis, Louba se faufila jusqu'aux portes vitrées.

Dès cet endroit, on se sent mal à l'aise. Comme toujours dans ces pays du Nord, l'entrée comporte un sas pour protéger le hall de l'air froid. Celui de l'*International* est parfaitement lugubre. Toujours sombre et sale, il est en permanence occupé par une foule disparate. Celle des chauffeurs de taxi tout d'abord, en quête d'une proie payant ses courses en devises, ou, à tout le moins, en paquets de cigarettes ou en échantillons de parfums de luxe. On y trouve aussi, mélangée à la première catégorie, celle des petits trafiquants. Enfin tous ceux et celles qui attendent l'étranger qui leur a donné rendez-vous pour franchir la frontière qui les sépare encore de l'hôtel.

Car au-delà du sas, il faut encore passer une porte et affronter dans un réduit, obscur également, bien que ses parois soient en verre, les gardiens de l'hôtel qui filtrent les entrées. Une dernière porte avant d'accéder à l'immense hall de marbre, un condensé de mauvais goût qui donnerait envie de rebrousser chemin à la personne la plus indifférente à l'esthétique.

22

D'un pas hardi, Louba traversa le sas et poussa la porte. Aussitôt un homme d'un certain âge, l'air peu aimable, lui barra le chemin. D'un coup d'œil, il avait jugé les deux femmes. Elles étaient soviétiques et devaient justifier leur présence.

Après une longue, très longue période où l'on avait gardé les hôtels pour étrangers afin d'empêcher les contacts entre eux et les autochtones, la surveillance s'était relâchée. Pourtant le développement de la prostitution et des trafics en tout genre ne tarda pas à ramener les gardes-chiourme à leurs postes, au milieu des courants d'air (fait qui les mettait toujours de mauvaise humeur et ajoutait à leurs manières déjà peu amènes une agressivité qui les rendait intimidants).

« Où allez-vous camarade ? » demanda celui-ci. Il les poussa dans un coin. Qu'elles dégagent le chemin, allons. Tout un appareil de Japonais (ou de Coréens) déboulait, qu'on n'allait pas contrôler. Il laissa encore passer deux femmes parfumées en manteaux et toques de fourrure qui ne pouvaient avoir été achetés à Moscou. Après quoi, il les fusilla du regard. Elles se rencognèrent encore. Leur inquiétude rassura le gardien. Les prostituées prenaient de grands airs offensés et l'injuriaient violemment. « Où allez-vous ? » répéta-t-il, plus gentiment cette fois.

Louba, les larmes aux yeux, se lança dans un véritable discours. Elle était une mère, camarade. Sa fille avait disparu depuis plusieurs jours. C'est déjà arrivé. Je sais ce qu'elle fait. Elle fréquente des hôtels comme celui-ci. Peut-être l'avez-vous déjà laissée passer. L'homme prit un air offusqué. Comme tout le monde, il fermait les yeux certaines fois. Il suffisait de lui graisser la patte. Mais attention, pas systématiquement et sûrement pas lorsqu'il s'agissait d'une gamine. Louba haussa les épaules. Lui ou un autre. Elle n'accusait personne.

« Qu'est-ce que vous venez faire ici ? Vous ne comptez pas ouvrir toutes les chambres et regarder sous et sur les lits. Il faut aller à la milice, camarade. » Il martela : À. — LA-MI-LI-CE, et reprit son air supérieur. « Est-ce que vous l'avez fait ? Oui, alors pas de problème. On la retrouvera. Et si la milice vient ici pour fouiller. Croyez-moi, je la laisserai passer. »

Natalia manqua soupirer. Allons-nous-en, Louba. Pourquoi serait-elle ici plus qu'ailleurs ? Le gardien la soutint : pourquoi ici plus qu'ailleurs ?

Louba prit un air grave. Elle allait sangloter. À cause de la piscine, s'exclama-t-elle. Le gardien leva un regard interloqué et peiné sur Natalia. Son amie était vraiment dérangée. Natalia expliqua qu'une voyante lui avait annoncé que sa fille était morte et que le cadavre se trouvait dans un endroit humide.

Le type pâlit. Une voyante, c'était tout de suite sérieux. Il argumenta un moment. Tout de même, si elle était dans la piscine, on l'aurait trouvée. Ça se saurait. Mais il était troublé. Il ne pouvait s'empêcher d'imaginer un corps, au fond de la piscine. Finalement, il confia la surveillance à son adjoint, un vieillard manifestement incapable de quitter la chaise sur laquelle il s'était installé en prenant son service. Il était plongé dans la lecture des *Izvestia*. Rentrerait qui voudrait !

Le gardien les emmena dans une pièce par-derrière qui servait de salle de repos et de vestiaire au personnel. Il brancha une bouilloire et convoqua l'un de ses collègues du centre sportif. Un certain Sacha, qui promit de rappliquer sans traîner. Le gardien — un brave type finalement — leur fit une tasse de café (il semblait avoir des provisions de produits déficitaires, car il sortit aussi un paquet de sucre, des bonbons, des chocolats et de jolis biscuits craquants).

Quand Sacha surgit — un petit homme au visage rond et aux cheveux noirs qui travaillait à la piscine et aux saunas, expliqua-t-il — ils burent et mangèrent tous les quatre. C'était l'heure du déjeuner, n'est-ce pas ? Et on ne refuse ni à boire, ni à manger, c'est offensant.

Sacha fut catégorique. Il n'y avait, bien entendu, pas de cadavre ni dans la piscine, ni dans les saunas. En outre, il n'avait jamais vu Sveta. Il rendit sa photo à Louba. C'était une vieille photo, de trois ans au moins. Sveta y portait des nattes. Elle souriait d'un air mutin. Qui ne l'aurait vue que sous son déguisement de femme fatale n'aurait pu l'y reconnaître.

Mais pourquoi, demanda Sacha, se fixer sur cette piscine ? Des endroits humides, Moscou en recelait beaucoup. Et même ici, à l'hôtel ? Pourquoi pas une salle de bains ?

Louba se sentait mieux. Le café l'avait ragaillardie. Les deux hommes se révélaient particulièrement compatissants. Elle se reprenait à espérer que tout s'arrangerait. Elle éprouvait le sentiment que, comme Natalia et les deux hommes assis en face d'elle, elle n'était qu'un personnage extérieur à cette histoire.

Aussi raconta-t-elle sans frémir les épouvantables rumeurs qu'on avait rapportées à son mari, Volodia, sur les pratiques que cachaient certains bains de la ville et surtout les saunas de l'hôtel *International*.

La nuit, après la fermeture officielle du centre sportif, se présentaient des clients mystérieux, hommes et femmes somptueusement vêtus. Ils s'installaient dans l'un des saunas de luxe et y enlevaient leurs beaux habits. Sans tarder, ils se mettaient à jouer. Les hommes sortaient des paquets de cartes ou des dés. Nus, ils jouaient jusqu'à une heure avancée dans la chaleur sèche des saunas. Quand ils avaient trop chaud, ils plongeaient dans la piscine et regagnaient vite leur place. Leur passion exclusive était le jeu.

Pour l'exciter, ils misaient de grosses sommes : des milliers de roubles et parfois des dollars ou des marks. Jamais ils n'apportaient d'argent avec eux. Dans leurs poches, une dizaine de roubles à peine, de quoi payer le taxi qui les ramènerait chez eux, à l'aube. Ils affrontèrent plusieurs fois des descentes de police. Mais on ne pouvait rien contre eux, si ce n'est qu'ils se trouvaient encore dans un établissement fermé au public depuis de longues heures. Ils jouaient aux cartes, mais comme ça, pour le plaisir. Jouer de l'argent, camarade milicien, pour qui nous prenez-vous ? Nous sommes d'honnêtes socialistes. Nous méprisons le monde corrompu du capitalisme, ses casinos et ses lupanars.

On leur dressait une contravention. Sur-le-champ, ils payaient leur amende en réunissant leurs billets de dix roubles. Lorsque les miliciens étaient peu nombreux, ils s'en contentaient ; ils déchiraient la contravention sitôt les joueurs disparus. Les clients nocturnes s'évanouissaient pour plusieurs mois. Ils connaissaient d'autres endroits. Mais toujours ils revenaient. C'étaient des joueurs et l'éventualité d'une descente de miliciens donnait du piment au jeu. Viendraient-ils ? Et comment réagiraient-ils ? Ils aimaient cette incertitude. Ils ne vivaient que d'elle.

Mais bien sûr, il fallait payer l'argent perdu. Les règlements se passaient ailleurs. Il arrivait aussi qu'à force de jouer, ils aient tout perdu. Venait le moment le plus terrible, celui où ils se jouaient eux-mêmes. Ils disaient c'est fini, je n'ai plus rien. Je joue ma vie. Et s'ils perdaient la dernière partie, ils mouraient infailliblement. On retrouvait leurs corps dans une banlieue écartée. Ils portaient tous le même signe, celui de la malchance, une longue ligne rouge d'une oreille à l'autre, tracée d'une main sûre.

« Ah, s'écria Sacha, je ne sais pas qui vous a raconté ces histoires. Je peux vous assurer qu'il ne se passe rien de tel ici. Ce sont des inventions décadentes. » Il se leva brutalement, assez maladroitement pour un homme d'allure si souple. Le gardien le reconduisit. Louba et Natalia en profitèrent pour échanger un long regard. Chacune savait ce que l'autre pensait. Toute l'attitude de Sacha confirmait les rumeurs. Louba frissonna.

Le gardien revint, un peu moins empressé que tout à l'heure. Il débarrassa les tasses d'un geste vif. C'était fini. Elles se levèrent et remirent leur manteau et leur bonnet.

« Vous n'avez pas de radio ? demanda Natalia.

— Elle est cassée, répondit-il. Pourquoi ? Est-ce qu'il se passe quelque chose de particulier ?

— Voilà, notre ministre des Affaires étrangères a démissionné tout à l'heure.

— Chevardnadzé ? Tant mieux ! Ce sale Géorgien ! Bon débarras ! Vous avez vu ce qu'il a fait à notre armée ? Et les pays de l'Est qui nous ont lâchés ! Tout ça c'est de sa faute. Et tous ces sourires aux Américains ! Où est-ce qu'on va ? Tiens, en voilà une bonne nouvelle ! Merci, camarade, je ne regrette pas de vous avoir offert une tasse de café. »

Et ce disant, il les expédia dans le sas obscur. La masse fumante et rouspéteuse des chauffeurs de taxi les absorba.

23

Dehors la lumière avait encore diminué. Pourtant, comme elles remontaient la rue vers la station de métro, soudain, un morceau de ciel bleu s'insinua entre deux blocs compacts et sombres de nuages. Des filets de lumière en tombèrent. Pendant les quelques minutes que dura ce miracle, le décor misérable et oppressant de la rue de l'Année 1905 leur parut presque radieux. Il fallait si peu de choses pour améliorer sensiblement cet univers sordide. Mais les nuages dévorèrent le bleu du ciel et la mince lumière qui en avait filtré. L'espoir, une fois de plus, les abandonna.

Elles se concertèrent. Que faire à présent ?

« Je n'ai pas le courage de rentrer chez moi, déclara Louba. Je vais être toute seule. Dans une heure il fera nuit. Je vais devenir folle à attendre comme ça. »

N'a-t-elle pas une amie, songea Natalia, qui la prendrait en charge jusqu'au retour de Volodia ? Mais Louba considérait que Natalia devait s'occuper d'elle. Que Natalia l'abandonne et elle s'effondrerait, se briserait, se dissoudrait sur-le-champ. Natalia lui envoya une bourrade. Louba se briser ? Elle était dure comme de l'acier ! Elles rirent toutes les deux.

Où allons-nous ? demanda Louba. Elle voulait dire : que faisons-nous pour retrouver Sveta ? Mais Natalia devait aller au Mossoviet. Elle y avait un rendez-vous à quatre heures.

« Un nouveau chantier ? » interrogea Louba pour la forme. Elle s'en moquait complètement. Avoir ou non du travail dans six mois (le temps qu'il faudrait pour achever celui en cours) lui était bien égal aujourd'hui. Dans six mois ? Que valait-il mieux : être maintenant, dans l'incertitude et l'angoisse, ou dans six mois ? Est-ce que ce ne serait pas plus affreux dans six mois ?

Oui, répondit Natalia, cela ne fait pas de doute ce sera plus affreux. Louba la regarda, affolée. Avait-elle renoncé à tout espoir de retrouver Sveta vivante ? Mais Natalia ne pensait plus à Sveta. Elle réfléchissait à la démission du ministre des Affaires étrangères.

« Mais qu'est-ce que ça peut faire ? demanda

Louba. Lui ou un autre. Est-ce que ça changera notre vie quotidienne ? Et c'est à cause de lui qu'il y a tant d'étrangers à Moscou, maintenant. Autrefois nos filles ne risquaient rien.

— Autrefois, on vivait mieux, lança Natalia. On croirait ma mère ! Ne pouvez-vous pas vous sortir cette idée de la tête ? Ne peux-tu pas imaginer qu'il y ait une autre alternative que celle de l'ordre et du désordre ?

— Laquelle ? Pour les autres pays, peut-être. Mais pour nous, tu vois bien que c'est impossible. Toi aussi tu devras choisir entre les deux. C'est la fatalité.

— Je ne crois pas à la fatalité », dit Natalia. Puis se ravisant, elle ajouta : « le moins possible.

— Est-ce que tu as entendu dire, demanda Louba toujours pragmatique, qu'ils allaient retirer les coupures de 50 et 100 roubles ?

— Non. Tous les ministres répètent qu'il n'y aura pas de réforme monétaire.

— Oui, mais est-ce que tu les crois ? Certainement pas. C'est sûr, ils ont compris qu'il ne fallait pas nous laisser le temps de nous retourner.

— Qui est-ce qui t'a dit ça ?

— Volodia. Un ami, bien renseigné l'a informé. Volodia dit qu'il ne se trompe jamais. Il est en train d'écouler tous nos gros billets. »

Natalia garda pour elle ses réflexions désagréables. Volodia savait trop de choses pour être parfaitement honnête. Mais ça, c'était une réflexion de secrétaire du Parti dans une cellule d'entreprise. Pour survivre ici, l'honnêteté ne sert à rien. Tout le monde le sait. La conscience « pure comme du cristal » relève des inventions romanesques. Tout le monde est compromis, tout le monde est complice. Seuls les hypocrites refusent de le reconnaître.

Louba est une gentille fille. Ses informations, on n'en fait pas profiter tout le monde. Mais Natalia ne changera pas un sou. Sa mère et elle n'ont pas beaucoup d'économies. Tout ou presque est à la Caisse d'épargne. Cependant, comme toute personne vivant dans ce pays, Nadia se nourrit de contradictions. Elle a beau croire dans la perfection des institutions communistes, elle n'a jamais eu confiance dans les banques de son pays. N'est-ce pas, les banques sont des institutions capitalistes, une dérive malheureuse avec laquelle les autorités communistes ont dû provisoirement composer. Elle garde l'essentiel de son pactole caché à la maison, imitant sa mère pour une fois. Comme toute babouchka qui se respecte, Marina avait mis de côté l'argent de ses funérailles. Natalia soupçonne que, depuis sa retraite, sa mère amasse elle aussi un trésor pour payer son enterrement.

« Écoute, dit Louba, arrêtons une voiture. Il est tard. Jamais tu ne seras à l'heure si nous prenons le métro. »

À peine eut-elle agité la main qu'une Volga noire s'arrêta et proposa de les transporter. On s'entendit sur le prix et la voiture emmena les deux femmes.

Leur conducteur ne pilotait ni un taxi, ni sa voiture personnelle. C'était le chauffeur d'un des innombrables ministères soviétiques qu'on avait autorisés deux ans plus tôt à transporter des passagers dans les voitures officielles en dehors des heures de service. L'argent devait, dans l'esprit des auteurs de cette décision originale, revenir pour sa majorité aux administrations (c'était l'époque où le déficit budgétaire devenait impossible à dissimuler). Bien entendu, non seulement les chauffeurs gardèrent l'essentiel de leurs gains pour eux, mais encore se transformèrent en taxi à temps plein. Il suffisait de s'arranger entre soi. Surtout lorsqu'on ramassait un étranger disposé à vous payer à la journée pendant une semaine. C'était un système très ingénieux. Aucun frais (la voiture était entretenue par le garage du ministère et l'essence achetée par lui) ou presque (on filait un pourcentage au garagiste et aux collègues pour éviter que des personnes mal intentionnées ne viennent regarder de trop près à quoi on occupait ses journées).

Natalia arriva en retard. Le chauffeur eut beau emprunter des raccourcis compliqués pour rejoindre la grande ligne de la rue de Tver, il ne put éviter que sa course ne fût ralentie par d'autres véhicules.

Il maugréait et se plaignait de l'afflux, chaque année plus important, de nouveaux véhicules. Il regrettait le temps de son enfance, déjà éloignée, où ne roulaient que des voitures officielles. D'accord c'était un progrès d'avoir une voiture à soi. L'été, surtout pour aller à la datcha. Bien plus commode que l'*elektritcheskaïa*. Surtout qu'on partait chargés (impossible de trouver du saucisson à la campagne, par exemple, ou encore, on emportait un vieux meuble de cuisine, un ancien réfrigérateur) et qu'on revenait encore plus chargés (les kilos de champignons, de fruits des bois, de pommes et de pommes de terre, sans oublier les pots de confiture, toutes ces provisions avec lesquelles on passerait l'hiver). Lui, par exemple, avait une Jigouli depuis trois ans. Ça d'accord. Rien à dire. Tu travailles. On te paie et tu économises sou par sou, dix ans de suite, pour t'offrir une voiture. Mais il ne digérait pas que tant de citoyens soviétiques roulent maintenant en automobiles occidentales. Chaque fois qu'il repérait une Mercedes, une Toyota ou une Peugeot avec une plaque d'immatriculation soviétique, il frappait un grand coup sur son volant. Encore une !

Louba aurait rêvé d'avoir une voiture étrangère. Elle aimait les voir circuler dans les rues de Moscou, avec leurs jolies couleurs et leurs carrosseries chic. Elle demanda au conducteur ce qui lui déplaisait tant dans ces voitures. Ah, mais rien du tout ! Il n'avait rien contre ces voitures. S'il avait pu en acheter une, il l'aurait fait.

Non, ce qui l'énervait, c'était l'inégalité. Pourquoi tout à coup tout le monde n'était plus logé à la même enseigne ? Pourquoi les uns avaient de l'argent et pas les autres ? Mais la réponse, pas besoin de la lui souffler. Il la connaissait. C'était ces salauds de coopérateurs qui s'engraissaient sur le dos du peuple.

« Mais enfin, plaida Louba en bonne salariée d'une coopérative, avant c'était pareil. Toi, par exemple, tu transportais en voiture des ministres et leurs familles pendant que le reste de la population allait à pied ou en métro.

— Ah non, je ne suis pas d'accord, argumenta le conducteur. Pas du tout. C'est vrai, il y avait des privilégiés. C'est inévitable. Et ils gagnaient leurs privilèges en travaillant pour le peuple ou en faisant semblant (dans le fond de lui-même il n'avait pas beaucoup d'illusions). Mais les voitures qu'ils utilisaient ne leur appartenaient pas. Un revers dans leur carrière, une petite réflexion de quelqu'un du Parti et hop, ils se retrouvaient sans voiture et sans appartement. C'est ça la justice. Mais ces propriétaires de Mercedes, ils ont un air satisfait. C'est qu'elle leur appartient, la bagnole. »

24

Le chauffeur les déposa au coin de la Tverskaïa et de la petite rue Stankievitch, dont le nom semblait prédestiné depuis qu'au printemps précédent, un jeune homme du même nom était devenu le vice-président du Soviet de Moscou.

Une secrétaire attendait Natalia. La réunion était déjà commencée, annonça-t-elle. On avait réclamé Natalia plusieurs fois. Elle dévisagea Louba et chuchota dans l'oreille de Natalia Petrovna. Non, non répondit celle-ci, elle ne m'accompagne pas à la réunion. Soyez gentille, Irina Pavlovna, emmenez-la dans votre bureau et occupez-vous d'elle. Elle a de gros ennuis en ce moment. Cela suffisait pour stimuler la secrétaire, bien en chair et pas toujours aimable, qui les escortait. Rien de tel que les ennuis des autres pour vous réconforter. Elle cessa de faire la leçon à Natalia à cause de son retard et de l'embarras dans lequel, par sa faute, se trouvaient les participants à la réunion.

Ces reproches étaient d'autant plus excessifs que le jeune vice-président du Mossoviet, qui avait convoqué cette réunion, était absent. Natalia s'en douta avant même d'ouvrir la porte que lui désignait Irina Pavlovna. Ce n'était pas le bureau de Sergueï Borissovitch, mais une salle de réunion ordinaire.

« Je t'attends, souffla Louba. Mais, s'il te plaît, ne m'oublie pas. »

Lorsque Natalia referma la porte derrière elle, Louba sentit avec déchirement le fossé qui les séparait. Natalia pouvait bien la traiter comme une amie et lui consacrer toute une journée, elle n'en demeurait pas moins un chef de chantier, l'un des directeurs adjoints de leur coopérative de construction. Louba ignorait tout du monde des affaires, bien sûr. Si on lui avait expliqué qu'en Europe ou aux États-Unis, les femmes qui ont des responsabilités sont coiffées et habillées avec recherche, qu'elles vont — comme Louba — toutes les semaines chez leur manucure, elle ne l'aurait pas cru. Il ne faisait aucun doute pour elle que l'allure austère et sans afféterie de son amie convainquait les hommes de sa compétence.

Elle n'avait pas tout à fait tort. Ce monde conservateur et archaïque ne se débarrassait pas facilement de ses préjugés contre les femmes. On leur abandonnait toutes les tâches déplaisantes et ingrates pour leur faire croire qu'elles étaient les égales des hommes. Mais jamais on ne leur aurait confié de responsabilités importantes. Il avait fallu beaucoup de temps à Natalia pour convaincre ses collègues de lui confier des chantiers importants.

Le directeur de la coopérative l'avait choisie comme adjointe parce qu'elle avait un diplôme supplémentaire et qu'il voulait se donner des airs modernes. En public, il clamait qu'il était un libéral et un progressiste. Conquérons nos nouvelles libertés ! Son principal argument était son adjoint inattendu, la douce et grave Natalia Petrovna. Un argument en béton : on ne pouvait pas y répondre. Il prenait des airs ravis. Mais chez lui, il se comportait en seigneur. Pas question de faire les courses ou d'aider au ménage.

Il prit un air soulagé lorsque apparut Natalia. Au point de se lever pour la saluer. Mais, elle aurait pu s'en douter, ce n'était qu'une ruse. Il approcha d'elle son haleine forte et souffla : « C'est une catastrophe. Ils ont profité de l'absence de Sergueï Borissovitch pour nous mettre entre les mains des collaborateurs de Lioujkov. L'affaire est fichue. »

Il la saisit par le coude et, affectant une galanterie inaccoutumée, la conduisit à sa chaise, à la droite de la sienne. « Bien sûr, vous connaissez tous Natalia Petrovna. » Bien sûr, ils la connaissaient. Les trois hommes en face hochèrent la tête.

Natalia voyait pour la première fois leurs trois interlocuteurs. Elle ignorait leurs noms. Mais en vérité, elle les connaissait depuis toujours. Elle avait grandi, environnée de ces visages lourds et gras qui dissimulaient des pensées retorses. Dans un moment, elle entendrait leurs voix, aux timbres retenus. Ils tiendraient des discours apaisants, indéchiffrables, sans la quitter des yeux pour lire sur ses traits la gamme de ses réactions. Tous les trois appartenaient à cette race, suscitée par les années innombrables de la terreur. Pendant quelques mois, elle les crut disparus. La liberté les avait terrassés ou, peut-être, avait-elle produit une mutation de leur espèce. Depuis quelques semaines, Natalia comprenait son erreur. Ces grands reptiles, lents et insaisissables, entraînés depuis longtemps à se tapir et à se faire oublier, savaient se fondre dans le paysage. Ils possédaient l'inépuisable faculté d'attendre. S'ils étaient ressortis maintenant, c'est qu'ils ne risquaient plus rien.

Natalia passa un bout de papier à son directeur : « Chevardnadzé a démissionné. Es-tu au courant ? »

Aussitôt, il répondit : « Évidemment. C'est pour ça que Sergueï Borissovitch n'est pas là. »

25

Dans ce lieu d'interminables intrigues qu'est Moscou, l'une des plus noires se tissait dans les couloirs du Mossoviet.

À la fin du printemps 1990, les élections arrachèrent la ville au Parti communiste. Le maire précédent, qui exaspérait les habitants de la ville par son incompétence et son incurie, laissa la place à deux figures de proue, comme on l'écrivait ici, du mouvement démocratique. Deux intellectuels, venus du monde tranquille des instituts et de l'Université. Ni le plus âgé, grisonnant et râblé, qu'on avait élu président, ni le plus jeune, petit, blond et mince, son vice-président, ne savaient comment, en pratique, on gère une ville. Ils faisaient l'apprentissage des luttes politiques.

L'administration de Moscou ne pouvait pas se comparer à celle des grandes villes, Londres, Bruxelles ou Paris, par exemple. Tout Moscou, d'une borne à l'autre, était pour l'essentiel gérée par l'administration municipale. Les maisons, les rues, les magasins, les théâtres, les pissotières, les hôpitaux, les écoles, les entreprises et les restaurants. Certains établissements et leurs annexes — quelques immeubles de logement et un jardin d'enfants — étaient rattachés à un ministère de la République de Russie ou de l'Union. Il fallait aussi soustraire du bilan les édifices du Parti ou des administrations républicaine et fédérale. Mais enfin, vaille que vaille, les trois quarts de l'existence d'un Moscovite dépendaient de la municipalité.

Une fois assimilée, cette idée ne donne pas pour autant une vision claire de la situation. Moscou est gouvernée du fond d'un souterrain par des forces incontrôlables. Autrefois cela ne posait pas de problème : qu'on regardât l'endroit ou l'envers, c'était toujours le Parti communiste. Comme partout d'ailleurs. Pas besoin de penser. Bien commode.

Mais voilà, les nouveaux élus, avec à leur tête le vieux président et son jeune vice-président, prirent possession des lieux sans toucher ou presque à l'organe vital, celui qui faisait marcher Moscou, le comité exécutif de la ville, le Gorispolkom. De manière générale, tout le monde trouva raisonnable qu'on ne s'attaque pas aux hommes qui faisaient tourner les services municipaux. Ils empêcheraient que le métro, les services de nettoyage, le réseau des magasins ne se mettent en grève et ne paralysent l'action des nouveaux dirigeants. Au fond, seuls les Occidentaux qui habitaient Moscou se formalisaient d'entendre le président de ce comité exécutif, Lioujkov, déclarer qu'il était communiste et ne renierait pas ses convictions.

Cet homme-là tirait toutes les ficelles. Il régnait sur un monde de fonctionnaires obscurs, enfermés dans des bureaux sinistres, tombant en ruine et nauséabonds. Leurs peaux maladives et blêmes, leurs regards fuyants donnaient le sentiment qu'à l'aube, ils gagnaient leurs réduits pour ne les quitter qu'à la nuit tombée. Pas question d'aller sur le terrain. Ils convoquaient chacun des employés, encore plus obscurs, qui dépendaient d'eux : ceux qui géraient les magasins vides, les responsables des immeubles dont la peinture s'écaillait et dont les entrées pestilentielles attiraient les rats, les administrateurs de la voirie qui oubliaient de boucher les trous dans la chaussée ou qui s'endormaient sur leurs chasse-neige alors que la circulation était paralysée par les congères et le verglas. Un coup de téléphone et ils rappliquaient. Depuis quelque temps, on les engueulait pour la forme. Mais en réalité tout le monde s'en fichait. À commencer par les fonctionnaires des différents comités relevant du Gorispolkom.

Leur principal sujet d'énervement : les étrangers qui voulaient à toute force les rencontrer et leur proposer des affaires mirobolantes. Pendant les entretiens qu'ils finissaient par leur accorder, ils prenaient un air ennuyé, se faisaient appeler au téléphone, ouvraient parfois un journal ou une revue et lisaient sans écouter leurs interlocuteurs. Ils détestaient aussi les coopérateurs. Bref, tout ce qui pouvait empêcher ces deux plaies de se déverser sur leur ville, ils le mettaient en œuvre.

Ils constituaient une menace pour la coopérative de construction où travaillait Natalia. Son directeur, ami du président du Soviet de Moscou, réussit à lui faire signer un contrat qui leur attribuait un certain nombre de chantiers. Sans faire d'histoires, le président du comité exécutif cosigna l'accord. Pour faire bonne mesure, il conclut un ou deux accords comparables avec d'autres coopératives.

Les temps changeaient et on n'avait pas de raison de mettre en doute sa bonne volonté. Plusieurs sociétés étrangères en profitèrent pour faire avancer leurs projets. Mais au fur et à mesure que passaient les jours, tout s'avérait compliqué. Les sociétés étrangères piétinaient. Elles menaient des dialogues de sourds avec le président du comité exécutif. En désespoir de cause, elles allaient se plaindre au président du Mossoviet, ou plus généralement à son adjoint, Sergueï Borissovitch. Le matin à l'aube ou le soir très tard : il avait tant de rendez-vous et d'obligations dans la journée ! Il écoutait attentivement le délégué de la firme occidentale et, d'une voix glaciale, demandait des explications au représentant du comité exécutif. Il se tournait vers son futur partenaire occidental. Tout était réglé. Que la discussion reprenne. Dans un mois, au plus, on signerait. Fantastique ce type, s'écriaient les Occidentaux, cette fois, ça va marcher. Deux mois plus tard ils se retrouvaient dans son bureau pour rejouer la même scène.

La coopérative de Natalia travaillait simultanément sur deux chantiers, notamment celui, assez important, du quai Nadachievskaïa, dont s'occupait la jeune femme. Mais les contrats suivants n'étaient pas signés. Tantôt leurs interlocuteurs du Mossoviet changeaient les sites proposés, tantôt ils ajoutaient au projet initial des exigences supplémentaires qui imposaient de nouvelles études. Quant aux budgets, ils constituaient une source permanente de querelles.

Depuis un mois le directeur de la coopérative négociait sa participation à un projet de reconstruction d'un ensemble de vieilles maisons derrière la Solianka. Le chantier serait confié à Natalia. Tout paraissait, cette fois, sur le point d'aboutir. Du moins la direction de la coopérative comptait-elle que, ce jour-là, Sergueï Borissovitch donnerait un dernier coup de pouce et qu'elle emporterait l'affaire.

Mais les trois hommes en face d'eux élevaient objection sur objection et critiquaient systématiquement les propositions de l'architecte depuis le début de la réunion. Loin de détendre l'atmosphère, l'apparition de Natalia l'assombrit davantage. Bien sûr, ils se gardèrent d'attaques personnelles, mais sur chacun de leurs propos pesait le sous-entendu que Natalia Petrovna ne possédait pas l'expérience nécessaire.

Elle passa de nouveau un papier à son directeur qui s'entêtait à défendre son projet. « Inutile de discuter avec eux. Soit c'est eux qui décident et c'est perdu. Soit c'est le Mossoviet et mieux vaut attendre encore quelques jours. » Il grimaça en lisant le conseil. Attendre encore ! Il n'avait pas, pour le distraire du souci de son entreprise, la responsabilité d'un chantier, comme Natalia Petrovna. Depuis quinze jours, cette affaire avait pris pour lui des proportions considérables. Il n'en dormait plus, se sentait des palpitations et avait tendance à se remonter, tout au long de la journée, à petits coups d'une vodka achetée au marché noir. Dire qu'il avait un ami bien tranquille dans l'administration — un ministère de tout repos où, en prime, on voyageait régulièrement dans les pays occidentaux — qui la veille lui avait révélé qu'ayant de gros problèmes cardiaques, il aspirait à entrer dans le secteur privé pour vivre au calme ! Ce comité exécutif finirait par avoir sa peau dans cette guerre d'usure.

Après avoir lu le petit mot de Natalia, l'architecte opina du chef. Battons en retraite pour le moment. Le directeur, homme plein de ressources, grâce à sa vieille expérience des entreprises d'État, troussa un petit discours pour expliquer que, pour cette fois, on s'en tiendrait là.

En face, les trois hommes approuvèrent d'un signe de tête. Comme c'était raisonnable. Ne serait-ce pas mieux encore de comprendre qu'ils ne voulaient plus entendre parler de ce projet ? Ils ne le dirent pas, bien sûr, mais on le lisait dans leurs regards dubitatifs. Ils se montrèrent très aimables en prenant congé et tout particulièrement avec Natalia Petrovna. Quel plaisir de travailler avec une femme charmante ! Quel bonheur d'être enfin venu à bout de ces stupides préjugés !

26

Natalia n'accompagna pas le directeur et l'architecte. Depuis longtemps, il faisait nuit dehors. Il était presque six heures. Sur le chemin du bureau de la secrétaire, elle croisait les nombreux fonctionnaires du Mossoviet qui rentraient chez eux. Elle se hâtait à présent parce que, n'étant pas femme à s'en aller en retard, la secrétaire devait commencer à ronchonner une fois de plus contre la désinvolture de Natalia.

De fait, elle la trouva en manteau et s'apprêtant à se glisser dans ses bottes. Louba, dans un coin, d'un regard fixe, parcourait l'obscurité de la petite rue Stankievitch. Au loin, on entendait le bruit de la circulation.

Dans le bureau, deux hommes silencieux attendaient d'être reçus par le supérieur d'Irina Pavlovna. Natalia connaissait l'un d'eux. Elle se montra aimable sans plus. Elle était de mauvaise humeur après la pénible réunion, mais surtout l'homme en face d'elle ne lui revenait qu'à demi.

Elle n'aimait pas son allure et son visage l'inquiétait un peu. Ivan Alexandrovitch était un homme courtois et cultivé, avec peut-être une légère tendance à le faire savoir autour de lui. Son air de conspirateur pouvait s'expliquer tout à la fois par ses malheurs personnels et ses services antérieurs auprès de l'attaché militaire soviétique d'une grande capitale européenne. Qu'il y ait pratiqué l'espionnage, il ne le cachait même pas.

Des problèmes personnels l'avaient réduit à néant. Jeté hors de l'armée, il recommença une carrière dans l'administration municipale. Mais petit à petit, ses mérites furent reconnus. L'ancien maire de la ville le remarqua et l'affecta à son cabinet.

Impossible de changer de situation dans ce pays tortueux sur son seul mérite. Une commission de contrôle du Parti le convoqua et examina ses antécédents à la loupe. Pour des raisons qu'il valait mieux ignorer, les autorités militaires laissèrent filer ce joli petit poisson vers les hauteurs de l'administration municipale. On lui dénicha un fameux poste, l'un des plus agréables : il pouvait voyager presque à sa guise. L'armée avait levé l'interdiction de quitter le territoire dont il était frappé.

L'histoire d'Ivan Alexandrovitch est digne d'un personnage de roman. Mais Natalia n'est pas une romancière. C'est un poète. Il faut lui pardonner d'éprouver si peu de sympathie pour la riche et complexe personnalité d'un héros méconnu de la perestroïka.

Ivan Alexandrovitch n'insista pas et s'éloigna rapidement. Déjà Irina Pavlovna avait filé sans attendre, les mains crispées sur de gros sacs de plastique qui ralentissaient sa marche. À chaque pas, boum, elle donnait un coup de genou dans l'un d'entre eux, le changeait de place et, boum, se recognait le genou dans un autre.

Les deux jeunes femmes s'engagèrent à leur tour dans les escaliers. Tout s'était bien passé, assura Louba. Elle avait négocié un kilo de sel. Elle exhiba fièrement le paquet de cette denrée alors si rare à Moscou. La secrétaire en avait des stocks dans son bureau et cherchait à les écouler. Louba n'avait pas laissé passer une pareille occasion. Elle avait même payé un peu plus que le prix normal.

Pensive, Natalia demanda si, en prime, Irina Pavlovna avait promis de faire appeler la milice par son chef ?

« Ça ne va pas, répondit Louba. Tu penses bien que je n'ai rien raconté à cette femme. D'abord elle m'aurait fait un sermon d'un quart d'heure sur la nécessité d'élever les enfants dans la morale socialiste et sur les erreurs que j'avais commises. Ensuite, elle m'aurait dénoncée à tout le quartier et à la milice.

— Mais puisque la milice est au courant maintenant.

— C'est vrai, je l'avais oublié, soupira Louba.

— Qu'est-ce que tu lui as raconté pour qu'elle te propose du sel ?

— Oh, rien de grave. Que mon mari m'avait plaquée. Elle m'a expliqué pourquoi je n'avais pas su le retenir et ce que je devais faire maintenant. Quelle carne ! Rien n'a changé pour elle et surtout pas son droit à décider de l'existence des autres.

« Une fois qu'elle m'avait bien fait la leçon, elle m'a offert du sel. Incompréhensible non ? »

Louba riait. Natalia se demanda ce qui était le plus incompréhensible : le comportement d'Irina Pavlovna ou celui de Louba, capable d'oublier quelques instants sa fille disparue pour le simple plaisir de rouler une emmerdeuse et d'obtenir un kilo de sel.

Cependant, devant la garde-robe, Louba se laissa tomber sur l'une des banquettes et se mit à pleurer, aussi brutalement qu'elle avait éclaté de rire. La vieille dame du vestiaire la morigéna gentiment. Allons, ma colombe, il ne faut pas pleurer. Il te reviendra. Lui ou un autre. On en retrouve toujours un.

« Non, grand-mère, ce n'est pas un homme qu'elle a perdu. C'est sa fille. » Natalia lui tendait les jetons pour récupérer leurs manteaux. La vieille femme regarda Louba. Son expression ironique céda à la consternation. Elle balbutia, au bord des larmes. Ma petite fille, ça c'est irréparable. Ma pauvre petite fille. Elle tendit les manteaux à Natalia et s'essuya les yeux. Son petit-fils était mort en Afghanistan. C'est irréparable, irréparable, répéta-t-elle encore plusieurs fois, avant de retourner s'asseoir dans un coin du vestiaire, à l'abri des regards.

Sur sa banquette, Louba ne pleurait plus. Elle examinait le hall d'entrée, d'un air méditatif. Comprenant qu'elle était incapable de s'en aller, comme ça dans la nuit, sans prendre le temps de se remettre de son dernier accès de larmes, Natalia se laissa tomber sur la banquette.

Elle se sentait fatiguée après cette journée décevante. Elle n'avait rien fait sinon courir de droite à gauche, comme un animal traqué.

« Il faut que tu rentres chez toi, maintenant, dit-elle à Louba. Je te raccompagne jusqu'au métro. Volodia est sûrement à la maison, maintenant. Avec peut-être de bonnes nouvelles. »

Louba tourna vers elle un regard qui révélait qu'elle n'y croyait plus. Son visage avait vieilli. Ses dernières larmes avaient enlevé ce qui restait encore de son maquillage du matin. Curieusement, ce visage épuisé ressemblait à celui de la petite Sveta, celui de la photo qu'elle conservait dans son sac. D'autant qu'en un instant, il se lissa. Les yeux se remirent à briller.

« Et toi, demanda-t-elle, qu'est-ce que tu vas faire ? Rentrer chez toi ?

— Non, non. Je vais passer sur le chantier vérifier

que tout va bien. Après, il faut encore que j'aille à l'hôpital. Une chance qu'il soit près du chantier.

— Ah, dit Louba, navrée. Je ne t'ai même pas demandé de nouvelles de Lisa. Toute la journée, je n'ai pensé qu'à Sveta et à moi. Et toi, tu te demandais comment allait ta fille. Que disent les docteurs ?

— Tu sais, ils ne disent jamais rien. De la fatigue. Ils vont la garder encore quelques jours. »

Elle s'arrêta. Le chagrin lui nouait la gorge. Qu'ont-ils fait à nos enfants ? Pourquoi devons-nous tant souffrir ? Ce n'était pas possible d'en dire davantage sans pleurer. Louba posa sa main contre la joue de Natalia et la caressa. Malgré le soin qu'elle en prenait, ses mains étaient rugueuses et crevassées. Sur la joue brûlante, la main abîmée se promenait tendrement. Natalia la saisit et la serra très fort.

27

Natalia se sentait particulièrement malheureuse. Tout à l'heure, en cherchant un mouchoir dans sa poche pour s'essuyer les yeux, elle n'avait ramené qu'un morceau de papier tout chiffonné. C'est aujourd'hui que je suis convoquée, j'ai très peur, avait-elle relu entre les plis. Maman ! Elle l'avait oubliée.

Il fallait se hâter vers le quai Nadachevskaïa, se dépêcher de courir à l'hôpital Timiriazev et vite, rentrer à l'Ordinka, à la maison où, sûrement, depuis des heures l'attendait sa petite maman. Elle y pensa avec tendresse. Seule sa mère pouvait la consoler de son profond, de son irréparable chagrin. Elle attendait le moment où elle se serrerait contre Nadia pour pleurer et soupirer sans retenue. Ma petite Maman chérie.

Lisa, sans doute, toute la journée avait dû, elle aussi, se répéter ces quatre mots. Le cœur de Natalia se serrait à cette pensée. Difficile d'admettre qu'elle représente elle aussi, pour un autre être, le sommet de l'amour.

Qu'est-elle au juste ? Natalia Petrovna en bonnet bleu et en manteau gris, qui marche dans l'obscurité bleutée des jardins d'Alexandre. Le long de la muraille du Kremlin, l'hiver, à cette heure-ci, il n'y a plus personne. Les visiteurs se sont éparpillés. Au Kremlin, comme autrefois, s'accomplissent les rites du pouvoir de la nuit.

La neige nappe les jardins, l'humidité voile les lampadaires. Quand elle a peur et mal partout, elle s'abandonne à la pression bleue des nuits de neige, au tissu de givre noué autour des arbres, au mystère des murailles de brique et, plus loin, sur le pont de pierre, à l'éclat grelottant des petites coupoles d'or déposées sur le ciel noir.

28

Sur le quai, juste au coin de la Staromonetny, se trouvait son chantier. Par la fenêtre en arche, au milieu de l'immeuble, Natalia voyait de la lumière. Derrière, la grue s'était immobilisée. Malgré les projecteurs, ç'aurait été trop dangereux de l'utiliser.

Le plus difficile dans une rénovation d'immeuble, avait coutume de dire Natalia, c'est de consolider la façade sans l'abîmer. Elle renforçait les coquilles vides, les embellissait, leur redonnait un petit air pimpant sans en altérer l'âme. Il fallait la voir évider les immeubles avec la douceur d'un archéologue. Les équipes qu'elle dirigeait détestaient ce moment-là. Natalia, si calme, se transformait en boule de nerfs. Elle rouspétait pour une vieille planche vermoulue qu'on n'avait pas retenue et qui, en tombant, avait éclaté, pour une pierre arrachée brutalement, un coup malheureux qui effritait une brique. C'était tout juste si elle ne leur faisait pas enfiler des gants de chirurgien, numéroter et ensacher tous les débris qu'ils retiraient du ventre des maisons. Mais les ouvriers s'en moquaient. La planche, on en trouvera une autre, et plus solide. La fissure, on la bouchera avec de l'enduit. Un badigeon de peinture et plus personne n'y verra rien. À quoi bon faire tant d'histoires ? Mieux valait se dépêcher d'en finir.

Veniamine Ilitch assistait Natalia sur ce chantier. Il n'avait pas de diplôme d'ingénieur, mais en possédait l'expérience et la compétence.

Marié très jeune et très vite père de famille, il avait renoncé à ses études d'ingénieur. Au début, il trouva encore le temps de suivre des cours du soir On le remarquait sur le chantier. À son allure droite et franche. Mais aussi parce qu'il abattait la besogne de trois de ses collègues, en un éclair et sans fatigue.

Rapidement, tout alla de mal en pis. Plusieurs enfants naquirent à la suite, laissant leur mère épuisée et gémissante. Le beau visage ouvert de Veniamine se rida. Il travaillait toujours aussi dur et toujours aussi bien. Il assistait comme avant aux réunions du collectif de travail. Il n'était pas membre du Parti, mais avait toujours pris une part active et bénévole au travail syndical. Les jours de défilé, il portait l'un des piquets soutenant la banderole de leur entreprise. On aimait le placer en tête parce que son physique net correspondait de manière troublante aux images stylisées de l'homme socialiste. Le secrétaire du Parti avait plusieurs fois essayé de le faire adhérer, mais Veniamine refusa toujours. Ses explications ne paraissaient guère convaincantes et le secrétaire l'aurait volontiers soupçonné d'idées hostiles ou révisionnistes, mais on avait trop besoin de lui dans les défilés pour y regarder de plus près.

Lorsque Veniamine prit un air usé et que son teint tira sur le gris, on lui enleva la banderole. Il ne souriait pas assez et même, sa mine sombre lui donnait un regard farouche qui ne convenait pas aux joyeuses manifestations de travailleurs. Il observait une grande discrétion sur sa vie privée ; tout le monde ignorait ce qui le troublait. Dès la fin du travail, il enfilait son blouson, jetait son sac en bandoulière sur son épaule et s'en allait de son côté. Jamais il n'accompagnait les camarades boire un petit coup. Pas son genre les soûleries. Il ne buvait que du thé ou, l'été, un peu de kvass.

On n'en finissait pas de se demander ce qu'il lui arrivait. On hésitait entre une grave maladie et l'hypothèse du secrétaire du Parti — il s'était acoquiné à une bande de révisionnistes.

Natalia aimait sa manière de travailler, ses silences et sa discrétion. Souvent à l'heure de la pause, elle grignotait ses tartines beurrées à côté de lui et partageait son Thermos de thé bien sucré. Ils discutaient de leur profession : comment avançait le chantier, le béton prendrait-il malgré le froid, et pourquoi entreprenait-on toujours les travaux les plus sérieux à l'entrée de l'hiver ?

Modeste, Veniamine se demandait souvent s'il avait le droit d'émettre des opinions alors qu'il n'avait pas terminé ses études d'ingénieur. Il n'affirmait jamais rien sans évoquer d'abord les principales objections qu'on pouvait lui opposer. Natalia l'encourageait à reprendre les cours du soir. Sûrement l'entreprise pouvait l'aider. Mais chaque fois, il secouait la tête mélancoliquement. Personne ne pouvait l'aider.

Lorsqu'il se retrouva seul avec ses quatre enfants, Natalia le fit entrer dans la coopérative avec un salaire deux fois plus élevé que celui qu'il gagnait jusque-là. Jamais il ne finirait ses études d'ingénieur, mais il avait de quoi nourrir ses enfants.

« Tu te remarieras peut-être un jour. » Mais non, jamais il ne se remarierait. Il préférait élever seul les quatre petits. Il ne travaillait pas le matin parce que dans son quartier, les enfants n'allaient à l'école que l'après-midi. (Comme dans bien d'autres quartiers, l'école était trop petite. On avait dû organiser deux emplois du temps alternatifs. La moitié des élèves le matin. L'autre moitié l'après-midi.) Le matin, Veniamine faisait les courses, la lessive, le ménage, préparait les repas, conduisait les enfants à l'école et rejoignait le chantier à temps pour superviser la seconde équipe. Une voisine allait chercher les enfants le soir et mettait leur dîner à réchauffer. Quand il rentrait, tard dans la soirée, les enfants dormaient déjà. À quoi bon une épouse, quand une voisine, qu'on payait chaque mois, faisait l'affaire ? Une femme, si elle ne prend pas au sérieux son rôle d'épouse et de mère, ne cause que des chagrins.

Cependant, tous les ans, scrupuleusement, il rendait visite à sa femme, dans sa prison de province. Il lui apportait des photos des enfants, des gâteaux et du chocolat. Elle prenait les sucreries, mais ne regardait même pas les photos. Elle les lui rendait, retournées pour ne pas voir les visages souriants. Elle était toujours grasse et flasque, même au régime de la prison. Comme si les flots d'alcool qu'elle avait absorbés au cours des années précédentes s'étaient définitivement infiltrés dans sa chair. Elle ne souffrait pas, n'éprouvait aucun remords. Les gardiennes, inlassablement, la sermonnaient et l'humiliaient. Mais elle n'y attachait pas d'importance. Personne ne s'en souciait dans sa cellule. Les blâmes et les vexations glissaient sur elle, comme des gouttes d'eau. Dans cette cellule, elles avaient toutes été condamnées pour infanticide.

L'après-midi, Natalia confiait à Veniamine la seconde équipe, lui passait les consignes et courait à droite ou à gauche pour veiller qu'on leur fournisse bien le matériel promis.

Nous n'avons plus de ciment, hurlait-elle au téléphone à la cimenterie sous contrat avec la coopérative. Voilà dix jours que vous auriez dû le livrer. Ou bien elle partait en banlieue, chercher elle-même, avec le chauffeur et le camion, les vitres qu'ils attendaient ou les câbles oubliés dans la dernière livraison. Ou encore elle échangeait les pots de peinture qui n'étaient pas de la bonne teinte contre des bidons de la couleur appropriée, le surplus de câble électrique contre des radiateurs ou des sanitaires. Il fallait savoir se débrouiller pour mener à bien son chantier et gagner son pain quotidien.

29

Sur le chantier, tout allait bien à présent.

Cette rénovation obligeait à surélever de deux étages la construction et à la raccorder à la partie parallèle au quai, rénovée deux ans plus tôt par une entreprise du comité de Moscou pour la construction. Les moulures devaient être à leur place et la peinture de la bonne couleur. C'est-à-dire pas tout à fait celle utilisée pour le bâtiment du quai (de toute façon, on n'en trouvait plus et personne n'avait songé à conserver pour l'autre côté de l'immeuble les bidons nécessaires), mais celle qu'avait prise, en vieillissant, la partie achevée. Une espèce de rose orangé, entre le saumon et la pêche.

Le bruit des travaux exaspérait les employés de l'administration qui occupait le bâtiment des quais. Ils s'entassaient à plusieurs par bureau, en attendant de s'étaler dans l'aile adjacente, et supportaient difficilement la machine à écrire, la radio ou les coups de téléphone de leurs compagnons de bureau. Le moindre martèlement prolongé les rendait fous. Ils se précipitaient vers les fenêtres de la cour, là où était installée la grue, et interpellaient les ouvriers à grand renfort d'injures. Incroyable, le vocabulaire des employés de bureau ! Ça faisait rigoler les gars et les filles du chantier. Quand on s'ennuyait un peu, on tapait quelques coups de marteau sur les conduites de chauffage. Deux minutes après, surgissaient plusieurs têtes à différents étages et les voix criardes lançaient des insultes dans l'air froid. Elles sifflaient comme des boules de neige entre les murs.

Dans l'après-midi, un incident imprévu envenima une nouvelle fois les rapports entre la classe ouvrière et celle des bureaucrates. Un geste malheureux d'un électricien, un collègue de Louba, fit sauter tous les plombs de l'aile du quai. Il fallut une bonne heure pour détecter la panne et la réparer. On eut droit à toutes sortes de grossièretés de la part des voisins. Et même, pour la première fois, un chef de service apparut à une fenêtre et exigea de parler au responsable. Montrant le poing et grimaçant, il annonça à Veniamine qu'il allait se plaindre. Maintenant ça suffisait ! Que toute cette engeance de coopérateurs aille se faire pendre ailleurs, sales saboteurs, graine de spéculateurs !

Natalia grimaça. Ce n'était pas le moment de donner au comité exécutif du Mossoviet des occasions supplémentaires pour leur refuser des contrats. Elle raconta la scène de l'après-midi à Veniamine. Il hocha la tête. Tout allait mal dans le pays. Et Édouard Ambrosovitch ? Est-ce que Veniamine connaissait la nouvelle ? Et que disait la radio ? Elle le bombarda de questions.

Veniamine n'allait plus aux défilés depuis plusieurs années, mais au printemps précédent avec ses enfants, il avait manifesté contre le régime sur la place du Manège. Sa lutte contre le communisme ressemblait à un combat personnel contre le mal. Il n'en voulait pas à sa femme de son crime et de son absence de regret, mais au régime qui réduisait les femmes à l'état de criminelles.

Natalia raconta sa journée : Louba, la course dans Moscou. Une fois encore il hocha la tête. Tout allait mal partout. C'était un esprit compatissant. Cependant sa compassion s'arrêtait aux frontières de son pays. Il refusait de se tracasser pour les pays du tiers-monde ou la misère dans les pays capitalistes. Au fond de lui-même, il avait décidé une fois pour toutes qu'aucun peuple n'était plus à plaindre que le sien et qu'il ne se laisserait pas toucher par les catastrophes qui atteignaient d'autres pays. C'était une question de survie. Il n'avait pas assez de temps, ni d'énergie pour le reste du monde. Ce qui se passait à l'intérieur du pays était de trop de poids pour qu'il prête attention à l'extérieur. Il était même convaincu que la terre entière gardait les yeux braqués sur l'U.R.S.S.

Natalia lui reprochait régulièrement cette vision réduite du monde. Mais elle n'avait guère d'arguments convaincants à lui apporter parce qu'elle aussi luttait contre ce réflexe naturel. Tout de même nous sommes un grand peuple et le plus vaste pays du globe ! Le drame qu'ils avaient traversé, dont ils étaient secrètement fiers, les avait à jamais convaincus que leur pays ne pouvait pas se comparer au reste de la terre. Revenir à la normalité (c'est ainsi que la majorité des gens exprimaient leur désir d'appartenir à une société démocratique et de consommation) avait quelque chose d'un peu trivial. Et ils savaient bien que depuis la glasnost et la perestroïka les yeux du monde — enfin celui qui comptait, l'Occident — étaient vissés sur eux.

Avec Natalia, comme avec beaucoup d'autres de ses compatriotes, les discussions sur la situation internationale dérivaient toujours vers les problèmes de politique intérieure. Comment arracher ce pays aux communistes ? Comment créer un État démocratique ?

Le peuple russe a naturellement tendance à la schizophrénie, ce qu'admet Natalia. Nous vivons, disait-elle, au bord de la folie depuis des années. Maintenant les peuples de l'Empire se rebellent contre l'Union soviétique. Et nous, les Russes, nous nous révoltons aussi contre le soviétisme, le communisme. C'est facile de désigner les malfaiteurs, ils sont au Kremlin. Mais voilà, c'est nous qui les y avons mis, n'est-ce pas ? Faut-il que nous nous supprimions pour débarrasser le pays de ce poison ? Que penser de cette contradiction ?

Avec tant de dons pour l'auto-analyse, tant de délectation dans la recherche du mal et de la folie, c'est un pur miracle de l'esprit humain que ce peuple ait produit, en même temps, autant de bonté et d'intelligence.

30

Il n'était pas loin de huit heures lorsque Natalia quitta le chantier et remonta la Bolchaïa Polianka, vers l'hôpital municipal Timiriazev.

C'était un peu tard, bien sûr. Mais de toute manière, quelle que soit l'heure, on ne l'aurait pas laissée entrer. Les parents ne pouvaient pas pénétrer dans les salles de l'hôpital parce qu'ils risquaient de contaminer l'atmosphère. On n'allait pas désinfecter leurs vêtements, n'est-ce pas ? Si l'état de l'enfant ne permettait pas de l'installer dans la pièce réservée aux visites, il ne restait plus aux parents dont les enfants étaient soignés au rez-de-chaussée, qu'à se glisser dans le jardin et à regarder par la fenêtre les rangées de petits lits.

Dès le premier jour, on avait prié Natalia de limiter ses visites pour ne pas fatiguer Lisa. Deux fois par semaine, depuis une quinzaine, elle avait le droit d'embrasser sa fille dans le parloir. Les autres jours, sa mère, Nadia, se faufilait dans l'hôpital et se débrouillait pour tirer les vers du nez d'une infirmière ou d'un médecin, si la chance voulait qu'elle en trouve un sur son chemin.

En raison de ses anciennes fonctions d'infirmière en chef à l'hôpital n° 6, on la laissait aller et venir à sa guise dans les couloirs. Elle venait quand elle voulait, s'asseyait sur le rebord du lit de Lisa, comme font les infirmières ou les médecins, sans que personne s'avise de la réprimander. D'ailleurs elle donnait volontiers un coup de main, refaisait un bandage ou notait la température pour alléger la charge des infirmières débordées.

Natalia avait chaque jour des nouvelles de sa fille.

Mais elle ne croyait pas aux propos rassurants de Nadia, simple écho de ce qu'elle entendait deux fois par semaine au cours de la visite. Notre Lisotchka va beaucoup mieux. Bientôt elle sortira pour rejoindre sa maman. Et chaque fois, elle retrouvait Lisa plus pâle et plus amaigrie. Elle ne comprenait même pas pourquoi cet hôpital, qui n'était pas équipé pour traiter le mal dont souffrait la petite fille, la gardait encore. À moins que ce ne fût par simple impuissance, parce que tout était joué depuis longtemps et déjà qu'on espérait, du moins, rassurer Natalia.

Elle passa sous l'arche et se dirigea vers la masse rebondie de l'église qui fermait la cour d'entrée. Elle était en réfection depuis plusieurs mois, mais personne ne semblait jamais y travailler. Un chantier abandonné de plus. On commençait un chantier, on avançait plus ou moins vite — de moins en moins vite parce que l'hiver entre-temps était arrivé. Les crédits pour la construction étaient dépassés depuis longtemps. Personne n'était sûr que des compléments figureraient dans le futur budget. Mais toujours s'y trouvaient inscrits de nouveaux fonds pour de nouveaux projets. Que faire d'autre ? On laissait en plan le travail inachevé. On ouvrait un autre chantier.

Natalia contourna l'aile de l'hôpital jusqu'au petit jardin, isolé par une grille du square, où la statue triomphante de Dimitrov continuait à défier les nazis.

La nuit, des projecteurs éclairaient le visage d'airain de l'homme qui avait résisté à Hitler. Le poing fermé tendu devant lui, comme s'il s'apprêtait à le frapper sur une table, il persistait dans cette attitude arrogante. La clarté des projecteurs se répandait dans le square et dans le jardin de l'hôpital.

Ce bout de jardin, tout en longueur et très étroit, ressemblait à un parc amputé de ses dimensions naturelles : parce qu'y poussaient quelques très hauts arbres, au long fût dénudé, dont la cime dépassait le toit de la bâtisse. La nuit, lorsque la circulation se ralentissait sur la Dimitrova, lorsqu'on tournait le dos à la statue et qu'on regardait l'hôpital aux fenêtres éclairées derrière les branchages, on aurait pu se croire à la campagne, devant l'une de ces vieilles maisons que la Révolution avait réquisitionnées.

Chaque fois qu'elle s'y trouvait, comme ce soir-là, à une heure où l'activité du quartier s'était depuis longtemps interrompue et où la nuit d'hiver transfigurait le décor, Natalia sentait monter en elle un souvenir insaisissable qui se dissolvait au premier tri de la mémoire.

La cour et l'odeur des arbres lui rappelaient la campagne. L'été de son mariage, le vendredi, quand il faisait bien chaud, elle passait chercher sa mère pour prendre l'*elektritcheskaïa*. Alexeï les attendait à la gare du village avec sa voiture. Ils parcouraient les derniers kilomètres, dans la lumière interminable des crépuscules d'été. Elles, qui, pendant des années, n'avaient connu que les chaleurs accablantes de Moscou ou l'ambiance collective et humide des maisons de repos, trouvaient miraculeux de disposer d'une jolie maison de bois avec une véranda, par les vitres de laquelle montait le parfum des verveines, des lilas, des pivoines ou des chèvrefeuilles.

C'est une maison comme celle-là qu'il aurait fallu à Lisa. Mais après la mort d'Alexeï, l'Académie des Sciences avait récupéré la datcha ainsi que l'appartement. Les enfants d'Alexeï Grigorievitch avaient emporté ses meubles, ses livres et ses bibelots.

Natalia s'approcha de la fenêtre du dortoir de Lisa. Elle tapota quelques coups. Un visage de petite fille, grands cheveux décoiffés, apparut soudain, déformé par le double vitrage. La *fortotchka* était fermée. On n'entendait pas de bruit, mais par la fenêtre, Natalia observa les mouvements du dortoir. Pans de chemises de nuit, à l'éclat jaunâtre, volées de cheveux blonds, glissement de draps et de couvertures.

On devait crier. Lisa, Lisotchka, c'est ta maman, sors de ton lit !

Sa silhouette menue apparut enfin. Elle se hissa

sur le lit au bord de la fenêtre et de là, escalada le mur jusqu'au rebord de la fenêtre. Son petit corps se pressa contre la vitre froide. À contre-jour, difficile de voir si elle avait bonne mine. Sa chemise cachait ses jambes jusqu'aux chevilles, mais elle avait négligé de prendre ses pantoufles et se tenait pieds nus sur le rebord glacé.

Elle ouvrit la *fortotchka* de son côté. Assez pour que sa voix, étouffée, atteigne Natalia. Maman, ma petite Maman chérie. Je croyais que tu ne viendrais jamais. Lisa, ma petite âme, mon petit nuage. Est-ce que je pourrais t'oublier ?

Quand elles se voient ainsi, elles ne se posent jamais de questions sur leur vie. D'abord Lisa est trop petite, ensuite, à quoi ça sert ?

Lisa demande toujours la même chose. Maman chérie, est-ce que tu es sur ta caisse ? C'est que les fenêtres sont hautes et que Natalia n'est pas très grande. Pour parler à leurs enfants, les femmes qui se succèdent dans le jardin de l'hôpital montent toutes sur des caisses branlantes. Est-ce l'administration de l'hôpital qui les y a installées ou une invention de mères ingénieuses ?

Lisa tend le cou pour atteindre la *fortotchka*. Tu ne vas pas tomber, dis, Maman ?

Natalia pose ses mains impuissantes sur la vitre. Aussitôt Lisa l'imite. C'est comme si on se touchait. Je crois que je vais dormir maintenant. Si tu n'étais pas venue, c'est sûr, je n'aurais pas dormi.

Lisotchka, mon petit nuage, demain je viendrai plus tôt. Il fera jour. Nous nous verrons mieux.

Maman chérie, demande à grand-mère pourquoi elle n'est pas venue aujourd'hui. Je l'ai attendue toute la journée. Bonsoir, ma maman, à demain.

Bonsoir, mon petit cœur. Lisa saute de la fenêtre sur le lit. Elle fait encore au revoir de la main et disparaît. Jamais elle ne pleure à la fenêtre, jamais elle ne se plaint et ne demande à rentrer à la maison. Mais Natalia ne sait pas retenir ses propres larmes devant la fenêtre vide, la nuit et la clarté du projecteur.

31

Vite redescendre la Polianka. Par une cour, rejoindre la Staromonetnyi. De là contourner les travaux interminables de la galerie Tretiakov et, en se faufilant entre les rues barrées et les cours, dans la pénombre, parce que ces ruelles-là ne sont jamais très éclairées, rejoindre la 3e ruelle Nadachevskii, qui débouche dans l'Ordinka, pile devant la maison.

Lorsqu'on est pressé ou qu'on est enfant, on aime les cours intérieures de Moscou qui, tel un labyrinthe, relient secrètement les rues entre elles. Natalia connaissait ce quartier comme sa poche. Elle y avait toujours habité.

Pour Nadia en revanche, le vieux quartier marchand de Zamoskvaretche avait toujours le goût de l'exil. Dans son enfance, elle avait vécu derrière le boulevard de verdure, sur la Malaïa Bronnaïa. Ses parents y occupaient un bel appartement indépendant de trois pièces, le luxe à cette époque.

Longtemps, à l'Ordinka, elles partagèrent la cuisine et la salle de bains avec les locataires des deux pièces voisines. Natalia connut l'époque des criailleries entre voisins, des lessives ou des soupes brûlées parce que personne n'osait éteindre le poêle ou prendre l'initiative d'ôter la marmite du feu. Elle n'en souffrit jamais. Quand elle était petite, cela mettait de l'animation dans la maison lugubre. Par chance, avant qu'elle ne s'en lassât, des travaux dotèrent les voisins (qui entre-temps avaient changé et s'étaient transformés en un couple de jeunes mariés sympathiques et discrets) d'une cuisine minuscule et d'une salle d'eau miniature. Nadia retrouva sa sérénité, mais ne s'habitua jamais au quartier, symbole de leur déchéance sociale.

Pourquoi n'était-elle pas allée à l'hôpital aujourd'hui ? Qu'est-ce qui l'avait retenue ? Natalia sentait dans sa poche le bout de papier chiffonné.

Autrefois, lorsqu'on vous convoquait dans un endroit pareil, aussi terrifiant, on disait adieu à ses parents et à ses amis. Complètement idiot ! Jamais on ne vous prévenait avant de vous arrêter. Tout le monde le savait. Quand même l'idée de traverser la place Dzerjinsky et d'aller frapper à la Loubianka, toc-toc, c'est moi, vous m'avez convoqué, je crois !

Nadia était une patriote et une communiste. Elle avait sa carte depuis la mort de Staline. Avant, impossible, puisque son père était un ennemi du peuple. Et pourtant c'était uniquement en souvenir de son père, Sergueï Sergueïevitch, qu'elle avait adhéré au Parti, assisté à ses réunions interminables et accompli avec dévouement ce qu'on exigeait d'elle.

Un révolutionnaire de la première heure, son père. Pendant la guerre civile, il s'était battu dans l'Armée rouge. Il y avait même commandé un bataillon. Autrefois, du temps du tsar, il servait déjà dans l'armée, comme sous-officier. Suffisant pour y faire efficacement de la propagande révolutionnaire. Après la guerre, on lui confia la direction de la Tchéka dans une ville de l'Oural. Nadia y était née. Bien sûr, elle ne se rappelait pas ces années-là, mais Sergueï lui avait raconté, quand elle était petite fille, qu'il y avait remis de l'ordre. Et après, à Moscou, quand ils habitaient dans le bel appartement de la Malaïa Bronnaïa, il exerçait des fonctions importantes au N.K.V.D. Le soir, il rejoignait sa femme et sa fille, vêtu de son bel uniforme. Nadia, ma petite fille, disait-il en riant, ce soir, c'est la fête, allons dîner au restaurant tous les trois.

Dans les souvenirs déchiquetés de Nadia, son père les emmenait constamment au restaurant. Elle décrivait à Natalia les belles salles du *National ou* du *Métropole*. On n'osait pas faire remarquer à Sergueï que sa fille était un peu jeune pour dîner au restaurant. Son uniforme à lisérés bleus arrêtait les réprimandes.

Sans cesse, il préparait sa fille à ce que le Parti exigerait d'elle. Il faudrait étudier dur, obéir et le servir. Il riait de ses beaux yeux noirs en évoquant l'avenir radieux qui attendait sa petite Nadia.

Natalia avait toujours vu dans l'appartement la photo de son grand-père en uniforme. Elle n'aurait jamais osé le dire, mais elle lui trouvait un air assez antipathique. Bien qu'il y arborât un grand sourire — à la demande du photographe, vraisemblablement — il avait la mine sombre, le menton buté. Natalia n'aimait pas ses yeux très noirs, brillants et hallucinés.

Elle se demandait comment sa grand-mère, blonde, douce et généreuse, avait pu s'éprendre d'un noiraud si inquiétant. Natalia conservait une photo de Marina dans un tiroir, à côté de celle d'Alexeï. Souvent elle regardait le beau visage grave, clair et tendre. La photo avait été prise à la fin des années vingt et très certainement retouchée. Photographiée de trois quarts dans une pose de vedette de cinéma, Marina souriait mystérieusement à un inconnu. Natalia ne pouvait imaginer que ce fût à son grand-père.

Quand on l'interrogeait sur son mariage, elle restait toujours évasive. C'était la guerre, la révolution, ma petite fleur. J'étais toute seule. Mais tout de même, Babouchka, si tu l'as épousé, tu devais l'aimer ? Ne serait-ce qu'un petit peu ? Marina ne répondait jamais à cette question. D'ailleurs avait-elle demandé à sa fille qui était le père de Natalia ? Autre question sans réponse. Voilà, voilà, chuchotait Marina, il y a des choses qui vont de soi. Inutile d'en parler. Elle sortait pour sa petite-fille des éclats de verre et, les élevant vers la lumière, les faisait chatoyer. Regarde, Natachenka, ce que c'est que le bonheur. Elle souriait, extatique, les yeux levés vers les cristaux. Plus beaux que des diamants, ma petite âme !

Jusqu'au dernier jour, Nadia s'occupa de sa mère avec dévouement. Cependant, elle n'éprouvait pas pour elle l'admiration débordante qu'elle ressentait encore, cinquante-trois ans après sa disparition, pour Sergueï Sergueïevitch, son père.

Natalia s'était récemment aperçue qu'en réalité Nadia ne savait rien de sa mère. Ni d'où elle venait, ni le métier de son père, ni l'endroit où elle avait rencontré son mari. Comme si Marina n'avait pris de consistance que le jour de son mariage. Nadia ignorait ce que pensait sa mère. Comme son père, elle avait toléré la ferveur religieuse de Marina, mais s'était désintéressée de ses convictions au point de ne s'être jamais interrogée sur le prénom qu'elle lui avait donné.

Sa mort, à près de quatre-vingt-dix ans, quelque temps avant le mariage de Natalia, bouleversa pourtant durablement l'impitoyable Nadia. Un ressort se décrocha dans la mécanique de son âme. Elle commença à douter des vérités les plus fondamentales.

32

Tout en sortant la clé de la serrure, Natalia, inquiète, demanda : Maman, es-tu là ? L'appartement était sombre. Aucune lampe ne brillait nulle part.

Une silhouette corpulente se traîna dans l'entrée, silencieuse.

« Maman, cria Natalia, Maman ! Es-tu malade ?

— Non, non, je ne suis pas malade, répondit-elle d'une voix oppressée. C'est comme si j'étais morte. »

D'un coup, Natalia jeta par terre son grand sac lourd. Sans déboutonner son manteau, sans enlever son bonnet ou ses bottes, laissant des traînées de boue sur le beau parquet de Nadia, elle la serra dans ses bras.

Natalia était plus petite et surtout beaucoup plus menue que sa mère. Nadia ploya son grand corps contre l'épaule de sa fille et se mit à pleurer, à la manière de la famille, silencieusement, sans un sanglot ou un soupir.

Finalement, Natalia la repoussa. Tu vas tout me raconter. Nous allons faire du thé. Tu vas tout me raconter.

Elle alluma l'électricité. Sa mère blafarde, les traits tirés, son chignon de guingois, cligna des yeux. Elle demeura immobile, plantée dans la petite entrée encombrée, tandis que sa fille enlevait ses effets d'hiver.

Nadia se laissa conduire à la cuisine. L'une après l'autre, Natalia allumait les lampes. Dans la cuisine, elle remplit la bouilloire et la mit à chauffer.

À ce moment, retentit la sonnette de la porte d'entrée. Les deux femmes sursautèrent. Tu attends quelqu'un ? Non, personne, et toi ? « Ne bouge pas, déclara Natalia, je vais voir. »

Elle ouvrit la porte assez brutalement. Son visage pâle, plus pâle que d'habitude, se tordit d'étonnement.

« Carl, que faites-vous ici ?

— Mais enfin, Natalia, permettez. C'est vous qui m'avez invité, hier.

— Moi ! » s'exclama-t-elle d'un air surpris. Mais elle vit le paquet qu'il tenait à la main, une grande boîte de chocolats, achetée dans l'un des magasins étrangers et enveloppée d'un joli papier rouge brillant, comme on n'en trouvait jamais ici. Elle se souvint tout à coup et éclata de son rire de petite fille. « Entrez, entrez, j'avais complètement oublié.

— Mais je vous dérange apparemment ? »

Avant qu'elle ne réponde, la voix rauque de sa mère demanda, depuis la cuisine, qui était là.

« Carl, Maman, cria-t-elle, c'est mon ami Carl.

— Tu as un ami Carl ? demanda la voix dans la cuisine.

— Oui, un ami étranger, tu le sais bien. Je t'en ai déjà parlé.

— Un ami étranger ? » Pour le coup, Nadia passa la tête par la porte de la cuisine. Elle avait arrangé son chignon, pendant que Natalia ouvrait la porte. Son visage, très digne, avait repris son aspect impassible et sévère d'infirmière. « Quelle idée d'inviter un étranger ? Ce soir ? »

Carl se sentit encore plus gêné et fit un geste pour rouvrir la porte d'entrée. Natalia le devança et une fois de plus pouffa de rire. Maman, ma petite Maman, tu as oublié, c'est mon anniversaire aujourd'hui.

« Seigneur, s'exclama Nadia. Je l'avais oublié ! Je l'avais complètement oublié ! » Elle fit quelques pas vers eux et prit sa fille dans ses bras. « Pardonne-moi. Pardonne-moi, Natachenka, ma petite colombe chérie. Quel malheur ! Jamais je n'ai commis une faute aussi grave ! » Elle pleurait en parlant, caressait le visage et les mains de Natalia, comme s'il s'agissait d'une petite fille. Natalia se mit à pleurer et à rire en même temps. Elle faisait à Carl de grands signes pour l'empêcher de partir.

« Ne partez pas, lança Nadia d'un ton ferme. Surtout, ne vous en allez pas.

— Oh oui, restez, demanda Natalia. Vous voyez Maman a oublié. Tu n'as invité personne, Maman ?

— Personne, ma chérie. Depuis des jours, je n'ai pensé qu'à cette fichue lettre. Je ne t'en parlais pas pour que tu ne te fasses pas de souci pour moi. Et voilà, j'ai oublié d'organiser une fête. Ma petite fille, ma Natachenka.

« Ah ! Heureusement que vous êtes venu », dit-elle à Carl, en lui adressant un joli sourire, lumineux.

Puis soudain, affolée, nous n'avons rien à manger. Elle prit un air dépité. Rien à manger ! Bien sûr, je n'ai rien préparé. Natalia parut très ennuyée. Cela ne se fait pas d'inviter des amis sans leur servir un festin, surtout si ce sont des étrangers. Qu'est-ce qu'ils vont penser ? Que nous sommes des sauvages ?

Carl tendit la boîte de chocolats, comme une solution à leurs problèmes. Mais Natalia ne la regarda même pas ; elle fouilla dans son grand sac qui traînait par terre. Regarde, Maman, regarde. C'est fantastique, tout est prévu. Elle exhiba le gros gâteau allemand emballé dans son mauvais papier épais et rugueux. « Carl, vous n'avez rien contre la pâtisserie allemande ? »

33

On s'installa dans la cuisine. En quelques minutes, le thé fut prêt. Sur une assiette, des morceaux de pain noir, sur une autre des tranches de gâteau. Un pot de confiture, des rondelles de saucisson, un bocal avec de petites tomates au vinaigre, des harengs et des concombres en salade. Les deux femmes se regardèrent, satisfaites de leurs talents de maîtresses de maison.

Nadia expliqua qu'en ce moment, il fallait un sacré sens de l'organisation pour s'en sortir. Mais au moment où elle s'assit, pesamment, devant sa tasse à thé, la tristesse la reprit et elle cessa de babiller comme elle l'avait fait jusque-là, par politesse, et pour faire oublier son peu d'empressement.

« Quelle journée », dit-elle d'une voix éteinte.

Aucun doute pour Carl : elle faisait allusion à la séance du jour au Congrès. Il approuva, c'était terrible. Elle eut un air surpris et tourna vers sa fille un visage étonné. Est-ce que finalement, il comprend mal le russe ou bien est-ce qu'il est un peu fou ?

Natalia avait saisi et se souvenait soudain que sa journée avait encore été assombrie par les événements de la matinée.

« Chevardnadzé a démissionné, expliqua-t-elle à sa mère.

— Tu veux dire, répondit Nadia, que Mikhaïl Sergueïevitch s'est débarrassé de lui ?

— Non, Maman, démissionné. Il a donné sa démission, quoi !

— Je n'ai jamais entendu cela, dit-elle. Un communiste ne démissionne jamais. C'est incroyable. Quelle époque !

— Mais qu'en pensez-vous, Nadejda Sergueïevna ? »

Elle regarda Carl avec surprise ou amusement. Lui avait-on appris à avoir des idées sur des événements aussi inhabituels ? Elle ne savait plus ce qu'il fallait penser à présent. Tout était devenu trop compliqué. Elle se mit à pleurer.

« Maman est très émue, dit Natalia. Aujourd'hui elle a été convoquée à la Loubianka.

— Mais qu'est-ce que tu racontes, Natachenka ? À la Loubianka ? Même pas ! Ces salauds, ils vous expédient au fond de la banlieue. Au-delà du métro. Tu sors du métro et tu dois encore prendre un autobus. Et après débrouille-toi pour trouver l'immeuble où ils sont installés. Tout ça pour quoi ? Pour un bout de papier avec trois tampons et deux signatures ! »

Elle ne pleurait même plus, mais avait un regard désemparé. Elle posa la main sur le bras de Natalia. C'est toi qui avais raison, ma petite fille. Jamais je n'aurais dû aller là-bas. Il ne fallait rien demander. Rester comme autrefois, sans savoir.

« Vous ne pouvez pas comprendre, Carl, dit-elle. Vous vivez trop loin de nous. Voilà cinquante-trois ans qu'on a bousillé ma vie. J'ai toujours cru qu'il y avait une explication, qu'un jour tout prendrait un sens. Et aujourd'hui, on m'a dit que voilà, c'était comme ça. Il n'y avait pas de raison. Il n'y avait jamais eu de raison. Une erreur, seulement. »

Une nuit, il y a cinquante-trois ans, on avait arrêté son idole, son père, Sergueï. Plusieurs hommes firent irruption dans l'appartement. Nadia n'entendit pas les coups à la porte. Elle dormait profondément. La voix de son père la réveilla, sa voix un peu nasillarde, qui criait. Ce n'est pas possible, salaud ! Tu ne peux pas faire une chose pareille !

Elle crut d'abord, bien que cela ne se soit jamais produit, que ses parents se disputaient. Mais on n'entendait pas la voix de Marina. Rien que deux voix masculines, celle de son père, coléreuse et tendue et une autre, caverneuse, un peu vulgaire avec des erreurs sur les intonations.

Elle se glissa hors du lit jusqu'à la porte du salon. Son père en pyjama et en pantoufles faisait face à son adjoint, Evgueni.

Il se tenait dans le salon, planté sur ses grosses jambes. Un manteau en cuir noir, serré à la taille par une ceinture, de cuir elle aussi ; un chapeau qu'il n'avait pas retiré. Pour la première fois de sa vie, en racontant ce vieux souvenir, Nadia prit conscience que son petit papa chéri devait, lui aussi, avoir cette allure de tchékiste lorsqu'il arrêtait quelqu'un pour trahison ou sabotage. Elle en balbutia un moment.

Marina en chemise de nuit, immobile, remarqua Nadia et lui fit signe d'approcher, comme s'il était parfaitement naturel, au milieu de la nuit, de trouver ses parents aux prises avec la Tchéka. Mais au fait, à cette époque-là, c'était naturel. Nadia comprit que son existence protégée de privilégiée s'arrêtait là. Son destin se confondait à présent avec celui de millions d'autres enfants qu'on privait de leur foyer.

Sergueï finit par s'habiller. Il embrassa Marina et serra sa fille dans ses bras. Sois une vraie communiste, recommanda-t-il. Elles ne l'avaient jamais revu.

Une fois Evgueni disparu avec Sergueï, trois autres

hommes entrèrent en action. Ils fouillèrent l'appartement. Méticuleusement. Tous les papiers, toutes les lettres, même celles de Nadia, furent confisquées.

Aussitôt après le départ des tchékistes, au petit matin — il faisait encore nuit et froid —, Marina et elle rangèrent l'appartement. Soigneusement, comme si l'épisode précédent ne risquait pas de se répéter et que tout allait reprendre son ancienne place. Marina n'éprouvait ni peur, ni chagrin. Ni pour elles, ni pour son mari.

Que vont-ils lui faire, Maman ? demanda Nadia. Rien que ce qu'il a lui-même fait subir aux autres. Elle ne paraissait même pas troublée. Au contraire, la certitude d'une justice immanente lui réchauffait le cœur. Elle souriait, angélique, en rangeant l'appartement. Voilà, exactement comme si on lui avait enlevé le poids qui pesait depuis longtemps sur sa conscience

Et à nous, Maman, que feront-ils ? Mais rien. Elle parlait distraitement. Ils ne peuvent rien nous faire de grave. Rien qui soit vraiment important.

Lorsque Evgueni revint et leur ordonna de vider les lieux — on venait de le nommer dans les fonctions de Sergueï, c'était écrit sur le papier qu'il tendait —, Marina ne s'en formalisa même pas. Seule Nadia sanglota.

Rien de plus dramatique que cet ordre de déguerpir. Ils ne possédaient que ce que le Parti et son bras séculier, la Loubianka, avaient mis à leur disposition. Ils n'avaient pas de famille. Ni à Moscou, ni peut-être ailleurs. En tout cas, ni Sergueï ni Marina ne parlaient jamais de leurs parents.

Des amis, ils n'en avaient pas, hormis ceux avec lesquels Marina s'était liée dans l'Oural. Ceux de Moscou, les voisins ou les collègues de Sergueï leur avaient tourné le dos dès le matin de l'arrestation. Impossible de leur demander l'hospitalité, fût-ce pour quelques jours, pour une nuit.

Marina ne se laissa pas intimider. « Evgueni, expliqua-t-elle, nous ne pouvons pas quitter cet appartement. Nous n'avons aucun endroit où nous réfugier. Voilà, occupez l'appartement si cela vous chante, mais moi je ne pars pas. Ce sera un appartement communautaire de plus. »

Evgueni, un petit ambitieux sans envergure, habitué à ce que l'on tremble au seul énoncé de son titre, fut ébranlé par l'opiniâtreté de Marina. Elle n'avait aucun argument à lui opposer sinon celui de la simple charité. Une idée banale mais qui ne venait plus à personne à cette époque-là. Et Evgueni céda.

Il leur trouva une chambre sous les combles de l'hôtel *Lux*. (On avait alors vidé bon nombre de leurs occupants sous des motifs divers — cosmopolitisme, espionnage, propagande et agitation anti-soviétique — on ne manquait pas de chefs d'inculpation.) Il aurait pu les abandonner à leur sort dans la chambrette encombrée des biens qu'il les avait autorisées à emporter. Mais il téléphonait régulièrement pour informer Marina Alexandrovna qu'il ne l'oubliait pas et que son dossier avançait. Et un jour, il annonça qu'elles disposaient désormais de deux pièces sur l'Ordinka.

Voilà, dit Marina, presque rayonnante, en prenant possession du minuscule appartement, cela prouve bien qu'on ne fait pas appel en vain à la bonté. Rétrospectivement, Nadia admettait que sa mère avait sans doute raison.

Mais elle ne pensa jamais qu'Evgueni éprouvait du remords d'avoir arrêté son ancien supérieur. Quel remords ? Nadia était persuadée que son père avait commis une faute : il avait manqué de rigueur ou fait preuve de faiblesse dans l'accomplissement de sa mission. Evgueni s'était borné à exécuter les ordres reçus

Contrairement aux millions de familles qui, cette année terrible, sanglotaient qu'il s'agissait d'une méprise et s'attendaient que le Parti et la justice prennent rapidement conscience qu'ils s'étaient trompés ou avaient été abusés, ni Marina, ni Nadia, bien que pour des raisons différentes, ne crurent jamais que Sergueï était victime d'une erreur.

Marina ne doutait pas que Dieu le punissait par où il avait péché et Nadia, inflexible, qu'il était justement sanctionné pour n'avoir pas rempli convenablement son devoir. Peut-être que vivre plusieurs années dans l'ombre de la Loubianka les avait purgées de toute illusion.

Pourtant, toutes deux, à tour de rôle dans les queues harassantes, allèrent mendier des informations sur le sort de Sergueï. Comme toutes les autres, elles réclamèrent le droit d'écrire, d'envoyer un colis. Elles furent épuisées, pleines d'espoir ou désabusées. Lorsqu'un soir Marina lui annonça la terrible nouvelle, Sergueï était privé du droit de correspondre, Nadia savait depuis longtemps ce que cela signifiait. Elle pleura longtemps dans sa chambre, laissant Marina devant son icône réciter toute seule les prières des morts.

Malgré l'exécution de l'homme qu'elle vénérait, par le Parti qu'il avait servi, Nadia n'abjura pas la foi de son père.

Elles subirent bien des vexations. Comment survivre, faute de travail ? Marina gagnait un peu d'argent avec des pansements, des gardes de nuit, ou des piqûres. Mais elle n'était enregistrée nulle part. À présent, on l'aurait rangée dans la catégorie des « travailleurs individuels ». À l'époque, elle était seulement en infraction avec la loi. Mais de bouche à oreille, dans le quartier de Zamoskvaretche, la rumeur courut qu'existait une excellente infirmière, pas chère, et qui, miracle, se déplaçait pour vous soigner. Marina échappa aux contrôles, on ne sait trop comment. Le désordre communiste, selon Natalia.

Les études de Nadia furent sévèrement compromises. Les questionnaires à remplir pour l'entrée dans un institut ou une faculté étaient compromettants. Le contenu de la rubrique « père » entraînait un refus immédiat de sa candidature. Aussi se contentat-elle de ce qu'on lui proposait : une école d'infirmières.

Pendant la guerre, elle se porta volontaire pour le front, dans les hôpitaux de campagne. Malgré les combats et les restrictions, elle gardait un bon souvenir de cette période. Leur statut — celui de sa mère et le sien — se trouva revalorisé. Marina obtint de nouveaux papiers. Ses cartes de rationnement étaient en règle. Elle pouvait briquer tranquillement son petit appartement, sans craindre la milice. Quelques piqûres de-ci de-là, pour arrondir ses fins de mois ou obtenir quelques grammes de beurre, un morceau de viande.

Sur le front, Nadia apprit une nouvelle qui lui mit du baume au cœur, mais attrista l'indulgente Marina. On avait arrêté Evgueni à son tour. Le bel appartement de la Malaïa Bronnaïa avait encore une fois changé de mains.

De la guerre, elle revint avec les honneurs, une position établie, une réputation de courage et de compétence. Elle travailla dur, termina comme infirmière en chef. Après la mort de Staline, elle entra au Parti. Jamais elle ne rendit sa carte, ni n'en fut dépossédée. Elle s'occupa de sa mère, éleva sa fille toute seule. Elle endura cette vie difficile sans une plainte, sans un soupir. Jamais elle ne douta du Parti ni de ses dirigeants. Elle en accepta, et justifia la moindre inflexion. Comme tout le monde — Marina exceptée — elle pleura à la mort de Staline. Elle essuya des larmes à la disparition de Brejnev (on sentait bien que le monde s'apprêtait à chanceler). Elle applaudit Andropov. Mais, elle l'avouait volontiers, elle s'était méfiée de ce gamin de Gorbatchev.

Et pendant tout ce temps-là, elle n'eut qu'une seule pensée. Racheter, par une vie exemplaire, la faute commise par Sergueï.

35

Gorbatchev avait mis le pays dans le pétrin. Ne parlons pas des magasins vides et du rationnement, on avait connu pire pendant la guerre. Les gens l'avaient oublié. L'éloignement des pays frères de l'Europe de l'Est ne troublait pas davantage Nadia. Elle se souvenait d'une époque où les pays Baltes, pour lesquels on faisait tellement d'histoires maintenant, vivaient leur vie indépendante, aux frontières de l'U.R.S.S.

Non, ce qui la bouleversa c'est que l'on puisse désormais dire, écrire et publier pratiquement tout ce qu'on voulait. Elle ne pouvait se défendre de trouver ça dangereux. Comme ces avalanches de discours sur le marché et le profit : un peu dur à avaler. C'était clair que ça ne prendrait pas ici et, pour le moment, ça renforçait le désordre.

Le choc de sa vie fut la réhabilitation de tous ces criminels jugés et exécutés à peu près au moment où Sergueï leur était ravi. Les Zinoviev, Kamenev, Toukhatchevski, Boukharine. Tous des ennemis, des traîtres, des saboteurs, soudain blancs comme neige. Jusqu'à l'horrible Trotski dont le nom réapparaissait dans les journaux.

L'idée s'insinua en elle d'entamer une procédure pour réhabiliter la mémoire de son père. Si les autres étaient innocents, lui aussi l'était peut-être. Mais elle n'y croyait qu'à demi. Peu vraisemblable que le Parti se soit débarrassé de lui par simple revirement politique. Bon, il n'était pas si important que cela !

Comme beaucoup de personnes déjà âgées dont l'entendement a été bridé pendant toute la vie, elle agissait de manière entêtée, presque butée. Elle voulait réhabiliter son père et, si on le lui refusait, apprendre au moins ce qui s'était passé, ce qu'on avait reproché à Sergueï.

Rien ne put la détourner de cette lubie. Ni les raisonnements de Natalia (tu n'obtiendras rien de ces gens-là, tu vas te rendre encore plus malheureuse), ni la maladie de Lisa.

Elle rédigea une demande, la déposa et attendit. Le tout en compagnie de son amie Valentina Fiodorovna dont la mère avait disparu, elle aussi, pendant la terreur.

Elle avait mille fois imaginé sa convocation à la Loubianka. On serait aimable et cérémonieux avec elle. Alors Nadejda Sergueïevna, vous voulez obtenir la réhabilitation de votre père. C'est très bien. Nous vous comprenons. C'est votre droit et votre devoir, en tant que fille de la victime. Mais elle, détournerait la tête. Elle était communiste, depuis le premier jour. Elle savait bien qu'on ne condamnait pas les gens — et surtout ceux qui avaient fait la Révolution — sans raison. On pouvait débiter ces fadaises aux autres familles pour les ménager. Très bien ! Mais elle, exigeait la vérité. La vérité, camarade ? (Déjà il aurait pris un autre ton, moins obséquieux, mais plus déférent.) Oui la vérité ! Montrez-moi l'acte d'accusation ou plutôt le dossier, on sait bien que les procureurs inventaient n'importe quoi ! Le dossier, montrez-moi le dossier, que je sache enfin le crime qu'il avait commis. Et devant des arguments aussi solides, devant tant de convictions, son interlocuteur céderait.

Oh, bien sûr, elle n'imaginait pas que ce serait un gros dossier. Il n'avait pu commettre qu'une faute vénielle. Impardonnable pour les incorruptibles du Parti. Mais si légère que Nadia pourrait enfin se délivrer du poids qu'elle portait depuis cinquante-trois ans.

Lorsqu'elle reçut sa convocation, elle n'en dit rien à Natalia parce qu'elle était convaincue qu'il y avait une erreur. Elle ne devait pas se rendre place Dzerjinsky, dans le grand bâtiment gris et roux, mais au diable. Un trou de banlieue. Incroyable. Elle aurait bien téléphoné pour réclamer des explications, mais Valentina le lui déconseilla. Essayons d'abord d'aller là-bas. Sur place, il sera toujours temps de protester.

Elle n'en dormit pas de la nuit. Vous vous rendez compte ? Aller à la Loubianka, ç'aurait été une fête pour moi. Mais là-bas, j'en étais toute glacée.

Et vraiment c'était affreux. Au rez-de-chaussée d'un immeuble quelconque. Ceux que tu construisais autrefois, Natacha. Ils étaient une dizaine à faire la queue, chacun sa convocation à la main. Rien à voir bien sûr avec les files d'attente d'autrefois devant les prisons. Mais comment dire, jadis, quand on patientait nuit et jour dans le froid, tremblantes d'angoisse, on croyait que les ténèbres ne se dissiperaient plus jamais. Pourtant on se raisonnait. On ne pouvait pas admettre que dans cette queue, dans la réponse définitive qu'on nous donnerait au guichet, se trouvait l'accomplissement du monde. Nous ne pouvions pas nous défendre d'espérer et d'espérer encore. Mais là, que peut-on espérer ? C'est le cul-de-sac de notre vie. Un immeuble déjà lépreux, une salle d'attente boueuse, des employés mal réveillés jusqu'à la tombée de la nuit. Et par-dessus tout, un bout de papier qu'on pousse sur le comptoir avec dégoût. Prenez et signez sur le registre. En face de votre numéro. Voilà c'est terminé. Nous en avons fini avec ce cas. Inutile de nous déranger une nouvelle fois.

Le papier déplié était garni de plusieurs tampons — histoire de lui donner une allure un peu plus présentable. Une seule phrase laconique — S.S. Ossipov, condamné et fusillé par erreur, était réhabilité. Nadia la lut plusieurs fois sur le comptoir. L'employé, de l'autre côté, rangeait son registre.

Pourquoi ?

Il leva un regard lassé. Il avait l'habitude des récriminations incessantes des familles. On leur avait recommandé d'être aimables. Il faisait un effort bien qu'il considérât que c'était de l'énergie gaspillée. Pourquoi ? C'est écrit sur votre papier : par erreur. Tous ont été condamnés par erreur. Ça paraissait curieux, mais que pouvait-on dire d'autre ?

Non, dit Nadia. Je ne vous demande pas pourquoi

il a été fusillé. Je sais lire. Mais pourquoi vous me donnez ce bout de papier ?

Comment, pourquoi ? En voilà une emmerdeuse ! C'est vous qui l'avez demandé n'est-ce pas ? Il rouvrit son registre. Tenez, c'est noté ici. Il y a un an vous nous avez adressé une requête.

Oui. Mais à quoi ça va me servir ce papier ? Par erreur, par erreur ! Qu'est-ce que ça veut dire ? Depuis le XXe Congrès on nous parle d'erreurs. Pourquoi aurait-il fallu si longtemps pour le reconnaître ? Qu'est-ce que je vais en faire de ce papier ?

Si vous êtes la femme de ce citoyen, dit-il avec mépris et en montrant le papier du doigt, ça vous permettra de réclamer votre dû. Une pension par exemple.

Une pension ! Mais ça fait cinquante-trois ans qu'il est mort. Comment veux-tu que je sois sa femme ? Sa femme est morte depuis longtemps. Je suis sa fille.

Eh bien alors pourquoi avez-vous demandé ce papier ?

Voilà c'est le fond de l'enfer. Il n'y a plus rien à attendre. Tu te rends compte, Natacha ? Et s'ils l'ont vraiment arrêté et tué par erreur, pourquoi ai-je vécu jusque-là, moi ? Est-ce aussi par erreur ?

36

Longtemps après, une fois le repas achevé et le thé avalé, Nadia se calma. Elle écouta sa fille raconter sa journée, l'histoire de Louba, et murmura plusieurs fois « pauvre fille, pauvres gens ». Même s'il lui arriva de sourire à plusieurs reprises, elle ne se départit pas de son air grave, ni de la tension qui crispait les traits de son visage.

Enfin, elle abandonna Carl et Natalia devant les restes du repas et s'en alla se coucher. Natalia refit du thé. Certainement, elle ne dormirait pas cette nuit. Après une pareille journée. Elle aurait aimé discuter de la démission de Chevardnadzé. Mais à quoi bon ? Leurs spéculations n'ajouteraient rien à celles entendues au cours de la journée.

« Non, non, parlez-moi plutôt de votre mère, demanda Carl. N'exagère-t-elle pas un peu ? A-t-elle vraiment toujours cru à la culpabilité de son père et à la justice du Parti communiste ? » Natalia ouvrit de grands yeux étonnés. Qu'est-ce que ça voulait dire, « vraiment toujours cru » ? Elle l'avait toujours répété. Elle y croyait certainement un peu par désir d'y croire. Mais dans le fond, elle en doutait sûrement et peut-être même considérait-elle que c'était faux. Comment dire ? Tout est mélangé. Un peu de vrai, un peu de faux. Elle ne mentait pas en disant qu'elle y avait cru et elle ne mentirait pas si à présent elle soutenait le contraire. On ne pouvait pas réduire l'esprit des gens à deux zones bien nettes, la noire et la blanche.

Non, on ne pouvait pas. Dans ce pays, jamais on ne le peut. Ce qu'on dit, on le pense puisqu'on l'a dit. Mais cela ne signifie pas pour autant que l'on ne pense pas également le contraire, qu'à l'occasion, on soutiendra. Pourquoi faudrait-il en déduire qu'on a changé d'avis ?

Mais Natalia ne croyait pas à la dualité de l'âme russe. Ni au concept d'âme russe. C'est le régime soviétique qui nous a rendus fous. D'abord il nous a privés de nos racines pour bâtir un homme nouveau. Défense de lire Tolstoï. Interdit d'aller à l'église. Si l'on avait pu retirer complètement les enfants à leur famille pour les remodeler, on l'aurait fait séance tenante. Une chance que le coût eût été insupportable. Le Parti a sans cesse refaçonné notre histoire. Comment s'y retrouver, dites-moi. Carl, sinon en acceptant aveuglément la vérité officielle et en admettant qu'elle changeait chaque fois pour des raisons que nous ne pouvions pénétrer ? Ils ne peuvent pas se tromper. Sinon, c'est qu'ils nous trompent et depuis le début. Qui peut accepter cela ? Mieux valait s'enfoncer dans l'engrenage. Vous connaissez cela, sûrement, dans le domaine amoureux. On s'amuse à séduire quelqu'un et le voilà amoureux de vous. Qui ose le détromper ? On poursuit la mystification, on l'épouse. Par lassitude, on accepte la situation. Parfois on finit par se convaincre qu'on s'était soi-même trompé ou que, voilà, c'était la fatalité, impossible de l'éviter.

Ici, que pouvait-on faire d'autre ? Cesser d'y croire, c'était le goulag ou bien devenir fou. On se tenait constamment à la lisière de la folie.

Et aujourd'hui, regardez ce qui s'est passé. Ils ont soudain cessé de retoucher l'histoire et la vérité. Ils ont décrété que non seulement tous nos chefs précédents s'étaient trompés — le communisme est un échec, nous devons nous tourner vers le marché — mais qu'ils n'avaient même pas le droit d'édicter de vérités. Voilà, tout était faux. On avait perdu soixante-dix ans avec des mirages. Comment accepter cela d'un bloc ?

Certains se sont réfugiés dans les anciennes valeurs. Le régime a bien compris qu'on ne peut pas vivre sans espoir : il a rouvert les églises et laissé les prêtres reprendre de l'influence. Mais les autres ? Vous voyez ma mère aller à l'église ? Impossible. Elle croit que le passé et toutes les épreuves qu'elle a traversées avaient un sens. Que de tout cela, elle aura un jour sa récompense. N'imaginez pas qu'elle soit seule dans ce cas. Des hommes et des femmes comme elle, il y en a des millions dans ce pays. Ils ne peuvent pas, du jour au lendemain, prendre un crayon et barrer les cinquante ou soixante années qu'ils ont vécues.

D'une certaine manière ce sont des innocents, des naïfs. On leur avait enlevé la perception du bien et du mal. S'ils ont fait le mal, c'était en croyant bien faire. Ce sont aussi des victimes.

Natalia boit beaucoup de thé la nuit. Il l'excite comme un verre de vodka. Cette nuit, je ne dormirai pas, c'est certain. Parlons encore, Carl, si vous n'êtes pas trop fatigué. Elle pense encore et encore à la dictature promise par le ministre des Affaires étrangères ce matin. Je ne peux songer à rien d'autre que cela. Si tu étais Russe, tu ne ferais pas autrement.

Qu'on ne lui tienne pas le discours de certains Occidentaux : le communisme est fini.

Elle siffle : c'est la langue de bois. Tu verras, Carl, c'est ce qu'ils vous diront pour vous apaiser. Mais de quoi s'agit-il ? Est-ce que la désignation importe ? Le communisme c'est le conservatisme — ici la gauche est de droite et vice-versa, comme si ce vaste pays n'était qu'un grand miroir déformant posé devant les pensées occidentales — et le conservatisme est éternel. Ce n'est que la peur de l'inconnu, de la nouveauté ou du risque. À la majorité de la population l'ancien système servait de cocon. Ce qui est figé, ce qui n'avance plus, même si c'est dangereux, on en prend vite la mesure. Chacun y a sa place et, à moins d'avoir des idées dangereuses, personne n'est exclu de cet univers clos. Il suffit d'étouffer l'esprit d'aventure, de se soumettre aux conventions et tout va bien. On peut mener une petite vie tranquille : le thé les soirs d'hiver et à la bonne saison, la cueillette des champignons à la datcha. Est-ce que cela ne suffit pas ? Et si l'on se sent de l'ambition, ne pas hésiter : entrer aux komsomols, s'y faire repérer, prendre sa carte du Parti et soigner sa carrière d'apparatchik. Depuis 1953, les dangers sont réduits.

C'est facile de coaliser les privilégiés et tous ceux qui redoutent le changement dans leur vie quotidienne. Les premiers et les appareils qu'ils servent, ceux du Parti et de l'État, feront tout pour conserver jusqu'au bout ce qu'ils ont acquis sans effort. Pas bien sorcier de cristalliser l'opinion autour de quelques idées que le temps a vidées de leur sens : la justice sociale, le progrès, le tabou de la propriété.

Et même si un événement inattendu chassait les hommes au pouvoir, la population demeurerait pour longtemps sous le choc de ces soixante-dix années et du retard matériel et politique qu'elle a pris sur le reste du monde. Même si l'on pouvait publiquement signer l'acte de mort du communisme, je ne serais pas tranquille. Il remuera toujours dans nos cerveaux et dans nos cœurs alors que tout le monde le croira disparu. À ses nouvelles manifestations, on donnera un nouveau nom. Mais la désignation n'a pas d'importance. Ce sera toujours le même phénomène, celui que nous appelons communisme depuis 1917, parce qu'autrefois personne n'avait songé à le nommer.

Natalia se mit à rire : « Tu vois comme je suis Russe. Je pourrais te parler ainsi indéfiniment. Je suis comme les autres, il n'y a rien à faire. Demain je travaille. Ça, c'est la réalité. La seule qui compte, celle que finalement nous méprisons depuis toujours. »

Pourtant, elle insista, malgré l'heure tardive, pour descendre avec Carl. Il avait neigé. Elle leva la tête et respira l'air frais. Elle l'accompagna jusqu'au quai. Dans la nuit, le Kremlin et le bas de la Place Rouge se détachaient au loin, derrière le second pont. Elle sourit à ce paysage de carte postale. Dans le ciel, passaient les lourdes fumées des centrales thermiques. Elle montra tout cela de sa paume ouverte, sans un mot. Elle ne pourrait pas parler sans fondre en larmes. Carl attrapa la main ouverte et la porta à sa bouche. Au revoir, Natachenka.

37

Un mois s'écoula sans que Carl la revît. Le mois des fêtes, amères cette année-là.

Un mercredi matin de janvier, tout froid, tout gris, Natalia attendait dans une longue queue, presque interminable, au coin du Kouznetskii Most et de la rue Rojdestvenska, l'ancienne rue Jdanov, devant un grand immeuble lourd, de style autrichien, la Mosbusinessbank.

Cette banque privée est installée sur plusieurs immeubles anciens et on n'accède aux bureaux de ses directeurs ou du président que par des escaliers dérobés, des couloirs compliqués. Un labyrinthe à l'image du système financier du pays. On y respire, outre l'odeur inévitable des bâtiments de ce pays, graisseuse et écœurante, les derniers effluves du parfum, depuis longtemps évaporé, de l'ancienne Russie des marchands.

Dehors dans le froid, on ne sentait rien, sinon l'odeur violente des pots d'échappement des voitures enfreignant l'interdiction d'emprunter la rue. Deux grandes queues s'étiraient, l'une devant la Banque du commerce extérieur de Russie, un peu plus bas, en descendant vers la Neglinnaïa, et l'autre devant la Mosbusinessbank. Même devant les librairies où l'on se bousculait d'ordinaire, la rue était calme. Les magasins semblaient à demi fermés.

Imaginez que vous débarquiez d'un long voyage. Vous avez pris l'avion à Vladivostok la veille, au milieu de l'après-midi. À l'escale, dans la capitale d'une République d'Asie centrale, le buffet était fermé. Il était tard. Vous n'avez parlé à personne. Bien sûr à l'arrivée, à Domodiedovo, vous avez remarqué une certaine agitation. Mais cet aéroport ressemble à une fourmilière. Les passagers vont et viennent dans le hall boueux. Ils foncent en ligne droite sur leur but sans se soucier de savoir si quelqu'un s'est accroché le pied dans leurs bagages. D'autres, en sens inverse, agissent de la même manière. Le mouvement vous donne le vertige, la puanteur la nausée. Dans ce chaos, dans le bruit des annonces des avions atterrissant, décollant ou retardés, dans les courants d'air des portes battant sans relâche, des femmes et des enfants dorment ou rêvent par terre, entortillés dans leurs baluchons. Tout le monde, passagers, hôtesses, bagagistes, employés des guichets, a toujours un air hagard. Y a-t-il quelque chose que cet univers puisse encore trouver anormal ?

Une fois dans Moscou, évidemment, vous ne vous étonneriez pas de voir des queues. Mais en regardant mieux, vous remarqueriez que ces queues-là sont plus longues et plus troublées que d'ordinaire, comme si une houle de mécontentement les traversait. En y prêtant davantage attention, vous constateriez qu'elles s'étirent devant les banques et nulle part ailleurs. Comme si l'argent, la seule denrée alors perpétuellement disponible, était soudain devenu rare. Pile ! vous êtes arrivé le 23 janvier 1991, le premier jour de la réforme monétaire. Tous ces gens, pressés les uns contre les autres pour lutter contre le froid et l'impatience, venaient déposer leurs coupures de 50 et de 100 roubles en espérant, sans vraiment y croire, qu'on les leur changerait sur-le-champ.

38

Natalia aperçut son ami et le héla depuis la queue. Elle portait son habituel sac en bandoulière, mais il semblait particulièrement lourd et rebondi.

Pour conserver sa place, elle s'arrangea avec la personne qui la suivait dans la queue et s'éloigna de quelques pas avec Carl.

« Vous changez vos grosses coupures ?

— Pas les miennes, celles de la coopérative. Vous avez vu cette décision inique ? Nous, les entreprises, nous avions trois heures pour arrêter notre caisse. Nous l'avons fait ce matin, à cinq heures. Une heure après j'étais devant la banque avec le magot. » Elle tapa sur son sac en riant. « Est-ce que tu ne veux pas quelques coupures en souvenir, Carl ? Mais voilà, nous étions des centaines à avoir la même idée. J'y suis jusqu'à cet après-midi.

— Et votre argent personnel ?

— Quel argent ? Je n'ai presque rien en grosses coupures. Seulement des petites pour convaincre les infirmières de mieux soigner Lisa. Le reste, on le changera sans problème. » Elle rit encore. « Le gouvernement me classerait sûrement dans la catégorie des spéculateurs. J'appartiens au monde de l'économie de l'ombre puisque je gagne mille roubles par mois.

« Ils ne nous rendront jamais cet argent, dit-elle en tapant sur son sac. Ou dans si longtemps que nous serons étranglés. »

Elle attendait dans le froid depuis plus de quatre heures, mais elle n'avait pas envie d'en parler. Elle avait dit l'essentiel. Pour le reste, il suffisait d'écouter les commentaires virulents dans la queue. Le temps des humiliations était revenu.

Ils descendirent la rue jusqu'à la Neglinnaïa, en contournant l'autre file d'attente, celle de la Banque du commerce extérieur de Russie. Natalia posa sa main sur le bras de Carl. Elle le tutoyait désormais sans façon.

Elle montra de nouveau son vaste fourre-tout. Elle y transportait une enveloppe pour lui.

Mais comment saviez-vous, Natalia, que nous nous rencontrerions aujourd'hui ?

Aujourd'hui ou un autre jour. Je savais bien que nous allions nous revoir. Je préfère ne pas garder ces papiers avec moi.

Du danger ? Mais non, aucun danger. Elle pouffa de son petit rire. Le K.G.B. peut bien les confisquer, il n'apprendra rien de mes activités secrètes. Non, ce sont des papiers personnels. Des notes, des poèmes, des morceaux de récit. Mais je n'aimerais pas les perdre.

Une moue attrista son visage. Je ne serai jamais poète, inutile de se faire des illusions. De toute façon, si je publiais des poèmes, ici, plus personne ne me prendrait au sérieux. Un ingénieur-poète ! C'est une profonde contradiction. Prends mes papiers, Carl. Peut-être en tireras-tu quelque chose.

En ouvrant son sac, elle chuchota comme si quelqu'un dans cette rue pouvait s'intéresser à eux. « Tu t'en vas, n'est-ce pas ? Tu as des ennuis.

— Qui vous l'a dit ?

— La rumeur.

— Quelle rumeur ? Comment pourriez-vous le savoir ? »

Natalia lui tapota la main, comme elle devait le faire pour calmer Lisa. Ici tout se sait. Tu vis tranquillement, à l'écart, convaincu de n'être remarqué de personne. Et un jour tu t'aperçois que tu n'as cessé d'être surveillé, que tes moindres gestes ont été notés. Où tu vas, qui tu vois, ce que tu dis et même ce que tu penses en secret. Elle souriait mystérieusement. Il ne faut se fier à personne, Carl.

Elle lui tendit une enveloppe large et épaisse, trop pleine pour rester fermée. Un coup de vent glacé souleva le rabat, dévoilant une photo. Oui, il y a cela aussi. Impossible de ne pas l'y mettre, je l'ai promis à Louba.

La photo d'une jolie petite fille blonde avec des tresses. Elle souriait angéliquement au photographe, mais un soupçon de moquerie atténuait son regard. La photo était abîmée, écornée. Des traces de doigts salissaient les rebords.

Était-ce Sveta ? Oui, bien sûr, Sveta à dix ans, la photo préférée de Louba, celle qu'elle montrait à tout le monde.

Elle n'a pas retrouvé sa fille. Tous les jours, elle appelle la milice. Directement. Elle n'a plus peur. Mais ils ne trouvent rien. Aucune trace. Petit à petit, sur le chantier, nous l'avons convaincue que sa fille n'est pas morte. Impossible qu'elle soit morte. On aurait retrouvé son corps, ses vêtements, sa ceinture. Même notre milice retrouve les cadavres ! L'une de nous, un matin, a suggéré que Sveta s'était enfuie du pays. Comment ? Ce n'est pas la question et ça ne tracasse même pas Louba. Elle aime bien l'idée que sa fille vit dans un autre pays. Peut-être qu'elle reviendra ou qu'elle fera signe.

Louba pense qu'il suffit de confier une photo de Sveta à un étranger et qu'il la retrouvera. C'est ta mission, Carl.

Sveta ne ressemble plus du tout à cela. Même si de retour chez moi je porte cette photo à la police, elle ne pourra pas l'identifier.

Natalia sourit tristement. Ce n'est pas grave. C'est cette Sveta, là que Louba a besoin de retrouver. L'autre, la vraie, elle l'a perdue depuis longtemps. Morte ou vivante, c'est fini.

Carl regarda interloqué la photo, les papiers, Natalia. Peut-être rêve-t-il ? Ses rêves obéissent toujours à une logique interne, tenace et indiscutable. Proche de celle de l'état de veille, elle en respecte les mécanismes et les enchaînements. Mais elle s'applique à un monde déraisonnable et poursuit des objectifs irrationnels. C'est une logique parallèle, rassurante et trompeuse.

De nouveau Natalia Petrovna lui tapota la main. Son grand front pâle qu'il aime à la folie, sa douceur et son intelligence recèlent un mystère dont il est à jamais prisonnier.

Mon ami Carl — elle parle tendrement, comme si elle aussi, finalement dans cette dernière minute, allait roucouler —, il faut que je reprenne ma place dans la queue.

UN CONTE DE NOËL

1

Au milieu de la nuit, toutes les cloches de la cathédrale carillonnèrent.

Ce n'était pas une nuit comme les autres. Selon le vieux calendrier, que personne n'avait encore oublié, c'était la nuit de Noël. Mais depuis quatre ans, plus personne ne fêtait Noël ouvertement.

Pendant une brève période, dont Kolia se souvenait, bien qu'il fût encore très petit à cette époque, la ville passa entre les mains des Blancs. On rouvrit les églises. Cela ne dura pas. Quelques mois. Quelques semaines peut-être. Comment savoir ? Autrefois, il ignorait les divisions du temps, les jours ressemblaient aux semaines et les semaines aux mois. Évidemment, si un pareil événement se produisait maintenant, il saurait en évaluer la durée. Mais il ne se représenterait plus. La guerre civile était terminée.

Toutes les cloches carillonnaient. Dans la maison, une rumeur se propageait, les parquets craquaient. De petits cris, des murmures, retentissaient à l'étage au-dessus et à celui du dessous. Seul leur appartement demeurait silencieux. Comme s'il n'y avait rien de plus normal que ce carillon. Encore si cela n'avait été qu'un tintement, on aurait pu croire qu'en effleurant les cloches, le vent avait mis leurs battants en mouvement.

Mais voilà ! Kolia en rabattit ses couvertures d'émotion. Quelques mois plus tôt, le nouveau chef de la Tchéka avait, en prenant ses fonctions, fait déposer les cloches de la cathédrale. (De même avait-on enlevé les crucifix, les icônes et entrepris de désassembler l'iconostase.)

Nina, souffla sa petite voix, Nina est-ce que tu dors ? Dans le lit à côté du sien, qu'on devinait dans la clarté laiteuse, les draps bougèrent. Non, non Kolia, je ne dors pas. Qu'est-ce que c'est que ce bruit ? Oui, reprit une autre voix plus aiguë et plus hésitante, que c'est que ce bruit ? Bien sûr, elles sont trop petites. Elles ne se souviennent même pas du son des cloches.

Ce sont les cloches, les cloches de la cathédrale. Maintenant elles sonnent à la volée. Il y a une minute cela ressemblait à un chant timide, comme si elles préparaient leurs voix. Maintenant, les impudentes s'en donnent à cœur joie.

Kolia courut à la fenêtre et se blottit sur le rebord, contre la vitre.

Il neigeait de gros flocons duveteux. On avait envie d'ouvrir grande la fenêtre calfeutrée pour l'hiver et de tendre ses mains pour en attraper des poignées et désagréger les fibres. Ce n'était pas les petits flocons, semblables à des confettis, qui fondent sitôt à terre et vous mouillent sans procurer aucun plaisir. Ces gros-là, bien ronds, bien épais, se posent sur le bout du nez et y étalent leurs cristaux. On peut jouer avec eux tout un après-midi sans se tremper et se faire gronder en rentrant à la maison.

À présent Nina, à son tour, avait grimpé sur le rebord de la fenêtre. Elle pressait son petit corps chaud et doux contre celui de son frère. Le contact avec la vitre glacée l'avait refroidi. Il laissa Nina se pelotonner sur son flanc.

Oh ! que c'est beau ! Que c'est beau, répéta Nina. C'était irréel, comme les illustrations du livre de contes que, les soirs de moindre fatigue, Maman leur lisait.

Leur immeuble donnait sur une place assez large, bordée de jolies maisons à deux ou trois étages et fermée par la cathédrale. Le marché s'y tenait autrefois devant l'église massive et dodue. Ses cinq coupoles dorées (une grosse et quatre petites) rappelaient l'ancienne richesse des marchands de la ville.

Maintenant il n'y avait plus ni marché — formellement interdit — ni marchands. Quelques-uns avaient été arrêtés, les autres se terraient. La cathédrale était fermée. Restaient les jolies maisons. Pourtant elles aussi avaient perdu leur splendeur d'autrefois. Depuis sa naissance, le petit garçon observait leur dégradation. Mais le délabrement des bâtiments et des rues ne le choquait pas. Il n'avait jamais rien connu d'autre.

La neige tombait en gros flocons. Il en était tellement tombé depuis le début de l'après-midi que les lumières espacées des réverbères et celles, surgies soudain dans les maisons, s'y reflétaient. On y voyait suffisamment pour remarquer l'agitation sur la place. De nombreuses personnes, sorties de leur maison dans de curieux costumes, levaient leurs visages vers le clocher.

Et moi ? Je veux voir moi aussi, réclama la voix pointue de la plus petite. Debout sur son lit, lunaire dans sa chemise blanche, elle tendait les bras vers eux. Elle se serra contre ses deux aînés et contempla à son tour la nuit de Noël.

Les cloches sonnaient toujours, vibrant dans l'air glacial, dispersant les flocons au-dessus des coupoles. En bas, sur la place, des groupes de plus en plus importants. Des silhouettes, petites et tassées, se signaient. Quelques-unes tombèrent à genoux dans la neige.

Le carillon volait dans la nuit. Bientôt son entêtement aurait raison de toute la ville. De chaque quartier, on affluerait vers la cathédrale pour écouter le prodige. Leurs petits visages collés contre la vitre, ils virent sortir de leur propre maison la grand-mère du dessous et ses quatre petites-filles.

En face, toutes les lumières brillaient. Des ombres remuaient dans les appartements. Des visages obscurs se plaquaient contre les fenêtres. Au-dessus et au-dessous de chez eux le tumulte grandissait. Seul leur appartement demeurait silencieux.

2

Pourquoi Maman ne se réveille-t-elle pas ?

Elle dormait dans la même pièce qu'eux, la seule qu'ils chauffaient, dans une alcôve sur un divan. Eux couchaient sur des matelas jetés chaque soir sur le sol. On les roulait le matin de part et d'autre du divan pour qu'ils ne prennent pas trop de place.

L'appartement comportait encore deux petites pièces qui ne servaient qu'au début du printemps, lorsqu'on pouvait s'y tenir sans chauffage

La ville était entourée de forêts profondes. Mais personne n'allait y couper du bois. On l'achetait aux bûcherons autorisés par les responsables de la ville à débiter les arbres. Il n'y en avait jamais assez au prix fixé par les autorités. Ou bien on versait en douce un petit supplément, ou bien, comme leur famille, on ne chauffait plus qu'une seule pièce. De temps en temps, s'il ne faisait pas trop froid, ils ramassaient du petit bois et les brindilles échappées des fagots des bûcherons en bordure de la forêt. On ramassait une misère, même pas de quoi cuire une soupe. Il aurait fallu s'enfoncer plus avant dans la forêt. Mais c'était interdit depuis la guerre civile, comme si un irréductible ennemi s'y cachait encore. De plus Maman redoutait les loups qui arpentaient la forêt, faméliques et cruels

Du rebord de la fenêtre, Kolia ne voyait pas sa mère. L'alcôve était obscure. Il ne distinguait que la blancheur d'une manche. Comment pouvait-elle dormir dans ce vacarme, elle que le frôlement des souris dans la cuisine réveillait plusieurs fois dans la nuit ?

Nina se serra davantage contre son frère. Elle lui

barrait le passage, mais il lui échappa et sauta de la fenêtre sur le plancher de la chambre. Reviens Kolia, demanda Macha. Où vas-tu ? s'inquiéta Nina.

Sur l'un des murs de l'alcôve, l'icône et sa bougie. Maman l'y avait installée lorsqu'on avait descendu les cloches. Elle n'avait pas voulu s'en séparer, au contraire de la voisine du dessus qui l'avait ostensiblement jetée à la poubelle.

Cette voisine, une méchante femme selon les enfants qui redoutaient ses cris, sa violence et son odeur toujours un peu forte, furetait un peu partout dans la maison. On l'avait nommée chef d'immeuble. Elle distribuait les corvées entre les habitants (nettoyer les escaliers, déneiger les trottoirs, transporter les ordures), veillait à l'ordre moral (elle dénonçait les voisins pour un verre de trop, une dispute conjugale, des enfants impolis, l'excès d'objets de piété) et de manière générale se mêlait de ce qui ne la regardait pas.

Elle avait pris en grippe la grand-mère du premier et ses quatre petites-filles à cause de leur mobilier précieux et de leurs nombreuses icônes. Elle se faufilait chez elles et inspectait leur appartement. Grand-mère ! Elle prenait un air indigné. Avez-vous vraiment besoin de tout ça ? La grand-mère, qui, d'après Maman, n'était pas si vieille, n'essayait même plus de se justifier. À quoi bon ? La voisine lui enverrait dans la journée un groupe d'hommes aux manteaux de cuir bien coupés Des gens de mauvaise compagnie. Ils fumaient dans l'appartement, demandaient des papiers qu'elle n'avait pas, hurlaient que, dès demain !... La grand-mère soupirait et attrapait ce qui lui tombait sous la main. Tenez ! Elle le fourrait entre les pattes de la voisine du dessus et s'en débarrassait jusqu'à la fois suivante.

La voisine du dessus, sans enfants, détestait particulièrement Kolia et ses sœurs. Toujours, elle leur reprochait quelque chose. Ils salissaient les escaliers. Ils couraient dans l'appartement. « Cessez de vous agiter », criait-elle du plus loin qu'elle les voyait, même s'ils jouaient calmement dans la cour. Elle volait vers eux et s'abattait sur leurs petits corps, aigle noir s'interposant entre eux et le soleil. Le monde de la nuit, celui des cauchemars que Maman chassait à grand-peine, se refermait sur eux. Elle les menaçait des pires privations. Les enfants comme eux, désormais le pouvoir s'en occupait. On créait des maisons spéciales pour ceux que leurs parents ne réussissaient pas à élever ou abandonnaient. Nina et Macha pleuraient. Elles ne comprenaient pas exactement les allusions de la méchante voisine, mais elles devinaient qu'il s'agissait de quelque chose d'horrible. Seul Kolia lui tenait tête effrontément. « Nous ne sommes pas des *bezprizorniki*. Nous avons une maman. Et notre papa va bientôt revenir. » La femme ne répondait rien mais l'expression de son visage révélait qu'elle ne croyait pas une minute au retour de leur père. Quant à leur mère, elle n'en donnait pas cher, ainsi qu'elle le répétait ouvertement à tous les occupants de l'immeuble, fût-ce en présence des enfants.

Kolia ramenait ses petites sœurs en larmes. Elles couraient se jeter dans les longues jupes de Maman. La jupe flottait sur le corps maigre et, Kolia le remarquait chaque jour dans un serrement de cœur, Maman était toujours plus pâle, toujours plus faible. Le soir, au lieu de coudre comme autrefois, sitôt les enfants couchés, elle s'allongeait sur le divan. Le matin, les yeux éteints, les gestes ralentis, elle peinait à se lever, à ranger la chambre et à préparer le déjeuner. De toute l'année dernière, on avait eu bien peu à manger. Maman divisait sa propre ration en quatre pour la partager avec les enfants et augmenter leurs trop petites portions. Si seulement Papa revenait ! Lui seul pouvait les sauver à présent.

Est-ce que Papa va revenir ? demandaient les petites. Bien sûr, répondait Maman en souriant, bien sûr qu'il va revenir. Macha n'avait jamais vu son père et Nina n'avait que quelques mois la dernière fois qu'il était venu. À dire vrai, Kolia lui-même ne s'en souvenait pas très bien. Il se le rappelait grand et fort. Mais il savait bien que plus on est petit et plus on trouve les adultes grands. Peut-être que finalement, son père ne ressemblait pas à l'image qu'il en gardait.

Maman était allongée sur le côté, le dos au mur, immobile, presque rigide sous sa couverture. Aucun de ces petits mouvements qui vous viennent dans le sommeil sous l'emprise des rêves ou en réaction à l'écho assourdi des bruits de la vie. Il semblait même qu'elle ne respirait plus. Timidement, Kolia posa la main sur la joue de sa mère. Elle était glacée, aussi froide que la vitre contre laquelle il s'était tenu.

3

De sa vie, Kolia n'avait jamais approché de cadavre. Ses grands-parents étaient morts quand il était tout petit. Dans la ville, des gens étaient morts de faim ou du typhus ou d'autres maladies, mais jamais Maman ne lui avait permis de l'accompagner aux enterrements. De la fenêtre, on voyait passer les cortèges funèbres portant le cercueil ouvert. Mais de si loin, on ne distinguait rien.

Cependant le petit garçon n'ignorait pas ce qu'était la mort. Il saurait la reconnaître, aucun doute : il avait lu assez de livres.

Quand il sentit le froid de la joue sur sa main, il se dit que sa mère était morte.

Sur le moment, il n'éprouva pas de chagrin. De terreur, son cœur s'arrêta. Il le sentit bondir dans sa poitrine. Une main balaya à rebours ses cheveux. Le froid de la chambre le pénétra. Il se crut paralysé. Ils étaient perdus, Nina, Macha et lui, livrés à la voisine du dessus. Il suffisait de peu de chose pour appartenir soudain à la catégorie des *bezprizorniki*. Il ne manquait pas d'imagination et se représentait l'enfer dans lequel on jetait les enfants privés de père et de mère. Il voyait les couloirs humides et malodorants des institutions où on les placerait. On les séparerait, bien sûr, pour qu'ils ne puissent même pas se réconforter mutuellement. Le monde métallique se refermerait sur eux.

Kolia regarda les petites formes blanches de ses sœurs. Elles avaient confiance en tout le monde. Comment supporteraient-elles d'être traitées en parias ?

Il prit sa décision en un instant. Il ne fallait plus tarder. Chaque minute comptait.

Dehors, les cloches carillonnaient toujours. Mais leur chant perdait ses accents de triomphe. Leur rythme se ralentissait.

Habillez-vous vite, chuchota Kolia. Jusque-là ils avaient parlé normalement. Mais ils se mirent à murmurer. Pourquoi, Kolia, pourquoi ? demanda Nina. Il fait encore nuit dehors. Ne sais pas m'habiller toute seule, larmoya Macha. Elles étaient toujours installées sur le rebord de la fenêtre mais tournaient à présent le dos à la vitre.

Nous ne pouvons pas rester ici, expliqua Kolia en enfilant ses vêtements pour leur donner l'exemple. Pourquoi, Kolia, pourquoi ? redemanda Nina. Demander à Maman de m'habiller, se plaignit Macha.

Maman est morte, lança tout à coup Kolia. Elles non plus ne pleurèrent pas, mais la nouvelle les accabla. Elles ne protestèrent plus, descendirent du rebord de la fenêtre et entreprirent de s'habiller. Il s'avéra ultérieurement que Macha s'était vêtue n'importe comment, sens devant derrière en boutonnant sa robe de travers. Ils enfilèrent leurs manteaux, leurs bottes, leurs moufles et leurs gros bonnets de fourrure (des cadeaux de la grand-mère : tout cela appartenait à ses petites-filles, autrefois, avant la Révolution).

Kolia donna ses instructions avant d'ouvrir la porte. Surtout ne pas faire de bruit, le suivre et ne pas se faire remarquer. Dans la foule, sur la place, ce ne serait pas trop difficile, même si, Kolia y pensait soudain, il n'y avait vu aucun enfant. Prenez l'air naturel, recommanda-t-il. Macha ne savait pas ce que cela voulait dire, mais on renonça à le lui expliquer.

Kolia n'avait pas de plan à proprement parler. Il voulait seulement s'éloigner de la maison avant que la voisine du dessus ne découvre Maman et ne leur mette la main dessus. Une fois dehors, il saurait sûrement que faire. Au moment de refermer la porte, il se sentit très malheureux. La pensée de Maman toute seule dans son lit glacé lui serra le cœur.

Ils descendirent l'escalier en grand silence, comme des conspirateurs. Lorsqu'ils poussèrent la lourde porte d'entrée et se jetèrent dans la nuit glacée, ils s'aperçurent tout à coup que les cloches ne sonnaient plus.

4

La foule refluait de la place. Il y restait cependant encore beaucoup de gens, le visage toujours levé vers le clocher de la cathédrale.

Ils se faufilèrent entre les jambes des grandes personnes. Elles étaient très absorbées dans leur contemplation, mais mieux valait ne pas se mettre trop en avant, souffla Kolia, une sœur dans chaque main. Aussi demeurèrent-ils un peu en retrait, abrités derrière deux femmes corpulentes et regardèrent entre les grands manteaux.

Macha et Nina, deux pipelettes d'ordinaire (elles commentaient systématiquement entre elles les nouveautés de leur existence), se tenaient coites et observaient gravement le spectacle. Le froid ne les troublait pas. Elles en avaient l'habitude et, dans la hâte du départ, avaient enfilé leur robe par-dessus leur chemise de nuit.

La place avait été investie — sans doute pendant qu'ils s'habillaient ou descendaient l'escalier — par les tchékistes.

Ils encadraient la place et empêchaient la foule de s'approcher de la cathédrale. La lumière des réverbères s'affaiblissait. Dans la neige, de plus en plus épaisse, on distinguait à peine l'église. Assez cependant pour voir qu'un groupe d'hommes y avait pénétré et escaladait le clocher à la recherche des sonneurs de cloches. Au moment où les tchékistes étaient apparus, affluant des quatre rues qui aboutissaient à la place, les cloches s'étaient tues. Ou plutôt, emportées par leur mouvement, elles avaient continué à tinter pendant quelques instants, lentement, faiblement, de plus en plus lentement et faiblement.

Les tchékistes barraient le chemin à l'assistance, revolver au poing, et menaçaient de tirer si l'on ne rentrait pas chez soi. Ceux qui n'avaient pas encore pris la poudre d'escampette, affectaient d'ignorer la présence des vilains bonshommes. Ils gardaient opiniâtrement les yeux fixés sur le clocher. On y voyait de moins en moins. Les hommes sur la place s'énervaient : du clocher, parvenaient des exclamations et des cris.

Alors, surgit de la nuit le chef de la commission extraordinaire de la ville, celui qui avait fait descendre les cloches quelques mois plus tôt. L'un de ses collaborateurs portait une lanterne. Mais pas besoin d'elle pour le reconnaître. Dès le premier jour, sa silhouette austère et son visage noiraud s'étaient gravés dans les mémoires. De même que son affreuse voix nasillarde, aux éclats métalliques.

Il ne prononça pas un long discours. Il jeta des ordres brièvement. Dispersez-vous ! Rentrez chez vous ! Ceux qui n'obtempèrent pas seront abattus sur-le-champ ! Il sortit son revolver de l'étui sur sa hanche et tira un coup en l'air. La déflagration éparpilla les flocons de neige au-dessus de lui. Elle étouffa le petit cri d'épouvante de Nina et de Macha. Toutes deux agrippèrent la main de Kolia. Elles allaient pleurer. L'ombre des manteaux des femmes placées devant eux lui cachait leurs visages. Il entendait leur respiration saccadée et la grande inspiration qui précède les hurlements.

La foule prit peur. Elle se rabattit en arrière. Les deux grosses femmes renversèrent les enfants en s'enfuyant. Elles ne s'en aperçurent même pas. Partout les gens couraient. Les plus téméraires gagnèrent nonchalamment le bord de la place. Personne ne prit garde aux enfants. On n'y voyait presque plus.

Kolia releva ses petites sœurs et les poussa vers les maisons. Comme ça, au hasard. Pas le temps d'avoir peur. Il fallait mettre Nina et Macha à l'abri. Sinon que dirait Maman ? Il avait oublié qu'il n'y avait plus de Maman et qu'ils étaient seuls au monde. L'idée ne lui en revint qu'une fois plaqués contre la façade la plus proche tandis qu'il réfléchissait à ce qu'ils allaient devenir. Où aller ?

5

C'est alors que passa devant eux, sans se presser, marquant par toute son attitude — port de tête très droit, démarche majestueuse — qu'on ne la contraignait pas à quitter la place, une silhouette que Kolia reconnut.

« Daria Philipovna », appela-t-il d'une petite voix émue, si ténue qu'il douta qu'elle l'entendrait. Mais elle se retourna, avec dignité.

« Seigneur, s'exclama-t-elle, les enfants, que faites-vous ici ? Dans la nuit, dans la neige ! » Elle jeta un coup d'œil aux hommes sur la place, mais ne les mentionna pas. Elle se rapprocha d'eux et sourit. On les voyait à la lueur du réverbère le plus proche. Tassés tous les trois contre le mur. Kolia, au milieu du groupe, n'avait pas lâché les mains de ses sœurs. Leurs visages, rapetissés par les gros bonnets de fourrure, la regardaient gravement. Les petites filles au bord des larmes. Le petit garçon pinçait les lèvres pour faire bonne contenance.

« Daria Philipovna, demanda Kolia sans lui laisser le temps de poser de questions, emmenez-nous avec vous, s'il vous plaît. Nous ne pouvons pas rentrer chez nous. »

Il la vit hésiter un instant et son cœur se tordit dans sa poitrine. Le désespoir l'accablait. Il ajouta d'une voix tremblante : notre maman est morte.

Daria Philipovna lui lança un regard perçant. Elle ne fit pas le moindre commentaire, ne posa pas de question. Elle prit la main de Macha et les guida, à travers l'obscurité, jusqu'à sa propre maison.

Elle habitait de l'autre côté de la place, juste en face de chez eux. Le soir, on la voyait, par les fenêtres éclairées, s'activer dans son appartement. Le matin, de bonne heure, elle descendait dans son manteau fourré, un cartable à la main. Kolia savait qu'il était temps de partir pour l'école.

Daria Philipovna n'était pas son institutrice. Elle faisait la classe à de plus grands que lui. Mais elle était le travailleur scolaire, le *chkrab*, comme on disait maintenant, le plus réputé de l'école. Non seulement à cause de son père, une gloire locale, disparue peu avant la Révolution, mais aussi pour sa conscience professionnelle scrupuleuse Le collectif de l'école lui reprochait périodiquement son attachement aux idées et aux méthodes anciennes, mais les parents se réjouissaient que leurs enfants passent dans sa classe : ils n'y perdaient pas leur année et retrouvaient vite des manières honnêtes.

Quand on expulsa les richards de la ville ou qu'on réquisitionna leurs biens — comme la grand-mère du dessous qui, autrefois, possédait et occupait avec sa famille la totalité de l'immeuble où habitaient les enfants — personne n'osa s'en prendre à elle. Elle garda son poste à l'école. Quant à son appartement, quatre petites pièces, on le lui laissa. (Le reste de la maison était depuis toujours occupé par des locataires. Simplement Daria Philipovna cessa d'en toucher les loyers.)

6

Seuls les hommes de la Tchéka occupaient encore la place. Tout le monde était rentré chez soi. Mais aucune lumière ne brillait nulle part. Ou bien les habitants s'étaient hâtés de se coucher, la tête sous l'oreiller pour ne rien entendre. Ou bien, dans la pénombre de leurs appartements, ils épiaient les mouvements sur la place.

Les tchékistes paraissaient nerveux. Ils s'agitaient, s'interpellaient, poussaient des interjections de dépit. Ils n'avaient pas trouvé les sonneurs de cloches. Kolia en ressentit une grande satisfaction.

Après le froid de la nuit, l'appartement de Daria Philipovna semblait douillet. Elle n'avait condamné aucune de ses quatre pièces et les chauffait tant bien que mal. Plutôt mieux que Maman.

N'éclairons pas, déclara Daria. On n'y voyait pourtant pas grand-chose parce que, désormais, les réverbères de la place étaient éteints. Les hommes de la Tchéka poursuivaient leurs recherches avec des lanternes. Par éclairs, une lumière dansante, sauvage, traversait l'appartement.

Elle alluma une bougie dans la cuisine et les aida à se déshabiller. Elle éclata de rire en découvrant l'accoutrement de Macha, mit manteaux, bottes et bonnets à sécher. Au moment où elle posait une bouilloire sur le fourneau, une ombre gigantesque se dessina sur le mur de la cuisine. Nina et Macha poussèrent un hurlement et se jetèrent dans les jupes de Daria Philipovna.

Un homme grand et fort se tenait dans l'encadrement de la porte. Une mèche de cheveux blonds lui tombait sur le front. Il ouvrait de grands yeux bleus et ronds.

« Vadim ! Je craignais que tu n'aies pas réussi à te sauver. Tu es resté jusqu'au dernier moment. Quelle imprudence ! »

Il lui adressa un beau sourire lumineux. « Cela permettait aux autres de s'enfuir plus sûrement. Tu as vu, lorsque les tchékistes sont arrivés sur la place, pas une seconde, ils n'ont pensé à contrôler les mouvements de la foule. Ils étaient tellement sûrs que nous étions encore dans le clocher. »

Vadim montra les enfants. Kolia, tout raide au milieu de la cuisine, aux aguets, évaluant le nouveau venu, et les petites filles qui sortaient à peine leurs visages de la jupe de Daria (la voix de Vadim, tendre et chaude, les avait rassurées). Et ça, est-ce que ça faisait partie du programme ?

« Je les ai trouvés sur la place tout seuls. Ils disent que leur mère est morte.

— Tu les connais ?

— Je connais ce brigand-ci (elle désigna Kolia d'un petit mouvement de la main). Il est inscrit dans mon école. Nous nous rencontrons souvent sur le chemin. Les petites doivent être ses sœurs.

— Ce sont mes sœurs. Elle, c'est Nina et voici Macha.

— Et toi, comment t'appelles-tu ? » demanda Vadim, un genou à terre pour se mettre à la hauteur des enfants.

Il s'appelait Nikolaï Mikhaïlovitch. Il détacha les syllabes de son nom, comme sa maman le lui avait appris. Oh, dit Vadim, Kolia, alors ? Et Kolia hocha la tête. Ce Vadim lui plaisait bien. Il savait parler aux enfants. Nina et Macha s'approchèrent à leur tour. Il les embrassa toutes deux et, d'un bond, se souleva, une petite fille dans chaque bras. Elles rirent de plaisir. Il était si grand qu'elles touchaient presque le plafond.

Daria achevait de préparer le thé. Kolia soupira intérieurement. Il le devinait, à présent viendraient les questions. Kolia redoutait la perspicacité de Daria Philipovna. Il ignorait ce qu'elle pensait du problème essentiel, celui des *bezprizorniki*. Suivait-elle l'opinion de la voisine du dessus ?

De la fréquentation de l'école et de son institutrice du moment, il tenait une profonde défiance à l'égard des maîtres. Leurs leçons contredisaient l'enseignement de Maman. Le petit garçon ne doutait pas que son institutrice le ferait envoyer immédiatement dans un orphelinat. Sans hésitation. Les enfants ne doivent pas être livrés à eux-mêmes, sinon ils tombent dans le vice, la corruption et la spéculation (qu'était-ce que ces trois épouvantails qu'agitait l'institutrice ?). L'État prend mieux soin des enfants que leurs parents. La famille n'est qu'un pis-aller qui n'évite pas les erreurs d'éducation. Ce sont des professionnels qui doivent élever les enfants. Rappelez-vous cela !

Kolia se le rappelait. Il n'avait pas oublié la leçon sur les *bezprizorniki*, l'un des soucis de l'époque. Elle avait à jamais entamé sa confiance en son institutrice. Pourtant son instinct l'assurait que Daria Philipovna ne partageait pas ce point de vue.

C'est alors que survint un événement, assez prévisible, qui différa l'interrogatoire de Kolia

7

Des bruits violents, des éclats de voix dans la cage d'escalier

Pendant qu'ils discutaient ensemble dans la cuisine de Daria, les tchékistes, sur la place, avaient renoncé à leurs recherches dans la cathédrale. Sur ordre de leur chef, ils visitaient à présent les appartements suspects de la place du Marché. La liste en avait été dressée dès l'arrivée en ville du nouveau responsable de la commission extraordinaire. Le gouvernement de Moscou, qui se défiait des pouvoirs locaux — on les soupçonnait de manquer de fermeté et de protéger des contre-révolutionnaires par simple amitié —, l'avait envoyé dans cette ville de l'Oural pour contrôler les autorités locales. Après avoir étudié la liste du comité exécutif, il y avait rajouté des noms qui n'y figuraient pas mais contre lesquels on pouvait légitimement nourrir des soupçons ou qui avaient fait l'objet de dénonciations particulières.

Sur la liste, se trouvait celui de Daria Philipovna.

Les bruits de pas se rapprochaient dans l'escalier. Les tchékistes ne se cachaient pas. Ils parlaient à voix haute, pour terroriser également ceux qu'on ne suspectait pas encore. Il fallait que tout l'immeuble respire en les entendant s'arrêter chez Daria Philipovna.

Ils frappèrent à grands coups insistants, criant de leurs grosses voix qu'il fallait ouvrir.

La porte s'ouvrit d'un coup sur une entrée sombre L'appartement était plongé dans l'obscurité. Une chandelle brûlait dans la cuisine, transformant les habitants en ombres.

Vous ne pouvez pas allumer, citoyenne ? réclama l'un des tchékistes. On n'y voit rien chez vous ! Daria éclaira. Les hommes la découvrirent, ébahis, en robe de chambre, avec trois enfants en vêtements de nuit qui se frottaient les yeux sous la lumière. Ils échangèrent des regards interloqués. Le plus âgé, qui conduisait l'expédition, regarda le papier qu'il tenait à la main.

« Qu'est-ce que c'est que cela ? demanda-t-il à Daria Philipovna.

— Cela ? Quoi cela ? » Elle prit son air sévère d'institutrice. Même dans cette vieille robe de chambre, pelée, trop longue pour elle (celle dans laquelle son père avait coutume de travailler), elle gardait grande allure. « De quoi parlez-vous, s'il vous plaît ?

— Comment de quoi ? Qu'est-ce que c'est que ces enfants ? C'est écrit là. Vous habitez seule. D'où sortent ces morveux ? »

Kolia lui jeta un regard noir. En voilà un qui ne savait pas parler aux enfants. Cela ne l'étonnerait qu'à moitié que les institutions pour *bezprizorniki* soient gérées par des hommes de cet acabit. Quant aux femmes, il n'osait même pas les imaginer. Sans doute des êtres perfides, sourds à toutes les tentatives pour les amadouer ou les duper. Cette pensée lui donna du courage. Il ne laissa pas à Daria Philipovna le temps de répondre. D'ailleurs saurait-elle répondre comme il fallait à ce rustre ? Elle commettrait une bourde, il en était sûr.

C'est notre tante, notre chère Daria Philipovna, sûrement vous la connaissez. Et nous sommes ses trois neveux. Nous sommes venus avec notre papa lui rendre visite. Hélas, il est tombé malade en route.

Le tchékiste regarda de haut ce moutard. Même pas dix ans, mais quelle assurance. Pas une minute, il ne supposa que Kolia pouvait mentir. Si Daria avait elle-même donné cette explication, elle lui aurait paru cousue de fil blanc. Mais ce petit, aux yeux gris si francs, et ses deux sœurs en chemise de nuit avec leurs airs effrayés d'enfants réveillés au milieu de leur sommeil, il avait envie de les croire.

Ah bon, dit le tchékiste d'un air dubitatif, il ne fallait pas montrer que les enfants l'attendrissaient. « Qu'est-ce que tu en penses, demanda-t-il à Nina, c'est vrai ce que dit ton frère ? Ton papa est vraiment malade ? »

Une chance qu'il n'ait pas interrogé Macha qui, par innocence, aurait mangé le morceau. Mais Nina était une comédienne à l'esprit vif. Et jamais elle ne contredirait son frère. Elle fondit en larmes aussitôt. Très malade. Il est très malade. Elle ne connaissait rien aux maladies, mais avait retenu qu'une épidémie de typhus avait tué beaucoup de monde en ville. Souvent Maman en parlait pour les obliger à se laver, même s'il faisait très froid dans la cuisine (« C'était le typhus. Et si nous n'en sommes pas morts, c'est parce que nous étions très propres »). Aussi, pour donner plus de consistance à son chagrin, elle ajouta : c'est le typhus. Il va mourir, c'est sûr.

Les tchékistes eurent un léger mouvement de retrait. S'ils avaient survécu à la grande épidémie, ce n'était pas pour attraper maintenant cette saleté. Le chef fronça les sourcils.

« Est-ce vrai, citoyenne ?

— C'est vrai. Il a dû être contaminé dans une gare. Ils arrivent de Moscou.

— Bien sûr, vous n'avez déclaré ni l'arrivée de votre frère, ni sa maladie n'est-ce pas ? »

Daria hocha la tête. Elle avait perdu la tête en le voyant si mal.

« Je vais vous signaler au service de santé. Ne quittez pas cette maison. Ne laissez pas sortir les enfants. Évitons la contagion. » Il fit signe à ses hommes. On y va. Ils se retiraient lorsque la voix bien timbrée de Daria les arrêta. Pouvait-elle savoir pourquoi on la dérangeait à une heure pareille ?

« Ah, dit le chef des tchékistes, vous n'avez sans doute pas entendu sonner les cloches ? »

Comment ? Évidemment elle les avait entendues. Quel rapport ?

« Nous cherchons les responsables de cet acte. »

Comment ? Ici ? Dans sa maison ? Avec les enfants et ce malade ? Il fallut bien que l'homme présente ses excuses avant de quitter la maison.

8

Kolia pensa que sa ruse avait berné les tchékistes. Il en tira longtemps de la vanité parce que son caractère le portait à la duplicité et qu'il éprouvait du plaisir à rouler ses adversaires.

Ce n'est que plusieurs années après, qu'il comprit que seule leur innocence avait trompé les hommes de la commission extraordinaire. En outre, partant de l'idée évidente qu'un homme seul n'aurait pu réinstaller les cloches, ils cherchaient plusieurs sonneurs. La présence d'un inconnu dans la maison de Daria Philipovna ne s'accordait pas à leurs soupçons. Et pourquoi les responsables de ce méfait s'embarrasseraient-ils d'enfants ? À cette époque-là on allait encore au plus simple.

Après le départ des hommes, Vadim surgit de sa cachette. Daria enleva la robe de chambre de son père. Elle dissimulait la jupe qu'elle n'avait pas eu le temps de retirer avant l'arrivée des tchékistes.

« Ce sont de fameuses recrues que tu as trouvées, Daria, complimenta Vadim. Je suis certain que tu aurais eu moins d'imagination qu'eux.

— Beaucoup moins, c'est certain. » Elle flatta les cheveux des trois enfants. Mais attention ! Mentir devait rester un acte exceptionnel. Elle fixa Kolia et Nina de façon insistante, à sa manière d'institutrice. Les deux enfants ne cillèrent pas et la regardèrent bien en face, de leurs grands yeux lumineux.

Ils éprouvaient beaucoup de respect pour Daria Philipovna. Mais ils avaient appris très tôt qu'ils seraient perdus s'ils ne recouraient pas régulièrement au mensonge. Peut-être n'y avait-il plus désormais que des situations exceptionnelles. Ils étaient bien décidés à poursuivre dans cette ligne qui leur avait, jusque-là, parfaitement réussi.

« Nous ne pouvons pas rester ici, déclara Daria. Ils risquent de revenir ou d'envoyer un médecin. Et ils ne tarderont pas à s'apercevoir que je n'ai pas de frère. Attendons une heure ou deux et partons. » Vadim approuva. Ce serait dangereux de s'attarder.

Mais Kolia s'alarma. Ils n'allaient pas partir ! Où se rendraient-ils ? Et eux, les enfants, qu'allaient-ils devenir ? Il fallait les emmener. Ils ne pouvaient pas rester.

De nouveau, Vadim approuva. Bien sûr, on emmènerait les enfants. Daria n'émit pas d'objections, mais, plusieurs fois, elle fronça les sourcils, comme si l'idée lui déplaisait. On verrait, on verrait. Pour le moment, qu'ils se couchent. Il se faisait tard, très tard (si tard que c'était déjà le matin, comme le fit remarquer Vadim, en riant pour détendre l'atmosphère).

Mais Kolia n'entendait pas se laisser amuser par le stratagème de Daria Philipovna ou par les plaisanteries de Vadim. Il n'avait pas confiance. Il savait ce qui se passerait : sitôt qu'ils seraient endormis, les adultes prendraient la poudre d'escampette. Il connaissait la musique. Dors, mon chéri, c'est pour ton bien. Et pendant que les enfants dorment, les grandes personnes agissent à leur guise. C'est bien connu ! Les enfants, toujours facile de les endormir. Ah oui, nous n'avons pas votre résistance et vous en profitez pour nous tromper ! Ont-ils seulement réfléchi à ce qui se passera ? Aux ennuis qu'on leur fera à tous les trois. Pour s'être payé la tête des tchékistes. On les fourrera aussitôt, sans réfléchir, sans leur laisser la plus petite chance de s'en sortir, dans une maison pour *bezprizorniki*. Ah non ! Pas question de dormir.

Vadim et Daria en demeurèrent abasourdis. La première, Daria demanda : « Pour *bezprizorniki* ? Tes parents sont donc morts ?

— Ah vous voyez, vous ne me croyez pas ! On ne croit jamais les enfants. » (Sauf les tchékistes, semblait-il.) Tout à l'heure, n'est-ce pas, il aurait pu les dénoncer à ces méchants hommes. Tenez, votre sonneur de cloches est dans cette chambre. Les autres sont déjà partis. Mais courage, camarade tchékiste, vous leur mettrez bien la main dessus ! Mais voilà, Vadim et Daria leur avaient fait confiance. Et aucun d'eux ne les avait trahis. Hein, Nina ? Hein, Macha ? (Elles opinèrent toutes les deux. Macha ne comprenait pas bien pourquoi Kolia était si en colère et si rouge, elle imita cependant le geste de sa sœur.) Mais eux, qui auraient dû se montrer raisonnables à leur âge, ils ne les avaient pas pris au sérieux. Enfin, qu'est-ce que vous croyez : qu'on s'amusait ? (On s'était drôlement amusé et on aurait de quoi discuter avec Nina et Macha pendant des semaines. On rejouerait la scène et on imaginerait des fins différentes. Mais pas question de le reconnaître. Toujours solidaires de leur frère, les deux petites filles approuvèrent une nouvelle fois. Macha ne quittait plus sa sœur des yeux pour ne pas commettre un faux pas.)

« Tu veux dire, reprit Daria, que tu ne nous as pas dénoncés, uniquement parce que tu avais peur qu'on vous pique tous les trois en même temps que nous ? » Cette idée ne la mit pas en colère. Bien au contraire, elle éclata de rire. Qu'il est malin ce petit Kolia !

Le petit Kolia était vexé. Mais non, il ne les aurait jamais livrés, bien sûr (Nina fit signe que non de la tête, aussitôt imitée par Macha). Des choses pareilles, ça ne se faisait pas. Simplement, il aurait aimé qu'on eût un peu de reconnaissance pour eux. (Plus tard, Nina demanda à son frère si c'était vrai qu'on ne les aurait jamais livrés. Sur le moment, il l'attrapa, mais en y réfléchissant tranquillement, il trouva que la question n'était pas totalement dépourvue de pertinence.)

Vadim intervint à son tour. Kolia lui plaisait. Et ses sœurs aussi. Ces enfants étaient des braves. On ne pouvait pas les abandonner à leur sort. Rien de pire que les orphelinats, il était bien d'accord avec eux. Qu'on prenne tous un peu de thé. Qu'on mange un morceau pour se donner du courage, et en route pour l'aventure.

Kolia bondit de joie. Où allons-nous ? Où allons-nous ? Allons-nous ? lança le double écho. Mais Vadim mit un doigt sur sa bouche : chut, c'est un secret.

9

Il faisait encore nuit lorsqu'ils se glissèrent dehors. Tout était calme à présent. La battue devait se poursuivre dans un autre quartier de la ville, ou bien les tchékistes étaient au rassemblement, à se faire houspiller par leur supérieur, le noiraud cruel, ou encore, dépités, ils étaient retournés se coucher. Mais personne ne croyait à cette hypothèse suggérée par Nina qui, elle, aurait volontiers sommeillé un peu avant de s'en aller dans le froid.

Cette nuit-là, les enfants n'avaient pratiquement pas dormi. Mais pour le moment, seule Nina se sentait fatiguée. Les deux autres étaient trop énervés. Kolia voulait coûte que coûte mettre ses sœurs, et lui-même, à l'abri des ramasseurs d'orphelins ; Macha craignait de se tromper dans l'attitude et les mimiques à adopter.

Dehors, il faisait très froid et très noir. Tous trois se serrèrent plus fort contre Vadim et Daria Philipovna.

Kolia repensa souvent à leur équipée dans le petit matin. Leur escapade relevait de l'imprudence pure et simple. Les tchékistes devaient garder toutes les sorties de la ville et le moindre mouvement, à cette heure si matinale, paraîtrait suspect. Mais aucun d'entre eux n'y songea. Les enfants avaient peur de la nuit, mais leur peur demeurait confuse. Quant aux deux adultes, ils semblaient totalement dépourvus de crainte. Ou bien, Kolia l'avait oublié, ou bien les deux jeunes gens étaient d'une autre trempe que ceux de maintenant. Peut-être était-ce seulement de l'inconscience parce qu'ils ignoraient encore que la terreur était le nerf du système auquel ils s'opposaient. Aujourd'hui qu'il était plus âgé qu'eux, après tout ce qu'il avait enduré, Kolia savait qu'à leur place, jamais il n'aurait pris de si grands risques.

Leur seule précaution : les enfants, surtout pas de bruit ! Glissons-nous hors de la ville sans nous faire repérer. Vadim tenait Kolia et Nina par la main. Daria halait Macha qui trottinait dans la neige à son côté. Ils quittèrent la place et s'engagèrent dans l'une des rues qui menait à l'extérieur de la ville.

Celle-ci n'était pas suffisamment ancienne pour avoir été fortifiée. Longtemps, elle ne fut qu'une bourgade où les paysans venaient vendre leurs produits en échange d'articles façonnés. La ville avait grandi au siècle dernier autour d'une fabrique établie par un propriétaire terrien (un nouveau, venu de la capitale avec des idées modernes) et du chemin de fer.

Sur le bord de la place et le long des rues qui en partaient, les beaux quartiers, avec des cours que le printemps fleurissait de lilas. Au fur et à mesure qu'on s'en éloignait, les maisons devenaient plus simples et moins ornementées. De petites églises bornaient le chemin.

Au nord, à côté de la fabrique, le quartier ouvrier d'assez jolie allure parce que le propriétaire — un paternaliste fusillé dès les premiers jours de la Révolution — avait voulu lotir convenablement ceux qui travaillaient pour lui. (À cause de cette triste histoire, durant quelques semaines, la ville fut livrée à la terreur des Blancs. À leur tour, ils procédèrent à des exécutions : des ouvriers et tous ceux qu'ils jugeaient complices de l'assassinat du propriétaire. Pour cette raison, les habitants dans leur ensemble firent bon accueil aux Rouges lorsqu'ils revinrent. Ils avaient vite déchanté.)

Depuis le début de la Révolution, prolongeant la ville, des cahutes avaient surgi. Y vivaient des paysans ou des villageois des alentours chassés de chez eux par la faim. Les premiers arrivants, la famille de Kolia par exemple, furent relogés immédiatement chez les ci-devant de la ville. Bon moyen de les ennuyer ! À l'époque, le comité exécutif se montrait généreux. Il est vrai que, déjà, leur père se battait dans l'Armée rouge. Aujourd'hui, on laissait les nouveaux arrivants dans leurs taudis. Ils s'incrustaient et occupaient les maisons abandonnées.

La ville avait perdu son allure d'autrefois. La rue que suivaient Kolia et ses compagnons semblait atteinte d'une grave maladie. Autour de la place, les maisons, mieux construites, avaient davantage résisté. Ailleurs, elles tombaient en ruine. Les vitres étaient brisées. On y avait cloué des planches ou collé des cartons pour se protéger du froid. Les portes étaient parfois arrachées. Les maisons qu'avaient abandonnées leurs propriétaires (en fuite ou fusillés) étaient dévalisées. Les pillards n'emportaient pas les objets précieux, ils raflaient tout ce qui avait alors le plus de valeur : ce qui brûlait et permettait de se chauffer. Aussi les portes, mais aussi les parquets et les rampes d'escalier (et parfois la maison elle-même) avaient-ils été volés et jamais remplacés. Ceux qui avaient pris possession des lieux vivaient dans les décombres.

10

De l'une de ces maisons, précisément, sortit, au moment où ils arrivaient à sa hauteur, une petite silhouette noire. Le jour approchait. On voyait mieux les contours de la rue sinistrée. Dans cette demi-clarté, cette maison minuscule semblait plus proprette et mieux tenue que les autres. La peinture s'écaillait un peu sur le bois, mais on n'avait touché à rien. Elle possédait un jardin plus vaste que les autres, comme si l'on avait rogné sur la maison pour s'assurer un plus grand potager. Une bonne idée par ces temps de disette.

La petite silhouette noire se dirigeait vers le centre de la ville. En la croisant, ils virent une petite vieille, très ridée, un peu bossue, vêtue de noir de la tête aux pieds.

« Ouh, dit-elle en s'arrêtant pour les contempler, est-ce qu'il n'est pas un peu tôt pour se promener en famille ? »

Ils s'arrêtèrent à leur tour. Kolia la regarda avec effarement. La vieille parlait d'une petite voix pointue, un peu haut perchée dont le timbre était très exactement celui de Macha. Il observa tour à tour la vieille femme et la petite fille. Il frémit à la pensée qu'un jour Macha ressemblerait à cette petite vieille fripée, aux yeux noirs et malins.

« Et toi, grand-mère, répondit Daria sans se laisser démonter, que fais-tu dehors à cette heure matinale ? Il est trop tôt pour faire tes courses. Les magasins sont encore fermés.

— Je le sais bien, ma petite fille. Je ne vais pas faire mes courses. » Malgré sa voix pointue, elle parlait de manière douce. Elle ajouta avec ironie : « Si ces enfants étaient à toi, sûrement tu devinerais ce qui m'appelle dehors à cette heure matinale.

— Oh, oh, répliqua Daria, mais ces enfants sont les miens. Kolia, Nina et Macha. Et voici mon mari, Vadim. Nous allons dans la forêt chercher du bois pour cuire notre repas de Noël.

— C'est bien, remarqua la vieille en souriant. Il faut respecter les traditions. Mais tu ne sais pas t'y prendre, ma fille. Mieux vaut mettre du bois de côté que d'aller courir dans la forêt à l'aube avec de si petits enfants.

— Nous ne sommes pas petits du tout, observa Kolia. Et vous n'avez pas répondu à la question de ma maman. Pourquoi sortez-vous si tôt de chez vous ? »

Daria voulut gronder Kolia de son impertinence. Mais la vieille ne s'en formalisa pas. Elle s'approcha du petit garçon et le regarda de plus près. Finalement quand on l'examinait de près, même dans cette mauvaise lumière, on s'apercevait qu'elle devait être moins âgée qu'elle ne le paraissait. Au premier abord, Kolia lui aurait donné, tiens, quatre-vingts ou quatre-vingt-dix ans. Réflexion faite elle était sensiblement du même âge que la grand-mère du dessous, pas plus de soixante-dix ans. Dans son jeune temps, elle avait sans doute mené une vie moins facile que la grand-mère du dessous. Ses joues, très blanches, étaient toutes ridées.

« Nous n'avons pas la langue dans la poche, mon petit bonhomme. Ne le gronde pas, dit-elle à Daria. J'aime que les enfants posent des questions. Et celui-là me revient tout particulièrement, même si je ne l'ai pas mis au monde. » Petit regard en coin à Daria. Elle ne croyait pas un mot de son histoire. « Je suis sage-femme, petit Kolia. Un bébé va naître. Je me hâte d'aller le délivrer. »

Revenant à Daria, elle recommanda de faire bien attention. Les forêts étaient dangereuses. Mais moins que la ville aujourd'hui. « Ils ont surveillé la rue jusqu'à ce qu'on vienne me demander, il y a un quart d'heure. C'est une chance que vous ne les ayez pas rencontrés. Ils ne tarderont sûrement pas à revenir, dépêchez-vous. » Elle se tourna vers Vadim et le bénit. « Merci, Vadim Ilitch. Grâce à toi, avant de mourir, j'aurai entendu une fois encore le son des cloches de la cathédrale. »

Elle reprit sa route sans plus les regarder.

Kolia, lui, ne la quittait pas des yeux. C'était de la magie. La voix de Macha. Et comment savait-elle ? Vadim l'empoigna par la main. Il restait quelques mètres à franchir pour sortir de la ville. Déjà on distinguait la forêt.

« Comment savait-elle ? Pas difficile, tiens, répondit Vadim sans s'arrêter. Tu ne l'as pas reconnue ? Agafia Sidorovna, la sage-femme. Un peu sorcière. C'est elle qui m'a mis au monde.

— Oh, siffla Nina. Comment t'a-t-elle reconnu ? »

11

Personne ne les empêcha de franchir les derniers mètres qui les séparaient de la liberté. Les tchékistes avaient disparu. La ville était endormie. Un matin comme les autres.

Jamais les enfants ne s'étaient aventurés très loin

dans la forêt. Aussi leurs cœurs battaient très fort lorsqu'ils dépassèrent la limite qu'avec Maman, ils ne franchissaient jamais. Ils serraient plus que jamais les mains qui les tenaient.

Et aussi, ils avaient sommeil. Ils étaient fatigués. Combien de temps devraient-ils encore marcher ? On s'était bien gardé de le leur préciser.

Macha protesta la première. Silencieusement, simplement, elle s'arrêta de marcher. Daria eut beau tirer la main, puis le bras de la petite fille, elle ne bougea plus et demeura plantée dans la neige. C'est bon, Macha. Daria la hissa dans ses bras. Quoique petite et pas très lourde, avec ses bottes, son gros manteau et son bonnet fourré, elle constituait un paquet assez encombrant. D'autant que sitôt nichée dans les bras de la jeune femme, elle s'endormit et pesa de tout son poids.

Kolia et Nina trébuchaient de fatigue dans la neige. Daria ahanait. Les bottes de Nina et de Kolia s'emplissaient de neige. Leurs pieds gelaient. Mais ils ne disaient rien, se contentant de regards d'envie à leur petite sœur endormie dans les bras de Daria Philipovna puis, quand elle ne put plus la porter, dans ceux du sonneur de cloches, le grand, le fort, Vadim Ilitch.

Désormais, ils donnaient la main à Daria. Elle les traînait derrière elle. Ils marchaient de moins en moins vite. L'envie de pleurer les étreignait de plus en plus fort. Il faisait grand froid. Les arbres se resserraient autour d'eux. Ils ignoraient où on les conduisait. Nina appela sa mère, dans un sanglot. Aussitôt, Kolia fit écho. En retrait par rapport à Daria qui devait avoir les bras tout engourdis dans cette position, ils se regardaient, le visage barbouillé de larmes.

Daria, exténuée, s'effondra sur un tronc couché par la foudre. Arrête, cria-t-elle à Vadim qui marchait en avant avec Macha. Nous ne pouvons pas continuer comme ça. Elle attira les deux enfants contre ses épaules et les consola à petits baisers, caresses et tapotements. Ils essuyaient leurs yeux sur son manteau. Vadim s'assit à côté d'elle, les bras toujours arrondis en coupe devant lui pour soutenir le petit corps de Macha. Et regardez, vous allez prendre froid, gronda la jeune femme. Allons, un pied après l'autre, je vous tiens, enlevez-moi ces bottes et videz-les. Leur chagrin s'apaisait. Une fois leurs bottes déneigées, ils se serrèrent de nouveau contre Daria, un contre chaque épaule.

Vadim se mit à rire. Il riait très fort. Dans la forêt, son rire résonna contre les arbres et revint derrière eux. À croire qu'ils étaient encerclés par un détachement de rieurs. Kolia et Nina levèrent de grands yeux étonnés sur les adultes. Fallait-il s'inquiéter ou pouvait-on s'en amuser ? Mais déjà Vadim ne riait plus. Son visage se marquait de fatigue. Le froid lui rougissait la peau, ses yeux se rétrécissaient. Sans cesse il fronçait les sourcils. À côté de lui la pauvre Daria était blême. Sa bouche tremblait un peu sans qu'ils sachent si c'était le froid ou l'envie de pleurer. Les enfants se pelotonnèrent une fois de plus contre son sein.

Alors, intervint le miracle. Toute sa vie, Kolia se souviendrait de l'arrivée du traîneau glissant sur la neige. Tiré par un cheval noir et conduit par un homme qui disparaissait sous une grande chapka brune et des couvertures, le traîneau crissait sur la neige.

Vadim se dressa. Vitali ! C'est Vitali ! Daria, lève-toi. Nous sommes sauvés ! Ils étaient donc en danger, pensa Kolia. Vitali conduisait en artiste. Il s'arrêta à leur hauteur en esquissant un demi-tour.

Eh bien, qu'est-ce que c'est que ce chargement ? Une bonne idée que j'ai eue de venir à votre rencontre. C'est que nous nous inquiétions ! Alors, Daria Philipovna, vous emmenez votre école avec vous ? Pourquoi pas, cela fera de l'animation.

C'était un sacré bavard ce Vitali, comme ils s'en aperçurent plus tard. Mais sur le moment, ils ne s'en rendirent pas compte. À peine les eut-on déposés dans le traîneau douillet, sous une couverture de laine, qu'ils s'endormirent.

12

Ils se réveillèrent tous les trois ensemble, question d'habitude et puis à trois dans ce grand lit, il suffisait que l'un d'entre eux gigote pour réveiller les autres.

C'était un miracle, un vrai miracle ! Ils n'étaient plus du tout perdus au milieu de la forêt, mais couchés dans un lit dégorgeant d'édredons et d'oreillers moelleux, dans une chambre bien chaude. Un poêle dans un coin. À la fenêtre de jolis rideaux verts et jaunes, comme si le printemps était entré sans attendre. Les murs en bois peint d'une teinte très douce, proche du vert amande. De chaque côté du lit, des tapis qui donnaient envie de s'y rouler. Et, le croiriez-vous ? Plus de manteau, ni de bottes, ni bonnets de fourrure. Pas même de robe ou de pantalon. Ils portaient tous les trois la grande chemise de laine blanche dans laquelle Maman les faisait dormir l'hiver.

D'un coup de pied, hop, ils envoyèrent l'édredon à l'autre bout du lit. Ils n'avaient plus du tout sommeil. Levons-nous vite ! Où sommes-nous ? Sommes-nous ?

Ils sautèrent sur les tapis. Il fallut aider Macha parce que, quand même, le lit était un peu haut. Kolia courut à la fenêtre. Dehors, il ne faisait pas tellement plus jour que tout à l'heure. Le soleil avait-il décidé de ne pas se lever aujourd'hui ? Ou bien étaient-ils arrivés ici à tire-d'aile ? Ou encore avaient-ils dormi jusqu'à la fin du jour ? (Pas tant que ça somme toute : à cette époque de l'année, le jour déclinait dès le début de l'après-midi.)

La porte s'ouvrit et un barbu rigolard passa la tête. Ils ne le reconnurent pas tout de suite sans sa chapka. Mais bien vite Kolia et Nina entonnèrent :

c'est Vitali, Vitali. La petite voix pointue de Macha répéta par principe mais avec une inflexion d'interrogation. Tali ? C'est qu'elle dormait lorsqu'ils l'avaient rencontré.

« Quels paresseux ! Au lit presque toute la journée ! Daria et Vadim, en voilà des gaillards, eux. Ils ont dormi, je ne sais pas moi, deux petites heures et de nouveau ils sont frais. On m'avait pourtant dit que les enfants récupéraient très vite.

— Est-ce que vous n'avez pas d'enfant ou, ajouta Kolia après un coup d'œil aux cheveux gris de Vitali, de petits-enfants pour ne pas savoir que les enfants se fatiguent vite ?

— Ni enfants, ni petits-enfants, ni neveux, ni petits-cousins. Rien du tout. Mais maintenant que vous êtes là, je vais apprendre très vite.

— Tout de même, observa Nina, vous avez dû être enfant autrefois ?

— Même pas », dit-il en éclatant de rire.

Ils se regardèrent, déconcertés. Cela corroborait leurs pires soupçons, nés d'une transposition pure et simple par Kolia de la théorie des classes sociales. S'il y avait d'un côté les bourgeois et autres ci-devant et de l'autre le prolétariat, sans passerelle de l'un à l'autre comme on l'enseignait à l'école, n'existait-il pas non plus deux catégories distinctes : celle des adultes et celle des enfants ? Kolia et Nina se demandaient si, par caprice de la nature, on ne naissait pas soit adulte, soit enfant. Impossible d'imaginer Maman dans les vêtements de Macha. Elle avait toujours été une grande personne. Et eux, à tout jamais, resteraient des enfants. Avec Vitali, ils trouvaient une première confirmation de leur hypothèse.

Sur les traces de Vitali, apparut Daria Philipovna avec une pile de vêtements propres. De drôles de vêtements à l'odeur curieuse, mais parfaitement à la taille de chacun d'eux. Les robes de Nina et de Macha étaient volantées de dentelle au col et aux poignets, des robes de princesse, selon Nina qui de sa vie n'avait rien vu d'aussi joli. Le pantalon de Kolia en laine douce paraissait un peu usagé aux genoux mais l'étoffe ne grattait pas. De même que celle de sa chemise russe.

Ils allaient de surprise en surprise. Quand elle les vit habillés de frais tous les trois, malgré l'odeur persistante de naphtaline, Daria battit des mains : ils portaient les vêtements qu'elle et son frère mettaient dans leur enfance. Nina en baissa les bras de dépit, encore une qui prétendait avoir été enfant. Mais Kolia qui, au fond, ne croyait pas beaucoup à sa propre thèse, remarqua un point capital. Vous avez bien un frère, Daria Philipovna ? Un frère, un grand frère, mais il était mort à l'âge de dix ans, en tombant d'un arbre.

Il ne fallait pas se laisser aller au chagrin, même si cette évocation rappelait à Kolia la mère qu'ils avaient abandonnée derrière eux. Allons, allons, dit Vitali qui, en tant qu'adulte depuis toujours (il devait exister une catégorie intermédiaire, songea Nina), n'avait pas la larme facile. Il faut manger ! Ces enfants doivent être morts de faim après la balade que vous leur avez imposée. Ce Vitali, quel homme tout de même ! Il comprenait tout sans qu'on lui fasse de confidences !

« Qu'est-ce que ça mange les enfants ? » demanda-t-il d'un air soucieux, comme s'il s'agissait d'une question qui le tracassait depuis longtemps. Les enfants demeurèrent silencieux, cachant leur profonde inquiétude. Qu'allait-on encore leur faire avaler ? La nourriture était un tourment constant. Comme ils n'avaient jamais connu que ces périodes ingrates, où, faute de produits véritablement comestibles, on mangeait ce qu'on trouvait, ils n'imaginaient pas que les repas puissent apporter de grandes satisfactions. Au fond, ce qu'ils aimaient le mieux c'était ce que Daria leur avait donné tout à l'heure : du pain et du thé. Encore le thé, ignoraient-ils ce que ça pouvait être autrefois. Ce qu'ils buvaient était une étrange décoction, plus ou moins amère selon qu'on disposait ou non de sucre.

« Des bliny, est-ce que ça ira ? » demanda Vitali en grimaçant d'inquiétude. Devant la mine enthousiaste des enfants, il éclata de son grand rire. Qu'il se soit moqué d'eux ne les tracassait guère. Des bliny, ça c'était du sérieux. Kolia l'exprima pour ses sœurs. Des bliny, ils adoraient cela. Mais qu'est-ce qu'on fête donc ?

Du coup, Vitali se mit en colère. « Petit mécréant ! Quel pays pourri ! Des enfants qui ignorent que c'est Noël. » Ils ne l'ignoraient pas tout à fait grâce à leur mère. Mais ils ne célébraient pas les fêtes religieuses. Trop dangereux avec la voisine du dessus qui fourrait son nez dans les affaires des autres.

« Allons, allons, dit Vitali d'un ton bourru. Je sais bien que ce n'est pas la règle de manger des bliny pour Noël, mais qu'est-ce qui reste des règles d'autrefois ? Au moins, nous célébrons Noël. Nous ne sommes pas des mécréants. » Il les poussa devant lui. La chambre donnait sur un couloir peint d'un rose fané. Du bout du couloir partait un escalier en bois. Ils le descendirent, toujours pressés par la voix rageuse de Vitali. Elle les fouettait comme un knout acéré. Petits mécréants ! Ignorer Noël ! S'il n'y avait eu Daria Philipovna avec eux, ils en auraient pleuré d'humiliation.

L'escalier débouchait sur un vestibule, barré par la lourde porte d'entrée. Il ouvrait sur deux pièces. D'un côté, la cuisine d'où montaient de fameuses odeurs. De l'autre, un immense salon où bourdonnaient des voix. À croire qu'on donnait une réception dans la maison.

13

Mes petits amis, je parie que vous n'avez jamais vu autant de monde à la fois ! Macha fourra sa tête dans les jupes de Daria et les deux grands s'agrippèrent à ses mains. Le bourdonnement cessa. Le silence tomba sur le salon, de la même couleur vieillie que le couloir de l'étage. Cinq hommes debout au milieu de la grande pièce dévisagèrent les enfants.

Sur les cinq, ils en connaissaient au moins un. Vadim Ilitch, bien coiffé, et vêtu de frais, avait perdu son allure de costaud de la campagne. Il paraissait plus âgé et très respectable. Il leur envoya un grand sourire et un clin d'œil. Mais oui ! C'est moi. Ne m'aviez-vous pas reconnu ?

Les quatre autres étaient bien plus vieux. Ils devaient avoir l'âge de Vitali ou peu s'en fallait. Comment juger ? Qu'ils découvrissent une ride, deux ou trois poils blancs dans une barbe ou une chevelure et les enfants en déduisaient que leur interlocuteur était vraiment très vieux.

Allons, grommela Vitali. Vous n'allez pas rester plantés là. Laissez-moi faire les présentations. Les cinq hommes examinaient les enfants, ma foi, comme si de leur vie, ils n'en avaient jamais vu. Voici trois garnements que je ne vous recommande pas. Des endormis et des mécréants : Kolia, Nina. Cette petite grenouille, dont vous ne voyez que les pattes postérieures, s'appelle Macha.

De l'autre côté, reprit Vitali en s'adressant à présent à Kolia et Nina, vous avez successivement (il désigna de la main un homme de haute taille, aux cheveux et aux sourcils grisonnants, avec des yeux bleus très lumineux) : Vsevolod Borissovitch. Ensuite, venait Viatcheslav Kirilovitch, à peine moins grand que le premier, mais aux cheveux noirs et aux yeux sévères. Vsevolod et Viatcheslav inclinèrent légèrement la tête vers les enfants.

Vassili Petrovitch pour vous servir, déclara le troisième. Un peu plus jeune que les deux premiers, le visage long, mince, des yeux aimables et un sourire charmeur. En voilà un qui ne les prenait pas de haut !

Le quatrième, Vladimir Makarovitch, leur sourit.

Des cheveux gris en bataille, une barbe mal taillée, un beau regard clair et tranquille.

Et le cinquième, le gentil Vadim, fit deux pas vers eux et les enleva dans ses bras, un de chaque côté. « Ce sont des gaillards, croyez-moi, dit-il aux autres. Ils ont une manière de tenir tête à la Tchéka que vous trouverez rarement. »

Du haut des bras de Vadim, c'est-à-dire vraiment très haut, c'était le plus grand de tous les hommes rassemblés dans cette pièce, Kolia dévisagea l'assemblée masculine. Il se tourna vers Vadim et demanda, Vadim Ilitch, s'il pouvait parler. Vadim opina du chef en souriant. Alors, de son promontoire, Kolia laissa éclater sa stupeur : « Comment se fait-il que vous ayez tous un prénom qui commence par un V ? »

Ils éclatèrent de rire, même les plus graves. Vsevolod répondit. (Les enfants ne tardèrent pas à comprendre que le groupe était dirigé par Viatcheslav et Vsevolod.) « Voilà l'innocence des enfants, mes amis. Pas de questions inutiles. Droit à l'essentiel ! Ce sera une bonne recrue. Eh bien, mon petit Kolia, ça s'est trouvé comme ça, par hasard. Il n'y a pas d'explication. »

Au fond du salon, on avait dressé une grande table. Un samovar imposant y ronronnait. Une énorme théière se réchauffait contre son flanc. La vaisselle brillait, de même que les couverts, particulièrement lourds pour les mains des enfants. On avait droit à de jolies tasses à fleurs au lieu d'un verre. Dans les assiettes, des piles de bliny, des confitures, du miel, un peu de saucisson, des rondelles de carottes.

Vitali apporta encore une soupière de kacha fumante avec des rigoles de graisse fondue. Un vrai festin. Les enfants n'avaient jamais contemplé une table pareille. L'étonnement l'emporta sur la gloutonnerie et ils ne se précipitèrent pas aux places qu'on leur avait désignées auprès de Daria, Vadim et Vitali. Bien leur en prit. Au lieu de s'asseoir et de manger, Daria et les six hommes restèrent debout devant leur chaise. Vsevolod, à un bout de la table, d'une voix très profonde, récita une prière. Aux enfants, elle parut assez longue. Maintenant, ils avaient hâte de goûter à toutes ces bonnes choses. C'est bien simple : ils mouraient de faim. Les adultes firent le signe de croix et tirèrent leurs chaises pour s'asseoir.

Les enfants les imitèrent. Mais la voix forte de Viatcheslav, à l'autre bout de la table, les cloua sur place. Macha se mit à pleurer de frayeur. Ces enfants n'ont pas prié, disait la voix. Ils ne se sont même pas signés. Qu'ils fassent le signe de croix avant que nous ne mangions.

Vadim et Daria ouvrirent la bouche comme pour prendre la défense des enfants, mais ne parlèrent pas. Le signe de croix, pas difficile. Maman le faisait tous les matins et tous les soirs depuis leur naissance. Kolia se signa de manière un peu désinvolte, ses mains voletèrent devant lui. Pour Nina et Macha cela présentait davantage de difficultés. Elles l'accomplirent gravement et méticuleusement, terrifiées à l'idée qu'elles pourraient se tromper.

Alors seulement, ils mangèrent. C'était si bon et si appétissant, bien que Vitali ne cessât de se lamenter de n'avoir pu préparer un repas conforme aux traditions et de pester contre les difficultés du ravitaillement, qu'ils se demandèrent si le signe de croix n'ajoutait pas quelque saveur miraculeuse à la nourriture.

14

C'est ainsi que se forma en eux l'idée du paradis. Une vision bien matérialiste, qui leur valut un long sermon de Viatcheslav. À dire vrai, ils n'en retinrent pas un mot. Son discours ne devait pas être très convaincant, songeait aujourd'hui Kolia, qui s'était depuis forgé sa propre opinion sur la nature du paradis.

Viatcheslav Kirilovitch les réprimandait régulièrement et leur faisait peur avec son regard coupant et glacé, mais il exerça peu d'influence sur eux. Ils ne comprenaient pas pourquoi les autres se soumettaient si facilement à sa volonté.

Il disposait d'une énergie peu commune, celle sans doute qui conservait ses cheveux noirs et son teint lisse bien qu'il eût l'âge de Vsevolod. Par les confidences de Vadim, Vassili et Vitali, l'infatigable bavard, Kolia apprit que c'était Viatcheslav qui avait imaginé de raccrocher les cloches de la cathédrale et de les faire sonner.

Dis-moi, Vadim où avez-vous récupéré les cloches ? Tout de même, ce chef tchékiste avait dû sacrément les cacher ! Il avait commis une erreur, selon Vitali qui aimait bien donner son avis, y compris sur ce qu'auraient dû faire ses ennemis. On aurait dû soit les expédier ailleurs, soit les fondre. Les fondre, tiens et comment, explique-moi cela ? répliquait le technicien de la bande, le doux Vassili. Il énumérait tout ce qui aurait été nécessaire à cette opération. Les Bolcheviks s'étaient contentés d'enfermer les cloches dans un dépôt attenant à l'Hôtel de Ville. Tout le monde savait où elles étaient, expliquait Vadim Ilitch, ce n'était pas bien compliqué.

Et comment leur était venue l'idée de raccrocher les cloches et de les faire carillonner ? Vitali jeta un long regard affligé à Kolia. Le petit garçon tenait toute cette histoire pour une formidable plaisanterie ou un roman d'aventure. Il faudrait du temps pour rétablir dans cette jeune tête le sens des valeurs.

Voilà comment tout avait commencé. Tu te souviens, Kolia, du jour où l'on a retiré les cloches ? Nous étions tous les six sur la place à regarder l'opération. Nous avions pensé à nous y opposer, mais Viatcheslav Kirilovitch nous a conseillé de rester tranquilles. Et ma foi, c'était le bon sens. On se serait fait épingler. Un procès à la va-vite, et peut-être pas du tout, et bam ! bam ! fusillés à l'entrée de la ville. Alors, voilà, nous regardions. Et tout à coup Viatcheslav Kirilovitch a dit : « Oh ! Oh ! Ces cloches nous les remettrons bientôt en place ! » Tu te souviens, Vadim, n'est-ce pas ? Mais Vadim ne se souvenait plus. En revanche, Vassili n'était pas d'accord. Viatcheslav n'avait jamais dit « Oh, oh ». Impossible ! Vitali se fâcha. Quelle importance oh, oh, ou non ? Ce qui comptait c'est que l'idée ait surgi à ce moment-là. Mais Vassili, toujours précis, s'obstina. Ne fallait-il pas que Kolia comprenne précisément quelle espèce d'homme était notre cher Kirilovitch ?

Kolia s'en moquait complètement. Seule l'intéressait l'aventure des cloches. Il n'avait pas alors envie de savoir à quelle espèce d'homme appartenait Viatcheslav. Aujourd'hui, il regrettait de n'avoir pas laissé parler Vassili.

L'histoire tenait en peu de mots. Dès la tombée de la nuit, la veille de Noël, ils allèrent chercher les cloches. La plupart étaient des clochettes faciles à porter. Le plus difficile fut de soulever la cloche centrale, lourde et lisse. Vadim et Vassili, les plus solides, s'en chargèrent. Mais quelle aventure ! Ils glissèrent dans le clocher. La cloche leur échappa avec des bruits métalliques. On crut que tout était perdu, le battant allait frapper la paroi. Mais Viatcheslav en personne se jeta dans la cavité de la cloche. De son corps, il arrêta le battant et immobilisa l'instrument. Tu te rends compte, Kolia ?

Le fracas, étouffé par la tempête de neige, n'attira personne. Dieu était avec eux. Personne sur leur chemin lorsqu'ils se baladaient avec leur guirlande de cloches ou lorsque Vadim et Vassili, peinant, surgirent avec la grosse cloche. Ils disposèrent de temps pour leurs préparatifs et sonnèrent à l'heure convenue. Ils n'en revenaient pas que les tchékistes aient réagi si lentement. Ils eurent tout loisir de carillonner et de se sauver sans se faire remarquer. Vadim resta dans le clocher à sonner son content. Il s'éclipsa lorsque les premiers tchékistes prirent position sur la place.

Comment as-tu fait, Vadim ? Comment ? Raconte.

Mais non, chut, c'est un secret. Si je te le dis, Kolia, plus jamais je ne pourrai recommencer.

Fantastique ! Ils projetaient une nouvelle séance de carillon. Oui, mais quand ? Et eux, les enfants, comment y assisteraient-ils ? Dans cette forêt, sûrement, on n'entendrait rien. Pourquoi habitaient-ils dans cette maison ?

15

Le premier soir, après le repas, Kolia suivit un moment la conversation des hommes. Mais il n'en saisissait pas bien le sens et ne tarda pas à s'endormir. Tout le temps qu'ils séjournèrent dans la maison de la forêt, cette expérience humiliante se répéta. Tant que les six hommes lui parlaient, leur langage était clair et simple. Mais dès qu'ils conversaient entre eux, tout devenait incompréhensible. Ils n'utilisaient pas une langue secrète. Kolia connaissait la plupart des mots qu'ils utilisaient. Cependant, mis bout à bout, ils ne signifiaient plus rien. Aujourd'hui, parvenu à l'âge adulte, il supposait que les sommets où s'étaient élevés les six hommes lui resteraient à jamais inaccessibles.

Le lendemain se leva sur une journée glacée mais ensoleillée. Kolia s'habilla en un clin d'œil. Dans le lit, sous les édredons, Nina et Macha jouaient sans bruit.

Kolia dévala l'escalier doucement. Pas question de se faire remarquer. La maison était encore silencieuse. Il dégringola les dernières marches et s'arrêta pile devant l'énorme porte d'entrée. Elle n'avait pas de loquet. Un gros bouton de bois servait à tirer la porte derrière soi. Pour l'ouvrir, il fallait une clé et de clé, il n'y en avait pas. Le petit garçon fureta un moment autour de la porte, à la recherche d'un ressort secret.

Il était prêt à imaginer n'importe quoi tant l'endroit et ses habitants lui semblaient mystérieux. Il fallait bien avouer que leurs manières étaient surprenantes. Personne n'avait encore posé aux enfants les questions rituelles : patronyme, nom de famille, adresse, profession des parents, origine sociale ? Personne n'avait demandé où étaient leurs parents. Non, non, le comportement de ces hommes, et même celui de Daria Philipovna, dépassaient son entendement.

Alors qu'il inspectait fiévreusement les abords de la porte, retentit une voix basse et profonde. Que cherches-tu, Kolia ? Viens donc me voir dans la cuisine. Le petit garçon sursauta. Il n'avait pas reconnu la voix et se dirigea craintivement vers la cuisine.

Assis au milieu de la pièce, à la grande table de bois, se trouvait Vsevolod. Devant lui une assiette de kacha refroidie, un reste de la veille, et un verre d'un breuvage très noir, sans doute le fond de la décoction d'hier. Il avait repoussé sa chaise et se tenait assez loin de la table, une cheville posée sur le genou de l'autre jambe. Cette position décontractée et sa tenue, moins apprêtée que celle de la veille, lui donnaient une allure débonnaire. Mais ses yeux bleus, pleins de lumière, posés gravement sur Kolia, et sa voix de basse troublèrent le petit garçon.

De quoi as-tu peur, Kolia ? Approche-toi. Il ne le quittait pas des yeux. Sans le regarder en face, Kolia longea la table et s'arrêta devant lui. Il se tenait, tête baissée, les mains derrière le dos, dans la posture d'un coupable.

Vsevolod le prit par le cou, comme un chaton, et l'obligea à le regarder. Nous ne sommes pas des esclaves privés de la clarté du jour et du visage de leur Seigneur. Au contraire, redresse-toi et fais face au ciel, à ton ennemi comme à Dieu. Kolia posa un regard étonné sur son interlocuteur.

« Réponds-moi, franchement. Comprends-tu ce que je viens de dire ? » Kolia hocha la tête. Évidemment, il comprenait. Il aurait bien demandé comment on se débrouillait pour garder la tête haute devant une bande de tchékistes, mais la voix grave, au timbre musical, poursuivait. « D'ailleurs, c'est ce que tu as fait de toi-même l'autre soir, dans l'appartement de Daria Philipovna.

— Oui, mais j'ai menti. Daria Philipovna me l'a reproché.

— Menti ? Oui, mais il faut savoir mentir parfois. » Vsevolod sourit enfin. Jusqu'à ses petits yeux, plissés de pattes d'oie, qui souriaient. « Ne te laisse pas abuser par tes propres mensonges. C'est ça qui importe.

— Vous avez déjà menti, Vsevolod Borissovitch ?

— Plus d'une fois. Sinon à cette heure-ci, je ne serais plus en vie. Mais jamais je n'ai abjuré mes idées. »

Kolia prit un air sceptique. Abjurer ? Vsevolod expliqua. Le pays aujourd'hui est dans les mains de démons. Les démons, sais-tu ce que c'est ? Kolia n'hésita pas : les Bolcheviks, bien sûr. Bien sûr ! Les démons voudraient que tout le monde pense comme eux. Et lui, refusait de penser comme eux. S'il tombait entre leurs griffes pour de bon, il préférerait mourir plutôt que de renoncer à sa foi.

« Alors, ils vous fusilleront, commenta Kolia. Ça ne fait pas de doute. Mais dites, s'il vous plaît, Vsevolod Borissovitch. Si les vôtres tenaient le pays à leur tour, vous aussi vous fusilleriez les Bolcheviks ? » Il inspecta le visage grave du vieil homme. Mais celui-ci ne répondit ni ne cilla sous le regard de l'enfant. Kolia soupira, comme toujours avec les grandes personnes, les choses étaient très compliquées.

Vsevolod détourna la conversation. Kolia voulait sortir. Pour quoi faire ? S'enfuir ? Kolia leva les yeux au ciel. S'enfuir ? Pour aller où ? Il ne savait même pas où il était. Et s'enfuir en abandonnant ses sœurs, pour qui le prenait-on ? Non, non, il voulait juste faire le tour de la maison et des environs. Pourquoi ne lui disait-on pas où ils se trouvaient ? Vsevolod poussa l'assiette de kacha devant Kolia et de sa voix sépulcrale remarqua que jusque-là Kolia ne l'avait pas demandé.

Avec les adultes, on se fait toujours clouer le bec un moment ou un autre. Mieux vaut se taire. Kolia lécha une cuiller de kacha. Froide et dure comme ca, ce n'était pas très bon. Mais il avait vu pire et avala tout sous le regard sévère du vieil homme.

« Est-ce que vous êtes très vieux ? demanda enfin Kolia.

— Cinquante, répondit Vsevolod. Et toi ?

— Huit », avoua piteusement Kolia. Ça ne pesait pas très lourd, bien sûr. Mais Vsevolod parut impressionné. Tellement qu'il proposa de faire un tour dehors.

Environnée par la forêt, la maison s'élevait dans une clairière. Les arbres tout proches menaçaient d'envahir le jardin de leurs racines et de bousculer la maison.

C'était une assez grande construction. On l'avait édifiée sans lésiner sur l'espace au détriment du jardin. Le bâtisseur ne devait pas être un pauvre avec le souci d'une récolte de pommes de terre suffisante pour passer l'hiver. Non, c'était sûrement quelqu'un qui aimait ses aises.

De même que l'intérieur, confortable et coquet, la façade était restée pimpante. Cela frappa tout de suite Kolia, accoutumé à voir les maisons tomber en poussière. Elle était construite en gros rondins de bois (ce pourquoi les hommes ne l'appelaient jamais que l'isba). Mais au début de l'hiver le bois avait été enduit de graisse et on avait bourré d'étoupe les fissures et les espaces entre chaque rondin. Aux fenêtres, les moulures dentelées, repeintes de frais, s'accordaient aux filets de givre qui couraient sur les vitres. Kolia mena une inspection complète et tout, vraiment tout, l'auvent, le toit, les cheminées, lui parut en parfait état. Il y avait même un appentis avec une cheminée : l'étuve comme le lui confirma son compagnon.

« Et c'est une vieille maison ?

— Cinquante, répondit Vsevolod, avec cette étrange manière de ne jamais dire “ années ”.

— Oh, comme vous ! »

Vsevolod se mit à rire. (Curieuse expérience. Il ne devait pas avoir l'habitude de rire : les sons qu'il émettait ressemblaient aux gargouillis de canalisations usées.) Comme lui, c'est cela. Exactement ! Et une nouvelle fois, il s'étrangla de rire. Par politesse, Kolia rit un peu, bien qu'il ne comprît pas ce qu'il y avait de drôle. Une autre question le tracassait. Est-ce que Vsevolod Borissovitch n'avait pas peur d'être environné par la forêt comme ça ? Sûrement, il aurait mieux valu agrandir la clairière. On respirerait mieux.

Oui, on respirerait mieux, mais, depuis longtemps, les Bolcheviks auraient trouvé la maison. Elle était jusque-là restée à l'abri des perquisitions et des pillages. Ah, Kolia comprenait. Quelle bonne idée avait eue Vsevolod Borissovitch de construire sa maison à cet endroit !

Le gargouillis de tout à l'heure recommença. Mais voyons, ce n'était pas sa maison. Réfléchis un peu, Kolia ! Si la maison a le même âge que moi, comment aurais-je pu la faire construire ? (C'est vrai, il n'y avait pas pensé sur le moment). Non, non ce n'est pas ma maison. Elle appartient à Daria Philipovna. Comme s'il devinait l'objection qu'allait élever Kolia, il précisa : à Daria Philipovna, qui la tient de son père. C'est lui qui l'a fait bâtir. Mais bien sûr, quel idiot ! Ces vêtements d'enfants qu'avait sortis Daria Philipovna. Et son frère mort en tombant d'un arbre. Évidemment avec la forêt à portée de main, c'était couru ! Ces gens n'avaient pensé à rien. Les parents ne prévoyaient jamais les dangers que couraient leurs enfants. Lui, Kolia, le savait bien et sa gorge se serra à ce souvenir.

Pour se distraire de ses pensées, il demanda à Vsevolod où se trouvait sa maison à lui. Ses yeux se rétrécirent. Mais d'une voix égale, il répondit qu'on la lui avait prise.

16

Ni l'un ni l'autre n'avaient plus le cœur à parler. Ils firent le tour de la clairière. Kolia jeta des regards inquiets dans la forêt. Très vite, malgré la neige, l'obscurité absorbait le regard.

En rentrant, tandis qu'ils frappaient la semelle de leurs bottes pour en retirer la neige, Kolia demanda s'ils ne craignaient pas les loups. À ce moment-là, passait dans l'entrée Vladimir Makarovitch, aussi mal peigné que la veille. C'est lui qui répondit. Les loups ne sont pas dans la forêt. Ils sont en ville à présent.

Kolia ne comprit pas et aucun des deux hommes ne lui expliqua le sens de cette phrase. Il imagina des loups gris se glissant dans les rues de leur ville, poussant les portes des maisons et en ressortant avec des petits corps d'enfants dans la gueule. Cette image s'inscrivit dans sa mémoire, comme une scène à laquelle il aurait véritablement assisté.

Il leva ses yeux gris sur les deux hommes. Vsevolod eut pitié de lui. On ne craignait rien : la maison était protégée par les loups. Comment ? Comment ? Expliquez-moi, Vsevolod Borissovitch. Entourée des deux petites filles, Daria Philipovna surgit dans l'entrée. Ils la suivirent dans la cuisine où elle préparait le déjeuner avec Vadim et Vitali (ces deux-là étaient toujours de corvée de cuisine. Parfois Vassili venait leur prêter main-forte. Mais les trois autres, jamais au grand jamais, ne donnaient un coup de main). Elle raconta aux enfants l'histoire des loups.

Autrefois, le père de Daria possédait une propriété à cinquante verstes de la ville. Très grande, avec autant de domestiques que nécessaire. La maison sur la place du Marché lui appartenait également. Mais il ne supportait plus ses richesses. (Pourquoi ? Craignait-il les révolutionnaires ? Allons, à cette époque-là les révolutionnaires n'étaient pas au pouvoir et personne n'imaginait qu'ils y parviendraient un jour, répondit Vitali.) Non, le papa de Daria méprisait sa fortune. Il abandonna sa propriété aux domestiques, n'emmena avec lui que son préféré, Vassia. Ensemble, ils défrichèrent ce morceau de forêt et construisirent l'isba.

La mère de Daria les rejoignit avec des meubles, des rideaux, de la vaisselle et tout ce que son mari l'avait autorisée à emporter. Ils vécurent là avec Vassia, leur fils, et Daria qui à l'époque n'était qu'un bébé. Vassia faisait les courses, les gros travaux et coupait le bois. Mais tout le reste était accompli par la maman de Daria.

(Tout de même, elle devait regretter son ancienne maison et tous ses domestiques ? Mais non, voyons. Elle était heureuse puisque son mari l'était. Est-ce que tu expliques des choses pareilles à tes élèves à l'école ? interrogea Vadim. Daria fronça les sourcils. À l'école, on vous apprenait que les femmes étaient les égales des hommes, répondit Kolia. Maintenant un homme comme le père de Daria pourrait toujours courir pour trouver une épouse aussi soumise !)

Cependant, la mère de Daria avait peur de la forêt. Tous les ans, elle demandait : « Mon cher mari, élargissons la clairière. Ne serait-ce qu'un petit peu. J'étouffe au milieu de ces arbres. » Mais non, non, rien à faire. Philippe Dmitrievitch ne voulait pas en entendre parler. D'abord, il aimait les arbres et avait besoin de les sentir tout près de lui. Ensuite, répétait-il, « n'as-tu pas compris ? Cette maison est une cachette. Nous n'allons pas l'exposer à tous les regards ». (Il avait eu drôlement raison, comme le démontraient aujourd'hui les événements.) Pourtant, lorsque son fils se tua en tombant de l'un des grands arbres proches de la maison, il ordonna à Vassia d'éclaircir un peu les bois autour de l'isba.

Écrivain assez connu, Philippe Dmitrievitch ne recevait personne dans sa maison des bois. Il allait en ville avec sa famille pour rencontrer ses amis d'autrefois et ses lecteurs. Parfois, Daria et sa mère s'y attardaient quelques jours. Elles revenaient seules à l'isba. Conduire un attelage n'effrayait pas la mère de Daria. C'était une fille de la campagne, elle savait parler aux chevaux et les mener. Mais ce n'était pas une fille des bois. Dès qu'elle arrivait dans la forêt, elle perdait tout sens de l'orientation. Parfois elles arrivaient droit sur la maison. Mais elles pouvaient aussi tourner en rond pendant des heures. Vassia les dénichait souvent à des verstes de leur but, mais enfin, jamais elles ne se perdirent pour de bon.

Le frère de Daria était enterré dans la forêt. Sitôt qu'elles voyaient la croix de fer, la mère descendait de l'attelage pour remercier le Seigneur et son petit garçon. Elles priaient toutes les deux et repartaient, assurées de se trouver sur le bon chemin.

Un jour d'hiver, elles se perdirent complètement. Peu après leur départ de la ville, une tempête de neige brouilla tous les chemins dans la forêt. Après quelques tentatives malheureuses, la mère de Daria comprit qu'il n'y avait rien d'autre à faire que d'attendre la fin de la tempête. Elles s'enroulèrent dans leurs couvertures. Mais les heures passaient et la neige tombait toujours. De temps à autre la mère de Daria descendait parler aux chevaux. Elle essuyait leurs flancs et leur caressait les naseaux. C'étaient de vieux chevaux, tranquilles et peu contrariants. Ils ne bougeaient pas.

La nuit tombait, la tempête ne s'apaisait pas. Daria commençait à pleurer de peur et de froid. Elle était sûre qu'elles allaient mourir. Sa maman lui parlait d'une voix douce, pour la calmer. Soudain, les chevaux s'agitèrent, hennirent et grattèrent la neige de leurs sabots. La mère de Daria se redressa, tel un animal aux aguets. On ne voyait plus rien à présent, mais elle scrutait la nuit comme si elle y distinguait quelque chose. Elle posa la main sur la tête de sa fille. Surtout pas un bruit. Ne t'énerve pas. Une fois de plus elle descendit du traîneau et parla aux chevaux.

Du traîneau, Daria gémit. « Maman regarde. Regarde autour de nous ! » La neige avait cessé de tomber. Dans la nuit noire, des centaines de lueurs vertes autour du traîneau. Daria entendit de nouveau les chevaux. Ils étaient fous de terreur. Comme elle, toute seule dans le traîneau.

Alors monta une mélopée lente. Une chanson dont chaque note s'étirait dans l'air glacial. Une voix aérienne, qui avait jadis ému les fidèles dans l'église de son village. La voix de la mère de Daria. Les chevaux se calmèrent. Les lueurs vertes s'immobilisèrent. La voix harmonieuse aux timbres célestes, un soprano parfaitement pur, flotta sous les arbres de la forêt. Tantôt murmure, tantôt souffle puissant qui faisait vibrer les glaçons suspendus aux branches au-dessus du traîneau. Elle chanta plusieurs hymnes, deux chansons d'enfants et une romance d'amour déchirante. Sa poitrine éclaterait si elle chantait plus longtemps dans le froid de la forêt. Elle souffla : « Daria, chante à ton tour, que je puisse me reposer. » Avant que les flammes vertes ne reprennent leur marche vers le traîneau, et que les chevaux ne hennissent de désespoir, la petite voix de Daria éclata dans la forêt. Malgré un beau timbre clair, elle ne possédait pas la maîtrise de sa mère et sa voix, fluette, ne portait pas très loin. Toute son angoisse passa dans les chants qu'elle entonna successivement pour laisser à sa mère le temps de reprendre sa respiration. Les loups ne bougèrent pas.

La mère de Daria chanta encore deux ou trois mélodies dont les notes grelottèrent dans la forêt. Son souffle diminuait. Elle ne chanterait plus très longtemps. La neige et le gel lui glaçaient les pieds. Dans le traîneau, Daria avait mal à la gorge d'avoir chanté à pleine voix dans le froid. Elles se croyaient perdues. Mais les lueurs vertes disparurent peu à peu, en silence, comme elles étaient venues. Au loin, en réponse à leurs chants, le hurlement des loups leur parvint. Plus rien que la neige et la nuit profonde. Elles se serrèrent l'une contre l'autre tremblant de froid et d'émotion.

Peu après, l'éclat jaune d'une lampe surgit dans la

nuit. Vassia et Philippe Dmitrievitch, à cheval, une lanterne à la main. Depuis la fin de la tempête, ils les cherchaient. Ils avaient entendu leurs voix, émiettées par la forêt et le hurlement d'un loup.

Daria et sa mère restèrent enrouées plusieurs semaines. Mais petit à petit, leurs voix se remirent en place et, de nouveau, on les entendit chantonner dans la maison. L'hiver et le printemps passèrent.

Un après-midi d'été, elles allèrent toutes les deux porter des fleurs sur la tombe du frère de Daria. À cet endroit déjà, la forêt était si épaisse qu'elle cachait l'isba. Alors que penchées sur le tumulus, elles arrachaient les mauvaises herbes, un loup s'approcha sans qu'elles s'en rendent compte. Il se mit entre elles deux et les examina de ses yeux clairs. Daria en lâcha ses instruments de sarclage. Elle se jeta de côté en poussant un petit cri. Mais sa mère ne broncha pas. Elle regarda le loup droit dans les yeux, sans bouger.

Dans les buissons, derrière elles, des branches craquèrent. Derrière les fourrés, toute une tribu de loups. Assis sur leurs arrière-trains, immobiles, une fois encore, ils les encerclaient. Le loup le plus proche ne paraissait pas inamical. Il se contentait de les regarder intensément.

La mère de Daria se releva lentement pour ne pas effaroucher l'animal. Une fois debout, elle laissa pendre ses deux mains terreuses sur les côtés. Elle chanta exactement ce qu'elle avait chanté la nuit de la tempête, exactement dans le même ordre : les hymnes, deux chansons d'enfants et la romance d'amour aux accents déchirants. Dès la première note, le loup s'éloigna. Il s'assit en avant de sa meute.

Quand elle eut terminé, le loup tourna la gueule vers Daria. La petite fille terrifiée ne se souvenait plus de ce qu'elle avait chanté. Elle jeta un regard perdu au loup qui ne la quittait pas des yeux. Il l'encouragea d'un nouveau mouvement de tête dépourvu d'hostilité. Chante donc, trouillarde ! Sa mère fredonna le début d'une chanson. Courageusement, Daria reprit. Sa voix tremblait un peu, davantage que la première fois où elle ne voyait des loups que la lueur de leurs yeux. Elle chanta plus fermement le deuxième air que lui proposait sa mère. Le troisième lui revint à la mémoire. Elle l'entonna d'une voix claire et se permit même des inflexions de son invention. Quand elle s'arrêta, sa mère chanta les trois dernières chansons. Elle rajouta un cantique qu'elle aimait particulièrement. Elle chantait sans effort. Cette fois le froid et l'inquiétude ne tordaient pas sa voix. La dernière mélodie, sereine, s'éleva jusqu'à la frondaison des arbres où, depuis l'arrivée des loups, les oiseaux avaient cessé de siffler. À la fin du cantique, les loups se relevèrent et s'en allèrent.

Par la suite, ils débouchèrent souvent dans la clairière. Ils tournaient autour de l'isba. Vassia alertait la mère de Daria. Allant au-devant des animaux, Daria et sa mère chantaient leur répertoire habituel. Les loups s'en allaient toujours après le cantique serein et mélancolique. Leurs âmes sont en paix, remarquait Vassia que l'événement ne troublait pas. Philippe Dmitrievitch assistait au concert, au loin, immobile. Les loups toléraient les deux hommes.

Un hiver, la mère de Daria mourut. Pour la première fois, toute la nuit, les loups hurlèrent aux abords de la maison.

Ils revinrent au printemps. Daria était déjà grande, presque de la taille de sa mère. Le chef des loups l'encouragea comme la première fois. Mais lorsqu'elle entonna ses chansons habituelles, il se mit à gronder. Elle s'arrêta net. De nouveau, il fit un mouvement de la tête. Chante ! Allons, chante ! Elle regarda les autres loups, à l'arrière, leurs yeux verts braqués sur elle. Comprenant, elle attaqua l'hymne par lequel commençait toujours sa mère. Sa voix en progrès, se rapprochait de la puissance et de la virtuosité maternelles. Elle chanta les hymnes, les deux chansons d'enfant, la romance d'amour. Elle négligea son propre répertoire et poursuivit celui de sa mère jusqu'au cantique serein et mélancolique. Les loups écoutèrent la dernière note, un ré bémol que sa maman tenait jusqu'à le réduire à un souffle si mince qu'il fallait une oreille de loup pour en saisir la beauté. Ils se levèrent. Mais au lieu de s'en aller comme à leur habitude, tranquillement, le vieux loup s'approcha de la jeune fille. Elle était en larmes. Personne n'avait chanté ce cantique depuis la mort de sa mère. Le loup s'avança tout près d'elle et, furtivement, lui lécha un doigt. Alors seulement, ils se retirèrent.

Ils venaient tous les ans. Même pendant la guerre civile, ils ne manquèrent jamais leur rendez-vous avec Daria. Le vieux loup était mort. Un nouveau chef conduisait la tribu. Mais il respectait les rites.

En dehors du jour où ils surgissaient, jamais on ne les voyait. Aucun loup ne rôdait autour de la maison. Ils la protégeaient contre les autres bandes qui sillonnaient la forêt.

17

Daria Philipovna, demanda Kolia, est-ce vrai ou vous inventez ? Non, non, c'était vrai. Les hommes pouvaient tous en témoigner. Depuis la Révolution, ils passaient chaque été dans la maison de Daria Philipovna pour répéter en toute tranquillité. Chaque fois les loups étaient venus. Mais ils n'aimaient pas les chœurs d'hommes. Ces voix basses les inquiétaient. Ils n'aimaient que le soprano céleste de Daria Philipovna et les chansons qu'elle leur chantait depuis tant d'années.

Allons bon ! En voilà du nouveau ! Vous chantez ? Bien sûr qu'ils chantaient ! Dans le chœur de la cathédrale autrefois. Ils se tournèrent tous vers Vsevolod. Mais il fit non de la tête, non, pas maintenant. Nous chanterons une autre fois.

C'était donc pour cela qu'ils habitaient la maison

de la forêt, pour chanter encore malgré la fermeture de la cathédrale ? Ils hochèrent la tête. Oui, oui, précisément. Mais c'était un peu trop rapide pour convaincre complètement Kolia. Pas commode d'obtenir des renseignements. On pouvait parler avec eux, tant qu'on voulait. Sur la construction des isbas, la géographie de la Russie, l'étymologie des mots compliqués, ils étaient inépuisables. Pourquoi la lune ne tombait pas sur la terre, comment volaient les avions, ce que c'était que le vent et le sovnarkom ? À tout, ils avaient réponse.

Mais si vous leur demandiez simplement comment ils s'appelaient, ils vous jetaient un regard bizarre. Et vous pouviez insister : votre nom de famille Vassili Petrovitch, qu'est-ce que c'est ? Et vous me direz bien celui de Vsevolod Borissovitch ? Rien à faire. Cela ne te regarde pas, répondaient-ils. Est-ce que je te demande le tien ? lui répliqua même Vitali, le gentil Vitali toujours prêt à blaguer. Mais je vous le dis tout de suite. Nikolaï Mikhaïlovitch Norkine. Non, ils ne desserraient pas les dents sur leurs secrets.

Un jour, Kolia demanda s'ils appartenaient tous au prolétariat héréditaire. Viatcheslav tourna un œil vers lui. Qu'est-ce que c'était encore que cela ? La noblesse héréditaire, il savait ce que c'était, mais le prolétariat héréditaire, jamais entendu parler ! Kolia devint tout rouge. Qu'ils aillent à l'école, on leur apprendrait ce que c'était que le prolétariat héréditaire ! Les six hommes se tournèrent vers Daria. Enseignait-on des choses pareilles à l'école maintenant ? Mais oui et plein d'autres choses qu'ils ignoraient ! Peine perdue. Même les vexer ne servait à rien. S'ils ne voulaient pas parler, on n'y pouvait rien.

Il ne faut pas poser de questions pareilles, lui dit un jour Vadim dans la cuisine. Pourtant Vadim, c'était un ami, le seul qu'il tutoyait. Cette fois-là, incroyable, Viatcheslav se trouvait dans la cuisine. Il attrapa l'enfant au-dessus du coude et le poussa devant lui. Il ne lui faisait pas mal. Il serrait juste ce qu'il fallait pour que Kolia ne lui échappe pas. Mais quand même, c'était humiliant de traverser la maison comme ça sous le regard des autres et, pour la forme, Kolia se débattit un peu.

Viatcheslav l'obligea à s'asseoir à une petite table dans le salon. Kolia, dit-il de son ton sec, il y a plusieurs règles à observer pour survivre. D'abord, en dire le moins possible sur toi. Mais ça, pas la peine de te l'apprendre, tu l'as compris tout seul n'est-ce pas ? Ensuite, ne pas poser de questions aux autres, dans l'espoir qu'ils avouent qui ils sont et les crimes qu'ils ont commis. Ou alors ta voie est toute tracée : entre à la Tchéka. Là tu pourras t'amuser à cuisiner les gens autant que tu voudras et comme tu voudras. Quelques-uns parleront, c'est sûr. Mais tu en trouveras toujours pour te résister, des hommes qui n'auront pas assez peur de toi ou de ce que tu peux leur faire subir. Et alors, dit-il en tendant sa main droite à laquelle manquaient deux doigts, dis-moi ce que tu feras à ce moment-là ? Il parlait avec emportement.

Kolia allait pleurer comme ses sœurs, qui pleurnichaient déjà de le voir pris à partie, lorsque la voix chaude, épaisse et bienveillante de Vladimir retentit derrière lui. « Il apprendra bien assez tôt comment on entortille quelqu'un avec quelques confidences. Dis-moi, Kolia, sais-tu jouer aux échecs ? »

Il posa sur la table l'échiquier qu'il tenait à la main, écarta Viatcheslav, tu permets Slava ?, et s'assit en face du petit garçon. Il sortit les pièces de sa poche, les unes après les autres, comme des friandises qu'il aurait gardées en réserve. Sommairement, il expliqua les règles du jeu et entama une partie.

Ils passèrent l'après-midi face à face. Vladimir jouait rapidement, mais ne quittait pas l'enfant des yeux. Lorsque Kolia en prit conscience la nuit était tombée et la lampe brillait à leurs côtés.

« Vous me surveillez, Vladimir Makarovitch ?

— Non, non j'étudie ton jeu. Tu as vu, je prévois tous tes coups. » Il gagnait chaque partie. Kolia en éprouvait beaucoup de dépit. Il avait espéré que, comme font d'ordinaire les adultes, Vladimir le laisserait gagner au moins une fois. Mais non.

C'est pourtant simple, expliqua Vladimir. Tu ne te préoccupes que de toi, Kolia. Jamais tu ne prends garde à ton adversaire. Si tu veux gagner, il faut le désorienter pour qu'il ne devine pas tes intentions. Vladimir cligna de l'œil. Voilà comment on fait parler les autres. D'abord gagner leur confiance par des ruses imperceptibles. Par exemple en livrant de soi quelques bribes inoffensives. Il faut élaborer une stratégie.

Kolia comprit sur-le-champ : Tout de même, je vous ai dit mon nom et je n'ai jamais refusé de répondre à vos questions. Oui, mais voilà, eux n'avaient jamais posé de questions. Depuis trois jours que les enfants étaient dans la maison, pas une question ! Alors, demanda Kolia, quelle est votre stratégie ?

Vladimir gratta sa barbe et, sans quitter l'enfant des yeux : Nous attendons que tu craques. Que tu parles de toi-même. Que tu ne résistes plus à l'envie de parler. C'est la meilleure stratégie.

La meilleure, aucun doute ! Elle marcha cette fois-là et encore une autre fois, bien des années plus tard. À cette occasion, Kolia se rappela Vladimir Makarovitch et comprit qu'il était sans doute le mathématicien célèbre, disparu depuis des mois, qu'on cherchait vainement. Mais à cette époque, cela ne servait plus à rien de le savoir. Vladimir Makarovitch était-il encore en vie ?

18

Kolia eut tort de ne pas se préoccuper davantage de ses sœurs. Il est vrai qu'elles ne semblaient pas malheureuses. Elles suivaient Daria pas à pas, petits poussins derrière leur mère poule. De temps en temps dans la maison, résonnaient la voix pointue de Macha et son petit rire aigu. Rien ne laissait présager ce qui se passa cette nuit-là.

Même, la soirée fut paisible. Les petites filles jouèrent sur le tapis du salon. Nina, si facilement morose lorsqu'une pensée la tourmentait, semblait détendue. Ils se couchèrent tous les trois dans leur grand lit, sous les édredons épais : Kolia d'un côté, Nina de l'autre et Macha au milieu, enroulée sur elle-même comme un gros bébé encore mal déplié. Ils chuchotèrent un moment et s'endormirent ensemble.

Les cris de Nina réveillèrent Kolia. Mais il ne put rien faire, ni la calmer ni empêcher Macha de se joindre aux lamentations de sa sœur. Les uns après les autres, dans des tenues diverses — apparemment certains, tels Vladimir ou Viatcheslav, ne dormaient pas encore —, les grandes personnes surgirent dans leur chambre. Daria s'approcha du chevet de Nina et tenta de la consoler. Mais la petite fille la repoussa. Elle appelait, appelait et appelait encore une seule et même personne. Maman. Maman, viens. Alors tous les adultes tournèrent leurs regards sévères du côté de Kolia. Il était temps qu'il s'explique.

Voilà bien les grandes personnes ! Elles vous ont laissé tranquille jusqu'à présent, sans réclamer de comptes et tout à coup, hop, elles sont sur vous et ne vous lâchent plus, quitte à oublier le plus urgent, une casserole qui déborde avec le déjeuner du jour ou une petite fille qui hurle dans la nuit, folle de désespoir et de terreur. Kolia ouvrit de grands yeux innocents. Il tira Macha contre lui et tapota l'épaule de Nina. Macha se calma presque aussitôt et se rendormit à moitié. Mais Nina, rien à faire. Elle était devenue folle ou quoi ? Affreux, ce chagrin ! Il vous serrait le cœur. Et ce cri ! Si Kolia l'entendait encore une fois, ne serait-ce qu'une fois, il pleurerait lui aussi.

Vitali comprit la situation, saisit Nina dans ses bras et l'emporta jusqu'à la cuisine. Ses pleurs s'assourdirent peu à peu, soit qu'elle se fût calmée, soit que Vitali eût fermé la porte.

Mais, Kolia, le malheureux, était assis dans son grand lit, Macha, endormie à côté de lui, respirait à grand bruit. Le chagrin l'accablait. Tout ce qu'il avait perdu, tout ce qu'il avait été incapable de sauver. Les larmes déchiquetaient son visage. Les adultes le regardaient étonnés. Ils étaient alignés : les cinq hommes et Daria. Allaient-ils enfin chanter ? Et que me chanteront-ils ? Les chansons de la mère de Daria Philipovna ? Mais ce qui aidait les loups à oublier leurs tourments, à moi cela suffira-t-il ? Est-ce que j'oublierai la chambre obscure, l'icône rougissante et le grand corps maigre de Maman, inerte dans sa chemise de nuit blanche ? Que je ne la reverrai plus ? Que mon père vit je ne sais où ? (Et peut-être est-il mort depuis longtemps.) Que nous n'aurons plus d'autre abri que les maisons froides des *bezprizorniki* ? Comprenez-moi, vous autres, est-ce que j'ai une raison, une seule raison de n'être pas malheureux ?

Il se barbouillait le visage de larmes à se frotter les yeux. Il étalait son chagrin sur sa figure. Tout petit. Dans le grand lit.

Kolia, petit bonhomme. Regarde, nous sommes figés d'attendrissement. Qui n'aurait pitié de toi ?

Par-dessus le chœur d'hommes aux voix basses, de Vassili jusqu'à Vsevolod de plus en plus basses, s'élevait le soprano clair de Daria.

Qui a pitié des orphelins dans ce pays ?

La voix pure de Daria, en solo. Votre mère est-elle vraiment morte, Kolia ?

Morte. Si morte. Je l'ai touchée. Sa main était toute froide et son corps tout raide. Il pleure de nouveau à cette évocation. Plusieurs jours durant, il l'a chassée. Mais depuis le cri affreux de Nina, sans cesse l'image surgit devant ses yeux brouillés de larmes.

Tonne le chœur ! Un roulement de tonnerre, un reproche qu'ils reprennent ensemble chacun sur une note différente. Si elle était morte, comment as-tu pu l'abandonner ?

La voix lumineuse répète la question. Comment, Kolia ? Comment as-tu pu ? Elle l'élève très haut dans la gamme et son chant se cristallise, comme une glace fine, autour du cœur de Kolia.

Je suis un misérable. Mais que pouvais-je faire d'autre ? Rester ? Alors nous tombions dans la gueule des ogres, les dévoreurs d'enfants. Est-ce qu'on me laissait le choix ?

Il éclate en sanglots, en plaintes. Ma petite Maman. Pourquoi nous as-tu abandonnés ? Le cœur et la tête gonflés. Si seulement le monde pouvait se disloquer à cette minute !

Alors retentit, dans les ténèbres où il se traînait, un cantique mélancolique. Les cinq voix mâles, comme une basse rythmée, à croire que des violoncelles se sont mis à vibrer dans la chambre. Sur leur crête, les flots d'argent, la voix pure de Daria voltigeant, mélodieuse et consolatrice.

Ils avaient promis qu'un jour, ils chanteraient pour lui. Mais cela l'intéresserait-il ? Ils ne chanteraient aucune des chansons que Kolia aimait fredonner, rien que des chants sérieux. Pourtant leurs voix l'ensorcelaient, asséchaient ses larmes, éclaircissaient ses oreilles, baignaient son cœur meurtri. Il ne vivrait pas plus d'une heure sans ce ruissellement de paix. La voix de Daria fraîche comme une eau tourbillonnant entre les galets des rivières. Celle de Vsevolod profonde et troublante, le souffle des tempêtes ou des vents chauds d'été, le picotement des grains de sable qu'ils vous jettent à la figure. Le roulement des quatre voix d'hommes, les soutenant infailliblement, suggérant aux deux autres le rythme à suivre, battant leur pulsation tranquille, le cours des fleuves, la terre retournée, le jour et la nuit, les étoiles dans le ciel. Je ne pourrais pas vivre loin de cette musique et de la paix qui tombe sur mes épaules.

Il rêva de sa mère emportée dans ce flot de tendresse. Impossible de comprendre pourquoi il avait eu si peur et quel était ce mal qui lui rongeait le cœur.

Dormir dans l'oreiller parfumé, les cheveux de Nina lui caressant le cou et la peau veloutée de Macha contre son épaule. Dormir. Jamais ils ne me feront de mal, même Viatcheslav le coléreux. Dans ses oreilles résonnent encore les éclats de musique arrachés à la vie.

19

Grâce au chant nocturne Kolia découvrit que ces individus si différents possédaient une âme commune. Elle s'élevait comme un rempart contre l'inquiétude et le doute ; elle dispensait sagesse et bonheur.

Chacun remplissait une fonction différente auprès de Kolia. Avec Vadim et Vitali on pouvait plaisanter et s'amuser. Daria aimait bien rire de temps en temps, mais ce n'était pas la même chose. Vassili, déjà plus sérieux, quoique ne rechignant pas à une petite partie de rigolade si elle se présentait, expliquait le mécanisme des choses. Il dessinait de jolis croquis bien nets de ressorts, de moteurs et de presses. Il connaissait les propriétés des métaux, celles des acides, mais aussi les lois de la mécanique. Son savoir s'étendait à tous les domaines : il nommait les étoiles du ciel aussi bien que les arbres de la forêt. Avec ça, modeste et aimable, toujours prêt à rendre service et d'une humeur égale. Quelques années plus tard, par des recoupements compliqués, Kolia supposa qu'il avait travaillé comme ingénieur principal dans la fabrique de la ville. Mais personne ne savait alors ce qu'il était devenu

Vladimir Makarovitch et Vsevolod Borissovitch le marquèrent particulièrement.

Avec le premier, il livra jusqu'à son départ des parties d'échecs quotidiennes. Après chacune d'elles, Vladimir décoiffait encore un peu ses cheveux et, des erreurs du petit garçon, tirait des leçons générales sur la conduite à adopter dans l'existence.

Vladimir écartait d'un geste les objections de Kolia lorsqu'elles sentaient trop l'idéologie. Pense droit, mon garçon. Pense tout seul. Il relevait les erreurs de raisonnement, les déductions hâtives, les mots inappropriés ou imprécis. Qu'est-ce que ça veut dire tout cela ? Rien. Supprime-le et tes phrases n'ont aucun sens. En voilà des formules toutes faites ! Méfie-toi, Kolia, nous entrons dans l'ère des clichés. Et à quoi servent les clichés ? À faciliter le travail de celui qui les emploie mais également à empêcher de penser celui qui les entend. N'applique pas la méthode des mensonges et du gauchissement des phrases. Pense droit et avec logique. Tout ira bien.

Mais on ne pouvait pas rester toute la journée en compagnie de Vladimir. Bientôt, passait dans ses yeux une expression lointaine. Il ne faisait plus attention au petit garçon et sa conversation devenait mécanique. Sa pensée rejoignait des préoccupations intérieures dont il ne pouvait parler à Kolia.

Rien de tel chez Vsevolod Borissovitch. Jamais il ne marquait la moindre impatience ou ne retirait à Kolia son attention. Ses yeux reflétaient la lumière de son cœur.

Pourtant vous n'auriez pas dit que Vsevolod était un homme d'abord facile. Sa haute taille, sa voix profonde et ses manières distantes n'incitaient pas à lui tenir compagnie. Les levers matinaux et les promenades dans la forêt lièrent cependant Vsevolod au petit garçon.

Chaque matin Kolia le retrouvait dans la cuisine, achevant solitaire son petit déjeuner Il servait l'enfant et l'emmenait marcher, chaque fois plus loin dans la forêt.

20

Rétrospectivement, Kolia ne se souvenait pas combien de jours ils avaient passés dans l'isba. Il lui semblait qu'un mois avait dû s'écouler. Mais le rapprochement des événements montrait que, très certainement, ils n'y restèrent pas davantage que quelques jours.

Kolia se rappelait le froid vif, la profondeur du ciel, et la lumière presque chaude du soleil. Le matin, les glaçons qui pendaient du toit et de l'auvent s'irisaient dans les rayons du soleil. Sa chaleur leur arrachait quelques gouttes d'eau : plic, ploc, plic, ploc. Elles crépitaient quelques instants, à croire que le redoux était déjà arrivé. Mais bientôt, le soleil tournait. Les glaçons redevenaient translucides et reprenaient force.

La forêt épaisse s'allumait de reflets dans la lumière du matin. La neige sur le sol, sur les branches des arbres, les flocons déposés très haut sur leurs cimes accrochaient les rayons du soleil. Les arbres prenaient de la distance. Les sapins se secouaient au moindre souffle de vent. Leurs capuchons de neige s'émiettaient dans l'air. À cette heure-là, le paradis était à portée de main.

Les yeux de Vsevolod s'éclairaient encore. Il buvait l'air du matin. Il ne faut pas craindre la forêt. De manière générale, il ne sert à rien d'avoir peur. Nous devons refuser de trembler. Pourtant Kolia s'alarmait lorsque devant eux, sous la neige et le soleil, les branches emmêlées ressemblaient à un tissu scintillant barrant l'accès de la forêt. Il prenait la main de Vsevolod et ne la lâchait que lorsque la maison était en vue

De quoi as-tu peur, Kolia ? C'était une question facile. De mourir, de souffrir et de disparaître dans une maison pour *bezprizorniki* et encore, il avait peur d'avoir peur. Vsevolod aussi redoutait la peur. Il fallait lutter contre cette dégradation de l'esprit. Ni

Dieu, ni la vie éternelle, ni la nature passagère de la douleur qu'évoquait tour à tour son compagnon pour le réconforter ne convainquaient Kolia. Pourtant l'attitude ferme et droite de Vsevolod, sa voix profonde (en aurait-il une semblable plus tard ?) et la tranquillité de son regard laissaient entrevoir l'existence d'un monde sans peur. Mais quelqu'un d'aussi démuni que Kolia, chargé de responsabilités familiales, avait-il une chance d'y accéder ?

Il n'était pas habitué à côtoyer des adultes. Depuis sa naissance, il n'avait eu d'intimité qu'avec sa mère. Les autres grandes personnes, ses institutrices, la voisine du dessus, étaient des autorités répressives avec lesquelles il était dangereux de discuter. Kolia découvrait des êtres à l'indulgence maternelle, mais à la pensée complexe et rigoureuse. Leur fréquentation lui donnait un léger vertige. Ils savaient presque tout sur l'univers et sur les autres hommes, comme s'ils avaient percé le secret du monde qui échappait encore à Kolia.

Vsevolod prétendait qu'il n'y avait pas de secret du monde. Une seule chose importait, distinguer le bien du mal. T'en crois-tu capable, Kolia ? Et comment donc ? Bien sûr qu'il en était capable. Il en bondissait d'excitation. Il allait sidérer ces adultes ! Le bien c'est vous et le mal, c'est eux, les Bolcheviks. Comme Vsevolod ne réagissait pas, il ajouta : le mal, c'est ceux qui descendent les cloches et le bien, ceux qui les raccrochent.

Il leva les yeux avec avidité sur le visage de Vsevolod. N'est-ce pas que j'ai raison ? suppliaient-ils. Dites-moi que j'ai bien retenu vos leçons !

Pourtant le vieil homme ne le félicita pas. Il lui jeta un regard terne. Kolia baissa la tête, dépité. Qu'est-ce qu'il allait encore inventer ?

Non. Ce n'est pas tout à fait aussi simple. Si tu avais raison, personne ne soutiendrait les décrocheurs de cloches. Tiens, il n'y avait pas pensé ! Mais tout de même, sur la place les gens étaient contents d'entendre tinter les cloches ? Très contents c'est vrai, mais pourquoi n'avaient-ils pas empêché les tchékistes d'escalader le clocher pour essayer d'attraper Vadim Ilitch ? Très simple : ils avaient peur. Et pourquoi a-t-on peur du mal au point de ne pas se battre pour le bien ? Cela devenait un peu compliqué, mais Kolia risqua une explication. Après tout, les Bolcheviks n'ont jamais dit qu'ils étaient pour le mal, n'est-ce pas ? Ils veulent le bien du peuple.

Eh oui, soupira Vsevolod. Ils veulent le bien du peuple. Enfin c'est ce qu'ils disent. Mais ils veulent son bien par des méthodes mauvaises. Pour faire le bien, ils utilisent le mal. Qu'en penses-tu ?

Kolia haussa les épaules, cela le dépassait. Qu'on lui donne la réponse ! Mais Vsevolod ouvrit toutes grandes ses paumes. Pas de réponse. À chacun de juger et de distinguer entre le bien et le mal. Tout de même, objecta Kolia, il doit y avoir des guides. Il suffit de trouver la bonne page. On cherche à cloche par exemple. Est-ce qu'il n'y a pas un article sur les cloches ? Mais non, ni article, ni guide, ni rien. Il n'y a plus rien aujourd'hui. On a tout brouillé pour que plus personne ne s'y reconnaisse. Ce qui compte, c'est le but que tu poursuis : veux-tu abattre la révolution, et la catégorie sociale à laquelle tu appartiens ?

« Bien sûr, dit Kolia. Vous, par exemple, vous êtes tous des ennemis de classe et si on vous prend vous serez bons pour le poteau d'exécution. Mais moi, j'appartiens au peuple. Je ne risque rien.

— Pas tout à fait. Si on nous arrête, on te considérera comme notre complice.

— Je n'ai rien fait !

— Absolument rien. Mais tu as trahi les tiens en ne nous dénonçant pas et ne crois-tu pas que toutes ces discussions que nous avons avec toi sont très dangereuses ? Fréquentation de contre-révolutionnaires ! » Vsevolod se mit à rire et donc à gargouiller. Kolia lui jeta un regard mauvais. Il ne trouvait pas ça très drôle. Il n'avait pas envisagé qu'il quitterait cette maison un jour. Au loin, la vie pouvait continuer à se dérouler sans lui et sans ses petites sœurs, il s'en moquait bien du moment qu'ils étaient à l'abri.

Son cœur se serra à la pensée des dangers évoqués par Vsevolod. Je n'ai rien fait de mal ! Comment, s'exclama Vsevolod, rien de mal ! Tu as abandonné ta mère pour suivre des contre-révolutionnaires.

21

Toutes les promenades ne prenaient pas un tour aussi dramatique. Vsevolod lui montra la tombe du frère de Daria. Sur la croix rouillée, des dentelles de glace. Étrangement, une double rangée d'empreintes peu profondes mais régulières formaient un cercle autour de la tombe.

Ce sont des empreintes de loups, affirma Kolia après un examen minutieux. Il n'avait jamais vu ni loup, ni empreintes de loups. Mais de près cela ressemblait à celles des chiens. Alors ici qu'est-ce que ça serait d'autre qu'un loup ? Vsevolod prit un air pensif mais ne donna pas son avis.

La maison se divisa en deux camps. D'un côté, le parti des loups comptait non seulement Kolia et ses sœurs, aussitôt rangées à son avis, mais encore Vitali et Daria. Celle-ci manifesta une grande inquiétude. Nous sommes en danger ! Les loups sont venus nous prévenir, répéta-t-elle plusieurs fois.

L'autre camp, également très préoccupé, ne croyait pas à la théorie des loups. Ce groupe pensait que des chiens avaient retrouvé leur piste.

Toute la journée, les adultes conservèrent un air soucieux. Même Vitali, qui avait pourtant défendu les thèses de Kolia. Pour comble de malheur, il neigeait. Impossible d'aller respirer un peu d'air frais et d'échapper à la tension de la maison.

Malgré leur mine préoccupée, les adultes ne s'affolèrent pas. On mangea à l'ordinaire. Vladimir gagna sa partie d'échecs comme s'il ne se passait rien. Vitali et Vadim jouèrent aux cartes en buvant du thé, ainsi qu'à leur habitude, dans un coin de la cuisine. Pourtant l'impression de sérénité qu'ils dégageaient jusque-là avait disparu. Le plus calme d'entre eux, le sombre Viatcheslav, somnola toute la journée dans un fauteuil.

Le lendemain matin — de nouveau une belle journée — Kolia trouva à Vsevolod les traits particulièrement tirés. Malgré tout, il conversa avec le petit garçon plus joyeusement que d'habitude, comme si une allégresse nouvelle le possédait.

Il portait sur l'épaule une grande et lourde pelle. Sans aucun effort, il marchait d'un bon pas. Sa démarche alerte et, un peu plus tard, son énergie à creuser le sol gelé révélèrent à Kolia sa force physique. À cause de ses cheveux blancs, de sa voix épaisse et de ses gestes posés, il l'avait considéré comme un vieillard. Soudain se découvrait un nouveau Vsevolod que Kolia n'eut pas le temps de connaître.

La terre était dure, mais grâce à la neige n'avait pas gelé en profondeur. Vsevolod creusa une fosse. Kolia l'observait en silence. Bien entendu, il aurait voulu savoir à quoi rimaient ces travaux d'excavation et se sentait vexé que, de lui-même, Vsevolod ne fournisse aucune explication. Mais on tient à sa fierté, n'est-ce pas ? Kolia se contenta de tourner autour du vieil homme, comme si changer d'angle de vue lui donnerait la raison de ce trou.

Il en scrutait le fond dans l'espoir d'y comprendre quelque chose, lorsqu'il ressentit pour la première fois de sa vie une violente douleur dans le dos. Par la suite, elle le tourmenta chaque fois que se tramait un complot derrière lui. Comme une flamme, la douleur remontait l'épine dorsale et brûlait Kolia aussi longtemps qu'il n'avait pas pris la mesure du danger.

Le soleil éclairait le chemin par lequel ils étaient arrivés. Par ce sentier, s'avançait une haute silhouette. Elle marchait entre les arbres, éclairée par-derrière. La réfraction de la lumière, due au resserrement des troncs, la nimbait d'une brume dorée, dissimulant les traits de son visage. Elle lui donnait l'allure d'un ange cheminant dans la forêt.

Kolia se tint sur ses gardes. Les anges, il n'y croyait pas beaucoup. Mais Vsevolod, un pied sur le bord de sa pelle, n'éprouvait pas la moindre panique.

De près, c'était un homme un peu plus grand que Vsevolod, mais plus jeune et plus fluet. Un visage avenant, élégant, brillant d'intelligence. Il portait un sac tout gonflé et tintinnabulant comme s'il y avait enfermé des clochettes. Il s'arrêta net devant la fosse, enleva sa chapka et s'essuya le front. Il se présenta : Grigori Pavlovitch. Contrairement aux autres, il ajouta son nom de famille, Aksakov. À l'école, un professeur de ce nom enseignait aux grands une matière compliquée dont l'enfant n'avait pas même retenu le nom. Kolia le croisait parfois dans la cour de l'école. Mais en temps ordinaire, il n'était pas aussi rouge et portait de petites lunettes fines à monture d'acier.

Aksakov ne demanda pas à Kolia qui il était. C'était rageant ! Il avait dû arriver pendant la nuit, alors que les enfants dormaient. Et lui, Kolia, n'avait rien entendu et manqué tous les conciliabules entre adultes. Que faisait-il là ? Qu'est-ce que c'était que ce trou ? Et ce sac ?

Jamais il n'obtint la réponse à sa troisième question. Vsevolod et Grigori Pavlovitch posèrent délicatement le sac au fond du trou. Kolia les aida à combler la fosse bien qu'on ne lui ait toujours rien dit. Mais bon, c'était gênant de les laisser travailler sans rien faire que les regarder. En outre il aimait toucher la terre. Il passait des heures à la triturer, la malaxer, la pétrir et en retirait beaucoup de plaisir. Celle-là était granuleuse et glacée. Il gardait encore le souvenir des sensations râpeuses et froides qu'il éprouva au bout des doigts. Ensuite, ils répandirent de la neige par-dessus la terre. Impossible de savoir qu'on avait enterré quelque chose à cet endroit.

Pour se reposer, ils s'assirent sur une souche. Kolia

s'accroupit en face des deux hommes et demanda s'ils avaient enterré un trésor. Voilà, voilà, exactement, firent les deux hommes. Alors, ils étaient très riches, n'est-ce pas ? Riches ? Pas du tout. Rien de ce qui se trouvait là, ils montrèrent le sol, ne leur appartenait. Mais attention ! Ils ne l'avaient pas volé non plus. Ce trésor leur avait été confié. Il s'agissait de le protéger.

Kolia hocha la tête. « Pourquoi, demanda-t-il, cache-t-on les biens les plus précieux dans la terre ?

— Ah oui, remarqua Vsevolod, c'est que c'est une bonne cachette ! Il n'y en a pas de meilleure. Chez toi, on finit toujours par retrouver ce que tu croyais bien dissimulé. Et ta maison peut brûler ou être inondée. Tandis que la terre. Comment savoir où creuser dans un pays aussi vaste ? T'a-t-on raconté que les paysans ont enfoui leur blé dans la terre pour qu'on ne le leur prenne pas ?

— Mais oui, bien sûr, ils nous ont affamés ! Rien de pire que d'enterrer le blé. Et les riches aussi, qui ne voulaient pas partager avec le peuple, ont enterré leurs bijoux et leur argent. On nous a expliqué tout cela à l'école. La terre, c'est seulement pour y mettre les morts.

— Parce que les morts sont un bien précieux, très précieux, reprit Vsevolod. Seule la terre les protège. Mais les graines que sème le paysan poussent aussi dans la terre. » Kolia regarda ses mains toutes noires. Il ferma les yeux, ébloui à la pensée des richesses enfermées dans le ventre de la terre. On pouvait passer sa vie à la fouiller. D'une manière ou d'une autre, elle vous nourrissait. Vsevolod redoutait que Kolia ne songe que sa mère était elle aussi ensevelie dans la terre. Mais si l'idée en vint au petit garçon, elle ne provoqua pas de chagrin : ses yeux irradiaient de bonheur. Ne venait-il pas de percer l'un des mystères de l'univers ?

S'il joua d'autres fois avec de la terre, comme les enfants de son âge, il ne repensa plus à l'enterrement du sac de Grigori Pavlovitch. Le souvenir ne s'en représenta que bien des années plus tard, lorsqu'il s'acquitta pour la première fois des fonctions de fossoyeur qu'on lui avait confiées.

22

À leur retour, Kolia comprit que le séjour dans l'isba s'achevait. Les grandes personnes semblaient très affairées. Leurs allées et venues incessantes donnaient le tournis aux enfants.

Les trois petits se posèrent, songeurs, sur une marche de l'escalier et se serrèrent les uns contre les autres.

Vers l'heure du thé, une fois la nuit tombée, tout se calma de nouveau. La maison retomba dans le silence. Vladimir proposa une petite partie d'échecs. Daria, Vadim et Vitali s'enfermèrent dans la cuisine pour préparer le repas. Viatcheslav et Vsevolod prirent un livre, tandis que Vassili réparait une serrure dans un coin de l'entrée.

Oui, rien n'avait changé. Nina et Macha jouaient sur le tapis devant le poêle en gazouillant. Vladimir, tout décoiffé, exécuta en quelques coups le pauvre Kolia et entreprit de lui expliquer sa stratégie. Mais dans un coin du salon, debout devant l'une des fenêtres, face à la nuit, Grigori Pavlovitch ne sachant pas à quoi s'occuper demeurait tout droit et raide, vivant symbole des changements qu'il avait apportés.

À table, pendant le thé, il s'assit à côté de Daria, à la place de Kolia, relégué entre Vitali et Vsevolod. Kolia examina Aksakov. Pas de doute, cet homme avait un visage doux. Impossible de supposer qu'il vous ferait du mal. Pourtant, Kolia savait qu'il allait détruire le monde paisible dans lequel ils vivaient.

Kolia écoutait Grigori Aksakov. En ville, dès le lendemain de l'affaire des cloches, on s'était aperçu de la disparition de Daria Philipovna et de plusieurs autres citoyens. La Tchéka ne tarderait pas à apprendre que le père de Daria possédait autrefois une cachette dans la forêt.

Les grandes personnes hochaient la tête gravement, l'air de penser tout ça c'est vrai, d'ailleurs tu nous l'as déjà dit hier. Voilà, nous avons achevé nos préparatifs. Mais est-ce que ça vaut vraiment la peine de s'en aller ? Nous trouveront-ils ici ? Kolia lisait dans leurs yeux la tristesse qu'il sentait dans son cœur à l'idée d'abandonner ce paradis secret. Non vraiment, sans Grigori Pavlovitch, jamais ils ne s'en seraient allés. Et qui sait ? Peut-être ne se serait-il rien passé du tout. Les enfants auraient grandi dans la maison. Pas besoin d'aller à l'école : on avait sous la main institutrice et professeurs. Nina et Macha auraient pu, une fois devenues grandes, épouser Vadim et Vassili, les plus jeunes du groupe. Et lui, Kolia, aurait surveillé la maison et protégé tout ce petit monde des dangers extérieurs. Pouvait-on rêver meilleur destin ?

Mais les adultes avaient d'autres projets et peut-être que, finalement, cela ne les intéressait pas tant que ça d'élever les trois enfants. On se méprend constamment sur les intentions des grandes personnes !

Et pensez un peu, poursuivait Grigori Pavlovitch, à ce qui se passera s'ils vous découvrent tous ici ! Et vous surtout, Viatcheslav Kirilovitch, et vous Vsevolod Borissovitch, s'exclama-t-il sans donner plus d'explications.

« Oh ! Daria, sois raisonnable. » Il parlait d'une voix très tendre et prit la main de la jeune femme. « Pour une fois, écoute-moi, ne reste pas ici. S'il te plaît. »

C'est bien, c'est bien. La voix de basse de Vsevolod répondit au plaidoyer de Grigori. Nous allons partir. Tout est prêt. Demain, nous nous en irons, c'est entendu.

Et nous, et nous ? demandèrent Kolia et Nina. Nous ? En face de Kolia, Daria répondit d'un sourire apaisant. Bien sûr, nous vous emmenons. Vadim hocha la tête. Mais oui, bien sûr, cela va de soi, disaient ses yeux rieurs. Mais il y avait Grigori Pavlovitch, ce maudit !

« Voyons. Vous n'y pensez pas ! Ce serait très déraisonnable. Avec les enfants, on vous repérera tout de suite. Et ils vous retarderont. Et pour les enfants, c'est extrêmement dangereux. Vous leur feriez courir des risques considérables. »

Va-t-il se taire ? À croire que son cerveau fabrique des arguments à la chaîne. Un, c'était déjà trop. Mais sous cette avalanche, jamais ils ne consentiront désormais à les emmener. Déjà Vadim et Daria ne sourient plus et Vitali, l'air chagrin, détourne la tête pour ne pas croiser le regard de Kolia. De nouveau, Aksakov a pris la main de Daria et la baise avec ferveur. « Je t'en prie ! Pas de risques inutiles. Partez seuls sans les enfants. Je les ramènerai en ville. »

En ville ! Pas question. Est-ce qu'on lui a dit, à Grigori Pavlovitch, ce qui les attend en ville ? Pas le peloton d'exécution, d'accord. (Et après tout peut-être que les grands non plus ne risquent pas la mort ? Sonner des cloches, la belle affaire !) Mais c'est comme la prison ou pire. Parce que eux, Grigori Pavlovitch, sont innocents. Ils n'ont rien fait de répréhensible. Est-ce un crime de n'avoir plus de parents pour qu'on vous enferme derrière de hauts murs ? Les voilà qui pleurent tous les trois.

Tout le monde parla en même temps. Daria, Vadim, Vassili et Vitali pour calmer les enfants ; Grigori supplia de croire qu'il ne voulait pas leur faire de peine ; Vladimir pria Grigori de se taire. Seuls Vsevolod et Viatcheslav, demeurés à leur place, gardèrent le silence. On entendit encore les sanglots des enfants, les protestations de Grigori, les lamentations de Daria et de Vadim (Non, non, impossible de laisser les enfants), les chuchotements de Vladimir et de Vassili (Du calme, du calme, rien n'est décidé).

Mais si, pourtant, tout est décidé. De sa voix autoritaire, Viatcheslav tonne, pour couvrir le bruit, que

Grigori a raison. Impossible de se charger des enfants. Plus tard, quand ils seront installés ailleurs, quand il n'y aura plus aucun risque, Grigori viendra les retrouver avec les enfants.

Kolia soupire. Il n'y a plus rien à faire. Malgré tout, il lève des yeux implorants sur le seul qui n'ait rien dit. Le regard lumineux ne se dérobe pas. Vsevolod parle enfin. Sa voix mélodieuse calme le chagrin des enfants. Elle est comme une caresse. Elle abat les arbres qui cachent l'avenir. Tout redevient paix et certitude. Grigori Pavlovitch est le meilleur des hommes. Nous lui confions solennellement ces trois petits enfants. Avec lui, ils ne risquent rien. Aucun mal ne leur sera fait et leurs âmes garderont leur innocence. Un jour, nous nous retrouverons. Peut-être demain, peut-être plus tard, peut-être seulement au bout de notre vie. Mais nous resterons ensemble. Nous nous quittons provisoirement. Nous nous retrouverons. C'est une certitude. « Ne vous inquiétez pas, déclara à son tour Aksakov aux enfants. J'ai bien compris que vous ne seriez pas en sécurité en ville. Nous n'y resterons que vingt-quatre heures, le temps de me montrer. Je ne tiens pas à être suspecté à mon tour à cause d'une absence injustifiée. Vous passerez une nuit chez moi. Mes voisins sont de braves gens, ils ne diront rien. Dès le lendemain, je vous conduirai à l'endroit où s'est retirée ma mère. Vous y serez parfaitement à l'abri. Elle a des quantités de petits-enfants dans tout le pays, personne ne s'étonnera d'en voir surgir trois nouveaux. Et vous ne serez même pas dépaysés là-bas : elle a une isba comme celle-ci !

« Au signal de Vsevolod Borissovitch, je viendrai vous chercher pour vous conduire à votre nouvelle retraite. Épatant, non ? Qu'est-ce que j'aurais aimé vivre des aventures pareilles à votre âge ! »

Kolia aurait volontiers échangé son enfance contre celle d'Aksakov, mais il garda ses réflexions pour lui. Ce plan, que l'on réexamina en détail, fut approuvé par tout le monde.

Plus tard, dans la cuisine, Kolia observa Grigori Pavlovitch. Il ne quittait pas Daria des yeux et, de son côté, Daria lui jetait des regards mouillés de larmes.

« Est-ce que vous êtes des amoureux ? demanda le petit garçon.

— Bien sûr, répondit Nina, blottie sur une chaise. Tu ne t'en étais pas aperçu ? Des amoureux, ce sont des amoureux. »

Ce que cela signifiait précisément, ni l'un ni l'autre n'auraient su le dire. Une chose importante à laquelle s'attachaient des nuances d'ironie, d'admiration et de jalousie. Pour Kolia, c'était une découverte capitale : leur seule assurance de retrouver un jour Daria et le reste du groupe. Il sourit de manière enjôleuse à Grigori Pavlovitch. Alors vous aussi, n'est-ce pas, cela vous fait mal de les laisser partir ?

23

Adieu ! Adieu ! Ils sont partis de leur côté dans deux traîneaux, filant à toute vitesse dans la forêt profonde. Adieu ! Adieu ! Grigori Pavlovitch ne bouge pas. Les enfants, couchés sous les couvertures, ne voient que son dos. Il ne se décide pas à claquer la langue pour faire partir son cheval. Sa nuque est légèrement recourbée comme s'il ne supportait plus la réverbération de la neige bleutée, sous le soleil de cette fin de matinée.

Allons, Grigori Pavlovitch, il faut s'en aller, sinon nous n'arriverons pas avant la nuit. Enfin, il donne un petit coup aux rênes, le traîneau s'ébranle, glisse devant la maison fermée. Vite, un dernier regard au paradis perdu. Même s'il croit Vsevolod, Kolia sait bien que jamais ce qu'ils viennent de vivre ne se reproduira. S'ils se retrouvent un jour, ce ne sera pas dans la maison de la forêt. Les trois enfants font au revoir de la main. Au revoir, maison !

De temps en temps, Grigori Pavlovitch se retournait pour vérifier que tout allait bien. Macha ne tarda pas à s'endormir sur l'épaule de son frère, d'un sommeil agité, coupé de grognements. De son côté, Nina rêvassait, jouant de ses mains avec l'air froid et les bouffées de neige que, comme une brume, le traîneau soulevait en glissant. Elle aussi s'endormit.

La course dura longtemps. Déjà les ombres s'allongeaient, immenses et inquiétantes, sur le sol blanc qui réfléchissait encore la lumière du jour. Le bleu du ciel s'éclaircissait jusqu'à la teinte immatérielle des glaciers, entre le bleu et le rose. Bientôt ces ultimes reflets s'éteindraient. Ce serait la nuit.

Kolia n'éprouvait pas d'angoisse, seulement un peu d'ennui. Il avait presque oublié que le chemin les conduisait à un avenir incertain. La confiance qu'il portait à Vsevolod s'étendait à tous ses amis, y compris à Grigori Pavlovitch.

Mais voilà, Aksakov était imprévoyant. C'était un jeunot, bien sûr. Mais surtout, son caractère ne le portant pas à la ruse, il ne se méfia pas. Kolia jurerait que des bourdes comme ça, il en a commis toute sa vie. C'est ça les hommes trop honnêtes !

Il avait quitté la ville sans difficulté — personne ne gardait la route qu'il avait empruntée — et il s'imagina qu'au retour ce serait le même tabac. Mais cela ne se passa pas du tout comme ça.

D'abord il faisait nuit. Très mauvais de revenir en ville de nuit à cette époque.

Voilà, quel imbécile de ne pas avoir prévu qu'on les arrêterait à l'entrée de la ville ! Kolia s'en voulait. C'était de sa faute, il aurait dû se douter que ce Grigori Pavlovitch n'était pas dégourdi.

Pas dégourdi pour un sou. Incapable d'inventer une histoire qui tienne.

Vos papiers ! D'où venez-vous ? Deux hommes en veste de cuir fourrée, grandes bottes de feutre et chapka baissée jusqu'aux yeux parce qu'il faisait un froid de loup depuis que le soleil avait disparu.

Grigori Pavlovitch tendit ses papiers et bafouilla qu'ils étaient allés se promener.

Se promener ? Et quand ça ? Il avait passé toute la journée à ce poste et il ne les avait pas vus sortir.

C'était un mensonge. Impossible de rester toute la journée à cet endroit, balayé de courants d'air. Avec un peu de culot, on le coinçait ce tchékiste. Il suffisait de dire avec aplomb, comme c'est curieux quand nous sommes passés tout à l'heure, on ne vous a pas vus. Mais Grigori Pavlovitch, seulement des euh, euh. Pourtant, permettez. Du coup l'autre, ça lui mit la puce à l'oreille. Pas besoin d'être tchékiste pour ça. Même Kolia aurait vu qu'il se conduisait comme un coupable.

Il approcha les papiers d'une lanterne que portait son adjoint. AKSAKOV, Grigori Pavlovitch. Il lisait avec application, soit qu'il ne vît pas assez clair, soit qu'il ne sût pas très bien lire. Vous êtes le professeur AKSAKOV ? Oui, oui, dit Grigori Pavlovitch, est-ce que vous me connaissez ? Sa voix prit des accents guillerets. L'inconscient ! Très mauvais d'être connu. Kolia s'enfonça dans les couvertures pour échapper au regard du tchékiste. Mais il entendait quand même la voix grinçante, mal embouchée.

Il le connaissait parce que l'une de ses sœurs l'avait pour professeur. Ah, ah, souffla Grigori Pavlovitch, de plus en plus soulagé. Il s'apprêtait à ajouter quelque chose d'aimable, du genre et comment s'appelle votre sœur, mais il ne put qu'émettre un léger nuage de vapeur.

Voilà, je vous connais parfaitement, grinça le tchékiste. Et je sais très bien que vous êtes célibataire. Qui sont ces enfants ?

Là encore très facile d'inventer quelque chose. La veille, il ne manquait pas d'imagination pour multiplier les raisons de ne pas les emmener. Il ne se souvint même pas que les enfants devaient passer pour ses neveux. Tout ce qu'il trouva fut de bredouiller que de petits élèves de l'école... prendre l'air... rendre service aux parents. Le tchékiste arracha la couverture d'un coup sec et remarqua que tout de même ils étaient un peu jeunes pour être ses élèves. Et s'emparant de la lanterne de son adjoint, il la balança sous le visage d'Aksakov. Alors, professeur, qui sont ces enfants ? Comment s'appellent leurs parents ?

Nina et Macha, réveillées, hurlèrent de peur et de froid.

Allez, dit le tchékiste, suivez-nous.

24

Kolia en aurait pleuré de rage : tant de chemin pour se retrouver précisément dans la situation qu'il avait cherché à éviter dès le premier jour. Et cette arrestation, quelle humiliation ! La mortification l'empêcha de ressentir de la peur.

Le tchékiste les poussait dans le couloir. Les trois enfants de front, suivis par Grigori Pavlovitch qui n'en menait pas large. Décomposé, il ne cessait de se retourner et de protester que c'était un malentendu. Il allait s'expliquer. C'est ça, répondait le tchékiste. C'est précisément ce que nous voulons, que tu t'expliques. À quoi bon discuter avec lui ? L'aventure servit de leçon à Kolia. Plusieurs années plus tard, il traversa des couloirs identiques en affichant le plus complet mépris.

Aksakov, brave homme et courageux dans sa peur, posa les mains sur les épaules des enfants et leur murmura de ne pas s'inquiéter, tout allait s'arranger. Tu parles, impossible d'arranger une histoire pareille. Nina et Macha pleurnichaient, mais Kolia, mine sombre, marchait sans desserrer les dents. Déjà la gueule d'un bagnard !

Tout à coup, au bout du couloir, sortant d'un bureau, surgit le chef de la Tchéka. Le noiraud cruel qui avait fait décrocher les cloches. Il beugla. Qu'est-ce que c'était que tout ce raffut ? Puis les découvrant, il se mit à rire et lança au tchékiste derrière eux, Qu'est-ce qui t'prend ? T'arrêtes des enfants maintenant ?

« Eh, camarade Ossipov, répondit l'autre. Regarde-moi ça ! J'ai retrouvé les gamins qui avaient disparu. Par la même occasion, j'ai mis la main sur un professeur qui ne me paraît pas très honnête.

— Tu sais ce que je pense des professeurs. Tous des contre-révolutionnaires ! Propagateurs des tendances nuisibles. Fourre-le au trou. J'emmène les enfants. »

Voilà comment on les sépara de Grigori Aksakov, qu'ils ne revirent jamais, et comment ils se retrouvèrent dans le bureau du chef de la Tchéka locale.

Il n'avait rien d'impressionnant mais empestait le tabac froid. Malgré cela, le terrible chef de la Tchéka alluma une cigarette. Les petites filles se mirent à tousser. Il leur jeta un regard intrigué, examina sa cigarette et l'écrasa. Pour compenser ce geste, il se donna un air méchant, adopta un ton de voix un peu vulgaire.

Alors comme ça vous êtes les petits Norkine. On vous a cherchés partout. Qu'est-ce qui vous a pris de partir de chez vous ? Et qu'est-ce que vous avez fait pendant tout ce temps ?

Silence. Macha regarde Nina. Nina regarde Kolia. Kolia regarde le tchékiste. Pas un mot. Bang ! Un coup de poing sur la table. Non mais, où est-ce que vous vous croyez les mômes ? Bang ! Vous allez répondre ?

Qui nous a dénoncés ? demanda Kolia pour gagner du temps. Le noiraud éclata de rire. À ton avis ? Il rit une seconde fois. Kolia le regarda droit dans les yeux : la voisine du dessus, c'est une peau de vache. Le tchékiste fut un peu décontenancé. Il feuilleta un dossier, négligemment. Kouzmina Marfa Serafimovna. Elle habite au-dessus de chez vous ? Il eut de nouveau l'air étonné. Puis souriant, avec un clin d'œil, de toute façon, elle dénonce tout le monde.

Nina et Kolia hochèrent la tête et Macha les imita.

Le noiraud rit encore. Pour nous, c'est très commode !

C'est fou ce qu'il était de bonne humeur ce tchékiste. On l'avait toujours vu l'air sévère et autoritaire, campé sur ses deux jambes, toisant la misérable population de la ville. Kolia eut un bref moment d'espoir : tout s'arrangerait peut-être.

Mais à ce moment-là, une porte latérale s'ouvrit sur un inconnu. Taille moyenne, cheveux rares et vaguement blonds, regard coupant. À l'époque Kolia manquait de points de comparaison pour le décrire. Maintenant, sans hésiter, il aurait su : un regard de commissaire-instructeur. À la fois dur, sournois et inaccessible. Les lèvres très fines et nettement découpées accentuaient l'impression laissée par le regard. Il se tenait très droit pour paraître de la même taille que le chef de la Tchéka locale.

Eh bien, Sergueï, un client difficile ? Sa voix trop ténue devait monter facilement dans l'aigu. On sentait qu'il s'obligeait à parler un ton plus bas pour donner davantage de virilité à sa voix. Mais tout de même, malgré ses airs de dur, il ne sut retenir sa surprise lorsqu'il découvrit les trois enfants. Cela ne dura qu'un éclair. Très vite, son visage retrouva son impassibilité. Ah ! ça y est, on les a retrouvés ! Il s'assit sur une chaise près du bureau, attrapa le dossier à son tour, l'examina.

« Bizarre cette histoire, dit-il sans lever les yeux du document. Est-ce que tu as remarqué qu'ils ont disparu le lendemain de l'affaire des cloches ?

— Évidemment. Tout le monde l'a remarqué. »

Le chef parlait sur un ton désagréable. Depuis l'entrée de ce Boris Vissarionovitch, il paraissait agacé. Quel sans-gêne, il faut dire. Entrer comme ca, sans frapper, s'asseoir sans y être invité et farfouiller dans les affaires d'autrui. La présence de ce nouveau tchékiste enleva son dernier espoir à Kolia : de cet homme-là, il n'y avait rien à espérer. La maison pour *bezprizorniki* les attendait à l'issue de l'interrogatoire. La peur l'affola. Pourquoi, dans l'isba, les sonneurs de cloches, si prompts à dresser des plans, n'avaient-ils pas envisagé que les enfants puissent tomber entre les mains de la Tchéka et élaboré une histoire qu'il aurait pu à présent servir aux deux hommes dont les regards froids ne le quittaient pas ?

La remarque du second tchékiste lui servit de planche de salut et il s'y accrocha désespérément. Les cloches les avaient tellement effrayés qu'ils s'étaient précipités hors de chez eux et avaient couru droit devant eux. Ils s'étaient retrouvés dans la forêt où, aujourd'hui, ils avaient rencontré Grigori Pavlovitch Aksakov. Celui-ci leur avait proposé de les ramener en ville.

Le chef de la Tchéka donna un grand coup sur la table. Qu'est-ce que c'étaient que ces sornettes ? Dans la forêt, pendant une semaine. Sans rien à manger. Et les loups !

Alors là, vous vous trompez complètement, intervint Nina. Les loups ne sont pas méchants. Il suffit de leur chanter des chansons, ils ne vous font aucun mal.

Les deux hommes se regardèrent interloqués. Le chef de la Tchéka esquissa un geste du doigt contre sa tempe. Ils sont complètement fous. Complètement, répondirent les yeux de l'autre. Nina les observa sévèrement. Peut-être vous n'avez jamais rencontré de loups ? Non, non, jamais, assurèrent-ils. On a rencontré des tas de choses affreuses, mais des loups, non, jamais. Voilà, je m'en doutais, répondit-elle. Ça se voit tout de suite. Ils échangèrent un nouveau regard. Ce sera encore plus difficile que d'habitude.

Pour remettre de l'ordre dans un interrogatoire qui lui échappait — mais à cette époque on manquait d'expérience lorsqu'il s'agissait d'enfants —, le chef tchékiste demanda s'ils avaient seulement pensé à l'inquiétude de leurs parents.

C'est alors que Nina, excitée par l'impression qu'elle avait marqué un point contre les deux hommes, commit une grave erreur. Mais, s'écria-t-elle, notre maman était morte, elle ne pouvait pas se faire de souci pour nous.

La terreur saisit Kolia. Il ferma les yeux pour ne pas croiser le regard paniqué de Nina qui venait de comprendre qu'elle les avait trahis.

« Tiens donc, s'exclama le chef de la Tchéka, voilà quelque chose que tu avais omis de signaler, gamin. » Il échangea un clin d'œil satisfait avec son horrible adjoint. Cette fois, on les tient.

Que faire ? Kolia reconnut qu'ils n'avaient pas quitté leur maison à cause des cloches, mais bien parce que découvrant leur mère morte, ils avaient compris qu'on allait les placer dans l'une des terribles institutions pour *bezprizorniki*. Il ne put s'empêcher de pleurer en évoquant ces souvenirs. Nina et Macha l'imitèrent bruyamment. Derrière ses larmes, Kolia observa les deux hommes. S'il pouvait les attendrir assez pour qu'ils renoncent à éclaircir la question de leur séjour dans la forêt !

Cependant les deux tchékistes semblaient rien moins qu'attendris. Ils chuchotaient entre eux, mais à l'oreille fine de Kolia on ne pouvait rien cacher.

« S'ils sont capables de taire que leur mère est morte, ils sont parfaitement du genre à ne rien dire sur les sonneurs de cloches, remarqua l'adjoint.

— Ça me paraît évident, admit le chef de la Tchéka. S'ils savent quelque chose, il faut qu'ils l'avouent.

— Aucun doute, siffla la voix coupante, ils nous diront tout ce qu'ils savent. »

Le chef tchékiste réfléchit un moment. « Pas commode d'interroger des enfants. Ils sont capables d'inventer n'importe quoi si on leur fait trop peur.

— Qu'ils inventent, qu'ils inventent, répondit froidement Boris Vissarionovitch, personnellement, je n'ai rien contre. L'essentiel est de débarrasser le pays de la pourriture contre-révolutionnaire. Qu'on le fasse sur des dénonciations authentiques ou mensongères, sans importance.

— Tout de même, il s'agit d'être prudent. On ne peut pas leur appliquer les méthodes habituelles. »

Sur ces mots, le chef de la Tchéka se tourna vers les enfants qui pleuraient toujours. « Allons, dit-il, séchez vos larmes. Je vois bien que vous êtes fatigués. Venez manger un morceau chez moi. Et puis, ajouta-t-il à l'intention de Nina et de Macha, figurez-vous que j'ai une petite fille comme vous, enfin, beaucoup plus petite. Elle est née il y a quelques jours seulement. Je vous la montrerai. Vous passerez la nuit là-haut avec nous et demain, on reprendra toute cette histoire tranquillement. »

Boris Vissarionovitch sourit aux enfants, l'air de dire, en voilà une bonne idée, détendez-vous mes petits agneaux. Ses lèvres remuaient à peine, mais Kolia saisit ce que, dans un souffle, il glissait à son supérieur. C'est ça. Amuse-les, ils finiront par parler. Cela ne fait aucun doute.

25

« Ce Boris Vissarionovitch, tout de même, grogna le chef tchékiste en les guidant par les couloirs. Pas fichu de frapper avant d'entrer ! J'espère que vous ne faites pas ca, les enfants. »

La Tchéka avait réquisitionné l'un des plus beaux immeubles de la ville. Elle avait converti le premier étage en bureaux. Sans doute le sous-sol servait-il à des besognes moins présentables. Mais les deux derniers étages conservaient leur fonction originelle d'appartements privés. On n'y avait rien touché. On s'était borné à expulser les précédents occupants (via le sous-sol ?). Inutile de décrocher un rideau ou de changer un meuble. Tout était en parfait état et du meilleur goût. Les armoires regorgeaient de linge et de vaisselle. Excellente opération qui ménageait l'argent du peuple.

Le tchékiste poussa la porte d'entrée et les enfants se retrouvèrent dans un appartement qui rappelait l'intérieur de l'isba, comme si une seule main en avait assuré la décoration. Mêmes meubles élégants, mêmes couleurs douces peintes aux murs ou tendues sur les fenêtres.

Alors, cria le chef tchékiste, il n'y a personne ce soir ! Il fit un clin d'œil coquin aux enfants. Aussitôt une femme surgit dans le couloir.

Kolia l'aima tout de suite. Une femme solide, bien plantée, aussi blonde et rose avec des yeux bleus de porcelaine, que son mari était noiraud. Ses cheveux épais pendaient en une grosse natte sur son dos. Elle portait une jolie chemise blanche de laine, toute simple, boutonnée sur le côté, comme à la campagne, sur une grande jupe noire dont le frou-frou bruissait dans le couloir.

La camarade Ossipova.

Non, non — elle parlait d'une voix douce, tendre, tranquillisante — Marina Alexandrovna. Quelle bonne idée d'amener des enfants à la maison ! Elle les contempla. Sergueï, ne me dis pas que tu as arrêté ces petits moineaux ?

Sergueï lui donna des explications par-dessus la tête des enfants. Kolia n'écouta pas. Comme les petites filles, il ne pouvait détacher ses yeux du visage de cette femme. Est-ce qu'elle avait pour de vrai épousé un tchékiste ? Un ange pareil.

Sa jupe s'abattit à leurs pieds. Elle s'agenouilla auprès d'eux. Mes petits, mes petits enfants ! Comme vous avez dû avoir peur après la mort de votre maman. Et tout seuls dans la forêt ! Impossible de lui mentir. Il aurait fallu crier, mais non nous n'étions pas seuls ! Et alors, le noiraud les aurait poussés dans l'escalier jusqu'à son bureau. Procès-verbal ! Déposition ! Interrogatoire ! Aussi la dévisagèrent-ils tous les trois, de leurs grands yeux gris.

Allons, Marinotchka, pas de sensiblerie ! C'est des durs, ces gamins. (Il les a déjà percés à jour, peut-être.) Ce qu'il leur faut, c'est un croûton de pain, un peu d'eau chaude et au lit. Regarde la petite, elle dort presque debout. (Tiens, c'est vrai qu'ils ont faim et sommeil. Jusque-là, ils n'avaient pas eu le temps d'y songer.) Et j'ai promis de leur montrer notre petite à nous. Le visage de Marina s'éclaircit encore. Notre petite fille, ma Nadejda, ma Nadia ? Quelle bonne idée !

C'est qu'elle l'aimait, ce bébé tout fripé et rouge qui ne cessait de pleurer. Les trois enfants en étaient jaloux. Ils frissonnaient lorsqu'elle se penchait en roucoulant sur son berceau. Cette petite Nadia est-ce qu'elle comprenait ? Ces mots d'amour la laissaient indifférente alors qu'eux les buvaient comme si une soif ardente les brûlait. Parle-nous encore, Marina, laisse ta voix couler sur nous ! Abandonne ce vilain bébé ! Ne dégrafe pas ton corsage pour lui ! Reviens auprès de nous. Laisse-nous respirer ton odeur sucrée. Avaient-ils aimé quelqu'un avec autant de force qu'ils aimèrent Marina Alexandrovna ? Leur mère, fragile et immatérielle, ne possédait pas cette présence ni cette sérénité.

La manière dont elle parlait à son mari ! Mélange de timidité et de moquerie. Même chose avec Boris Vissarionovitch, la timidité en moins. S'il venait frapper chez elle. Toc ! Toc ! Laissez-moi entrer. Est-ce que les enfants sont là ? Elle n'entrebâillait même pas la porte. Oui, oui, ils sont là, mais pas pour vous. Allez-vous-en tout de suite !

Et avec eux, d'une infaillible tendresse, comprenant à demi-mot, grondant d'un mouvement des lèvres ou d'un regard. Elle les protégeait de tous les dangers. Ceux qui rôdent dans les maisons à la poursuite des enfants, ceux qui, sournoisement, s'enrobent de manières trompeuses. Du coin de sa fenêtre, elle guettait les sorties de Boris Vissarionovitch. (Il fallait que le devoir l'appelât dehors, sinon il passait de son bureau au premier à son appartement du second. Mais sa conscience de tchékiste l'emportait sur ses penchants de bureaucrate. Il finissait par tourner le coin de la rue en boutonnant sa veste de cuir, le pistolet à portée de main.) Aussitôt, elle les envoyait prendre l'air dans la cour. Dès que son visage apparaissait à la fenêtre du troisième, les enfants filaient dans l'escalier à tire-d'aile. Boris Vissarionovitch était en vue.

Mais ce premier soir, ils ignoraient encore les miracles qui s'accompliraient dans cette maison maudite. Marina leur servit leur plat préféré, du pain, du beurre et une boisson chaude. Macha s'endormit à table, Nina se frottait les yeux. Marina et son mari les portèrent dans un lit (un peu moins grand que celui de l'isba, mais assez pour qu'une fois de plus, ils y tiennent tous les trois). Dès qu'il fut couché, Kolia s'endormit à son tour.

26

Dès le lendemain Sergueï Sergueïevitch déploya devant eux la gamme de ses talents. Il y eut d'autant plus de mérite qu'en refusant que les enfants quittent l'appartement, Marina l'obligea à s'adapter à des conditions peu propices à un interrogatoire.

Il s'enferma avec les enfants dans un salon inutilisé. Une pièce assez mal chauffée. Les meubles et les rideaux y avaient pris la couleur éteinte des chambres condamnées. Un peu de poussière leur chatouilla le nez. Sergueï se frotta les mains de satisfaction.

Il aligna trois chaises en face d'un guéridon, y installa les enfants et s'assit de l'autre côté. Kolia se mit entre ses deux sœurs pour les empêcher, le cas échéant, d'en dire trop. Sur le guéridon, un papier, un crayon et le dossier que l'autre soir les deux hommes feuilletaient devant eux.

Kolia tremblait d'excitation autant que de peur. Il n'avait jamais assisté à un interrogatoire et se demandait ce qui se passerait. Comment le noiraud s'y prendrait-il pour l'obliger à se livrer ?

Mais l'expérience le déçut. Des questions, toujours les mêmes, posées inlassablement. Le tchékiste croyait-il que Kolia se tromperait et oublierait ce qu'il avait répondu quelques minutes plus tôt ? Dites donc, c'était drôlement facile. Un peu de mémoire et de concentration, pas plus difficile que de retenir ses tables de multiplication. Mais dans son innocence, Kolia n'avait pas prévu que l'exercice deviendrait lassant. Difficile de répondre vingt fois la même chose.

Le tchékiste a l'air de s'ennuyer, lui aussi. Ses yeux noirs, d'ordinaire si vifs, sont éteints. Il griffonne d'une main mollassonne, la tête penchée. Sur sa chaise, Macha somnole. D'ici peu, elle perdra l'équilibre et se retrouvera par terre. Nina, crispée tout à l'heure — elle tenait chaque côté du siège dans ses petits poings fermés —, s'est détendue. Son dos repose maintenant sur le dossier. Le rabâchage l'endort elle aussi.

Pour la dixième fois, Sergueï les interrogea sur la manière dont ils avaient survécu dans la forêt. Après avoir, à neuf reprises, assuré qu'ils s'étaient débrouillés seuls, songeant soudain à la tempête de neige et au froid, Kolia crut bon d'ajouter qu'ils avaient trouvé une cabane.

L'information intéressa beaucoup le chef tchékiste, qui voulut aussitôt savoir comment ils avaient pu manger et se chauffer. Kolia assura que la cabane était pleine de provisions et Nina qu'il n'y faisait pas tellement plus froid que dans ce salon sans chauffage. Sergueï prit note sans sourciller.

Il passa à la question suivante qui revenait, elle aussi, pour la dixième fois. N'avaient-ils rien remarqué sur la place quand ils avaient quitté leur maison. Kolia, qui avait moins peur, observa qu'il y avait beaucoup de tchékistes à cet endroit et dans le clocher, des grappes de tchékistes.

Bang ! Enfin, un coup sur le guéridon. Est-ce que par hasard tu te ficherais de moi ? Il les examina tous les trois. Macha avait sursauté dans son sommeil et s'était rattrapée de justesse avant de tomber. Elle était si terrifiée qu'elle n'arrivait même pas à pleurer. De l'autre côté, le visage de Nina avait pris une teinte livide. Le chef tchékiste sourit d'un air supérieur. Enfin les choses rentraient dans l'ordre. Il relut ses notes. Inintéressant au possible, toujours les mêmes réponses. Un dur à cuire ce Kolia ! On croirait qu'il a grandi devant une assemblée de commissaires-instructeurs. Mais il craquera, comme tout le monde.

Alors, alors, je remarque que jusqu'à maintenant seul Kolia a répondu. Pourquoi ? Sourire féroce aux petites filles. Nina ne perd pas la tête, elle montre Macha qui pleurniche : elle dormait. C'est bien la première fois de sa vie que Sergueï laisse un suspect s'endormir pendant un interrogatoire. Bang ! Pourquoi dormait-elle ? Parce que ça ne l'intéressait pas. Et pourquoi ? Bang ! Parce que ce sont des inventions de ton frère. S'il disait la vérité, un peu qu'elle parlerait ! Elle voudrait donner son point de vue, tiens. Alors, Nina, qu'est-ce que tu penses de tout cela ?

Kolia trouve le tchékiste assez fort. Ne dirait-on pas que du soir au matin, il interroge des enfants coupables d'actes de terrorisme ? Bon, dit le tchékiste après avoir vérifié qu'il les avait bien terrorisés. Passons à autre chose à présent. Je voudrais que vous me parliez de votre famille. Et d'abord, quelle est votre origine sociale exacte et d'où viennent vos parents ?

Perplexes, les enfants le dévisagèrent de leurs grands yeux gris.

Ne me dites pas que vous ne savez rien ? Si, si, si. Ils se sentent malheureux. Tant de choses qu'ils ignoreront toujours. Ils en ont les larmes aux yeux tous les trois.

Sergueï soupira. Il allait les aider.

Est-ce qu'il sait quelque chose ? Va-t-il leur apprendre tout ce qu'ils n'ont pas eu le temps de demander à leurs parents ?

Mais quelle bêtise de supposer qu'un tchékiste puisse vous apporter quoi que ce soit ! Il n'est là que pour vous déposséder. Pourtant, petit à petit, ils reconstruisirent avec lui un début d'histoire de leur famille. Incroyable tout ce qu'ils savaient sans s'en être jamais rendu compte ! On est fort, hein, nous les instructeurs ! Les clients sont tous comme ça. Non, non, ne m'interrogez pas. Inutile d'insister, je ne sais rien. Mais très vite, grâce à nous, ils retrouvent la mémoire. Tous savent bien plus de choses qu'ils ne le supposent. Grâce à nous, ils remettent de l'ordre dans leurs idées et dans leurs souvenirs. C'est enrichissant pour tout le monde.

Par exemple, en cherchant bien, Kolia se souvint que sa mère venait de la campagne. Bon, alors les grands-parents étaient paysans. Intéressant, ça. Mais des riches ou des pauvres ? Impossible de se le rappeler. Kolia est né chez eux avant la guerre. Mais alors qu'est-ce qu'ils fabriquaient en ville ? On avait faim, expliqua Kolia après un moment de réflexion. Quelle idée ! C'est à la campagne qu'on trouve à manger. Vos parents manquaient de bon sens.

Peut-être, mais voyez-vous, notre maman était toute seule avec deux petits. Pourquoi deux ? demande Macha qui suit cette fois l'interrogatoire avec curiosité. Tu n'étais pas née, Macha, réplique Nina. Tu n'existais pas. Et comment ça ? Comment je n'existais pas ?

Sergueï se masse le front. L'ennui de ces interrogatoires approfondis c'est qu'on finit toujours par aborder les questions philosophiques. Il se sent un peu court sur ces sujets. Il faudrait lire davantage pour avoir réponse à tout, suivre des cours de dialectique. Mais où trouver le temps ? Bon, c'est comme ça, Macha, dit-il pour interrompre un débat où l'interrogatoire risque de perdre son rythme. On est tous passés par là. Avant ma naissance, je n'existais pas. Elle le regarde épatée. Mais Nina vient détruire cette fragile victoire. Voilà et après votre mort, vous n'existerez plus. Et toi non plus, mon petit agneau. Et pour le moment votre vie est entre mes mains. Il flanque un coup sur la table. Bang ! Ici c'est moi qui décide qui vit et qui meurt.

Continuons. Votre maman était toute seule avec vous deux et elle a décidé de quitter la campagne parce que vous mouriez de faim. Bon, et c'était avant ou après la Révolution ? Le crayon oscille au-dessus du papier. Délicat ! Après la Révolution, suppose Kolia. Sergueï lui jette un regard furieux. Est-ce que tu sous-entends qu'on ne meurt de faim que depuis la Révolution ? Kolia hausse les épaules. Avant la Révolution, il ne se souvient plus, il était trop petit. Mais c'est sûr que depuis la Révolution on a faim.

Sur son papier, Sergueï écrit « parents : esprits contre-révolutionnaires ». Il relève la tête, une expression mauvaise sur le visage. Et alors ta mère est venue en ville et comme ça, elle a claqué des doigts, un appartement pour moi et mes moutards et on lui a donné ce qu'il y avait de mieux. Réfléchis un peu. Tu as vu le nombre de sans-abri ? Dis-moi la vérité. Cet appartement appartenait à ta famille. Vous étiez bourrés d'argent. Regardez-moi, les vêtements que vous portez. Des vêtements de princes !

Horreur ! Ils ont gardé ceux de Daria Philipovna. Elle ne leur a jamais rendu leurs malheureux habits reprisés et usés jusqu'à la trame. Macha met la main sur sa bouche. Mais le chef tchékiste, finalement, n'a pas assez l'habitude des enfants pour apprécier la portée de ce geste. Ou plutôt, enfermé dans sa dernière hypothèse, il ne s'attarde pas sur les détails qui ne cadrent pas.

Non, non, pas du tout. Jamais nos parents ou nos grands-parents n'ont possédé un appartement. Voulez-vous que je vous dise pourquoi on nous a donné si rapidement un appartement ? Oui, bien sûr. Qu'est-ce qu'il croit, ce Kolia ? Un interrogatoire ça ne consiste pas à poser des questions au commissaire-instructeur. Parce que notre maman attendait un bébé (il montre Macha), première raison. Mais il y avait une seconde raison. Vous voulez que je vous la dise ? Bang ! Évidemment. Bang ! Est-ce que tu te fiches de moi ?

Mais la seconde raison porte un coup au chef tchékiste. Il en biffe l'esprit contre-révolutionnaire sans se poser davantage de questions ! Leur père se battait dans l'Armée rouge. Il en reste coi. Lui aussi s'est battu pendant la guerre civile. Dans quelle armée leur père ? Kolia lève les bras au ciel. Comment savoir ? On ne l'a jamais revu.

Jamais ? Est-ce qu'il est mort ? Sergueï interroge d'un ton inquiet. Mais Kolia se méfie. Si leur père est mort, à tous les coups, ils sont bons pour la maison des *bezprizorniki*. Non, certainement pas. Il va revenir bien sûr.

Revenir ! Mais la guerre civile est finie. Regarde, c'est pour ça que je suis là. (Faut-il s'en réjouir ?) Plus d'un an qu'on a reconquis le pays. Alors pas de doute, il est mort. Ou alors — de nouveau repasse sur son visage l'expression mauvaise — il manquait de convictions révolutionnaires. Sourire en coin. De toute façon, il n'est pas près de revenir. Qu'est-ce qu'il faisait avant la guerre civile votre papa ? La guerre. Comment la guerre ? Kolia explique patiemment qu'avant la guerre civile, il y avait une autre guerre. Bang ! Est-ce que tu te fiches de moi ? Cette guerre-là, je l'ai faite moi aussi. Alors comme ça, ton papa était dans l'armée tsariste ? Oui, oui, comme vous. Bang ! Comment ça, comme moi ? J'ai toujours été un révolutionnaire, moi. Et ton papa, qu'est-ce qu'il disait de la Révolution du temps qu'il servait le tsar ? Kolia haussa les épaules. Bang ! C'est bien ce que je pensais. S'il avait été révolutionnaire, tu l'aurais su ! Le chef tchékiste les interrogea toute la journée. Lorsque la nuit tomba, il alluma une lampe. Les visages des enfants s'effacèrent dans l'ombre. De nouveau Macha somnola.

Marina, son vilain bébé sous le bras, les sortit des griffes du tchékiste. Il était temps de dîner. Elle ne paraissait pas autrement émue, comme si, simplement, elle venait d'interrompre un jeu de société qui les aurait tenus la journée entière en haleine.

Les enfants étaient épuisés. Macha s'endormit sans achever son assiette. Nina soutenait sa tête d'une main, frappée d'un profond accablement. Kolia ne se sentait pas très bien. Il chipotait bien qu'il n'eût rien avalé depuis le matin. Enfin il demanda d'une voix blanche ce qu'il était advenu d'Aksakov.

Le chef tchékiste repoussa son assiette et demanda : « Aksakov ? Qui c'est celui-là ? »

Marina mangeait précautionneusement chaque bouchée. Elle tenait le bébé grincheux dans un bras. Elle rayonnait de douceur et d'assurance comme si manger dans ces conditions (trois enfants inconnus, un tchékiste et un bébé encombrant) eût été parfaitement normal. « Aksakov, répéta-t-elle de sa voix mélodieuse. L'homme que vous avez arrêté avec les enfants.

— Ah oui ! Aksakov. Parfaitement. Eh bien ? Il est en prison, évidemment. » Il parlait d'un ton las. « Boris Vissarionovitch l'a cuisiné la nuit dernière.

— Et alors ? Et alors, qu'est ce qu'il vous a dit ? »

Sergueï leva le poing pour l'écraser sur la table. Mais d'un geste vif — sans doute en avait-elle l'habitude — Marina retint son bras.

Réponds, Serioja, on est dans ma cuisine ici. Ce n'est pas ton bureau. Réponds à la question de Kolia.

Il ne se mit pas en colère contre sa femme. Son regard étincela mais davantage de passion que de colère.

Aksakov, ce nuiseur ! Mais il dit la même chose que toi. Il vous a trouvés dans la forêt, égarés et il vous a ramenés en ville. Vous vous étiez mis d'accord, n'est-ce pas ?

Le chef tchékiste s'écria : Aksakov, c'est bien son nom ! Il se leva, s'étira. Alors voilà, mes enfants, quelle belle vie vous avez ! Maintenant vous, vous allez vous coucher et dormir paisiblement. Et moi, je vais interroger AK-SA-KOV(il sépara les syllabes avec dégoût). Peut-être qu'il pondra une nouvelle version cette nuit ! Et alors il faudra que vous trouviez autre chose que votre cabane dans la forêt, mes agneaux.

Avant qu'il ne parte, Nina demanda, d'une toute petite voix, ce qu'ils feraient au professeur Aksakov quand ils auraient fini de l'interroger.

Et il est professeur ! De mieux en mieux ! Un représentant actif de l'intelligentsia bourgeoise. Et qu'est-ce qu'on leur fait à ces idéologues bourgeois ? On les fusille le plus vite possible.

Nina et Kolia éclatèrent en sanglots. Ils pleuraient lamentablement, bruyamment. Marina jeta son bébé dans les bras de son mari et serra les deux enfants contre elle. Aucune parole de consolation, aucune assurance contre l'avenir. Que pouvait-elle dire ? Elle les étreignait, baisant leurs cous. Leurs mains. Mes petits chéris, mes petits oiseaux, mes trésors.

Le noiraud cruel se pencha sur eux, le bébé dans les bras. Alors comme ca, vous l'aviez seulement rencontré dans la forêt ! Et vous le connaissez si peu que l'idée de le voir fusillé vous tord le cœur. Sales gamins ! Menteurs ! Vous êtes tous de la même race de contre-révolutionnaires. Cet Aksakov, ce ne serait pas votre père, des fois ?

Kolia leva son visage défiguré par les larmes et les hoquets. Notre père ? Si seulement c'était notre père, nous serions moins découragés. Il secoua la tête. Non, non. Vous êtes un homme méchant. Vous ne pouvez pas comprendre qu'on éprouve du chagrin à l'idée qu'on va fusiller quelqu'un que l'on connaît à peine.

Non, il ne peut comprendre. Peut-être y parviendrait-il si Kolia et Nina lui disaient la vérité. Aksakov, ils s'en fichent bien. C'est une nouille. Mais comment Daria Philipovna supporterait-elle la mort de son fiancé ?

27

Leur seconde journée chez le chef de la Tchéka commença sur une bonne nouvelle annoncée par Marina. Interrogé toute la nuit par Sergueï et Boris Vissarionovitch, Grigori Pavlovitch avait apparemment confirmé la déclaration des enfants : il les avait rencontrés dans la forêt.

L'interrogatoire avait été rude, Sergueï dormit une grande partie de la journée.

Lorsque le soir tomba, il reparut frais et dispos. De bonne humeur, le sourire aux lèvres et les yeux pétillants, il interrogea les enfants sur leur journée et laissa entendre, après un regard à Marina — qui approuva immédiatement —, que les enfants ne seraient pas nécessairement envoyés avec les *bezprizorniki* et pourraient peut-être rester avec eux.

Kolia n'y croyait pas, mais sans lui laisser le temps d'exprimer ses doutes, Sergueï décida que tous les enfants avaient besoin d'un bain.

Est-ce que vous voulez nous noyer ? demanda Nina. Mais il rigola comme d'une bonne plaisanterie. Il existait des moyens plus rapides de se débarrasser des empoisonneurs et, Nina pouvait le croire, c'était un sujet qu'il connaissait à fond. Oh oui, dit-elle, je vous crois. Je vous crois tout à fait. Il éclata de rire et embrassa la joue de Marina qui passait à portée de lèvres.

Petit à petit la cuisine se transforma en étuve. Des chaudrons d'eau, sur le poêle, lâchaient des jets de vapeur. Les fenêtres en étaient tout embuées. Des gouttes d'eau ruisselaient sur les murs de la cuisine.

On baigna d'abord Nadia que le bain effraya. On mit ensuite Macha et Nina ensemble dans l'eau savonneuse. Elles poussèrent des petits cris de bonheur. Le chef tchékiste se chargea de l'opération de savonnage pendant que Marina nourrissait sa fille. Il massa leurs petits dos avec douceur, malaxa leurs fesses et leurs cuisses, leur chatouilla les pieds. Ouh,

ouh, arrêtez, arrêtez, nous allons mourir de rire ! De rire ! criaient-elles.

Elles se laissèrent emporter, chacune sous un bras, enroulées dans de vastes serviettes. On entendait leurs gloussements, tandis que Sergueï les séchait dans la chambre.

Kolia immobile dans son coin, sur une chaise, transpirait abondamment. Marina revint, débarrassée de son bébé, souriante, encore un peu rouge. Eh bien, Kolia, c'est ton tour. Enlève vite tes vêtements. Il se déshabilla sous ses yeux. À cette époque-là déjà, il était efflanqué, maigre comme un petit chat mal nourri.

Avant d'entrer dans la bassine, Kolia jeta un œil sur le couloir. Personne. On entendait toujours les petits rires des filles et la voix taquine du chef tchékiste. Kolia ferma la porte et se jeta dans l'eau. Il se lava très vite. La tête sous l'eau pour nettoyer les cheveux, un coup de savon rapide. Pas le temps de s'allonger dans le bain chaud et de remuer les orteils au milieu des bulles. Il ne voulait pas que le tchékiste le surprenne tout nu. Il supplia, Marina Alexandrovna, passez-moi une serviette.

Elle comprenait toujours tout. Au lieu de le gronder de s'être mal rincé, elle attrapa la dernière serviette, tiédie sur le flanc du poêle et se saisit de l'enfant. Il s'ébroua pour lui échapper. Mais elle ne le lâcha pas et l'enveloppa dans les pans de la serviette. Il cessa de se débattre, passa ses bras mouillés autour du cou de la jeune femme et enfouit son visage contre son épaule parfumée. Il l'étranglait presque, mais elle ne protesta pas. Une main sur sa nuque pour le presser davantage contre elle, Marina l'emporta dans sa chambre à elle, loin des filles et du chef tchékiste. Ma petite âme. Ne pleure pas. Tu es tout propre, tout tiède. Mon petit Kolia.

Ils se retrouvèrent entortillés dans des chemises de Marina ou de Sergueï, les cheveux un peu hérissés. La cuisine était déjà en ordre. La soupe de Marina finissait de cuire.

Comme la veille, ils s'installèrent autour de la table. Sergueï s'assit entre les deux petites filles et plaisanta avec elles. Le bain et la cérémonie de l'essuyage avaient créé une complicité entre eux.

Dès la première cuillerée, Macha déclara qu'elle n'aimait pas cette soupe et qu'elle ne la mangerait pas. Comment ne pas manger cette délicieuse soupe ? Sergueï en aspira plusieurs cuillerées bruyamment. Les petites filles rirent. Vous en faites du bruit quand vous mangez ! C'est que c'est drôlement bon. Essaie, Machenka ! Elle fit autant de bruit qu'elle pouvait, mais décidément cette soupe ne lui revenait pas. Sans la gronder, le chef tchékiste l'empoigna et, hop, la souleva de sa chaise. Il l'assit sur ses genoux et la fit manger, cuillerée après cuillerée, en lui racontant des histoires à voix basse.

Incroyable, le changement subi par ce tchékiste. De malveillant et cruel, il s'était transformé en un gentil garçon rieur et tendre.

Et vous, Sergueï Sergueïevitch, demanda Kolia, quelle est votre origine sociale ?

Il rit. Excellente, Kolia. Mon père appartenait au prolétariat. Et votre mère ? Il regarda le petit garçon de manière perçante. Il ne l'avait jamais connue, elle était morte à sa naissance. C'est triste, compatit Kolia. (Existerait-il des points communs entre le tchékiste et lui ?) C'est votre papa qui vous a élevé ?

Il était mort lui aussi, peu après. Sergueï avait grandi dans un orphelinat. Oh, vous étiez un *bezprizorniki* ! Sergueï sourit. En quelque sorte. Kolia s'attendrit. Il aurait volontiers souligné la ressemblance entre eux et Sergueï, mais ses yeux sombres et brillants dans le visage maigre, rongé par un acide secret, l'en retinrent.

Après le dîner, malgré le bain et le chou tassé au fond de leurs estomacs, les enfants n'avaient pas sommeil. Macha se pelotonnait sur les genoux de Sergueï pendant que Marina lavait la vaisselle avec Kolia et Nina.

Pour endormir Macha, Sergueï fredonnait une

berceuse. Kolia, qui réfléchissait en essuyant les assiettes à la transformation du tchékiste, s'étonna qu'il connût des berceuses. Mais lorsque le chant prit de l'ampleur, il remarqua soudain que Sergueï avait perdu son horrible voix nasillarde. Sa voix de chanteur était plus profonde. Chaude, moelleuse, nuancée, ferme dans les aigus comme dans les graves.

Kolia en cassa une assiette. Dzing ! Elle se fracassa comme une fausse note sur le carrelage de la cuisine.

« Pardon, dit-il en ramassant les morceaux éparpillés autour de lui. Je ne savais pas que vous chantiez si bien. J'ai été surpris. »

Sergueï sourit. Un joli sourire, sans trace de méchanceté. Il alla chercher une guitare, l'accorda et joua quelques arpèges. Sa voix s'éleva au-dessus des accords. Elle volait dans la cuisine, s'échappait dans le couloir.

Si l'hiver n'avait pas été là, si les fenêtres avaient été largement ouvertes, il aurait été impossible de la retenir prisonnière. L'air de la nuit l'aurait emportée. Elle aurait voltigé, cascadant les notes difficiles, de fenêtre en fenêtre, de maison en maison, jusqu'au bout de la ville. Elle aurait ranimé les cœurs assoupis, comme l'autre nuit le carillon.

Sergueï chantait une mélodie au rythme syncopé, aux nombreuses variations dont certaines vous soulevaient d'allégresse, tandis que les autres vous traversaient l'âme comme un poignard. Il se jouait des difficultés de ce chant compliqué, élevant sa voix, sans toutefois la mener au sommet de sa force — on sentait qu'il la retenait pour l'empêcher de rouler jusqu'aux caves de la maison où croupissaient les suspects —, ou la réduisant à un souffle, un murmure, mais si parfaitement articulé que la musique effleurait votre joue telle l'esquisse d'une caresse.

Il acheva sa chanson sur une note haute, triomphale et éclata de rire. Marina, depuis combien de temps n'ai-je pas chanté ainsi ? Les larmes aux yeux, elle ne répondit pas. Il se renfrogna. Mais les enfants ne le laissèrent pas céder à la mauvaise humeur. S'il vous plaît, chantez encore ! Encore une fois, Sergueï Sergueïevitch ! Chantez !

Il accorda sa guitare. À présent il chantait doucement, très doucement, sans quitter sa femme des yeux. Une chanson d'amour tendre. Sa voix s'étranglait dans sa gorge, à croire qu'il n'achèverait pas cette romance. Mais elle repartait, voilée, s'éclaircissant à petites touches. Un coup de pinceau sur les cordes vocales. Elle s'allégeait, une mousseline filtrant l'éclat du soleil.

Quelle habileté diabolique ! Comme il sait faire sonner les timbres les plus douloureux de sa voix ou, d'une pirouette invisible, changer l'axe du monde, faire grelotter sa voix de rire. On ne sait rien de cet homme tant qu'on ne l'a pas entendu chanter. Il rit de nouveau et embrasse le visage humide de sa femme. Marinotchka. Oublie, oublie, je t'en prie.

« C'est formidable, déclara Kolia. Une voix pareille. Pourquoi perdez-vous votre temps à la Tchéka ? Vous auriez pu devenir un grand artiste. Vous auriez fait pleurer les foules de toute la Russie.

— Et la Révolution ? Qu'en fais-tu ? N'est-ce pas plus important ?

— N'importe qui peut faire la révolution. Et votre métier : inutile de chercher longtemps. Des candidats tchékistes, on en trouvera à la pelle. Mais une voix pareille !

— Je chanterai dans les chœurs révolutionnaires. » Il en parle légèrement comme d'un point sans importance. Il attaque un chant révolutionnaire. Sa voix tonne et gronde. Il chante admirablement, recréant l'impression d'une multitude. Mais l'émotion de tout à l'heure a disparu.

Est-ce que vous avez déjà chanté dans un chœur ? Sergueï hoche la tête. Kolia demande s'il y chantait aussi des cantiques.

Sergueï opine. Oui, même des cantiques. Il saute du rebord de la fenêtre. Pourquoi demandes-tu cela ? Tu aimes les cantiques ? Oui, oui. Et où les as-tu entendus ? Les églises sont fermées depuis plusieurs années. Il le rudoie de sa voix grinçante. Mais Kolia fait face. Tout le monde en chante encore. Il faut du temps pour les oublier. Tenez, je suis sûr que vous pourriez encore en chanter.

Le chef tchékiste se plante devant Kolia, bien droit, terrifiant avec sa maigreur et ses yeux charbonneux. Il le toise quelques secondes. Au moment où Kolia se recroqueville, convaincu que le tchékiste va le saisir, le secouer ou peut-être le frapper, l'autre voix de Sergueï retentit. Elle se promène dans les graves, laissant courir sa plainte dans les registres bas. Le tchékiste prononce le nom du Seigneur sans faiblir. Il l'invoque avec tant de ferveur que personne ne croirait qu'il n'éprouve pas une larme de compassion pour ceux qu'il enferme dans ses prisons ou expédie dans des wagons secrets aux lisières du monde.

Maintenant il est très tard, dit-il, pour des petits enfants comme vous. C'est l'heure de dormir. Il reste dans sa voix une trace de l'autre, quelque chose de moelleux et de sacré.

Marina et lui les portèrent au lit et les bordèrent. Elle demeura avec eux jusqu'à ce qu'ils s'endorment.

Kolia rêva d'un chœur où chantaient Daria Philipovna, Vsevolod Borissovitch et Sergueï Sergueievitch. Ce dernier, dans une aube immaculée, apparaissait séraphique et immatériel, si transparent que ses yeux sombres brillaient comme des pierres précieuses. Bien sûr, quelle erreur ! Cet homme était un faux tchékiste. Pas un Boris Vissarionovitch de la pire espèce. Un homme brave et solide, accessible à la bonté.

Pourtant, sitôt les enfants endormis — on entendait leurs trois respirations régulières —, Sergueï boucla son ceinturon et descendit les escaliers jusqu'à son bureau pour une nouvelle nuit d'interrogatoire. Aksakov ou un autre ? Sans importance. Le plaisir de l'interrogatoire ne dépend pas toujours du suspect.

28

Le matin du troisième jour, Sergueï dormit dans son bureau. Il ne remonta même pas se coucher, mais, fatigué par une nuit difficile, se roula en boule sur un divan défoncé.

Les enfants passèrent une journée tranquille. Kolia guettait le retour du tchékiste. Aurait-il changé une nouvelle fois ? Il avait presque envie de lui faire confiance.

Avant la tombée du jour, on frappa à la porte de petits coups furtifs de conspirateur. Lorsque Marina ouvrit, les enfants découvrirent sur le pas de la porte la petite vieille, qui parlait avec la voix de Macha. Tout devint clair : l'autre matin, quand ils l'avaient croisée, elle s'en allait mettre au monde le bébé de Marina Alexandrovna.

Cette apparition bouleversa les enfants comme un prodige. Marina fut surprise de découvrir qu'ils se connaissaient. La vieille Agafia Sidorovna prit les choses plus légèrement. Elle ne manifesta pas la moindre surprise de trouver les enfants, dans cette maison, avec une autre femme.

D'ailleurs elle n'avait même pas l'air de s'intéresser à eux. Elle se préoccupait surtout de Nadia et de son air grincheux. Il est vrai que cette toute petite fille semblait perpétuellement malheureuse ou soucieuse d'empoisonner la vie de son entourage. Mais l'examen ne révéla rien d'anormal.

Une fois Nadia dans son berceau, à tempêter selon son habitude, les deux femmes s'installèrent dans la cuisine pour prendre le thé. Gênés par l'indifférence de la vieille Agafia, Kolia et ses sœurs restèrent dans l'entrée et observèrent les deux femmes. Marina coupait du pain, sortait du beurre, remplissait la théière. Agafia papotait de sa petite voix. Aucune des deux ne s'inquiétait ni des enfants, ni du bébé hurleur.

À ce moment, la clé tourna dans la porte. Sergueï rentrait. Pas très frais : le visage coupé par un rasage sommaire, les yeux rouges un peu hagards. Il retrouva son entrain en apercevant les deux femmes bavardant devant la fenêtre et les enfants occupés à jouer.

Agafia Sidorovna, il suffit que vous veniez pour que ma fille hurle, dit-il d'un ton joyeux.

C'est que tu l'as ratée, mon cher, répondit-elle sans se décontenancer. Elle buvait soigneusement, s'essuyait la bouche méticuleusement. Une petite vieille proprette, avec une voix pointue de petite fille et le teint très pâle, le reflet d'années de neige sur sa peau desséchée.

Il s'assit avec elles, se versa du thé et coupa une tranche de pain. « Les enfants ne mangent pas ? demanda-t-il à Marina, la bouche pleine. Imaginez-vous, Agafia Sidorovna, que j'ai dû arrêter ces trois-là l'autre jour.

— Agafia Sidorovna connaissait les enfants », remarqua Marina.

Sergueï mastiquait son pain fébrilement, soit qu'il mourût de faim, soit qu'il fût très énervé. Ah bon, très intéressant et d'où les connaissez-vous ?

Kolia s'avança vers Sergueï. Son attitude l'avait décidé à se confesser : tout de même lui seul avait songé qu'ils avaient peut-être faim ! Avouer était sans doute le seul moyen d'échapper à l'orphelinat ; le seul moyen aussi de rester dans cette maison chaude à aimer Marina d'un amour éperdu et à écouter vibrer la voix secrète de Sergueï, qui avait effacé de la mémoire de Kolia le timbre grave de Vsevolod et celui, aérien, de Daria. Il ne voulait plus quitter cet endroit. Il était même prêt à s'accommoder du bébé.

Quelle magie le poussait à cette démarche ? Quand il s'éveilla de son hypnose, il mesura le talent du tchékiste. Toute son entreprise de séduction n'était qu'une comédie pour les faire parler. C'était un homme habile et dangereux.

Mais voilà, Agafia Sidorovna était encore plus habile et finaude. Il ne faut pas oublier qu'en matière de sorcellerie, elle en connaissait un bout.

Sergueï se douta-t-il qu'il était passé si près de la victoire ? Il faudrait toujours envisager les événements sous leurs différentes faces pour avoir une chance, une toute petite chance, de saisir à la fois leur endroit et leur envers.

Nous l'avons rencontrée l'autre matin, après les cloches, lorsque nous partions dans la forêt.

La petite voix pointue, au timbre de Macha, l'interrompit.

Non, non, les enfants n'ont aucune mémoire. Ils racontent n'importe quoi. Pire que des faux témoins, Sergueïevitch. Nous ne nous sommes pas rencontrés le matin, mais le soir.

Mais pas du tout, reprit Kolia. Mais non, le matin, ajouta Nina qui avait rejoint la table, tenant sa sœur par la main. Matin, reprit Macha.

Alors les enfants, qu'est-ce que c'est que cette histoire ? Il ne lève pas le poing, mais de justesse, parce qu'il se retient. Le matin, le soir, le matin. Quel jour d'abord ?

Agafia Sidorovna répond. Sans ce visage ridé et les petits yeux comme des raisins secs, on croirait vraiment une petite fille. Mais elle est entêtée, la grand-mère. Même une petite fille ne mentirait pas avec autant d'assurance. Les raisins secs flambent de colère. Kolia, Nina et Macha se font tout petits.

Le soir. Ou plutôt la nuit. La nuit où les cloches ont sonné. Mais peut-être que tu ne t'en souviens pas, Sergueïevitch ? (Jamais elle ne l'appelait par son prénom, n'usant que du patronyme, comme si elle voulait traduire par là son grand respect pour le tchékiste.) Celui-ci bougonna. Bien sûr, il s'en souvenait.

Je les ai trouvés, ces agneaux, devant chez moi. Perdus, embrouillés par tout ce raffut. Pense un peu ! Des petits comme ça, entendre pour la première fois de leur vie des cloches dans la nuit. Quel choc ! Alors qu'aurais-tu fait à ma place, Sergueïevitch ? Je les ai fait entrer chez moi.

Elle parlait sans quitter les enfants des yeux. Au-delà de la colère qui enfonçait ses yeux encore plus profond dans son crâne, Kolia percevait un message silencieux, autoritaire, implacable. Ne me contredis pas. Qu'allais-tu faire, malheureux ? Éveille-toi. L'envoûtement est terminé. Elle n'abandonna Kolia que lorsque celui-ci, vaincu, baissa la tête et regarda le carrelage. Nina esquissa bien une moue dubitative, mais par habitude se rangea à la conduite de son frère. À son tour, elle baissa les yeux, aussitôt imitée par Macha.

Ils ressemblaient à des enfants confondus. Agafia Sidorovna donnait des détails, accablait le tchékiste de renseignements inutiles qui ressemblaient à la vérité.

Et tu les as gardés chez toi comme ça, alors que toute la ville les cherchait ?

Comment je l'aurais su ? Ce n'était pas écrit sur les murs.

Et alors pourquoi est-ce que cet Aksakov prétend les avoir trouvés dans la forêt ? Je n'y comprends plus rien à cette histoire. Il avait l'air éreinté. On n'obtenait pas toujours ce qu'on cherchait, même en tendant des pièges compliqués.

Attends un peu. La vieille ne parut même pas désorientée par l'irruption de ce nouveau personnage. Je t'explique. Grigori Pavlovitch est passé devant chez moi en traîneau. On a fait la conversation. Je l'aime bien. Il n'est pas fier pour un professeur. Tu comprends, c'est moi qui l'ai mis au monde.

Je vais dans la forêt qu'il me dit, chercher un peu de bois. Le chef tchékiste la regarda d'un air furieux. Tu tombes mal, grand-mère, du bois précisément, il n'en avait pas sur son traîneau.

Ah, oui, dit-elle, cela ne m'étonne pas. Il n'a jamais été très fort pour ce genre de choses. Mettons qu'il n'en a pas trouvé. (Pas de bois dans la forêt, quelle imagination !) Mais surtout, avec ces enfants à surveiller, comment voulais-tu ? Il a emmené les enfants dans son traîneau pour les divertir un peu. Chez une vieille femme, tu comprends, ce n'est pas très drôle pour des enfants.

Alors il les a promenés dans la forêt. Il me les ramenait quand tu les as arrêtés. Elle adopta un comportement offensé. Devoir donner toutes ces explications à un tchékiste bouché !

C'est ça. Trois enfants débarquent chez toi en pleine nuit et tu trouves cela normal. Ils disparaissent au cours d'une promenade en traîneau et tu ne t'inquiètes pas.

Qui a dit que je ne m'étais pas inquiétée ? De toute façon, tes hommes sont tellement discrets question arrestation, que je les ai vus passer mes petits agneaux avec Grigori Pavlovitch. Je savais qu'ils étaient ici. Et pourquoi je serais venue les réclamer ? Tu l'as dit toi-même, ils ne sont pas à moi ces petits. Je n'avais fait que les recueillir. Mais tout de même, je comptais sur ma visite d'aujourd'hui pour éclaircir les choses.

Agafia Sidorovna but une gorgée de son thé. Ses yeux noirs avaient perdu de leur éclat. Le reflet bleuté de ses veines accentuait la blancheur de son teint. Elle lança un regard aux enfants qui tenaient toujours leurs yeux baissés. Sergueï paraissait embarrassé. Il poussait et ramenait son verre de thé devant lui.

Est-ce que tu me dis bien la vérité, Agafia Sidorovna ?

De sa voix pointue, elle s'exclama. Sergueïevitch ! Pourquoi est ce que je mentirais ?

C'était bien le problème. Pourquoi mentirait-elle ? Il manquait un maillon que le tchékiste ne pouvait pas reconstituer. Il risqua tout de même une question. Jamais vu les sonneurs de cloches ?

Les sonneurs de cloches ? Sergueïevitch ! Mais figure-toi que lorsque les cloches se sont mises à carillonner le soir de Noël, j'ai pensé que c'était toi qui nous offrais ce concert. Un brave homme, ce Sergueïevitch, on a tort en ville de dire tant de mal sur son compte. Ce n'est que le lendemain, quand je suis venue pour la naissance de ta fille, qu'on m'a expliqué que ce n'était pas toi qui avais donné l'ordre de carillonner.

Alors, tu avoues que tu es du côté des sonneurs, des contre-révolutionnaires ? Tu aurais pu protéger leur fuite ?

Avouer ? Je n'ai rien à avouer. Je suis une vieille femme, une bonne chrétienne. Qu'est-ce que tu veux ? J'ai toujours célébré Noël depuis mon enfance. C'est vrai, ça m'a fait plaisir d'entendre carillonner. Et révolutionnaire ou contre-révolutionnaire, ce n'est pas mon problème. Moi, je mets des enfants au monde. C'est tout. Si en plus les cloches sonnent, je suis heureuse. Mais enfin, dis-moi quel est le rapport entre les sonneurs de cloches et les enfants ?

Oui, quel rapport en dehors de la coïncidence des dates ? Impossible de le prouver, ce foutu rapport. Le chef tchékiste jeta un regard perçant à la vieille, impassible, puis aux enfants, toujours les yeux baissés.

Alors les morveux, qu'est-ce que vous pensez des déclarations d'Agafia Sidorovna ? Kolia leva un visage plein de larmes. Elle a raison, dit-il. Tout ce qu'elle a dit est vrai.

Kolia pleurait de honte. Un peu plus et il trahissait tout le monde. Il confirma toute l'histoire. La cabane, bien sûr, c'était la maison d'Agafia Sidorovna. (« Une cabane, ma maison, dis donc Kolia, tu ne m'as pas gâtée. ») Il n'avait rien voulu dire pour ne pas porter tort à la grand-mère. (« Un brave petit, hein Sergueïevitch ? »)

Sergueï ne se sentait pas très bien. Cette histoire l'exaspérait. Bon, tout cela se tenait, bien sûr. Plusieurs questions demeuraient sans réponse. Où était passée cette vermine de sonneurs de cloches ? Mais aussi pourquoi Aksakov n'avait-il pas parlé de la sage-femme ? Agafia Sidorovna haussa les épaules. Ne vois-tu pas que ce brave Grigori Pavlovitch n'aura pas voulu que je sois inquiétée ? Crois-moi, quand tes hommes l'ont arrêté avec les enfants, il leur aura soufflé cette version pour m'épargner des ennuis. Il est innocent.

Sergueï se mit brusquement en colère, de dépit peut-être de voir une nouvelle fois les enfants lui échapper. Je devrais te coffrer, la vieille, pour détention illégale d'enfants, absence de témoignages et entraves à la justice. Quant à ton brave Pavlovitch, ce nuiseur, en admettant même que ton histoire soit vraie, je demeure convaincu qu'il en sait long sur les sonneurs de cloches.

Bon, bon, dit Agafia tranquillement. Inutile de te mettre en colère. Je ne m'oppose jamais à votre justice. Sur ce, elle salua d'un petit geste de la tête le chef tchékiste et passa dans le couloir où elle entreprit d'enfiler son vieux manteau et de nouer ses multiples châles. Elle donna quelques conseils à Marina et, se tournant vers les enfants, leur recommanda de se tenir sur leurs gardes. Elle les embrassa tous les trois de ses lèvres desséchées et donna une petite tape à Macha. Ma jolie petite fille, tu nous en as donné du mal, à ta naissance ! Kolia ouvrit de grands yeux. Elle aussi, vous l'avez mise au monde ? Agafia Sidorovna rit d'un rire léger. Qu'est-ce que tu crois ? Je l'ai reconnue tout de suite l'autre jour et vous deux aussi bien que vous ayez changé.

Comment ? Macha a changé encore plus que nous. Bien sûr, admit la vieille. Mais je savais bien qu'elle aurait la même voix que moi. Elle ferma doucement la porte derrière elle. Ses petits pas pressés résonnèrent dans la cage d'escalier. Sergueï passa la tête. Quelle sorcière ! Oh oui. Quelle sorcière, mais aussi quelle magicienne !

29

Kolia se souviendrait toute sa vie du quatrième jour qu'ils passèrent dans la maison de Sergueï Sergueïevitch Ossipov.

Il se réveilla inquiet. Pendant combien de temps le

tchékiste se satisferait-il de la version donnée par la sage-femme ? Aksakov l'aurait-il confirmée pendant la nuit ? Kolia n'avait plus de doutes sur la personnalité de Sergueï : il attendait avec angoisse le prochain piège qu'il leur tendrait.

Parce qu'elle le sentait soucieux, Marina s'occupa tout particulièrement des enfants ce jour-là. Elle leur raconta des histoires de son enfance qu'ils écoutèrent en respirant son parfum sucré. Elle ouvrit pour eux une petite boîte mystérieusement cachée au fond d'un coffre. Elle en sortit des éclats de verre que Nina prit d'abord pour des diamants.

En cet après-midi, dans le ciel bleu-gris, les nuages laissaient filtrer une lumière jaunâtre. Des flocons de neige voltigeaient dans cette lumière étrange, petits papillons brillants, éclats d'argent reflétant la couleur métallique du ciel et la blancheur du sol. L'un des morceaux de verre capta un rayon jaunâtre et s'irisa entre les doigts de Marina, tachant le plancher de rose, de vert et d'or. Marina avait les larmes aux yeux.

Elle allait leur expliquer son secret, lorsqu'on frappa à la porte. Ce qui se passa ensuite empêcha Kolia de l'apprendre. Aujourd'hui, après tant d'années, il ignorait toujours pourquoi Marina attachait tant de prix à ces éclats de cristal.

À la porte, Agafia Sidorovna de nouveau. Elle se faufila dans le couloir et annonça qu'elle ne restait pas. Elle venait seulement leur communiquer l'extraordinaire nouvelle qu'elle venait d'apprendre.

Kolia, dit-elle, votre maman n'est pas morte. Pas du tout. Elle est à l'hôpital. Tu la croyais morte. Elle était seulement tombée dans un interminable évanouissement, que les docteurs qui l'ont sauvée appellent un coma.

Pas morte notre maman ? Kolia ne sait plus quoi penser. Il court d'Agafia à Marina, les embrasse, s'élance vers ses sœurs pour vérifier qu'elles ont bien compris. Nina, Macha ! Maman ! Et à cet instant, il se rend compte qu'il n'a cessé de se tromper. La tête le brûle, son cœur bat comme une volée de cloches.

La main fraîche de Marina sur son front le tira de son évanouissement. Au-dessus de lui, le regard pointu d'Agafia Sidorovna et les voix de Nina et Macha. Tu ne vas pas mourir, Kolia, maintenant que Maman n'est pas morte. Kolia ! Mourir. Maman !

Agafia l'examina sévèrement. Il est temps que tu ne te fies plus aux apparences, Kolia, si tu veux survivre dans ce monde.

Kolia n'eut pas le temps de s'expliquer : elle descendait déjà l'escalier.

30

À peine la sage-femme avait-elle disparu, qu'on entendit de nouveaux pas dans l'escalier — lourds, autoritaires et inquiétants.

Marina et les enfants étaient encore dans le couloir lorsque Sergueï ouvrit la porte. Au fond de l'appartement, le bébé pleurait.

Le tchékiste s'énerva. Il ne pouvait plus rentrer chez lui sans trouver sa fille en train de hurler. Ses yeux étincelèrent. Qu'est-ce que c'est que ce désordre dans ma maison ? Il est temps de se débarrasser de ces trois perturbateurs, dit-il en montrant du doigt les enfants blottis contre la jupe de Marina. Demain, en route pour l'orphelinat. Fini de rire ! Vous allez voir comment on dresse les *bezprizorniki*.

Cloués de terreur, les enfants le regardaient sans pouvoir parler. Mais la douce Marina, qui n'élevait jamais la voix, s'emporta soudain.

« Tu sais très bien que tu n'as pas le droit de les envoyer là-bas, dit-elle à son mari. Ces enfants ont une mère. Tu savais depuis le premier jour qu'elle n'était pas morte et tu le leur as caché pour garder un moyen de pression sur eux. Tu te moquais bien de leur chagrin. Tout ce que tu voulais c'était attraper les sonneurs de cloches qui ont eu le front de te narguer. Je te défends de toucher à ces enfants

— Marinotchka (il lui fit un sourire), tu me connais depuis le temps. Je fais mon métier. Est-ce que tu n'as pas compris que les moyens n'ont pas d'importance ? Ce qui compte, c'est le progrès de la Révolution.

— Oh, répondit-elle d'une voix cassée, cela je l'ai compris dès le premier jour. Mais jamais je ne l'admettrai. Arrête de torturer ces enfants. »

Les trois petits levèrent un visage plein d'amour vers Marina. Elle les serra contre elle. Auprès d'elle, ils ne risquaient plus rien. Elle les protégerait jusqu'au jour où leur mère aurait assez de forces pour sortir de l'hôpital. Aucun tchékiste ne l'en empêcherait.

Kolia se tourna vers Sergueï. Il savait bien que — quoi que dît Marina — l'amour ne peut pas grand-chose contre la force. Et les yeux brillants du tchékiste n'annonçaient rien de bon.

« Admettons, dit-il. Ils n'iront peut-être pas à l'orphelinat. Mais ils risquent fort de dormir en prison demain et tu n'y pourras rien, Marinotchka. Parce que, voyez-vous, les enfants, j'ai une nouvelle du tonnerre. Nous tenons une piste ! Encore quelques jours et je coffre ces maudits sonneurs de cloches ! »

Il a lancé ces mots comme un immense éclat de rire, mais sa voix grinçante les transforme en avertissement. Macha se serre plus fort contre Marina.

Sergueï les toise tous les quatre. Il sait qu'il va enfin humilier ceux qui lui tiennent tête depuis le début. Ne jamais penser qu'on est à l'abri de la Tchéka. Même si elle n'agit pas immédiatement. De toute façon, elle t'aura. Maintenant ou plus tard, inutile de finasser ou même de se cacher. La Tchéka est la plus forte. Toujours.

Qu'est-ce qui arrive sur mon bureau ce soir ? Le rapport d'un de mes hommes. Pas de chance, il est tombé malade. Un refroidissement attrapé la nuit des cloches. Cloué au lit pendant tout ce temps. De la fièvre jusqu'au délire. Ses adjoints, un peu ramollos — il faudra y remettre bon ordre — n'avaient pas rédigé de rapport. Mais lui, consciencieux, sitôt de retour, les convoque. Dites les gars, vous avez bien consigné les résultats de notre inspection de l'autre soir ? Oui, oui, par oral, ça d'accord. On n'a rien trouvé, qu'ils nous avaient dit. Mais en écrivant, on se souvient de faits qu'on avait oubliés. Enfin, vous comprenez, on systématise.

Alors cet homme, une bonne recrue, j'en doutais au départ. Vous comprenez, un ancien de la police tsariste, on se demande s'il ne trahira pas à la première occasion. Mais enfin c'est un légitimiste. Il est du côté de la force. Cet homme m'a torché un de ces rapports sur ses visites, la nuit des cloches, aux citoyens soupçonnés d'esprit contre-révolutionnaire. Et qu'est-ce que je trouve, page dix ? Inspection au domicile de Daria Philipovna Zamiatina. Ça ne vous dit rien, les enfants ?

Kolia se souvient de la visite des tchékistes. N'en a-t-il pas un peu trop fait ce soir-là ? Sûrement, cet ancien tsariste va se souvenir de lui.

Rien du tout ? En êtes-vous bien sûrs ? Parce que, voyez-vous, je lis, page dix : « Parvenus dans l'appartement de la citoyenne Zamiatina, nous avons constaté la présence au côté de la susdite de trois enfants qui ont déclaré être ses neveux, par leur père qui, souffrant du typhus, était alité dans la pièce voisine. En raison des risques de contagion, nous n'avons pas demandé à rencontrer le citoyen Zamiatine. La citoyenne Zamiatina ayant omis de déclarer l'installation de sa famille chez elle et la présence d'un typhique, je l'ai fermement rappelée à ses devoirs. Les trois enfants, qui ne m'ont pas communiqué leurs prénoms, sont de sexe masculin pour l'aîné, de huit ans environ, et de sexe féminin pour les deux plus jeunes, sans doute âgées de six et de quatre ans. » Inouï comme ces enfants vous ressemblent, n'est-ce pas ?

Je ne trouve pas qu'ils nous ressemblent, déclara Nina. Ils ont le même âge que nous, mais nulle part on ne dit de quoi ils ont l'air.

C'est exact. Mais figure-toi, Ninotchka, que l'homme qui a rédigé ce rapport me dit qu'il les reconnaîtrait à coup sûr, ces enfants. Qu'est-ce que tu dis de cela ? La petite fille ne se démonta pas, Essayez si vous voulez. Quel culot ! Même Kolia en fut sidéré. Avait-elle bien compris ? Kolia, de nouveau, tremblait de peur. Sergueï avait raison : maintenant qu'ils échappaient à la maison de *bezprizorniki*, on allait les arrêter pour action contre-révolutionnaire.

Le tchékiste annonça qu'ils seraient confrontés le lendemain à l'auteur du rapport. Ils avaient toute la nuit pour rassembler tout ce qu'ils savaient sur cette Zamiatina, qu'on n'avait pas revue depuis la nuit des cloches.

Sa voix brutale reprit des accents plus doux pour demander qu'en attendant, Marinotchka leur serve vite à manger. Il était fourbu

Il ne tarda pas à se coucher, laissant Marina et les enfants ranger la cuisine. Kolia avait l'air hagard et Marina semblait toute retournée. Macha, comme d'habitude, s'endormait malgré sa nervosité. Seule, Nina, impériale, chantonnait en essuyant les couverts.

Comment fais-tu, Nina ? As-tu bien compris ? Demain ce tchékiste nous reconnaîtra et alors que deviendrons-nous ?

Oh, demain, c'est demain. D'ici là, qui sait ce qui peut se passer ?

31

Nul ne sait d'où Nina tirait cette confiance. Foi dans le destin ou divination ? Elle s'endormit sitôt couchée, laissant Kolia se ronger d'inquiétude. Impossible de se rassurer à la pensée que Maman n'était pas morte et qu'on la reverrait. La reverrait-on ? La journée avait connu trop de rebondissements : dès son premier sommeil surgirent les cauchemars.

Le visage grimaçant de Boris Vissarionovitch barbouillé de sang, le tchékiste-tsariste consignant dans un rapport circonstancié le séjour des enfants dans l'isba. Ai-je déjà tout avoué ? Sergueï chantait dans la forêt pour couvrir le son des cloches. Mais elles carillonnaient plus fort que lui. Leur son argentin descendit dans l'épaisseur des basses. Des coups à la volée. Sans doute des cloches d'un modèle nouveau, des cloches révolutionnaires qui frappent mais ne sonnent pas.

Leur bruit lui martelait la tête. Il ouvrit les yeux. Les coups se poursuivirent, de plus en plus forts. On défonçait la porte.

Déjà, le bébé hurlait, Marina et Sergueï couraient dans le couloir. Qui est là ? Que voulez-vous ? Kolia, suivi de ses sœurs, se glissa dans l'entrée. On tapait toujours à grands coups contre la porte, coups de poing et coups de pied. Une voix se surajoutait. Une voix forte et furieuse qu'ils saisissaient mal à cause du vacarme. Ouvrez ! Ouvrez ! Enfants ! Enfants !

Le chef tchékiste déverrouilla d'un mouvement sec. Le silence, brutalement. Sur le pas de la porte, un soldat en uniforme, grand et solidement bâti, le visage hâve, des cernes mauves sous les yeux.

Il les regardait, un peu ébahi comme s'il n'avait jamais cru qu'on lui ouvrirait. Mais il ne tarda pas à crier de nouveau. Sale tchékiste, rendez-moi mes enfants. Pourquoi les détenez-vous ? Mes enfants, je veux mes enfants.

Les trois petits sortirent du renfoncement où ils se cachaient. Cet inconnu, serait-ce leur père ? Sergueï balança son poing dans le ventre de l'homme. Vlan ! Un grand coup. Pour quelqu'un d'aussi maigre, il en avait de la ressource, le noiraud. Le soldat en eut le souffle coupé. Le temps pour le chef tchékiste de gueuler à son tour. C'est pas bientôt fini ces hurlements, ce tapage ? Où est-ce que tu te crois donc ? Et qu'est-ce que c'est que cette histoire d'enfants ? Quels enfants ? (Se pourrait-il que Sergueï les ait oubliés ?)

Kolia s'interposa entre les deux hommes : le soldat s'apprêtait à cogner à son tour. Sergueï Sergueïevitch, permettez, je crois que c'est notre père.

Votre père ? Coup d'œil interloqué de Sergueï. Le soldat aussi prit l'air perplexe. Lui non plus ne s'y retrouvait pas dans ses souvenirs. Je suis Kolia. Nikolaï Mikhaïlovitch Norkine. Oui, Kolia ! Que tu es grand ! Je me présente Mikhaïl Fomitch Norkine. Je viens récupérer mes enfants. Et là-bas est-ce que ce sont Nina et Macha ?

Oui, oui, entrez donc. Marina l'entraîne à la cuisine et prépare du thé. Norkine a installé ses enfants sur ses genoux, les petites filles un peu réservées et Kolia dont le cœur éclate de bonheur. Pensez, hier encore nous étions orphelins et maintenant nous avons non seulement notre maman, mais notre papa, dont personne ne croyait qu'il reviendrait un jour.

Sergueï s'assoit à son tour, un peu gêné de ces retrouvailles et du coup qu'il a fichu au soldat. Pour le cacher, il grince de la voix autant que possible. Enfin, camarade, explique-toi. Qu'est-ce qui t'a pris de faire un boucan pareil ?

Désolé — à présent qu'il est calmé il paraît beaucoup moins autoritaire et sûr de lui. Il parle avec une trace d'humilité dans la voix. On m'a dit, tes enfants sont aux mains de la Tchéka. Jamais ils n'en ressortiront.

Mais qu'est-ce que c'est que ces salades ? Qui t'a mis des idées pareilles dans le crâne ? (Qui voulez-vous ? La voisine du dessus, bien entendu, ce poison.) Tes enfants, regarde, ils sont libres, libres comme l'air, hein Marinotchka ? Elle sert le thé et ne répond pas. Les enfants se gardent bien de donner leur opinion. Sergueï enserre son verre de thé entre ses mains, comme pour se réchauffer les doigts. Il ne reste qu'un petit détail à éclaircir.

Le voilà qui raconte toute l'histoire. Les cloches, la fuite des enfants, Aksakov et les derniers rebondissements que, dans sa joie, Kolia avait oubliés. Demain confrontation et après, tes gosses seront libres, tout à fait libres. Sans laisser à Norkine le loisir de poser des questions embarrassantes il ajouta, mais toi, dis-nous un peu où tu étais passé. Tout le monde te croyait mort depuis longtemps.

Camarade, je me suis battu. J'ai chassé les Blancs de notre territoire. Je les ai jetés à la mer, comme on dit. D'un bout à l'autre du pays, marche, soldat, marche. L'ennemi frappait de tous côtés, au nord, à l'ouest, au sud et même à l'est. J'ai poursuivi les échelons tchécoslovaques. J'en ai fait des kilomètres ! Et mourir, ça oui, j'ai failli y rester plusieurs fois. Les blessures, je les collectionne. Mais quand ça s'est terminé et que j'ai voulu rentrer chez moi, retrouver ma famille — Dire que je ne connaissais même pas Macha ! —, Reste encore un peu qu'on m'a dit. Soldat, c'est un bon métier. Tu touches ta solde et tu peux nourrir tes enfants. Mais cela fait bientôt sept ans que je suis dans l'armée ! Justement, utilise ton expérience. Ou encore, c'était mon devoir socialiste de continuer à servir dans l'armée. Moi, je croyais qu'avec la Révolution, on en avait fini avec l'armée ! Enfin rien à faire, ils m'ont gardé et je crois qu'ils me tiennent encore pour un bout de temps.

Tout de même, objecta Sergueï, tu pouvais donner de tes nouvelles. Les postes ou le télégraphe, c'est pas pour les cochons.

Ah, mais c'est que je ne pouvais pas. Interdiction formelle. Mission secrète. Pas le droit d'envoyer ne serait-ce qu'une ligne à ma famille.

Mission secrète ? Et qu'est-ce que c'était ? Ça, je n'ai pas le droit de te le dire. Sergueï ragea. C'était son métier de tout savoir et de faire parler les gens. Norkine prit un air buté. À quelles tâches inavouables l'avait-on employé pendant ces derniers mois ? Il ne l'a jamais dit.

Mais voilà que de nouveau on frappait à la porte. Des coups secs et fermes, impérieux. Quelle nuit ! soupira Sergueï. De nouveau le bébé braillait du fond de son berceau. Derrière la porte, un autre soldat. Bien habillé, d'un très long manteau qui lui battait presque le bas du mollet. Moins grand que Norkine et plus mince. La tête surmontée d'une masse noire de cheveux bouclés qui, sitôt la chapka enlevée, rebiquèrent au-dessus de son crâne. L'air jovial, rien de plus naturel que de rendre visite à des citoyens au milieu de la nuit ! Mais un conseil, surtout ne pas s'arrêter à son allure sympathique. Sa bouche très fine, découvrant de petites dents blanches et acérées, révélait sa nature profonde.

Le camarade Ossipov, c'est bien toi ? Il parlait avec l'autorité d'un homme qui viendrait vous arrêter, à la faveur de la nuit. Le chef tchékiste était habitué à davantage de respect. Mais il se sentait un peu fatigué. Je suis Venedikt Petrovitch Rakov. J'accompagne le camarade Norkine.

Ah bon, tu es un de ses camarades ! Oui, mais je suis aussi le commissaire politique de son régiment. Ma famille est de la région : nous sommes venus ensemble. Pas plus tôt débarqués, qu'est-ce qu'on apprend ? La femme de Norkine à l'hôpital et ses enfants détenus par la Tchéka. Impossible de le retenir. Il a couru jusque chez toi, pendant que j'essayais de tirer cette affaire au clair.

Comme on l'apprit ensuite, l'éclaircissement consista à cuisiner la voisine du dessus qui, à force de calomnier tout le monde, finit par tenir des propos contradictoires. Bon, alors, tout va bien à présent, Mikhaïl Fomitch ? Tes enfants, tu peux les emmener avec toi ? Presque, camarade commissaire, il reste encore une petite formalité que m'a expliquée le camarade Ossipov.

Ah bon, quelle formalité ? Et vous n'avez rien d'autre à boire que du thé ? J'aime bien ça, mais à cette heure de la nuit et avec ce froid, on boirait bien quelque chose de plus fort. N'est-ce pas, camarade tchékiste, de la vodka, ou du samagon, tu dois en avoir dans l'un de tes placards ?

Mais Sergueï commençait à en avoir assez et ce prétendu commissaire politique l'énervait avec ses airs supérieurs. Non, pas de vodka ! Il est tard, vous devriez tous les deux être chez vous. Ici, c'est moi qui garantis l'ordre public. Alors pas de vodka et vous décampez. Toi, dit-il en montrant Norkine, reviens demain vers onze heures, après la confrontation.

Ouh, s'exclama le commissaire politique, pas la peine de sortir de tes gonds et d'être désagréable. L'ordre public, on sait bien que c'est toi. Tu es un tel maniaque de l'ordre que tu épingles même des enfants. Il montra les trois petits serrés contre leur père. Qu'est-ce que c'est que cette confrontation ? Norkine expliqua. Le chef tchékiste s'agaçait de plus en plus. Le commissaire politique s'étalait sur sa chaise. À défaut de vodka, il sirotait son thé et lorgnait Marina, silencieuse. Il écoutait Norkine, un petit sourire aux lèvres qui acheva d'exaspérer Sergueï. Il réclama les papiers de Rakov.

Au lieu d'obéir, le commissaire politique — dont on honora longtemps le nom dans la famille Norkine — entra dans une rage froide. Il saisit le tchékiste par le col et d'une voix basse, parlant presque entre ses dents, siffla que ça suffisait. Enterre cette histoire. Hein, tout de suite. Est-ce que tu veux une nouvelle guerre civile ?

Mais Sergueï ne se laissait pas faire si aisément. Il commença par se dégager. L'autre le lâcha dédaigneusement et se cala de nouveau contre le dossier de sa chaise. Ce sont les ordres de Moscou ? demanda Sergueï. Quels ordres ? L'autre répondait avec hauteur. C'est un conseil que je te donne. Tiens, voilà, ça te suffit ? Il tendit ses papiers d'identité et une carte certifiant que Venedikt Petrovitch Rakov était membre du parti communiste.

Le tchékiste repoussa le tout sur la table, le plus loin possible devant lui. Ça le brûlait. Alors, compris, laisse tomber cette histoire. Les gosses, les sonneurs de cloches et même cet Aksakov. Abandonne.

32

Tout le monde dormit chez le tchékiste. Norkine avec ses enfants, le commissaire politique sur deux fauteuils du salon.

Il n'y eut pas de confrontation. Les enfants quittèrent le siège de la Tchéka locale avec leur père. Douloureux de quitter Marina. Mais elle ne serait jamais très loin. On convint de se voir tous les jours. De retour chez eux, Kolia, Nina et Macha passèrent la journée à faire des pieds de nez à la voisine du dessus. Notre papa est revenu ! Notre maman est vivante !

Celle-ci ne tarda pas à sortir de l'hôpital et à les rejoindre, plus maigre et plus pâle que jamais. Mais enfin, elle n'était pas morte, elle ne les avait pas abandonnés. Elle sourit quand Kolia lui raconta leur fuite lorsqu'ils l'avaient crue morte. Bien sûr, que pouviez-vous faire d'autre, mes pauvres petits ? Comme vous deviez avoir peur.

Oh oui, on avait eu peur. Mais tout s'était bien terminé. Un vrai conte de Noël, comme le répéta longtemps Nina. Oui, oui, le proverbe avait raison : tout est bien qui finit bien.

33

Tout est bien qui finit bien. Mais pour que tout finisse bien, il aurait fallu mourir foudroyé sur le moment. Et alors le proverbe aurait-il encore été pertinent ?

N'y avait-il pas davantage de vérité dans cet autre proverbe : ne dis pas hop tant que n'as pas sauté pardessus l'obstacle. C'est ça la vie. Après avoir désespéré, on croit que tout s'arrange pour toujours et qu'on vivra enfin tranquille. Pur aveuglement d'un instant de bonheur. Les ennuis ne tardent pas à recommencer et même, si l'on y regarde bien, ils sont issus en droite ligne des heureux événements qui les ont précédés.

Qui sait ce qui serait arrivé s'ils s'étaient retrouvés orphelins cet hiver-là ? Peut-être seraient-ils restés chez le chef tchékiste à adorer Marina. Ils l'auraient suivi dans ses nouvelles fonctions à Moscou. Mais peut-être le chef tchékiste avait-il connu un sort peu enviable ? Celui de ses pareils dans ces années terribles. Et dans ce cas qu'était devenue Marina ?

Là où se trouvait à présent Kolia, dans cet enfer glacé, au milieu des baraquements, dans le cercle des barbelés, les nouvelles n'arrivaient pas. Il s'en voulait de n'avoir pas cherché ses amis de l'isba pendant les années insouciantes qui suivirent le retour de leur père. Aksakov, libéré, avait aussitôt quitté la ville. Mais avait-il épousé Daria Philipovna ? Si Norkine n'était pas revenu, ces deux-là n'auraient jamais eu la moindre chance de se revoir. Aksakov aurait fini par manger le morceau ou aurait été fusillé sans plus attendre. Dans l'un ou l'autre cas, adieu Daria ! Que s'était-il passé ? Avaient-ils eu des enfants ? Kolia ne savait rien.

Ou des choses qu'il aurait préféré ignorer. L'autre jour, des nausées l'avaient soulevé tandis qu'il traînait les cadavres de la nuit hors d'un baraquement. Difficile pourtant de vomir ici : on n'avait jamais rien dans le ventre. L'un des morts, déjà raide, était l'inflexible Viatcheslav Kirilovitch. Plus vieux ; les cheveux tout blancs. Comment s'était-il fait prendre ? Kolia l'enterra en priant que ce sort ait été épargné à Vsevolod Brissovitch.

Il lui gardait toute sa tendresse bien que le vieil homme l'ait trompé en lui laissant espérer une justice et une bonté divines. À ce point de sa vie, Kolia ne croyait plus qu'à l'ironie du destin.

Il s'était senti menacé par un terrible malheur — l'orphelinat pour ses sœurs et lui —, mais la réapparition miraculeuse de ses parents avait conjuré cette catastrophe. Pourtant le malheur l'avait quand même frappé, d'une manière perfide, abominable. C'était son fils, le petit Vsevolod, né peu avant l'emprisonnement de la femme de Kolia, que le sort avait condamné à vivre sans famille, le triste destin des *bezprizorniki*.

Après avoir arrêté son épouse, les tchékistes, qui ressemblaient comme des frères à ceux d'autrefois, vinrent chercher Kolia. Pendant qu'ils y étaient, ils arrêtèrent toute la famille. Nina, Macha et leur père, le vieux Norkine. C'était ça la vie, cette illusion.

Kolia n'eut jamais de nouvelles de sa femme. Il ne savait rien non plus ni de son père, ni de ses sœurs. Il survivait en enterrant les morts dans la terre gelée des camps et en évitant de penser à son fils. L'absurdité de cette histoire ! Vraiment, Nina : un conte de Noël ?

LA DERNIÈRE VISITE AU DICTATEUR

1

L'homme qui se tenait dans l'encoignure de la fenêtre, un dossier à la main, était un personnage énigmatique. Jamais la presse ne parlait de lui. On ne voyait jamais son visage à la télévision, ou bien furtivement, parce qu'il traversait le champ d'une caméra. Mais parmi ceux qui gravitaient autour du pouvoir — du Bureau politique jusqu'au cercle lointain des diplomates étrangers, en passant par le pléthorique appareil de l'État — nul n'ignorait qu'il jouait un rôle considérable auprès du chef de l'État, même si tous ne connaissaient pas la nature exacte de ses fonctions.

Le vieil ambassadeur et son conseiller, assis dans un coin du vestibule où l'on faisait attendre les visiteurs, lui jetaient des regards curieux. Ils écoutaient avec agacement le bavardage du jeune interprète (qu'ils s'appliquaient d'ordinaire à cultiver), parce qu'il les empêchait de concentrer toute leur attention sur l'homme installé dans le renfoncement de la fenêtre. Il leur semblait que si le traducteur n'avait pas entamé l'une de ces conversations qu'ils écoutaient d'habitude avec délices, prenant des notes mentalement pour glisser l'une ou l'autre de ses remarques dans un courrier diplomatique, l'autre ne les aurait pas si ostensiblement ignorés.

Son mépris les vexait d'autant plus que, quelques semaines auparavant, il leur avait accordé une audience dans l'un des bâtiments voisins. Une salle de réunion aussi tarabiscotée et de mauvais goût que toutes celles qu'on trouvait dans le pays. Ils espéraient être admis dans son bureau et lever un coin du mystère dont il s'entourait. Mais ils furent particulièrement déçus parce que leur interlocuteur, dont ils espéraient des révélations, ne leur apprit rien d'intéressant. Il les traita de haut, sans beaucoup de politesse. Toute son attitude exprimait son irritation de perdre autant de temps avec des individus aussi insignifiants.

Lorsqu'il parut ce jour-là dans le vestibule où ils attendaient déjà depuis un quart d'heure, l'ambassadeur et son conseiller s'étonnèrent. Que faisait-il ici ? Ils esquissèrent un sourire aimable et se levèrent à demi pour le saluer. Pourtant l'homme ne s'approcha pas. Il se contenta d'un petit signe de tête, plutôt sec, avant de s'enfoncer dans le recoin de la fenêtre. Ne les avait-il pas reconnus ? Ou voulait-il leur rappeler le peu d'importance qu'il leur accordait ?

Il regardait par la fenêtre, l'air ennuyé, son dossier sous le bras, de manière un peu crispée. Un homme robuste, qui, à plus de cinquante ans, s'était préservé d'un excès de corpulence. Bâti solidement, les épaules bien développées, sous son costume de bonne coupe et de belle étoffe, il n'avait pas de ventre. Il se tenait très droit, avec quelque chose d'un peu raide et de militaire. Sans être beau, son visage possédait de la force. Rien de commun avec les faces grossières qu'on croisait dans les couloirs des ministères ou du Comité central. Les cheveux grisonnaient. En estompant sa blondeur filasse, leur teinte métallique ajoutait du caractère à son visage. Leur couleur s'accordait à celle des yeux, gris et perçants.

Au cours de l'entretien avec l'ambassadeur et son conseiller, il ne s'était pas départi d'un regard mauvais. Celui-là même dont il les avait gratifiés en les saluant tout à l'heure. Ce n'était pas son habitude de sourire et, moins encore de séduire, à moins que les circonstances ne l'exigent. Son style, acquis au long de sa carrière dans l'appareil du Parti, consistait à se donner l'air à la fois sûr de soi et mécontent. Rien de mieux pour intimider son interlocuteur.

Il regardait obstinément par la fenêtre. Il n'avait pas envie de séduire ces deux diplomates. De toute façon, ils n'ont rien compris. Il n'y a rien à en attendre. On continuera à les berner.

Il devinait la fascination qu'il exerçait sur les deux Occidentaux. Tout ce qui touchait le chef de l'État les excitait. Le jeune interprète qui le côtoyait périodiquement était l'objet de tous leurs soins. Ils couraient aussi à la Vieille Place mendier de l'information auprès des fonctionnaires du Comité central Quel est votre commentaire ? Votre interprétation, cher ami ? Ils écrivaient des rapports chiffrés qui tombaient parfois entre les mains des services secrets et lui revenaient ensuite. Amusants.

Mais lui, les attirait tout particulièrement. À cause de son mystère. À leurs yeux, il représentait une race mythique que la perestroïka vouait à la disparition (selon leurs télégrammes diplomatiques), celle des apparatchiks purs et durs. Pas ceux qu'on livrait depuis toujours aux étrangers à des fins de propagande ou de haute politique, ceux qui voyageaient au grand jour, ceux qui fréquentaient de plus en plus les cocktails et les dîners des ambassades, prenaient la parole à des colloques et donnaient même des interviews. Non, les autres. Ceux qui gravitaient dans l'ombre autour du noyau dur du pouvoir. Ceux dont les pensées demeuraient impénétrables. Ceux avec lesquels le régime avait tissé les filets qui emmaillotaient le pays d'un bout à l'autre. Ceux qui depuis toujours incarnaient les ténèbres.

En repartant du Kremlin l'autre soir, sans se soucier des micros, l'ambassadeur et son conseiller avaient chuchoté dans la voiture, voilà un apparatchik type. Quand on lui rapporta leur remarque, l'étrange personnage sourit. Qu'est-ce qu'un apparatchik au fond ? Ne le savaient-ils pas, ces deux fonctionnaires occidentaux, occupés eux aussi à ourdir des intrigues pour décrocher les postes qu'ils convoitaient ? Il y a encore quelques mois, la réflexion des deux diplomates lui aurait fait hausser les épaules de dédain. À présent, il y réfléchissait presque avec intérêt. Certainement ces deux-là avaient des idées toutes faites sur les sentiments d'un apparatchik.

2

L'après-midi s'achevait. L'apparatchik avait dû faire preuve d'ingéniosité pour insérer cette visite protocolaire et inhabituelle dans le programme chargé du chef de l'État. L'ambassadeur quittait ses fonctions. Avant de s'en aller, il avait souhaité prendre congé du dirigeant le plus célèbre du monde. Il n'avait aucun message à transmettre, on s'en était assuré. Simple caprice de vanité. D'ordinaire on n'en tenait pas compte. Où le Secrétaire général prendrait-il le temps de recevoir tous ceux qui, pour un oui ou pour un non, désiraient l'approcher ?

Mais cette fois il avait levé les sourcils. Pourquoi pas ? S'ils n'ont rien à me dire, moi j'ai un certain nombre de choses à leur expliquer. Ils les transmettront à leur gouvernement. Et tiens, Sacha, voilà ce que nous allons faire. Convoque la presse à la même heure. Tu la fais passer par une autre porte. S'ils s'en aperçoivent, ils sont fichus de se tirer. (Impossible ! Il les connaissait vraiment mal. Une occasion pareille, ils viendraient à genoux si c'était la condition.) Et comme ça, juste avant l'audience, je les engueulerai publiquement. Qu'est-ce que tu en dis ?

Dans le coin de sa fenêtre, le conseiller du chef de l'État ne songeait plus au piège mis en place : tout était en ordre. Pas besoin de s'en préoccuper.

L'après-midi s'achevait. Bientôt il serait six heures. Dans le vestibule baroque et doré la pendule tinterait. Le carillon de la porte du Sauveur lui répondrait. Depuis peu, l'apparatchik aimait ces débuts de soirée de printemps. Il y a seulement quelques semaines, la nuit serait déjà tombée. À présent, le soir tardait à venir. Le ciel, très bleu, demeurait lumineux. Tout à l'heure, quand les diplomates s'en iraient, un reste de lumière jouerait encore sur les façades des cathédrales du Kremlin. À cette minute, il aurait aimé se promener dans les passages du Kremlin pour réfléchir à son aise au problème qui le tourmentait.

L'époque ne se prêtait pas aux exercices diplomatiques. Il fallait s'enfermer dans le bureau du chef de l'État avec les représentants du Premier ministre et les écouter tracer les contours de la réforme économique. Corriger leurs maladresses ou accentuer leurs réglementations, si, d'aventure, ils proposaient une ligne trop libérale. Le chef de l'État devait prononcer des discours au Soviet suprême. Jouer la comédie devant les députés, feindre d'improviser ce qu'on avait soigneusement mis au point. Certaines fois, le goût de parler l'emportait. Rien ne pouvait l'arrêter. L'apparatchik déconseillait les improvisations mais, d'expérience, savait qu'on ne pouvait toujours les éviter. Elles sonnaient souvent plus juste que n'importe quel discours habilement ficelé.

Le chef de l'État parcourait le pays. Descendre dans la rue, serrer des mains et discuter. Parfois sans résultat. Le voyage en Lituanie en 1990 n'avait servi à rien. Mais quels que soient sa lassitude et ses doutes, il devait se jeter dans la foule et parler. Impossible de laisser aux démagogues et aux populistes de l'opposition le monopole de cette pratique. Arpenter les usines, renifler leurs odeurs de cambouis, de caoutchouc brûlé ou leurs senteurs métalliques. Parler aux ouvriers — le collectif de travail se rassemblait pour l'entendre —, aux syndicats, aux responsables : il faut former vos cadres, développer l'autogestion, apprendre à vivre sans dotations, envisager de vous constituer en sociétés par actions. Toujours le même vocabulaire, les mêmes expressions. Aux agriculteurs, il servait un discours spécifique : il ne faut pas démanteler les kolkhozes, la propriété de la terre est une question sérieuse, il nous faudra un référendum, avez-vous rempli les commandes d'État ? Mais la situation alimentaire est préoccupante. Pas le temps d'écouter leurs plaintes sur le manque d'engrais, de pesticides ou de protéines. Il hochait la tête gravement. Parfaitement camarade, tu as raison. Mais la conjoncture va s'améliorer.

Au Comité central, la confiance vacillait. Le Secrétaire général y prononçait des discours plus classiques. Les mécanismes finissaient par l'emporter, mais rien n'était plus comme avant. Mêmes faces de carême au Conseil de défense pendant l'hiver. Du nouveau Conseil de sécurité, on espérait plus de compréhension : chacun des noms avait été soigneusement choisi.

Dans le même temps, on gardait un œil sur la télévision. Que Kravtchenko n'aille pas faire des sottises ! Surtout ne pas trop montrer le président du Soviet suprême de Russie. Si on n'avait pas veillé au grain, on n'aurait vu et entendu que lui. La presse bougonnait un peu. Enfin la *Komsomolskaïa Pravda ou* les *Izvestia*, qui de temps à autre prenaient un coup de sang et écrivaient des brûlots. Mais comment empêcher tous les meetings et les manifestations ?

Oui vraiment, il y avait de quoi préoccuper les responsables. Tout à l'heure, à la fin de l'entretien, le chef de l'État le retiendrait. Sacha, donne-moi ton avis. Il voudrait des réponses toutes prêtes, des arguments en série. Pourtant l'apparatchik avait souvent le sentiment, et d'autres avec lui, qu'il ne l'écoutait qu'à demi. Ou bien la décision était déjà prise, tant mieux s'il était du même avis, dans le cas contraire, tant pis. Ou bien le Secrétaire général hésitait encore et les discours de Sacha ne suffiraient pas à le déterminer.

Mais dans ce pays en crise, au bord peut-être de la

guerre civile, lui, l'apparatchik modèle, le conseiller intime du Prince, avait de graves soucis.

Il contemplait le ciel et la lumière d'un œil neuf, avec un brin de sentimentalité. Lorsque le murmure des conversations dans une langue qu'il ne comprenait pas bien dérangeait ses pensées, il se ressaisissait. Il resserrait la main sur son dossier. Ses traits se durcissaient. Il prenait un air lointain. Dans leurs fauteuils, les deux diplomates, un peu impatients — ils attendaient depuis une demi-heure —, ne le quittaient pas des yeux. Le jeune interprète lorgnait aussi de son côté : pour les diplomates, il était une énigme, pour lui une menace.

3

Enfin, la porte s'ouvrit. Un petit homme s'avança vers l'apparatchik. Alexandre Valentinovitch, je vous en prie. D'un geste impérieux, il fit signe aux deux diplomates et à l'interprète qui s'étaient levés de se rasseoir. À son interlocuteur, il parlait respectueusement. Je ne savais pas que vous étiez déjà là, Alexandre Valentinovitch. Je ne vous aurais pas laissé à la porte sinon. L'apparatchik remarqua d'un ton sec qu'on l'avait convoqué pour six heures moins le quart. Il n'avait pas l'habitude d'être en retard.

Maintenant qu'il revenait à lui, il considérait toute cette affaire avec agacement. Pourquoi l'avait-on convoqué à l'entretien avec ces diplomates ? La politique étrangère, ce n'était pas son affaire

Ah, Sacha ! Entre donc. Finalement, j'ai pensé que ça t'amuserait d'assister à cette rencontre. Ils t'avaient bien plu ces deux-là, n'est-ce pas ? Et puis après leur départ, on discutera un moment. Allez, viens t'asseoir à côté de moi. Il regarda sa montre. Qu'est-ce qu'il est tard ! Désolé de t'avoir fait attendre. Une délégation qui ne partait plus. Un entretien auquel je pouvais difficilement te convier.

Sacha se contracta. Maintenant il se rendait compte que cette attente d'une demi-heure avait été insupportable. Qu'est-ce que c'était que ces excuses ? Un entretien auquel on ne pouvait pas le convier. Et pourquoi devait-il assister à celui-ci ? Tout à coup, il trouvait le comportement du chef de l'État inhabituel. Se doutait-il de quelque chose ? Le faisait-il surveiller ?

Eh bien, Sacha, quelle mine sinistre ! Il te faudrait un peu de vacances. Perplexe, l'apparatchik s'assit à côté du Secrétaire général. Alors les journalistes sont en place ? On les fait entrer en même temps que l'ambassadeur, qu'en penses-tu ?

Déjà, on ouvrait les portes de part et d'autre de la grande salle de réunion. Le chef de l'État se leva pour accueillir l'ambassadeur occidental.

Au moment même où on l'introduisait, celui-ci comprit que cette dernière visite était une erreur. Impossible de s'enfuir. Le chef de l'État lui serrait la main et le tirait insensiblement vers le milieu de la pièce où se massaient les journalistes. Les caméras fonctionnaient déjà. L'ambassadeur reconnut plusieurs de ses compatriotes, un calepin, un stylo ou un micro à la main.

L'apparatchik se coula du côté du chef de l'État, habilement, à un endroit où il ne serait pas filmé. Le conseiller de l'ambassadeur en revanche était bien visible, l'air dépité. Sans doute avait-il vainement tenté de dissuader l'ambassadeur d'accomplir cette visite.

Au milieu de la pièce, la main sur le bras de l'ambassadeur — cherchait-il à le retenir ? — le chef de l'État entama un petit discours. Pour commencer, de la rhétorique et du flonflon qui lui venaient naturellement et détendraient les deux diplomates. Combien de fois il avait rencontré le vieil ambassadeur et dans quelles circonstances. Comme il avait chaque fois apprécié sa compétence et son sérieux. Ah oui, son pays disposait en lui d'un précieux serviteur !

Mais voyez-vous, monsieur l'ambassadeur, à l'occasion de cette dernière rencontre nous nous devons d'être francs l'un avec l'autre. Votre pays m'a causé quelque déception ces derniers temps. Je sens chez lui — non pas dans l'opinion publique, qui est libre et qu'il faut respecter, mais chez ses dirigeants — un certain esprit critique à l'égard de mon pays et de mon action. Cela me chagrine et cela m'inquiète, monsieur l'ambassadeur, je vous charge de le dire à vos responsables. Je leur ai même écrit une lettre que je vous remettrai.

Mal à l'aise et pâle, l'ambassadeur souhaitait s'asseoir au plus vite. Il lui semblait qu'il supporterait mieux ces propos humiliants assis que debout. Mais le chef de l'État ne le lâchait pas. Le vieil homme sentait la chaleur de sa main traverser ses propres vêtements et brûler sa chair. Il chercha des yeux son conseiller qui baissait la tête. Aucun secours à attendre des autres, c'est bien connu. L'apparatchik aurait pu le lui expliquer. Contrairement à son attente, ce dernier regardait la scène sans en retirer aucune satisfaction. Il éprouvait même une certaine gêne à être témoin de cette mortification.

Quand le chef de l'État eut achevé sa petite allocution, il se tourna avec bonhomie vers l'ambassadeur. Voulait-il ajouter quelques mots ? Mais non. Que pouvait-on dire aux journalistes qui rapporteraient la gifle que venaient de recevoir et l'ambassadeur et le pays qu'il représentait ? Comme souvent dans les situations d'infériorité, il répondit, non, merci. Accablé par ce qui venait de se passer et par sa réponse peu honorable, il se hâta vers la place que lui montrait le chef de l'État. Les journalistes disparaissaient, prenant encore, à reculons, quelques photos de la table et des hommes qui s'y trouvaient assis.

Pendant le discours, deux fonctionnaires du Comité central, des spécialistes des relations internationales et plus encore du pays des deux diplomates, s'étaient glissés dans la pièce. Sacha, qui trônait à la droite du Secrétaire général, leur lança un regard noir. Étaient-ils en retard ou avait-on évité de les faire attendre ? Son malaise intérieur s'accrut. Il examina l'ambassadeur qui se saisissait avec avidité de la tasse de thé posée devant lui. L'interprète, assis à la gauche du chef de l'État, ne se sentait pas non plus très bien. La séance promettait d'être pénible. D'autant plus pénible que, comme le supposait l'apparatchik, l'ambassadeur n'avait rien à dire et, le temps de se remettre, débitait avec hésitation des considérations générales. Même en cherchant bien, il n'y avait rien à noter.

4

Lorsqu'on ne prend pas de notes pendant les réunions dépourvues d'intérêt, l'attention décroche facilement. Elle dérive sur des détails, tics de langage de l'interlocuteur, agitation de ses mains. Sautant de l'un à l'autre des participants, prenant son élan par foulées progressives, l'esprit s'évade vers les territoires secrets où croissent ses obsessions et ses préoccupations.

Des séances d'autrefois dans les Gorkom et les Obkom, Sacha avait appris à ne pas s'endormir et à garder un air soucieux tandis que ses pensées folâtraient au-dehors. Ceux qui n'acquéraient pas cette maîtrise d'eux-mêmes ne devaient pas s'étonner de la lenteur de leur carrière. Il fallait avoir atteint les sommets qui vous mettaient à l'abri de tout revers, comme certains hauts responsables, pour ne plus dissimuler son ennui et ses somnolences.

L'apprentissage dans l'appareil du Parti constituait la meilleure école. Évidemment, à présent, depuis la perestroïka, on ne s'attachait plus qu'à en dénoncer les perversités. Ceux qui criaient le plus fort avaient été formés par le Parti ou le Komsomol. Où donc auraient-ils appris l'art de cracher leurs invectives ?

Pourquoi le Parti avait-il échoué avec eux ? Contrairement au mythe, il y avait toujours eu des opposants. Mais ils ne faisaient pas de bruit. Sous Staline on les fusillait. Après lui on régla les conflits en famille. Pas question de laisser le peuple arbitrer les querelles idéologiques ou personnelles. Boris Nikolaïevitch avait enfreint la règle. Il avait crié au peuple, à l'aide ! À l'aide ! On veut me faire taire ! On vous ment ! Sauvons le pays ! Depuis, plus personne ne pouvait arrêter la contestation.

Tout ça pourquoi ? Une simple rivalité personnelle. Une exclusion du Bureau politique un peu brutale, comme il s'en produisait depuis toujours. Quel douillet ! Au lieu de se faire oublier — tout de même, on lui avait laissé un poste ministériel (vice-président du Gosstroï, pas glorieux, mais beaucoup s'en seraient contentés), ses privilèges, voiture, datcha, appartement, accès aux magasins spéciaux, possibilité de voyager à l'étranger —, il avait crié encore plus fort. Mes privilèges, je n'en veux pas. Reprenez-les ! D'ailleurs, les privilèges, c'est immoral. Il faut tous les supprimer.

Le pire, c'est qu'à force de brandir la bannière démocrate et libérale, Boris Nikolaïevitch avait certainement fini par se convaincre lui-même des idées qu'il défendait. Après tout, qui croyait vraiment à quoi dans ce pays ?

Mais quelle idée de se poser des questions pareilles ? L'apparatchik n'aimait pas beaucoup la littérature ; il détestait tout particulièrement les romans où, sous l'effet d'un choc, le héros tourne un regard différent sur son environnement. Prenez *La Mort d'Ivan Ilitch,* par exemple. Ces héros manquaient totalement de lucidité sur eux-mêmes. D'ailleurs, ils appartenaient toujours à la bourgeoisie ou à l'aristocratie décadente. Qu'on lui trouve un roman sur la classe ouvrière ou la paysannerie dont les personnages se diraient, misère qu'ai-je fait de ma vie jusque-là ? Les travailleurs ne se posent pas ces problèmes. Toute la journée, à l'usine, au kolkhoze ou au bureau, ils s'appliquent à des problèmes concrets. Après le boulot, il faut se nourrir, ce qui n'est pas une mince affaire. Lui bien sûr, il ne fait jamais la queue dans les magasins et sa femme non plus. Mais on ne peut pas se cacher que la situation alimentaire du pays est grave. (Dans la queue, on ne parle pas comme ça. On a rien à bouffer, entend-on, mais certainement pas « la situation alimentaire nous préoccupe ».)

Dans le Parti, on apprenait à éviter les états d'âme. Ne pas dormir la nuit à cause d'une erreur qui compromettait l'avenir, d'accord. Songer, un bras sous la tête, tandis que la nuit s'écoule, aux moyens de conforter sa position, évidemment. Mais se ronger pour des raisons philosophico-métaphysiques, inadmissible. Ne jamais se remettre en question, ni soi-même, ni la société, ni sa place dans la société. Personne ne comprendrait pareille faiblesse. Le scepticisme ne figure pas au nombre des dogmes communistes. De toute façon, comment un homme qui bénéficie des plus hauts privilèges et ne les partage qu'avec une minorité pourrait-il être sujet au doute ? Quant à renoncer à un seul d'entre eux, c'est tomber dans une médiocrité proche de la misère, la vie au jour le jour, sans plaisir, rongée par l'anxiété. À vous l'insomnie et vous ne l'aurez pas volée !

5

Sacha eut la chance de naître dans une famille de petits nomenklaturistes de province. Il lui suffisait de regarder sur les bancs de l'école les visages déjà usés des autres enfants pour savoir qu'il avait décroché le gros lot. La plupart d'entre eux étaient mal nourris. Sur leurs visages bouffis, la peau gardait jusqu'à l'été une teinte maladive, entre le gris et le jaune. Quelques jours seulement après la rentrée des classes, disparaissait leur hâle péniblement acquis. De nouveau, blême, épaisse, la peau engloutissait les regards les plus éveillés. Leurs gestes lents, mal coordonnés, donnaient l'impression qu'ils ne dormaient pas assez ou, au contraire, trop longtemps. Ils n'avaient jamais envie de rien sauf, aux premiers rayons de mars, s'allonger sur un banc et s'irradier de chaleur.

Aucune difficulté, dans ces conditions, à être toujours le premier en classe.

Sa conduite donnait toute satisfaction, à l'école comme aux Pionniers. Facile, à condition d'éviter les idées trop personnelles, suivre le mouvement et dénoncer les erreurs des autres. Jusqu'où pouvait-on aller ? Devait-on vraiment, comme Pavel Morozov, dénoncer sa famille, en application de la loi de 1935 sur les enfants ? Son père, Valentin, prit un regard douloureux quand Sacha lui posa la question. Il n'avait jamais imaginé que des dispositions aussi raisonnables puissent s'appliquer à leur famille. Il renversa la question. Qu'y aurait-il à dénoncer ? Leur famille était sans reproche.

Mais aucune ne l'était dans ces années terribles, si haut placé qu'en fût le chef. Un cousin de sa mère, membre du Parti et directeur d'un kolkhoze, fut arrêté et disparut. Le père de Sacha organisa aussitôt la protection de la famille. Que sa femme divorce et se remarie ! Quant à nous, oublions-le vite ! Dounia, la mère de Sacha, résista bien quelques jours. (Sûrement c'est une erreur. Il est au Parti depuis les premiers jours de la Révolution. On a dû confondre.) Mais Valentin faisait des chut ! chut ! Ne prononçons plus jamais son nom. Et on finit par ne plus y penser.

Le mal rôdait autour de chaque maison. Il en brisait certaines. D'autres, il les effleurait. Un soir, peu avant la guerre, Valentin rentra du bureau le visage décomposé. Vite. Fermons les rideaux et envoyons Sacha au lit. À cette époque, déjà, il avait pris de l'embonpoint. Il haletait et s'affala dans un fauteuil.

La mère fourra le petit garçon au lit. Dors vite. Ton père est fatigué.

Fatigué ? On ne trompait pas si facilement l'enfant qu'il avait été. Mort de peur, oui ! Un sentiment que Sacha éprouvait rarement mais qu'il détectait instantanément chez les autres. Il feignit de s'endormir et se releva sitôt que sa mère eut tourné les talons. Valentin râlait, à croire que son malaise empirait maintenant qu'il était confortablement installé chez lui. Mais il y avait de quoi vous tourner les sangs. Dounia se mit à gémir. Qu'allons-nous devenir ?

Valentin avait pensé à l'avenir de Sacha. Tout de suite. Ma première pensée, même avant toi, ma colombe. Il ferait son autocritique demain après-midi. Surtout ne cache rien, conseilla son épouse. Au besoin, invente de petites choses si tu n'as rien à te reprocher. Exactement ce qu'il pensait. Malgré son affolement il avait commencé à se préparer.

L'autocritique le tira d'affaire. Mais pour plus de sûreté, dès les premiers jours de l'invasion allemande, malgré son âge, Valentin se porta volontaire. Il revint de la guerre sans une blessure, lavé de tout soupçon, bardé de décorations et assuré d'une promotion.

Sacha comprit un peu plus tard, lorsqu'il entreprit la carrière qui le mena au faîte du pouvoir, l'atout que représentait sa biographie parfaite. Aujourd'hui, on ne se préoccupait plus de l'origine sociale. Et même, il était bien vu de descendre d'une famille aristocratique et de fréquenter le club de la noblesse qui avait rouvert ses portes à Moscou. (Incroyable, comme tout avait changé en si peu de temps !) Mais autrefois, lorsque l'apparatchik débutait, une bio sans tache était indispensable pour réussir.

Précisément, Valentin, ancien ouvrier métallurgiste, fils d'ouvrier, d'une famille installée à Riazan depuis la fin du siècle dernier, appartenait depuis toujours au groupe organisé des travailleurs. Après la Révolution, son sens de l'organisation lui valut de devenir l'un des cadres de sa fabrique. La lecture de sa biographie montrait sa progression. 1930, à Magnitogorsk. 1935, à Oufa. De là, à Pereouralsk, comme secrétaire du Gorkom. À la fin de la guerre, nommé à Sverdlovsk, également au Gorkom. Mort brutale, provoquée par l'aggravation d'un emphysème.

Aucune tache non plus du côté de Dounia : une lignée de paysans de la région de Riazan. De pauvres gens, chargés d'enfants et de misère, entassés dans une isba vermoulue au bout du village. Les années de la collectivisation marquèrent le début de leur prospérité. L'un des frères de Dounia s'affirma à la tête du kolkhoze et installa ses parents dans une maison de brique.

De bonne heure, Valentin prit en main les destinées de son fils. On considérait cet homme corpulent, un peu porté sur la boisson, comme un meneur d'hommes parce qu'il savait parler aux ouvriers. Il employait leur langage bien qu'il eût quitté la production pour le travail administratif. À l'époque de Magnitogorsk, il donna un sacré coup de main pour faire démarrer les hauts fourneaux. Pour lui, tous les samedis étaient communistes. Un homme habile, rusé, la foi communiste chevillée au corps. Mais justement, elle l'empêchait de pressentir les changements de ligne et de s'y adapter instantanément. Il manqua toujours de la flexibilité des apparatchiks de haut vol.

Il reconnaissait en son fils les qualités qui lui manquaient et s'en extasiait avec naïveté. Si seulement je possédais le quart de ton cerveau, mais à présent, peut-être que je serais au Bureau politique ! Sacha haussait les épaules. Il serait mort depuis longtemps, oui ! Une balle dans la nuque.

6

Seule une ombre planait sur cette vie parfaite. Rien de bien dramatique. Un petit nuage devant le soleil d'été, qui assombrissait les souvenirs d'enfance.

Sacha ne s'aperçut de rien pendant les premières années de sa vie. Enfant solitaire, sans frère, ni sœur, il sortait rarement de chez lui. Tout lui paraissait normal, même s'il en souffrait secrètement. L'entrée à l'école lui fournit des points de comparaison. Il se mit à réfléchir au caractère étrange de sa mère.

Bien sûr, elle veillait sur lui. Sacha était bien nourri, bien habillé, pourvu de jouets et de livres, lorsqu'il apprit à lire. Mais Dounia conservait une certaine distance à son égard. Son comportement et son apparence la distinguaient des mères de ses camarades d'école. Il savait depuis longtemps que sa famille ne vivait pas tout à fait comme les autres. Par exemple, les autres mères travaillaient en usine ou dans le bâtiment. Elles passaient plusieurs heures dans les queues à la sortie du travail et le samedi, lorsque ce n'était pas un samedi communiste, pour nourrir leur mari et leurs enfants. Rapidement, elles devenaient corpulentes et leurs voix tombaient dans des registres plus bas et moelleux. Leurs vêtements ne ressemblaient à rien. Leurs bas de coton et de laine étaient reprisés en de nombreux endroits. L'été, quand elles exhibaient leurs jambes nues, Sacha était fasciné par leurs pilons informes, boursouflés de varices bleutées, ou couverts de longs poils noirs qui leur donnaient une allure animale. Évidemment, elles criaient pour un rien contre leur progéniture et la talochaient à la moindre rébellion. Mais enfin, dès qu'elles rentraient le soir, même épuisées par leur journée de travail et le poids de leurs cabas, elles s'exclamaient de bonheur en retrouvant leurs enfants. Mes petits agneaux, mes tourterelles, mes douces colombes. Les enfants se pressaient contre leurs volumineuses poitrines. Comme des cantatrices décoiffées et suantes, elles roucoulaient avec eux avant de faire cuire le dîner. Gêné, Sacha s'enfuyait.

Sa mère à lui, était mince comme une jeune fille. Toujours soignée, elle suivait comme elle le pouvait la mode de Moscou, taillant et cousant elle-même les coupons qu'elle se faisait envoyer. Elle portait d'épais chignons sur une nuque frêle. Sa voix était haute, un peu sèche. Elle ne travaillait pas et s'occupait de sa maison avec méticulosité, nettoyant et lavant sans cesse. On ne la rencontrait jamais dans les magasins. Toutes les provisions étaient rapportées par Valentin qui les prenait au bureau des commandes du Gorkom.

Elle témoignait peu de tendresse à Sacha. S'il avait envie de se faire câliner, il attendait le retour de Valentin, grimpait sur ses genoux et jouait avec lui. Sa mère ne refusait pas ses avances, mais lorsqu'il se retrouvait contre elle, il la sentait raide, maladroite et troublée. Elle ne savait pas quoi faire et le regardait avec inquiétude. Il fallait qu'il demande, embrasse-moi, Maman. Ou qu'il lui prenne une main crispée et la pose sur sa petite épaule. De manière générale, elle parlait peu et ne prononçait jamais le moindre mot affectueux. Sacha était le seul petit nom qu'elle utilisait. Il se serrait parfois contre sa poitrine maigre, mais elle gardait les bras ballants et ne l'enfermait pas, comme il l'aurait souhaité, dans l'univers maternel. Posé comme une mouette sur un écueil glacé, il se demandait avec effroi si elle manifestait aussi peu de chaleur, autrefois, lorsqu'il était bébé. S'il demandait, Maman, est-ce que tu m'aimes ?, elle fronçait les sourcils, souriait timidement. Évidemment, quelle question !

D'un naturel peu démonstratif et inquiet, elle devint de plus en plus réservée avec lui. Avait-elle honte de n'être qu'une paysanne qui savait à peine lire alors que son fils brillait à l'école ? Se refermait-elle sur elle-même en vieillissant ? Sacha cessa de se poser des questions. Il manquait trop d'imagination pour envisager qu'elle cachait peut-être un épouvantable secret. Le souci de son avenir accaparait toute son énergie.

Sur les conseils de son père, il entra à l'institut polytechnique de Sverdlovsk et prépara un diplôme d'ingénieur. Il suivit également quelques cours de l'Université. Il restait encore du temps pour le Komsomol où il militait activement. Même à cette tribune d'où il émettait ses opinions toutes faites, il se sentait sous-employé. Pour épater les camarades par ses discours, il suffisait d'un peu d'intelligence, d'un grand sens du mimétisme et des techniques du Diamat.

On ne tarda pas à le remarquer et à le diriger vers le travail au sein du Parti. Au Komsomol, il avait découvert la concurrence. À l'époque, personne n'employait ce mot, réhabilité par la perestroïka. Mais l'émulation socialiste était-ce autre chose qu'un habillage pudibond ? Les komsomols étaient tous égaux (dans le pays il n'y avait que cela, des égaux). Pourtant, ils étaient tous des rescapés d'un premier écrémage. Entre eux, s'élevaient déjà les barrières qui isolaient ceux qui resteraient au bas de la hiérarchie de ceux qui se propulseraient à son sommet.

Difficile de se faire remarquer dans un système qui condamnait les jugements personnels et les écarts de la ligne du moment. Mais Sacha se jouait de ces règles. Il les avait comprises depuis le jour où sa raison s'était éveillée. Il ne faisait pas partie du système, il l'incarnait. À cette époque déjà, le carriérisme et le cynisme l'emportaient sur le sentiment idéologique, deux vertus que possédait l'apparatchik.

7

Le vieil ambassadeur avait repris ses couleurs. Il semblait désormais moins pathétique que pitoyable, vieillard que la vanité exposait aux humiliations. Le conseiller, en revanche, était très pâle. Il ne devait pas souvent prendre l'air, retenu à son bureau par l'amour des dossiers et les tyrannies professionnelles. On les avait sélectionnés au sein de leurs promotions pour représenter leur pays à l'étranger. Sacha soupira intérieurement. Les systèmes occidentaux ne marchaient pas aussi bien qu'on le prétendait. Ces deux-là, par exemple, interprétaient souvent de travers ce qui se passait autour d'eux. S'il leur arrivait de percevoir quelque chose qui s'approchait de la réalité, ils se hâtaient de le transmettre à leur capitale. Mais là-bas, dans cette ville de l'Ouest, opulente et comblée, personne ne prêtait véritablement attention ni aux messages de l'ambassade, ni aux mouvements profonds qui remuaient le pays.

L'ambassadeur dressait le bilan de son séjour à Moscou. Ce qu'il s'attendait à trouver, ce qu'il y avait effectivement découvert. Assez habile, finalement.

Sur sa lancée, il fit le compte des occasions où il avait rencontré le chef de l'État. On sentait qu'il savourait ce chiffre relativement important. En toute circonstance, il le servirait à ses interlocuteurs. Pourtant, c'était la première fois qu'on le recevait personnellement. D'ordinaire, il était simplement compris dans le cortège des visiteurs de son pays. Il n'avait jamais pu échanger avec le chef de l'État autre chose que des formules de politesse. Qu'aurait-il dit de toute manière ? Il parlait mal le russe, l'écorchait jusque dans les expressions les plus quotidiennes. Le chef de l'État ne comprenait pas d'autre langue en dehors de quelques mots qu'il plaçait parfois, s'il était de bonne humeur, merci beaucoup, bonjour, au revoir.

Le Secrétaire général écoutait patiemment. Il raffolait de l'idolâtrie des étrangers. Elle le changeait de la haine qu'il suscitait dans son propre pays. Que le rencontrer fasse l'objet de compétitions acharnées et d'inscriptions de records le flattait, bien qu'il affectât de se moquer des Occidentaux une fois qu'ils avaient tourné le dos.

Mais finalement vous ne serez pas resté longtemps ici. Quel dommage ! Il y avait tellement de choses à voir. Et qu'est-ce que vous connaîtrez ? Moscou. Une petite partie, une toute petite partie de notre grand pays. Ce couplet-là, Sacha le connaissait sur le bout des doigts. Lui-même l'avait servi pendant des années aux délégations étrangères qu'il recevait. Notre grand pays. N'aurait-il pas mieux valu qu'il soit plus petit et que les problèmes ne s'y soient pas accumulés ? Mais l'ambassadeur avait lui aussi un discours au point. Mais que dites-vous là, monsieur le Président ? Moscou est un endroit formidable. J'ai adoré y vivre. Je me demande comment je me réhabituerai à une autre ville. Eh oui, une ville sans queues, sans bâtiments tombant en ruine, sans fondrières dans la chaussée, sans ciel bas immobile, alourdi par la neige, comment s'en accommoder, on se le demandait ?

Oui, oui, vous avez bien raison. Je partage tout à fait votre point de vue, monsieur l'ambassadeur, quelle belle ville que notre Moscou ! Mais peut-être n'y avez-vous pas toujours fait de bonnes expériences. Dites-moi, quel est votre plus mauvais souvenir ? L'ambassadeur hésita un moment. Il ne citerait pas les visites officielles, bien sûr, ce serait inconvenant. Il réfléchit, fronça les sourcils de perplexité. Difficile de répondre. Non, vraiment, la vie est si facile et agréable ici. Le conseiller souffla une solution. Oui, il y avait eu un moment désagréable, très désagréable. Un jour, en partant à un rendez-vous, il avait trouvé un ivrogne installé à sa place dans la voiture. Le chauffeur s'était éloigné un instant et il en avait profité ! Croyez-moi, nous avons eu du mal à le déloger.

Le Secrétaire général rit. D'un coup d'œil, il prit ses propres conseillers à témoin. C'est que nous avons de sacrés ivrognes chez nous ! Au moins, il n'a pas sali votre voiture ? Oh, alors tout est bien qui finit bien. Vous pourrez raconter des anecdotes sur l'ivrognerie du peuple russe en sachant de quoi vous parlez !

8

L'incident figurait dans le dossier des organes que Sacha avait feuilleté avant de recevoir l'ambassadeur et son conseiller, quelques semaines plus tôt. Contrairement au chef de l'État, l'apparatchik ne lui trouvait rien d'amusant. Il aurait détesté que pareille mésaventure lui arrivât. Il ne supportait pas d'approcher un ivrogne.

Cette répugnance lui était venue sur le tard. Ces dernières années. Peut-être à l'occasion de la loi sèche, quand on avait chassé les ivrognes des rues ? Aujourd'hui ils resurgissaient. La privation d'alcool causait trop de souffrances au peuple et aux cadres dirigeants. Redonnez-nous à boire, par pitié ! Vous nous avez déjà tout pris ! Il avait bien fallu céder.

La famille ouvrière de Valentin ne buvait pas. Jamais le moindre verre. On s'étourdissait au thé noir. Sans doute dans les générations précédentes, l'alcool avait causé quelque horrible accident dont personne n'osait parler. Au début de sa carrière de cadre local du Parti, Valentin était un homme sobre. À Riazan, il dirigea les équipes d'hommes qui cassaient les bouteilles de vin et de vodka dans les caves des restaurants ou des richards pour les soustraire à la soif inapaisable des ivrognes. Aucun risque avec lui que la moindre bouteille soit détournée. Cependant, faute d'habitude, les vapeurs d'alcool qu'il respirait toute la journée lui tournaient la tête. Le soir, il était ivre et ses hommes, de solides soûlards, devaient le porter au lit en cachette. Peu à peu, le goût des ivresses lui vint. Dounia fermait les yeux. C'est la vie, les hommes boivent et les femmes s'en accommodent. D'autant que Valentin n'avait pas le vin méchant. Son organisme résistait mal à l'alcool. Quelques verres suffisaient à lui faire perdre conscience.

Très tôt menacé par l'emphysème, l'hypertension et des faiblesses cardiaques, à la maison il ne s'offrait guère plus qu'un petit verre de temps en temps, pour se remonter. Mais dans le cadre de ses fonctions il était bien obligé de boire. Il rentrait parfois chez lui un peu congestionné, à peine titubant — avec les années, il avait pris l'habitude. L'alcool devint son obsession. Partagé entre son goût pour la boisson et la nécessité de préserver sa santé, entre l'obligation professionnelle de se comporter en homme et d'avaler le contenu brûlant des verres qu'on lui présentait et l'impossibilité de se montrer ivre, il traversait de temps à autre des périodes de profonde dépression, à errer entre une bouteille de vodka et le cabinet de son médecin.

Quand Valentin comprit que son fils ferait une brillante carrière d'apparatchik, il évoqua la fatalité qui pesait sur le peuple russe. Sacha ne broncha pas. Il suffisait de regarder autour de soi pour découvrir la banalité de l'ivrognerie. Il avait compris depuis longtemps en quoi consistait cette fatalité. Valentin lui apprit à boire. Qu'il n'aille pas commettre la même erreur que lui et s'enivrer dès les premiers jours par inexpérience ! Mais Sacha possédait une résistance surprenante à l'alcool. La limite à partir de laquelle son corps réagissait à l'alcool semblait inaccessible à des hommes de petite envergure comme son père. Valentin l'en admira davantage. Tous les mêmes ! Ils ne pouvaient s'empêcher d'associer l'alcool à la virilité. Pourtant Sacha n'aimait pas boire ! L'alcool ne lui procurait aucun plaisir.

Au début de sa carrière, il y a trente ans, personne ne prêtait attention à l'intempérance. Jusqu'aux sommets de l'État, tout le monde buvait. Les villes avaient leurs dessaoulloirs pour que, malgré une nuit de beuverie, les ouvriers puissent, tant bien que mal, rejoindre leur poste de travail. On y servait des soupes au concombre et d'autres mixtures qui rendaient une étincelle de conscience. Dans les années quatre-vingt, tout changea. Finis les ivrognes titubants d'un mur à l'autre, ou assis dans la neige, la tête entre les bras, attendant de retrouver leurs esprits. Aux repas officiels, on ne servait plus qu'un jus de fruit synthétique et douceâtre.

Mais les autorités ne purent maintenir cette règle longtemps. Malgré le rationnement, les queues s'allongèrent devant les magasins de vin. Certains collègues du Parti, qu'on avait vus maigrir et se dessécher, retrouvèrent leurs jolies couleurs d'antan. Ils ne craignaient plus de prendre quatre jours de congé pour s'offrir une bonne cuite et profitaient, comme la population sur laquelle ils régnaient, des journées supplémentaires qu'on octroyait systématiquement à l'occasion des fêtes. Un jour pour boire, un autre pour se remettre. Mais eux ne faisaient pas la queue pour s'offrir leurs rations d'alcool. Ils en avaient tant qu'ils voulaient, du local ou de l'importé. On rencontrait aussi des représentants de l'intelligentsia, qui donnaient à tout bout de champ des leçons de démocratie ou d'économie, complètement éméchés, le regard halluciné et la démarche vacillante. À vous dégoûter de la démocratie et du marché !

D'où Sacha tenait-il cette soudaine allergie à l'alcool ? Elle ressemblait aux accès de pudibonderie qui, l'âge venant, affectent les femmes délurées, aussi inattendue et ridicule. Car enfin, il avait bu sans ciller tout ce qu'on lui présentait, vodka, vin moldave, cognac géorgien, samogon au goût de caoutchouc brûlé qui vous revenait dans la bouche des jours durant. Et lorsqu'on lui servait un verre, il le buvait sans y penser, comme un verre d'eau. Une fois dans sa vie, par hasard, il dépassa son seuil de résistance et bascula dans l'inconscience. Il gardait un souvenir pénible du monde flottant, vertigineux où tout se dérobait, dans lequel il s'était enfoncé. Il en émergea fou d'angoisse et pris de nausées. Il avait besoin de dominer le monde et non de lui échapper. L'ivresse ressemblait à la mort.

Souvent, Sacha rentrait tard chez lui. Assis à côté de son chauffeur, qui sentait un peu l'alcool, il regardait autour de lui Moscou absorbée par les ténèbres. À cette heure, les buveurs rentraient péniblement chez eux. Les plus coriaces tiendraient jusqu'au matin, à l'heure où les dessaouloirs privés soulevaient leurs marmites. Ils marchaient toujours par deux, le plus sobre soutenant celui qui sombrait dans l'hébétude et tourbillonnait sur lui-même. Une nuit, devant la bibliothèque Lénine, à l'entrée de la prospekt Kalinine, sur le chemin de son appartement, ils croisèrent deux de ces valseurs maladroits. L'ivrogne échappait sans cesse à la poigne de son ami qui, pour le rattraper, dansait à pas glissés sur le trottoir. Il le saisissait au dernier moment et, d'un mouvement tournant, rendu harmonieux par le début d'ivresse qui le travaillait lui aussi, le faisait pivoter vers les grands murs tristes de la bibliothèque. Coiffé d'une chapka et vêtu d'un manteau de bonne coupe, l'ivrogne tenait à la main un attaché-case. Même dans les profondeurs de l'ivresse, il ne l'avait pas lâché. Et quel égarement avait conduit le tout jeune homme, en grand manteau élégant, entrevu une autre fois, des vitres de sa voiture, à s'enivrer, au point de ne plus pouvoir marcher ? En plein après-midi il s'agrippait à l'angle d'un immeuble sur le boulevard de ceinture. Son visage blême, presque grisâtre, ne souriait pas. Vomissant, il se tordait de douleur ou de chagrin. Et cela, chaque fois, frappait Sacha, ces hommes ivres avaient l'air terriblement tristes.

9

Mais à celui qui possède le monde, rien ne paraît jamais désespérant, n'est-ce pas ? Sacha traversa toutes les années qui, de Khrouchtchev à Brejnev, conduisaient au zastoï, sans jamais douter ni de sa supériorité, ni des droits qu'elle lui donnait, ni surtout de l'avenir qui l'attendait.

L'autre jour, dans son bureau, en feuilletant un vieux numéro des *Izvestia du Comité central, il* était tombé par hasard sur sa biographie. Vingt à vingt-cinq lignes sous une photo où il arborait une expression particulièrement antipathique. Sans cesse on remaniait ces fameuses notices biographiques. Seul un initié pouvait les comprendre. Le rapprochement des dates, des lieux et des fonctions formait un kaléidoscope que les habitués déchiffraient avec aisance. Tiens, tiens, en 1960 il était dans l'Obkom de Perm ou, comme c'est intéressant, il a commencé comme secrétaire du Parti à Ouralmach. Mais même ceux-là, sauf s'ils avaient suivi des parcours similaires, du bas au sommet de la hiérarchie, ne connaissaient rien du tissu réel des apparatchiks.

Quant aux mentions sur la vie privée, elles restaient particulièrement sèches. Rien à voir avec ce qu'on lisait dans les magazines des pays occidentaux sur la vie privée de leurs dirigeants. Comment faisaient-ils ? De la propagande sans doute. La vie familiale des membres du Comité central était particulièrement ratatinée. Épouse : ingénieur ou professeur (ou aucune mention si elle ne travaillait pas), un enfant, deux au plus. On devinait à cette lecture que cette famille constituait le vestige d'une existence antérieure, le reste encore visible d'une structure que le pouvoir, année après année, avait brisée. Et encore ces références à la vie privée étaient nouvelles. Sacha leur trouvait quelque chose de vaguement indécent. Lui-même n'attachait aucun prix à ses relations conjugales. L'exemple du chef de l'État, qui ne voyageait pas sans sa femme et la poussait sur la scène publique, était timidement suivi. On emmenait parfois sa femme en Occident, mais cela provoquait toujours des drames. Les épouses ne s'estimaient jamais assez bien traitées pendant les voyages officiels. Elles dépensaient plus d'argent qu'on ne leur en donnait et elles rentraient malades de rage. En Occident, ils avaient tout et, pire, les femmes s'y fanaient moins vite qu'ici.

Sacha avait rencontré Tatiana à l'institut. Il gardait peu de souvenirs de cette époque, contrairement à sa femme qui soupirait sentimentalement qu'alors, il l'aimait. Ce n'était pas vrai du tout, mais à quoi bon le lui avouer ? Il s'était senti vaguement amoureux au tout début, parce qu'elle était très jolie. Une belle blonde avec des yeux violets, grande et bien en chair — mais cela n'aurait pas suffi pour l'épouser. À ce compte-là, il est vrai, il ne se serait jamais marié : il ne se souvenait pas d'avoir été vraiment amoureux. Il n'était pas insensible. Il éprouvait comme tout le monde de la souffrance et de la joie, mais restait inaccessible aux sentiments extrêmes. Il n'aurait pas tout abandonné pour une passion subite et rien ne l'attristait ou ne l'atteignait suffisamment pour le faire pleurer. Le chef de l'État répétait qu'il avait choisi son nouveau Premier ministre, Pavlov, parce que lui au moins, contrairement au précédent, ne pleurerait pas en public. Sacha non plus ne pleurerait jamais en public. On se lamentait dans l'intelligentsia, ce sont des cyniques, des brutes, des opportunistes ! Tout de même, qu'est-ce que c'était que cette sensiblerie ? La politique n'a rien d'une aventure sentimentale et ici moins qu'ailleurs. Chaque coup est vital. Si l'on tombe, on perd pratiquement tout. En Occident, on peut se reconvertir, passer dans les affaires, écrire ses mémoires, donner des conférences payantes. Ici, Ryjkov, l'ancien Premier ministre, peut toujours courir. Il a ses 1200 roubles de pension de retraite plus les compensations de la hausse des prix, sa datcha et son appartement. Son chauffeur est sûrement moins aimable qu'autrefois et, de toute manière, il ne roule plus en Zil mais en Volga. On passe de la caste des super-privilégiés à celle des privilégiés ordinaires et surtout, plus personne ne fait attention à vous. Ce que vous pensez, tout le monde s'en fiche. Non vraiment, ici le pouvoir c'est une affaire sérieuse.

Aussi Sacha n'avait jamais perdu beaucoup de temps avec les femmes. S'il lui en tombait entre les bras, de pas trop moches, il n'allait pas les repousser. Mais courir le jupon, ce n'était pas son genre. Quant à s'amouracher de celles qui lui faisaient des avances, pas question. Tatiana dans son lit, avec ses plaintes innombrables, lui suffisait.

Le père de Tatiana : un des cadres d'Ouralkhimmash. Un homme craintif, redoutant les responsabilités, qui s'abritait en toutes choses derrière la position du comité du Parti de l'entreprise (il en était membre, cela va de soi) et de son secrétaire. Malgré son peu d'envergure, il avait repéré le jeune Sacha parmi les amis de sa fille et compris que si elle l'épousait, elle serait à l'abri des difficultés de la vie quotidienne, tandis que lui prospérerait dans l'ombre de son gendre. De leur côté, Valentin et Dounia firent remarquer qu'une aussi jolie fille, Sacha n'en retrouverait pas avant longtemps. Alors voilà, il l'avait épousée. Il détestait les cérémonies de mariage et cette coutume bourgeoise de se mettre sur son trente et un. Les longues robes de mariée étaient proprement ridicules. D'ailleurs il prit un secret plaisir à coincer sous une chaussure boueuse un pan de la robe de fausse mousseline. Tatiana fondit en larmes. Ma belle robe ! Voilà un mariage qui commence mal ! Tu vas nous porter malheur !

Mais quel malheur ? Plus de trente ans après, il vivait toujours avec elle. Vivre était exagéré. Le matin, quand il partait, elle dormait encore. Le soir, à son retour, elle était généralement sortie, concert, théâtre ou réunion d'amis. Ils se voyaient le dimanche, lorsque leur fille leur rendait visite avec son mari. Sacha aurait volontiers élevé plusieurs enfants, mais Tatiana refusait obstinément d'en avoir un autre. On pouvait la comprendre. Cette unique enfant l'avait à tout jamais transformée en une caricature de la jeune fille qu'elle avait été. Elle avait grossi, enflé même. Tous ses tissus, jadis rebondis, s'affaissèrent irrémédiablement. Sacha ne comprenait pas cette métamorphose. Sa mère à lui était demeurée mince malgré la maternité. Même aux approches de la mort elle avait gardé une silhouette à peine empâtée, qu'enviait avec acrimonie sa belle-fille. Parce que, plus insupportable encore que la perte de sa jeune beauté, elle avait troqué son caractère de jeune biche langoureuse pour celui d'une furie envieuse et insatisfaite.

Non contente d'être devenue volumineuse, elle souhaita au fil des années tenir une place de plus en plus importante dans la société. En rapport sans doute avec l'évolution de son poids, sa voix de soprano prit de la couleur et de l'ampleur. Impossible de ne pas entendre ses remarques pendant un spectacle. Toute la salle en profitait. Elle tranchait de tout, surtout si elle ignorait de quoi il était question. Elle dépensait beaucoup d'argent pour se faire coiffer ou s'habiller, passant avec le temps des ateliers de quartier aux salons de couture en vogue dans Moscou. À une certaine époque, elle écuma les *komissioni* de la capitale pour y rafler meubles, vaisselle et argenterie qui équipaient à présent leur appartement et leur datcha. Ces mœurs bourgeoises, très répandues dans leur milieu, dérangeaient Sacha. À quoi bon tout ce luxe ? Le pouvoir lui suffisait. Mais Tatiana tempêtait. À quoi bon le pouvoir si nous n'en profitons pas ? Elle était très sotte, incapable de comprendre son mari et donc de l'influencer. Il n'aurait jamais dû l'épouser.

La stupidité de sa femme, non plus que son caractère fatigant et ses formes débordantes, ne l'avaient pas préoccupé jusque-là. Il n'y pensait jamais. Il n'en avait pas le temps et de toute manière ces questions n'avaient pas d'importance. Il ne comprenait pas les sentiments qui poussaient un homme et une femme à tout délaisser pour le plaisir d'être ensemble. En outre il était assez puritain. Tout ce raffut actuellement autour des films érotiques ! *La Petite Vera* par exemple. Il n'était même pas allé le voir. Le Secrétaire général lui avait raconté que c'était tellement insupportable qu'il était sorti après la première scène d'amour. Et maintenant on présentait au cinéma de la Kalinine *Portier de nuit*, un vieux film occidental, critiqué en son temps. Une grande affiche noire avec une fille dessus à demi nue, hauts talons et casquette nazie, les mains autour de ses seins, moins pour les cacher que pour les gonfler. Chaque matin, la voiture de Sacha passait devant le cinéma. Chaque matin, au risque de provoquer un accident, son chauffeur lançait un regard appuyé à l'affiche. Fascination ou dégoût ? Mieux valait ne pas le lui demander.

Dans les premiers temps de leur mariage, Tatiana se plaignait de sa brutalité et de son manque de tendresse. Vous faites l'amour comme des bêtes, hurlait-elle certaines nuits. Et lui, allongé tranquillement, fumait sa cigarette sans comprendre. Vous ? Avait-elle essayé avec d'autres que lui ? Apparemment, sans en retirer davantage d'agrément. C'était l'époque où elle discourait sur les amants occidentaux. Ils sentent bon, ils sont élégants, pas des porcs comme les hommes de chez nous. Quelle emmerdeuse ! Les quelques brèves aventures qu'il eut par ailleurs se passèrent mieux. Pas question de laisser à ces femmes l'occasion de se plaindre. Avant que n'arrive le temps des récriminations, il les virait avec une boîte de chocolats suisses ou un parfum français. Le sexe ! Quelle invention pernicieuse. Beaucoup de gens dans son entourage perdaient un temps fou à des intrigues amoureuses compliquées. Comme l'alcool, elles servaient de dérivatif. Mais le plus étonnant c'étaient toutes ces femmes, au bureau, dans les magasins (il n'y entrait pas souvent mais lorsque ça lui arrivait, il en revenait désarçonné), dans les recoins des salons réservés aux VIP dans les aéroports du pays, qui se caressaient les unes les autres, se pelotonnaient, se papouillaient et roucoulaient. À croire qu'il n'y avait pas d'hommes dans leur vie.

Sa misogynie était si profonde et conventionnelle

qu'il ne la remarquait même pas. Aucune femme à un poste important au Comité central. Quelques députés au Soviet suprême, mais elles laissaient aux hommes le soin des joutes principales. Imaginez une femme à la place de Loukianov, pour présider le Soviet suprême. Que pourrait-elle contre la rouerie et l'indiscipline ? La présence des femmes dans les délégations étrangères le mettait mal à l'aise. Il ne savait pas comment leur parler. Encore heureux que cet ambassadeur ne soit pas flanqué d'une diplomate en jupons !

10

Les fenêtres du Kremlin reflétaient encore un peu de la lumière apaisante de ce début de soirée. Assis à côté du Secrétaire général, en face du conseiller de l'ambassadeur, Sacha contemplait les dernières clartés du jour.

Le chef de l'État semblait touché par la grâce de cet instant. Les plafonniers n'étaient pas allumés. Seules brûlaient les deux lampes du bureau. Le reste de la pièce baignait dans la lumière du crépuscule. Vous partez à la mauvaise saison, monsieur l'ambassadeur. C'est à l'automne, avant les premières neiges, qu'il faut s'en aller. Vous allez manquer le retour du printemps.

L'ambassadeur n'avait rien d'un sentimental. Sans doute ignorait-il même que le printemps allait commencer. Depuis un moment, il plissait les yeux d'énervement. On n'y voyait plus rien. Quelqu'un avait même délibérément ouvert une *fortotchka* quand ils étaient entrés. Après l'incident de tout à l'heure avec les journalistes, les courants d'air le mettaient de mauvaise humeur. Il finit par demander si on pouvait éclairer un peu plus.

Éclairer ? Mais comment donc. (Signe à l'un des

preneurs de notes qui courut à l'interrupteur.) D'ailleurs nous ne sommes là que pour cela. Pour vous éclairer. Tout le monde rit poliment. Comme toujours quand il faisait un bon mot, le chef de l'État retint son sourire le temps de vérifier autour de lui qu'on avait compris et qu'on appréciait la plaisanterie. Ses yeux pétillèrent, il se détendit. Il aimait qu'on admire son humour et son impertinence avec les étrangers.

Justement, l'ambassadeur voyait beaucoup de points obscurs dans la situation actuelle. Pouvaient-ils en parler ? Le Secrétaire général hocha la tête. Sans attendre les questions, il se lança dans un exposé. Rien qu'il aimât autant. Il ne se permettait pas d'innovations devant ses interlocuteurs étrangers, mais brodait à partir des discours des dernières semaines.

Que les dirigeants du pays que représentait l'ambassadeur ne doutent pas du succès de la politique conduite en Union soviétique. Le référendum du 17 mars avait donné des résultats positifs. Très positifs. Ceux auxquels il s'attendait. Les gens étaient très attachés à l'Union et savaient qu'il n'y avait pas d'alternative. Maintenant fort de ce soutien populaire, le gouvernement allait se lancer dans les réformes. Cette année serait déterminante.

Le conseiller notait fébrilement. L'ambassadeur n'avait apporté ni papier, ni stylo. En arrivant, il avait attrapé une ou deux feuilles au milieu de la table et saisi l'un des crayons toujours bien taillés spécialement fabriqués pour le Kremlin, qu'on disposait sur les tables de conférences comme des bouquets dans des verres en cristal. Mais il n'écrivit rien. Il griffonnait de petits dessins lorsqu'il parlait, parce qu'il ne savait pas toujours ce qu'il allait dire.

Mais tout de même que penser du référendum russe ? Monsieur Eltsine n'avait-il pas d'excellents résultats, lui aussi ? Le chef de l'État pinça les lèvres. Il détestait ce genre de questions et n'appréciait pas qu'on eût l'audace de les lui poser. (On avait drôlement bien fait de le piéger tout à l'heure avec les journalistes ! Il aurait dû être encore plus désagréable.)

Cependant la réponse était au point depuis longtemps. C'était bien joli cette question de Boris Nikolaïevitch aux électeurs russes et sûrement, il se réjouissait d'avoir recueilli autant de suffrages. Mais qu'est-ce que ça lui donnerait ? Il faudrait modifier la constitution de la R.S.F.S.R. pour élire le Président au suffrage universel. Le chef de l'État sourit malicieusement. L'ambassadeur avait-il remarqué que Boris Nikolaïevitch ne comptait pas que des amis à son congrès ?

Impulsif (c'était noté dans son dossier), l'ambassadeur proposait une interprétation psychologique à tout conflit politique. Bien entendu, Sacha en était convaincu, on peut toujours trouver un ressort psychologique aux situations et aux combats politiques. Mais cela n'explique jamais tout et dans ce pays moins encore et surtout qu'est-ce que ça change ? L'ambassadeur ouvrit précipitamment la bouche pour poser la question qui lui brûlait la langue. Mais, réflexe d'une vie diplomatique, terreur soudaine, il ne la posa pas. Le Secrétaire général le regarda de manière perçante et désapprobatrice. Tout le monde savait ce que l'ambassadeur voulait demander. Une question que personne ne posait jamais. Les journalistes occidentaux échafaudaient des thèses sur ce sujet, dans des cercles étroits à Moscou, on en débattait des nuits entières (les gens ici étaient généralement sentimentaux et préféraient eux aussi les explications psychologiques aux raisons organisation nelles) et enfin Boris Nikolaïevitch, dans ses discours et dans son autobiographie, en avait amplement traité.

Pourquoi le détestez-vous autant ? Mais vraiment, quel intérêt présentait cette question quand la survie du pays et des institutions était en jeu ? Aussi indécent et stupide que d'apostropher le chef de l'État : dites-nous, s'il vous plaît, ce que vous avez derrière la tête ? Voilà un sujet dont il valait mieux ne pas s'inquiéter ! Sacha avait passé six ans dans l'entourage du Secrétaire général sans jamais s'en soucier. Il n'avait jamais douté que son chef sût ce qu'il voulait faire. Ou du moins qu'en excellent tacticien, il utiliserait au mieux les occasions de les sauver de la mort lente, par pourriture et dégénérescence, auxquelles les avaient condamnés les années antérieures à la perestroïka. Mais aujourd'hui, à ce point de décomposition du pays, personne ne pouvait plus faire l'économie de cette interrogation. Qu'est-ce que tu cherches, camarade, à sauver le pays ou à nous détruire ?

11

Nous, c'est-à-dire le parti communiste. La discipline du Parti et l'esprit manœuvrier du Secrétaire général lui avaient permis de liquider ses principaux opposants. Les démocrates les premiers, toujours plus simple de se débarrasser de sa gauche que de sa droite, c'est bien connu. L'été dernier, pendant le Congrès, il avait écarté les plus réactionnaires. Mais l'esprit conservateur est une matière puissante qui se régénère de façon spontanée dans l'être humain et finalement, une opposition de droite s'était recréée un peu partout, au Parti, au gouvernement, au Soviet suprême. Elle avait emporté les piliers de la politique d'ouverture, les Bakatine, Chevardnadzé, Chataline.

C'est qu'on risquait gros avec toutes ces réformes. L'appareil du Parti avait frémi. Si le Secrétaire général persistait dans cette ligne, on perdrait absolument tout. Postes, privilèges, influence. Faudrait-il repartir à zéro comme les ci-devant après la Révolution avec le risque de se faire lyncher par une population exaspérée ? Le pouvoir tombait en miettes. L'ordre public n'était plus assuré entre les Lituaniens, conduits par ce fou de Landsbergis, qui voulaient récupérer leur pays — comme si près de cinquante ans ne s'étaient pas écoulés sans qu'ils aient le droit de dire un mot, y compris en russe —, les Caucasiens qui s'entre-tuaient à qui mieux mieux, les mineurs dont la révolte grondait et les trafiquants qui s'en mettaient plein les poches. L'économie allait de mal en pis, mois après mois. Ce foutu marché qu'on n'arrivait pas à instaurer mettait à vif les nerfs de la population et des dirigeants !

Les apparatchiks n'étaient pas prêts à des revirements dangereux. Finis l'hypocrisie et les discours démagogiques ! On jouait sa peau et son pouvoir. Pas question de laisser le chef de l'État faire n'importe quoi. Sacha appartenait à la faction de ceux que, à l'automne dernier, les hésitations et les atermoiements du chef de l'État avaient exaspérés. Lui aussi s'interrogea sur ses intentions. Il n'allait tout de même pas faire exploser la marmite qui les nourrissait depuis soixante-dix ans ? Mais, retors, Sacha ne joua pas tout à fait de la même manière que le clan des conservateurs. Où s'exprimer en outre ? Il n'appartenait pas au Politburo, n'était pas membre du gouvernement, ni député au Soviet suprême. Et qui sait ? L'homme était malin et pouvait encore servir. Mieux valait ne pas s'attirer sa colère.

Petit à petit, le Secrétaire général modifia son cap. Pas toujours très adroitement. Ces histoires de Lituanie, on n'en finirait pas de les lui jeter à la figure. Et où avait-il pris cette excuse stupide, je n'étais pas au courant ? De rage, dans son bureau, Sacha en brisa son cendrier. Il devient fou ou quoi ? Qu'est-ce que c'est que ces nerfs fragiles ? Et pendant ce temps tous les démocrates ou les prétendus démocrates jappaient : c'est la dictature ! La dictature ! Le gros Pougo disait un peu n'importe quoi. Tass sortait des dépêches qui leur aliéneraient le monde entier. À danser sur les bords du volcan, c'est fatal que de temps à autre on patauge dans la lave.

Enfin, on avait remonté la pente à présent. Le nouveau gouvernement, qui ressemblait comme un frère au précédent (difficile de trouver des candidats), dirigeait le pays d'une main ferme. Le Premier ministre, malgré la maladresse de ses déclarations intempestives contre les étrangers (où trouverait-on les crédits nécessaires pour financer la remise à flot du pays ?), avait de la suite dans les idées, ne faisait pas de sentiment et ne doutait jamais de la valeur de ses jugements. Son cynisme ostentatoire, que partageaient la majorité des membres de son équipe, avait bien quelque chose d'immoral. Mais plus de temps à perdre avec les déguisements d'autrefois. Le régime reposait et devait reposer sur la loi du plus fort. Le référendum aurait pu donner de meilleurs résultats, mais le pouvoir s'en contenterait. On réformait l'économie avec des haut-parleurs à toutes les frontières pour convaincre les Occidentaux. Cette fois, c'était sûr, on allait vers le marché ! À un rythme modéré. Vous ne voudriez pas qu'on casse tout ? Comment feriez-vous des affaires ? Donnez-nous un peu de temps et beaucoup d'argent, nous nous chargeons du reste !

Difficile d'expliquer tout cela aux deux Occidentaux. Et comment leur faire comprendre l'itinéraire compliqué qu'on avait suivi pour en arriver là ? Ils étaient prisonniers, et avec eux beaucoup d'habitants de ce pays, de schémas périmés. Fausses les idées d'absolutisme, de système vertical et de toute-puissance du Secrétaire général. Le mode de gouvernement instauré par Staline s'était progressivement altéré.

Aujourd'hui, tout pouvoir reposait sur la négociation et le compromis. À chaque niveau. Quand on lui parlait de la faillite du système d'économie de commande administrée, Sacha rigolait intérieurement. Il y a longtemps qu'il n'existait plus. Du moins à l'état pur. Sinon le pays aurait explosé depuis des années. Les usines auraient cessé de tourner et les gens seraient morts de faim. On passait sa vie à négocier dans ce pays. Je te livre une tonne de pommes de terre et tu m'envoies trois camions de volaille. Telle était la teneur des conversations téléphoniques entre les premiers secrétaires de région. Depuis des années, sous la houlette des responsables du Parti, les entreprises troquaient les matériaux nécessaires à leur approvisionnement. Avec le temps, les communistes avaient mis au point une véritable culture de la négociation. On marchandait l'approvisionnement de sa région, mais aussi son soutien lorsque la situation devenait compliquée et que la discipline du Parti ne suffisait plus. La situation politique actuelle, plus harmonieuse que celle de l'automne ou des premiers mois de l'année, résultait précisément d'un de ces compromis.

L'appareil posa les limites à ne pas franchir. Rien qui puisse lui enlever le pouvoir. On avait déjà assez donné comme ça : la dislocation des pays frères après la chute du Mur de Berlin, les déclarations d'indépendance des Républiques, les grandes villes aux mains des démocrates. Ce qu'on tenait encore, on devait le garder. Pas question de céder la place à de nouveaux venus. Ce durcissement conservateur avait été abondamment traité par les médias occidentaux ! Qu'est-ce qu'ils nous avaient cassé les pieds avec leur morale à dix kopecks ! Et eux, les Occidentaux, que faisaient-ils pendant ce temps-là ? Ils bombardaient les Arabes en toute bonne conscience sur les bords du Tigre et de l'Euphrate.

Mais un point important avait échappé aux Occidentaux. Cette pause dans les réformes, ou plutôt ce passage à un régime de vitesse inférieure, permettait à la caste au pouvoir d'investir de nouvelles positions. Elle n'avait pas attendu ce moment pour entreprendre le redéploiement de ses activités. Mais elle avait failli être débordée par les entrepreneurs privés et plus encore par les investisseurs étrangers. Ceux-là, mieux valait ne les laisser entrer sur le terrain que lorsqu'on tiendrait solidement l'ensemble du jeu. Alors on négocierait dur leur participation et on empocherait les bénéfices.

La culture marchande dans laquelle baignait le Parti depuis les années soixante prédisposait ses cadres au bizness, comme on disait maintenant, faute d'un mot qui n'ait pas été corrompu par la logique marxiste de refus du profit. On montait des entreprises que contrôlait le Parti. À titre personnel, certains apparatchiks se lançaient dans les affaires. L'idéologie ? Quelle importance ! Ce qui comptait désormais, c'était de s'assurer pour demain les bonnes places — à soi, à sa famille et à sa caste. Ne pas perdre sa position dans la société et conserver tout ce qu'on pourrait du pouvoir.

À ce jeu, le plus habile des habiles était Arkadi Ivanovitch Volskii, un apparatchik avisé, monté assez haut dans la hiérarchie du Parti pour qu'on lui promette le plus brillant des avenirs. Aujourd'hui du haut de son poste de l'Union scientifique et industrielle il dominait l'ensemble des entreprises publiques et privées du pays. Une espèce de patron des patrons qui aurait été en plus député et proche du chef de l'État. Dans son immeuble de la Vieille Place, loué au parti communiste — le siège du Comité central se trouvait dans la maison voisine —, devant les délégations étrangères qui se succédaient dans son bureau, il critiquait la politique gouvernementale et les oukases du Président avec des mines de P.D.G. outré. Il était le symbole même de la reconversion du Parti.

Avait-il saisi tout cela, cet ambassadeur sortant ? Il ne voyait pas plus loin que le combat personnel qui opposait le Secrétaire général à Boris Nikolaïevitch Eltsine.

12

Les Occidentaux détestaient Boris Nikolaïevitch, ce qui était tout profit pour le chef de l'État. Ils le jugeaient démagogue, populiste et peu crédible. Rien à voir avec l'énigmatique Secrétaire général qu'ils avaient adulé dès sa première sortie officielle des frontières, au temps où il n'était que le plus jeune membre du Politburo.

Tout a priori rapprochait Sacha du président du Soviet suprême de R.S.F.S.R. Ils venaient de la même ville, avaient étudié dans le même institut et servi tous deux dans l'Obkom de Sverdlovsk. Pour qui lisait rapidement la biographie de Sacha, la haine qu'il affichait pour Eltsine paraissait incompréhensible.

Cependant ils n'appartenaient pas tout à fait au même univers. Apparatchik professionnel, Sacha n'avait jamais travaillé à la production. Il pouvait bien se vanter de ses origines, écrire « famille d'ouvriers et de paysans », en réalité il ignorait tout de la vie des ouvriers et des paysans.

Malgré tout, il s'en fallut de peu que leurs destins ne se croisent. Lorsque l'Obkom recruta Boris Nikolaïevitch en qualité de chef de section, Sacha travaillait pour Riabov, le premier secrétaire de la région de Sverdlovsk. Ils s'étaient connus à cette époque, mais Sacha n'en gardait pas de souvenir particulier d'autant qu'il suivit Riabov à Moscou, lorsque celui-ci fut nommé secrétaire au Comité central.

Sacha n'éprouva pas le moindre regret de quitter Sverdlovsk. Il attendait ce moment depuis des années. Il n'avait aucun avenir dans une ville de province, il l'avait toujours su. Il n'était pas de la trempe dont on faisait les secrétaires de région. Seule Tatiana rêvait aux avantages matériels de cette position éminente. Sa sottise l'empêchait de voir plus haut et plus loin. Sacha voulait se rapprocher du cœur du pouvoir. Commander ne l'intéressait pas. Ou bien il aurait fallu commander de très haut, ce qu'il n'envisageait pas. Trop d'appelés, peu d'élus. Il se voyait en homme d'influence, exerçant le pouvoir en secret, manigançant du fond de son bureau des intrigues à plusieurs ressorts. Exactement ce qu'il était devenu.

Au départ de Riabov, le Comité central désigna Boris Nikolaïevitch, encore peu connu, pour occuper le poste de premier secrétaire de l'Obkom. Selon le Secrétaire général, Sacha avait bien fait de ne pas moisir à Sverdlovsk ! Le premier acte de Eltsine aurait été de l'éliminer. Ta carrière était foutue !

C'était probable. Ils n'avaient rien pour s'entendre. Pourtant, à y bien réfléchir, Sacha pourrait s'accorder avec n'importe qui. Avec le patriarche, s'il le fallait.

Une fois installé sur la Vieille Place, fût-ce comme grouillot de Riabov, ce qui n'était tout de même pas glorieux, Sacha avait un pied au Comité central. Peu importait comment il y était entré, ni avec qui, ni ce qu'on disait de lui. Il ne tarderait pas à émerger. Il le savait. En attendant, la vie était moins facile qu'autrefois. Leur petite fille à la main, Tatiana repartit chez ses parents, dans leur bel appartement de Sverdlovsk. À Moscou, ils habitaient un deux-pièces minuscule et crasseux, pas de voiture, pas de bonne et peu d'argent. Quelques scènes de ménage, tu es devenu fou ou quoi ?, et le joli oiseau, déjà un peu replet, s'envola vers l'Oural.

Un an plus tard elle était de retour, à temps pour éviter le divorce dont son mari la menaçait. Elle régnait sur un appartement de trois pièces dans l'énorme bâtiment gris, sur l'île, non loin du Kremlin. Pas encore le luxe, mais on s'en rapprochait. Le quartier était agréable, le Gastronom en bas, à l'époque, correctement fourni. Une femme de ménage débarrassait Tatiana des plus gros travaux et un chauffeur rapportait plusieurs fois par semaine les commandes de nourriture.

De ce logement ils passèrent à celui qu'ils occupaient aujourd'hui, un grand quatre-pièces sur la Koutouzovsky prospekt. Toutes leurs fenêtres ouvraient sur la Moskova. Les appartements sur l'avenue, trop bruyants, n'étaient déjà plus dignes d'eux. Ils disposaient désormais d'une bonne ainsi que d'un chauffeur à temps complet. S'ils souhaitaient un extra, un petit coup de fil suffisait. Peu après, sur l'insistance de Tatiana, ils obtinrent aussi une datcha. Sacha n'en voyait pas l'utilité. Si on se sentait fatigué, il suffisait de demander un congé sur les bords de la mer Noire, Pitsounda ou ailleurs. La datcha l'obligeait à des trajets supplémentaires en voiture et Tatiana y découvrait toujours de nouvelles corvées domestiques auxquelles, le dimanche, il devait participer s'il voulait échapper aux plaintes de sa femme.

Tatiana ne lui avait jamais demandé comment il avait établi sa position. Pas très difficile, une fois installé dans les bureaux de la Vieille Place, de repérer l'homme qui montait. Un peu trop jeune — c'était encore l'époque de la gérontocratie — mais il suffisait de l'observer : il n'attendrait pas l'âge requis pour prendre le pouvoir. Impossible non plus — sauf à être complètement gâteux ou servile — de ne pas saisir que le pays et le Parti ne pourraient plus continuer longtemps sur la ligne imposée par Brejnev. Bref, il n'y avait pas à se tromper sur le futur Secrétaire général du pays.

Ce ne fut pourtant pas simple de se faire remarquer et de se rendre indispensable. D'abord Sacha se trouvait très bas dans la hiérarchie quand l'autre tournait déjà dans l'orbite des constellations du Politburo. Ensuite, en tant qu'assistant de Riabov, Sacha s'occupait du mystérieux complexe militaro-industriel, alors que l'homme qu'il voulait séduire était responsable du secteur agricole. Mais Sacha se servit de sa pratique des intrigues de coulisse et manœuvra avec habileté. Il soigna la réputation que lui valaient son intelligence, sa compétence et sa capacité de travail et profita d'un congé de Riabov pour se rendre utile alors que les vacances d'été avaient privé l'autre de ses assistants habituels.

Tout se passa très vite et très bien. Plus besoin de se faire de souci pour l'avenir. Une fois en selle, il suffisait de tenir son galop. Pourtant depuis quelque temps ce n'était plus si évident. Sacha traversait des périodes d'inquiétude. N'était-il pas temps de trahir, avant qu'il ne soit trop tard ? Le doute s'infiltra en lui au point de lorgner du côté des plus conservateurs, Moïsseiev ou les autres. Aujourd'hui, malgré l'accord passé avec le clan conservateur, il ne se sentait toujours pas tranquille. Quelles étaient les chances de succès du chef de l'État ? Le moindre cahot lui ferait vider les étriers. Les mineurs en grève, la réforme des prix, les magasins mal approvisionnés, on pouvait dresser une très longue liste des événements susceptibles d'abattre le chef de l'État.

Des détails auxquels Sacha n'avait jamais pris garde le tracassaient tout à coup. Il en arrivait même à s'agacer des manies du Secrétaire général. Pourquoi parlait-il aussi longtemps et pour ne rien dire ? Et ce sourire de coquette ? Est-ce que personne ne remarquait qu'il souriait toujours à l'instant où il pressentait la tension intérieure de son interlocuteur ? Et ses fautes de russe, ses bredouillements, ses hésitations, son arrogance de grand prince, son irascible bonne femme ? Avait-il oublié qu'il n'était au pouvoir que parce qu'on avait consenti à l'y placer ?

13

Sacha sentait croître sa mauvaise humeur. Cet entretien inutile, où sa présence n'avait pour but que de satisfaire les caprices du Secrétaire général et les fantasmes d'un ambassadeur vieillissant, l'exaspérait davantage minute après minute. Tous deux, insupportables bavards, se fichaient de perdre leur temps.

Le chef de l'État brossait le tableau de la gigantesque réforme économique qu'il allait mettre en chantier dans le pays. Depuis six ans qu'il se gargarisait de réforme économique, transition vers le marché et autres orientations fondamentales, il avait assimilé quelques idées essentielles et saisi que son concept de passage au marché différait de celui des Occidentaux. Il pouvait broder sur les thèmes de la convertibilité du rouble (vous souvenez-vous du tchervonets ?), des bourses de valeurs et des marchés de devises. Sur la propriété privée et particulièrement sur celle de la terre, il se montrait plus réservé et s'agaçait de l'insistance de ses interlocuteurs. Tout de même, n'avait-il pas déjà dit et répété, au cas où cela ne serait pas assez clair, y compris à un hebdomadaire américain, qu'il était communiste et le demeurerait ? Est-ce que ses visiteurs demandaient au pape s'il envisageait d'abandonner le principe de l'immortalité de l'âme ?

On préparait une loi sur la privatisation qui satisferait tout le monde. Bien entendu on protégerait et on garantirait les investissements étrangers. Vraiment, soyez assez aimable pour dire à vos dirigeants que nous sommes sur la voie de la réforme. Et l'autre en face se rengorgeait. Je le leur dirai sans faute, vous pouvez compter sur moi. C'était quelque chose, quand même, de servir d'intermédiaire entre l'homme le plus célèbre de la planète et ceux qui gouvernaient son petit pays. Que le chef de l'État ne doutât pas une minute qu'aussitôt rentré chez lui, l'ambassadeur serait reçu et pressé de questions, flattait d'autant plus sa vanité qu'il savait que les autorités de son pays ne le recevraient plus dorénavant qu'entre deux portes. Il se redressa, comme un homme qui, soudain, se sent mieux et chasse les sombres tourments de son esprit. On voyait à son expression qu'il développerait volontiers le thème de sa propre rencontre avec ses responsables nationaux, pour confirmer son importance au Secrétaire général assis en face de lui. (Vraiment, quelle gloire ! Il pourrait en parler dans les dîners pendant des mois entiers.)

Aussi crut-il bon de demander si, par hasard, le chef de l'État aurait d'autres messages à transmettre.

La question décontenança le Secrétaire général qui, son exposé achevé, fixait d'un air faussement attentif l'ambassadeur tandis que ce dernier écoutait la traduction mécanique de l'interprète. Un autre message ? Il eut un bref moment de perplexité. Mais bien sûr. Je vous l'ai annoncé au début de l'entretien. J'ai une lettre pour vos dirigeants. Il tendit la main, de l'autre côté de Sacha, vers ses conseillers en politique étrangère. L'un d'eux, un homme compassé, élégant et sévère, dont les bonnes manières exaspéraient Sacha, tendit, le sourire aux lèvres, une chemise aux deux diplomates. Il ne prononça pas un mot de sa voix hautaine et suave de cardinal rouge, mais aux mimiques qu'il échangea avec le conseiller d'ambassade, Sacha comprit qu'il promettait de fournir, si nécessaire, des éclaircissements complémentaires.

Sacha le détestait, bien qu'il n'eût rien à redouter a priori de cet homme cultivé et sûr de lui. Trop poli, trop condescendant, trop aimé des étrangers, certainement dangereux et ambitieux. À surveiller de près dans l'avenir. Les rapports extérieurs prenaient une importance démesurée en ces temps de crise et Sacha maîtrisait mal ces questions.

Le vieil ambassadeur grimaça. L'entretien se déroulait si bien qu'il avait oublié le camouflet du début et la fameuse lettre. Sacha devinait très exactement ce qu'il ressentait. Une sensation de contrariété qui altérait le plaisir des satisfactions qu'il venait d'éprouver. Il s'empara du dossier et le glissa, d'un air presque dégoûté, entre son conseiller et lui.

Pour lutter contre l'énervement, il porta sa tasse de thé à ses lèvres. Mais depuis longtemps le thé avait refroidi. Sacha le savait bien qui, lui aussi, essayait, pour se calmer, d'avaler quelques gorgées du breuvage froid.

Sa nervosité actuelle était incompatible avec une carrière dans le Parti. Sacha avait supporté des réunions où les orateurs s'encensaient mutuellement, des séances où les discours ressemblaient à des colliers cliquetants de clichés, des plénums où, sans réagir, on écoutait les critiques formulées contre des hommes respectables et, constamment, l'humiliation, la conscience et la dignité bafouées. Pour survivre à ces chocs, il ne fallait pas y attacher d'importance et même ne plus les remarquer. Mais un événement inimaginable avait entamé la souveraine indifférence de Sacha. La haine qu'il éprouvait pour le vieil ambassadeur assis de l'autre côté de la table n'avait rien à voir avec le caractère ou les opinions de celui-ci. Elle relevait d'un réflexe honteux qui achevait d'irriter l'apparatchik. Pourquoi ce vieil homme serait-il le messager d'une puissance infernale ? Pourtant c'était le jour où Sacha lui avait accordé un entretien, en janvier dernier, que sa vie avait basculé. Et que ce soit aujourd'hui précisément que le chef de l'État l'ait sommé d'assister à cette audience semblait à Sacha, qui pourtant détestait le romanesque et le pathos, une grimace du destin. Dans ses fonctions, on n'aimait pas les coïncidences, soit qu'on n'y crût pas, soit que la superstition indéracinable vous fît battre le cœur un peu plus vite que d'habitude. Dans les deux cas, on ne pouvait éviter de se poser la même question. Que va-t-il encore m'arriver ?

14

Sacha gardait un souvenir précis des événements qui s'étaient déroulés deux mois plus tôt. À peine l'ambassadeur et son conseiller avaient-ils tourné le dos, que la secrétaire était entrée l'air grave. Alexandre Valentinovitch, il y a eu un appel très urgent pour vous. À trois reprises. Un homme. Bien sûr, j'ai demandé son nom et à quel sujet. Mais il n'a rien voulu me dire. Il ne veut parler à personne d'autre que vous. Un enquiquineur ! Quelqu'un qui a une faveur à demander, un poste ou des crédits à débloquer pour finir un chantier, un appartement qu'on refuse de lui accorder. Depuis des années, Sacha consacre beaucoup de temps à ce genre d'affaires. Indispensable pour constituer un réseau, une clientèle fidèle et serviable. Non, non. La secrétaire conserva sa gravité. Elle prit un air un peu gêné, comme si elle allait commettre une indiscrétion. Je ne crois pas que ce soit le cas. Cela m'a l'air, comment dire, beaucoup plus sérieux. Sacha n'aimait pas les énigmes. Il se renfrogna davantage. Tout ce temps perdu avec ces deux Occidentaux ! Ils avaient essayé de lui soutirer des indications dont ils puissent se vanter auprès de leur gouvernement, comme s'ils ignoraient que son travail consistait à cacher l'information jusqu'à ce qu'on l'ait suffisamment gauchie et biaisée pour la livrer au public et à l'étranger.

Le téléphone sonna à la fin de l'après-midi, à la nuit tombée. Des flocons de neige flottaient entre les toits. Une voix inconnue. Profonde et sans doute plus toute jeune. La secrétaire lui passa immédiatement l'appel. L'homme ne se nomma pas. Il vérifia seulement l'identité de Sacha qui répondit férocement, et vous qui êtes-vous ? L'inconnu poursuivit calmement, il fallait qu'ils se voient. Sans attendre. Ce soir. Sacha ricana. Ce soir ! D'accord, je vous attends. Vous savez où est mon bureau puisque vous avez mon numéro de téléphone. Son correspondant souffla dans l'appareil. Il ne rit pas, ne jura pas. Non, il souffla, comme si Sacha n'était qu'une brindille qu'on écartait, Pff, comme ça. Tu n'es pas un peu fou ! Si je viens dans ton bureau, je vais me retrouver à la Loubianka en un tour de main. C'est hors de question.

Sacha était soufflé. Qu'on le tutoie aussi familièrement et qu'on évoque l'ombre du K.G.B. sans la moindre vergogne lui enleva tous ses moyens. Pas le temps de trouver autre chose ou de s'écrier d'arrêter ce cinéma, immédiatement. La voix assurée proposait une solution. J'ai réservé une table au jardin d'hiver du *Praga*, pour sept heures. Sacha répondit machinalement. Comment le trouverait-il, il ne le connaissait pas ? T'inquiète, moi je te connais ! dit la voix, un peu canaille. Cette vulgarité fit sursauter Sacha. Du ton le plus désagréable, il déclara que là-bas aussi, il pouvait le faire arrêter. Mais l'autre avait déjà raccroché.

Sur le moment et pour la première fois de sa vie, Sacha eut peur. Cet appel ressemblait à une opération d'intimidation. Il y a cinquante ans, il aurait annoncé une arrestation. Enfin, non. Quelle stupidité ! Pourquoi monter des coups pareils ? On vous arrêtait à la sortie du bureau, dans la rue ou chez vous. Pas la peine de se compliquer la vie. Mais aujourd'hui on agissait plus subtilement. Plus Sacha réfléchissait, plus il se sentait mal à l'aise. Que lui voulait-on ? Des hypothèses compliquées, mais toutes plausibles, remontèrent à grande vitesse, comme la queue brûlante d'une comète, les ténèbres de son esprit.

On n'oubliait pas facilement que le système avait tenu près de soixante-dix ans en jouant sur la peur. À la première alerte, on se remettait à trembler. Sacha eut envie de téléphoner au chef de l'État. Entendre seulement le son de sa voix pour y deviner sa disgrâce. Il tourna dans son bureau. Et Boris Nikolaïevitch, n'avait-on pas essayé plusieurs fois de le tuer ? Sacha n'avait jamais trempé dans ces affaires. Autrefois lorsqu'on pratiquait encore aisément l'élimination physique, il avait évité de se compromettre avec ce genre de dossiers. Par prudence. Qui savait si tous ces individus qu'on envoyait dans les camps ou en hôpitaux psychiatriques n'en sortiraient pas un jour ? Ses mains étaient aussi propres que peuvent l'être celles d'un homme qui, derrière les rideaux de pourpre, conseille le souverain.

En dehors de son opposition à la politique brouillonne et dangereuse menée par le chef de l'État, que des centaines d'autres exprimaient bien plus bruyamment, Sacha ne voyait pas ce qu'on pouvait lui reprocher. Non, l'hypothèse raisonnable était celle d'une intimidation montée par le chef de l'État en personne (arrêtez un peu vos critiques, regardez de quoi je suis encore capable si vous ne vous soumettez pas !). Peut-être ourdissait-il un faux complot pour convaincre le monde entier de ce qu'il susurrait depuis des mois aux visiteurs de passage (je suis un homme menacé. Un coup d'État peut se produire et le pays retournera en arrière). Ou encore il était devenu fou (il lui arrivait de piquer des crises de fureur où il perdait toute maîtrise de lui-même). Jamais Sacha n'envisagea qu'il pût s'agir d'une histoire simple.

Il hésita sur ce qu'il devait faire. Y aller, ne pas y aller ? Demander à la milice d'arrêter le suspect. Mais qui ? En désespoir de cause, il sollicita quelques instants d'entretien avec le chef de l'État. Seul dans son bureau, celui-ci relisait et biffait un projet de discours. La lumière tombait sur son front dégarni marqué de l'étrange signe qui le rendait reconnaissable des moins physionomistes.

De bonne humeur, il bavarda un moment avec l'apparatchik. Sacha raconta la visite de l'ambassadeur occidental sans l'épargner. Le chef de l'État souriait. Impossible, malgré ses dons de comédien, qu'il songeât à se débarrasser d'une manière ou d'une autre de son conseiller. Sacha se leva et remarqua que ces derniers temps l'atmosphère était pénible. Tout à fait pénible. Le Secrétaire général posa son stylo et prit un air sévère. Il faut que cessent ces préparatifs insensés contre moi, Sacha. Tu le sais. Qu'est-ce qu'ils manigancent ?

Sacha se rassit et soupira. Les deux mains jointes entre ses genoux, le visage baissé, concentré sur ses mains, il répondit. Vous savez très bien ce qui se passe. Il faudra que vous cédiez pour la Lituanie. Mieux vaut prendre la direction de cette affaire pour la contrôler. Ils rêvent de sang, casser du Lituanien. Nous ne récolterons que des martyrs si vous les laissez faire ou, au contraire, si vous les empêchez d'agir. Le Secrétaire général l'examina pensivement. Tu sais les risques que je cours dans cette histoire ? À l'Ouest, ils ne me la pardonneront jamais. Ils vont raconter que l'Union soviétique n'a pas changé, que nous profitons de la crise du Golfe pour recommencer 56. Le travail qu'il faudra faire après, pour remonter tout cela !

L'apparatchik haussa les épaules. Il avait presque oublié le rendez-vous. Que pouvez-vous faire d'autre ? Ne vous souciez pas trop des Occidentaux. Si vous limitez les opérations, ils oublieront vite. Non, le problème c'est de doser votre approbation dans cette affaire et de la reprendre au moment adéquat. Il faudra beaucoup de doigté. Le chef de l'État soupira. Il semblait plus malheureux qu'en colère. Et ces cinglés de Lituaniens ! Ils sont capables d'en rajouter, de se faire tuer rien que pour nous embêter. Quel malheur que tout fiche le camp en même temps ! Sacha le regarda bien en face. Non, c'est sûr, il ne lui voulait pas de mal. Si un coup devait tomber, il ne viendrait pas de lui. Au fond, remarqua-t-il, vous n'êtes pas si éloigné des positions des boutefeux. Le Secrétaire général sourit. Il comprenait qu'on ait envie de broyer ces Lituaniens. Mais on ne pouvait plus se le permettre. Il rit encore. Eh oui, Sacha, c'est ça la civilisation !

15

On s'en va tôt ce soir, remarqua le chauffeur lorsque Sacha claqua la portière. Je vous ramène chez vous ? Comme toujours, la Volga empestait le tabac. Les cigarettes dégorgeaient du cendrier. Sacha ouvrit la fenêtre pour aérer. Il fumait lui aussi, mais des cigarettes étrangères, rien à voir avec l'épaisse Makhorka de son chauffeur.

Au *Praga*, commanda Sacha en étirant ses jambes.

Il se sentait de très mauvaise humeur. Bon. Le chauffeur n'était pas un gars contrariant. Chauffeur, tu penses, on prend l'habitude des caprices des patrons. Ceux qui travaillent jusqu'à une heure du matin, ceux qu'il faut traîner ivres morts dans la voiture avant qu'ils n'attrapent froid, ceux dont les bonnes femmes ne sont jamais satisfaites (« Rapporte-leur cette commande, Vania. Pendant que tu y es, trouve-moi des petites tomates bien juteuses »), ceux qui ont des enfants insupportables qu'il faut transbahuter à gauche, à droite. Alors si tu n'es pas un peu patient, chauffeur au Kremlin ou au Comité central, tu le resteras pas longtemps. Et ce serait dommage parce que tu perds tous les avantages : la paye, les voitures bien entretenues, les provisions que tu arrives à carotter et l'ivresse de circuler dans le Kremlin en voiture, pas comme ces moutons de piétons qui n'ont même pas le droit de traverser en dehors des passages. Lui, les miliciens du Kremlin le saluent quand il passe. Enfin bien sûr que c'est pas pour lui mais pour le patron. Tout de même, ça fait plaisir.

Bon, je vous dépose au *Praga* et je reviens vous chercher dans une heure ou deux (chouette perspective d'aller manger tranquillement ou voir un film au cinéma d'en face). Mais Sacha répondit d'un ton rogue. Tu me conduis au *Praga* et tu m'attends. Pas question que je poireaute dans le froid à t'attendre. Le ton coupant des mauvais jours. Allons, pas de quoi s'énerver. On l'attendra au chaud dans la Volga et s'il le prend sur ce ton, c'est qu'il ne compte pas rester longtemps. Ce soir, une chance de se coucher de bonne heure. Il y a toujours matière à trouver du bon, le tout c'est de conserver son calme et de savoir se détendre.

Un principe qu'aurait dû méditer l'apparatchik, énervé et tendu. Il n'avait plus peur, mais se sentait ulcéré. Qu'est-ce que c'était encore que cette histoire ? Et ces minables qui cherchaient à le couler ? La conversation avec le Secrétaire général avait relégué la peur à l'arrière-plan. Restait la colère.

Il se fit conduire juste devant la porte, déjà encombrée de voitures et de passants pataugeant dans la boue. Quelle idée de donner un rendez-vous dans cet endroit ! La façade de l'établissement disparaissait derrière des échafaudages. Il était temps de lui faire un peu de toilette. La peinture jaune orangée s'écaillait partout, les colonnades de la terrasse à l'étage étaient sur le point de s'effondrer et d'emporter dans leur chute la pergola qu'elles soutenaient. Depuis longtemps Sacha ne s'aventurait plus dans ce restaurant. Trop de monde, sale et la nourriture devenue infecte. La dernière fois qu'il y avait mis les pieds — une réception où Tatiana l'avait traîné — il s'était trompé en allant aux toilettes et avait poussé la porte des femmes. Il avait surpris deux créatures bien en chair, deux jeunes femmes du Sud, sans doute des Caucasiennes : teint mat, cheveux très noirs et épais, sourcils trop fournis. Installées devant les miroirs suspendus au-dessus des lavabos, elles ne se remaquillaient pas, elles ne se recoiffaient pas. L'une, chemise déboutonnée, rabattue sur sa jupe, rajustait un soutien-gorge crème et l'autre, une main sous un sein, contemplait rêveusement sa poitrine gonflée. Elles le regardèrent sans gêne, sans baisser les yeux, avec un peu d'ironie. Il ferma la porte en s'excusant. Le *Praga* restait lié à ses toilettes sales et malodorantes et aux deux femmes voluptueuses penchées sur leurs reflets.

Le portier, un grand costaud à la trogne rougeâtre, vêtu d'un uniforme noir et d'une casquette (le gérant du *Praga* avait dû voir trop de films américains) empêchait la foule d'entrer. Vous avez réservé ? Il tenait à la main le registre des réservations et refoulait les trois quarts des solliciteurs. Impossible de manger si on ne s'y était pas pris à l'avance.

Sacha marcha droit sur lui, le regard sombre. Lorsque le portier posa la question rituelle, l'apparatchik ne le regarda même pas. Évidemment, pour qui me prends-tu ? Pousse-toi donc. L'homme s'effaça. En vingt ans de métier, il avait appris à reconnaître les frimeurs et les resquilleurs. Celui-là, avec son visage fermé et ses manières hautaines et brusques, c'était une huile.

Vraiment le *Praga* n'avait pas changé. Ou plutôt il avait empiré. Le vestiaire était transformé en un champ de boue. Personne ne songeait à le nettoyer plus d'une fois par jour. Derrière les comptoirs, les vieillards chargés de la garde-robe, de plus en plus lents, ne rangeaient les manteaux que l'un après l'autre. Quant aux bottes et aux chapkas, inévitables à cette période de l'année, elles prenaient la dimension d'une affaire d'État. Sacha jeta son manteau et sa chapka avec exaspération. Qu'on l'oblige à venir dans ce lieu minable, lui qui avait perdu l'habitude de fréquenter les établissements ordinaires, tenait de l'insulte. Il monta les escaliers, arpenta le couloir central, s'engagea dans un autre escalier et se retrouva dans le baroque jardin d'hiver.

Il demeura sur le seuil, vaguement inquiet à nouveau. S'il n'y avait personne, si l'autre était en retard, il s'en irait immédiatement. De toute façon, pas question de s'éterniser. Il réglerait cette affaire en quelques minutes et tournerait les talons. Pour le moment, il se sentait un peu perdu et ridicule, comme tous ceux qui ont un rendez-vous dans un restaurant et ne dénichent pas leur interlocuteur. Tout à coup, au fond, une main se leva et lui fit signe d'approcher. Incroyable, quelle insolence ! Le traiter ainsi. Il marcha furieusement vers la table.

Elle était occupée par un homme sans doute moins âgé qu'il n'en avait l'air — son regard vif contrastait avec ses cheveux blancs et la peau fripée de son visage. Assez grand, très maigre, presque décharné comme si une mauvaise maladie lui rongeait les tissus. Bien droit, mais avec quelque chose de furtif dans la manière de se tenir (redoutait-il quelque chose ?). Pas du tout l'allure d'un guébiste, ce qui rassura Sacha au point qu'il oublia de se mettre en colère. L'autre se leva. Enfin un peu de déférence ! Mais il ne lui tendit pas la main. Il lui montra la chaise en face de la sienne. Son visage austère souriait mélancoliquement. (Allons bon, un vieux fou qui va me raconter d'horribles histoires. Comment ai-je pu me laisser piéger ?) Je ne m'assois pas. Vraiment pas le temps. Que me voulez-vous ?

L'homme se rassit. Il n'insista pas pour que Sacha prenne un siège. Quelle mauvaise éducation ! Il fit seulement remarquer qu'il avait commandé à boire et à manger. Sur la table, déjà, une bouteille de vodka débouchée et entamée. Il avait les moyens, pour s'offrir toute une bouteille, sans compter qu'il avait dû soudoyer le serveur. Sacha posa une fesse sur le bord de sa chaise sans attendre une nouvelle invitation.

« Qui êtes-vous ? Pourquoi tous ces mystères ? Que me voulez-vous exactement ?

— Cela fait beaucoup de questions, Alexandre Valentinovitch. Pas très habile comme interrogateur, n'est-ce pas ? Ça doit te poser des problèmes de temps en temps. »

Sacha fronça les sourcils, prit une voix glaciale. Répondez à mes questions ou je m'en vais immédiatement. L'autre ne parut pas impressionné. Il versa un doigt de vodka à Sacha (tu ne bois pas beaucoup, hein ? J'ai entendu dire ça) et remplit son propre verre. L'apparatchik ne le laissa pas reposer la bouteille, s'en empara et la posa à côté de lui. Je ne suis pas venu ici pour me faire insulter par un poivrot. Tu craches ce que tu as dans le ventre ou j'appelle la milice.

« À ta place je ne prendrais pas ce risque. » Il avala quelques gorgées de vodka et claqua la langue. Tout ce que l'apparatchik détestait. D'où sortait ce péquenot ? « Je pourrais dire à la milice quelques petites choses qui ne te plairaient pas beaucoup. Des choses que tu préférerais que tout le monde ignore. »

Un maître chanteur ! Il ne manquait plus que cela. Mais Sacha ne s'émut pas. Il repoussa tranquillement sa chaise et se mit à rire. Il avala même une goutte de vodka. Il n'avait rien à craindre. Il n'avait jamais trempé dans aucune affaire de corruption, jamais rien fait d'illégal. Bien sûr, sa vie n'était pas d'une grande moralité si on s'en tenait aux critères bourgeois de la morale. Mais enfin il n'avait commis aucune infraction à la loi socialiste. On pouvait toujours s'amuser à le faire chanter. Finalement, il jeta un regard méchant au vieil homme en face de lui. Une proie facile. Vas-tu me dire à la fin qui tu es et ce que tu veux ?

« Bien sûr. C'est pour cela que je t'ai demandé de venir. » Il n'avait pas du tout l'air intimidé, comme si son jeu cachait une série de cartes qu'il abattrait successivement. Mais il était du genre à cuisiner longtemps son interlocuteur. Il se garda de parler tant que le maître d'hôtel n'eut pas achevé de déposer l'assortiment de zakouski commandé. Et à peine celui-ci parti, il se pencha par-dessus la table et chuchota d'un ton de conspirateur. « Quelle merde, cet endroit ! Incroyable ! tu as vu ces nappes reprisées de partout ? Et touche un peu, elles sont encore toutes mouillées. Non mais quel culot ! Et ces grands airs que se donne le personnel ? Des bons à rien. Et l'orchestre ! Il ne sait jouer que *Soirs de Moscou*, ma parole. Et l'un des violons joue faux, as-tu remarqué ? Je ne pensais pas que même dans la capitale tout allait aussi mal. Foutu système ! Tout ça c'est la perestroïka, hein ? Mais si tu veux mon avis, avant c'était pas mieux. Ça ne se voyait pas, c'est tout. »

L'apparatchik frappa la table humide — il avait raison, quel fichu endroit ! — de la paume ouverte. Est-ce que c'était fini ce cirque ? Pour qui le prenait-on ? Le déranger pour des histoires ridicules ! Le vieil homme se servait tranquillement. On aurait cru qu'il n'entendait même pas les cris de Sacha. Pourtant celui-ci parlait si fort que sa voix couvrait presque l'orchestre. Aux tables voisines, les regards se tournèrent dans leur direction. Du coup, l'apparatchik se calma. Le vieil homme en profita pour faire quelques remarques désabusées sur la piètre qualité des produits qu'on leur avait servis. Et tu ne me croiras jamais. J'avais demandé du caviar. Pour toi, pour te faire honneur. Qu'est-ce qu'il me dit, ce voleur de maître d'hôtel, ce détourneur du bien public ? Du caviar ? Seulement en devises. Tu ne peux pas le faire arrêter cet escroc ? C'est avec des gens comme lui que le communisme s'est pourri. Aucun sens de l'intérêt collectif ni de la propriété publique. Pas besoin d'instaurer la propriété privée. Elle est déjà là. Ce qui est à l'État est à moi.

Sacha n'en pouvait plus. Impossible de hurler dans cet endroit ou de jeter cet horrible bonhomme à la porte. Il aurait fallu partir immédiatement. Mais de manière insensée, l'humiliation subie depuis le début l'incitait à rester. Jusqu'où irait-il ? Et surtout la conviction éprouvante, une douleur à l'arrière du crâne qu'il avait envie de masser, que pour que l'autre se permette tant de libertés, il avait des choses sérieuses à lui vendre. L'apparatchik savait évaluer ses adversaires et repérer le défaut par lequel il les coincerait. Mais cette fois l'ennemi était coriace. Il ne parlerait pas aussi longtemps qu'il ne l'aurait pas décidé. S'énerver achèverait de retarder le moment des révélations. Aussi Sacha prit-il sur lui de se calmer. L'autre, qui avait commencé à picorer des morceaux de langue, l'examina du coin de l'œil. Tu deviens raisonnable, Sacha.

Avant que l'apparatchik ne cille devant l'emploi du diminutif, il ajouta qu'il n'était pas opposé à ce que Sacha utilise lui aussi son prénom ou son diminutif. C'est ça, appelle-moi Kolia, ce sera plus simple. Peut-être que c'est dur pour toi. Mais pour moi, tu vois, c'est affreux de t'appeler par un autre prénom que celui que je t'ai donné à ta naissance.

16

Dans l'esprit de Sacha, le visage de Kolia se superposait à celui de l'ambassadeur, assis de l'autre côté de la table. Le vieux diplomate évoquerait à tout jamais Kolia. Ils étaient liés dans la mémoire de Sacha, bien que les deux hommes ne se ressemblassent nullement. Ce rapprochement relevait des expériences intimes incompréhensibles aux autres. Comment est-ce possible ? se seraient-ils récriés. Quoi de commun entre un ambassadeur pas très grand et grassouillet, un homme repu et gâté par l'existence, et ce Kolia, grand, maigre, qui n'a dû qu'à la chance de survivre ? Et bien sûr, ils auraient eu raison. Mais Sacha ne pouvait regarder l'ambassadeur sans que surgisse la pensée obsédante de Kolia

L'épisode de la lettre terminé, l'ambassadeur marqua un temps d'arrêt. Impossible de se souvenir de ce dont il voulait encore parler. Mais quand même, on ne lèverait pas la séance de sitôt ? Les records auxquels donnaient lieu les entretiens avec le Secrétaire général et que se disputaient la communauté étrangère de Moscou et les envoyés des capitales occidentales se mesuraient selon des critères différents. Quelques-uns se vantaient du nombre de leurs rencontres ; d'autres se référaient à la durée de l'entretien (un quart d'heure, c'était pour le tout-venant, une demi-heure c'était déjà plus sérieux, une heure on vous regardait avec admiration). Quelques subtils soulignaient, une seule demi-heure, mais attention, sans traduction, nous avons parlé en russe. De petites lumières étincelaient dans leurs yeux, que tout le monde décodait sur-le-champ : en russe ! Aucune nuance de la pensée du Secrétaire général n'avait pu leur échapper.

Comme le chef de l'État, l'ambassadeur disposait d'une capacité quasi inépuisable à parler pour ne rien dire. L'interprète faisait de l'acrobatie pour donner à toutes ces phrases creuses un sens caché.

Néanmoins l'entretien prenait un tour lassant. Même le spécialiste des affaires européennes au Comité central, l'élégant cardinal, ne cachait pas son ennui. Le conseiller sauva la situation en poussant un bout de papier sous le nez de l'ambassadeur. Celui-ci le déchiffra sans interrompre sa péroraison, ce qui provoqua des bredouillements et l'apparition de quelques formules incongrues. Ah oui, oui, s'exclama-t-il, nous devons parler d'un sujet particulièrement préoccupant, l'application du traité de Paris.

Encore cette histoire ! Le chef de l'État exprima de l'agacement. Il bougonna d'un air pincé qu'à son avis, on avait déjà donné toutes les explications nécessaires. Néanmoins il se lança dans le discours mis au point avec ses conseillers sur ce sujet. Sur sa feuille, Sacha écrivit « traité de Paris », inutile d'en noter davantage. D'ailleurs depuis un moment il avait renoncé à suivre une discussion aussi désordonnée. Il fixait le visage de l'ambassadeur et voyait réapparaître celui de Kolia, assis avec lui à une table humide dans le jardin d'hiver du *Praga*.

17

À la fin de la soirée, Kolia comprit que Sacha ne savait rien. Il avait déjà beaucoup bu, plus d'une bouteille de vodka à lui tout seul. L'alcool n'avait aucun effet sur lui. Même ses yeux conservaient leur éclat gris acéré. Il regardait avec un rien d'étonnement l'apparatchik décomposé en face de lui. Ne savais-tu rien de tout cela, Sacha ? Ne t'ont-ils jamais rien dit ? Ils auront voulu t'épargner des désagréments. Sans doute de braves gens. Mais un peu imprudents.

Après l'accablement, la révolte saisit l'apparatchik. Qu'est-ce qui me prouve que vous avez raison ? Que vous n'avez pas manigancé toute cette histoire ? Mais Kolia disait probablement la vérité. Ces révélations expliquaient trop de détails étranges sur lesquels il avait négligé de s'interroger. Devant Sacha, un miroir lui renvoyait le reflet de son visage. Le regard gris dans la glace était le même, oui, le même que celui de l'homme assis en face de lui. C'était si évident qu'il ne comprenait pas comment, pendant tant d'années, il avait pu se croire le fils de Valentin Ignatievitch.

As-tu déjà demandé un certificat de naissance, Sacha ? Jamais, bien sûr. On serait bien en peine de te le délivrer, malgré tout l'argent dont ton père adoptif a arrosé les services de l'état civil à Sverdlovsk. Il n'y a aucune trace de ta naissance dans cette ville, bien que tes papiers indiquent que tu y es né. Aucune. Tous ces gens se croyaient très forts. On changeait le nom de l'enfant et le tour était joué. Ils croyaient dur comme fer que rien ne leur arriverait jamais. Que personne ne viendrait réclamer de comptes. Ils manquaient sérieusement du sens des perspectives. Ils n'imaginaient pas que cinquante ans après un homme puisse avoir encore envie de fouiller dans cette boue pour déterrer ce qu'on lui avait arraché ?

Note, cela m'a demandé beaucoup de temps et de patience. Quand on m'a relâché en 53, après la mort du meilleur ami des enfants abandonnés, je l'avoue, je ne me suis pas beaucoup préoccupé de toi. J'avais écrit chez moi, enfin à ce qui me restait de famille et d'amis, mais personne ne savait ce que tu étais devenu. Aucune chance de te retrouver. Tu te souviens de la chanson des *bezprizorniki* ? « Et si je meurs, si je meurs, enterrez-moi n'importe où, personne ne saura alors où est ma petite tombe. » Ce pays se refermait comme une tombe sur les orphelins, y compris sur ceux qui avaient survécu à leur malheur. À l'époque tu comprends, j'avais envie de vivre enfin. J'allais avoir quarante ans, j'avais passé seize ans en enfer. N'importe quelle justification apaisait ma conscience. Je m'en veux. C'est une grande faiblesse de ma part que d'abandonner ma famille à la moindre occasion. J'ai fait ça toute ma vie. Maintenant il est temps de mettre un peu d'ordre et de me discipliner.

Mais tout de même, ne crois pas que je ne me sois pas inquiété de toi avant maintenant.

Dès son installation dans une petite ville de l'Oural — il ne devait pas avoir l'autorisation de vivre dans une grande agglomération — Kolia avait entrepris des recherches. Un vrai jeu de patience. Année après année, il visita toutes les maisons pour enfants autour de l'Oural. Il pariait, avec de bonnes chances de se tromper, que son fils, Vsevolod Nikolaïevitch Norkine, n'avait pas quitté cette immense région et avait échoué par là, dans l'un de ces orphelinats où on expédiait les enfants des déportés.

Les directeurs et les directrices de ces maisons avaient changé depuis la guerre. Les uns avaient pris leur retraite et d'autres suivi au goulag les parents des petits dont ils avaient la charge. Il restait encore quelques survivants de l'époque héroïque où les enfants arrivaient par fournées. Comme ils avaient vieilli, ils étaient devenus émotifs et racontaient en pleurant leurs souvenirs à Kolia. À l'époque pourtant ils ne faisaient sûrement pas de sentiment. Mais c'est ça la vie et Kolia en profitait pour se documenter. À force de recherches et avec l'aide de quelques-uns des vieux crabes pleurnicheurs, il échoua dans une dernière maison d'enfants.

Elle était presque désaffectée. Les bâtiments tombaient en ruine ; ni leur rénovation ni leur reconstruction n'étaient inscrites au Plan. L'endroit donnait le frisson. À demi perdu dans la campagne, sans maisons alentour, des bâtisses sinistres, jamais repeintes, sifflantes de courants d'air, crasseuses, envahies de souris et de punaises. Le réfectoire, nauséabond, dégageait des relents à soulever le cœur. Une jeune directrice était chargée de fermer la maison. Une femme énergique, sans cruauté, indignée qu'on ait laissé y vivre des enfants. Son propre bureau semblait avoir subi les effets d'un tremblement de terre, murs lézardés, meubles à demi fracassés, lampes privées d'ampoules. Si le petit Vsevolod avait vécu ici après l'arrestation de ses parents, il en était sorti le cœur brisé, décidé à se venger des horreurs dont on avait accablé son enfance.

La directrice chercha dans ses archives d'un air compatissant. Vous savez tout de même, juste avant la guerre ça ne devait pas être si mal. Aucun doute pourtant que cela n'avait jamais été rutilant. Inutile de chercher à le consoler.

Pas commode de retrouver un enfant. Les directeurs rencontrés tout au long de ces années le lui avaient expliqué. L'enfant n'était jamais inscrit sous son vrai nom de famille. Dès son entrée à l'orphelinat, on lui en attribuait un nouveau. Parfois on changeait jusqu'au prénom et au patronyme. L'indice le plus fiable était la date de naissance. Il arrivait aussi que les enfants soient adoptés et prennent encore une autre identité. Comment s'y retrouver ?

La directrice ferma son registre. Il n'y avait jamais eu de Vsevolod Nikolaïevitch pendant ces années-là. Mais Kolia avait l'habitude. Vsevolod c'était un peu compliqué. Un prénom qui figurait rarement sur les listes d'orphelins. On avait dû se dépêcher de l'affubler d'un prénom plus simple. La directrice était vraiment miséricordieuse. Elle rouvrit le registre et examina les dates de naissance. Un travail de longue haleine. Plus difficile que de lire à la file les prénoms des enfants qui avaient croupi dans cette institution. Elle leva les yeux, le regard perplexe. J'ai un garçon qui a exactement la date de naissance du vôtre. Il n'est pas resté très longtemps ici. À peine six mois. Alexandre Ivanovitch Tolstikh. Il a eu de la chance : on l'a adopté.

Ce n'était pas la première fois que Kolia tombait sur des garçons nés le même jour que Vsevolod. Il ne put remonter la trace du premier, un malheureux expédié en camp peu après sa sortie de l'orphelinat. Personne ne savait ce qu'il était devenu. Kolia décida que ce n'était pas le bon. Impossible que le sort s'acharne de cette manière sur leur famille. Le second était mort à l'orphelinat. Kolia eut du chagrin pour ce petit bonhomme, mais n'arrêta pas ses recherches. Ce serait trop triste que la vie ait conduit à une impasse.

La directrice ne voulait pas donner le nom de la famille adoptive. C'est fini, maintenant. Il est adulte. Vous leur feriez du mal à tous. Imaginez qu'il ne sache pas qu'il est un enfant adopté (quelle lucidité !). Mais enfin, donne-le, camarade, ce nom. Si c'est mon fils, j'ai le droit de savoir ce qu'il est devenu. Pas question de larmoyer. Mets-toi seulement à ma place. Est-ce que tu ne voudrais pas savoir si ton enfant est heureux ? Voilà, elle avait donné le nom des nouveaux parents et même leur adresse à l'époque de l'adoption.

Pas trop difficile de les retrouver bien qu'ils aient déménagé plusieurs fois. Kolia suivit leur piste méthodiquement. Il se moquait de Valentin Ignatievitch. Son seul souci était son fils. Il interrogeait les anciennes voisines et collectionnait leurs souvenirs. Un petit garçon sage mais sombre, dégourdi et intelligent. Il dégotta leur adresse à Sverdlovsk et surveilla la maison. On lui montra le gros Valentin partant à son travail, essoufflé déjà, Dounia frottant avec acharnement les vitres de son appartement à l'orée du printemps. Mais Vsevolod — impossible encore de penser à lui sous un autre prénom — demeurait invisible. Finalement il le vit un dimanche, au bras d'une jolie femme déjà un peu trop en chair, qui rendait visite à ses parents. Kolia sortit de sa cachette et marcha au-devant d'eux, comme un passant ordinaire, les mains dans les poches. Ils s'étaient seulement croisés. Quelques secondes pour dévisager le grand garçon et s'assurer que c'était bien son fils. Tu ne ressemblais pas le moins du monde à ces gens, est-ce que tu ne t'en rendais pas compte ? Tu possédais les traits et la silhouette des hommes de ma famille.

Au fond de son cœur, Kolia découvrit de l'amertume. Vsevolod s'était engagé dans une carrière brillante au sein du Parti. Kolia se sentait l'envie de pulvériser ce bel agencement à coups de poing. Mais à quoi bon ? Il gâcherait la vie de son fils et lui se retrouverait de nouveau en prison ou dans un camp. Il valait mieux laisser tomber. Mais attention ! Il s'intéressa aux promotions de son fils, ne sachant s'il fallait s'en réjouir — l'effet de fierté des pères — ou enrager d'humiliation. Ah ça oui, pendant plus de vingt ans, sans que tu le saches, je t'ai surveillé. Je savais bien des choses que tu ignorais sur ta vie. J'aurais pu te donner de bons conseils. Par exemple tu aurais dû depuis longtemps te débarrasser de ta femme. Quelle idée de l'épouser ? Quand tu as été aspiré vers les hauteurs à Moscou, c'est devenu plus difficile. Pas d'autorisation de séjour dans la capitale. Je venais quand même régulièrement, pour ne pas perdre le contact et savoir où tu en étais exactement. Petit à petit je me suis habitué à toi. D'ailleurs je n'arrivais plus à me souvenir de ton visage d'enfant. Tu penses ! On m'avait enlevé toutes mes photos de famille. Mais ils ont raison, c'est commode. On oublie vite. À peine si je me rappelle mes parents et mes sœurs. Je me suis même habitué à ton prénom. Je faisais ma valise pour Moscou en me disant, tiens, je vais revoir Sacha. Vsevolod, finalement, cela ne convient pas à ce que tu es devenu. Impossible de t'appeler ainsi.

Sacha n'avait pas mangé grand-chose. Il avait bu plusieurs verres de vodka. Comme ça, nonchalamment parce que l'histoire lui asséchait le gosier. Il ne savait plus où il en était. Il posa quelques questions. Pourquoi avait-on arrêté Kolia ? Ça mon petit, c'est toi qui devrais répondre. À l'époque on arrêtait tout le monde. Quel métier exerçait Kolia avant son arrestation ? Professeur. Il fallait s'habituer petit à petit à ces nouvelles racines. Mais le vieil homme disait-il la vérité ?

Surgit alors la question de fond. Incroyable qu'elle ne lui soit pas venue à l'esprit plus tôt. Si tu m'as laissé tranquille jusqu'à maintenant, pourquoi as-tu décidé de venir me raconter tout cela ?

18

Kolia se renversa sur sa chaise avec un petit air finaud. Tout de même, je me demandais si ta réputation n'était pas surfaite. Pour quelqu'un d'aussi fort, tu en as mis du temps à te poser cette question. Mon petit Sacha, je te sens très abattu. Mange un peu. C'est mauvais de se remplir le ventre de vodka et de ne rien prendre de solide. C'est comme ça qu'on se saoule. Demain tu ne seras pas en forme pour conseiller ton charmant président.

L'apparatchik se rembrunit. Il commençait tout juste à digérer cette affaire. De là à se laisser insulter par un minable, même s'il était son père ! Kolia secoua la tête. Je sais ce que tu penses. Crois-moi, tu ne perds pas au change. Un père qui a passé des années dans un camp et n'a pas fait grand-chose de sa vie, dans une biographie ça fait toujours mauvais effet. Je suis bien d'accord. D'ailleurs nous allons tout faire pour éviter que cette tache ne ressorte, pour la camoufler davantage. Cela dit, ton cher Valentin Igratievitch, personne ne sait ce qu'il serait devenu dans un camp. Mort, estropié, ivrogne, bon à rien. Le choix est infini. Moi, je n'ai pas fondamentalement changé. Mes qualités et mes défauts se sont accusés. Mais je ne peux pas dire que cette expérience m'ait transformé. L'essentiel était de s'en sortir. Tu vois, j'ai réussi. Un bon exemple à suivre pour toi, mon garçon.

Sacha déchira une tranche de pain. Il en faisait des boulettes qu'il avalait sans les mâcher, pour passer sa rage et dissiper l'ivresse qui engourdissait son cerveau. Tu n'es qu'une crapule. Que veux-tu ? De l'argent ? Des avantages ? Dépêche-toi, je suis fatigué.

Tu donnerais n'importe quoi pour te débarrasser de moi, n'est-ce pas ? Je m'en doutais un peu. C'est pour ça que je ne suis pas venu plus tôt. Maintenant sûrement, tu hésiterais à me faire arrêter et à m'expédier dans un endroit tranquille. Pas facile, hein, de manœuvrer dans un pays moins fermé qu'autrefois. Sacha se demanda s'il plaisantait. Mais sûrement pas. Ce vieux était un malin. Il avait soupesé le pour et le contre avant de se jeter à l'eau. Trente ans d'hésitations. Il devait savoir dans quoi il se lançait à présent.

Ne prends pas de grands airs avec moi. De nouveau, Kolia remplissait son verre. Je suis une moins grande crapule que toi. Je n'exploite personne, moi. Je suis le peuple pour lequel, soi-disant, tu travailles. Et toi, qu'est-ce que tu es ? Un parasite, rien de plus. Le peuple commence à peine à se gratter. Soixante-dix ans à supporter ces parasites. Ou bien on s'y résignait, ou bien ils vous tuaient. Aujourd'hui on s'arrache la peau en même temps qu'on déloge un peu de vermine. Impossible de les exterminer sans se faire mal à soi-même. Mais on finira bien par s'en débarrasser. De toi, comme des autres. Alors arrête ton cinéma. Accroche-toi plutôt si tu ne veux pas tomber avec les autres. Il cligna de l'œil. Je suis un gentil papa. Je te donne de bons conseils. Écoute-les. Pourtant, Sacha, je vais te livrer le fond de mon cœur. Je te déteste, comme je déteste tous ceux de ta secte. Mets-toi ça dans le crâne, mon petit. Je ne te ferai pas de mal parce que tu es mon fils et que pour moi c'est un lien sacré, contrairement à ce qu'ont longtemps pensé les tiens. Mais je ne peux pas t'aimer.

Tant mieux. Moi non plus, je n'aime pas les gens comme toi. Mais tout de même, sous l'effet de l'alcool sans doute, Sacha se sentit un peu malheureux. Foutue sensibilité ! Inutile de chercher d'où il la tenait. Ce salaud avait corrompu son sang. Il l'interrogea sur sa mère. Peut-être finalement, avait-il eu lui aussi une mère tendre et protectrice. Ah Sacha, qui sait quelle mère aurait été Léna ? Merveilleuse sans doute. Mais tu n'avais qu'un mois quand on l'a arrêtée. Dénonciation d'une collègue jalouse. Ils ont attendu ta naissance, par bienveillance dirais-tu, pour l'emprisonner. Elle est morte en camp. Je n'en sais pas plus. Sacha avala une douzaine de boulettes, moitié pain blanc, moitié pain noir. Les mâchoires contractées, le regard baissé sur le verre de Kolia, fuyant les yeux gris qui ressemblaient aux siens.

Je ne suis pas une crapule. Mais plusieurs fois dans ma vie, j'ai commis des lâchetés. Difficile parfois de savoir ce qu'il faudrait faire. De l'argent, je n'en veux pas. Je n'en ai pas besoin. Je suis à la retraite maintenant. Pas grand-chose pour subsister par les temps qui courent. Mais au camp on apprend à s'en sortir. Je me débrouille. Malgré tout, l'âge vient. Je ne suis plus en très bonne santé. Ça m'ennuierait de mourir sans avoir mis un peu d'ordre autour de moi.

L'ordre, je vois ça ! Tu t'y connais en matière d'ordre. As-tu encore beaucoup d'existences à ravager, comme ce soir ? Kolia rit presque avec affection. Ça te touche tout de même cette histoire. J'en étais sûr. Mais figure-toi, tu ne crois pas si bien dire. J'ai besoin que tu retrouves quelqu'un pour moi. C'est le prix de mon silence. Il parlait de manière ferme et autoritaire. Un homme étrange, ce Kolia. Toujours prêt à monter des entourloupettes, à manigancer des opérations compliquées. Pas une crapule ? Sacha n'en aurait pas juré. En tout cas pour la débrouille, il ne craignait personne. En même temps — peut-être était-ce son physique austère et sa voix mélodieuse et bien posée — il donnait une impression de dignité inébranlable.

Sa manière elliptique de raconter sa vie y contribuait. Le minimum d'explications et pas la moindre justification. À la sortie du camp, avant de rejoindre son lieu de relégation, il avait transité par Moscou. Il y avait séduit une femme. Dans quelles circonstances il l'avait rencontrée, il ne le précisa pas. Le hasard avait renforcé son goût du secret en livrant son existence aux coïncidences, comme si une logique interne, indéchiffrable, la dirigeait depuis le commencement. L'apparatchik détestait ces fioritures. La vie est une bataille : que le plus fort gagne, rien de plus. À chacun de bâtir son destin, rien n'est élaboré à l'avance comme le sous-entendait Kolia, sans doute un pilier d'église. Il ne manquait plus que cela !

Néanmoins le récit de Kolia le captiva. Malgré son endurcissement progressif, Sacha avait conservé de son enfance (ou le tenait-il de Kolia, précisément ?) l'émerveillement devant ce qui rompt le cours monotone et raboteux de la vie. Il fallait ces échappées inattendues sur un monde inconnu, à peine entrevu, pour supporter les avanies et les désenchantements. Maintenant qu'il vieillissait, ces occasions se raréfiaient. La vie se ternissait. Il croyait qu'il s'agissait d'un processus inévitable et universel. Mais à cette loi aussi, Kolia s'était dérobé.

La femme séduite par Kolia n'avait rien pour lui plaire. Elle n'était plus toute jeune. Le dogme communiste constituait son unique passion. Elle ressemblait à une caricature, une héroïne des romans qu'il avait fallu écrire pour fortifier l'ardeur du peuple. Sans doute n'aurait-elle jamais cédé aux avances de Kolia s'il lui avait révélé son passé et sa véritable personnalité. Mais sa dimension de fripouille prit le dessus. Il lui jeta de la poudre aux yeux. Elle crut toutes les histoires qu'il lui racontait. Jamais elle ne sut qu'il ne l'aimait pas vraiment ni qu'elle était avant tout pour lui un fantôme surgi du plus lointain de son enfance. Leur rencontre, si peu probable, constituait une coïncidence supplémentaire dans la vie de Kolia.

De son côté, cette femme traînait sans doute un lourd chagrin : elle ne parlait jamais de sa famille. Pourtant, à partir de détails insignifiants, Kolia devina qui elle était. Quand on est perspicace quelques éléments suffisent pour reconstituer tout un tableau. Cependant, il n'eut pas le courage de vérifier son hypothèse. Lorsqu'elle lui annonça qu'elle était enceinte et se décida enfin à le présenter à sa mère, le cœur lui manqua soudain. Il craignit de s'être trompé et disparut par le premier train en gare de

Kazan, abandonnant tout à la fois son passé, cette femme et l'enfant qu'elle attendait de lui. Jamais il n'osa écrire ou revenir. C'est à ce moment-là qu'il se mit à la recherche de Vsevolod.

Retrouve cette femme, Sacha. Qu'est devenu l'enfant ? L'a-t-elle gardé ? Il faut que je le sache avant de mourir. Je comprends bien que tu as autre chose à faire. En ce moment surtout. Ça ne va pas très fort au Kremlin, n'est-ce pas ? Mais je suis pressé. Je te donne deux mois. Pas plus. L'apparatchik sortit un calepin de sa poche. Il affectait l'indifférence, mais se sentait de plus en plus mal à l'aise. Il allait se retrouver avec toute une famille à la patte, pas seulement ce vieillard inconnu et diabolique. Je ne comprends pas. Qu'est-ce que tu lui veux ? Kolia haussa les épaules. Sans importance, fais ce que je te dis, Sacha. Il lui enleva le calepin, sortit un crayon mal taillé de sa poche et écrivit d'une écriture élégante. Nadejda Sergueïevna Ossipova. Un nom très répandu : rien que dans Moscou, il devait y en avoir des centaines.

19

Pas le temps le lendemain de s'occuper de ces recherches. Ni le surlendemain non plus. Il avait d'autres soucis que de remuer ciel et terre pour retrouver une vieille femme. Comme tout le monde au Kremlin, Sacha passa un week-end exténuant. Le téléphone sonna sans arrêt dans son bureau. Il transmit les comptes rendus de Vilnius au chef de l'État. Non sans mal, ils arrêtèrent la position du Secrétaire général. Tout ça dans un remue-ménage général : il fallut empêcher la presse de reprendre les sottises lâchées par les journalistes occidentaux, préparer à la ligne qu'ils défendraient les diplomates du M.I.D., modérer les militaires.

Mais dans ce tohu-bohu, Sacha ne cessa de penser à Kolia. Il ne pouvait détacher ses pensées de ce bouleversement intime. Comment avait-il pu vivre tant d'années sans le moindre soupçon ? Cette rencontre pesait sur son esprit. Rien ne lui rendrait jamais son insouciance d'autrefois, lorsqu'il supposait qu'il suffisait de croire en soi pour déposer le monde à ses pieds. Déjà il pressentait que quelque chose en lui avait changé.

Dans la semaine cependant l'agitation retomba. Le monde détournait les yeux de Vilnius. Seuls de vilains curieux se souciaient encore de ce qui pourrait arriver à Riga. Les regards se fixaient vers le golfe Persique. On aurait la paix pour quelque temps.

Sacha réfléchit longuement à la demande de son père. Il ne disposait que de peu de détails. Un nom, une profession, une date de naissance. Comment Kolia avait-il retenu le jour de naissance de cette femme ? Un peu court pour entreprendre une enquête. Sacha hésita plusieurs jours sur la marche à suivre. Le plus simple : appeler les organes et les charger d'une recherche discrète. Cependant il se méfiait de la curiosité des tchékistes. N'allaient-ils pas se demander pourquoi il voulait des renseignements sur cette femme et fouiller dans sa vie irréprochable ? Il envisagea aussi d'annoncer à Kolia que la femme était morte. L'enfant n'est jamais né et elle est morte. On pourrait bricoler un certificat de décès. Mais là encore il faudrait l'intervention du K.G.B. Inévitablement, ses services se poseraient des questions sur les mobiles de Sacha. En tout cas, cela finirait dans son dossier et un jour, n'importe qui pourrait légitimement s'en servir. C'est comme ça. Tous les coups sont permis à condition de ne pas laisser de traces.

Finalement, il décida de passer un coup de fil au sommet de la hiérarchie. Pas à Krioutchkov, il n'avait pas de temps à perdre avec cette histoire en ce moment. Mais l'un de ses adjoints, dont la femme était une amie de Tatiana, devait un service à Sacha.

Il prit note sans le moindre étonnement de sa demande. Cela devrait être facile, il rappellerait dès qu'il aurait la réponse.

À la fin de la semaine, il téléphonait. On avait repéré la femme. À la retraite depuis le temps, mais toujours vivante. Il donna son adresse. Au moment de raccrocher, d'une voix légèrement hésitante il ajouta un détail, tu ne m'avais pas demandé de m'en préoccuper, mais ça peut t'intéresser, elle vit avec sa fille. Quel âge la fille ? Une bonne trentaine d'années. Lorsque l'apparatchik raccrocha, il se sentait nauséeux. La même nausée perfide que le soir de sa rencontre avec Kolia : son chauffeur avait dû s'arrêter pour lui permettre de respirer. Une sœur. Une demi-sœur. Mais quelle importance ? Cette famille inconnue, que d'avance il rejetait, le tourmentait. Qu'est-ce que ce serait ?

La neige tombait. Il faisait nuit depuis longtemps. Une fois de plus, la journée s'était passée en conciliabules autour de la Lituanie et de la prochaine réforme monétaire. Le nouveau Premier ministre, qui regardait tout le monde de haut, décréta que le désordre avait assez duré, le marché on n'y accédait pas selon les voies préconisées par les anciens conseillers du Président. C'était un adepte du coup de poing. Le peuple marche au knout. Si on le laisse libre, c'est tout de suite l'anarchie. Approbation quasi générale. Il se trouva bien quelques conseillers pour soutenir qu'on ne pouvait confisquer l'argent du peuple sans impopularité. Mais le Premier ministre s'en moquait. Il était là pour prendre des mesures impopulaires n'est-ce pas ? Le chef de l'État hésita un instant. Il avait tellement besoin d'être aimé. Quoi de plus naturel ? Staline aussi aimait l'idolâtrie. Mais, camarade Président, jamais le peuple ne saura que vous l'avez défendu contre les griffes du Premier ministre. Vous ne serez pas plus populaire. La situation se dégradera encore et l'on vous maudira davantage dans les rues et les magasins. Voilà comment on emportait les décisions !

Sacha écrivit soigneusement l'adresse qu'on venait de lui communiquer. Bon débarras ! Il enverrait le tout à Kolia et on ne parlerait plus de cette histoire. Il courait le risque que le vieil homme ne tienne pas sa promesse et le relance, mais il n'y croyait pas trop.

En revanche, Kolia ne déboulerait-il pas dans la vie de ces deux femmes sans le moindre scrupule ? Ne briserait-il pas leurs existences ? Cette Nadejda Sergueïevna, qu'il avait séduite, semblait une brave femme. Une communiste convaincue. Elle avait échappé pendant des années à l'influence de ce coquin, ne fallait-il pas la protéger ? Non, finalement, il ne lui donnerait pas cette adresse. Il n'enverrait rien du tout. Lorsque Kolia se manifesterait dans deux mois, Sacha dirait que la femme avait disparu. Elle avait dû quitter Moscou. Kolia avalerait deux bouteilles de vodka pour se consoler et retournerait dans sa province, à ses petites combines. Sacha fourra le papier dans un tiroir, l'esprit en paix maintenant qu'il avait réglé ce problème.

Il fut très occupé toute la semaine. Les pays Baltes, l'économie, l'échange des grosses coupures et le Golfe à présent. Le chef de l'État brûlait de se mêler de cette histoire. Il était agacé qu'on traite d'une affaire internationale aussi importante sans lui demander son avis ou au moins sa médiation. Il dépensait une partie de son énergie à réfléchir aux avantages qu'on pourrait retirer de la situation et à la meilleure manière de s'infiltrer dans le conflit.

Un soir, en rangeant son bureau, Sacha redécouvrit le papier. Pourquoi ne pas l'avoir jeté ? La réponse était simple. Elle le transperça de son évidence. Sans se l'avouer il avait dès le début décidé de prendre contact avec ces deux femmes. Plus exactement avec la fille, avec sa sœur. Il voulait la rencontrer, savoir à quoi elle ressemblait et ce qu'elle pensait. Dans le fond, il verrait bien s'il fallait livrer ou non les renseignements à Kolia. Pas de raison de faire de la peine au vieux si son apparition plaisait à ces femmes. Une espèce de sérénité descendit sur

Sacha. Depuis quinze jours, la tension des événements politiques le nouait — le pouvoir ressemblait à un oiseau captif. Il voletait à gauche, à droite, arrachant à chaque mouvement de nouvelles plumes à ses trop grandes ailes. Parfois, Sacha se demandait s'il résisterait aux secousses qui l'ébranlaient depuis plusieurs mois.

20

Cet entretien n'en finirait jamais. Trois quarts d'heure déjà ! La nuit était tombée. L'ambassadeur ne semblait pas disposé à s'en aller, ni le Secrétaire général à le congédier.

Agité, perpétuellement sur le qui-vive, l'ambassadeur ne ressemblait pas à un homme parvenu au faîte de sa carrière. Sacha l'avait remarqué dès leur première rencontre. Ces Occidentaux craignaient-ils eux aussi quelque chose ? Ambassadeur à Moscou, pouvait-on rêver mieux ? Quand on était monté si haut, que pouvait-il vous arriver ? Leur système les broyait-il également ? Briguaient-ils eux aussi les faveurs de ceux placés encore plus haut dans la hiérarchie ? Voilà le genre de questions qu'il aurait aimé poser. Sacha ne croyait pas aux inepties qu'on entendait aujourd'hui sur le paradis occidental, pas plus qu'il n'avait cru aux sottises précédentes sur l'enfer capitaliste. Au fond de lui, il doutait que puisse exister un système idéal, même s'il lui arrivait de plus en plus souvent d'aspirer à une société moins rigide que la leur. Malgré ses évolutions récentes, le régime n'avait pas complètement renoncé à la tension sur laquelle il avait bâti son pouvoir. Ceux qui le servaient ne craignaient plus de mourir, mais vivaient encore avec l'angoisse qu'un jour ou l'autre, à leur tour, ils passeraient à la trappe.

Ces idées tourmentaient-elles aussi le chef de

l'État ? Pour le moment, il accablait l'ambassadeur de compliments. Comme il avait bien servi le développement des relations entre les deux pays ! Et quelle connaissance approfondie il avait rapidement acquise de notre pays ! On voyait bien qu'il était compétent et apte aux postes les plus élevés. Le Secrétaire général souhaitait sincèrement que sa carrière se poursuive avec le même succès dans son pays ou dans d'autres capitales. Qu'il en soit sûr, on ne le perdait pas de vue et ici, on se réjouirait de sa réussite.

Aucun doute là-dessus. Son dossier était déjà volumineux. L'ambassadeur avait occupé des fonctions importantes dans le passé et, avant même qu'on évoque sa nomination à Moscou, les organes avaient scrupuleusement, année après année, complété le dossier. Soyez sûr que nous poursuivrons notre tâche. Mais à propos, il ne leur avait même pas révélé sa prochaine affectation. L'interprète hésita avant de traduire. Il connaissait la réponse et trouvait embarrassant de tourmenter le vieux diplomate. Entre collègues, même étrangers, on se serre les coudes face à l'adversité administrative.

Ah, le chef de l'État soupira tristement, il adopta une mine compatissante. La vie est dure. Mais certainement tout s'arrangera. Nous sommes tous, un jour ou l'autre, victimes de complots, souvent trahis par nos propres fils. Ce disant, il jeta un regard sévère à chacun de ses conseillers. Sacha, le dernier, affronta l'air mécontent du Secrétaire général. Que savait-il exactement ? Mais il éclata de rire aussitôt en s'adressant à l'ambassadeur. Vous voyez comme c'est facile de faire trembler les apparatchiks ?

Cela devenait impossible de supporter ces caprices et ces humeurs changeantes. Dans les autres pays, vraiment, était-ce pareil ?

21

Le chauffeur qui conduisit Sacha au domicile de Nadejda Sergueïevna était le même que celui du soir du *Praga*. Il prit un air étonné. Ce type tout de même, qu'on avait connu si travailleur et rangé, il devait lui arriver quelque chose. Une histoire de femme sûrement. Ça le mit en joie : il détestait l'épouse de l'apparatchik.

C'était l'une des semaines les plus froides de l'année. On annonçait des moins 40 pour la nuit. Pas un temps à traîner dans une Volga, même moteur allumé, à attendre le bon vouloir de son apparatchik. Mais Sacha se moquait de la température. Tu m'attends ici.

Il faisait si froid qu'en quelques secondes, les humeurs gelaient à l'intérieur des narines. À chaque inspiration l'air glacé cliquetait dans le nez. Sacha releva son col. Le temps de quitter la voiture et de s'engager sous le porche, il était transi. Aux abords de la Moskova, le froid était encore plus vif. L'arrière-cour verglacée et sombre recelait de nombreux dangers, vieilles caisses abandonnées au milieu du passage avec des clous saillants, ordures nauséabondes entassées aux abords des portes. À se demander comment on pouvait vivre dans ces conditions. Mais l'escalier était bien chaud. Les odeurs de cuisine s'échappaient des portes, étage après étage, formant une vapeur aux parfums confus et familiers.

Une jeune femme ouvrit la porte. Une petite brune au teint très blanc et aux grands yeux gris. Elle l'examina de haut en bas, absolument sans gêne. Comme il ne disait rien, occupé qu'il était à la dévisager, elle demanda ce qu'il désirait. Il ne s'attendait pas à tomber sur elle immédiatement, et hésita un instant avant de demander à parler à la camarade Ossipova. La jeune femme se retourna et cria dans le couloir. Maman, c'est pour toi. Un tchékiste qui te demande.

Il resta cloué sur place. Quel aplomb ! Aucun

doute, c'était la fille de Kolia, sa sœur, cette petite bonne femme mal embouchée. Et celle qui arrivait, grande, massive, le teint mat, était la femme que Kolia avait aimée malgré lui. Sacha promenait ses regards de la mère à la fille avec une expression d'affolement. Quelle idée l'avait pris de quitter son bureau confortable pour cet appartement ridicule et ces deux femmes ?

La mère était beaucoup plus aimable. À quoi penses-tu, Natalia ? Il ne faut pas parler de cette manière. Entrez donc, camarade. C'est la Loubianka qui vous envoie, n'est-ce pas ? Je me disais bien qu'ils ne pouvaient pas me traiter de cette manière. Vous allez rouvrir l'enquête, hein ? Tu vois, Natacha ! Il ne faut pas perdre confiance. J'ai eu tort de céder au désespoir sur le moment. Vous me comprenez, n'est-ce pas ? Je regrette les paroles désobligeantes que j'ai eues à l'égard de votre employé. Mais, croyez-moi, mettez des gens plus aimables et compréhensifs au guichet. Vous avez besoin de renseignements complémentaires, c'est ça ?

Le flot de paroles incompréhensibles submergea Sacha. Il maudissait son informateur du K.G.B. Évidemment il savait qu'il y avait un problème, d'où l'hésitation dans sa voix, mais il s'était bien gardé de lui en faire part. Le salaud ! Ne pas manquer de lui tirer dans les pattes à la première occasion ! Mais de quoi peut-il s'agir ? Quelle enquête ? Qu'est-ce qu'elle a fait ? Il ragea intérieurement contre Kolia une fois de plus. Pendant que toutes ces idées tourbillonnaient à grande allure dans sa cervelle, il hocha la tête en signe d'assentiment. Parfaitement. Si vous pouviez répondre à quelques questions, cela nous aiderait beaucoup. Mais quelles questions ? Qu'est-ce que je vais bien pouvoir lui demander ? Comment faire pour qu'elle me raconte toute l'histoire depuis le commencement ?

Elle l'entraînait dans l'appartement. Vous ne serez pas choqué si nous nous installons à la cuisine ? Natacha, ma petite fille, prépare-nous du thé, s'il te plaît. Nous allons bavarder tranquillement et bien sûr, je répondrai à toutes vos questions. Qu'est-ce que je suis contente que vous soyez venu ! Vous vous rendez compte ? J'allais renvoyer ma carte au Parti.

Sa fille paraissait moins satisfaite de la présence de Sacha dans la maison. Elle claqua la bouilloire contre l'évier, la jeta sur la cuisinière dans un grand fracas de tôle. Elle faisait tant de bruit, et de manière si ostensible, que sa mère finit par lui en faire le reproche. Du calme, Natachenka. Le camarade n'est pas responsable de nos ennuis, voyons. Mais en flanquant une tasse devant lui sur la table — la porcelaine fine tremblota et Sacha la plaqua d'une main malhabile pour en arrêter les oscillations — Natalia marmonna qu'il était responsable comme les autres. Elle détestait les membres du Parti, les guébistes et toutes ces ordures qui escroquaient le peuple et l'empêchaient de recouvrer sa liberté après soixante-dix ans d'esclavage.

Nadejda Sergueïevna ne s'en formalisa pas. Manifestement cette discussion relevait de querelles domestiques admises depuis longtemps. Elle sourit aimablement à Sacha. Elle était prête à répondre à toutes ses questions. Il sortit son calepin, poussa la jolie tasse — importation de l'ex-R.D.A., totalement introuvable à présent —, cette Natalia, toute butée qu'elle fût, sortait ce qu'il y avait de mieux en son honneur. Eh bien, cette histoire me paraît très compliquée, camarade Ossipova. Si nous la reprenions depuis le début. Qu'en pensez-vous ?

Tandis qu'elle commençait son récit, il chercha un stylo. Il fallait au moins jouer son rôle convenablement. Natalia le surveillait d'un air rogue, tout à fait celui qu'il se donnait pour impressionner ses interlocuteurs. Quand il sortit enfin son stylo, elle bondit du rebord de la fenêtre où elle s'était assise le temps que la bouilloire chantonne, et se précipita sur lui.

Dites donc, à la Loubianka, ils ne reculent devant aucun sacrifice maintenant ! Il n'y a plus de devises pour importer les biens de consommation élémentaires, mais là-bas ils vous commandent des stylos occidentaux de grand luxe. Sacha rougit. Quel imbécile ! Pourquoi avait-il pris son superbe stylo-plume acheté au duty-free d'un aéroport occidental avec ses dernières devises, au lieu de l'un de ces minables stylo-billes qu'utilisaient tous les petits bureaucrates de toutes les administrations soviétiques ? Il bafouilla que c'était un cadeau et le regarda d'un air étonné. Vous croyez vraiment que ça vaut très cher ? Une fortune, assura-t-elle. Il lui tendit le stylo, dans l'espoir de l'amadouer. Les femmes adorent les gadgets. Mais elle le repoussa avec dégoût. Non, non, reprenez ça. Elle posa une main sur l'épaule de sa mère. Dans cette position, elle le défia un moment, sans qu'il comprenne ce qu'elle essayait de lui dire de son regard gris fumée semblable au sien. Comment vous appelez-vous ? Vous ne vous êtes même pas présenté. Il se leva, une main sur le cœur. Quelle impolitesse ! Qu'on lui pardonne. Mais que faire ? Inventer un nom ? Cette petite garce lui demandera ses papiers, à coup sûr. Il dit la vérité. Prénom, patronyme, nom de famille, le tout scrupuleusement exact : ce qu'on lisait sur son passeport. Mais tout était faux, bien sûr, ainsi que Kolia le lui avait appris quelques jours auparavant. Il s'amusa intérieurement. Mentir tout en disant la vérité, quoi de plus satisfaisant ? Natalia ne demanda pas ses papiers, elle s'éloigna de sa mère pour préparer le thé.

Nadejda Sergueïevna racontait sans se faire prier. Méthodiquement, Sacha notait la biographie de Sergueï Sergueïevitch Ossipov, le père de Nadejda. Carrière de tchékiste arrêtée en plein vol en 1937, classique. Mais que venait faire Kolia là-dedans ? Rien, apparemment. Il s'agissait de deux histoires différentes. Nadejda n'était tourmentée que par une unique question, la culpabilité de son père. Elle apporta sa photo et la montra, les larmes aux yeux, à Sacha. Allait-on se décider à lui en dire davantage ? Il fallait bien comprendre, et là-dessus elle partageait l'avis de sa fille, qu'on ne pouvait pas traiter les gens de cette manière méprisante.

Sacha approuva du menton. Il n'en pensait pas un mot. Quelle importance la manière dont on les traite tant qu'ils ne bougent pas ? Elle par exemple, qu'avait-elle fait après l'exécution de son père, sinon plier encore plus aveuglément sa volonté à celle du Parti ? Et maintenant qu'on l'avait humiliée avec le certificat déplié devant Sacha, tout ce qu'elle trouvait à faire, envisager de rendre sa carte. Qu'on vienne chez elle avec une histoire à dormir debout et elle vous sautait au cou de joie et vous appelait mon cher Alexandre Valentinovitch, avec les marques de la plus grande considération.

Les problèmes de Nadejda Sergueïevna n'intéressaient pas beaucoup Sacha. Mais comment aborder le sujet qui lui tenait à cœur ? Il examina la photo du tchékiste. Pas très sympathique. Ça ne devait pas être un tendre. Et ces yeux ! Un peu de sang juif, non ? Et votre mère ? Rien à signaler du côté de votre mère ? Elle ouvrit de grands yeux étonnés, des yeux tout noirs, comme ceux de son père. Oui, pour une enquête de fond, nous avons besoin de renseignements sur toute la famille. Tenez, par exemple, vous n'auriez pas une photo de votre maman ? Ce fut Natalia qui apporta la photo ancienne, jaunie, d'une jolie femme au regard tendre. C'est votre maman ? Quel beau visage ! Cet air angélique, tranquille et supérieur, qu'on ne retrouvait pas chez sa fille, avait séduit Kolia. Mais quand l'avait-il rencontrée ? Votre mère devait avoir beaucoup de succès. La tentative avorta sur-le-champ. Elle éclata de rire. Maman ? Une sainte femme, consacrée à son mari puis à sa fille et à sa petite-fille, dit-elle en montrant Natalia.

Celle-ci, assise sur le rebord de la fenêtre, buvait son thé sans quitter Sacha des yeux. On ne pouvait pas dire qu'elle avait un regard méfiant, non, mais il voyait qu'elle réfléchissait intensément. Ah oui, votre fille. Il faut que je note cela aussi. Alors, Natalia Nikolaïevna Ossipova. La mère sursauta, mais la fille demeura impassible. Elle ne dévisageait plus Sacha, elle observait sa mère.

Mais voyons, ce n'est pas le patronyme de ma fille ! Il doit y avoir une erreur. Natalia Petrovna. Et elle ne s'appelle plus Ossipova depuis son mariage. Je ne comprends pas que mon dossier soit si mal rédigé. Ah oui, moi non plus. Quel relâchement dans nos services ! On aura mélangé deux formulaires. Nous allons rectifier, mariée. La voix de Natalia, froide, l'arrêta. Veuve. Si vous rectifiez, ne commettez pas de nouvelles erreurs, s'il vous plaît.

Oui, il ne faut pas plaisanter avec ces choses-là, Alexandre Valentinovitch. Notre famille n'a pas de chance. Mon père a été exécuté. Mon mari m'a abandonnée. Ma fille est veuve et sa propre fille est très malade. Jusqu'à l'un de ses amis, un étranger, qu'on vient d'obliger à quitter notre pays. Jugez vous-même. Ce bout de papier en plus, que m'ont remis vos services, c'est inhumain. Elle pleurait à présent. Pas un sanglot, mais de grosses larmes ruisselaient sur son visage. Natalia se mit derrière elle et, de nouveau, posa une main sur son épaule. Les deux femmes le regardèrent. Il rangea son calepin et son stylo. Impossible de laisser Kolia bouleverser davantage leurs existences. Il se sentait accablé. Éviter soigneusement le malheur des autres pendant cinquante ans et venir s'empêtrer dans les histoires d'une famille qui n'était même pas la sienne. Une famille que son père avait croisée autrefois. Un père dont il n'avait jamais soupçonné l'existence. Pas la peine de faire ce cadeau empoisonné à l'énergique petite Natalia. Il remarquait enfin son visage intelligent et son front haut et blanc. Elle ressemblait à Kolia, avec dans le visage l'expression radieuse de sa grand-mère.

Il se leva. Il était vraiment désolé. Sûrement, on allait arranger ça. Et pour la petite fille peut-être pouvait-on les aider ? Natalia Petrovna sauta du rebord de la fenêtre. Certainement pas. Arrangez le papier de Maman, ce sera déjà très gentil de votre part. Allez, je vous raccompagne.

Dans l'entrée, elle enfila ses bottes et un manteau, tandis qu'il se rhabillait. Les renseignements des organes n'étaient vraiment pas fiables. Elle n'habitait pas du tout chez sa mère. Mais sitôt la porte fermée derrière eux, elle lui prit le bras et déclara, il faut que je vous parle. Allons dehors. Il lui jeta un regard sombre. Impossible de résister. Elle le tirait dans l'escalier odorant.

Dehors ? Il fait trop froid !

Ce que j'ai à vous dire ne prendra qu'une minute. Ensuite vous remonterez dans votre Volga noire qui vous attend depuis des heures, Alexandre Valentinovitch. La vipère ! Elle avait regardé par la fenêtre en allant chercher la photo de sa grand-mère. Elle le tenait très serré. Aurait-elle peur qu'il ne lui échappe ?

Le froid, lorsqu'ils poussèrent la porte en bas, leur coupa la respiration. Attention aux caisses et ne mettez pas les pieds dans les ordures. Par ce temps, le concierge n'a pas le courage de déblayer la cour. Elle le traîna sur un chemin dégagé, mais glissant. Voilà, Alexandre Valentinovitch, je ne crois pas un mot de vos histoires. Qui êtes-vous ? Et que veniez-vous faire chez nous ?

22

Toute sa vie on calcule le plus petit geste, la moindre parole et tout à coup, de manière incompréhensible, les mouvements et les mots vous échappent. Dans la courette glacée où les mains et les pieds s'engourdissaient en quelques secondes, Sacha remarqua soudain que Natalia ne portait qu'un simple bonnet de laine sur la tête. Ce détail le bouleversa. Il s'approcha d'elle et tendrement posa ses mains sur les joues glacées de la jeune femme. Un geste intime, inattendu, qui pouvait provoquer la colère de Natalia. Mais elle le laissa faire et ne tressaillit même pas lorsqu'il la tutoya. Par ce froid. Tu n'as pas de chapka ? Elle fit signe que non. On ne voyait pas très clair. Seule une petite ampoule sous le porche donnait de la clarté. Mais aucun des deux ne quittait l'autre des yeux. Aucun ne bougeait. Il ne voulait pas enlever ses mains des joues froides. Elle ne souhaitait pas qu'il le fasse. Elle répéta d'une voix cassée. Qui êtes-vous ?

Je ne peux pas répondre maintenant. Il fait trop froid ici. Voyons-nous demain. Demain, six heures à l'*Oktiabrskaïa*. Ce n'est pas trop loin de chez vous. Est-ce que ça vous convient ?

Il parlait d'une voix ferme, professionnelle. Ses mains dans le dos pour se redresser contre le froid. Natalia accepta. Alors, à demain ? À demain. Mais avant de s'engouffrer sous le porche, une nouvelle fois il ne résista pas à la tentation. Il lui déposa un baiser sur chaque joue. Près de l'oreille, en murmurant malgré lui : je suis ton frère. Et il se sauva vers sa bonne voiture bien chaude et son chauffeur geignard. Alexandre Valentinovitch, pourquoi ne m'avoir pas dit que vous passiez la soirée ici ? J'avais cent fois le temps de dîner et de boire quelque chose de chaud.

Enfoncé à l'arrière de la voiture qui traversait Moscou dans le grand froid de la nuit, il n'écoutait rien de ces récriminations. Il pensait à la folie de ce rendez-vous. Et surtout, qu'il ne fallait pas laisser Kolia approcher des deux femmes.

Le lendemain, du hall de marbre de *l'Oktiabrskaïa,* il regarda la petite silhouette glisser vers l'entrée. Toujours sans toque ni chapka, seulement son gros bonnet de mohair qui laissait des poils sur ses cheveux et lui donnait l'allure d'une Soviétique ordinaire. Elle marchait à pas précautionneux. Pendant cette semaine glaciale de janvier, rien ne résistait au verglas. Les trottoirs glissaient comme des patinoires. On sortait le moins possible. Les écoles avaient fermé leurs portes.

Elle siffla en entrant. Quel luxe ce marbre, ces plafonds ! Quel gaspillage ! Elle examina l'escalier monumental de manière désapprobatrice. Il y avait là des matériaux de construction pour loger des centaines de familles et encore, elles seraient au large ! Vous êtes dans la construction ? Il l'aidait à enlever son manteau. Elle lui colla aussi dans les mains son affreux bonnet. Pour un tchékiste vous ne savez pas grand-chose, hein ?

Ils s'installèrent à l'écart, dans le jardin d'hiver de l'hôtel. Rien à voir avec celui du *Praga*. Celui-ci était propre, vaste, lumineux. L'un des lieux de Moscou que Sacha fréquentait avec plaisir. On l'avait construit pour le Comité central et ses invités. Malheureusement on avait vu trop grand. L'hôtel n'était jamais rempli. Pour le rentabiliser, on y logeait depuis peu de riches visiteurs étrangers qui estimaient que le paiement par cartes de crédit internationales — le bruit qu'ils faisaient en les plaquant sur le comptoir de la comptabilité pour bien signifier leurs richesses face à un peuple démuni ! — garantissait la satisfaction de leurs moindres caprices. Ils se plaignaient tout le temps. Il manquait une ampoule à leur lampe de chevet (bien sûr, il y avait pénurie d'ampoules dans Moscou et dès qu'on en trouvait une en état de marche, on la dévissait pour l'emporter chez soi. Les plus consciencieux la remplaçaient par une ampoule grillée achetée à moitié prix), le petit déjeuner était des plus sommaires (il suffisait de rajouter quelques dollars et ils auraient eu des tartines de caviar, ces radins), le service était insupportable. Chaque fois qu'il mettait la main sur un membre important du Comité central, le directeur de l'hôtel gémissait sur l'ouverture de son établissement aux étrangers. La concurrence, le marché, c'était bien joli. Il applaudissait des deux mains. Mais pourquoi ces Occidentaux bourrés de fric, qui avaient le choix entre des milliers de destinations agréables pour y faire du tourisme ou des affaires choisissaient-ils précisément leur pays ? Ou alors qu'on lui donne les moyens de transformer l'hôtel en palace. Pas moyen de se faire approvisionner en ce moment. Mes fournisseurs ne veulent même pas lâcher leurs concombres au prix d'État ! Laissez-moi disposer d'un budget en devises, camarade. Ne serait-ce que dix pour cent de mes recettes.

Toute la nuit, Sacha s'était reproché d'avoir cédé à son impulsion. Il songea même à ne pas se rendre au rendez-vous. Le garde à l'entrée de l'hôtel empêcherait Natalia de passer puisque personne ne l'aurait annoncée. Elle repartirait avec une raison supplémentaire de détester les gens du Parti. D'ailleurs peut-être ne viendrait-elle pas.

Pourtant elle était là, en face de lui, dans un fauteuil de rotin. Il envisagea un court instant de l'orienter sur une fausse piste pour brouiller ses aveux de la veille.

Mais elle aborda brusquement le vif du sujet. Je ne comprends rien à ce que vous m'avez dit hier au soir. Comment pourriez-vous être mon frère ?

Elle avait imaginé toutes sortes d'hypothèses, plus farfelues les unes que les autres. Mais fondamentalement elle ne voyait pas comment elle pourrait avoir un lien quelconque avec un membre du Comité central, de surcroît conseiller du Secrétaire général (elle s'était renseignée le matin même).

Il était désolé. Elle non plus ne ressemblait pas à l'idée qu'il se faisait d'une sœur. Il lui raconta tout. Elle écouta sans l'interrompre, impassible.

C'est très mauvais pour vous cette histoire, commenta-t-elle. Il vaut mieux ne pas en parler. Il sourit, amusé. Il n'en parlerait à personne, ça allait de soi. Sa petite sœur possédait de bons réflexes. Cette révélation a dû vous bouleverser. Quel choc, tout de même ! Il haussa les épaules. On n'allait pas s'épancher dans les bras l'un de l'autre et que pouvait-elle comprendre à son existence ? Mais elle ne suivit pas plus avant cette piste. Elle le regarda en souriant. Alors nous voilà frère et sœur. Incroyable, non ?

Sa présence stimulait Sacha. Il avait envie de se jeter dans les rues, de courir de porte en porte et d'y frapper de grands coups. Une exaltation subite. Des envies incompréhensibles. Lui prendre la main, toucher son front crémeux. De son côté, elle le regardait avec étonnement. Éprouvait-elle la même chose que lui ?

Elle l'interrogea d'une voix tranquille. Notre père vous ressemble-t-il ? Non, non. Presque un cri d'horreur. Non, non. Mais vous, lui ressemblez beaucoup. Vous deviez vous en douter. Vous ne ressemblez pas du tout à votre mère. Elle ne vous a jamais rien dit ? Mais non jamais. Elle refusait de parler du père de Natalia. Elle était née de père inconnu et à l'hôpital, on lui avait collé le patronyme le plus simple qu'on puisse trouver. Changez le patronyme et vous cassez toute la filiation.

Natalia souhaitait en savoir plus sur Kolia, mais Sacha avait surtout envie que Natalia lui parle d'elle, de son mariage et de sa fille. Cependant elle esquivait ses questions et le ramenait toujours au point de départ. Leur père. Il va revenir n'est-ce pas, ou bien il vous a laissé une adresse, un moyen de le joindre ? Jusque-là Sacha s'en était tenu scrupuleusement à la vérité. Malgré les dangers qu'elle présentait. Mais cette fois, résolument, il mentit. Pas d'adresse. Rien. J'attends qu'il revienne et fasse signe. Aucun moyen de le joindre. Elle haussa les épaules. Dommage. Elle avait hâte de le rencontrer. Il avait l'air sympathique. Sûrement, on aurait des choses à se dire. Sacha bougonna. Il n'avait rien à dire à un pareil individu. Malhonnête de surcroît. Qu'est-ce que c'était que cette conduite ? Abandonner ses enfants à tous les coins du pays. Vous allez voir, nous allons nous trouver des ribambelles de frères et sœurs, maintenant qu'il a décidé de mettre de l'ordre dans sa conscience. Elle rit. Vous lui en voulez beaucoup ? À son tour, Sacha haussa les épaules. De quoi ? Simplement il n'avait rien à lui dire. Ce n'était pas le même monde. Ils ne pouvaient pas se comprendre.

C'est vrai. Impossible de se comprendre. Je ne sais pas pourquoi je discute avec vous ni ce que je suis venue faire dans cet endroit. D'une main, il l'empêcha de se lever. Je ne connais pas les autres enfants de Kolia, s'il en a eu d'autres. Mais toi, Natalia, j'ai envie de te connaître. Je n'ai pas eu de sœur et tu n'as pas de frère. Pourquoi se quitter ainsi ? Je ne te demande pas de penser comme moi et tu ne me changeras pas. Je devine que tu es attachée à des convictions qui ne sont pas les miennes. Les frères ennemis, quoi. Nous ne sommes pas obligés d'évoquer nos positions idéologiques à chaque rencontre.

Elle l'appela enfin par son prénom. Sacha ! Tu vois bien qu'on n'a rien pour s'entendre. Qu'est-ce que c'est que des positions idéologiques ? Je n'ai pas de position idéologique, moi. Il lui tenait toujours la main. Elle regarda celle de son frère, grande, douce, manucurée. Regarde les miennes, Sacha ! Voilà la différence entre toi et moi. Tu as des mains de bureaucrate et moi des mains de travailleuse. Il se rembrunit. Comment la convaincre de rester et surtout de le revoir ?

Un sentiment, jusque-là inconnu de lui, gouvernait ses actes et ses pensées depuis la veille. Un sentiment irrésistible et stupide. Car quelle sottise de lui avoir tout raconté et de désirer la revoir ! Toute sa vie, il avait concentré ses forces sur le pouvoir, son unique passion. Il s'était débarrassé des femmes qui risquaient de troubler son travail et son ambition en les basculant une minute sur un divan. Mais de cette femme, sa sœur au front blanc et paisible, entrée dans sa vie par la porte dérobée qu'avait ouverte ce maudit Kolia, il savait déjà qu'il ne pourrait plus se passer.

Revoyons-nous, proposa-t-il d'une voix douce. Elle n'y tenait pas. Et où s'il te plaît ? Pas question de revenir à la maison. Maman ne doit rien savoir de cette histoire et à propos le certificat, y peux-tu quelque chose ? Il haussa les épaules. Évidemment qu'il n'y pouvait rien. Si tout le monde se mettait à réclamer des réhabilitations approfondies, le pays s'arrêterait de tourner et se consacrerait au souvenir de ses morts. Déjà qu'on ne fait pas grand-chose. Natalia se mit en colère. Vous, ne faites pas grand-chose. Mais nous le peuple, que pouvons-nous faire d'autre que de tenter de survivre ? D'accord, d'accord. Apprends-moi le peuple, Natacha, ça peut toujours servir. Elle se mit à rire. Apprendre le peuple à un apparatchik ? Autant enseigner l'hébreu à un termite. Mais soudain, aussi brutalement qu'elle s'était mise en colère, elle devint affectueuse. C'est bon, Sacha. Tu as raison. Tu es mon frère. On ne laisse pas tomber sa famille.

23

Le froid ne dura pas. Une semaine au plus. Le ciel se couvrit de nouveau. La neige voltigea dans les rues grises, matelassa les trottoirs. La situation du pays n'était pas brillante. Les rapports s'entassaient sur le bureau de Sacha. À les feuilleter, il se sentait déprimé pour la journée. L'économie se dégradait jour après jour. Les recettes habituelles — ordres, réquisitions, oukases, appel à la milice ou au K.G.B. — ne marchaient plus. Semaine après semaine les résultats tombaient, toujours plus catastrophiques. De certaines villes parvenaient des informations alarmantes. Les magasins se vidaient. La population grognait de plus en plus fort. Inouï qu'elle se bornât à grogner. Sacha se demandait comment tout n'avait pas déjà craqué depuis longtemps. Ils dansaient au-dessus du vide.

Bon. Le pouvoir ne manquait pas d'idées. On se rabibochait avec les Américains et leurs alliés occidentaux, histoire de leur soutirer l'argent nécessaire au colmatage de la balance des paiements, sans oublier néanmoins de caresser dans le sens du poil les Arabes. (On avait déployé dans cette affaire, à coups de plan, de contre-plans, d'appels téléphoniques, de missions de Primakov, de voyages de Tarek Aziz, une énergie démesurée selon Sacha.) On tint de grandes réunions avec les responsables du secteur pétrolier, les métallurgistes, les membres du complexe agro-industriel et même, de nouveau, les économistes, dont il fallut écouter les vaticinations. Mais aucune de ces brillantes idées ne donna de résultats. Au risque de paraître une fois encore totalement irresponsable, le chef de l'État déclara même qu'on ne devait surtout pas prendre au sérieux les propos maladroits de son Premier ministre.

Tout cela donnait une grande impression de désordre et de confusion. L'esprit velléitaire et timoré du chef de l'État se révélait chaque jour davantage. Comment faisait-il encore illusion ? Il avait peur de tout et en même temps se cramponnait obstinément à son siège.

Pendant plusieurs semaines, il se concentra sur le référendum et le traité de l'Union. Brouillons les cartes, suggérait Sacha. Donnons le sentiment que vous seul incarnez l'intérêt général. Plus le désordre croîtra et plus vous apparaîtrez comme un rempart. Alors on réunissait le conseil de la fédération. On chuchotait un mot au Kazakh et un autre à l'Ukrainien pour que, dans une volte-face, ils se séparent de Boris Nikolaïevitch. Mais le lendemain, tout était à refaire. Chacun jouait son jeu et exploitait les faiblesses des autres.

Sacha en éprouvait parfois des vertiges. Ne commettait-il pas une erreur à s'entêter auprès d'un homme aussi menacé ? Ne serait-il pas temps de choisir son camp une fois pour toutes ? Mais qui pouvait dire aujourd'hui avec certitude lequel gagnerait ? Le plus sage dans ces temps troublés était d'opter pour l'immobilité. Ne pas bouger tant que la tempête n'était pas terminée et l'horizon dégagé. Mais si tout le monde suivait ce précepte, le vent les ensevelirait sur son passage et le pays sombrerait dans les gouffres qui s'étaient rouverts le long des lignes de fracture ancienne.

En temps normal, les problèmes politiques actuels n'auraient pas affecté Sacha plus que de raison. Mais aujourd'hui tous les événements, publics ou personnels, prenaient une résonance particulière.

Sacha n'avait jamais été porté à l'auto-analyse. Question de tempérament, croyait-il jusque-là. Plus vraisemblablement était-ce un effet de son éducation. L'apparition de Kolia et la découverte de Natalia l'avaient transformé. Il se surprenait aux rêveries et aux accès de sensiblerie qu'il critiquait jadis chez les autres.

Mais sans doute était-ce également inexact de parler de transformation. Dans ses moments d'accablement, Sacha pensait qu'il s'agissait plutôt d'une révélation. Il voyait surgir en lui un être différent de celui auquel il s'était habitué. Quelqu'un qui, par certains côtés, ressemblait un peu à Kolia et à Natalia. Comme si la vraie personnalité du petit Sacha, celle qu'il tenait de Kolia et de sa mère inconnue, avait été étouffée par les quelques mois passés en orphelinat ou par sa famille adoptive. Et dans ce cas, où était le vrai Sacha ?

Cette question ne le mènerait jamais à la folie. Son bon sens et son cynisme reprenaient vite le dessus. Quelle importance après tout, ce qu'on est véritablement, si l'on n'a aucun moyen de le savoir ? Il n'en soupirait pas moins de découvrir dans cette froide sagesse un héritage de Kolia, l'homme qui avait survécu.

Sacha devait s'accepter tel qu'il se découvrait : un homme avec des faiblesses dangereuses. La pire d'entre elles, il l'avait su dès le commencement, était son double inversé, sa sœur, Natalia.

24

Ses rencontres presque quotidiennes avec Natalia coupèrent sa vie en deux parties incompatibles.

C'était la première fois depuis son enfance, qu'il sortait de son univers et entretenait une relation avec quelqu'un qui ne relevait pas, d'une manière ou d'une autre, des cadres du Parti.

Incroyable comme cela compliquait l'existence. Où retrouver Natalia, par exemple ? Elle refusait de retourner à *l'Oktiabrskaïa*, et lui, ne voulait pas entendre parler des cafés minables qu'elle proposait. Faire la queue pendant une heure dans le froid, le temps que les clients précédents dégagent la place ? Bousculés par tout le monde ? Impossible. Ils se promenaient donc dans les rues de Moscou.

Sacha marchait volontiers dans la campagne ou la forêt autour de sa datcha. Mais pas dans Moscou. Il ne faisait jamais de courses. Si quelque chose manquait, qu'on ne pouvait trouver dans les magasins réservés, il envoyait son chauffeur. Il avait déjà visité la capitale des centaines de fois avec les délégations de partis frères. À quoi bon recommencer ? Un rendez-vous à l'extérieur ? Il se glissait dans la Volga et le chauffeur l'emmenait. Il n'aurait même pas su conduire tout seul dans Moscou. Trop compliqués ces itinéraires pour compenser les interdictions de tourner à gauche

Rejoindre Natalia présentait aussi des difficultés. Sacha se méfiait des bavardages du chauffeur. Mais prendre le métro, comment s'y résoudre ? Arrêter un taxi restait au-dessus de ses forces, même s'il s'y résignait parfois. Le plus souvent il se faisait déposer à proximité de l'endroit convenu. Le chauffeur l'y attendait une ou deux heures plus tard. Narquois, il le regardait revenir, les galoches boueuses, transi de froid et de mauvaise humeur. Incroyable ce masochisme ! Un type de cet acabit, est-ce qu'il ne pouvait pas se trouver une femme tranquille avec un petit intérieur douillet ? Au retour de ces expéditions, l'air accablé et fiévreux, Sacha ressemblait enfin aux passants anonymes.

Cheminer dans les rues de Moscou à côté de Natalia lui paraissait une prouesse exceptionnelle. Il n'osait pas le lui avouer d'autant que rien ne la troublait. Elle marchait d'un bon pas, son horrible sac sur l'épaule et l'épouvantable bonnet enfoncé jusqu'aux sourcils, cachant son front. Elle savait exactement où traverser. Contrairement à Sacha, les voitures qu'on aurait crues conduites par des fous ou des demeurés ne la terrorisaient pas. Par-dessus tout il ne supportait pas les bruits de pas dans son dos. Par exemple si dans une petite rue — Natalia préférait aux grandes artères les ruelles défoncées, bordées de vieilles maisons écaillées et vermoulues — derrière eux, résonnaient soudain des pas et des éclats de conversation, Sacha sentait se contracter les muscles autour de son épine dorsale. Son dos, si fragile, offert aux coups de poignard du destin. Natalia posait une main sur son bras. Tu ne crains rien. Ne t'agite pas ainsi. Faut-il que vous soyez craintifs, vous les apparatchiks, pour qu'une simple promenade te mette les nerfs à vif.

Il se demandait parfois si elle ne s'ingéniait pas à le démoraliser. Elle refusait toutes les promenades agréables. Les parcs et les monastères joliment retapés pour le millénaire ne l'intéressaient pas. Elle n'aimait que les endroits sordides, les rues barrées par des chantiers, hérissées de tuyaux et de ferrailles, les maisons éventrées ou condamnées, les impasses que personne ne déneigeait, les trottoirs encombrés par les queues.

Elle appartenait à un monde qu'il n'avait jamais connu, parallèle au sien, effrayant et rebutant.

Ils se retrouvèrent un soir plus tard que d'habitude. La nuit était déjà profonde, humide, mais pas trop froide. Sacha attendit Natalia aux abords de l'hôpital Timiriazev où elle rendait visite à sa fille.

Ils marchèrent dans le quartier. Depuis plusieurs

jours, il ne neigeait plus. Une odeur furtive de printemps flottait déjà dans l'air. Les trottoirs n'étaient plus aussi encombrés de congères. La nouvelle municipalité mettait son point d'honneur à déneiger plus vite et mieux que la précédente. Un peu partout sur son trajet Sacha avait remarqué des hommes qui brisaient la glace sur les trottoirs. Ils travaillaient de manière isolée, comme si dès la tombée de la nuit, en stakhanovistes, ils étaient revenus faire des heures supplémentaires et dégager l'asphalte. Ils ne pouvaient ignorer que, demain peut-être, la neige retomberait, que le froid s'abattrait encore sur la ville et glacerait les trottoirs. Ou bien ils obéissaient mécaniquement aux ordres, sans se soucier de leur rationalité. Ou bien simplement, ils étaient las de ces glissades incessantes.

Les lampadaires de la rue qu'empruntèrent Sacha et Natalia étaient presque tous éteints. À peine s'ils distinguaient les bosses et les crevasses qui surgissaient sous leurs pas comme des pièges. La nuit semblait plus noire qu'ailleurs. De part et d'autre des trottoirs s'entassait de la neige sale.

Sur l'un d'eux une femme brisait les croûtes de verglas. Elle les fracassait à coups de pic, sans régularité, en économisant ses mouvements, comme épuisée. À côté d'elle un petit enfant, vêtu de l'un de ces manteaux ordinaires à gros carreaux marron et orange, si courts et si étriqués, à l'étoffe de si piètre qualité qu'on se demandait comment ils pouvaient protéger du froid. Son crâne encapuchonné d'un bonnet de lutin à pompon lui donnait un air étrange. Dans sa pelle d'enfant, il ramassait les éclats de glace et les lançait sur le terre-plein neigeux. La mère et l'enfant jetèrent un regard fatigué à Natalia et Sacha lorsqu'ils passèrent à leur hauteur. L'apparatchik frissonna. Ils ressemblaient à des créatures sorties de la nuit. Plus tout à fait humaines. Malgré lui, l'image d'esclaves rongés par une vie sans espoir lui vint à l'esprit.

À force d'incursions dans cet univers parallèle,

quelque chose se brisait en lui. Natalia ne commentait jamais rien. Elle se conduisait en guide têtu et mélancolique. Ne cachons rien au visiteur descendu de sa tour, mais qu'il en tire lui-même les conclusions ! La maison n'assure pas les commentaires !

Il n'éprouvait pas d'attendrissement devant le monde qu'il découvrait, mais de l'horreur. Dans leur grand pays, dans leur beau pays, avait survécu une fraction de la population serve. Par des mécanismes incompréhensibles, déjouant les efforts accomplis par le régime depuis soixante-dix ans, elle s'était perpétuée. Il ne venait jamais à l'esprit de Sacha qu'on avait peut-être tout mis en œuvre pour l'empêcher de disparaître, comme le suggérait parfois d'un mot, d'un geste ou d'un regard Natalia. Il les désignait du terme méprisant par lequel autrefois on nommait les âmes serves, les gens, et jamais par celui, héroïque, que préférait Natalia, le peuple. Comment avouer à sa sœur que chaque descente dans ce monde infernal le confortait dans l'idée qu'on ne pouvait céder le pouvoir à la plèbe et aux populistes qui, tels les tribuns antiques, s'en réclamaient ?

Comment exprimer devant elle ces idées rudimentaires ? Elle aurait aussitôt refusé de le revoir et il en aurait été malheureux. Car il aimait de plus en plus sa jeune sœur.

25

Comment, élevée loin de la mauvaise influence de Kolia par une mère dogmatique, Natalia s'était-elle convaincue des idées qu'elle défendait ? Comme leur père, elle appartenait à la catégorie des esprits rebelles, dont rien n'entame le noyau dur de l'âme.

Malgré sa douceur, elle était obstinée. Elle se livrait avec réticence. À la rigueur, elle évoquait son enfance, plus volontiers son chantier et les difficultés de sa coopérative (à cause d'apparatchiks comme toi qui nous mettent des bâtons dans les roues). Elle refusait de parler de son mari. Bien sûr, Sacha se renseigna. Mais un mystère entourait cet homme. Comment s'étaient-ils rencontrés ? Pourquoi s'était-il suicidé ? Quelles étaient leurs relations ? Elle donnait, du bout des lèvres, des nouvelles de Lisa. Lorsque Sacha proposa (tout de même, c'est ma nièce, je dois veiller sur elle) de la faire admettre à la clinique du Kremlin, Natalia battit des ailes, en colère, comme un grand oiseau à qui l'on retirerait ses petits.

Ils la tueront encore plus sûrement. Ce sont tous des incapables. Où allez-vous quand vous êtes vraiment malades ? À l'É-TRAN-GER. Au moins dans son hôpital, les médecins et les infirmières se sont attachés à elle. Ses compagnes s'occupent d'elle. Maman va la voir tous les jours. Dans ton horrible clinique, nous ne pourrons même pas entrer. Personne ne la connaîtra et elle mourra de chagrin. Mais peut-être, offrit Sacha, pourrions-nous l'envoyer à l'étranger ? Ou lui commander les médicaments nécessaires ? Natalia ne répondit pas et prit un air songeur Mettait-elle en balance la vie de sa fille et la pureté de sa conscience ?

Elle aurait aimé rencontrer leur père. Elle s'impatientait. Pourquoi ne fait-il pas signe ? Nous aurait-il abandonnés une nouvelle fois ? Curieux d'ailleurs que dans son trou de province, Kolia ne manifestât aucun agacement du silence de son fils.

À brûle-pourpoint Sacha interrogea un jour Natalia sur sa grand-mère maternelle. Marina ? Une merveilleuse babouchka. C'est elle qui t'a manqué pour échapper à l'emprise du démon. Si tu l'avais connue, jamais tu ne croirais à toutes les sottises que tu défends aujourd'hui. Croire ? Mais il ne croyait à rien. Ne s'en était-elle pas aperçue ?

Elle raconta ce qu'elle savait de la vie de Marina Alexandrovna. Presque rien. Des lambeaux de souvenirs d'enfance. Des éclats de verre chatoyants dans la lumière, auxquels elle était inexplicablement attachée. On les avait enterrés avec elle. Des cristaux qui ressemblaient à des diamants.

Figure-toi, Natacha, c'est extraordinaire ! Kolia connaissait ta grand-mère. Elle le regarda un peu étonnée, comme si, elle aussi, allait souffler de dédain. Pourquoi pas ? S'il a connu notre Marinotchka, c'est que c'est un homme honnête.

Tout de même, tu ne trouves pas ça invraisemblable ? Quelles chances avaient-ils de se connaître et de se croiser une nouvelle fois ? Natalia haussa les épaules. Ne vivaient-ils pas tous dans l'Oural ? Regarde, toi aussi tu y es né et tu y as grandi. Elle leva les yeux au ciel, si triste. Et le plus incroyable, dit-elle d'une toute petite voix, mon mari aussi en venait. Qui sait s'ils ne se sont pas tous rencontrés là-bas, à un moment ou un autre ?

Mais enfin, observa Sacha, ils n'avaient pas le même âge. Comment serait-ce possible ? Elle joignit les deux mains devant elle pour s'étirer, lâchant son grand sac en bandoulière. La vie est tellement mystérieuse, Sacha. Pourquoi serait-ce impossible ? Je ne crois pas aux coïncidences, bougonna-t-il. Elle lui serra le bras de manière affectueuse. Il en eut le cœur retourné et posa sa main sur celle de sa sœur. Oh, Sacha, qui dit que c'est une coïncidence ? Bien sûr que c'est un coup monté, depuis le commencement. Un coup monté ? Par qui ? Sacha ! Elle protestait, malicieuse. Derrière son grand front blanc, les idées se bousculaient, escaladaient les colonnades et les portiques, comme des plantes vivaces et indestructibles. C'est le doigt de Dieu, Sacha. Ne me dis pas que tu ne l'avais pas reconnu ?

26

Le doigt de Dieu. Vraiment ! Est-ce lui également qui avait, d'une chiquenaude, expédié par deux fois le vieil ambassadeur et son conseiller sur le chemin de Sacha ?

Depuis longtemps l'apparatchik avait perdu le fil de cette discussion surchargée de digressions. Il avait noté comme elles étaient venues, les deux ou trois idées échangées tandis qu'il songeait à sa sœur lointaine. Une fois entraîné, le cerveau travaille tout seul, comme une mécanique perfectionnée. Il faudrait faire un sort à tous ces abrutis qui se lamentent que les dirigeants du monde — les chefs d'État, les capitaines d'industrie et la multitude de leurs collaborateurs, ministres ou directeurs généraux — ne disposent jamais du loisir de réfléchir. Mais nous ne cessons jamais de réfléchir ! Il faut en être resté à un état primitif pour ignorer les profondeurs de notre réflexion tandis que nous traitons d'autres problèmes. Personne ne se douterait jamais qu'il n'avait cessé de penser à ses soucis intimes, de même qu'il aurait pu, si cette affaire n'était déjà réglée, arrêter la politique qu'ils suivront demain, lorsque s'ouvrira le Congrès des députés du peuple de la République Socialiste Fédérative Soviétique de Russie.

Le sujet que, précisément, l'ambassadeur abordait à présent, d'un petit air impertinent, comme s'il s'agissait d'une affaire peu recommandable. Tous ces déplacements de troupes aux abords de Moscou. Finalement que se passera-t-il ? La manifestation aura-t-elle lieu ?

Quel mauvais goût, vraiment, de poser des questions pareilles ! Il pourrait au moins faire semblant de n'avoir rien vu ni rien entendu. Mais non, ça l'amuse de jouer les farauds. Et de retour dans son pays, il se vantera de son audace. (Nous étions suffisamment intimes pour que je n'hésite pas à l'interroger sur des points délicats.)

Répétera-t-il la réponse du chef de l'État ? Et le ton sec avec lequel il lui parlait. Comme on fait la leçon à un adolescent mal élevé. Ne te crois pas admis au rang des adultes, petite puissance de rien du tout. Déjà pas mal que je perde mon temps à discutailler avec toi ! Le Secrétaire général ne prononça aucune de ces phrases qui le démangeaient, mais montra de l'agacement. La manifestation, vous le savez, est interdite. (Par prudence on les avait même proscrites jusqu'à la dernière séance du Congrès, le 15 avril.) Si elle se tient malgré tout, nous veillerons à éviter les débordements et les leaders seront considérés comme personnellement responsables des violences qui pourraient se produire. Nos troupes seront là pour défendre le peuple contre les provocations.

Les journalistes occidentaux, curieux et insolents, ont contaminé le vocabulaire diplomatique. Peut-être existe-t-il entre eux et les chancelleries une compétition, encore incompréhensible aux responsables soviétiques. On sait bien que tous ces diplomates tiennent au sein de leur ambassade, ou dans leurs réceptions, des discussions complètement farfelues sur ce pays. Ils croient généralement tout ce qu'on leur raconte. Certains, les imaginatifs, en rajoutent et les rumeurs s'amplifient au fur et à mesure qu'elles progressent dans la communauté diplomatique. Amusant, mais pas très sérieux.

Cet ambassadeur posait vraiment ses questions comme un éditorialiste américain ou l'un de ces Français mal élevés. Est-ce l'amorce d'une guerre civile ? C'est comme ça que doivent s'exprimer ses supérieurs dans sa riche capitale, est-ce l'amorce d'une guerre civile ? Et dans le fond, ils s'en fichent un peu. Qu'ils s'entre-tuent, ces sauvages, pourvu que ça ne fasse pas de vagues chez nous !

Mais le chef de l'État secoua la tête. Il ne croyait pas à la guerre civile. Qui serait assez déraisonnable dans ce pays pour la souhaiter ? Non, non. Et tout autour du Secrétaire général, la brochette de ses conseillers, dont Sacha, à sa droite, secoua la tête de droite à gauche. Non. Non. Nous n'aurons pas la guerre civile.

27

Natalia croyait la guerre civile inévitable. La première fois qu'elle l'évoqua, Sacha protesta de manière un peu mécanique. Oui, peut-être as-tu raison, reconnut-elle finalement. Peut-être ne se passera-t-il rien.

Mais lorsque Natalia exprimait ses rancœurs à l'égard du système, il devenait difficile de l'interrompre. La guerre civile s'apparentait, pour elle comme pour beaucoup d'autres, à un orage bénéfique. Ils scrutaient le ciel, inlassablement, à la recherche des premières couleurs violettes qui l'annonceraient. Mais le ciel restait désespérément gris. La guerre n'éclatait pas. Le pays se décomposait presque paisiblement, dans la résignation générale. Quand nous aurons touché le fond, clamaient les optimistes, nous ne pourrons que remonter. Mais qui avait dit qu'il existait un fond ? Tout tombait en poussière. Personne ne respectait les lois. Dans certaines villes on ne se nourrissait plus que de pain. Un peu partout des enfants mouraient d'avoir respiré un air pestilentiel. Le pays était ruiné, les créanciers campaient déjà derrière ses frontières. Et malgré tous ces signes, la population pleurnichait : il ne se passe jamais rien.

C'était vrai. Il ne se passait rien. Comme un grand édredon, le territoire démesuré étouffait les mouvements de colère. On entendait parfois la vibration légère de grandes clameurs qui retentissaient dans les bassins houillers ou les cités industrielles de Sibérie. Mais à Moscou, leur écho faisait moins de bruit que le cri terrifiant des corneilles qui tournoyaient en grappes noires au-dessus du Kremlin. Lorsque le peuple descendait dans la rue avec ses bannières, lorsque ses orateurs grimpaient à la tribune, chaque fois, on retenait son souffle. Aujourd'hui sûrement, il se passera quelque chose. Le sang coulera, c'est inévitable. Mais il ne coulait pas. Les manifestants repliaient leurs drapeaux et leurs enseignes. On rentrait chez soi presque dans l'ordre. Il ne s'était rien passé. Le jour s'éteignait, la nuit revenait. L'hiver s'achevait, le printemps commençait. Et en dehors de ces brèves convulsions, rien ne se produisait.

Inouïs cette lenteur, ce temps de réaction. Les discours durcissaient jour après jour, tranchants comme des guillotines. Démission, incompétence, saboteurs, fauteurs de désordre, assassins de l'Union. Tous ces sons enflaient et s'élevaient dans le ciel, si hauts et si pesants qu'on croyait qu'ils le déchireraient et retomberaient en pluie de sang sur la terre russe. Mais une nouvelle fois, le vacarme s'apaisait. Il ne se passait rien et lorsqu'il se passait enfin quelque chose, on ne comprenait pas comment l'incident avait pu se produire. Quel mécanisme secret avait soudain joué ? Quelle usure ou quelle consomption invisibles, mais tenaces, avaient finalement brisé les résistances ? On se trouvait confronté aux événements longtemps après avoir renoncé à les espérer.

Conformément aux vieilles méthodes, les termes du débat avaient été mal posés. On confondait l'opposition, surgie du néant, par la grâce du Secrétaire général, et la confrontation. En outre le contenu de cette dernière demeurait flou. Confrontation entre des idées que personne ne maîtrisait complètement (qui savait au juste ce que c'était que la démocratie et les obligations qu'elle impliquait ?) ou, comme toujours, confrontation entre deux hommes ? Fallait-il que le destin de ce grand pays soit devenu fragile pour que sa survie ne dépende selon les uns, vigoureusement soutenus par les gouvernements occidentaux, que du Secrétaire général et pour les autres, du président de la Russie, le représentant des démocrates qui, il y a un an seulement, appartenait encore au parti communiste et même quatre ans plus tôt au petit groupe des dirigeants communistes. Dans cet immense territoire, se pouvait-il que n'existe aucune autre solution de rechange, en dehors de l'épouvantail, agité de temps en temps, d'un colonel en uniforme noir ?

Natalia hochait la tête : quelqu'un qui ne vivrait pas parmi nous, dans les mêmes conditions que nous, pourrait-il comprendre le drame qui se prépare ? Parce que selon elle, le moment viendrait où l'édredon aurait achevé de perdre son duvet, éparpillé à tous les coins du pays comme une neige de printemps. N'importe quoi peut arriver, soutenait-elle. Après tant d'années où nous avons tous cru que rien, jamais, ne bougerait, plus personne n'est sûr de l'avenir, ni nous, ni vous. Une seule chose paraît certaine : ce n'est que par la force que nous chasserons ceux qui nous ont confisqué le pouvoir il y a soixante-dix ans. Ils ont assis leur puissance sur notre humiliation. À coup de vexations et d'intimidations, ils sont devenus invincibles. À présent, le désastre auquel ils nous ont conduits leur sert même de légitimité : dans ce pays, seul le parti communiste a l'expérience du pouvoir. Mais le peuple finira par comprendre que la violence seule emportera les communistes et ce jour-là, vous serez tous balayés toi et les tiens. Sacha redoutait qu'elle n'ait raison. Qu'est-ce qui les délogerait de leur rocher du Kremlin, sinon des rafales de mitraillettes, les coups et le sang du peuple ?

Mais parfois Natalia nuançait d'une ombre de pessimisme son discours belliciste. Il lui arrivait de douter qu'un coup de force ou une guerre civile suffise à libérer totalement son peuple. La mentalité bolchevique avait corrompu l'âme russe pour longtemps et le pays allait si mal, est-ce que la première erreur que commettraient les démocrates, une fois au pouvoir, ne leur serait pas fatale ?

Sacha croyait, lui aussi, à l'imprégnation communiste des esprits. Il n'imaginait pas qu'on puisse durablement jeter l'anathème sur le communisme en Russie. En outre les démocrates montreraient rapidement leurs limites. Ils étaient désunis et leurs idées manquaient de clarté. Leur seul credo commun était l'opposition au parti communiste, dont ils étaient presque tous issus. Mais ce qu'ils bâtiraient sur les ruines de la société actuelle ils l'ignoraient eux-mêmes. Quant au peuple, comme disait Natalia, qui n'avait plus confiance dans le Parti, souhaitait-il confier son destin à des aventuriers ? Et, plus encore, souhaitait-il vraiment conquérir un pouvoir qu'il n'avait jamais exercé ?

28

À se rencontrer plusieurs fois par semaine, une heure par-ci, une heure par-là, souvent à la tombée de la nuit, lorsque Moscou devenait encore plus triste, ils se lièrent de connivence. Ils n'ignoraient pas l'aspect accidentel de leur amitié. Ils n'auraient jamais dû se connaître et les liens qu'ils nouaient, petit à petit, troublaient leur équilibre.

Si Natalia croyait aux responsabilités familiales, Sacha n'avait cédé qu'à un instinct primitif en recherchant sa compagnie, celui qui réunit les hommes et les femmes. Impossible de s'avouer qu'il était fou d'elle et que plus elle résistait à son emprise, par l'entêtement de son esprit et l'étendue de son bon sens, moins il pouvait cesser de la voir. Au fil des jours, Natalia, elle aussi, s'attachait à lui. Elle détestait l'univers dont il était irrémédiablement prisonnier, ses discours altérés, son intolérance viscérale. Mais sa présence masculine agissait comme un poison. Elle vivait seule depuis des années, préoccupée seulement de la santé de sa fille, du confort de sa mère et de la réussite de son entreprise. Rien pour adoucir cette vie austère. Rien pour lui faire oublier la misère de son pays et sa descente quotidienne vers les gouffres. Un homme, ce n'est pas grand-chose. Un peu de muscles et de sang, quelques cheveux, un sourire et un regard. Une silhouette massive, autoritaire qui, d'un bras ferme, arrête dans la rue la course des taxis. Une voix attentive qui s'attarde sur votre prénom. Des mains chaudes qui vous calent les épaules, le temps de faire claquer deux baisers fraternels sur chaque joue. Presque rien, en fait. Mais cela suffisait pour transformer sa vie. De cet homme, elle ne redoutait pas qu'il veuille s'immiscer dans son intimité. La barrière du sang le retiendrait toujours du côté tranquille de la frontière. Elle surprenait la tendresse de ses regards, leur jalousie et la tristesse qu'imposaient les limites de leurs relations. Curieux de se sentir à l'aise avec un homme si étranger à sa vie et à ses idées, si différent de ce qu'avait été son mari.

Sacha manifestait une attention dont il avait toujours été avare avec les femmes. Il faisait porter à Lisa de grands cartons de chocolats et de bonbons, des douceurs introuvables ou dont on ne pouvait acheter qu'une poignée depuis le rationnement. Après avoir lu le bristol blanc qui les accompagnait, les infirmières lui assuraient que c'était un cadeau de sa maman. Comme si Natalia pouvait acheter d'aussi bonnes choses, agréables à partager avec les autres malades, les infirmières et les médecins.

Un soir, Sacha décida d'emmener sa sœur au Bolchoï. Elle n'y allait jamais. Lui non plus, sauf par obligation professionnelle pour escorter une délégation. Il n'aimait ni la musique ni les ballets et somnolait le temps du spectacle, rêvassant aux affaires en cours. C'était une soirée glaciale : à l'orée du printemps le redoux avait traîtreusement cédé à une vague de froid. Le sol humide et boueux avait de nouveau gelé.

Ils se retrouvèrent devant les colonnades, bousculés par la foule et les propositions des vendeurs de billets. Sacha prit le bras de sa sœur et, la mine farouche, la conduisit à travers le vestibule jusqu'aux vestiaires. Habillé de vêtements coupés dans une belle étoffe, la mâchoire crispée, les sourcils froncés, la démarche assurée et non baguenaudante comme les autres spectateurs qui déambulaient en discutant, se trompaient d'entrée ou cherchaient le buffet d'un air affamé, Sacha ressemblait à ce qu'il était. On le regardait. La présence à ses côtés de la petite Natalia, frêle, pâle, sans maquillage, coiffée d'une grosse natte et vêtue d'un tailleur marron un peu défraîchi alimentait les conversations des spectateurs ennuyés d'être arrivés en avance.

Il l'installa à une place du parterre. Natalia n'avait consenti à venir qu'à la condition d'être au milieu du public. Cette exigence énerva Sacha. Comment expliquer à sa secrétaire qu'il ne voulait pas des sièges habituels. On les avait cependant bien placés, en bordure de la fosse d'orchestre. De son fauteuil, Sacha regarda, au-dessus d'eux, la loge officielle qu'il occupait d'ordinaire. Elle était vide.

Qu'est-ce qu'on joue ? demanda Natalia en s'asseyant. Sacha l'ignorait. Ils rirent tous les deux. Si on partait ? Mais non, Natalia se sentait fatiguée. Assise, c'était agréable. Protégés par le brouhaha des conversations et des instruments que l'orchestre accordait, ils bavardèrent. Incroyable comme c'était facile de parler ensemble. Les liens de parenté compensaient-ils leurs différences ? Non. Ils le savaient très bien, mais comment s'avouer leur sympathie mutuelle sans provoquer des catastrophes ?

L'opéra qu'on jouait ce soir-là, très long et très connu, ne les enthousiasmait pas. Malgré la beauté des timbres, aucun chant ne pinçait vraiment le cœur. Ils ne s'émurent qu'à la fin du deuxième acte, lorsque retentirent les chœurs mélancoliques des Vieux-Croyants. Tiré de sa somnolence, Sacha prit la main de Natalia. Ils cherchaient vainement, la main dans la main, à comprendre dans quels couloirs obscurs, oubliés, leurs esprits s'égaraient.

Entre le second et le troisième acte de cet opéra intervient un changement de tableau, d'un cabinet de travail du Kremlin à la cour désordonnée du Terem. Pas d'entracte entre les deux tableaux. On ne ralluma pas les lampes, mais seulement les petites chandelles électriques suspendues autour des loges et des baignoires. Pour occuper le public, on expédia devant le rideau les principaux chanteurs recueillir des applaudissements. Il ne faisait pas très clair, mais dans cette demi-pénombre, Sacha qui, par ennui, avait tourné la tête vers sa loge habituelle, crut y remarquer du mouvement. La salle s'enfonça de nouveau dans l'obscurité, le rideau se rouvrit, Sacha tenta sans succès de s'intéresser à l'intrigue.

Lorsque tomba le rideau du troisième et avant-dernier acte, emportant le dernier souffle du chœur, et que la lumière se ralluma, il observa le public prêt à courir au buffet, aux toilettes ou aux vestiaires. Machinalement, ses regards s'élevèrent jusqu'à la loge. Il tressaillit en y découvrant le responsable du K.G.B. auquel il avait eu recours pour trouver Natalia et sa mère, qui, accoudé nonchalamment au rebord, contemplait la salle en train de se vider pour l'entracte. Ses lèvres remuaient comme s'il marmonnait ; plus vraisemblablement répondait-il à ses compagnons assis en retrait dans la loge.

Sans prendre le temps de s'interroger sur la présence de cet homme, saisi d'un sentiment confus de malaise, Sacha eut pour la première fois de sa vie un réflexe de fugitif, celui sans doute de Kolia durant des années. Il tourna le dos à la loge pour dérober son visage et s'emparant du coude de Natalia, toujours immobile dans son fauteuil, l'obligea à se lever. Partons. J'en ai assez de Moussorgsky.

Elle se laissa conduire sans protester vers le vestiaire, non sans s'étonner cependant des regards furtifs que jetait son frère autour d'eux. Il l'aida à s'enrouler dans son manteau et la dirigea à grands pas vers la sortie.

Le plus difficile fut de franchir la porte d'entrée. Leur progression fut ralentie par la présence, dans l'espace entre les deux portes battantes qui isolait le vestibule du froid, de plusieurs fumeurs trop frileux pour griller une cigarette dehors. Ils bloquaient le passage. Le tabac le rendait nauséabond et suffocant. Sacha poussa la foule brutalement. Pour avancer plus commodément, il avait lâché le bras de sa sœur et lui ouvrait la voie.

Il sortit le premier et, sans attendre Natalia, descendit les marches à la recherche d'un taxi. On y avait jeté un mélange de sel et de terre pour les rendre moins glissantes. Cela suffisait aux galoches en caoutchouc qui protégeaient les jolies chaussures de Sacha. Mais les bottes à petits talons, que Natalia ne portait plus depuis la mort de son mari, dérapèrent sur une plaque de verglas mal sablée.

Elle tomba en s'étonnant de ne pas sentir la main solide de son frère, d'ordinaire toute proche de la sienne, la retenir au dernier moment. Le bruit de sa chute et le cri qu'elle poussa le firent se retourner. Il accourut aussitôt, furieux contre lui et contre son mouvement de panique.

Déjà un homme aidait Natalia à se relever. Préoccupé de savoir si Natalia ne s'était rien cassé, Sacha ne le regarda même pas. Elle était tombée de côté, se déchirant une manche et filant ses collants. L'épaisseur du manteau avait amorti la chute et protégé ses membres, mais non son visage. Même à la lumière blafarde des réverbères, on voyait que le haut de sa pommette saignait. Sous le choc, Natalia vacillait. Sacha lui prit la taille et épongea le sang de son mouchoir.

L'autre homme, encore en arrière, fit un pas en avant, sans doute pour examiner la plaie de la jeune femme. Le réverbère éclaira le visage roublard du chauffeur de Sacha au moment précis où lui-même reconnaissait son patron. Ça alors, Alexandre Valentinovitch, je ne savais pas que vous étiez là vous aussi !

Stupéfait, Sacha le regarda. Il se sentit soudain le souffle court. L'impression de malaise qu'il avait ressentie tout à l'heure en découvrant le guébiste dans la loge lui serra de nouveau le cœur. Il interrogea cependant le chauffeur de sa voix coupante habituelle. Qu'est-ce que sa femme fabriquait au Bolchoï ce soir ? Est-ce que par hasard elle le suivait ?

Mais pas du tout, repartit le chauffeur en allumant une cigarette. Elle accompagne un couple d'amis. Il désigna sa Volga noire, garée à quelques mètres. Regardez, à côté de notre voiture, c'est la leur, celle des amis de votre femme. Il pinça les lèvres, un peu méprisant, une voiture de tchékiste.

Sacha sentit comme un éclair lui traverser le crâne. Aucune raison d'avoir peur ni du tchékiste, ni de sa femme, son trouble était totalement irrationnel. Pour s'en débarrasser, il tempêta contre le chauffeur. Savait-il qu'il n'était pas à la disposition de sa femme ? Et lui, pendant ce temps, se trouvait réduit à prendre des taxis. Par un temps pareil ! L'apparatchik montra Natalia qu'il serrait contre lui pour conjurer son inquiétude. Allons, qu'il saute dans sa voiture et qu'il les emmène. Et vite !

Il installa dans la voiture sa sœur encore chancelante, lui enleva le mouchoir poisseux et le jeta à terre. Parce que sa faiblesse le tracassait, il plaisanta. Tu as raison, Natacha. Nous faisons couler le sang du peuple. L'hémorragie inquiétait le chauffeur. Il proposa son propre mouchoir. Qu'est-ce que je dirai au garage demain, si vous mettez du sang partout ? À chaque feu, il se retournait. Au moins, ça ne saigne plus ? Ou encore : peut-être vaudrait-il mieux aller à l'hôpital ? Sacha bougonnait. On t'a assez entendu pour ce soir. Il tenait Natalia contre lui. Jamais ils n'avaient été aussi proches l'un de l'autre. Cette proximité contribua à dissiper le malaise de Sacha. Plus ils s'éloignaient du Bolchoï, plus il trouvait son comportement stupide.

Une fois à la Bolchaïa Ordinka, le chauffeur aida Natalia à descendre de voiture. Elle semblait plus choquée qu'il ne l'avait cru en la relevant. Un petit brin de femme qu'il imaginait mal dans les bras de son apparatchik. Il leur tint la porte d'entrée. Je reconduis votre femme et je reviens vous chercher, proposa-t-il à Sacha. Mais celui-ci avait retrouvé tous ses esprits. Il fronça les sourcils, l'air mauvais. As-tu déjà oublié ce que je viens de te dire ? Tu m'attends ici. Tout le temps qu'il faudra. Le chauffeur soupira. Pénible soirée sur laquelle il aurait eu beaucoup à dire si Sacha avait pris le temps de l'interroger aimablement. Certains soirs il détestait son métier. Mais philosophe, il soupira encore, alluma une nouvelle cigarette et s'enfonça dans la voiture tiède.

29

Les conséquences de cette soirée mouvementée surprirent Sacha.

À son retour chez lui, tard dans la nuit, il interrogea Tatiana avec véhémence. Qu'est-ce que c'était que cette idée d'aller à l'opéra avec un guébiste ? Elle se mit aussitôt en colère. Ces scènes de jalousie ne lui allaient pas du tout. Qu'il lui dise plutôt d'où sortait cette fille avec laquelle il s'affichait.

Ils se préparaient à une grande scène de ménage comme les aimait Tatiana. Mais la réponse que lui donna Sacha, excédé, la désarçonna. Elle était tellement invraisemblable que Tatiana en perdit d'abord la parole. Cependant sa mesquinerie reprit vite le dessus et elle eut plaisir à souligner qu'elle avait toujours pensé que son beau-père, Valentin Ignatiévitch, était allé chercher ailleurs des compensations à la maigreur de sa femme.

Au tour de Sacha de rester bouche bée. Il se garda de la détromper et reposa sa question. Mais bien sûr, gémit Tatiana, s'il s'intéressait à elle, il se souviendrait qu'elle était depuis des années l'amie de la femme de son guébiste (et qu'est-ce que c'étaient que ces pudeurs soudaines devant le K.G.B. ?). Elles sortaient souvent ensemble toutes les deux pour oublier l'indifférence de leurs deux maris, dévorés par le démon du pouvoir. Était-ce de sa faute si ce soir-là, il avait décidé de les accompagner ? Une lubie soudaine ! Elles l'avaient attendu longtemps parce qu'il n'était pas pressé de quitter son bureau de la Loubianka. Mais pour finir, il leur avait téléphoné d'aller directement au Bolchoï où il les rejoindrait. Elles étaient donc parties avec le chauffeur de Sacha. Le mari de son amie les attendait déjà devant le Bolchoï. Mais c'était déjà si tard qu'ils avaient manqué les deux premiers actes.

L'explication convainquit Sacha. Il était trop tendu en ce moment et vivait dans une atmosphère de complots qui lui en faisait voir là où il n'y en avait pas. Il avait réagi de manière idiote.

Ses relations avec Tatiana, comme toujours après une grande crise, se trouvèrent apaisées pour plusieurs semaines. Elle ne demanda rien de plus sur Natalia, qui ne l'intéressait pas et dont, par ce moralisme étroit de la nomenklatura, elle trouvait sans doute l'existence choquante.

En revanche, le comportement de Natalia se transforma subtilement. Sa blessure était sans gravité. Elle eut quelques maux de tête et porta un pansement plusieurs jours. Mais, comme si le choc qu'elle avait subi avait réveillé en elle le goût du peuple russe pour les catastrophes, elle évoqua plus que jamais les désastres auxquels courait le pays.

Elle qui ne mettait jamais les pieds à l'église, se préoccupa soudain de la fête de Pâques qui tombait quinze jours plus tard. Le pouvoir avait justement décidé de la fêter dignement. (On accrocherait des affiches et des banderoles partout dans la ville pour rappeler cet événement à la population. De même que le 7 novembre, on suspendait au-dessus des rues des banderoles couvertes de slogans *Vive la grande révolution d'octobre, Pour la révolution et la perestroïka*, on installerait de nouveaux mots d'ordre *Le Christ est ressuscité, Que Pâques apporte le bonheur dans votre maison, frères et sœurs*.)

Natalia s'inquiétait parce que cette année, Pâques

et l'Annonciation tombaient le même jour. Sacha ne voyait pas le problème. L'Annonciation, quelle importance ? Mais elle prétendait que certains de ses amis orthodoxes se demandaient si la coïncidence des deux fêtes n'interdisait pas toute célébration.

Tout de même, c'était ennuyeux cette histoire. Pour une fois qu'on prévoyait de faire un effort, surgissait une difficulté inattendue et incompréhensible. Il faudrait appeler le Patriarcat.

Ses amis pensaient aussi que cette coïncidence annonçait des catastrophes. Elle s'était produite pour la dernière fois en 1912, deux ans avant la guerre.

Il ne manquait plus que cela ! Le retour des comètes, des Raspoutine, l'apparition dans le ciel de Lituanie, avant le jour de l'An, de trois soleils et d'une croix. Sacha ne savait que penser. Ce coup à la tempe avait-il ébranlé son esprit ? Ou avait-elle inventé un moyen tortueux de lui signifier qu'ils ne devaient plus se voir ?

Il ne l'aurait pas supporté. Depuis la soirée du Bolchoï, elle était plus blanche encore. Sacha ne se lassait pas de regarder sa peau crémeuse. La blessure était moins grave qu'il ne l'avait craint. Elle reprit son travail malgré quelques maux de tête et le bandage que sa mère lui imposait. Le 17 mars, elle vota contre l'Union et pour l'élection du Président russe. Mais Sacha ne l'en aima pas moins.

Elle ne décourageait plus ses visites chez elle. Nadejda Sergueïevna ne demandait jamais où en était l'enquête qu'il devait rouvrir. Elle ne l'appelait plus cher Alexandre Valentinovitch mais Sacha. Elle ne faisait pas la moindre allusion qui aurait laissé penser qu'elle connaissait leur lien de parenté ou qu'elle les soupçonnait d'une intrigue amoureuse.

Non. Rien. Elle trouvait normal qu'il vienne prendre le thé en sortant du bureau. S'il arrivait avant Natalia, elle le faisait entrer sans la moindre gêne, l'installait dans la cuisine et bavardait avec lui.

Pourtant, Natalia paraissait distante, vaguement

ennuyée de la présence de son frère si elle se prolongeait. Il semblait à Sacha qu'insensiblement, elle dénouait le lien ténu d'amitié et de complicité qu'il avait réussi à créer entre eux.

Le samedi suivant le référendum, dans l'après-midi, Sacha l'emmena se promener. C'était l'une de ces nombreuses journées grises mais peu froides du mois de mars. Natalia ne portait pas son horrible bonnet. Ils se promenèrent au centre-ville, dans l'espace délimité par la rue Pouchkine et la Neglinnaïa. Le fourre-tout de Natalia était bombé comme si elle venait d'y ranger ses courses du week-end. Sacha la retrouva devant le Tsoum, du côté de la Petrovka. En l'attendant, elle avait dû faire des achats. À la place de son pansement, un bleu jaunissant s'étalait de la pommette aux tempes. Cela tordait le cœur de constater qu'avec son imperméable fourré bleuâtre, ses bottes informes et son gros sac que, fatiguée, elle tenait à bout de bras en l'attendant, elle ne se distinguait pas des milliers d'autres femmes qui se traînaient d'un bout à l'autre de la ville. Il fallait regarder de plus près son dos bien droit, son regard sincère, sa douce peau blanche pour se rendre compte qu'elle n'appartenait pas complètement au monde qui l'entourait.

Sacha se précipita vers elle. Le chauffeur l'avait déposé au coin de la Neglinnaïa et du Kouznetsky Most. Ordre de l'attendre place Sverdlovsk d'ici une heure. Natacha ! Il lui prit la main et la baisa à plusieurs reprises d'un geste peu fraternel. Il avait envie de lui parler enfin, d'avouer tout ce qu'il éprouvait pour elle. Mais elle coupa court aux effusions, retira sa main, envoya d'un grand coup, hop, son sac sur son épaule. As-tu des nouvelles de Kolia ? Sacha s'arrêta, brisé par l'attaque. Mais non, bien sûr. Par hasard, en aurais-tu toi ? Elle haussa les épaules : et comment donc en aurait-elle ?

Tu comprends, j'ai très envie de le rencontrer. Comme ça ? Maintenant ? Tu ne t'en es jamais souciée jusqu'à maintenant. Évidemment, elle ignorait qu'il existait. Bon, marchons. Il lui prit le bras et la poussa en direction de la Neglinnaïa. En se promenant, peut-être oublierait-elle cette conversation insensée.

Mais pas du tout. Elle la poursuivait opiniâtrement. Sacha comprit soudain qu'elle l'avait préparée dans ses moindres détails, prévu les reparties de son frère, envisagé chaque passe d'armes. Je suis certaine que tu sais où il est. Simplement tu ne veux pas me le dire. Tu ne veux pas que je le connaisse. Mais tu es folle ! Pourquoi aurais-je des idées pareilles ? La réponse tomba, glaciale, parce que tu ne l'aimes pas. Il quêta son regard gris. Qu'elle tourne son front vers moi ! Bien sûr que je ne l'aime pas. Un homme qui débarque dans ma vie, comme ça, sans prévenir, prêt à tout bouleverser. Salut, c'est moi, Kolia, ton petit papa chéri. Tu ne t'en doutais pas, hein ? Mais voilà, habitue-toi à cette idée. Évidemment que je ne l'aime pas. De peur, il descendit un demi-ton. Mais toi, je t'aime, Natalia. Pourquoi voudrais-je te faire de la peine ?

Elle tourna enfin son front crémeux, découvert par sa coiffure, plus haut et serein que jamais. Mais oui, pourquoi ? Elle le répéta une ou deux fois, comme si elle s'étonnait elle-même de la question. Avec elle, tout paraissait toujours simple, lumineux. Elle passait du désespoir à l'allégresse avec la même sincérité. La vie était une suite d'évidences, un peu contradictoires, qu'on découvrait l'une après l'autre. Pas de quoi ébranler, en apparence du moins, la tranquillité de son âme.

Avant la rue Rakhmanovski, ils obliquèrent sur la gauche et s'engagèrent dans la ligne Petrovskii. Une ruelle à l'écart de la circulation. Sur tout un côté du trottoir, de la Neglinnaïa à la Petrovka, s'étalait l'hôtel *Budapest*. Un immense bâtiment à la façade rococo, en cours de restauration. Les parties rénovées, flambant neuves, malgré la couleur indécise — entre l'ocre, le jaune, le marron et le rose — dont on l'avait repeint, donnaient une idée de ce que pourrait devenir Moscou avec un peu d'argent et d'initiative. Ils longèrent la façade et observèrent, en passant à leur hauteur, deux ouvriers affairés. Ils ne travaillaient pas sur le chantier, fermé ce samedi après-midi ; ils déchargeaient une de ces camionnettes bleues, brinquebalantes et bruyantes, dont les formes évoquent les camions des années d'après-guerre. Elle était remplie de viande. Lorsque les deux hommes calculaient mal leurs mouvements, les cendres de leurs cigarettes se collaient, comme des pastilles grises, sur ces beaux morceaux, rouges et frais. D'un soupirail à moitié enterré, dépassait un toboggan de fer-blanc, luisant, sur lequel ils jetaient les quartiers de chair. La viande glissait vers les profondeurs des cuisines. Natalia n'y prêta pas attention. Quoi de plus banal que cette manière désinvolte de manipuler des denrées alimentaires introuvables dans les magasins ? Mais Sacha en eut le cœur retourné.

Au moment où ils avaient quitté la Neglinnaïa, sa résolution de tenir Kolia éloigné de Natalia avait perdu de sa force. Dès que leur père téléphonerait, il lui communiquerait l'adresse et le nom de Natalia. Mais en voyant la viande disparaître dans les entrailles de l'hôtel, l'idée lui vint que Kolia inviterait sa fille dans un endroit comme celui-ci. Il lui commanderait un bifteck et des pommes de terre et dans leurs assiettes surgirait la viande salie par les cendres et les vêtements poussiéreux des ouvriers. Cette pensée le détermina à ne pas changer d'avis.

Natalia sentit-elle cette altération des sentiments de Sacha ? L'espace d'une minute, quand elle avait tourné son front et répété, mais oui, pourquoi ?, ils avaient retrouvé leur intimité particulière. Elle avait dû comprendre, la fine mouche, que pour avoir gain de cause, il fallait jouer le jeu de Sacha, lui accorder un peu de la tendresse qu'il recherchait. Mais tout aussi subtilement, elle saisit, sans deviner pourquoi, que, de nouveau, le courant qu'elle venait de rétablir entre eux ne passait plus. Elle reprit une mine résolue, crispation des mâchoires, et léger froncement des sourcils qui rappelaient la physionomie de son frère lorsqu'il était en représentation.

Elle l'amena par le Kouznetzky Most vers la rue Pouchkine, avec tant de détermination qu'il flaira un piège. Mais il se méprit sur sa signification. Ils se dirigeaient vers le Bolchoï par une voie détournée. Voulait-elle lui faire comprendre qu'elle n'oubliait pas l'incident de l'autre soir ? Ç'aurait été une réaction normale, féminine, rancunière, tellement plus explicable que l'interprétation ridicule qu'elle donnait de cette affaire.

Cependant quand, par la rue du Théâtre d'art, ils arrivèrent sur le côté droit de l'opéra, elle tourna à gauche, vers l'arrière du Bolchoï en direction d'une impasse. Au fond de celle-ci une palissade, percée de nombreuses trouées par lesquelles entraient et sortaient, de la manière la plus naturelle, un flot de jeunes soldats. Par les intervalles de la clôture, on voyait danser leurs manteaux couleur de sable mouillé et leurs chapkas bleues. Ils avaient constitué de petits groupes et discutaient en fumant, comme des hommes qui se détendent avant de passer à l'action. Les regards indiscrets de Sacha et Natalia les amusèrent.

La jeune femme s'écarta la première et, pivotant sur elle-même, montra de l'autre côté l'alignement, le long du Bolchoï, de gros et vieux camions militaires, qu'une cale rouge retenait à chaque pneu avant-gauche.

Alors, dis-moi. Que préparez-vous ? Que font ces soldats ici ? Vous envisagez d'interdire la manifestation de jeudi prochain ? C'est bien ça ? Et si elle se tient malgré tout, vous déploierez vos forces pour nous intimider ou peut-être nous tuer ? Et contre qui, Sacha ? Contre les gens ordinaires. Contre le peuple.

Elle étincelait de colère. Son front blanc, ses joues et son menton se tachetaient de rose. Jamais il ne l'avait vue aussi émue. Il la regardait, les bras ballants, ne sachant comment lui répondre autrement qu'avec des phrases mécaniques qu'elle lui renverrait aussitôt à la figure. Il avait le sentiment d'un désastre. Difficile de refuser éternellement de choisir. Il la regarda encore et encore pour s'imprégner de son image. Il demeurait immobile, le regard gris fumé concentré sur son unique sœur, sa compagne perdue. Déjà, elle s'éloignait d'un pas tranquille, l'épaule droite un peu plus basse à cause du gros sac. Une femme ordinaire rentrant chez elle après les courses du samedi. Seule la natte épaisse, battant sur son dos droit, évocation fugitive des temps révolus et sa démarche légère malgré ses vilaines bottes, la distinguaient de la foule dans laquelle, finalement, elle se perdit.

30

Tout à l'heure, dans le renfoncement de la fenêtre, pendant que les diplomates discutaient avec l'interprète, Sacha avait calculé combien de jours s'étaient écoulés depuis leur séparation. Quatre. Comme il s'en doutait, elle ne lui avait pas fait signe. De toute manière, elle ne téléphonait jamais, ne proposait jamais de rencontres. À lui de prendre l'initiative. Elle se bornait à consentir à ses propositions.

Il retrouva soudain les remarques et les préoccupations de Natalia dans la bouche de l'ambassadeur. Quand même, toutes ces troupes qu'on signalait sur le chemin de la capitale ! Que se préparait-il ? Et demain que croyez-vous qu'il se passera ?

Le chef de l'État sourit de la manière enjôleuse qu'il réservait aux grandes occasions. Il montra le dossier à côté de l'ambassadeur. Je l'explique à vos dirigeants. Qu'ils ne s'imaginent pas que l'affaire lituanienne va se reproduire. La légalité sera respectée, de notre côté du moins. Je vous l'ai dit au début de cet entretien, je suis un peu choqué qu'on ne me croie pas. Qu'un journaliste passe la tête sur la place du Manège demain et nous aurons encore droit à des articles sur mon autoritarisme et le retour en arrière, faut-il aider l'U.R.S.S., et que sais-je encore ? Je comprends bien que chez vous la liberté de la presse c'est sacré. Mais enfin on n'est obligé ni de la lire, ni de la croire, n'est-ce pas ?

La nuit était venue. Quand ces deux diplomates se décideraient-ils à prendre congé ? Sacha regarda sa montre. Il arriverait en retard à son rendez-vous.

31

Hier, Kolia avait téléphoné. Comme la première fois, il se débrouilla pour que la secrétaire de Sacha le lui passe directement.

Allô, Sacha. Les deux mois sont écoulés. Est-ce que par hasard notre chère Tchéka souffrirait, elle aussi, de la perestroïka ? Et de toute manière, pas très gentille ton attitude. Tu aurais pu me donner un petit coup de fil, envoyer un mot. Cher Papa, les recherches sont lancées. Je me fais du souci, moi. Je me demande si mon petit Sacha n'a pas oublié, il a tellement de travail le pauvre. Ou alors le méchant garçon a décidé de ne rien faire. Ou bien n'aurais-tu rien trouvé ? Il parlait de sa manière naturellement autoritaire, sans l'ombre d'une hésitation ou d'une inquiétude.

Écoutez. J'ai été très occupé, c'est vrai. Mais je n'ai pas de bonnes nouvelles pour vous.

Ah ! Pas de bonnes nouvelles. Il faudra m'expliquer cela en détail. C'est qu'on ne me renvoie pas avec un bout de papier et deux tampons. Mon petit Sacha, il faudra que tu te justifies.

Je vous explique tout de suite. (Oui, oui débarrassons-nous de cette histoire par téléphone. Il se sentait fiévreux.)

Au téléphone ? Pas question. Écoute, Sacha, je

viens à Moscou demain. Je prends le train. Je serai là en fin d'après-midi. Peut-être que tu le sais, il y a une grande manifestation prévue pour jeudi. J'en serai.

Elle est interdite.

Interdite ? Oui, mais elle se fera quand même. Qui se soucie des interdictions, aujourd'hui ? Alors, voyons-nous demain soir. Au *Praga*, comme la dernière fois. Mais réserve, j'arriverai trop tard à Moscou pour m'en occuper. Tu me raconteras ta petite histoire, Sacha. Même si c'est triste, ça me fera quand même drôlement plaisir de te revoir.

Un sale coup la réapparition de Kolia. Bien lui de surgir au moment où Sacha avait le plus de soucis. La fin de la journée passée en colloques avec le Secrétaire général, ses principaux conseillers et le Premier ministre ne lui laissa aucun répit. Le temps fuyait sans qu'il pût réfléchir à la meilleure manière de se débarrasser de Kolia.

Dans sa voiture, il médita sombrement. Évidemment, Kolia resurgirait ainsi dans son existence à tout instant, sous n'importe quel prétexte. Sacha craindrait constamment ses révélations ou encore qu'il ne découvre Natalia. Il éprouvait de l'agacement à cette idée. Il fallait protéger Natalia des griffes de leur père. Et d'ailleurs quel plaisir d'être en possession des clés que Kolia et Natalia, chacun de son côté, cherchaient désespérément. Il émit un petit rire de satisfaction.

C'est drôle, hein, dit le chauffeur. Je ne pensais pas que vous regardiez, Alexandre Valentinovitch. Il n'y a qu'à Moscou qu'on voit des choses comme ça, hein ? Sacha écarquilla les yeux. La pluie tombait. Une pluie mêlée de neige. Devant eux, au feu du croisement de l'avenue Marx et de la Kalinine, le propriétaire d'une Jigouli, surpris par l'averse, remettait en hâte ses essuie-glace, bloquant toute la circulation. Voilà, commenta le chauffeur en se glissant hors de la file, pourquoi tout marche si mal chez nous. L'industrie automobile ne produit pas assez d'essuie-glace. Alors on les vole comme des petits pains. Donc il faut les retirer dès qu'on se gare. Mais si on a oublié de les remettre et qu'il commence à pleuvoir, on n'a pas le choix. On s'arrête, on immobilise toutes les voitures derrière soi et le système fonctionne encore plus mal. Mais vous, Alexandre Valentinovitch, savez-vous pourquoi l'industrie automobile ne produit pas assez d'essuie-glace ? Ah, tais-toi ! Ne te mêle pas de philosopher. Conduis. Chacun son métier.

Ils passèrent devant le *Praga*. On avait enlevé une partie des échafaudages. La moitié du restaurant, celle du côté de l'Arbat, était bien propre. Les moulures blanches en forme de grappes de raisin au-dessus des fenêtres donnaient un air guilleret à l'établissement. Dire qu'il fallait y retourner et affronter les sarcasmes de Kolia.

Sacha excluait les unes après les autres les méthodes pour se délivrer de la menace que représentait son père. Le faire arrêter ou descendre ? Maladroit et plus très en vogue. Lui dire que Nadejda Sergueïevna était morte ? Il voudrait voir la tombe, un certificat. Trop compliqué. Aucune idée évidente. Comme l'aurait été celle consistant à lui donner le nom et l'adresse et à se laver les mains de cette histoire. Il n'en dormit pas de la nuit et toute la journée, d'autant plus qu'approchait l'heure du rendez-vous, il fut harcelé par cette question. Comment se débarrasser à tout jamais de Kolia ?

Pendant l'entretien du chef de l'État avec l'ambassadeur, il élabora finalement une stratégie. Rien de plus simple. Comment ne pas y avoir pensé avant ? Nadejda Sergueïevna est mariée, cher Kolia. Avec son mari elle a élevé plusieurs enfants. Impossible de troubler cette vie conjugale et familiale. Même lui en conviendrait. Et après, adieu Kolia, retourne dans ta province. Sacha écrirait au Nouvel An, pour faire plaisir au vieil homme. Plus de souci à se faire.

À présent que tout était en ordre dans son esprit, Sacha avait hâte d'en finir. Dépêchons, dépêchons.

Mais l'ambassadeur n'en finissait plus de prendre congé. Merci beaucoup de cet intéressant entretien. Peut-être nous reverrons-nous un jour ? Mais oui, qui sait ? Et comptez sur moi pour transmettre votre message. Apparemment le vieil homme avait oublié l'humiliation de tout à l'heure. Ou comme chez beaucoup de ses pairs, le sens diplomatique était devenu une seconde nature. L'ambassadeur n'était jamais triste longtemps.

Les départs des visiteurs du chef de l'État étaient toujours interminables. Ils serraient les mains de tous les participants et remerciaient chacun d'entre eux, même s'ils n'avaient pas ouvert la bouche. Car qui pouvait mesurer leur influence sur le Secrétaire général ? Sacha eut droit à un salut appuyé. Et merci encore pour l'autre fois. C'était tellement passionnant. Sacha décrispa vaguement ses mâchoires, le temps d'esquisser un sourire. Allaient-ils enfin s'en aller ? Et quand pourrait-il filer au *Praga* ? Le chef de l'État voulait discuter avec lui après le départ des diplomates.

Quelqu'un ouvrit la porte pour accélérer le mouvement. Les deux diplomates s'en approchèrent à regret. Avaient-ils bien pris congé de tout le monde ? Mais avant qu'ils ne disparaissent, l'un des membres du secrétariat du chef de l'État surgit dans l'encadrement. Manifestement, il avait attendu longtemps derrière la porte fermée. Son visage exprimait le soulagement de pouvoir enfin accomplir sa mission.

Les deux diplomates se figèrent pour le laisser passer. Ils l'examinèrent avec intérêt. Allaient-ils surprendre quelque événement important ? Le chef de l'État ouvrit tout grands les yeux, souleva les sourcils, l'air de dire, c'est pour moi ? Qu'est-ce qu'il se passe ? Mais l'homme fit non de la tête et leva le menton dans la direction de Sacha.

Il fondit sur lui et murmura, Alexandre Valentinovitch, un message urgent pour vous. Une voiture est spécialement venue de la Loubianka pour vous l'apporter. On m'avait bien recommandé de vous le remettre immédiatement. Mais comment faire ? Sacha prit l'enveloppe et fit signe à l'homme que tout allait bien, merci, tu peux te retirer. Il capta le regard inquiet du Secrétaire général et ceux, curieux, des deux diplomates. Les autres participants affectèrent de détourner les yeux.

Comme Sacha n'ouvrait pas l'enveloppe et la conservait négligemment à la main, les deux diplomates répétèrent encore une fois, merci beaucoup et au revoir, et s'en allèrent, escortés par le conseiller aux allures de cardinal, qui suivait les dossiers concernant leur pays. Sacha, d'un pas, se trouva à la hauteur du Secrétaire général et chuchota qu'il revenait immédiatement.

À son tour il franchit la porte et s'installa de nouveau dans le renfoncement d'une fenêtre. Quelles affaires urgentes exigeaient qu'on le dérange ? Certaines des troupes qui prenaient position dans la ville manifestaient-elles de l'irritation ? Avait-on des indications supplémentaires sur l'humeur des députés russes qui affluaient de tous côtés en prévision du Congrès ? Ces heures étaient décisives. Bien que Sacha pensât que tout avait été soigneusement prévu, quelque chose pouvait clocher au dernier moment.

Il ne s'attendait pas au message manuscrit, pas très lisible, qu'il découvrit : « Sacha ! Te signale l'accident survenu tout à l'heure en gare de Kazan à Nikolaï Mikhaïlovitch Norkine. Est passé sous un train. Inutile d'aller à ton rendez-vous de ce soir. Te laisse le soin de prévenir la famille. » Il connaissait bien la signature, encore plus illisible. Elle figurait souvent au bas des rapports que lui expédiait le K.G.B., celle de l'homme qu'il avait appelé deux mois plus tôt pour retrouver Nadejda Sergueïevna et qu'il avait vu dans la loge du Bolchoï.

Il s'adossa au mur et reprit sa respiration, lentement. Son corps était trempé de sueur. Il ne comprit pas immédiatement que Kolia était mort. Le message contenu derrière cette nouvelle le bouleversait bien davantage. Pendant tout ce temps, on l'avait épié, on avait rempli scrupuleusement les cases vierges de son dossier. La Loubianka n'ignorait rien de lui. Peut-être savait-elle déjà tout avant même que Sacha ne rencontre Kolia.

Il se maîtrisa. Respire encore un peu. Le Secrétaire général t'attend dans son bureau. Plus tard, il faudra réfléchir à tout cela. Tranquillement. Soudain, Sacha se rendit compte que Kolia avait disparu pour de bon. Il vit ce qu'il ferait. D'ailleurs ce tchékiste roublard l'y invitait. Il appellerait Natalia. Un grand malheur, Natachenka ! Ils se retrouveraient devant le cadavre de leur père. Il la reverrait ! Le reste, on aviserait demain. Demain. Que se passera-t-il demain ? Et après-demain ? Combien de jours nous reste-t-il ?

Il se dirigea, le pas assuré, vers le bureau du chef de l'État. Dans la pièce voisine, les deux diplomates achevaient de remettre leurs manteaux. Ils discutaient dans une langue que Sacha avait apprise, autrefois, dans l'Oural. Assez pour comprendre le soupir que jeta le vieil ambassadeur à son conseiller alors qu'ils s'en allaient. Eh oui ! C'était ma dernière visite au dictateur.

ÉPILOGUE

Dans la rue du Repos des Matelots, quelques femmes faisaient la queue devant la porte défraîchie d'un immeuble vétuste. De l'autre côté du trottoir, alignés comme s'ils attendaient eux aussi un événement important, quatre moineaux picoraient dans la poussière.

C'est une malédiction familiale — ou nationale — de se retrouver à chaque génération devant une prison pour y prendre des nouvelles d'un captif. Les femmes rentraient la tête dans les épaules. Seule, Natalia Petrovna se tenait aussi droite que d'habitude. Elle observait les moineaux.

Deux mois déjà que le putsch avait échoué. La démocratie l'avait emporté, mais l'enthousiasme des premiers jours avait abandonné Natalia.

Sur le moment, ils avaient tous été fiers de leur action. Pendant trois nuits devant la Maison-Blanche, derrière les barricades, ils avaient guetté le bruit des tanks, réconfortés par les discours de Boris Nikolaïevitch, courageux et crâneurs. Entre libéraux, on se serra les coudes. Les coopératives médicales envoyèrent des médicaments qu'en temps ordinaire elles facturaient en devises ; les golden boys du privé sacrifièrent leurs Mercedes pour barrer les rues ; Natalia charria des pots de peinture, des poutrelles et des tubes d'acier pour défendre la Russie contre les putschistes.

Mais après le départ des chars et la victoire du peuple, insensiblement, son allégresse laissa place au désenchantement.

Natalia se rendit aux obsèques des trois jeunes gens abattus par un soldat affolé. Les jours suivants, elle passa plusieurs fois devant les gerbes de fleurs, déposées quotidiennement sur le boulevard de ceinture à l'endroit où ils étaient tombés. Les fleurs s'amoncelaient sur le gris de l'asphalte, mais elles fanèrent vite, à l'image de la révolution d'août.

Les barricades disparurent peu à peu. Aux abords de la Maison-Blanche, elles formaient un entassement grotesque. Leur désordre ne ressemblait pas aux chevaux de frise qui, sur la route de l'aéroport, marquaient l'arrêt des troupes allemandes devant Moscou. (Mais comment l'aurait-on su ? Qui avait vu des barricades depuis soixante-dix ans ?)

Le samedi, l'orage disloqua le concert « rock des barricades » donné sur les marches de la Maison-Blanche. Natalia rentra chez elle sous la pluie crépitante, de l'eau plein les chaussures, son tailleur trempé.

Ainsi comme les graffitis que la municipalité effaçait, s'en allèrent les symboles du sursaut populaire. La mécanique qui les broyait depuis si longtemps se remettait en marche malgré eux. Il ne suffisait pas de proscrire le parti communiste pour se délivrer de son esprit. Mais un exorcisme parfait aurait anéanti le peuple avec les démons qui le possédaient.

Natalia éprouvait de la tristesse. Elle observait le jeu des oiseaux Lorsque les portes de la prison s'ouvrirent en grinçant, ils s'envolèrent.

L'intérieur de la prison ressemblait aux descriptions de sa mère et de sa grand-mère, comme si rien n'avait changé depuis la fin des années trente. La pièce où l'on examinait les colis des visiteuses, sordide et puante ; les gardiens, pressés et peu aimables. Sur la porte du fond, on avait collé une pancarte rédigée à la main : « Les toilettes ne fonctionnent pas. » Natalia la regarda, consternée et amusée à la fois. Cette phrase résumait leurs illusions perdues.

Le gardien vint le chercher à une heure insolite. Son compagnon, un criminel de droit commun, mal embouché et vantard, le contempla, goguenard. Pas d'espoir, mon joli. T'as seulement d'la visite.

Et de qui ? La vue de Natalia le bouleversa.

Sacha ne l'avait pas revue depuis les funérailles de Kolia. Un enterrement rapide, au petit matin, dans la tombe de Marina. Nadejda Sergueïevna, au bras de sa fille, avait conservé un air digne jusqu'au moment où il les avait quittées devant les grilles du cimetière. Elle pleurait en l'embrassant. Ne m'en veuillez pas, Sacha, je pleure toujours au moment des séparations.

Sur la table, devant Natalia, un gros paquet qu'elle poussa devant lui. Il avait droit à dix kilos chaque mois. Tatiana, en larmes, lui avait apporté quantité d'objets inutiles. Au fond, elle était plutôt satisfaite que son mari dépende d'elle pour améliorer sa situation. Elle l'avait assommé de ses questions et de ses inquiétudes.

Sacha croisa les bras et sourit. Quelle idée de venir ici ? Tu vas te compromettre. Natalia ne répondit pas. Sans doute préparait-elle l'inévitable question. Pourquoi as-tu fait cela ? Pourquoi cette trahison ?

Pourtant, toujours imprévisible, elle haussa les épaules. Une seule chose comptait : était-il responsable de la mort de Kolia ?

Kolia ? Voilà ce qui la préoccupait ! Sacha avait comploté contre le pays, trahi le chef de l'État et échoué dans sa tentative de putsch. Treize personnes étaient en prison avec lui. Pougo et Akhromeïev s'étaient suicidés. Le monde s'était effondré. Il risquait la peine de mort. Mais seule tracassait Natalia l'idée qu'il soit l'assassin de Kolia.

Sacha étendit les bras vers elle comme pour la toucher.

Réponds, Sacha. Ne te dérobe pas. Je suis sûre que la Tchéka est mêlée à cette histoire.

Non. Il secoua la tête, non, je n'ai pas demandé qu'on tue Kolia. Peut-être est-ce un accident. Peut-être s'est-il suicidé. Peut-être aussi l'a-t-on poussé. C'est bien possible. Mais je n'ai rien demandé. Je ne suis pas responsable de sa mort.

Il voulut justifier sa conduite pendant le putsch. Lui confier ses rancœurs. Pourquoi le coup d'État avait échoué. Ces crétins, ces ivrognes de putschistes ! Les ficelles tirées dans les coulisses. Le rôle exact joué par chacun des protagonistes, celui des membres de la junte et celui des hommes de l'ombre comme lui. Les véritables réactions de leurs adversaires enfermés dans la Maison-Blanche.

Aux premiers mots, Natalia l'arrêta. Aucun intérêt. Tu as commis une erreur. Tant pis pour toi. Ce n'est pas moi qui te jugerai. De toute manière, je ne suis plus certaine que la démocratie ait gagné et que vous ayez complètement perdu. Qui sait ce qui se passera demain ?

Il rit : un putsch peut en cacher un autre. Voilà un point sur lequel nous pouvons tomber d'accord.

Ils parlèrent plus librement après cette remarque. Sacha demanda des nouvelles de Lisa. Elle était sortie de l'hôpital la semaine dernière.

Guérie ?

Non. Mais l'ami étranger de Natalia avait arrangé pour la petite fille une consultation avec un spécialiste de sa maladie. La veille, elle était partie pour l'Occident avec sa grand-mère. Qui sait, peut-être existait-il un remède, une chance. Natalia avait confiance.

Sacha éprouva de la jalousie pour cet étranger qui avait redonné un peu d'espoir à Natalia. Bien entendu, tous les frais étaient à la charge de cet homme ?

Natalia éclata de rire. On s'arrangerait. Tu ne crois ni à l'amitié, ni à la solidarité, n'est-ce pas, Sacha ?

Pour la première fois, il se surprit à copier le tic de sa sœur et de Kolia : il haussa les épaules. Ce à quoi il croyait désormais était trop difficile à expliquer. À peine eut-il remarqué le sourire compréhensif de Natalia, que, d'un air enjoué, elle changeait de sujet.

Elle plongea la main dans son énorme sac. Sur sa paume abîmée scintilla un éclat de verre. Sais-tu ce que c'est, Sacha ? Bien sûr, comment le saurais-tu ? Un morceau de flacon de neige.

Devant l'air éberlué de son frère, elle éclata d'un rire de petite fille. Maman me l'a donné le soir de l'enterrement de Kolia. On croit connaître sa mère et on découvre qu'elle avait des secrets. Sans cet éclat de cristal nous ne serions pas frère et sœur et probablement, ne serais-je jamais née. C'est un fragment de vies disparues, dit-elle avec un geste vague, en l'air, évocation d'esprits tournoyant autour d'eux.

Maman m'a raconté ce que, par chagrin, elle m'avait caché depuis toujours. Contrairement à ce que croyait Kolia, elle savait qui il était parce qu'elle se souvenait des récits de Marina. Elle avait tout compris, mais elle n'a rien dit et lui non plus. À quoi bon du reste ? Pouvait-on vivre heureux dans ce pays ?

Dans son enfance, Kolia a rencontré ma grand-mère et ma mère. Marina lui a montré ces éclats de verre qu'elle gardait en secret. Je t'en donne un, Sacha, en souvenir de notre père. Maman et moi en possédons un autre. Tout le reste est avec Marina, dans sa tombe. Ne crois pas que ce soit un talisman. Finalement, ils n'ont jamais porté chance à ceux qui les ont vus.

Sacha n'était pas superstitieux. De toute manière, sa situation actuelle pourrait-elle être pire ? Il examina le fragment de cristal. Devant la fenêtre, il arrachait ses couleurs à la lumière.

Le gardien passa la tête. La visite s'achevait ; Natalia se leva. Sacha lui prit la main. Tu ne m'as pas expliqué cette histoire de flacons de neige.

Ce sera pour la prochaine fois, promit Natalia. Elle reviendrait aussi souvent que possible. Ils étaient frère et sœur, liés pour la durée de leur vie par ces années de neige.

Table

Le Livre de Poche Biblio

Extrait du catalogue

Sherwood ANDERSON
Pauvre Blanc
Guillaume APOLLINAIRE
L'Hérésiarque et Cie
Miguel Angel ASTURIAS
Le Pape vert
Djuna BARNES
La Passion
Andrei BIELY
La Colombe d'argent
Adolfo BIOY CASARES
Journal de la guerre au cochon
Karen BLIXEN
Sept contes gothiques
Mikhail BOULGAKOV
La Garde blanche
Le Maître et Marguerite
J'ai tué
Les Œufs fatidiques
Ivan BOUNINE
Les Allées sombres
André BRETON
Anthologie de l'humour noir
Arcane 17
Erskine CALDWELL
Les Braves Gens du Tennessee
Italo CALVINO
Le Vicomte pourfendu
Elias CANETTI
Histoire d'une jeunesse (1905-1921) - *La langue sauvée*
Histoire d'une vie (1921-1931) - *Le flambeau dans l'oreille*
Histoire d'une vie (1931-1937) - *Jeux de regard*
Les Voix de Marrakech
Raymond CARVER
Les Vitamines du bonheur
Parlez-moi d'amour
Tais-toi, je t'en prie
Camillo José CELA
Le Joli Crime du carabinier
Blaise CENDRARS
Rhum
Varlam CHALAMOV
La Nuit
Quai de l'enfer
Jacques CHARDONNE
Les Destinées sentimentales
L'Amour c'est beaucoup plus que l'amour
Jerome CHARYN
Frog
Bruce CHATWIN
Le Chant des pistes
Hugo CLAUS
Honte
Carlo COCCIOLI
Le Ciel et la Terre
Le Caillou blanc
Jean COCTEAU
La Difficulté d'être
Clair-obscur
Cyril CONNOLLY
Le Tombeau de Palinure
Ce qu'il faut faire pour ne plus être écrivain
Joseph CONRAD
Sextuor
Joseph CONRAD
et Ford MADOX FORD
L'Aventure
René CREVEL
La Mort difficile
Mon corps et moi
Alfred DÖBLIN
Le Tigre bleu
L'Empoisonnement
Lawrence DURRELL
Cefalù
Vénus et la mer
L'Ile de Prospero
Citrons acides
La Papesse Jeanne
Friedrich DÜRRENMATT
La Panne
La Visite de la vieille dame
La Mission
J.G. FARRELL
Le Siège de Krishnapur
Paula FOX
Pauvre Georges !
Personnages désespérés
Jean GIONO
Mort d'un personnage
Le Serpent d'étoiles
Triomphe de la vie
Les Vraies Richesses
Jean GIRAUDOUX
Combat avec l'ange
Choix des élues
Les Aventures de Jérôme Bardini

Vassili GROSSMAN
Tout passe
Knut HAMSUN
La Faim
Esclaves de l'amour
Mystères
Victoria
Hermann HESSE
Rosshalde
L'Enfance d'un magicien
Le Dernier Été de Klingsor
Peter Camenzind
Le Poète chinois
Souvenirs d'un Européen
Le Voyage d'Orient
La Conversion de Casanova
Les Frères du soleil
Bohumil HRABAL
Moi qui ai servi le roi d'Angleterre
Les Palabreurs
Tendre Barbare
Yasushi INOUÉ
Le Fusil de chasse
Le Faussaire
Henry JAMES
Roderick Hudson
La Coupe d'or
Le Tour d'écrou
Ernst JÜNGER
Orages d'acier
Jardins et routes
(Journal I, 1939-1940)
Premier journal parisien
(Journal II, 1941-1943)
Second journal parisien
(Journal III, 1943-1945)
La Cabane dans la vigne
(Journal IV, 1945-1948)
Héliopolis
Abeilles de verre
Ismail KADARÉ
Avril brisé
Qui a ramené Doruntine ?
Le Général de l'armée morte
Invitation à un concert officiel
La Niche de la honte
L'Année noire
Le Palais des rêves
Franz KAFKA
Journal
Yasunari KAWABATA
Les Belles Endormies
Pays de neige
La Danseuse d'Izu
Le Lac
Kyôto
Le Grondement de la montagne
Le Maître ou le tournoi de go
Chronique d'Asakusa
Les Servantes d'auberge
Abé KÔBÔ
La Femme des sables
Le Plan déchiqueté
Andrzeij KUSNIEWICZ
L'État d'apesanteur
Pär LAGERKVIST
Barabbas
LAO SHE
Le Pousse-pousse
Un fils tombé du ciel
D.H. LAWRENCE
Le Serpent à plumes
Primo LEVI
Lilith
Le Fabricant de miroirs
Sinclair LEWIS
Babbitt
LUXUN
Histoire d'AQ : Véridique biographie
Carson McCULLERS
Le cœur est un chasseur solitaire
Reflets dans un œil d'or
La Balade du café triste
L'Horloge sans aiguilles
Frankie Addams
Le Cœur hypothéqué
Naguib MAHFOUZ
Impasse des deux palais
Le Palais du désir
Le Jardin du passé
Thomas MANN
Le Docteur Faustus
Les Buddenbrook
Katherine MANSFIELD
La Journée de Mr. Reginald Peacock
Somerset MAUGHAM
Mrs Craddock
Henry MILLER
Un diable au paradis
Le Colosse de Maroussi
Max et les phagocytes
Paul MORAND
La Route des Indes
Bains de mer
East India and Company
Vladimir NABOKOV
Ada ou l'ardeur
Anaïs NIN
Journal 1 - *1931-1934*
Journal 2 - *1934-1939*
Journal 3 - *1939-1944*
Journal 4 - *1944-1947*

Joyce Carol OATES
Le Pays des merveilles
Edna O'BRIEN
Un cœur fanatique
Une rose dans le cœur
Les Victimes de la paix
PA KIN
Famille
Mervyn PEAKE
Titus d'Enfer
Leo PERUTZ
La Neige de saint Pierre
La Troisième Balle
La Nuit sous le pont de pierre
Turlupin
Le Maître du jugement dernier
Où roules-tu, petite pomme ?
Luigi PIRANDELLO
La Dernière Séquence
Feu Mathias Pascal
Ezra POUND
Les Cantos
Augusto ROA BASTOS
Moi, le Suprême
Joseph ROTH
Le Poids de la grâce
Raymond ROUSSEL
Impressions d'Afrique
Salman RUSHDIE
Les Enfants de minuit
Arthur SCHNITZLER
Vienne au crépuscule
Une jeunesse viennoise
Le Lieutenant Gustel
Thérèse
Les Dernières Cartes
Mademoiselle Else
Leonardo SCIASCIA
Œil de chèvre
La Sorcière et le Capitaine
Monsieur le Député
Petites Chroniques
Le Chevalier et la Mort
Portes ouvertes
Isaac Bashevis SINGER
Shosha
Le Domaine
André SINIAVSKI
Bonne nuit !
Muriel SPARK
Le Banquet
George STEINER
Le Transport de A. H.
Andrzej SZCZYPIORSKI
La Jolie Madame Seidenman
Milos TSERNIANSKI
Migrations
Tarjei VESAAS
Le Germe
Alexandre VIALATTE
La Dame du Job
La Maison du joueur de flûte
Ernst WEISS
L'Aristocrate
Franz WERFEL
Le Passé ressuscité
Une écriture bleu pâle
Thornton WILDER
Le Pont du roi Saint-Louis
Mr. North
Virginia WOOLF
Orlando
Les Vagues
Mrs. Dalloway
La Promenade au phare
La Chambre de Jacob
Entre les actes
Flush
Instants de vie

La Pochothèque

Une série au format 12,5 × 19

Classiques modernes

Chrétien de Troyes. *Romans : Erec et Enide, Le Chevalier de la Charrette* ou *Le Roman de Lancelot, Le Chevalier au Lion* ou *Le Roman d'Yvain, Le Conte du Graal* ou *Le Roman de Perceval* suivis des *Chansons*. En appendice, *Philomena.*

Lawrence Durrell. *Le Quatuor d'Alexandrie : Justine, Balthazar, Mountolive, Clea.*

Jean Giono. *Romans et essais* (1928-1941) *: Colline, Un de Baumugnes, Regain, Présentation de Pan, Le Serpent d'étoiles, Jean le bleu, Que ma joie demeure, Les Vraies Richesses, Triomphe de la vie.*

Jean Giraudoux. *Théâtre complet : Siegfried, Amphitryon 38, Judith, Intermezzo, Tessa, La guerre de Troie n'aura pas lieu, Supplément au voyage de Cook, Electre, L'Impromptu de Paris, Cantique des cantiques, Ondine, Sodome et Gomorrhe, L'Apollon de Bellac, La Folle de Chaillot, Pour Lucrèce.*

P.D. James. *Les Enquêtes d'Adam Dalgliesh :*

Tome 1. *A visage couvert, Une folie meurtrière, Sans les mains, Meurtres en blouse blanche, Meurtre dans un fauteuil.*

Tome 2. *Mort d'un expert, Un certain goût pour la mort, Par action et par omission.*

P.D. James. *Romans : La Proie pour l'ombre, La Meurtrière, L'Ile des morts.*

La Fontaine. *Fables.*

T.E. Lawrence. *Les Sept Piliers de la sagesse.*

Carson McCullers. *Romans et nouvelles : Frankie Addams, L'Horloge sans aiguille, Le Cœur est un chasseur solitaire, Reflets dans un œil d'or* et diverses nouvelles, dont *La Ballade du café triste.*

Naguib Mahfouz. *Trilogie : Impasse des Deux-Palais, Le Palais du désir, Le Jardin du passé.*

Thomas Mann. *Romans et nouvelles I* (1896-1903) *: Déception, Paillasse, Tobias Mindernickel, Louisette, L'Armoire à vêtements, Les Affamés, Gladius Dei, Tristan, Tonio Kröger, Les Buddenbrook.*

François Mauriac. *Œuvres romanesques : Tante Zulnie, Le Baiser au lépreux, Genitrix, Le Désert de l'amour, Thérèse Desqueyroux, Thérèse à l'hôtel, Destins, Le Nœud de vipères, Le Mystère Frontenac, Les Anges noirs, Le Rang, Conte de Noël, La Pharisienne, Le Sagouin.*

François Rabelais. *Les Cinq Livres : Gargantua, Pantagruel, le Tiers Livre, le Quart Livre, le Cinquième Livre.*

Arthur Schnitzler. *Romans et nouvelles : La Ronde, En attendant le dieu vaquant, L'Amérique, Les Trois Élixirs, Le Dernier Adieu, La Suivante, Le Sous-lieutenant Gustel, Vienne au crépuscule...* au total plus de quarante romans et nouvelles.

Anton Tchekhov. *Nouvelles : La Dame au petit chien,* et plus de 80 autres nouvelles, dont *L'Imbécile, Mort d'un fonctionnaire, Maria Ivanovna, Au cimetière, Le Chagrin, Aïe mes dents! La Steppe, Récit d'un inconnu, Le Violon de Rotschild, Un homme dans un étui, Petite Chérie...*

Boris Vian. *Romans, nouvelles, œuvres diverses :* Les quatre romans essentiels signés Vian, *L'Écume des jours, L'Automne à Pékin, L'Herbe rouge, L'Arrache-cœur,* deux « Vernon Sullivan » : *J'irai cracher sur vos tombes, Et on tuera tous les affreux,* un ensemble de nouvelles, un choix de poèmes et de chansons, des écrits sur le jazz.

Voltaire. *Romans et contes en vers et en prose.*

Virginia Woolf. *Romans et nouvelles : La chambre de Jacob, Mrs. Dalloway, Voyage au Phare, Orlando, Les Vagues, Entre les actes...* En tout, vingt-cinq romans et nouvelles.

Stefan Zweig. *Romans et nouvelles : La Peur, Amok, Vingt-Quatre Heures de la vie d'une femme, La Pitié dangereuse, La Confusion des sentiments...* Une vingtaine de romans et de nouvelles.

Paru ou à paraître en 1995 :
Jean Cocteau. *Œuvres diverses.*
Malcolm Lowry. *Œuvres.*
Thomas Mann. *Romans et nouvelles,* t.2 et t.3.
Arthur Schnitzler. *Romans et nouvelles,* t.2.
La Saga de Charlemagne.

Ouvrages de référence

Le Petit Littré
Atlas de l'écologie
Atlas de la philosophie
Atlas de la psychologie *(à paraître)*
Atlas de l'astronomie *(à paraître)*
Atlas de la biologie
Encyclopédie de l'art
Encyclopédie de la musique
Encyclopédie géographique
Encyclopédie de la philosophie *(à paraître)*
Encyclopédie des symboles *(à paraître)*
Le Théâtre en France (sous la direction de Jacqueline de Jomaron)
La Bibliothèque idéale
Dictionnaire des personnages historiques

DICTIONNAIRE DES LETTRES FRANÇAISES :
Le Moyen Age
Le XVIIe siècle *(à paraître)*
Le XVIIIe siècle *(à paraître)*

HISTOIRE UNIVERSELLE DE L'ART :
L'Art de la Préhistoire (L.R. Nougier)
L'Art égyptien (S. Donadoni)
L'Art grec (R. Martin)
L'Art du XVe siècle, des Parler à Dürer (J. Białostocki)
L'Art du Gandhâra (M. Bussagli) *(à paraître)*
L'Art du Japon (M. Murase) *(à paraître)*

Composition réalisée par S.C.C.M. – Paris XIVᵉ

IMPRIMÉ EN FRANCE PAR BRODARD ET TAUPIN
Usine de La Flèche (Sarthe).
LIBRAIRIE GÉNÉRALE FRANÇAISE - 6, rue Pierre-Sarrazin - 75006 Paris.
ISBN : 2 - 253 - 13732 - 4 31/3732/0